FOLIO POLICIER

Jo Nesbø

Éclipse totale

Une enquête de l'inspecteur Harry Hole

Traduit du norvégien
par Céline Romand-Monnier

Gallimard

Titre original :
BLODMÅNE

Né en 1960, Jo Nesbø a d'abord été analyste financier, avant de fonder l'un des groupes de rock les plus célèbres de Norvège. Il a été propulsé sur la scène littéraire en 1997 avec *L'homme chauve-souris*, récompensé en 1998 par le *Glass Key* Award, attribué au meilleur roman policier nordique de l'année. Il a depuis confirmé son talent en poursuivant les enquêtes de Harry Hole, personnage sensible, parfois cynique, profondément blessé, toujours entier et incapable de plier. Cette série de romans, intégralement disponible dans la collection Folio Policier, s'est vendue à plus de cinquante millions d'exemplaires dans le monde.

Le soleil se changera en ténèbres, et la lune en sang, avant l'arrivée du jour de l'Éternel, de ce jour grand et terrible.

Livre de Joël 2:31

Prologue

« Oslo, dit l'homme en portant le whisky à ses lèvres.

— C'est l'endroit que vous aimez le plus ? » demanda Lucille.

Il regarda droit devant lui, comme s'il avait besoin d'un temps de réflexion, puis il acquiesça d'un hochement de tête. Elle l'observa pendant qu'il buvait. Il était grand, même assis à côté d'elle au comptoir, il la dominait de toute sa hauteur. Il devait avoir au bas mot dix, voire vingt ans de moins que ses soixante-douze printemps à elle, c'était difficile à dire avec les alcoolos. Un visage et un corps sculptés dans le bois : maigre, épuré, dur. Le teint pâle, un fin réseau de vaisseaux bleus sur le nez, qui, associé à ses yeux couleur de jean délavé et injectés de sang, suggérait qu'il avait vécu sans mesure ni modération. Bu sans modération. Chuté sans modération. Peut-être aussi aimé sans modération, car au cours de ce mois pendant lequel il était devenu le nouvel habitué du Creatures, elle avait par moments entrevu la blessure dans son regard. Un chien roué de coups, chassé de la meute, toujours seul au bout du comptoir. À côté de Bronco, le taureau mécanique que Ben, le patron du bar, avait rapatrié des plateaux d'*Urban Cowboy*, un flop monumental sur lequel il avait travaillé comme accessoiriste. C'était un rappel que Los Angeles n'était pas une ville bâtie sur les films à succès, mais sur un monceau d'échecs commerciaux et humains. Plus de quatre-vingts pour cent des films étaient des fiascos complets, des gouffres financiers. L'agglomération comptait la plus grande population de sans-abri des États-Unis, il fallait regarder vers des villes comme Bombay pour en trouver une d'une densité comparable. La circulation routière était en passe de l'étouffer, restait à savoir si elle serait devancée par la criminalité de rue, la violence et la drogue. En revanche, le soleil brillait. Oh ça, oui ! Cette putain de lampe de dentiste californienne jamais éteinte brillait sans merci sur la ville factice et faisait scintiller tout son toc comme des diamants véritables, comme des histoires de réussite. S'ils avaient su. Comme elle, Lucille, savait. Elle qui avait connu ça, la scène, les coulisses.

De toute évidence ce n'était pas le cas de cet homme ; les gens de scène, elle les repérait tout de suite. Il ne semblait pas non plus être de ceux qui contemplent les plateaux avec des yeux pleins d'espoir et de convoitise. Il avait plutôt l'air d'un gars qui faisait les trucs dans son coin et se foutait de tout le reste. Musicien ? Un genre de Frank Zappa qui produisait des machins inaccessibles dans une cave de Laurel Canyon et n'avait jamais été – ne serait jamais – découvert ?

Après quelque temps, Lucille et lui s'étaient mis à se saluer de la tête, à se dire brièvement bonjour, comme le font les clients du matin d'un bar pour buveurs sérieux, mais c'était la première fois qu'elle s'asseyait à côté de lui et lui offrait un verre. C'est-à-dire qu'elle avait réglé celui qu'il avait déjà commandé quand elle avait vu Ben lui rendre sa carte de crédit avec une mine indiquant que les fonds étaient épuisés.

« Mais est-ce qu'Oslo vous aime en retour ? demanda-t-elle. C'est la question.

— Sûrement pas. »

Il passa la main dans ses cheveux en brosse, blond sale, striés de gris, et elle nota sa prothèse en métal au majeur. Il n'était pas bel homme, et la cicatrice qui traçait un J de la commissure de ses lèvres à son oreille – comme s'il était un poisson accroché à un hameçon – n'arrangeait pas les choses, mais il avait un je-ne-sais-quoi, une certaine laideur séduisante un peu dangereuse, celle de quelques-uns de ses collègues d'ici, autrefois. Christopher Walken. Nick Nolte. Et il était large d'épaules. À moins que ce ne fût tout le reste qui était si maigre.

« Ah… C'est ceux que nous voulons, oui, déclara-t-elle. Ces gens qui ne nous rendent pas notre amour. Ceux dont nous pensons qu'ils nous aimeront si seulement nous nous donnons un tout petit peu plus de mal.

— Qu'est-ce que vous faites dans la vie ? interrogea l'homme.

— Je bois, répondit-elle en levant son verre. Et je nourris des chats.

— Hmm.

— Vous vouliez sans doute dire qui je suis, non ? Ce que je suis, c'est… »

Elle but une gorgée de whisky en se demandant quelle version elle allait lui servir. La mondaine ou la véridique. Et puis merde à la fin ! Reposant son verre, elle opta pour la seconde.

« Une comédienne qui a eu un unique grand rôle.

Juliette, dans ce qui reste à ce jour la meilleure adaptation cinématographique de *Roméo et Juliette*, mais dont plus personne ne se souvient. Un seul grand rôle, ça ne paraît pas beaucoup, mais c'est davantage que la plupart des comédiens de cette ville. J'ai été mariée trois fois, deux fois avec des pontes du cinéma que j'ai quittés munie d'une pension alimentaire avantageuse, c'est plus que ce que récoltent les gens de la profession. Le troisième est le seul que j'aie aimé. Acteur et Adonis sans le sou, sans discipline, sans états d'âme. Il a dilapidé tout mon argent et m'a quittée. Je l'aime toujours. Qu'il brûle en enfer… »

Elle vida son verre, le posa sur le comptoir en signifiant à Ben qu'elle en désirait un autre.

« Et puis avec mon goût pour ce que je ne peux pas avoir, je mise de l'argent que je n'ai pas sur un projet de film qui se targue d'offrir un grand rôle à une femme d'un certain âge. Un projet au scénario intelligent, avec des acteurs qui savent jouer et un réalisateur qui aspire à faire réfléchir, bref un projet que toute personne rationnelle sait voué à l'échec. Voilà ce que je suis, une perdante rêveuse, et une Los Angélienne typique. »

L'homme à la cicatrice en J sourit.

« Bon, fit-elle. La maison n'a plus d'autodérision en stock. Et vous, comment vous appelez-vous ?

— Harry.

— Vous ne parlez pas beaucoup, Harry.

— Hmm.

— Suédois ?

— Norvégien.

— Vous fuyez quelque chose ?

— J'en ai l'air ?

— Oui. Je vois que vous portez une alliance. C'est votre femme que vous fuyez ?

— Elle est morte.

— Ah ! Vous fuyez le chagrin. » Lucille leva son verre pour trinquer. « Vous voulez savoir quel endroit j'aime le plus ? C'est l'endroit où nous sommes, Laurel Canyon. Pas maintenant, mais à la fin des années 1960. Vous auriez dû être là, Harry. Si tant est que vous étiez né à cette époque.

— C'est ce que j'ai cru comprendre, oui. »

Elle montra l'une des photos encadrées sur le mur derrière Ben.

« Tous les musiciens qui traînaient ici. Crosby, Stills, Nash et… comment s'appelait le dernier, déjà ? »

Harry sourit encore.

« The Mamas and the Papas, poursuivit-elle. Carole King. James Taylor. Joni Mitchell. » Elle fronça le nez. « À la voir et à l'entendre, on l'aurait crue tout droit sortie du catéchisme, mais elle avait couché avec la plupart des gens que je viens de citer. Même Leonard, elle lui avait mis le grappin dessus, il a vécu ici avec elle pendant environ un mois. J'ai pu l'emprunter un soir.

— Leonard Cohen ?

— Lui-même. Un homme bien, attendrissant. Il m'a appris une chose sur l'écriture rimée. La plupart des gens commettent l'erreur de commencer par leur seule bonne phrase, et ensuite ils écrivent un vers moyen, avec une rime de fortune. L'astuce consiste à mettre la rime de fortune dans la première phrase, comme ça, personne n'y prête attention. Quand vous avez l'idée d'une jolie phrase comme “*Your hair on the pillow like a sleepy golden storm*”, et qu'ensuite, pour la rime, vous écrivez une banalité comme “*We made love in the morning, our kisses deep and warm*”, vous la ruinez. Si, en revanche, vous les intervertissez en écrivant "*We made love in the morning, our kisses deep and warm, your hair on the pillow like a sleepy golden storm*", les deux phrases se parent d'une élégance naturelle. C'est comme ça que nous l'entendons, parce que nous nous figurons que l'auteur pense dans l'ordre dans lequel il écrit. Rien d'étonnant puisque notre logique d'humains veut que ce qui se passe soit une conséquence de ce qui s'est passé, et non l'inverse.

— Hmm. Donc ce qui se passe est une conséquence de ce qui va se passer ?

— Tout à fait ! Vous comprenez, Harry ?

— Pas sûr. Vous avez des exemples ?

— Absolument. »

Elle but son whisky. Il avait dû percevoir quelque chose dans son intonation, car elle le vit hausser un sourcil et balayer la salle du regard.

« Et ce qui se passe maintenant, c'est que je vous explique que je me suis endettée sur un projet de film, dit-elle en regardant par la fenêtre sale au store à demi baissé. Ce n'est pas un hasard, mais la conséquence de ce qui *va* se passer. Une Camaro blanche est en effet garée à côté de ma voiture.

— Avec deux hommes à l'intérieur. Elle y est depuis vingt minutes. »

Elle acquiesça. Harry venait de confirmer qu'elle ne s'était pas trompée sur sa profession.

« Cette voiture, je l'ai vue ce matin devant ma maison de Canyon. Ce n'était pas une surprise, ils m'ont déjà prévenue qu'ils enverraient des recouvreurs de dette, et pas du genre assermentés. Parce que mon emprunt n'a pas été contracté auprès d'une banque, si vous voyez ce que je veux dire. Quand j'irai à ma voiture dans quelques instants, on me transmettra probablement un message de mon bailleur de fonds. Je suppose qu'ils s'en tiendront là, à des mises en garde et des menaces, donc.

— Hmm. Pourquoi me racontez-vous cela ?

— Parce que vous êtes policier. »

De nouveau, ce sourcil haussé. « Ah oui ?

— Mon père l'était aussi, et de toute évidence on vous reconnaît dans le monde entier. J'aimerais vous demander d'être attentif à ce qui se passe à partir de maintenant. S'ils devaient élever la voix et se montrer menaçants, je voudrais que vous sortiez sur le seuil et… que vous ayez l'air d'un policier, quoi, pour qu'ils fichent le camp. Même si je suis presque sûre qu'ils n'en arriveront pas là, je me sentirais un peu plus en sécurité si vous gardiez un œil sur nous. »

Harry lui lança un regard scrutateur. « OK », répondit-il simplement.

Lucille était surprise. Ne s'était-il pas laissé convaincre un peu trop facilement ? Néanmoins, son regard était empreint d'une fermeté qui l'incita à lui faire confiance. Sachant tout de même qu'elle avait fait confiance aussi à Adonis. Au réalisateur. Au producteur. Et tutti quanti.

« J'y vais », annonça-t-elle.

Son verre à la main, Harry Hole écoutait le crépitement presque inaudible des glaçons qui fondaient. Sans boire. Il était fauché, au bout du chemin, et allait savourer sa boisson. Ses yeux s'attardèrent sur une photo derrière le bar. L'un de ses auteurs de prédilection quand il était jeune : Charles Bukowski, devant le Creatures. Ben lui avait indiqué qu'elle datait des années 1970. Bukowski avait le bras autour des épaules d'un copain, tous deux en chemise hawaïenne, sur fond de lever de soleil, semblait-il, l'œil vague, la pupille microscopique, le sourire triomphal, comme s'ils venaient d'atteindre le pôle Nord au terme d'un périple particulièrement mouvementé.

Harry baissa les yeux sur la carte de crédit que Ben avait balancée sur le comptoir.

Vide. Vidée. Plus rien. Mission accomplie. Mission qui avait consisté à boire jusqu'à ce qu'il n'y ait plus rien, justement. Plus d'argent, plus de jours, plus d'avenir. Ne restait qu'à voir s'il aurait assez de courage – ou de lâcheté – pour conclure le tout. Il avait un vieux pistolet Beretta sous son matelas au motel. Il l'avait acheté vingt-cinq dollars aux sans-abri qui vivaient sous les tentes de Skid Row. Trois balles dans le chargeur. Il posa la carte à plat sur sa paume, referma ses doigts, se tourna vers la fenêtre. La femme d'un certain âge avançait d'un pas altier sur le parking. Si petite. Menue, frêle et forte comme un moineau. Pantalon beige, blazer court assorti. Son style vestimentaire archaïque, mais de bon goût, évoquait les années 1980. Elle débarquait ainsi dans le bar tous les matins, faisait son entrée. Pour un public de deux à huit spectateurs.

« *Lucille is here !* » s'exclamait Ben avant de lui préparer spontanément son poison habituel, un whisky sour.

Mais ce n'était pas sa façon d'investir l'espace qui lui rappelait sa mère, morte au Radiumhospital quand il avait quinze ans, perforant son cœur de sa première balle. C'était son regard doux, rieur et triste à la fois de bonne âme résignée. C'était la sollicitude qu'elle témoignait aux uns et aux autres quand elle s'enquérait de leurs problèmes de santé, de leur vie sentimentale, de leurs proches. C'était la délicatesse qu'elle témoignait à Harry en le laissant tranquille au bout du comptoir. Sa mère, cette femme de peu de mots qui était la tour de contrôle de la famille, son centre névralgique, qui tirait les ficelles si discrètement qu'on aurait facilement pu croire que c'était son père qui prenait les décisions. Sa mère, giron rassurant, qui comprenait toujours, qu'il avait aimée plus que tout et qui était donc devenue son talon d'Achille. Comme ce jour, quand il avait huit ans, où on avait toqué doucement à la porte de la classe. Il avait oublié son déjeuner à la maison, sa mère le lui apportait. À son apparition, son visage s'était instinctivement éclairé, puis entendant les rires de certains camarades, il était sorti au pas de charge dans le couloir et lui avait expliqué d'un ton rageur qu'elle lui faisait honte, qu'elle devait partir, qu'il n'avait pas besoin de nourriture. Elle s'était contentée de lui sourire tristement, de lui tendre son sandwich et de lui caresser la joue avant de partir. Elle n'en avait jamais reparlé. Bien sûr, elle avait compris, elle comprenait toujours, et quand il s'était couché ce soir-là, il avait lui aussi compris. Ce n'était pas elle qui lui avait fait ressentir de la gêne, mais le fait que ce soit visible aux yeux de tous. Son amour. Sa vulnérabilité. Au cours des années suivantes, il avait plusieurs fois songé à lui demander pardon, mais sans doute avait-il jugé que ses excuses paraîtraient trop bêtes.

Un nuage de poussière enveloppa un instant Lucille, qui retint ses lunettes de soleil. Harry vit la Camaro blanche s'ouvrir côté passager, un homme à lunettes noires et polo rouge sortir, lui barrant l'accès à sa voiture.

Harry s'attendait à ce qu'ils engagent la conversation, mais l'homme avança, la prit par le bras et commença à la tirer vers la Camaro. Lucille planta ses talons dans le sol. À présent, Harry voyait aussi que le véhicule n'était pas immatriculé aux États-Unis. Il descendit de son tabouret de bar, s'élança vers la sortie, ouvrit la porte d'un coup de coude, fut ébloui par le soleil et manqua de trébucher sur les deux marches de l'entrée, prenant ainsi conscience de ce qu'il était loin d'être sobre. Il se dirigea vers les deux véhicules. Ses yeux s'accoutumèrent peu à peu à la lumière. Derrière le parking, de l'autre côté de la route qui serpentait vers le haut de la colline verdoyante, se trouvait une épicerie endormie, mais il ne voyait personne d'autre que l'homme et Lucille entraînée vers la Camaro.

« Police ! cria-t-il. Lâchez-la !

— Restez en dehors de cela, s'il vous plaît, monsieur », répondit l'homme.

Harry en conclut que l'homme avait eu le même parcours que lui. Il n'y avait que les policiers pour employer des formules de politesse dans des situations pareilles. Harry savait aussi que l'intervention physique était inévitable, que la règle numéro un dans un corps-à-corps était simple : ne pas attendre ; celui qui attaque le premier, avec un niveau maximal d'agressivité, l'emporte. C'est pourquoi il ne ralentit pas. Ayant sans doute compris ses intentions, l'homme lâcha Lucille, mit la main dans son dos et en tira un pistolet bien astiqué. Harry reconnut aussitôt le modèle. Un Glock 17. Qui était braqué sur lui.

Il continua de marcher vers l'homme, plus lentement. Il vit son œil viser derrière l'arme. Sa voix fut à moitié assourdie par un pick-up qui passait sur la route.

« Retournez où vous étiez, monsieur. Tout de suite ! »

Mais Harry continuait d'avancer. Il se rendit compte qu'il tenait toujours sa carte de crédit dans la main droite. Était-ce ainsi que cela allait se terminer ? Sur un parking poussiéreux, dans un pays étranger, alors que, baigné de soleil, fauché, légèrement ivre, il tentait de faire ce qu'il n'avait pas réussi pour sa mère, ni pour qui que ce soit d'autre qui avait compté dans sa vie depuis ?

Il ferma les yeux à demi, serra les doigts autour de la carte, formant avec sa main un ciseau à bois.

Dans sa tête tournoyait le titre de la chanson de Leonard Cohen que Lucille avait citée de façon erronée : « Hey, That's No Way to Say Goodbye ».

Oh que si !

1

Vendredi

Il était vingt heures, le soleil de septembre était descendu sur Oslo depuis une trentaine de minutes et c'était l'heure du coucher pour les enfants de trois ans.

Katrine poussa un soupir et chuchota au téléphone. « Tu n'arrives pas à dormir, mon trésor ?

— Gland-mèle chante faux. » L'enfant renifla. « Tu es où ?

— J'ai dû aller au travail, mon trésor, mais je ne vais pas tarder. Tu veux que maman chante un peu ?

— Oui.

— Mais il faut que tu fermes les yeux, alors.

— Oui.

— Biquet ?

— Oui. »

Katrine entonna la chanson mélancolique d'une voix basse et grave. *Biquet, Biquet, mon petit bouc, pense à ton ami.*

Elle se demandait pourquoi, depuis plus d'un siècle, les enfants aimaient s'endormir bercés par l'histoire d'un garçon pris dans les affres de l'angoisse, qui, ne voyant pas Biquet, son bouc préféré, rentrer du pâturage, craint qu'il soit mort quelque part dans les montagnes, tué par un ours, massacré.

Et pourtant, au bout d'un vers, elle entendit le souffle de Gert devenir plus régulier, plus profond, et à la fin du suivant, sa belle-mère murmura dans l'écouteur.

« Il dort.

— Merci, dit Katrine, qui était restée accroupie si longtemps qu'elle dut chercher appui en posant la main par terre. Je rentre dès que je peux.

— Prends le temps qu'il te faudra, ma chérie, et c'est moi qui te remercie de bien vouloir nous recevoir. Tu sais, il ressemble tellement à Bjørn quand il dort. »

Katrine déglutit péniblement. Comme d'habitude, elle était incapable de répondre. Ce n'était pas que Bjørn ne lui manquait pas ni qu'elle n'était pas heureuse que les parents de Bjørn retrouvent leur fils dans les traits de Gert, mais tout simplement que ce n'était pas vrai.

Elle se concentra sur ce qu'elle avait devant elle.

« C'est rude, comme berceuse, fit remarquer Sungmin Larsen, qui était venu s'accroupir à côté d'elle. "Peut-être es-tu mort désormais" ?

— Je sais, mais il n'en veut aucune autre.

— Bon, alors laissons-le l'avoir, conclut son collègue en souriant.

— Oui. Vous avez déjà réfléchi au fait que, quand nous sommes enfants, nous comptons sur l'amour inconditionnel de nos parents sans rien donner en retour ? Nous sommes des parasites. Ensuite, nous grandissons et tout change. À quel moment cesse-t-on de croire qu'on peut être aimé inconditionnellement pour celui ou celle qu'on est, à votre avis ?

— Quand est-ce qu'*elle* a perdu cette foi, vous voulez dire ?

— Oui. »

Ils observaient le corps de la jeune femme qui gisait sur le sol forestier. Son pantalon et sa culotte étaient baissés sur ses chevilles, mais la fermeture Éclair de sa doudoune mince était remontée jusqu'en haut. Son visage, tourné vers le ciel étoilé, paraissait livide à la lueur des projecteurs que les techniciens de la police scientifique avaient installés entre les arbres. Son maquillage avait coulé. Ses cheveux, blondis dans un bombardement de produits chimiques, étaient plaqués d'un côté de son visage. Des lèvres renforcées au silicone, des faux cils qui formaient un auvent au-dessus de ses yeux, l'un, enfoncé, au regard voilé, les traversant sans les voir, l'autre qui n'était plus qu'une orbite vide. Peut-être étaient-ce toutes ces substances synthétiques à peine dégradables qui avaient permis au corps d'être si bien préservé malgré tout.

« Je suppose qu'il s'agit de Susanne Andersen, fit Sung-min.

— Oui, je pense aussi », répondit Katrine.

Les deux enquêteurs venaient, elle, de la Brigade de répression des violences de la police d'Oslo, lui, de Kripos, la police criminelle nationale. Susanne Andersen, vingt-six ans, avait disparu depuis dix-sept jours, la dernière fois qu'elle avait été vue, c'était à la station de T-bane de Skullerud, à environ vingt minutes de marche de l'endroit où ils se trouvaient. Quant à l'autre disparue, Bertine Bertilsen, vingt-sept ans, on avait pour unique piste sa voiture, abandonnée sur un parking de Grefsenkollen, une zone de promenade dans un autre secteur de la ville. La femme qu'ils avaient devant eux était blonde, ce qui correspondait à l'image de Susanne prise par la caméra de surveillance. Bertine, elle, était actuellement brune, selon les témoignages de sa famille et de ses amis.

De plus, aucun tatouage n'ornait le bas dénudé de ce corps, alors que Bertine en avait un sur la cheville, un logo Louis Vuitton.

Jusqu'ici, le mois de septembre avait été relativement frais et sec, les colorations de la peau, bleues, violettes, jaunes, marron, pouvaient cadrer avec un séjour du corps à l'extérieur pendant près de trois semaines. Les gaz qui avaient fini par s'échapper par tous ses orifices le corroboraient. Katrine avait aussi remarqué des filaments blancs sous les narines : des champignons. Dans la grande plaie au cou se tortillaient des asticots jaunâtres aveugles. Katrine avait vu ce spectacle si souvent qu'il ne la faisait plus réagir. Après tout, citation de Harry, les escouades de mouches vert et bleu étaient aussi fidèles que des fans de Liverpool. Quels que soient le lieu, la saison, la météo, elles apparaissent dans les soixante minutes, attirées par les effluves de trisulfure de diméthyle que le corps exsude immédiatement après le décès. Les femelles pondent et, quelques jours plus tard, les larves éclosent et entreprennent de dévorer les chairs pourrissantes. Au terme de la nymphose, elles se transforment en mouches, qui cherchent à leur tour des corps sur lesquels déposer leurs œufs, avant d'arriver un mois plus tard au terme de leur vie et de mourir. Ainsi est leur cycle. Pas si différent du nôtre, se disait Katrine. Enfin, pas si différent du mien.

Elle regarda autour d'elle. Avec leur tenue blanche, les techniciens évoluaient tels des spectres muets parmi les arbres, projetant des ombres inquiétantes chaque fois que les flashs de leurs appareils photo s'illuminaient. La forêt était vaste. L'Østmarka s'étirait sur des dizaines et des dizaines de kilomètres, jusqu'en Suède. Le corps avait été découvert par un joggeur ou, plus exactement, par son chien, qui avait pu s'ébattre sans laisse et s'était enfoncé dans les bois par le sentier de terre. Il faisait déjà nuit, et le joggeur – muni de sa lampe frontale – l'avait suivi pour finalement le retrouver la queue battante, à côté du cadavre. Bon, la queue battante n'avait pas été mentionnée, mais Katrine l'avait imaginée.

« Susanne Andersen », chuchota-t-elle, sans savoir à qui elle s'adressait. À la défunte, peut-être ; en réconfort, comme une affirmation qu'elle était enfin retrouvée et identifiée.

La cause de la mort de Susanne Andersen paraissait évidente. La coupure dessinait un sourire sur son cou mince. Les asticots et insectes divers, voire d'autres animaux aussi, avaient ingéré la majeure partie de son sang, mais Katrine voyait néanmoins des éclaboussures dans la bruyère et sur l'un des troncs d'arbre.

« Tuée sur place, ici, déclara-t-elle.

— On dirait bien, approuva Sung-min. Vous pensez qu'il l'a violée ? Ou qu'il a abusé d'elle après l'avoir tuée ?

— Abusé d'elle après l'avoir tuée. » Katrine éclaira les mains de Susanne avec sa lampe de poche. « Pas d'ongles cassés, pas de signe de lutte, mais je vais voir si quelqu'un de l'Institut médico-légal ne peut pas examiner le corps ce week-end, et on attendra ce qu'ils en disent.

— Autopsie ?

— Ça, ce ne sera sans doute pas possible avant lundi au plus tôt. »

Sung-min soupira.

« Bon, bon, alors ce n'est probablement qu'une question de temps avant qu'on retrouve Bertine

Bertilsen violée et égorgée, quelque part à Grefsenkollen. »

Katrine acquiesça. Au cours de l'année écoulée, Sung-min et elle avaient fait plus ample connaissance, et il avait confirmé sa réputation d'être l'un des meilleurs enquêteurs de Kripos. De nombreux collègues le voyaient prendre la succession d'Ole Winter le jour où celui-ci raccrocherait les gants et estimaient que le service d'investigation de Kripos serait alors bien mieux dirigé. Possible, mais certaines personnes étaient sceptiques à l'idée que l'un des plus grands organes d'investigation du pays soit représenté par un Sud-Coréen adopté, homosexuel et s'habillant comme un aristocrate anglais. Sa veste de chasse en tweed et ses boots en daim contrastaient vivement avec la petite doudoune Patagonia et les chaussures en Gore-Tex de Katrine. Quand Bjørn était encore là, il parlait de « *gorpcore* ». D'après ce qu'elle avait compris, c'était la dernière mode, un peu partout dans le monde, les gens allaient au bar vêtus comme pour un trek en haute montagne. En ce qui la concernait, elle parlait d'adaptation à la vie de mère d'un enfant en bas âge, mais force lui était d'admettre que son revirement vers un style vestimentaire plus sobre, plus pratique, était dû aussi au fait qu'elle n'était plus une jeune enquêtrice talentueuse et rebelle, mais la directrice de la Brigade de répression des violences.

« De quoi pensez-vous qu'il s'agisse ? » demanda Sung-min.

Elle savait qu'ils avaient la même idée en tête, et que ni l'un ni l'autre n'avait l'intention de la formuler à voix haute. Pas encore. Elle toussota.

« Voyons d'abord ce que nous avons ici et déterminons ce qui s'est passé.

— Je suis d'accord. »

« D'accord », Katrine espérait qu'elle entendrait souvent les enquêteurs de Kripos prononcer ce mot dans les prochains jours, même si, bien sûr, elle se félicitait de toute l'aide qu'elle pouvait obtenir. Kripos avait signalé que ses équipes se tenaient prêtes dès que Bertine Bertilsen avait été portée disparue, précisément une semaine après Susanne, et dans des circonstances remarquablement similaires. L'une comme l'autre étaient sorties un mardi soir, sans mentionner à personne leur destination, pour ne jamais reparaître ensuite. D'autres liens pouvant être établis entre les deux jeunes femmes, la police avait alors écarté l'hypothèse selon laquelle Susanne avait pu être victime d'un accident ou attenter à ses jours.

« Bien, alors on fait comme ça, conclut Katrine en se levant. Je vais aller en informer ma cheffe. »

Elle dut attendre quelques instants avant de retrouver la sensibilité des jambes. Elle éclaira le sol avec son téléphone pour s'assurer qu'elle marchait plus ou moins dans les empreintes qu'ils avaient laissées en rejoignant les lieux du crime. Une fois de l'autre côté des rubalises tendues entre les arbres, elle tapa les premières lettres du nom de la directrice de Division des affaires criminelles à la police d'Oslo. Bodil Melling décrocha à la troisième sonnerie.

« C'est Bratt. Désolée de vous appeler si tard, mais il semblerait que nous ayons retrouvé l'une des deux femmes disparues. Tuée, égorgée, d'après des éclaboussures provenant de la carotide, probablement violée ou victime d'abus sexuels. Très vraisemblablement Susanne Andersen.

— C'est triste. »

Le ton était neutre et Katrine imagina son visage

impassible, ses tenues ternes, son langage corporel tiède, sa vie de famille à coup sûr dénuée de conflits et sa vie sexuelle plate. L'unique élément qui semblait émouvoir la nouvelle directrice était la future libération du fauteuil de directeur de la police. Melling était hautement qualifiée, mais Katrine la trouvait d'un ennui insoutenable. Défensive. Lâche.

« Vous organisez une conférence de presse ? demanda Melling.

— D'accord. Vous voulez… ?

— Non. Tant qu'il n'y a pas d'identification définitive, c'est vous qui vous en occupez.

— Avec Kripos, alors ? Ils avaient du monde sur la scène de crime.

— Oui, très bien. S'il n'y a rien d'autre, je vous laisse, nous avons des invités. »

Dans la pause qui suivit, Katrine entendit des conversations en bruit de fond. Cela ressemblait à un aimable échange d'opinions, de ceux où le consensus est total, où l'un ne fait que confirmer et approfondir ce que l'autre a dit. De la création de lien social. C'était ainsi que Bodil Melling préférait les choses. Nul doute qu'elle serait agacée si Katrine remettait le sujet sur la table. Katrine en avait parlé dès que Bertine Bertilsen avait été portée disparue et qu'on s'était mis à suspecter que les deux femmes avaient pu être tuées par le même homme, mais c'était sans espoir. Melling avait été parfaitement claire, la discussion était close. Katrine aurait dû laisser tomber.

« Une dernière chose. »

Elle laissa sa phrase en suspens, respira.

La directrice des affaires criminelles la devança.

« La réponse est non, Bratt.

— Mais c'est le seul spécialiste dont nous disposions, et le meilleur.

— Le pire, aussi. En plus, nous ne *disposons* plus de lui. Dieu merci, d'ailleurs.

— La presse va se demander où il est, demander pourquoi nous ne l'avons pas f…

— Alors vous n'aurez qu'à dire la vérité : nous ne savons pas où il est. En plus, compte tenu de ce qui est arrivé à sa femme, de sa nature instable et de son alcoolisme, je ne vois pas comment il parviendrait à être opérationnel dans une enquête criminelle.

— Je crois que je sais comment le trouver.

— Oubliez ça, Bratt. Si vous commencez à recourir aux vieux héros dès que la situation devient un peu tendue, c'est une dévalorisation implicite des équipes de la Brigade de répression des violences. À votre avis, qu'est-ce que ça fera à leur estime et à leur motivation si vous leur dites que vous voulez faire venir une épave qui n'a plus son insigne ? C'est ce qu'on appelle du mauvais management, Bratt.

— D'accord, répondit Katrine en déglutissant avec difficulté.

— Bien ! J'apprécie que vous en preniez votre parti. Autre chose ? »

Katrine réfléchit. Melling était donc capable de s'énerver et de montrer un peu les crocs, en fin de compte. Tant mieux. Elle regarda le croissant de lune au-dessus des arbres. La veille, Arne, le jeune homme avec qui elle sortait depuis maintenant près d'un mois, lui avait expliqué que, dans deux semaines, aurait lieu une éclipse totale, dite lune de sang. C'était une occasion à célébrer. Katrine n'y connaissait rien, mais manifestement, ce phénomène ne se produisait que tous les deux ou trois ans, et Arne était tellement enthousiaste qu'elle n'avait pas eu le cœur de souligner qu'il n'était pas forcément judicieux de se projeter si loin, qu'ils se connaissaient à peine. Si elle avait toujours été quelqu'un de direct, qui ne reculait jamais devant le conflit – elle tenait sans doute cela de son père, un policier de Bergen dont les ennemis avaient été encore plus nombreux que les jours de pluie de la ville –, elle avait cependant appris à choisir ses batailles et le moment de les livrer. Toutefois, après réflexion, elle comprenait que, si sa confrontation avec un homme avec lequel elle ne se savait aucun avenir pouvait attendre, celle-ci devait avoir lieu. Le plus tôt serait le mieux.

« Une chose, simplement... Est-ce que ça vous convient aussi que je le dise à la conférence de presse, si jamais on me pose la question ? Ou aux parents de la prochaine fille qui sera tuée ?

— Que vous disiez quoi ?

— Que la police d'Oslo refuse l'aide de l'homme qui a élucidé trois affaires de meurtres en série à Oslo, conduisant à l'arrestation des tueurs, parce que nous pensons que ça pourrait égratigner l'amour-propre de certains collègues. »

Il y eut un long silence, et cette fois, Katrine n'entendait plus de conversations en bruit de fond. Finalement, Bodil Melling s'éclaircit la gorge.

« Vous savez quoi, Katrine ? Ça fait longtemps que vous travaillez dur sur cette affaire. Faites donc cette conférence de presse, reposez-vous ce week-end, et on se reparlera lundi. »

Elles raccrochèrent. Katrine appela le service de Médecine légale. Plutôt que de suivre la procédure habituelle, elle préféra s'adresser directement à Alexandra Sturdza, qui n'avait ni enfant ni petit ami et n'était pas non plus trop regardante sur ses horaires de travail. Et en effet, celle-ci répondit qu'elle jetterait un coup d'œil au corps avec un collègue dans le courant de la journée du lendemain.

Ensuite, Katrine resta à observer la défunte. Sans doute parce qu'elle s'était imposée dans un monde d'hommes à la force du poignet, elle n'avait jamais réussi à se défaire d'un certain mépris pour les femmes qui, volontairement, se rendaient dépendantes d'eux. Les points communs entre Susanne et Bertine ne se limitaient pas à ce qu'elles vivaient des hommes, elles avaient aussi partagé le même : Markus Røed, magnat de l'immobilier, de trente ans leur aîné. Leur vie et leur existence reposaient sur leur condition de femmes entretenues par des hommes qui avaient le travail et l'argent qu'elles-mêmes n'avaient pas. La contrepartie était leur corps, leur jeunesse, leur beauté, et – si la liaison était exposée – le plaisir pour leur hôte d'élection de voir l'envie qu'il suscitait chez d'autres hommes. Cependant, à la différence d'un enfant, les femmes comme Susanne et Bertine devaient accepter que l'amour ne soit pas inconditionnel. Tôt ou tard, leur hôte les lâcherait, et elles devraient en trouver un autre à parasiter, ou à laisser les parasiter, suivant la façon dont on voyait les choses.

Était-ce de l'amour ? Ou plutôt, était-ce aussi de l'amour ? Et pourquoi pas ? Parce que c'était déprimant d'y songer ?

Parmi les arbres, en direction du sentier, Katrine vit le gyrophare de l'ambulance qui était arrivée sans bruit. Elle pensa à Harry Hole. Oui, elle avait eu des nouvelles de lui en avril dernier. Une carte postale de Venice Beach, cachetée, qui l'eût cru, à Los Angeles. Comme le signal d'un sonar de sous-marin dans les profondeurs. Le texte était court. « Envoie de l'argent. » Elle n'était pas sûre que ce soit uniquement une blague. Depuis, plus rien.

Plus rien du tout.

Le dernier vers de la chanson, celui auquel elle n'était pas arrivée, résonnait dans ses oreilles.

Biquet, mon Biquet, réponds-moi, laisse-
moi entendre ton chevrotement familier
Pas encore, mon Biquet, ne meurs pas
maintenant, n'abandonne pas ton ami.

2

Vendredi

En avoir pour son argent

Comme d'ordinaire, la conférence de presse se déroulait dans la grande salle de l'hôtel de police. Mona Daa, spécialiste des affaires criminelles de *VG*, attendait avec ses confrères que les représentants de la police investissent l'estrade. Elle pouvait constater que, malgré les vingt et une heures cinquante-sept affichées par l'horloge murale, la pièce était remplie. Plus d'une vingtaine de journalistes, et ce un vendredi soir. Elle avait débattu brièvement avec son photographe de la question du rendement : un double meurtre était-il deux fois plus vendeur ou cela allait-il en décroissant. Le photographe considérait que la qualité l'emportait sur la quantité : si la victime était jeune, d'ethnicité norvégienne, et plus séduisante que la moyenne, elle attirait plus de clics que, par exemple, un couple de quadragénaires toxicomanes qui avait fait de la prison. Ou deux, et même trois, garçons immigrés membres d'un gang.

Il n'avait pas tort. Pour le moment, seul le meurtre d'une des filles disparues avait été confirmé, mais selon toute vraisemblance, ce n'était qu'une question de temps avant qu'on apprenne que l'autre avait subi le même sort, et toutes deux étaient jeunes, d'ethnicité norvégienne, jolies. On ne pouvait pas faire mieux. Mona ne savait qu'en penser, était-ce la preuve d'une sollicitude particulière pour les individus jeunes, innocents, plus vulnérables, ou d'autres facteurs entraient-ils en jeu ? Ceux qui attiraient habituellement le clic : le sexe, l'argent, la vie que les lecteurs auraient eux-mêmes voulue.

À propos de convoiter : elle avait les yeux sur un trentenaire assis dans la rangée devant elle. Il portait la chemise en flanelle sur laquelle tous les hipsters avaient jeté leur dévolu cette année et le chapeau pork pie de Gene Hackman dans *French Connection*. Terry Våge, de *Dagbladet*. Elle aurait voulu ses sources. Depuis le début de cette affaire, il gardait un coup d'avance sur tout le monde. Par exemple, il avait été le premier à mentionner la présence de Susanne Andersen et de Bertine Bertilsen à la même soirée, citant une source qui affirmait que Røed avait été leur *sugar daddy*. C'était exaspérant, et pas seulement parce que c'était un concurrent, sa simple présence ici l'agaçait. Comme s'il l'avait entendue, il se retourna, lui adressa un regard direct assorti d'un large sourire et effleura de l'index le bord de son chapeau ridicule.

« Tu lui plais, commenta le photographe.

— Je sais. »

Våge avait développé un intérêt pour Mona dès l'instant où il avait fait son improbable retour dans le journalisme d'affaires criminelles et où elle avait commis l'erreur de se montrer relativement sympathique avec lui lors d'un séminaire sur, comble du comble, la déontologie de la presse. Les autres journalistes le fuyaient comme la peste, il avait donc dû prendre son attitude pour un encouragement. Ensuite, il l'avait contactée pour lui demander des « conseils et tuyaux ». Comme si elle pouvait avoir envie d'être le mentor d'un concurrent. Comme si elle pouvait éprouver le moindre désir d'avoir un quelconque rapport avec une personne comme lui. Tout le monde savait que les rumeurs à son sujet ne pouvaient pas être entièrement infondées. Hélas, plus elle était distante, plus il était ardent. Au téléphone, sur les réseaux sociaux, jusque dans les bars, où il débarquait de nulle part. Fidèle à elle-même, Mona avait eu besoin d'un peu de temps pour saisir que c'était *elle* qui l'intéressait. Avec sa silhouette ramassée, son visage large, ses cheveux que sa mère avait qualifiés de « tristes » et sa démarche en crabe due à une malformation congénitale de la hanche, Mona n'avait jamais été le premier choix des garçons. Dieu seul sait si c'était pour compenser, elle s'était mise à la musculation, était devenue plus râblée encore, mais soulevait désormais cent vingt kilos et avait décroché une médaille de bronze au championnat de Norvège de bodybuilding. Ayant compris que l'on – du moins elle – n'obtenait jamais rien sans contrepartie, elle avait développé un charme offensif, un humour et une rudesse à toute épreuve que les poupées Barbie ne pouvaient que lui envier, et conquis ainsi le trône de reine du crime, et Anders. Des deux, c'était Anders qui avait le plus de valeur à ses yeux. D'un cheveu, certes. Quoi qu'il en soit, si cette attention que lui vouait Våge était inhabituelle et flatteuse, il était totalement hors de question de l'explorer plus avant, et, sans l'avoir déclaré ouvertement, Mona considérait le lui avoir fait savoir par son ton et son langage corporel, mais de toute évidence, il avait l'oreille et le regard sélectifs. Parfois, quand il la fixait de ses pupilles dilatées, elle se demandait s'il prenait des substances illégales, ou s'il n'était simplement pas tout à fait d'équerre. Un soir, il avait surgi dans un bar et profité de ce qu'Anders soit aux toilettes pour lui susurrer : « Tu es mienne. » Pas assez fort pour couvrir la musique, mais tout de même pas assez bas. Elle avait feint de ne rien entendre, mais il s'était contenté de rester tranquillement là, plein d'assurance, un sourire rusé aux lèvres, comme s'ils partageaient désormais un secret ; le con. Elle ne voulait pas d'histoires avec Anders, elle ne lui avait rien dit. Il l'aurait bien pris, elle en était sûre, mais elle n'avait donc rien dit. Que s'imaginait donc Våge ? Que son intérêt pour lui, le spécialiste en affaires criminelles qui avait toujours une longueur d'avance sur les autres, le nouveau mâle alpha de leur petit troupeau, était nécessairement proportionnel à son avancement ? Car sa position était de plus en plus robuste, c'était indiscutable. Donc, oui, si elle désirait ce qu'un autre avait, c'était de redevenir la première sur la piste, de ne plus être déclassée et réduite à galoper derrière Terry Våge avec le reste du peloton.

« D'où est-ce qu'il tire ça, à ton avis ? » chuchota-t-elle au photographe.

Il haussa les épaules. « Peut-être qu'il invente, cette fois aussi. »

Mona secoua la tête. « Non, ce qu'il écrit maintenant tient la route. »

Markus Røed et Johan Krohn, son avocat, n'avaient même pas cherché à réfuter les allégations de Våge, une confirmation en soi.

Mais Våge n'avait pas toujours été le roi du crime. Toute sa vie il serait poursuivi par cette histoire. La fille avait pour nom d'artiste Genie, c'était une chanteuse de glam rock rétro à la Suzi Quatro, pour qui s'en souvenait. L'affaire remontait à cinq ou six ans et le pire n'était pas que Våge ait inventé et fait publier des histoires mensongères, mais qu'il aurait versé du Rohypnol dans son verre pour essayer de coucher avec elle. À l'époque, il écrivait dans un grand journal gratuit. Il était tombé fou amoureux d'elle, mais l'adolescente l'avait éconduit plusieurs fois de suite – malgré ses critiques dithyrambiques. Il avait néanmoins continué d'assister aux concerts, de participer aux after. Jusqu'au soir où – si l'on en croyait la rumeur – il avait versé de la drogue dans son verre avant de la porter dans la chambre qu'il avait réservée dans le même hôtel que le groupe. Ayant compris le tableau, les gars du groupe avaient forcé la porte. Genie gisait inconsciente sur le lit, à moitié dévêtue. Ils avaient tabassé Våge si copieusement qu'il en était ressorti avec le crâne ouvert et deux mois d'hôpital. Genie et son groupe avaient dû estimer la sanction suffisante, ou alors ils ne voulaient pas risquer d'être eux-mêmes poursuivis, quoi qu'il en soit, aucune des parties n'avait porté plainte. En revanche, c'en était fini des bonnes critiques. Non content de massacrer la majeure partie de ses productions, Terry Våge racontait les infidélités de Genie, sa consommation de stupéfiants, les faux renseignements dont elle remplissait ses demandes de subventions de tournée, il l'accusait de plagiat, d'exploitation financière des musiciens du groupe. Une douzaine de plaintes plus tard, le conseil de déontologie journalistique avait conclu que Våge avait tout bonnement inventé une grande partie des faits. Licencié par son journal, il était devenu persona non grata dans la presse norvégienne pendant les cinq années suivantes. On se demandait comment il avait bien pu réintégrer le milieu. Enfin, peut-être pas. Il avait compris qu'il était fini comme critique musical, mais il écrivait un blog sur les affaires criminelles au lectorat de plus en plus nombreux, et finalement *Dagbladet* avait décrété qu'on ne pouvait pas radier un journaliste sur la base de quelques erreurs de jeunesse et avait fait appel à ses services de pigiste, pigiste qui pour l'heure occupait plus de colonnes que certains membres de la rédaction.

Våge détourna enfin le regard de Mona : les forces de l'ordre faisaient leur entrée. Deux personnes de la police d'Oslo, l'inspectrice principale Katrine Bratt, de la Brigade de répression des violences, et le directeur de l'information Kedzierski, avec sa tignasse bouclée à la Dylan, deux autres de Kripos, le directeur du service d'investigation en personne, cette espèce de terrier d'Ole Winter, et Sung-min Larsen, toujours tiré à quatre épingles. Mona en conclut qu'il était d'ores et déjà décidé que l'enquête serait une collaboration entre la Brigade de répression des violences, la Volvo, et Kripos, la Ferrari.

La plupart des journalistes levèrent leur téléphone pour enregistrer, mais Mona prenait ses notes à la main et laissait la photographie à son collègue.

Comme on pouvait s'y attendre, ils n'apprirent pas grand-chose, si ce n'est qu'on avait découvert un corps dans les forêts de l'Østmarka, plus précisément dans le coin de Skullerud, et que ce corps avait été identifié comme celui de Susanne Andersen, qui était portée disparue. La police abordait l'affaire comme un possible meurtre, mais ne pouvait à l'heure actuelle fournir aucun élément sur la cause de la mort, le déroulement des événements, les suspects, et ainsi de suite.

Suivit le cirque habituel ; aux multiples questions

des journalistes répondaient les « pas de commentaire » et les « nous ne pouvons pas répondre sur ce point » des gens de l'estrade, essentiellement Katrine Bratt.

Mona bâilla. Anders et elle étaient censés se retrouver pour un dîner tardif, histoire de commencer le week-end en beauté, mais c'était fichu. Elle nota ce qui se disait, en ayant l'impression d'écrire un rapport qu'elle avait déjà rédigé par le passé. Terry Våge devait avoir le même ressenti : il ne prenait pas de notes, visiblement n'enregistrait rien, se contentait de rester calé sur sa chaise, à observer la scène avec un petit sourire qui semblait assez triomphal. Il ne posa aucune question, comme s'il détenait déjà les réponses qui l'intéressaient. On aurait dit que les autres n'avaient aussi plus rien à demander, et lorsque le directeur de l'information parut prendre son élan pour mettre un terme à la conférence de presse, Mona brandit son stylo.

« Oui, *VG* ? fit Kedzierski, l'air de dire que la question avait intérêt à être courte, c'était maintenant le week-end.

— Avez-vous le sentiment de disposer des compétences nécessaires pour le cas où ceci se révélerait être le fait d'une personne qui tue à nouveau, j'entends par là un… »

Katrine Bratt s'était penchée en avant, elle l'interrompit : « Comme nous le disions, aucun élément ne nous permet d'affirmer qu'il y a un lien entre ce décès et d'éventuels autres actes criminels. Pour ce qui est de la compétence conjointe de la Brigade de répression des violences et de Kripos, j'ose affirmer qu'elle est adéquate au regard de ce que nous savons de l'affaire à ce stade. »

Mona perçut la réserve : *au regard de ce que nous savons*. Elle nota aussi que Sung-min Larsen, à côté de Bratt, n'avait ni acquiescé à ses propos ni trahi d'aucune manière son opinion sur cette compétence.

La conférence de presse s'acheva. Mona et ses confrères sortirent dans la douce nuit d'automne.

« Alors ? Qu'en penses-tu ? demanda le photographe.

— J'en pense qu'ils sont contents d'avoir un corps.

— *Contents*, tu dis ?

— Oui. Susanne Andersen et Bertine Bertilsen sont mortes l'une depuis quinze jours, l'autre depuis trois semaines, la police le sait, mais jusqu'ici elle n'a pas eu la moindre piste à part la soirée chez Røed. Alors, oui, je pense qu'ils sont contents de commencer le week-end en ayant à tout le moins un corps pour nous apporter des éléments.

— Bon sang, Daa, tu es vraiment insensible. »

Mona le regarda avec stupéfaction, s'interrogea sur ce qu'il venait de dire.

« Merci », répondit-elle.

Il était vingt-trois heures quinze lorsque Johan Krohn trouva enfin une place pour sa Lexus UX 300e, puis le numéro de rue. L'avocat, qui affichait cinquante ans, était perçu par ses confrères comme l'un des trois, maximum quatre, meilleurs d'Oslo, et par le public comme le tout premier, en vertu de sa forte médiatisation. Étant, à quelques exceptions près, plus célèbre que ses clients, il ne donnait pas dans les visites à domicile, mais laissait à ses clients le soin de se déplacer jusqu'au cabinet d'avocats Krohn et Simonsen, situé Rosenkrantz gate, et ce de préférence aux horaires de bureau. Enfin, en l'occurrence, visite à domicile était sans doute un abus de langage, puisque la résidence principale officielle de Markus Røed était un *penthouse* de 260 mètres carrés dans l'un des nouveaux immeubles du quartier d'Oslobukta, et non cet immeuble de Thomas Heftyes gate.

Selon les instructions qui lui avaient été données au téléphone une demi-heure plus tôt, Krohn appuya sur la sonnette au nom de Barbell Immobilier, la société de Røed.

« Johan ? fit la voix essoufflée de Markus Røed. Quatrième étage. »

La porte bourdonna, Krohn la poussa.

L'ascenseur avait l'air suffisamment suspect pour qu'il lui préfère l'escalier aux larges marches en chêne et à la rampe en fonte aux formes évoquant Gaudí plutôt qu'un vénérable immeuble norvégien. Au quatrième, la porte était entrebâillée. On aurait cru qu'une guerre faisait rage de l'autre côté, ce qui se révéla être le cas lorsqu'il pénétra dans la lumière bleuâtre du salon. Trois hommes étaient tournés devant un écran de télévision de cent pouces au bas mot. L'homme du milieu était équipé de lunettes de réalité virtuelle et tenait une manette de jeu dans chaque main. Ses acolytes, nettement moins grands que lui, étaient deux hommes d'une vingtaine d'années, qui se contentaient manifestement du rôle de spectateurs et se servaient du téléviseur comme d'un moniteur pour voir ce que l'homme voyait dans ses lunettes. À en juger par les casques des soldats allemands qui se ruaient sur eux et que le grand aux manettes criblait de balles, le combat se déroulait dans une tranchée de la Première Guerre mondiale.

« Yeah ! » s'exclama l'un des jeunes hommes alors

que le dernier Allemand s'effondrait, le crâne pulvérisé.

Le grand ôta ses lunettes, se tourna vers Krohn.

« Bon, eh bien voilà en tout cas cette histoire réglée ! » fit-il, avec un rictus de satisfaction.

Markus Røed était bel homme pour son âge. Le visage large, le regard taquin, le teint toujours hâlé, la peau lisse, la chevelure noire ramenée en arrière, aussi luisante et fournie que celle d'un jeunot de vingt ans. Certes, sa silhouette s'était légèrement épaissie, cependant sa stature pouvait faire passer son ventre pour une marque de dignité. N'importe comment, ce qu'on remarquait d'emblée était sa vitalité, son énergie, qui d'abord charmait, puis submergeait et finalement lassait considérablement, mais il avait alors obtenu ce qu'il voulait, les gens étaient libres de le laisser en plan. Cette énergie pouvait néanmoins être en dents de scie, à l'instar de son humeur. Krohn supposait que ce n'était pas sans rapport avec la poudre blanche dont on apercevait des traces sous une narine de son client. Il était parfaitement conscient de tout cela, mais il tenait le coup, parce que Røed avait insisté pour lui payer une fois et demie son tarif horaire, afin de s'assurer son attention sans partage, sa loyauté et son désir d'obtenir des résultats, comme il l'avait formulé, mais surtout parce que c'était le client de rêve : un milliardaire très médiatique à l'image si insupportable qu'en devenant son avocat, il ne faisait pas figure d'opportuniste, mais paradoxalement, d'homme de courage et de principes. Alors, oui, le temps de cette affaire, il pouvait bien accepter d'être convoqué un vendredi soir.

Røed fit un geste et les deux jeunes hommes quittèrent la pièce.

« Vous connaissez *War Remains*, Johan ? Non ? C'est un jeu de RV épatant, sauf qu'on ne peut pas buter les gens. Ceci, dit-il en inclinant la tête vers l'écran tout en versant l'alcool ambré d'une carafe dans deux verres en cristal, en est plus ou moins l'imitation. Le développeur voudrait que j'investisse. Le jeu cherche à conserver la magie de *War Remains*, mais on peut, comment dire, intervenir sur le cours de l'histoire… Parce que c'est ce que nous voudrions, n'est-ce pas ? »

Il lui tendit un verre.

« Je conduis », précisa Krohn, la main levée en signe de refus.

Røed l'observa une seconde, comme s'il ne voyait pas le rapport, puis il éternua violemment, s'assit dans un Barcelona en cuir et posa les deux verres sur la table basse.

Krohn s'installa dans l'un des autres fauteuils.

« À qui appartient cet appartement ? »

Il regretta aussitôt sa question. Pour un avocat, il est souvent plus sage de ne pas trop en savoir.

« À moi. Je m'en sers pour… vous savez, me retirer. »

Le haussement d'épaules de Røed, son sourire canaille racontaient le reste. Krohn avait eu d'autres clients possédant de tels appartements. À la faveur d'une liaison extraconjugale, qui par bonheur lui avait permis de comprendre ce qu'il risquait de perdre avant qu'il ne soit trop tard, il avait lui-même envisagé d'acquérir ce que l'un de ses collègues appelait une garçonnière pour hommes qui ne sont pas vieux garçons.

« Quelle est la suite ? demanda Røed.

— Eh bien, maintenant, Susanne est identifiée et

on a déterminé que c'était un meurtre, donc l'enquête va connaître une nouvelle phase. Il faut vous préparer à ce que la police veuille de nouveau vous entendre.

— Autrement dit, les projecteurs vont encore plus se braquer sur moi ?

— Oui, à moins que la police ne trouve, sur les lieux du crime ou sur le corps, un élément qui vous mette hors de cause. Nous pouvons toujours l'espérer.

— Je pensais bien que vous diriez quelque chose dans ce goût-là, mais je ne peux plus rester à attendre sans rien faire, Johan. Vous savez que Barbell Immobilier a perdu trois gros contrats ces quinze derniers jours ? Les gens fournissent de piètres excuses, ils veulent attendre de meilleures offres et ainsi de suite, personne n'ose dire franchement que c'est dû à ces articles de *Dagbladet* sur les filles et moi, qu'ils ne veulent pas être associés à un potentiel tueur ou qu'ils ont peur que je me fasse coffrer et que ma société mette la clef sous la porte. Si je reste les bras croisés en espérant que la police fasse son boulot, Barbell Immobilier pourrait bien couler avant que cette bande de rigolos sous-payés de la fonction publique ne trouvent de quoi me décrocher du pilori. Nous devons être proactifs, Johan, prouver au monde que je suis innocent. À tout le moins que je considérerais à mon avantage que la vérité soit révélée.

— Oui ?

— Nous devons embaucher nos propres enquêteurs. Les meilleurs. Au mieux, nous trouverons le tueur. À défaut, j'aurai montré que j'essaie de découvrir la vérité. »

Johan Krohn acquiesça. « Passez-moi l'expression et n'y voyez pas de sous-entendu de ma part, mais permettez-moi de me faire l'avocat du diable.

— Allez-y ! répondit Røed en éternuant.

— D'abord, les meilleurs enquêteurs travaillent déjà pour Kripos, qui paie mieux que la Brigade de répression des violences. Quand bien même ils accepteraient de décrocher d'une carrière sûre pour une courte mission comme celle-ci, ils auraient à respecter un préavis de trois mois et seraient soumis à une clause de confidentialité sur ces affaires de disparition. Ce qui les rend donc inutilisables pour nous. Ensuite, vous ne feriez que vous tirer une balle dans le pied, puisqu'une telle enquête apparaîtrait comme la commande d'un milliardaire. Si vos enquêteurs découvraient des faits vous mettant hors de cause, cela sèmerait aussitôt le doute, ce qui, en revanche, ne serait pas le cas si c'était la police qui découvrait lesdits faits.

— Ah ! fit Røed dans un sourire, tout en s'essuyant le nez avec un mouchoir en papier. J'adore en avoir pour mon argent. Vous êtes si doué ! Bon, vous m'avez exposé les problèmes, maintenant, montrez-moi que vous êtes le meilleur en m'expliquant comment les résoudre. »

Johan Krohn se redressa sur son fauteuil. « Je vous remercie de votre confiance, mais il y a un hic.

— Parce que ?

— Vous parlez des meilleurs enquêteurs. Il y en a un qui est sans doute le meilleur, en tout cas il a obtenu des résultats par le passé.

— Mais ?

— Mais il n'est plus dans la police.

— Si j'ai bien compris ce que vous m'expliquiez, ça devrait plutôt être un avantage, non ?

— S'il n'est plus dans la police, c'est pour toutes les mauvaises raisons.

— À savoir ?

— Par où commencer ? Déloyauté. Grave négligence en service. Ivresse au travail, alcoolisme patent. Plusieurs cas de violences. Consommation de stupéfiants. Il n'a pas été condamné, mais est coupable de la mort d'au moins un collègue. Bref, il a probablement plus de forfaits sur la conscience que la plupart des criminels qu'il a coffrés. En plus, c'est un vrai cauchemar de travailler avec lui.

— Ça fait beaucoup… Alors pourquoi le mentionnez-vous, s'il est tellement impossible ?

— Parce que c'est le meilleur, et parce qu'il pourrait remplir l'autre critère que vous évoquiez.

— Dites-moi.

— De par les affaires qu'il a résolues, c'est l'un de nos rares enquêteurs qui ait une espèce d'aura publique, et une image d'intransigeance, d'intégrité je-m'en-foutiste. Tout cela est exagéré, bien sûr, mais ces mythes plaisent. Et, en ce qui nous concerne, cette image pourrait tempérer le soupçon que l'enquête est achetée.

— Là, vous valez votre pesant d'or, Johan Krohn ! C'est lui qu'il nous faut ! conclut Røed avec un rictus carnassier.

— Mais il y a un problème…

— Ah, non ! Vous n'avez qu'à monter les prix jusqu'à ce qu'il accepte.

— Personne ne semble savoir précisément où il se trouve. »

Røed leva son verre sans boire, se contentant de plonger le regard dans le whisky. « Qu'entendez-vous par "précisément" ?

— Dans le cadre de mes occupations professionnelles, il m'arrive de croiser Katrine Bratt, la directrice de la Brigade de répression des violences, où il travaillait. Quand je lui ai posé la question, elle m'a raconté que la dernière fois qu'il avait donné signe de vie, il était dans une grande ville, mais elle ne savait pas où dans la ville, ni ce qu'il y faisait. Elle ne paraissait pas très optimiste pour lui, si vous voulez savoir.

— Hé ! Ne retirez pas vos billes maintenant que vous venez de me vendre le bonhomme, Johan ! C'est lui qu'il nous faut, je le sens. Alors trouvez-le. »

Krohn soupira. Il regretta encore. L'ambitieux plein d'orgueil qu'il était avait bien sûr foncé dans le panneau « montre-que-tu-es-le-meilleur » que Markus Røed lui tendait et auquel il recourait certainement tous les deux jours, mais maintenant qu'il était pris au piège, il ne pouvait plus rebrousser chemin. Il allait devoir passer quelques coups de fil. Il calcula le décalage horaire : il ne lui restait plus qu'à s'y mettre sans tarder.

3

Samedi

Alexandra Sturdza examinait son reflet dans le miroir du lavabo alors qu'elle se lavait soigneusement les mains selon le protocole, comme si elle s'apprêtait à toucher une personne vivante, et non un cadavre. Son visage était dur, vérolé. Ses cheveux, tirés en un chignon sévère, restaient d'un noir de jais, mais elle attendait ses premières stries grises, sa mère les avait eues dès le début de la trentaine. Son regard marron était jugé assassin par les hommes norvégiens, surtout quand ils essayaient d'imiter son imperceptible accent. À ceux qui, visiblement, prenaient la Roumanie pour une vaste plaisanterie et blaguaient sur son pays natal, elle rétorquait que sa ville, Timişoara, avait été la première d'Europe à s'équiper de réverbères électriques, en 1884, deux générations avant Oslo. En arrivant en Norvège, à l'âge de vingt ans, elle avait appris la langue en six mois, tout en jonglant avec trois emplois. Elle s'en était tenue à deux ensuite pendant ses études de chimie à NTNU, et n'en gardait désormais qu'un seul, à l'Institut médico-légal, tout en rédigeant sa thèse de doctorat sur l'analyse d'ADN. Parfois, pas si souvent, elle se demandait ce qui la rendait manifestement séduisante aux yeux des hommes. Ce ne pouvait être son visage ou son attitude directe, voire brutale par moments, ni son intellect et son CV, qu'ils semblaient percevoir comme menaçants plutôt que stimulants. Elle soupira. Un jour, un mec lui avait dit que son corps était le croisement d'un tigre avec une Lamborghini. Elle ne laissait pas de s'étonner qu'un commentaire si kitsch puisse paraître totalement déphasé ou parfaitement acceptable, voire merveilleux, selon la personne qui le prononçait. Elle ferma le robinet et entra dans la salle d'autopsie.

Helge était déjà prêt. Le technicien d'autopsie, de deux ans son cadet, était vif et avait le rire facile, deux qualités majeures, selon Alexandra, quand on travaillait avec des cadavres auxquels on devait soutirer les secrets de leur mort. Helge était ingénieur en biologie, Alexandra, ingénieure en chimie, tous deux étaient qualifiés pour les examens externes du corps, à défaut de l'autopsie clinique complète. Pourtant, certains anatomopathologistes cherchaient à affirmer leur supériorité en qualifiant les techniciens d'autopsie de *Diener*, serviteur, comme les pathologistes allemands de la vieille école. Cela laissait Helge de marbre, mais Alexandra devait admettre que cela l'agaçait parfois, en particulier un jour comme aujourd'hui, où elle procédait à tout l'examen préliminaire qu'aurait effectué un pathologiste, et largement aussi bien. Helge était son chouchou à la Médecine légale, il répondait toujours présent, ce qui n'était pas le cas de tous les Norvégiens quand on les sollicitait un samedi, ou en semaine après seize heures. Elle se demandait parfois où ce peuple fainéant se serait situé sur l'échelle des niveaux de vie si les Américains n'avaient pas trouvé de pétrole sur son socle continental.

Elle augmenta l'intensité de la lampe qui éclairait le corps nu de la jeune femme sur la table d'autopsie. L'odeur d'un cadavre dépendait de nombreux facteurs : l'âge, les circonstances de la mort, les éventuels médicaments ou aliments consommés, et, bien sûr, le stade de décomposition. Alexandra s'accommodait sans peine de la fétidité des chairs pourries, de l'urine et des excréments. Elle supportait même les gaz de décomposition que le corps relâchait parfois en longs soufflements. C'était l'estomac qui la prenait à la gorge. Les relents de vomissure, de bile, d'acides divers. À cet égard, Susanne Andersen n'était pas des pires, même après trois semaines dehors.

« Aucune larve ? demanda Alexandra.

— Je les ai ôtées, répondit Helge en levant le flacon d'acide acétique qu'ils utilisaient à ces fins.

— Mais tu les as gardées ?

— Oui. »

Il désigna une boîte de Petri contenant une douzaine d'asticots. On les conservait, car leur longueur permettait d'estimer depuis combien de temps les œufs avaient éclos et de donner une idée du moment du décès. Pas à l'heure près, mais en jours et en semaines.

« C'est une procédure rapide, précisa-t-elle. La Brigade de répression des violences souhaite simplement avoir une cause probable de la mort et un examen externe. Prélèvements de sang, d'urine, de liquides corporels. La pathologiste fera l'autopsie complète lundi. Tu as des plans pour ce soir ? Là… »

Helge photographia ce qu'elle lui montrait.

« Je pensais regarder un film.

— Et si tu venais danser dans un club gay avec moi ? » Elle prit des notes, pointa encore l'index. « Là.

— Je ne sais pas danser.

— N'importe quoi ! Tous les homos savent danser. Tu vois la plaie sur la gorge ? Elle commence du côté gauche, s'approfondit un peu plus loin et est plus superficielle sur la droite. Ça suggère un tueur droitier, qui la tenait par-derrière. L'autre jour, un des pathologistes parlait d'une plaie similaire, tout le monde pensait que c'était un meurtre, mais il est apparu que l'homme s'était tranché la gorge lui-même. Faut être sacrément déterminé, hein ? Alors, qu'est-ce que tu en dis ? Tu veux aller danser avec des homos ce soir ?

— Et si je n'étais pas homo ?

— Alors, je ne voudrais plus faire la fête avec toi, Helge », fit Alexandra en écrivant.

Il rit, prit une photo. « Et pourquoi ?

— Parce que tu serais un obstacle pour les autres hommes. Un bon allié se doit d'être homo.

— Je pourrais faire semblant.

— Ça ne marche pas. Les hommes décampent dès qu'ils sentent l'odeur de la testostérone. C'est quoi ça, à ton avis ? »

Elle positionna une loupe juste au-dessous du mamelon de Susanne Andersen.

Helge se pencha. « De la salive séchée… Ou de la morve. Pas du sperme, en tout cas.

— Prends une photo, je vais faire un frottis. Je l'examinerai lundi, au labo. Avec un peu de chance, ce sera de la matière à ADN. »

Il photographia. Elle examina la bouche, les oreilles, les narines, les yeux.

« Il s'est passé quoi ici, à ton avis ? » Elle éclaira l'orbite vide avec une lampe-stylo.

« Un animal ?

— Non, je ne pense pas. » Elle braqua le faisceau

lumineux sur les bords. « Il ne reste rien du globe oculaire et il n'y a aucune lésion autour qui aurait pu être occasionnée par des griffes d'oiseaux ou de rongeurs. En plus, pourquoi cet animal n'aurait-il mangé qu'un seul œil ? Prends une photo là… » Elle éclaira l'intérieur de l'orbite. « À cet endroit, tu vois, les nerfs semblent avoir été sectionnés, comme avec un couteau.

— Putain, mais qui peut faire une chose pareille ? » soupira Helge.

Alexandra secoua la tête.

« Des hommes en colère. Des hommes très, très en colère et très abîmés, et ils sont dehors, en liberté. Moi aussi, je devrais peut-être regarder un film à la maison ce soir au lieu de sortir.

— C'est ça oui.

— Bon. Voyons s'il l'a aussi agressée sexuellement. »

Après avoir constaté l'absence de lésions évidentes sur les organes sexuels externes et de traces de sperme sur le pourtour du vagin, ils firent une pause cigarette. Si jamais il y avait eu du sperme dans le vagin à un moment donné, cela faisait longtemps qu'il était remonté dans le corps. Les examens seraient refaits lundi, mais Alexandra était relativement certaine que la pathologiste n'obtiendrait pas de résultat différent.

Alexandra n'était pas une fumeuse régulière, mais elle avait cette vague idée que la fumée chassait les éventuels démons qui auraient pu se loger en eux. Elle aspira une bouffée en contemplant la ville, le fjord argenté qui scintillait sous un ciel pâle sans nuages, les collines embrasées par les teintes jaunes et rouges de l'automne.

« Putain, que c'est beau…

— On dirait que tu aurais préféré que ça ne le soit pas ? commenta Helge en lui prenant sa cigarette.

— Je déteste m'attacher aux choses.

— Aux choses ?

— Aux lieux. Aux gens.

— Aux hommes ?

— Surtout aux hommes. Ils te prennent ta liberté. Enfin, ils ne te la prennent pas, tu la leur donnes de ton plein gré, comme une nigaude, comme si tu étais programmée ainsi. La liberté vaut plus qu'un homme.

— Tu es sûre ? »

Elle reprit la cigarette d'un coup sec, tira une bouffée énervée, cracha la fumée avec cette même violence et émit son rire dur et rauque.

« Elle vaut en tout cas plus que les hommes qui me séduisent.

— Et ce policier dont tu parlais ?

— Ah, lui. » Elle rit. « Il me plaisait, oui, mais c'était une vraie épave. Sa femme l'avait viré de la maison et il buvait du matin au soir.

— Où est-il maintenant ?

— Sa femme est morte, il a filé à l'étranger. Une histoire tragique. » Alexandra se leva brusquement. « Enfin... Finissons ce que nous avons à faire et remettons le corps dans la chambre froide. J'ai envie de faire la fête ! »

Ils regagnèrent la salle d'autopsie, effectuèrent les derniers prélèvements, finirent de remplir les cases du formulaire et firent place nette.

« À propos de fête, dit Alexandra. Tu sais, cette soirée dont ont parlé les journaux, où étaient cette fille et l'autre disparue ? Eh bien, c'est la soirée où je t'avais proposé de venir.

— Tu plaisantes ?

— Tu te souviens, non ? J'étais invitée par une amie d'un voisin de Røed. Un tas de gens super friqués, de célébrités et de noctambules, sur LE toit-terrasse d'Oslobukta. Tenue recommandée pour les filles : la robe, et courte, s'il vous plaît.

— Beurk… Je comprends que tu n'y sois pas allée.

— Mais n'importe quoi, bien sûr que j'y serais allée ! C'est simplement qu'on a eu trop de boulot ce jour-là. Quant à toi, tu serais venu avec moi.

— Ah bon ? fit Helge en souriant.

— Évidemment ! répondit-elle en riant. Je suis ta "fille à pédés". Tu nous vois, toi et moi, avec les *beautiful people* ?

— *Yes.*

— Bon, eh ben, tu vois, tu es homo.

— Quoi ?! Pourquoi ?

— Réponds-moi franchement, Helge. As-tu déjà couché avec un homme ?

— Voyons voir… » Helge poussa la table roulante du corps vers l'un des tiroirs de morgue. « Oui.

— Plus d'une fois ?

— On n'est pas forcément homo pour autant. »

Il ouvrit le grand tiroir en métal.

« Mais non, ce n'est qu'un indice. La preuve, mon cher Watson, c'est que tu noues ton pull en bandoulière. »

Helge rit, saisit l'un des draps blancs sur la table d'instruments et fit mine de la taper. Alexandra se cacha derrière la table d'autopsie en gloussant et resta ainsi, recroquevillée, le regard braqué sur le corps.

« Helge, murmura-t-elle.

— Oui ?

— Je crois qu'on est passés à côté de quelque chose.

— Ah bon ? »

Alexandra souleva les cheveux de Susanne Andersen, les écarta.

« Qu'est-ce qu'il y a ? demanda Helge.

— Des points de suture. Récents. »

Il fit le tour de la table. « Ouh là, dis donc ! Elle avait dû se blesser récemment, alors ? »

Alexandra écarta les cheveux davantage, suivit les points. « Ce n'est pas l'œuvre d'un médecin expérimenté, Helge, personne n'utilise de fil si grossier et ne fait des points si larges. Ça, c'est bâclé, et puis regarde, les points continuent tout autour de la tête.

— Comme si…

— Comme si elle s'était fait scalper et que le scalp avait été recousu. »

Elle sentit les frissons la traverser comme une avalanche glacée.

La pomme d'Adam de Helge montait et descendait.

« On… On vérifie ce qu'il y a… dessous ?

— Non », déclara Alexandra d'un ton ferme en se redressant.

Elle avait rapporté suffisamment de cauchemars chez elle le soir et les pathologistes gagnaient deux cent mille couronnes de plus qu'elle par an, eh bien, qu'ils prouvent donc qu'ils les méritaient.

« Ça dépasse notre domaine de compétence. Alors c'est le genre de choses que les *Diener* comme toi et moi laissent aux grandes personnes.

— D'accord. D'accord aussi pour faire la fête, d'ailleurs.

— Bien, mais il faut qu'on termine le rapport et qu'on l'envoie avec les photos à Bratt, de la répression des violences. Oh, merde !

— Qu'est-ce qu'il y a ?

— Je viens de penser que, à tous les coups, Bratt va me demander de faire une analyse d'ADN express quand elle verra la mention de la salive ou ce que peut bien être ce liquide. Auquel cas, je n'ai plus le temps de sortir ce soir.

— Mince. Tu peux refuser, non ? Expliquer que tu as besoin d'un peu de temps libre, toi aussi. »

Alexandra mit les mains sur ses hanches et considéra Helge d'un air sévère.

« C'est juste, soupira-t-il. Où irait-on si tout le monde ne faisait que s'octroyer du temps libre à tout bout de champ ? »

4

Samedi

De l'autre côté du miroir

Harry Hole se réveilla. Le bungalow était plongé dans la pénombre, mais un rayon de soleil filtrant sous le store en bambou déployait sa blancheur sur les lattes en bois grossier du plancher et éclairait la dalle en pierre qui faisait office de table basse avant de parvenir jusqu'au plan de travail de la cuisine.

Où se trouvait un chat. L'un des nombreux chats de Lucille. Elle en avait tant dans la maison principale que Harry ne parvenait pas à les distinguer les uns des autres. On aurait dit que celui-là souriait. Sa queue se balançait doucement tandis qu'il observait la souris qui trottinait le long du mur, levant parfois le museau pour humer l'air, avant de poursuivre son chemin. Vers le chat. Était-elle aveugle ? Dépourvue d'odorat ? Avait-elle goûté à la marijuana de Harry ? Ou se figurait-elle, au même titre que tant d'autres qui y tentaient leur chance, que cette ville était différente, spéciale ? Ou encore que ce chat était différent, qu'il lui voulait du bien, n'avait aucune intention de la dévorer ?

Harry tendit la main vers le joint sur la table de chevet en suivant du regard la souris, qui avança jusqu'au chat. Celui-ci passa à l'attaque, planta ses crocs dans sa proie, qui gigota quelques instants dans sa gueule avant qu'il la relâche sur le sol. Il penchait légèrement la tête sur le côté, comme s'il n'avait pas décidé s'il allait la croquer ou non.

Harry alluma son joint. Il était arrivé à la conclusion que l'herbe ne comptait pas dans le nouveau régime de boisson qu'il s'était imposé. Il aspira la fumée, contempla les volutes qui s'élevaient vers le plafond. Une fois de plus, ses rêves avaient été peuplés par l'homme de la Camaro, il avait revu la plaque d'immatriculation sur laquelle était inscrit « Baja California Mexico ». L'homme les poursuivait, toujours la même histoire. Rien de très mystérieux dans ce rêve, donc. Trois semaines s'étaient écoulées depuis qu'il s'était trouvé au bout d'un Glock 17, sur le parking du Creatures. Harry était relativement certain qu'il allait mourir une seconde ou deux plus tard et cela lui convenait parfaitement, alors on pouvait s'étonner que sa seule idée, une fois lesdites secondes passées, et chaque jour depuis, ait été de ne *pas* mourir. Tout était parti d'une hésitation de l'homme au polo, qui envisageait sans doute l'éventualité que Harry soit un malade mental et ne constitue qu'un obstacle surmontable ; peut-être était-il inutile de le descendre. Il n'avait pas eu le temps de poursuivre sa réflexion : un coup sur la pomme d'Adam l'avait terrassé. Harry avait senti le larynx céder sous son index replié. L'homme au polo se tortillait comme un serpent sur le parking, les mains sur la gorge, suffoquant, les yeux exorbités. Harry s'était baissé pour ramasser le Glock par terre. Il avait ensuite dévisagé le conducteur de la Camaro. Il ne voyait pas grand-chose à travers la vitre fumée, les contours d'un visage, simplement. L'homme portait une chemise blanche au col boutonné, ou quelque chose comme ça, et fumait une cigarette ou un cigarillo. Il s'était contenté d'observer calmement Harry, comme s'il le jaugeait, mémorisait son visage. Entendant quelqu'un crier « Montez ! », Harry s'était aperçu que Lucille avait fait démarrer sa voiture et ouvert la portière passager.

Alors il était monté. Il était passé de l'autre côté du miroir.

Dans la descente vers Sunset Boulevard, sa première question avait été de savoir à qui elle devait de l'argent, et combien.

Si « la famille Esposito » ne lui évoquait pas grand-chose, « neuf cent soixante mille dollars » avaient confirmé tout ce que lui avait suggéré le Glock. Lucille avait de gros ennuis, et il était désormais impliqué.

Il lui avait expliqué qu'elle ne pouvait sous aucun prétexte se rendre à son domicile. Avait-elle quelqu'un chez qui se cacher ? Elle avait répondu qu'elle avait de nombreux amis à Los Angeles, oui, mais en y réfléchissant, elle avait ajouté qu'aucun d'entre eux ne serait prêt à risquer quoi que ce soit pour elle. Ils s'étaient arrêtés à une station-service et Lucille avait téléphoné à son premier mari. Elle le savait propriétaire d'une maison inhabitée depuis plusieurs années.

Ils s'étaient ainsi retrouvés dans cette propriété comprenant une maison en ruine, un jardin en friche et un bungalow. Muni du Glock 17 qu'il venait de se procurer, Harry avait pris ses quartiers dans le bungalow, d'où il voyait les deux portails, et disposait d'une alarme qui se déclencherait en cas d'effraction dans la maison principale. Les éventuels intrus ne l'entendraient pas et, avec un peu de chance, il pourrait les surprendre. Jusqu'ici, Lucille et lui étaient à peine sortis de la propriété, si ce n'était pour acheter le strict nécessaire : de l'alcool, de la nourriture, des vêtements et des cosmétiques, dans cet ordre. Lucille avait investi le premier étage de la maison principale, qui au bout d'une semaine était déjà remplie de chats.

« Oh, dans cette ville, tout le monde est sans domicile, avait répondu Lucille quand il l'avait interrogée. Tu mets de la nourriture sur le perron pendant trois jours d'affilée, tu laisses la porte d'entrée ouverte, de quoi manger dans la cuisine, et hop, tu as assez d'animaux de compagnie et d'amis pour toute une vie. »

Pas tout à fait assez, cependant, puisque trois jours auparavant, Lucille n'avait plus supporté l'isolement. Elle avait emmené Harry chez un ancien tailleur de Savile Row de sa connaissance, chez un vieux coiffeur de Rosewood Avenue, et, plus important que tout, dans un magasin de chaussures John Lobb de Beverly Hills. Harry était allé chercher son costume la veille, pendant que Lucille se faisait belle, et quelques heures plus tard, ils étaient allés dîner chez Dan Tana, le légendaire restaurant italien aux chaises aussi usées que la clientèle, mais où Lucille semblait connaître tout le monde et avait rayonné comme un soleil pendant toute la soirée.

Il était sept heures. Harry tira sur son joint, regarda au plafond, tendit l'oreille, à l'affût. Il n'entendait que les premières voitures sur Doheny Drive, qui n'était pas la plus large des avenues, mais avait la faveur des automobilistes, car elle comptait moins de feux que les rues parallèles. Cela lui rappelait Oslo, quand il était couché dans son appartement et écoutait la ville s'éveiller par la fenêtre ouverte. Tout cela lui manquait, même la sonnerie stridente et le cri dissonant des freins de tramway. Surtout ce cri dissonant.

Enfin… Oslo, c'était du passé. À l'aéroport, après la mort de Rakel, il avait consulté le tableau des départs et joué sa destination aux dés. Los Angeles. Ça ou autre chose… Ayant vécu un an à Chicago lors de sa formation au FBI sur les meurtres en série, il pensait connaître la culture et la façon d'être américaines. Peu après son arrivée à L.A., il avait toutefois compris que les deux villes appartenaient à deux planètes différentes. Chez Dan Tana, la veille, un ami réalisateur de Lucille avait décrit Los Angeles avec son gros accent allemand et son ton fanfaron : « Tu atterris à LAX, le soleil brille, un chauffeur de limousine vient te chercher et te conduit à un endroit où tu t'allonges à côté d'une piscine. On te sert un cocktail, tu t'endors, et quand tu te réveilles, tu t'aperçois que vingt années de ta vie se sont écoulées. »

Ainsi était le Los Angeles de ce réalisateur.

Le L.A. que Harry avait rencontré se présentait sous la forme de quatre nuits dans une chambre de motel crasseuse de La Cienega, sans clim mais pleine de cafards, suivies d'un séjour dans une chambre encore moins chère à Laurel Canyon, sans clim non plus, mais aux cafards encore plus gros. Et cependant, il avait plus ou moins trouvé ses marques lorsqu'il avait découvert le bar du coin, le Creatures, où l'alcool était suffisamment bon marché pour qu'il juge faisable de se tuer en buvant.

Mais depuis qu'il avait plongé les yeux dans le canon d'un Glock 17, c'en était fini de l'envie de mourir, et par conséquent aussi de la boisson. S'il voulait être en mesure de veiller sur Lucille, il devait rester à peu près sobre. Il avait donc décidé de tester le régime de sevrage recommandé par Øystein Eikeland, son ami d'enfance et partenaire de beuverie.

Bien que, franchement, la méthode dite de « Moderation Management » ressemble à une vaste fumisterie. Elle était censée transformer l'individu consumé par l'alcool en simple consommateur, doter l'alcoolique d'un certain sens de la mesure. Øystein avait tapé son volant d'enthousiasme quand il lui en avait parlé, un jour, dans son taxi, alors qu'il attendait une course, garé dans une station d'Oslo.

« On se fout toujours de la gueule de l'alcoolique qui promet que, dorénavant, il boira seulement un verre quand il est en société, pas vrai ? Les gens croient savoir que c'est impossible, ils en sont sûrs et certains, c'est la loi de la gravité de l'alcoolisme, mais tu sais quoi ? Un alcoolique pur jus comme toi, et moi, peut picoler sans excès. On peut se programmer pour boire jusqu'à un certain point et s'en tenir là. Il suffit de décider sa limite au préalable, le nombre d'unités, mais il faut s'entraîner, c'est clair.

— Il faut boire pas mal avant de maîtriser le truc, tu veux dire ?

— Oui. Tu rigoles, Harry, mais je suis sérieux. C'est une histoire de sentiment de maîtrise, de savoir qu'on peut. Et là, ça marche. Je déconne pas, la preuve, c'est le meilleur alcoolique et toxico du monde.

— Hmm. Je suppose que nous parlons de ton guitariste surfait ?

— Hé ! Un peu de respect pour Keith Richards ! Lis sa biographie. Il donne la recette. Pour un héroïnomane alcoolique, la survie dépend de deux choses. Consommer uniquement les produits les meilleurs et les plus purs, c'est les trucs coupés qui tuent, et être modéré, aussi bien pour la dope que pour la gnôle. Tu sais exactement combien il te faut pour être assez bourré ou, dans ton cas, sans douleurs. À un certain stade, ça ne soulage pas davantage de boire davantage, si?

— Sans doute pas, non.

— Voilà. Être soûl n'est pas la même chose que devenir stupide ou privé de volonté. Tu arrives bien à t'abstenir de boire quand tu es sobre, alors pourquoi tu n'arriverais pas à t'arrêter quand tu es suffisamment soûl? *It's all in your head*, frérot!»

Outre se fixer une limite, les règles étaient de compter les unités absorbées, d'avoir des jours fixes sans alcool, et puis d'avaler un comprimé de naltrexone soixante minutes avant le premier verre. Le simple fait de différer ainsi, une heure, quand la soif surgissait, aidait. Harry suivait ce régime depuis maintenant trois semaines et n'avait toujours pas craqué. C'était déjà ça.

Il se leva. Inutile d'ouvrir le réfrigérateur, il savait qu'il n'y avait plus de bière. Les règles du Moderation Management fixaient un maximum de trois unités ce jour-là. D'après la définition d'une unité, cela correspondait à un pack de six au 7-Eleven du coin. Il se regarda dans le miroir. Au cours de ces trois semaines depuis leur fuite du Creatures, son corps décharné s'était légèrement remplumé. Une barbe grise, presque blanche, masquait désormais sa cicatrice, son signe distinctif le plus flagrant. Était-ce suffisant pour empêcher le chauffeur de la Camaro de le reconnaître? Il en doutait. Il lança un regard sur le jardin et sur la maison principale tout en enfilant un jean élimé, un T-shirt dont l'encolure commençait à s'effilocher, au-dessus de l'inscription «Let Me Do One More illumaniti hotties». Il glissa ses vieux écouteurs filaires dans ses oreilles, ses pieds dans une paire de tongs, en notant que sa mycose avait transformé son gros orteil droit en œuvre d'art grotesque. Il sortit dans la friche d'herbe, d'arbustes et de jacarandas, s'arrêta au portail, regarda à droite et à gauche sur Doheny Drive. Tout semblait bon. Il alluma la musique, « Pool Hopping » de illuminati hotties, chanson qui lui mettait du baume au cœur depuis la première fois qu'il l'avait entendue en live au Zebulon Café. Au bout de quelques mètres, il jeta un coup d'œil au rétroviseur d'un véhicule garé et remarqua une voiture qui quittait son stationnement. Sans changer d'allure, Harry tourna doucement la tête. La voiture avançait à la même vitesse que lui, à dix mètres de distance. Pendant son séjour à Laurel Canyon, il s'était fait arrêter à deux reprises par des voitures de police, le simple fait de se déplacer à pied le rendant suspect. Ceci, toutefois, n'était pas une voiture de police, mais une vieille Lincoln, et pour autant que Harry puisse en juger, il n'y avait qu'une seule personne dans le véhicule. Large visage de bouledogue, double menton, petite moustache. Merde, il aurait dû prendre le Glock ! Mais Harry concevait difficilement que l'agression se produise dans la rue, en plein jour. Il éteignit discrètement la musique, traversa juste avant Santa Monica Boulevard, entra dans le 7-Eleven. Il attendit, observa la circulation. La Lincoln n'était plus visible. Peut-être n'était-ce qu'un acheteur de maison potentiel, qui roulait au pas en observant les propriétés de Doheny Drive.

Harry se dirigea au fond vers le rayon des bières. Il entendit la porte du magasin s'ouvrir, garda la main sur la poignée d'un réfrigérateur, de façon à voir le reflet. Le voilà qui arrivait. En costume bon marché à petits carreaux, le corps assorti à son faciès de bouledogue : petit, trapu, gros. Toutefois, les kilos en trop camouflaient la célérité, la puissance et – Harry sentit son cœur accélérer – le danger de mort. L'homme n'avait pas sorti d'arme, pas encore. Harry conserva ses écouteurs ; cela pouvait lui laisser une chance que l'homme se figure avoir l'avantage de l'effet de surprise.

« *Mister...* »

Harry feignit de ne pas entendre. Il vit l'homme se positionner juste derrière lui. Il mesurait près de deux têtes de moins que lui, et tendait maintenant la main, pour lui tapoter l'épaule, ou pour tout autre chose. Harry n'avait pas l'intention d'attendre pour en avoir le cœur net. Il se tourna à demi, serra son bras en une clef de cou d'une vivacité fulgurante et se jeta de tout son poids sur la porte en verre, coinçant la tête de l'homme contre les étagères. Les bouteilles se renversèrent, Gueule de bouledogue avait les bras immobilisés, il écarquilla les yeux, cria, embuant le verre froid. Harry desserra légèrement sa prise, le laissa glisser vers les étagères basses, appuya de nouveau sur la porte, dont le bord s'enfonça dans la gorge de l'homme. Ses yeux s'exorbitèrent, il ne criait plus. Puis ses yeux ne furent plus exorbités, il n'y eut plus de buée devant sa bouche.

Harry relâcha progressivement la pression. L'homme s'affala sur le sol, inanimé. Manifestement, il ne respirait plus. Il fallait établir un ordre de priorité. La santé de l'homme face à la sienne. Il choisit la sienne, passa la main dans le costume à carreaux du petit gros, en tira un portefeuille, l'ouvrit. Sur un badge étaient inscrits un nom à consonance polonaise et, plus intéressant, en grandes lettres au sommet : *Private Investigator Licenced by The California Bureau of Security and Investigative Services*.

Ça ne collait pas, des usuriers n'auraient pas procédé de la sorte. Le faire rechercher par un détective privé, d'accord, mais sans prendre contact avec lui ni le blesser.

Harry se baissait quand il remarqua un autre homme, debout entre les rayons. Il portait un T-shirt 7-Eleven et braquait sur lui un revolver. Ses genoux, les muscles de son visage tressaillaient incontrôlablement. Harry vit alors la scène qui s'offrait au vendeur du 7-Eleven : un barbu vêtu comme un clochard, tenant le portefeuille d'un type en costume qu'il venait manifestement d'étrangler.

« *Don't...* » Harry reposa le portefeuille, leva les mains en l'air, s'agenouilla. « Je suis un habitué ici. Cet homme...

— J'ai vu ce que vous aviez fait ! coupa le vendeur d'une voix stridente. Je tire ! La police arrive !

— OK. » Harry désigna le petit gros. « Mais laissez-moi aider cet homme, OK ?

— Si vous bougez, je tire !

— Mais... » Harry s'interrompit en voyant bouger le chien du revolver.

On entendait uniquement le bourdonnement du réfrigérateur, une sirène au loin. La police. La police et ce qui inévitablement s'ensuivrait, une audition, peut-être une plainte. Ce n'était pas bon, pas bon du tout. Harry abusait déjà de l'hospitalité des États-Unis et ne disposait plus d'aucun visa pouvant empêcher les autorités de l'expulser hors du pays. Après l'avoir jeté en prison.

Il respira, regarda le vendeur du 7-Eleven. Dans une vaste majorité de pays du monde, il aurait opté pour la retraite défensive : il se serait levé, les mains sur la tête, avant de quitter paisiblement les lieux, en sachant que le vendeur n'allait pas lui coller de balle dans le corps, même s'il avait l'allure d'un cambrioleur ou d'un homme violent. Les États-Unis n'étaient pas l'un de ces pays.

« Je tire ! » répéta l'homme en réponse aux considérations intérieures de Harry.

Il se campa davantage sur ses jambes. Ses genoux cessèrent de trembler. Les sirènes approchaient.

« S'il vous plaît, laissez-moi l'aider... »

Les mots de Harry furent assourdis par une soudaine quinte de toux. Ils regardèrent l'homme au sol.

Les yeux du détective privé sortirent de nouveau de leurs orbites, une toux violente le secoua des pieds à la tête.

Le vendeur du 7-Eleven promenait son revolver de droite à gauche, comme s'il se demandait si l'homme qu'il avait jusqu'ici cru mort ne présentait pas un danger, lui aussi.

« Désolé de vous avoir pris par surprise, murmura le détective, mais vous êtes Harry Hole, n'est-ce pas ?

— Eh bien... » Harry hésita, il essayait d'évaluer quel mal était le moindre. « Oui, en effet.

— L'un de mes clients a besoin d'entrer en contact avec vous. » L'homme bascula sur le flanc en gémissant, tira un téléphone de sa poche de pantalon, appuya sur une touche, tendit l'appareil à Harry. « Il attend votre appel avec impatience. »

Harry plaqua le téléphone contre son oreille.

« Allô ? fit une voix étrangement familière.

— Allô », répondit Harry, tout en observant le vendeur du 7-Eleven, qui baissait son revolver.

Harry se méprenait-il ou cet homme avait l'air plus déçu que soulagé ? Peut-être était-ce un enfant du pays, en fin de compte.

« Harry ! s'exclama la voix au bout du fil. Comment va ? C'est Johan Krohn. »

Harry cligna des yeux. Depuis combien de temps n'avait-il pas entendu parler norvégien ?

5

Samedi

Queue de scorpion

Lucille fit descendre un des chats de son lit à baldaquin, se leva, écarta les rideaux, s'assit à la coiffeuse. Elle avait récemment vu une photo d'Uma Thurman qui, à plus de cinquante ans, en paraissait trente et des poussières, elle soupira. Bien que la mission paraisse de moins en moins surmontable, elle ouvrit un flacon Chanel, y trempa le bout des doigts et entreprit d'étaler le fond de teint. Elle repoussait sa peau de plus en plus flasque et la voyait se plisser sur les côtés. Tous les matins, elle se posait la même question. Pourquoi ? Pourquoi commencer chaque journée par au moins trente minutes devant le miroir, dans le but d'avoir l'air d'approcher non pas des quatre-vingts ans, mais peut-être des… soixante-dix ? Et tous les matins, sa réponse était la même : parce que, comme tous les acteurs de sa connaissance, elle le devait, elle l'exigeait, elle faisait tout pour se sentir aimée. Si ce n'est pour celle qu'elle était, au moins pour celle pour qui elle se faisait passer, avec son maquillage, son costume de scène, un scénario juste. Il s'agissait là d'une maladie que l'âge et une révision à la baisse de ses attentes ne pourraient jamais soigner tout à fait.

Lucille appliqua son parfum. Le musc était parfois considéré comme trop masculin, déplacé dans un parfum pour femme, mais elle le portait depuis ses jours de jeune comédienne, avec grand succès. Cela la distinguait des autres, c'était un parfum qu'on n'oubliait pas si facilement. Elle noua sa robe de chambre et se leva, prenant garde à ne pas marcher sur les deux chats allongés en travers de l'escalier.

Dans la cuisine, elle ouvrit le réfrigérateur. Un chat enjôleur vint aussitôt se frotter contre sa jambe. Elle devait sentir le thon, mais rien n'empêchait d'imaginer aussi une once d'amour. En définitive, il était plus important de se sentir aimé que d'être aimé. Elle sortit une boîte de conserve, se tourna vers le plan de travail et sursauta en apercevant Harry, qui s'asseyait à la table, s'adossait au mur et déployait ses longues jambes. Il pinça le doigt en titane gris de sa main gauche. Ses paupières étaient plissées. Elle n'avait pas vu d'yeux aussi bleus depuis Steve McQueen.

Il bougea sur sa chaise.

« Petit déjeuner ? » proposa-t-elle en ouvrant sa boîte.

Harry secoua la tête. Il tira sur son doigt en titane, mais c'était la main avec laquelle il tirait qui mobilisait l'attention de Lucille. Elle déglutit, toussota.

« Tu n'en as jamais fait état, mais tu préfères les chiens, non ? »

Il haussa les épaules.

« À propos de chiens, t'ai-je dit que j'étais censée être la partenaire de Robert de Niro dans *Mad Dog and Glory* ? Tu te souviens de ce film ? »

Il acquiesça.

« Vraiment ? Alors tu es un cas rare. De toute façon, c'est Uma Thurman qui a eu le rôle. Elle et

Bobby, enfin Robert, sont sortis ensemble. Chose assez inhabituelle, puisqu'il fréquentait plutôt des femmes noires. J'en déduis que leurs rôles les ont rapprochés ; nous autres, les acteurs, nous nous investissons dans ce que nous faisons, nous *devenons* ce que nous jouons. Autrement dit, si j'avais eu ce rôle qu'on m'avait promis, Bobby et moi serions devenus un couple, tu comprends ?

— Hmm. C'est ce que tu disais, oui.

— Et j'aurais réussi à le garder, moi. Pas comme Uma Thurman, qui... » Lucille renversa la boîte sur une assiette. « Tu as vu comme tout le monde "saluait" son courage quand elle a raconté que ce porc de Weinstein lui avait sauté dessus ? Tu sais ce que j'en pense, moi ? J'en pense que quand tu es une actrice millionnaire qui, pendant des années, a su ce que Weinstein fabriquait sans donner l'alerte, et que tu débarques enfin pour frapper un homme au sol – que d'autres femmes moins puissantes et, en l'occurrence, plus courageuses ont fait tomber – tu n'as pas à être encensée. Quand, avec tous tes millions, tu as passé des années à laisser un tas de jeunes actrices pleines d'espoir entrer seules dans le bureau de Weinstein sans jamais rien dire, uniquement parce qu'en parlant tu risquais peut-être – *peut-être* – de voir te passer sous le nez un rôle à plusieurs millions de dollars comme tu en as tant eu, ce que tu mérites, c'est d'être fouettée sur la place publique et de te faire cracher dessus. »

Elle marqua une pause.

« Ça ne va pas, Harry ?

— Il faut qu'on cherche une nouvelle planque. Ils vont nous retrouver.

— Qu'est-ce qui te fait penser ça ?

— Un détective privé nous a repérés en moins d'une heure.

— Un détective privé ?

— Je viens de lui parler. Il est reparti.

— Qu'est-ce qu'il voulait ?

— Me proposer un boulot d'enquêteur pour un millionnaire soupçonné de meurtre en Norvège. »

Lucille déglutit. « Qu'as-tu répondu ?

— J'ai répondu non.

— Parce que ? »

Harry haussa les épaules. « Parce que j'en ai assez de fuir, peut-être. »

Elle posa l'assiette par terre, tous les chats se précipitèrent. « Je sais bien que tu le fais pour moi, Harry. Tu obéis au vieux proverbe chinois qui dit que si tu sauves la vie de quelqu'un, tu es responsable de cette personne pour le restant de tes jours. »

Il eut un petit sourire. « Je ne t'ai pas sauvé la vie, Lucille. Ce qui les intéresse, c'est l'argent que tu dois, alors ils ne vont pas tuer la seule personne qui puisse le leur procurer. »

Elle lui rendit son sourire. Elle savait qu'il le disait pour ne pas l'effrayer. Elle savait qu'il savait qu'ils savaient qu'elle ne pourrait jamais se procurer un million de dollars.

Elle saisit la bouilloire pour la remplir d'eau, mais sentit qu'elle n'en avait pas la force et la relâcha. « Alors comme ça, tu en as assez de fuir…

— Assez de fuir. »

Elle se souvenait de leur conversation un soir qu'ils buvaient du vin en regardant une cassette vidéo de *Roméo et Juliette* qu'elle avait dénichée dans un tiroir. Pour une fois, elle avait voulu parler de lui et non d'elle-même, mais il n'avait pas été très disert, se contentant d'expliquer qu'il était venu à Los Angeles pour échapper à une vie qui se délitait, sa femme assassinée, son collègue suicidé. Aucun détail. Elle avait compris qu'il était inutile de fouiner. En l'espèce, ç'avait été une belle soirée, presque sans paroles. Elle s'appuya contre le plan de travail.

« Tu ne m'as jamais dit comment s'appelait ta femme.

— Rakel.

— Et ce meurtre. Il a été élucidé ?

— Dans un sens.

— C'est-à-dire ?

— J'ai longtemps été le principal suspect, mais l'enquête a finalement désigné un tueur connu. Quelqu'un que j'avais fait coffrer.

— Donc… celui qui a tué ta femme l'a fait pour se venger… de toi ?

— Disons que… je lui avais ôté sa vie, alors il m'a ôté la mienne. » Il se leva. « Comme je le disais, nous avons besoin d'une nouvelle planque, il faut que tu fasses ton sac.

— Aujourd'hui ?

— Quand les détectives privés cherchent, ils ne laissent eux-mêmes aucune trace. Ce restaurant hier n'était sans doute pas une très bonne idée. »

Lucille acquiesça. « Je vais passer quelques coups de fil.

— Prends ce téléphone-ci. » Harry posa l'appareil sur le plan de travail, de toute évidence fraîchement acquis, puisqu'il était encore emballé dans du plastique.

« Donc il t'a ôté ta vie, mais il t'a laissé vivre, conclut-elle. A-t-il obtenu vengeance ?

— La meilleure qui soit. »

Il se dirigea à grands pas vers la porte d'entrée.

Il ferma derrière lui et se figea sur place, stabilisa son regard. Il était las de fuir, mais il l'était encore plus de plonger les yeux dans des canons d'arme. Celui-ci était même double. C'était un fusil à canons sciés. L'homme qui le tenait était latino. De même que son acolyte, qui maniait un pistolet. Ils avaient tous deux des muscles de taulards et un scorpion tatoué sur le côté du cou. Les dépassant largement, Harry voyait derrière eux le câble d'alarme débranché au portail, la Camaro blanche garée en face, sur Doheny Drive. Par la vitre teintée à demi baissée côté conducteur, Harry devinait les volutes de fumée de cigarillo, le col de chemise blanc.

« On va à l'intérieur ? » proposa l'homme au fusil. Il parlait avec un accent mexicain appuyé, tout en étirant la nuque comme un boxeur avant un match. Le scorpion s'agrandit. Harry savait que ce tatouage était le symbole des recouvreurs de dette, et les segments de la queue du scorpion, le nombre de victimes tuées. Les scorpions de ces deux hommes avaient de bien longs métasomes.

6

Samedi

Vie sur Mars

« Life on Mars ? » dit Prem.

La fille le regarda sans comprendre.

Il éclata de rire. « Non, je veux dire la *chanson*. Elle s'appelle "Life on Mars". »

Il désigna de la tête l'enceinte portable sous le téléviseur, qui déversait la voix de David Bowie dans la grande pièce sous les toits. Les fenêtres donnaient sur le cœur des beaux quartiers d'Oslo ouest et sur la colline de Holmenkollen, qui scintillait comme un lustre dans l'obscurité vespérale, mais à cet instant précis, il n'avait d'yeux que pour son invitée.

« Beaucoup de gens n'aiment pas cette chanson, ils la trouvent trop bizarre. À la BBC, ils en parlaient comme d'un croisement entre une comédie musicale de Broadway et un tableau de Salvador Dalí. Peut-être bien, mais en ce qui me concerne, je suis d'accord avec le *Daily Telegraph*, qui l'a élue meilleure chanson de tous les temps. Imagine ! La *meilleure*. Tout le monde adorait Bowie, pas pour sa personnalité très attachante, mais parce que c'était le meilleur. C'est ce qui fait que les gens qui n'ont pas été aimés sont prêts à tuer pour être les meilleurs. Ils savent que ça changera tout. »

Prem prit la bouteille de vin entre eux, mais au lieu de servir son invitée de sa place, il se leva pour la rejoindre de l'autre côté de la table.

« Tu savais que David Bowie était un nom de scène, qu'il s'appelait en fait Jones ? Prem aussi est un surnom, il n'y a que les gens de la famille qui m'appellent comme ça, mais je me dis que quand je me marierai, ma femme aussi pourra m'appeler Prem. »

Il se positionna derrière elle, et pendant qu'il versait le vin dans son verre, caressa ses longs et jolis cheveux de sa main libre. Ne serait-ce qu'un ou deux ans auparavant, un mois, même, il n'aurait jamais osé toucher une femme de la sorte, de peur d'être rejeté, mais à l'heure actuelle, il n'avait aucun doute de cette nature, il avait le contrôle absolu. Bien entendu, ça n'avait rien gâté de faire arranger ses vilaines dents, de se mettre à fréquenter un bon coiffeur et de prendre conseil pour se composer une garde-robe élégante, mais sa séduction tenait à autre chose, à quelque chose qu'il dégageait, qui le rendait irrésistible ; cette certitude le parait d'une assurance qui, en soi, constituait un robuste aphrodisiaque, et cet effet placebo se renforçait sans cesse, tant qu'il maintenait le cycle.

« Je suis sûrement vieux jeu et naïf, déclara-t-il en regagnant sa place, mais je crois au mariage. Je crois qu'il existe quelqu'un qui est la personne qu'il nous faut vraiment. L'autre jour, je suis allé voir *Roméo et Juliette* au Nationaltheatret, c'était tellement beau, j'en ai pleuré. Deux personnes que la nature entend comme indissociablement liées. Tu n'as qu'à voir Boss. »

Il montra un aquarium sur une bibliothèque basse. Un poisson aux reflets verts et or y nageait, seul.

« Il a sa Simona-Exilia. On ne la voit pas, mais elle est là, ils ne font qu'un, resteront dans cette unité jusqu'à ce qu'ils meurent tous les deux. C'est-à-dire que l'un mourra *parce que* l'autre est mort. Comme dans *Roméo et Juliette*. C'est beau, non ? »

Prem s'assit, glissa sa main sur la table vers la jeune femme. Elle avait l'air fatiguée ce soir, vide, éteinte, mais il savait comment l'illuminer, il suffisait d'appuyer sur le bouton.

« Je pourrais aimer quelqu'un comme toi », commenta-t-il.

Une lueur s'alluma aussitôt dans son regard et il put, littéralement, sentir la chaleur qu'elle dégageait. Mais il ressentit aussi une légère culpabilité. Non pas parce qu'il la manipulait, mais parce qu'il mentait. Il pouvait aimer, oui, mais pas elle. Ce n'était pas elle, la seule et l'unique, la Femme avec un grand F qui lui était destinée. Elle n'était qu'un succédané, quelqu'un qu'il utilisait pour s'entraîner, sur qui il testait des approches, des phrases, un ton. Avec qui il tâtonnait, réussissait, échouait, car échouer maintenant ne prêtait pas à conséquence, c'était le jour où il déclarerait sa flamme à la Femme avec un grand F que tout devrait concorder, être parfait.

Il s'était aussi servi d'elle pour s'entraîner à l'acte lui-même. Enfin, servi d'elle, servi d'elle, il fallait le dire vite. C'était elle qui avait été la plus active des deux. Il l'avait rencontrée à une soirée où tant de convives le surpassaient dans la hiérarchie sociale que, voyant son regard errer au-dessus de son épaule, il avait compris qu'il ne pourrait lui dire que quelques mots avant qu'elle ne file ailleurs. En contrepartie, il avait été efficace, il l'avait complimentée sur son physique, lui avait demandé quelle salle de sport elle fréquentait. Le SATS de Bislett, lui avait-elle répondu, et il s'était étonné de ne l'y avoir jamais vue, alors qu'il y allait trois fois par semaine, mais pas en même temps qu'elle, peut-être ? Elle avait répondu sèchement qu'elle y allait le matin et semblé agacée de le voir rétorquer que lui aussi, avant de lui demander quels jours.

« Le mardi et le jeudi », avait-elle conclu, comme pour mettre un terme à la conversation et pouvoir se concentrer sur un homme en chemise noire ajustée qui s'était joint à eux.

Le mardi suivant, Prem était devant la salle de sport quand elle en était sortie. Il avait feint de passer par hasard et de la reconnaître. Ne se souvenant pas de lui, elle s'était contentée d'un sourire. Elle s'apprêtait à poursuivre son chemin, mais s'était arrêtée soudain, tournée vers lui et lui avait accordé toute son attention, là, dans la rue. Elle l'avait observé comme si elle le voyait pour la première fois, elle devait se demander comment elle avait pu ne pas le remarquer à la soirée. Il avait alimenté la conversation, elle n'était pas précisément bavarde. Pas verbalement, en tout cas, mais son langage corporel lui indiquait ce qu'il avait besoin de savoir. Elle n'avait ouvert la bouche que lorsqu'il avait suggéré qu'ils se revoient.

« Quand ? avait-elle demandé. Où ? »

Et lorsqu'il le lui avait indiqué, elle s'était contentée d'un hochement de tête. Tout simplement.

Elle s'était présentée comme convenu. Il était stressé. Tant de choses pouvaient mal tourner. Cependant, elle avait pris l'initiative, l'avait déshabillé, sans trop parler, par bonheur.

Il n'ignorait pas que cela pouvait se produire, mais Celle Qu'il Aimait et lui avaient beau ne s'être fait aucune promesse, on pouvait tout de même voir là une forme d'infidélité, non ? Au moins une trahison de l'amour ? Cependant, il s'était convaincu qu'il s'agissait d'un sacrifice sur l'autel de l'amour, justement, d'une chose qu'il faisait pour Elle. Il exécutait l'acte, car il avait besoin de tout l'entraînement possible, afin de pouvoir, le moment venu, satisfaire aux exigences qu'Elle imposerait à son amant.

Cependant, la femme en face de lui n'avait plus d'utilité.

Faire l'amour avec elle ne lui avait pas déplu, certes, mais il était hors de question de recommencer. En plus, pour être honnête, il n'aimait ni son odeur ni sa saveur. Devait-il lui en faire part à voix haute ? L'informer que leurs chemins se séparaient ici ? Il baissa les yeux sur son assiette, sans rien dire. Lorsqu'il les releva, elle avait très légèrement incliné la tête sur le côté, toujours avec ce sourire insondable, comme si elle considérait son monologue comme un spectacle comique. Et soudain, il se sentit prisonnier. Prisonnier dans son propre foyer. Il ne pouvait pas simplement se lever et partir, il n'avait nulle part où aller. Il ne pouvait pas non plus la prier de partir, si ? Elle ne donnait pas signe de vouloir rentrer chez elle de son propre chef, au contraire, et l'éclat presque artificiel de ses yeux l'éblouissait, lui faisait perdre ses repères. Il se rendit compte que toute cette situation était déséquilibrée, perturbante. La jeune femme avait pris le contrôle, et ce sans prononcer un mot. Que voulait-elle, au juste ?

« Que… Qu'est-ce que tu veux, en fait ? »

Elle ne répondit pas, pencha encore plus la tête.

Elle semblait rire silencieusement, ses dents luisaient d'un blanc bleuté dans sa jolie bouche. Prem prit alors concience d'un détail qu'il n'avait pas remarqué auparavant : elle avait une bouche de prédatrice. C'était le chat qui jouait avec la souris, et la souris, ce n'était pas elle, mais lui.

D'où lui venait cette pensée absurde ?

De nulle part. Ou de l'endroit d'où venaient toutes ses idées dingues.

Il avait peur, mais savait qu'il ne devait pas le montrer. Il s'efforça de respirer calmement. Il fallait qu'il s'en aille. Qu'*elle* s'en aille.

« Eh bien, voilà qui était fort sympathique. » Il replia sa serviette, la posa sur son assiette. « Il faudra qu'on se refasse ça. »

Johan Krohn s'était attablé pour dîner avec son épouse, Alise, lorsque son téléphone sonna. Il n'avait pas encore appelé Markus Røed pour lui annoncer la mauvaise nouvelle, Harry Hole déclinait leur offre généreuse. Il avait refusé avant même qu'ils en arrivent à la question des honoraires et n'avait pas changé d'avis quand Krohn lui avait présenté les conditions et l'avait informé qu'il lui avait réservé un siège en classe affaires sur le vol de neuf heures cinquante-cinq pour Oslo via Copenhague.

C'était l'ancien numéro de Harry, celui-là même qui ne lui avait donné que des « éteint » ou « hors réseau » chaque fois qu'il avait essayé de l'appeler. Était-ce en fait un refus stratégique de la part de Harry ? Un instrument de négociation ? Soit. Røed lui avait laissé le champ libre pour augmenter la somme.

S'excusant du regard auprès de sa femme, Krohn sortit de table et se rendit dans le salon.

« Rebonjour, Harry », fit-il d'un ton enjoué.

Hole parlait d'une voix rauque. « Neuf cent soixante mille dollars.

— Pardon ?

— Si je résous l'affaire, je veux neuf cent soixante mille dollars.

— Neuf cent soix…

— Oui.

— Vous êtes conscient que…

— Oui, je suis conscient que je ne les vaux pas, mais si votre client est aussi riche et innocent que vous le dites, c'est ce que la vérité vaut pour lui. Voici ma proposition : je travaille gratuitement, on me couvre mes frais et je ne suis payé que si je résous l'affaire.

— Mais…

— C'est un détail, Krohn, mais j'aurais besoin d'une réponse dans les cinq minutes. En anglais, dans un mail envoyé de votre adresse et avec votre signature. Compris ?

— Oui, mais enfin, Harry, bon sang, c'est tout de même…

— Je suis avec des gens qui ont une décision à prendre dans l'instant. Donc d'une certaine façon, j'ai un pistolet sur la tempe, là.

— Mais deux cent mille dollars, ça devrait tout de même être plus que suf…

— Désolé, Krohn, c'est le montant que je vous ai indiqué ou rien. »

L'avocat poussa un soupir. « La somme est délirante, Harry, mais d'accord, je vais téléphoner à mon client. Je vous rappelle.

— Cinq minutes », répéta Harry.

Une autre voix, en bruit de fond.

« Quatre minutes trente, fit Harry.
— Je vais faire mon possible pour le contacter. »

Harry posa son téléphone sur la table de cuisine et regarda l'homme au fusil, dont les canons restaient braqués sur lui. L'homme parlait en espagnol dans un petit téléphone.

« Ça va sûrement aller », chuchota Lucille, qui était assise à côté de Harry.

Il lui tapota la main. « Ça, c'est ma réplique.

— Non, c'est la mienne. C'est moi qui t'ai mis dans ce pétrin. De toute façon, ce n'est pas vrai, n'est-ce pas ? Ça ne va pas sûrement aller.

— Définis ce que tu entends par "sûrement". »

Lucille eut un sourire falot. « Enfin bon, en tout cas, j'ai passé une merveilleuse dernière soirée hier, c'est déjà ça. Tu sais, au restaurant, tout le monde était persuadé que nous étions en couple.

— Tu crois ?

— Oh, mais oui. J'ai vu leurs regards quand tu es entré en me donnant le bras. Tiens, voilà Lucille Owens avec un grand blond nettement plus jeune qu'elle, se sont-ils dit. En voulant eux-mêmes être des stars de cinéma. Ensuite, tu m'as enlevé ma veste et tu m'as embrassée sur la joue. Merci, Harry. »

Il allait rétorquer qu'il n'avait fait que suivre les instructions qu'elle lui avait données au préalable, y compris ôter son alliance, mais s'en abstint.

« *Dos minutos* », signala l'homme au téléphone, et Harry sentit la main de Lucille serrer la sienne.

« Que dit *el jefe* dans la voiture ? » s'enquit Harry.

L'homme au fusil ne répondit pas.

« Il en a tué autant que vous ? »

L'homme eut un petit rire. « Personne ne sait

combien il en a tué. Ce que je sais, en revanche, c'est que si vous ne payez pas, vous serez les deux prochaines victimes sur sa liste. Il aime faire ça lui-même. Et quand je dis aime, c'est qu'il adore.

— Je vois. C'est lui qui lui a accordé ce prêt ou il a simplement racheté la dette ?

— On ne prête pas d'argent, on se contente de chasser la dette. C'est lui, le meilleur de tous. Il repère tout de suite les losers, les gens endettés. » Il hésita un peu, puis se pencha en avant en baissant la voix. « Il dit que tout est dans le regard et dans le maintien, et encore plus dans l'odeur corporelle. Quand on monte dans un bus, les gens écrasés de dettes ont toujours un siège libre à côté d'eux. Il dit que vous aussi, vous avez une dette, *el rubio*.

— Moi ?

— Il vous a vu un jour dans le bar quand il passait pour chercher la dame.

— Il se trompe, je n'ai pas de dettes.

— Il ne se trompe jamais. Vous devez quelque chose à quelqu'un. C'est comme ça qu'il a trouvé mon père.

— Votre père ? »

Il hocha la tête. Harry l'observa en déglutissant. Il essaya d'imaginer l'homme de la Camaro. Pendant que Harry exposait sa proposition, le téléphone était resté sur la table de la cuisine, haut-parleur allumé, mais l'homme de la Camaro n'avait pas prononcé un mot.

« *Un minuto*. » L'homme du téléphone ôta la sécurité de son pistolet.

« Notre père qui êtes aux cieux, murmura Lucille.

— Comment as-tu pu dépenser tant d'argent pour un film dont il n'est jamais rien advenu ? » demanda Harry.

Lucille le considéra d'abord avec stupéfaction, puis elle comprit sans doute qu'il lui offrait quelques instants de distraction avant qu'ils passent de l'autre côté.

« Tu sais, dit-elle. Dans cette ville, c'est la question qui revient le plus souvent.

— *Cinco segundos.* »

Harry regarda fixement son téléphone. « Et la réponse donnée le plus souvent ?

— Malchance et mauvais scénario.

— Hmm. On dirait ma vie. »

L'écran s'alluma, le numéro de Krohn s'afficha. Harry appuya sur le téléphone vert.

« Parlez-moi. Vite, et seulement la conclusion.

— Røed accepte.

— On va vous donner l'adresse mail. »

Harry tendit son téléphone à l'interlocuteur du *jefe*, qui le plaqua contre le sien, après avoir rangé son pistolet dans son holster d'épaule sous son bomber. Harry entendit un bourdonnement puis le silence revint et il récupéra son téléphone. Krohn avait raccroché. Le type porta le sien à son oreille, écouta, le baissa.

« Vous avez de la chance, *el rubio*. On vous donne dix jours. À partir de maintenant. » Il désigna sa montre, puis Lucille. « Après, on l'abat. Et ensuite, on vient vous prendre, vous. Là, on va l'emmener et vous n'allez pas chercher à entrer en contact avec elle. Si vous parlez de cette histoire à qui que ce soit, elle mourra, vous mourrez et les gens à qui vous avez parlé mourront. C'est comme ça qu'on procède ici, c'est comme ça qu'on procède au Mexique et c'est comme ça qu'on procédera là où vous vous rendez. N'allez pas croire que vous êtes hors de portée.

— OK, fit Harry en déglutissant. Autre chose que je devrais savoir ? »

Le type gratta son tatouage de scorpion en souriant. « Vous, on ne vous abattra pas d'une balle. On vous écorchera le dos et on vous laissera au soleil. En seulement quelques heures, vous serez totalement desséché et vous mourrez de soif. Croyez-moi, vous serez reconnaissant que ça ne prenne pas plus longtemps. »

Harry avait envie de faire une remarque sur la Norvège et son ensoleillement en septembre, il se retint. Le temps avait commencé à s'écouler. Les dix jours, mais aussi – il consulta sa montre – l'heure et demie avant le décollage de l'avion à bord duquel on lui avait réservé une place. On était samedi et LAX n'était qu'à quelques kilomètres, mais c'était Los Angeles. Il était déjà en retard. Désespérément en retard.

Il lança un dernier regard à Lucille. Oui, c'est à cela qu'aurait ressemblé sa mère, si elle avait pu vivre plus longtemps.

Harry Hole s'avança, l'embrassa sur le front, se leva et se précipita vers la porte.

7

Dimanche

Harry occupait le siège passager d'une Volvo Amazon, millésime 1970. Bjørn était au volant. Ils chantaient en chœur, accompagnés par une cassette de Hank Williams, dont la bande se déroulait tant bien que mal sur l'autoradio. Chaque fois qu'ils arrêtaient de chanter, ils entendaient les maigres plaintes d'un enfant, sur la banquette arrière. La voiture se mit à vibrer. Phénomène étrange, puisqu'ils étaient garés.

Harry ouvrit les yeux, les leva sur l'hôtesse qui lui secouait doucement l'épaule.

« Nous allons bientôt atterrir, monsieur, dit-elle derrière son masque. Merci de boucler votre ceinture. »

Elle ramassa son verre vide, fit pivoter la tablette et la rangea dans l'accoudoir. Classe affaires. Au dernier moment, il avait décidé d'enfiler son costume et de laisser tout le reste, il n'avait même pas de bagage à main. Harry bâilla, regarda par le hublot. Au-dessous d'eux défilaient des forêts, des lacs, puis la ville. Un peu de ville. Oslo. Encore de la forêt. Il songea à son bref coup de fil avant le décollage de Los Angeles : la voix si changée de Ståle Aune, le psychologue qui avait été son collaborateur attitré dans les affaires de meurtre, quand il signalait qu'il avait cherché à le joindre plusieurs fois ces derniers mois, et la réponse qu'il lui avait faite : il avait laissé son téléphone éteint, Ståle qui disait que ce n'était pas grave, c'était simplement pour l'informer qu'il était malade. Cancer du pancréas.

Le vol devait durer treize heures. Harry consulta sa montre, convertit l'heure au fuseau norvégien. Dimanche, huit heures cinquante-cinq. Le dimanche était un jour blanc, sans alcool, mais si l'on restait sur le fuseau horaire de Los Angeles, on était samedi pendant encore cinq minutes. Il chercha le bouton d'appel au plafond avant de se souvenir qu'en classe affaires il était sur la télécommande. Qui était enfoncée dans la console. Il appuya, un pling de sonar résonna, un voyant s'alluma au-dessus de lui.

Moins de dix secondes plus tard, l'hôtesse était là.

« Oui, monsieur ? »

Ces quelques secondes avaient cependant permis à Harry de compter le nombre de verres bus au cours de son samedi californien. Le quota était atteint. Merde…

« Désolé. » Il s'efforça de sourire. « Ce n'était rien. »

Il était au rayon whisky du duty free lorsqu'un SMS lui indiqua que la voiture réservée par Krohn l'attendait devant le hall des arrivées. Il répondit « OK », et, puisque son téléphone était sorti, appuya ensuite sur la lettre K.

Rakel avait parfois plaisanté sur le fait qu'il avait si peu d'amis, de collègues et de contacts qu'une initiale suffisait pour chacun.

« Katrine Bratt, j'écoute. » Sa voix paraissait fatiguée, endormie.

« Salut, c'est Harry.

— Harry ? C'est vrai ? » Elle semblait s'être assise dans son lit. « J'ai vu que c'était un numéro américain, alors j'ai…

— Je suis en Norvège, je viens d'atterrir. Je te réveille ?

— Non, non. Enfin, si, en fait. On a un possible double meurtre, donc j'ai travaillé tard. Ma belle-mère est ici pour s'occuper de Gert et me permettre de rattraper un peu de sommeil. Bon sang, tu es en vie…

— Apparemment, oui. Comment ça va ?

— Pas trop mal. Bien, compte tenu des circonstances. Je parlais de toi pas plus tard que vendredi. Qu'est-ce que tu fais à Oslo ?

— Un ou deux trucs. Je vais rendre visite à Ståle Aune.

— Ah oui, c'est vrai, mince, j'ai entendu dire qu'il était malade. Le pancréas, c'est ça ?

— Je ne connais pas les détails. Tu aurais le temps de prendre un café ? »

Il nota un instant d'hésitation avant qu'elle réponde : « Et si tu venais dîner ici ?

— Chez toi, tu veux dire ?

— Tout à fait. Belle-maman est une cuisinière hors pair.

— Eh bien… Si ça convient, je…

— Dix-huit heures ? Comme ça tu pourras faire connaissance avec Gert. »

Il ferma les yeux, essaya de se rappeler son rêve. La Volvo Amazon. L'enfant qui chouinait. Elle savait. Bien sûr qu'elle savait. Avait-elle compris que lui aussi ? *Voulait*-elle qu'il sache ?

« Dix-huit heures, parfait. »

Ils raccrochèrent, Harry s'intéressa de nouveau aux bouteilles.

Derrière, c'était le rayon des peluches.

La voiture roulait doucement dans le quartier piéton de Tjuvholmen, les cinq hectares les plus chers d'Oslo, déployés sur deux îlots du bassin portuaire. Le site fourmillait de gens qui faisaient les boutiques, allaient déjeuner au restaurant, visitaient les galeries d'art ou simplement se livraient à une promenade dominicale. À l'hôtel The Thief, le réceptionniste accueillit Harry comme un invité de marque qu'il se réjouissait sincèrement d'héberger.

Chambre décorée d'œuvres d'artistes contemporains célèbres, vaste lit au confort parfait, gel douche de luxe dans la salle de bains. Comme on pouvait s'y attendre dans un cinq-étoiles, supposait Harry. Vue sur l'édifice en brique de l'hôtel de ville et la palette rouille, sur la forteresse d'Akershus. Rien ne semblait avoir changé pendant son absence, pourtant l'atmosphère était différente. Probablement parce que ceci – Tjuvholmen, ses boutiques design, ses galeries, ses appartements de luxe, sa façade lisse – n'était pas l'Oslo qu'il connaissait, lui qui avait grandi dans l'est de la ville, à une époque où elle n'était qu'une petite capitale tranquille, ennuyeuse et relativement terne, aux confins de l'Europe. La langue qu'on entendait essentiellement dans les rues était un norvégien sans accent étranger, la couleur de peau qu'on y voyait était le blanc, sans exception. Puis, peu à peu, Oslo s'était ouverte. Dans sa jeunesse, Harry l'avait d'abord remarqué parce que les clubs se multipliaient, et que les musiciens faisant le détour par Oslo n'étaient plus uniquement ceux qui jouaient pour un public de trente mille personnes à Valle Hovin, mais des groupes cool. Des restaurants étaient apparus, toute une flopée, servant une cuisine des quatre coins du monde. Naturellement, cette transformation en ville internationale, ouverte, multiculturelle, s'était assortie d'une recrudescence du crime organisé, mais les meurtres restaient suffisamment rares pour n'occuper qu'une brigade d'enquêteurs et encore. Dans les années 1970, pour des raisons diverses et variées, la ville était devenue un cimetière pour jeunes héroïnomanes, elle l'était restée ensuite, certes, mais Oslo n'avait pas de Skid Row, c'était un endroit où, globalement, on pouvait se sentir en sécurité, même quand on était une femme, ce que confirmaient quatre-vingt-treize pour cent des habitants interrogés. Et les médias avaient beau s'évertuer à brosser un tout autre tableau, le nombre de viols demeurait peu élevé pour les cinquante dernières années en comparaison d'autres villes, la violence de rue et autre criminalité restaient tout de même limitées, et la tendance était à la baisse.

C'est pourquoi le meurtre d'une femme couplé à la disparition d'une autre, avec un possible lien entre elles, n'était pas un phénomène banal. Il n'y avait rien de très étonnant à ce que les journaux norvégiens que Harry avait trouvé le temps de parcourir sur Internet en fassent leurs gros titres, et que le nom de Markus Røed revienne sans cesse. On savait bien que les médias, y compris ceux qui s'étaient jadis targués de sérieux, survivaient en fabriquant un tissu d'histoires autour de célébrités, et Røed en était une, de toute évidence. Connu, riche. Si l'on ajoutait à cela que, dans quatre-vingts pour cent des affaires sur lesquelles Harry avait enquêté, le coupable était un proche de la victime, il n'y avait rien d'extraordinaire non plus à ce que ledit Markus Røed, son employeur, soit, pour l'heure, son suspect principal.

Harry se doucha, se posta devant le miroir pendant qu'il boutonnait sa seule chemise de rechange, achetée à Gardermoen. Il entendit le tic-tac de sa montre, essaya de ne pas y songer.

Les locaux de Barbell étaient situés sur Haakon VIIs gate, à cinq minutes à pied de l'hôtel.

À la porte d'entrée vitrée, de près de trois mètres de haut, Harry croisa le regard d'un jeune homme manifestement chargé de l'attendre à la réception. Il se précipita pour lui ouvrir. Il lui fit traverser un sas de sécurité et, après une seconde de perplexité lorsque Harry expliqua qu'il ne prenait pas l'ascenseur, le conduisit par l'escalier. Au sixième et dernier étage, le garçon le guida dans les espaces de bureaux vides, s'arrêta à une porte, le fit entrer.

La pièce, à l'angle de l'immeuble, devait mesurer près de cent mètres carrés. Elle donnait sur la place de l'hôtel de ville et le fjord d'Oslo. À une extrémité se trouvait un bureau sur lequel étaient disposés un grand écran iMac, une paire de lunettes de soleil Gucci et un iPhone. Aucun papier.

À l'autre bout de la pièce deux individus étaient installés à une table de conférence. Il connaissait le premier et avait vu le second dans les journaux. Markus Røed laissa Krohn se lever et rejoindre Harry, la main tendue. Harry l'accueillit d'un bref sourire, sans quitter des yeux l'homme debout à côté de la table, qui fermait d'un geste machinal un bouton de sa veste de costume. Après avoir salué Krohn, Harry se dirigea vers lui et lui serra la main. Il nota qu'ils étaient de stature similaire, mais pariait que Røed avait au moins vingt kilos de plus à son actif. De près, ses soixante-six ans étaient perceptibles derrière son masque lisse, sa denture blanche, sa chevelure noire fournie, mais il avait à tout le moins fait appel à des chirurgiens plus talentueux qu'une bonne partie des gens qu'on pouvait voir à Los Angeles. Ses iris bleus ne formaient plus qu'un liseré autour de ses pupilles dilatées et Harry nota la fasciculation de ses paupières.

« Asseyez-vous, Harry.

— Merci, Markus. »

Harry ouvrit sa veste, s'assit. Si Røed s'offusquait d'être appelé par son prénom et percevait le ton de défi, il n'en laissa rien paraître.

« Merci d'être venu si vite, dit-il en faisant signe au garçon sur le seuil.

— Ça me convient que les choses avancent à un certain rythme. »

Le regard de Harry s'attarda sur trois portraits. Des hommes à l'air grave. Deux peintures et une photo, le nom gravé sur une plaque en or au bas du cadre, tous avec le patronyme Røed.

« Ah ça, le rythme ne doit pas être le même, là-bas », commenta Krohn, qui rappelait ainsi un diplomate cherchant à détendre l'atmosphère.

« Moui, fit Harry. Par rapport à New York et à Chicago, je crois que Los Angeles est relativement apathique, mais bon, ici aussi, ça y va, on dirait. Au bureau un dimanche… Impressionnant.

— Ça ne fait pas de mal de sortir un peu de l'enfer domestique, répondit Røed dans un ricanement adressé à Krohn. *Surtout* un dimanche.

— Vous avez des enfants ? » demanda Harry.

Ce n'était pas l'impression que lui avaient donnée les journaux.

« Oui. » Røed regarda Krohn comme si c'était lui qui avait posé la question. « Ma femme. »

Il éclata de rire et Krohn se joignit obligeamment à lui. Harry étira brièvement ses commissures pour éviter de casser l'ambiance. Il pensa aux photos de presse où Røed posait avec sa femme. Quelle était leur différence d'âge ? Au moins trente ans. Sur toutes les photos qu'il avait regardées, ils posaient devant un fond bardé de logos, ils étaient donc à des avant-premières, des défilés de mode et ainsi de suite. Toute pomponnée, Helene Røed avait bien sûr un style de poupée, mais elle paraissait plus déterminée, moins ridicule que bien d'autres femmes – et hommes – qui prenaient la pose à ce genre d'événements. Sa beauté semblait fanée comme si l'éclat de la jeunesse avait disparu prématurément. Un peu trop de travail ? D'alcool et autre ? Pas tout à fait assez de bonheur ? Les trois à la fois ?

« Enfin…, fit Krohn. Si je connais bien mon client, il aurait passé beaucoup de temps ici de toute façon. On n'arrive pas là où il est sans travailler dur. »

Røed haussa les épaules, mais ne protesta pas. « Et vous, Harry ? Vous avez des enfants ? »

Harry regarda les portraits. Les trois hommes étaient immortalisés devant de grands bâtiments. Qu'ils avaient construits ou possédaient, supposait-il.

« Et sans avoir une solide fortune familiale, peut-être, dit-il.

— Pardon ?

— En association avec le travail intense. Ça facilite un peu les choses, non ? »

Røed leva un sourcil soigné, lança un regard

interrogateur à Krohn, comme pour lui demander quel genre d'énergumène il avait dégoté là, puis il leva la tête et tira sur un double menton naissant, tout en dévisageant Harry.

« Une fortune, ça ne s'entretient pas tout seul, Hole, mais vous le saviez sans doute ?

— Moi ? Qu'est-ce qui vous fait croire une chose pareille ?

— Non ? En tout cas, vous vous habillez comme un homme qui a de l'argent. Si je ne m'abuse, c'est un costume coupé par Garth Alexander, de Savile Row, que vous portez là. J'en ai moi-même deux.

— Je ne me souviens pas du nom du tailleur. C'est une femme qui me l'a offert pour que je l'accompagne à une soirée.

— Eh ben. Elle était si vilaine que ça ?

— Non.

— Non ? Jolie, alors ?

— Oui, c'est ce que je dirais. Pour une septuagénaire. »

Markus Røed leva les mains et renversa la tête en arrière, il l'observa entre ses cils.

« Vous savez quoi, Harry ? Là-dessus, vous avez un point commun avec ma femme. L'un comme l'autre, vous vous déshabillez seulement pour mettre quelque chose de plus cher. »

Son hilarité fut assourdissante. Il se tapa les cuisses en se tournant vers Krohn, qui parvint du tac au tac à produire un rire. Les éclats de rire de Røed se muèrent en salve d'éternuements. Le garçon, qui venait d'entrer avec un plateau d'eau, lui proposa une serviette, mais Røed refusa d'un geste de la main, tira un grand mouchoir bleu pâle de sa poche intérieure, aux initiales M.R. de taille non négligeable, là encore, et se moucha bruyamment.

« Rassurez-vous, ce n'est que de l'allergie, déclara-t-il en rempochant son mouchoir. Vous êtes vacciné, Harry ?

— Oui.

— Moi aussi. J'ai été prudent sur toute la ligne. Avec Helene, nous sommes allés en Arabie saoudite et nous avons reçu notre première injection bien avant que le vaccin n'arrive en Norvège. Bon, on s'y met ? Johan ? »

Harry écouta Krohn et sa présentation de l'affaire, plus ou moins une redite de ce qu'il avait entendu au téléphone vingt-quatre heures plus tôt.

« Deux femmes, Susanne Andersen et Bertine Bertilsen, ont disparu un mardi, il y a respectivement deux et trois semaines. On a retrouvé le corps de Susanne Andersen avant-hier. Les policiers ne se sont pas exprimés sur la cause de la mort, mais ils traitent l'affaire comme un meurtre. Si Markus a été entendu, c'est pour la seule et unique raison que, quatre jours avant la disparition de Susanne, les deux filles étaient présentes à une soirée sur le toit de l'immeuble où vivent Markus et Helene. Jusqu'à présent, le seul lien que la police ait établi entre les filles est qu'elles connaissaient toutes deux Markus et avaient été invitées par lui. Markus a un alibi pour les deux mardis des disparitions, il était chez lui avec Helene, et de ce point de vue, il est mis hors de cause par la police. Malheureusement, la presse n'applique pas la même logique. Les journalistes ont d'autres objectifs que l'élucidation de l'affaire. Cela a donné lieu à toutes sortes de conjectures sur les relations de Markus avec les filles, des titres sous-entendant qu'elles auraient essayé de le faire chanter en menaçant de raconter leur "histoire" à un quotidien qui leur proposait une coquette somme d'argent. Les médias ont aussi semé le doute sur la validité de l'alibi fourni par sa conjointe, même s'ils savent que c'est un alibi recevable dans un procès. Tout cela n'est bien sûr qu'un prétexte à mêler meurtre et célébrités, et la vérité n'a aucune importance. Si elle apparaît, les médias doivent espérer que la vérité éclatera le plus tard possible, afin de poursuivre leurs élucubrations racoleuses. »

Harry hocha vaguement la tête, le visage inexpressif.

« Entre-temps, le fait que mon client ne soit pas lavé de tout soupçon, du moins pour la version des médias, est préjudiciable pour ses affaires. Et c'est lourd à porter d'un point de vue personnel, bien sûr.

— Surtout pour la famille, renchérit Røed.

— Naturellement, poursuivit l'avocat. Nous aurions toutefois pu vivre avec si la police se montrait à la hauteur de la tâche qui lui incombe, mais en près de trois semaines, les enquêteurs n'ont trouvé ni coupable ni aucune piste qui permettrait de couper court à la chasse aux sorcières médiatique contre la seule personne d'Oslo qui, en l'occurrence, ait présenté un alibi dans l'affaire. »

Krohn et Røed observèrent Harry.

« Hmm. Maintenant que la police a un corps, il y a des chances qu'on trouve des traces d'ADN du coupable. Les enquêteurs ont-ils effectué un prélèvement du vôtre ? »

Harry regarda Markus Røed droit dans les yeux, lequel se tourna vers Krohn, qui répondit pour lui.

« Nous avons refusé. Nous attendons que la police ait une commission rogatoire.

— Pourquoi cela ?

— Parce que nous n'aurions rien à gagner à fournir ce prélèvement et parce que nous savons qu'accepter ce type d'enquête intrusive serait reconnaître implicitement que nous voyons l'affaire du point de vue de la police, ce qui pourrait constituer un motif de soupçon.

— Vous ne comprenez pas ce point de vue ?

— Non. J'ai néanmoins dit à la police que si l'enquête parvenait à établir quelque lien que ce soit avec les disparitions, mon client fournirait très volontiers cet échantillon d'ADN. Nous n'avons pas eu de nouvelles depuis.

— Hmm. »

Røed tapa dans ses mains.

« Voilà, Harry ! En gros. Pouvez-vous nous exposer votre plan d'attaque ?

— Mon plan d'attaque ? »

Røed sourit. « Oui, grosso modo.

— Grosso modo. » Harry réprima un bâillement provoqué par le décalage horaire. « C'est de trouver le tueur aussi vite que possible. »

Røed ricana en lançant un regard à Krohn.

« Ça, Harry, c'est vraiment très grosso modo. Pouvez-vous m'en dire plus ?

— Eh bien. Je voudrais enquêter sur cette affaire comme je l'aurais fait en tant que policier. À savoir sans être lié ni concerné par autre chose que la vérité. Autrement dit, si mes pistes me mènent à vous, Røed, je vous arrêterai comme n'importe quel tueur, et je demanderai mon bonus en plus. »

Il y eut un silence, le carillon de l'hôtel de ville résonna.

Markus Røed rit doucement. « Vous êtes une grande gueule, Harry. Combien d'années cela vous aurait-il pris de vous constituer un pactole pareil comme policier ? Dix ans ? Vingt ? Combien ils gagnent, au juste, là-bas, au commissariat ? »

Harry ne daigna pas répondre. Le carillon continuait.

« Bon ! » Krohn sourit brièvement. « Sur le principe, ce que vous dites là, Harry, c'est ce que nous souhaitons. Comme je vous l'ai indiqué au téléphone, nous voulons une enquête indépendante. Votre formulation est un peu abrupte, mais nous sommes sur la même longueur d'onde. C'est la raison pour laquelle nous vous voulions vous, précisément. Quelqu'un de véritablement intègre.

— L'êtes-vous ? » Røed frotta son menton entre son pouce et son index tout en observant Harry. « Quelqu'un de véritablement intègre ? »

Harry nota de nouveau ses tressaillements oculaires. Il secoua la tête.

Røed se pencha en avant, afficha un sourire enjoué et déclara à voix basse : « Même pas un peu ? »

Harry sourit : « Seulement dans la mesure où on pourrait qualifier d'intègre un cheval avec des œillères. À savoir un être doté d'une intelligence limitée qui ne fait qu'accomplir ce à quoi il a été dressé : courir droit devant lui sans se laisser distraire.

— Elle est bien bonne, Harry ! Elle est bien bonne ! J'achète. J'aimerais que vous commenciez par constituer une équipe de premier plan. De préférence avec des noms connus, que nous puissions sortir dans les médias. Pour qu'on voie que c'est du sérieux, vous comprenez.

— J'ai une idée des gens qu'il me faut.

— Très bien. D'ici quand aurez-vous leur réponse, à votre avis ?

— Demain, seize heures.

— Déjà ? » Røed rit encore en comprenant que ce n'était pas une plaisanterie. « J'aime votre style, Harry. Signons ce contrat. »

Il fit signe à Krohn, qui sortit de sa sacoche une feuille simple et la posa devant Harry.

« Le contrat stipule que la mission sera considérée comme accomplie à partir du moment où au moins trois substituts du procureur conviendront de la culpabilité, déclara l'avocat. Si toutefois l'accusé était mis hors de cause dans un procès, les honoraires devraient être remboursés. C'est donc un contrat *no cure, no pay*, sans résultat, il n'y a pas de rémunération.

— En revanche, si résultat il y a, vous aurez un bonus que vous envierait un grand patron, moi y compris, souligna Røed.

— Je voudrais ajouter une clause, déclara Harry. Mes honoraires devront m'être payés même si c'est la police qui, avec ou sans mon assistance, trouve le coupable supposé dans les neuf jours à venir. »

Røed et Krohn se regardèrent.

Røed acquiesça, s'avança vers Harry. « Vous êtes un négociateur impitoyable, mais n'allez pas croire que je ne vois pas clair dans votre jeu et que je ne sais pas pourquoi le nombre de jours et le montant que vous demandez sont si précis. »

Harry haussa un sourcil. « C'est-à-dire ?

— Allons, ne faites pas semblant. Vous donnez à

votre interlocuteur l'impression qu'il existe un nombre exact, magique, qui résout tout. On n'apprend pas à son père à baiser, Harry, j'ai moi-même recours à cette astuce dans les négociations. »

Harry hocha lentement la tête. « Me voilà pris en flagrant délit, Røed. »

Røed se carra sur son siège en affichant un large rictus.

« Et maintenant, je vais vous filer un autre tuyau, Harry. J'ai envie de vous donner un million de dollars. C'est près de quatre cent mille couronnes norvégiennes de plus que ce que vous demandez, assez pour une voiture convenable. Vous savez pourquoi ? »

Harry ne répondit pas.

« Parce que les gens offrent une meilleure prestation quand on leur donne un peu plus que ce à quoi ils s'attendaient. Les chercheurs en psychologie l'ont démontré.

— Je vais essayer, répondit Harry d'un ton indifférent, mais il y a encore une chose. »

Le sourire de Røed s'effaça. « Ah oui ?

— J'ai besoin de l'autorisation de quelqu'un dans la police. »

Krohn toussota. « Vous êtes au courant qu'en Norvège il n'est pas nécessaire d'avoir une autorisation ou une licence pour enquêter en privé.

— Oui, mais j'ai dit *quelqu'un* dans la police. »

Harry leur expliqua la problématique et Røed finit par accepter à contrecœur. Ils échangèrent une poignée de main, puis Krohn raccompagna Harry à la sortie. Il lui tint la porte.

« Puis-je me permettre une question, Harry ?

— Allez-y.

— Pourquoi ai-je dû envoyer une traduction

anglaise de notre contrat à une adresse mail mexicaine ?

— C'est mon agent. »

Krohn resta impassible. Sa pratique d'avocat avait dû l'habituer au mensonge et ce qui le faisait sourciller, désormais, devait plutôt être qu'un client lui dise la vérité. Il savait certainement lire ce mensonge patent comme un panneau d'entrée interdite.

« Bon dimanche, Harry.

— À vous aussi. »

Harry descendit à Aker Brygge, s'assit sur un banc, vit le ferry de Nesoddtangen accoster sous le soleil. Il ferma les yeux. Rakel et lui avaient parfois pris leur journée en semaine et embarqué leurs vélos. Vingt-cinq minutes plus tard, au terme d'une navigation entre îlots et voiliers, ils pédalaient sur les chemins et sentiers champêtres de Nesoddtangen, repéraient un endroit désert où se baigner et plongeaient dans le fjord, avant de se réchauffer sur les rochers, et on n'entendait rien d'autre que le bourdonnement des insectes et les gémissements intenses, mais sourds, de Rakel, qui enfonçait ses ongles dans son dos. Se forçant à abandonner ces images, Harry ouvrit les yeux. Il consulta sa montre, observa la course saccadée de la trotteuse. Dans quelques heures, il verrait Katrine, et Gert. Il repartit à grands pas vers son hôtel.

« Votre oncle a l'air en forme aujourd'hui », déclara l'infirmière sur le seuil de la petite chambre.

Prem répondit d'un signe de tête. Il observa le vieillard en robe de chambre qui était assis sur son lit, le regard perdu sur un téléviseur éteint. Il avait autrefois été bel homme. Quelqu'un de très respecté qui avait l'habitude qu'on l'écoute, en privé comme dans son environnement professionnel. Cela se voyait dans ses traits, trouvait Prem, son haut front lisse, ses yeux bleus limpides enfoncés de part et d'autre de son nez busqué, sa bouche décidée, sévère, pincée, aux lèvres étonnamment pleines.

Prem l'appelait oncle Fredric. Ce qu'il était. Entre autres.

Lorsqu'il franchit le seuil, le vieillard leva les yeux, et il se demanda comme toujours quel oncle Fredric habitait cette enveloppe charnelle ce jour-là. S'il y en avait un.

« Qui êtes-vous ? Sortez d'ici. »

Son visage exsudait un mélange de mépris et de morgue, et sa voix avait cette tessiture grave qui rendait impossible de savoir s'il plaisantait ou s'il était furieux. Il souffrait de démence à corps de Lewy, une maladie cérébrale entraînant souvent des hallucinations, des cauchemars et, comme chez son oncle, un comportement agressif. Verbalement, mais aussi physiquement, si bien que les limitations occasionnées par la raideur musculaire constituaient presque un avantage.

« Je suis Prem, le fils de Molle. » Sans attendre l'éventuelle réponse de son oncle, il précisa : « Ta sœur. »

Prem contempla l'unique décoration murale, au-dessus du lit, un diplôme encadré. Il avait un jour apporté une photo. Sa mère et lui, adolescent, souriant, au bord d'une piscine en Espagne, avec son oncle, qui leur avait offert ces vacances après le départ de son beau-père.

Au bout de quelques mois, son oncle l'avait décrochée, arguant qu'il n'avait pas la force de voir tant de dents de lapin. Il faisait manifestement allusion aux grandes incisives écartées que Prem avait héritées de sa mère. Son diplôme de doctorat, en revanche, n'avait pas bougé. Décerné à Fredric Steiner. Il avait changé de nom de famille, renonçant à celui qu'il partageait avec sa sœur, car, comme il l'avait déclaré sans détour, dans les milieux de la recherche, un patronyme de consonance juive dégageait tout de suite plus d'autorité, trouvait plus d'écho. A fortiori dans son secteur, la microbiologie, où on se donnait rarement la peine de réfuter que les Juifs, en particulier les Ashkénazes, possèdent des gènes leur conférant des capacités intellectuelles supérieures. On pouvait le nier, au moins l'ignorer, pour des questions d'ambiance et de politique, mais les faits demeuraient les faits. Fredric étant doté d'un cerveau aussi beau et opérant qu'un Juif, pourquoi se placer humblement en fin de file avec son sobre patronyme de paysan norvégien ?

« J'ai une sœur ? fit son oncle.

— Tu avais une sœur. Tu ne te souviens pas ?

— Mais bon Dieu, mon garçon, je suis sénile, tu ne peux pas faire entrer ça dans ta petite tête de noix ? Cette infirmière avec qui tu es arrivée… rudement mignonne, hein ?

— Donc elle, tu t'en souviens ?

— Ma mémoire à court terme est excellente. Tu veux parier que je la baise avant le week-end ? Enfin, non, je suppose que tu n'as pas non plus d'argent, espèce de loser. Quand tu étais petit, j'avais encore de l'espoir pour toi, mais maintenant… Tu n'es même pas une déception, tu n'es rien du tout. »

Son oncle s'interrompit, l'air de réfléchir. « Enfin. Es-tu devenu quelqu'un ? Qu'est-ce que tu fais dans la vie ?

— Ça, je n'ai pas l'intention de te le dire.

— Pourquoi ? Je me souviens que tu t'intéressais à la musique. Notre famille n'a aucune oreille musicale, mais il me semble que tu te figurais que tu allais devenir musicien, non ?

— Non.

— Alors qu'est-ce que…

— D'abord, tu l'auras oublié la prochaine fois que nous nous verrons, et ensuite tu ne me croirais pas.

— Et tu as une famille ? Ne me regarde pas comme ça !

— Jusqu'à nouvel ordre, je suis célibataire, mais j'ai rencontré une femme.

— Une ? Tu as dit une ?

— Oui.

— Putain… Tu sais combien j'en ai baisé, moi ?

— Oui.

— Six cent quarante-trois. Six cent quarante-trois ! Et des belles, en plus. À part quelques-unes au début, avant que je comprenne dans quel registre je pouvais taper. J'ai commencé à dix-sept ans. Il faudra travailler dur pour être à la hauteur de ton oncle, mon garçon. Cette femme, elle a une chatte étroite ?

— Je n'en sais rien.

— Tu ne sais pas ? Et où est passée l'autre ?

— L'autre ?

— Je suis passablement certain de me souvenir que tu avais deux gosses et une petite amie à gros nichons, avec des cheveux foncés. Est-ce que je l'ai baisée ? Ha ! Mais oui, je le vois sur toi ! Pourquoi es-tu devenu quelqu'un que personne ne peut aimer ? C'est les dents de lapin que tu tiens de ta mère ?

— Oncle Fredric…

— Ne me donne pas de l'oncle Fredric, espèce

d'avorton ! Tu es né laid et bête, tu es une honte pour moi, pour ta mère et pour toute notre lignée.

— D'accord. Pourquoi m'as-tu surnommé Prem, alors ?

— Ah, Prem, oui ! À ton avis ?

— Tu disais que c'était parce que j'étais spécial. Une exception dans les nombres.

— Spécial, oui, mais comme une anomalie. Une erreur. Quelqu'un avec qui personne ne veut être, un exclu, quelqu'un qui n'est divisible que par un et par lui-même. C'est ça le Prem, le nombre premier que tu es. Partageable uniquement par lui-même. Nous aspirons tous à ce que nous ne pouvons pas avoir, et en ce qui te concerne, c'était d'être aimé. Ça a toujours été ton point faible, tu tiens ça de ta mère.

— Tu sais, oncle Fredric, un jour je serai plus célèbre que toi et que toute la famille. Réunis. »

Le visage de son oncle s'éclaira comme si Prem venait de prononcer une parole sensée, ou à tout le moins divertissante.

« Permets-moi de te dire que la seule chose qui va t'arriver est qu'un jour tu seras aussi dément que moi, et tu ne pourras que t'en réjouir ! Tu sais pourquoi ? Parce que tu auras oublié que ta vie n'a été qu'une longue succession d'échecs. » Il désigna le diplôme au mur. « C'est la seule chose dont je souhaite me souvenir, mais même ça, je n'y arrive pas. Quant aux six cent quarante-trois… » Sa voix s'altéra, de grosses larmes embuèrent ses iris bleus. « Je les ai toutes oubliées, putain, je ne me souviens pas d'une seule d'entre elles ! Pas une seule ! Alors, à quoi bon ? »

Son oncle pleurait lorsque Prem s'en alla. C'était de plus en plus fréquent. Il avait lu que Robin Williams, le comique, s'était suicidé parce qu'on lui avait diagnostiqué une démence à corps de Lewy et qu'il souhaitait épargner cette torture à sa famille et à lui-même. Prem était surpris que son oncle n'ait pas fait la même chose.

La maison de retraite était située à Vinderen centre, dans l'ouest d'Oslo. En gagnant sa voiture, il passa devant une bijouterie où il était entré plusieurs fois dernièrement. On était dimanche, le magasin était fermé, mais en collant le nez contre la vitrine, il put voir la bague sur le présentoir. Ce n'était pas un gros diamant, mais il était si joli. Parfait pour Elle. Il fallait qu'il l'achète dans la semaine, sans quoi quelqu'un risquait de le devancer.

Il fit un crochet par sa maison d'enfance, à Gaustad. La villa incendiée aurait dû être rasée depuis des années, mais il avait reporté et reporté encore la démolition, malgré les injonctions de la commune et les plaintes des voisins. Il affirmait qu'un projet de rénovation était en cours ou présentait des documents de commande de démolition, mais c'était alors auprès d'entreprises qui se révélaient ensuite être en dépôt de bilan et avoir suspendu leurs activités. Il n'avait jamais trop su d'où lui venait cette stratégie de temporisation alors qu'il aurait pu tirer un bon prix du terrain, ce n'est que récemment qu'il avait compris, qu'il s'était rendu compte qu'il avait toujours eu un plan larvé pour cette maison, et que cet œuf de ver dans ses méninges était sur le point d'éclore.

8

Dimanche

Tetris

« Tu as l'air en forme, commenta Harry.

— Et toi, tu es… bronzé », répondit Katrine.

Ils éclatèrent de rire, elle ouvrit grand la porte et ils s'étreignirent. Les fumets de ragoût de mouton au chou emplissaient l'appartement. Il lui tendit le bouquet qu'il avait acheté en chemin.

« Alors tu achètes des fleurs, maintenant ? Toi ? fit Katrine en les prenant avec une grimace.

— C'était surtout pour impressionner ta belle-mère.

— En tout cas elle le sera sûrement par ton costume. »

Elle partit chercher un vase dans la cuisine, Harry se dirigea vers le salon. Il remarqua les jouets sur le parquet et entendit la voix du garçonnet avant de le voir. Le dos tourné, il admonestait son nounours.

« Il faut faile ce que je te dis, tu sais. Il faut que tu dolmes. »

Harry avança silencieusement, s'accroupit. Le petit se mit à chanter doucement en dodelinant de sa grande tête aux larges boucles blondes. « *Biquet, Biquet, mon petit bouc…* »

Il dut entendre un bruit, le plancher qui craquait, sans doute, car il se retourna soudainement, le sourire déjà aux lèvres. Un enfant qui pense encore que toute surprise est une bonne surprise, songea Harry.

« Bonjoul ! » s'exclama gaiement le petit, sans paraître effrayé qu'un parfait inconnu à la barbe grise soit entré derrière lui en douce.

« Bonjour. » Harry sortit un nounours de sa poche. « Voilà pour toi. »

Ignorant la peluche qu'il lui tendait, le petit se contenta de fixer Harry avec de grands yeux.

« Tu es le Pèle Noël ? »

Harry ne put s'empêcher de rire, mais cela non plus ne déstabilisa pas l'enfant, qui rit également, content, et prit le nounours.

« Comment il s'appelle ?

— Il n'a pas encore de nom, il faut que tu lui en donnes un.

— Alols il va s'appeler… Comment tu t'appelles ?

— Harry.

— Hallik[1].

— Non. Enfin…

— Si, alols il s'appelle Hallik. »

Harry se retourna, vit Katrine sur le seuil, qui les observait, les bras croisés sur la poitrine.

Était-ce son dialecte, sa rousseur, ses yeux légèrement globuleux ? Chaque fois que Harry levait le regard de son assiette et le posait sur la mère de son défunt collègue du service technique et scientifique, il voyait Bjørn Holm.

1. Le mot norvégien *Hallik* signifie « proxénète ». (*Toutes les notes sont de la traductrice.*)

« Ce n'est pas étonnant qu'il vous aime bien, Harry, déclara-t-elle en montrant le petit qu'on avait laissé sortir de table et qui tirait maintenant Harry par la main pour l'emmener jouer encore avec les ours dans le salon. Vous étiez si bons amis, avec Bjørn. C'est de famille, ces choses-là, vous savez. Dites, Harry, il faut manger plus, vous êtes maigre comme un clou. »

Après une compote de pruneaux en dessert, belle-maman les abandonna dans la cuisine pendant qu'elle couchait Gert.

« C'est un bien beau garçon que tu as fait là, déclara Harry.

— Oui. » Katrine reposa son menton sur ses mains. « Je ne savais pas que tu avais un tel succès auprès des enfants.

— Moi non plus.

— Et quand Oleg était petit ?

— Il était déjà à l'âge des jeux vidéo quand je suis entré dans sa vie et je pense qu'il n'était pas emballé que je m'immisce entre sa mère et lui.

— Mais vous êtes pourtant devenus bons amis.

— Rakel prétendait que c'était parce qu'on détestait les mêmes groupes, et puis on adorait Tetris aussi. Au téléphone, tu as dit que ça allait, la vie. Du nouveau ?

— Côté boulot ?

— Côté tout.

— Voui. Oui et non. Ça commence à faire un bout de temps que Bjørn est mort, alors je ressors un peu.

— D'accord. Du sérieux ?

— Non, je ne dirais pas ça. Ces derniers temps, j'ai vu un gars quelques fois, et c'était sympa, mais je ne sais pas. Toi et moi, on est des gens bizarres, et ça ne s'arrange pas avec le temps. Et toi ? »

Harry secoua la tête.

« Non, je vois que tu portes toujours ton alliance, dit Katrine. Tu avais trouvé l'amour de ta vie, toi. Bjørn et moi, ce n'était pas tout à fait pareil.

— Peut-être pas, non.

— L'homme le plus gentil du monde. Trop gentil. Et trop vulnérable pour sortir avec une salope comme moi.

— Ce n'est pas vrai, Katrine.

— Ah non ? Comment tu appelles une femme qui couche avec l'un des meilleurs amis de son mari, toi ? Bon d'accord, pute, alors, c'est sans doute plus exact.

— C'est un truc qui s'est passé, c'est tout, Katrine. J'étais ivre et toi…

— Moi quoi ? J'aurais voulu pouvoir dire que j'étais amoureuse de toi, au moins. Je l'ai peut-être été les toutes premières années où on travaillait ensemble, mais ensuite ? Ensuite, c'était uniquement parce que tu étais celui que je ne pouvais pas avoir, Harry. Celui que la belle aux yeux noirs de Holmenkollen avait raflé.

— Hmm. Je ne crois pas que Rakel considérait qu'elle m'avait raflé, exactement.

— En tout cas, ce n'est pas toi qui l'avais raflée.

— Et pourquoi pas ?

— Harry Hole ! Tu ne comprendrais même pas qu'une femme s'intéresse à toi si on te l'expliquait noir sur blanc, et même là, tu resterais assis sur ton petit cul à attendre. »

Harry rit doucement. Il pouvait lui poser la question maintenant, le moment serait bien choisi. Il n'y avait aucune raison de surseoir. C'était si évident. Les boucles blondes. Les yeux. La bouche. Bien sûr, elle ne savait pas qu'il l'avait découvert lors d'une nuit qu'il avait passée avec Alexandra Sturdza au service de

Médecine légale. Par un lapsus, elle avait accidentellement révélé que Bjørn avait fait un test de paternité et que l'analyse d'ADN à laquelle elle avait procédé avait révélé que le père de Gert était en fait Harry.

Il s'éclaircit la gorge. « Je sais que… »

Katrine lui lança un regard interrogateur.

« Je sais que Truls Berntsen a eu quelques difficultés. Est-ce qu'il est suspendu ? »

Elle leva un sourcil. « Oui. Lui et deux autres sont soupçonnés de s'être servis sur une saisie de stupéfiants à Gardermoen. Ça ne doit pas être une grosse surprise, si ? Truls Berntsen est notoirement corrompu et il paraît qu'il a une dette de jeu. Ce n'était qu'une question de temps.

— Ce n'est peut-être pas une grosse surprise, non, mais c'est dommage.

— Ah bon ? Je croyais que vous ne pouviez pas vous souffrir.

— Il n'est pas très facile à apprécier d'emblée, mais en l'occurrence il a quelques qualités qu'on a tendance à trop vite ignorer et dont il n'est sans doute même pas conscient lui-même.

— Si tu le dis… Pourquoi tu t'intéresses à lui ? »

Harry haussa les épaules. « Bellman est toujours ministre de la Justice, ai-je lu.

— Et plutôt deux fois qu'une. Les jeux de pouvoir, ça le connaît. Il a toujours été meilleur politique que policier, si tu veux mon avis. Comment va ta famille ?

— Eh bien… Ma sœur vit à Kristiansand, elle a un compagnon, tout se passe bien. Le fils de Rakel est en poste à Lakselv, il vit avec sa copine. Et Øystein Eikeland, si tu te souviens de lui…

— Le chauffeur de taxi ?

— Oui, je l'ai eu au téléphone hier. Il a changé de

crémerie. Il gagne mieux sa vie, apparemment. Quant à Aune, je vais lui rendre visite demain. Et puis… enfin, oui, c'est tout, quoi.

— Il ne te reste pas grand monde, Harry.

— Non, pas grand monde. »

Il se retint de consulter sa montre, s'efforça de ne pas regarder combien de temps allait encore durer ce putain de dimanche. Le lundi était jour de boisson. Trois unités seulement, mais jour de boisson, et aucune règle n'édictait à quel moment du lundi on pouvait boire l'alcool autorisé, rien n'empêchait de tout avaler d'un coup juste après minuit. Il s'était abstenu d'acheter cette bouteille de whisky, à l'aéroport, optant à la place pour l'ours en peluche, mais il avait ouvert le minibar de sa chambre d'hôtel. Il contenait ce qu'il lui fallait.

« Et toi ? demanda Harry. Qui te reste-t-il ? »

Katrine réfléchit. « Eh bien, je n'ai plus de famille de mon côté, donc les plus proches sont les grands-parents de Gert. Ils sont incroyablement serviables. De Toten, ça leur prend deux heures, mais ils viennent aussi souvent qu'ils peuvent, et parfois même quand ils ne peuvent pas vraiment, si je leur demande. Ils sont tellement attachés à ce petit garçon, ils n'ont plus que lui. Alors… »

Elle se tut, son regard vague se fixa sur le mur, à côté de Harry. Il vit qu'elle prenait son élan.

« Je ne veux pas qu'ils l'apprennent ni Gert non plus. Tu comprends, Harry ? »

Donc elle savait, et elle avait compris qu'il savait.

Il hocha la tête. Il saisissait sans peine qu'elle ne souhaite pas que son fils grandisse en se sachant le fruit d'une infidélité, d'un coup d'un soir avec un ivrogne. Elle ne voulait pas briser le cœur de deux grands-parents adorables ni perdre le soutien ô combien précieux qu'ils pouvaient apporter à une mère célibataire et à son enfant.

« Son père s'appelle Bjørn, murmura-t-elle en croisant son regard. Point final.

— Je comprends, répondit-il tout bas sans la quitter des yeux. Je crois que c'est la chose à faire. Tout ce que je te demande, c'est que tu viennes me trouver si vous avez besoin d'aide. Pour n'importe quoi. Je ne veux rien en contrepartie. »

Il vit le regard de Katrine devenir brillant. « Merci, Harry. C'est généreux.

— Pas tant que ça. Je suis pauvre comme Job. »

Elle rit, renifla, détacha une feuille de papier absorbant sur la table.

« T'es chouette », dit-elle.

Belle-maman vint prévenir maman que ses talents de chanteuse étaient requis, et pendant que Katrine se rendait dans la chambre d'enfant, Harry évoqua ses souvenirs de Bjørn qui menait la danse lorsqu'ils faisaient les playlists des soirées à thème du Jealousy Bar, Øystein, Bjørn et lui. Il y avait eu les jeudis Hank Williams, la semaine Elvis et, sans doute la plus mémorable de toutes, la soirée de chansons-d'au-moins-quarante-ans-de-chanteurs-et-groupes-originaires-d'États-américains-commençant-par-un-M. Si les artistes préférés de Bjørn semblaient ne rien lui évoquer, son regard ému exprimait toute sa gratitude que Harry raconte quelque chose, probablement n'importe quoi, à propos de son fils.

Katrine revint dans la cuisine, sa belle-mère se retira dans le salon pour regarder la télévision.

« Bon, alors, ce gars que tu vois ? » fit Harry.

Elle balaya la question d'un geste.

« Allez…

— Il est plus jeune que moi, et, non, je ne l'ai pas rencontré sur Tinder. On est sortis un soir. C'était quand tout venait de rouvrir, alors l'ambiance était un peu euphorique en ville. Ensuite… il a gardé le contact.

— Il a gardé le contact… Pas toi ?

— Il prend tout cela un peu plus au sérieux que moi, je crois. C'est un type bien, les pieds sur terre, ce n'est pas ça. Il a un boulot, il est propriétaire de son appartement, tout semble carré, en ordre. »

Harry sourit.

« Oui, oui, je sais ! fit-elle en feignant de le taper. Quand tu es mère célibataire, tu commences automatiquement à prendre ces choses-là en considération, mais il faut aussi du feu, quoi, et…

— Et il n'y en a pas ? »

Elle tarda à répondre. « J'apprécie beaucoup qu'il connaisse des sujets que je ne connais pas. Il m'apprend des choses, tu comprends ? Il s'intéresse à la musique, comme Bjørn. Ça ne le dérange pas que je sois bizarre, et puis… » Un grand sourire se déploya sur son visage. « Il m'aime. Tu sais quoi ? J'avais presque oublié quel bien ça fait. D'être aimée, intégralement. Comme avec Bjørn. » Elle secoua la tête. « Inconsciemment, j'étais peut-être en quête d'un nouveau Bjørn. Je crains que ç'ait été ça plus que de la passion.

— Hmm. La mère de Bjørn…

— Non, non ! Personne n'est au courant et je n'ai pas l'intention de le présenter à qui que ce soit.

— À qui que ce soit ?!

— Non. Quand tu sais qu'une histoire va se terminer et que tu vas probablement recroiser le type plus tard, tu impliques le moins de monde possible, non ? Tu ne veux pas que les gens soient là à regarder le spectacle, en *sachant*. Enfin bon, assez parlé de lui. » Elle posa sa tasse de thé d'un geste décidé. « Toi, alors ? Raconte-moi L.A. »

Harry sourit. « Une autre fois, peut-être, quand j'aurai plus de temps. Je devrais plutôt te dire pourquoi je t'ai appelée.

— Ah ? Je croyais que c'était… » Elle fit un signe de tête en direction de la chambre d'enfant.

« Non. J'y ai pensé, bien sûr, mais je me disais que c'était à toi de décider si tu voulais m'en parler.

— À moi ? Mais tu étais impossible à joindre.

— Hmm. J'avais éteint mon téléphone.

— Pendant six mois ?

— Quelque chose comme ça, oui. Enfin, bref. Je t'ai appelée parce que je voulais t'informer que Markus Røed souhaite m'engager comme détective privé dans l'affaire des deux filles. »

Katrine le dévisagea d'un air incrédule.

« Tu déconnes. »

Il ne répondit pas.

Elle toussota. « Tu es en train de me dire que toi, Harry Hole, tu t'es vendu comme n'importe quelle putain à ce queutard de Markus Røed ? »

Harry regarda le plafond comme s'il réfléchissait à sa question. « Ta formulation est tout à fait exacte, oui.

— Merde, Harry.

— À part que je ne l'ai pas encore fait.

— Ah bon ? Et pourquoi donc ? Le client ne paie pas assez ?

— Parce que je voulais te parler d'abord. Tu as un droit de veto.

— Un droit de veto ?» Elle souffla par le nez. « Pourquoi ? Vous faites ce que vous voulez, non ? Surtout Røed, qui a de quoi acheter tout ce qui pourrait lui passer par la tête. Enfin, je dois dire que je ne pensais pas qu'il avait assez d'argent pour acheter ton cul, ça, non.

— Prends donc dix secondes pour évaluer les avantages et les inconvénients. »

Harry porta son café à ses lèvres. Les flammes qui animaient les prunelles sombres de Katrine s'éteignirent. Elle se mordit la lèvre inférieure, comme elle en avait l'habitude quand son cerveau travaillait. Il partait du principe qu'elle parviendrait à la même conclusion que lui.

« Tu vas travailler seul ?

— Non.

— Tu as l'intention de piquer des gens de chez nous ou de chez Kripos ?

— Négatif.

— Tu sais bien que le prestige et l'ego, je n'en ai rien à foutre, Harry. Ces concours de celui qui pisse le plus loin, je vous les laisse, à vous, les petits garçons. Ce qui m'intéresse, c'est par exemple que les filles puissent se balader en ville sans avoir peur de se faire violer ou tuer, or ce n'est pas le cas en ce moment. Alors mieux vaut que tu sois sur l'affaire plutôt que tu n'y sois pas. » Elle secoua la tête comme si elle n'aimait pas ces avantages qu'elle percevait. « En plus, en tant que détective privé, tu peux te permettre un certain nombre de choses que la police n'a pas le droit de faire.

— Ouaip. Où en est l'affaire telles que tu vois les choses ? »

Katrine regarda ses paumes. « Tu sais bien que je

ne peux pas te livrer de détails de l'enquête, mais je suppose que tu lis les journaux, alors je ne te révélerai pas grand-chose en te disant que, avec Kripos, nous avons travaillé sur cette affaire nuit et jour pendant trois semaines, et qu'avant la découverte de ce corps, nous n'avions rien. Strictement rien. Des images de Susanne à la station de T-bane de Skullerud, le mardi à vingt et une heures, pas très loin de l'endroit où on a découvert son corps. La voiture de Bertine, garée près des sentiers de randonnée de Grefsenkollen. Personne ne sait ce qu'elles allaient faire. Ni l'une ni l'autre n'était amatrice de promenades, et pour autant que nous sachions, elles ne connaissaient personne à Grefsen et à Skullerud. Nous avons affecté des équipes nombreuses à la recherche dans ces deux zones, avec des chiens, sans résultats. Et puis un joggeur et son cabot tombent sur le corps. Tant mieux, bien sûr, mais évidemment, ça nous fait passer pour des cons. C'est toujours la même histoire. La somme des coïncidences parvient en règle générale à battre le peu de choses que nous avons obtenues grâce aux recherches systématiques, mais ça, les gens ne comprennent pas. Les journalistes, encore moins. Sans parler… » Elle poussa un gémissement accablé. « De la direction.

— Hmm. Et cette soirée chez Røed. Des éléments de ce côté-là ?

— Rien, si ce n'est que cela semble être la seule fois que Susanne et Bertine se sont croisées. Nous avons essayé d'établir une liste des gens qui étaient à cette soirée, quelqu'un aurait pu les rencontrer toutes les deux là-bas, mais c'est comme le dépistage des cas contacts l'an dernier. Nous avons la grande majorité des noms, quatre-vingts et des poussières, mais personne ne détient de liste exhaustive, puisque c'était une fête de voisins, avec des invités qui allaient et venaient, et personne qui connaisse tout le monde. Quoi qu'il en soit, aucun des noms que nous avons ne se dégage comme suspect, que l'on se fonde sur le casier judiciaire ou sur les circonstances. Donc nous sommes revenus à ce que tu nous répétais à nous en crever les oreilles.

— Hmm. Le pourquoi.

— Le pourquoi, oui. Susanne et Bertine étaient ce qu'on pourrait sans doute appeler des filles ordinaires. Semblables à certains égards, différentes à d'autres. Toutes deux issues de foyers où on ne manquait de rien, pas d'études supérieures, à part Susanne, qui avait commencé une école de marketing, avant de laisser tomber au bout de six mois. Elles ont toutes les deux fait des petits boulots dans des magasins, Bertine a travaillé comme coiffeuse non diplômée. Elles aimaient les fringues, le maquillage, elles étaient centrées sur elles-mêmes et sur les petites nanas avec qui elles étaient en concurrence en ville ou sur Instagram et… oui, je sais que je parais pleine de préjugés. Correction, je suis pleine de préjugés. Elles avaient un train de vie dispendieux, sortaient beaucoup, leurs amis les qualifient de fêtardes. La seule différence, globalement, c'est que Bertine payait elle-même ses factures, alors que Susanne vivait chez ses parents et en dépendait, et puis Bertine avait des partenaires sexuels relativement nombreux, alors que Susanne aurait été un peu plus modérée de ce côté-là.

— Parce qu'elle habitait chez ses parents ?

— Pas seulement. Elle a eu quelques petits amis, mais elle avait la réputation d'être prude. Markus Røed pourrait avoir été l'exception à la règle.

— *Sugar daddy ?*

— Nous avons des listes des communications téléphoniques et messages des filles. Elles ont eu des contacts extensifs avec Røed ces trois dernières années.

— Des messages sexualisés ?

— Pas autant qu'on pourrait le croire. Quelques photos sexy des filles, mais rien de grossier. Il s'agissait plutôt d'invitations à des soirées, de choses dont elles avaient envie. Røed leur a régulièrement viré de l'argent par Vipps. Pas de grosses sommes, deux ou trois mille couronnes à la fois, maximum dix mille, mais suffisamment pour que la dénomination de *sugar daddy* ne soit pas usurpée. Dans l'un de ses derniers messages, Bertine écrit à Røed qu'un journaliste l'a contactée à propos d'une rumeur et lui a demandé si elle accepterait de livrer une interview pour dix mille couronnes. Elle concluait le message avec une réflexion dans le genre *J'ai dit non, bien sûr. Même si dix mille couronnes, en l'occurrence, c'est exactement ce que je dois au cheminot.*

— Hmm. Le cheminot, les rails. Cocaïne ou amphétamines.

— Ça *pourrait* être une menace.

— Et tu te dis que c'est là que tu tiens ton pourquoi ?

— Je sais qu'on a l'air de se raccrocher aux branches, mais nous avons retourné la moindre pierre sans trouver qui que ce soit dans l'entourage des filles qui puisse avoir un mobile évident. Alors il ne nous en reste que deux : l'un serait que Markus Røed aurait souhaité se débarrasser de deux filles qui voulaient faire un scandale, l'autre serait la jalousie, sa femme, Helene Røed. Le problème est qu'ils se donnent réciproquement un alibi pour les deux soirs des disparitions.

— C'est ce que j'ai cru comprendre. Et le mobile le plus évident ?

— C'est-à-dire ?

— Ce que tu évoquais tout à l'heure. Un psychopathe ou un agresseur qui assiste à la soirée, entre en contact avec les deux filles et obtient leurs coordonnées.

— Comme je le disais, aucune personne présente ce soir-là ne correspond au profil. Cette soirée pourrait d'ailleurs être une fausse piste. Oslo est une petite ville, ce n'est pas totalement invraisemblable que deux filles du même âge sortent au même endroit.

— Mais tout de même un peu moins probable qu'elles aient aussi le même *sugar daddy*.

— Peut-être. D'après les gens avec qui nous avons parlé, Susanne et Bertine n'étaient pas les seules.

— Hmm. Vous avez vérifié ?

— Vérifié quoi ?

— Qui d'autre que la femme de Røed pourrait avoir eu comme mobile de se débarrasser de la concurrence. »

Katrine eut un sourire las. « Toi et tes *pourquoi*. Tu m'as manqué. Tu as manqué à la Brigade de répression des violences.

— J'en doute.

— Mais oui, Røed a eu des contacts sporadiques avec une ou deux autres filles. Elles ont été mises hors de cause. Tu comprends, Harry ? Toutes les personnes dont nous avons le nom sont hors de cause. Alors il ne reste plus que l'intégralité de la population mondiale. » Elle se massa les tempes. « Quoi qu'il en soit, maintenant, les journaux et les médias sont sur notre dos. Le directeur de la police est sur notre dos, la directrice des affaires criminelles aussi. Même

Bellmann a décroché son téléphone pour nous dire de mettre le paquet. Alors en ce qui me concerne, tu es le bienvenu, Harry, mais souviens-toi que nous n'avons jamais eu cette conversation. Naturellement, nous ne pouvons pas collaborer, même de façon informelle, et je ne peux te donner aucune information que je ne communiquerais pas publiquement. À part ce que je viens de te dire.

— Je comprends.

— J'imagine que tu comprends aussi que certaines personnes de la maison ne seront pas enchantées que nous ayons de la concurrence dans le secteur privé. A fortiori quand ladite concurrence est payée par un suspect potentiel. Pense à l'échec que ce serait pour la directrice des affaires criminelles et pour Kripos que vous arriviez au but avant nous. Si ça se trouve, il y a des fondements juridiques pour vous en empêcher, et dans ce cas, je parie qu'ils le feront.

— Je pars du principe que Johan Krohn a examiné la question.

— Ah oui, c'est vrai. Røed l'a dans son équipe, j'avais oublié.

— Tu peux me dire quelque chose sur le lieu du crime ?

— Deux jeux d'empreintes de pas sur l'aller, un seul sur le retour. Je pense qu'il a fait le ménage derrière lui.

— Susanne Andersen a été autopsiée ?

— Un simple examen du corps hier.

— Des résultats ?

— Gorge tranchée. »

Harry hocha la tête. « Viol ?

— Pas visible.

— Autre chose ?

— À quoi penses-tu ?

— Quand je te regarde, j'ai l'impression qu'ils ont fait d'autres découvertes. »

Katrine ne répondit pas.

« Je vois, dit Harry. Aucune information que tu ne puisses pas révéler publiquement aussi.

— Je t'en ai déjà trop dit, Harry.

— Compris. En revanche, je suppose que tu ne refuseras pas si l'information vient dans l'autre sens ? Si jamais nous trouvons quelque chose.

— La police ne peut pas empêcher le public d'appeler pour donner des renseignements, mais on ne promet pas de récompense.

— Bien reçu. » Harry consulta sa montre. Trois heures et demie jusqu'à minuit.

Comme par un accord tacite, ils abandonnèrent le sujet. Harry interrogea Katrine sur Gert, elle répondit à ses questions, mais il avait le sentiment qu'elle ne lui disait pas tout. La conversation finit par se tarir. Il était vingt-deux heures quand elle le raccompagna au bas de l'immeuble, pour déposer deux sacs-poubelle dans la benne. Lorsqu'il ouvrit la porte et sortit dans la rue, elle le suivit et le serra longuement dans ses bras. Il sentit sa chaleur. Comme cette unique nuit. Il savait toutefois qu'il n'y en aurait pas d'autre. Ils avaient eu une attirance, une alchimie physique qu'aucun d'eux n'avait niée, tout en sachant tous deux que cela constituait une bien piètre raison de gâcher ce qu'ils vivaient avec leurs partenaires respectifs. Aujourd'hui, ces relations étaient détruites, et cette douce tension interdite l'était aussi. Il n'y avait aucun retour possible.

Katrine le lâcha brusquement. Il la vit regarder dans la rue.

« Un problème ?

— Non, non. » Elle croisa les bras sur sa poitrine comme si elle avait froid, malgré la clémence de la soirée. « Dis, Harry ?

— Oui ?

— Si tu veux… » Elle s'arrêta, respira. « Tu pourrais garder Gert un jour. »

Il l'observa, hocha lentement la tête. « Bonne nuit.

— Bonne nuit », dit-elle en refermant promptement la porte derrière elle.

Il rentra par le chemin le plus long, Bislett, Sofies gate, où il avait autrefois vécu. Il passa devant le Schrøder, ce café sombre qui avait jadis été son refuge, monta au sommet de St. Hanshaugen, d'où il vit la ville, le fjord d'Oslo. Tout avait changé. Il n'y avait aucun retour possible, et il n'y avait aucun chemin qui ne revienne pas en arrière.

Il songea à sa conversation avec Røed et Krohn. Il les avait dissuadés d'avertir les médias de leur accord avant qu'il se soit entretenu avec Katrine Bratt, il leur avait fait miroiter le bon climat de coopération que cela instaurerait avec la police si Bratt avait le sentiment de disposer d'un droit de veto, et d'empêcher que Harry travaille pour Røed. Il avait plus ou moins anticipé le déroulement de sa conversation avec Katrine, comment elle trouverait elle-même les bons arguments avant d'accepter. Ils avaient acquiescé, Harry avait signé. Il entendit une cloche sonner les heures au loin, sentit le goût du mensonge dans sa bouche. Il savait déjà que ce ne serait pas le dernier.

Prem consulta sa montre. Bientôt minuit. Il se brossait les dents, son pied battant la mesure de « Oh ! You

Pretty Things», le regard rivé aux deux photos qu'il avait scotchées sur le miroir.

L'une était la Femme avec un grand F, belle bien que floue, et pourtant une pâle copie. Car sa beauté n'était pas de celles que l'on peut capturer en un instant figé, c'était un rayonnement, ancré dans le mouvement même de son corps, dans la somme des expressions, mots, rires qui se succédaient. Une photo, c'était une note extraite d'un morceau de Bach, d'une chanson de Bowie, ça n'avait aucun sens. Enfin bon, c'était mieux que rien. Aimer une femme, si fort que ce soit, ne signifiait pas en être propriétaire. C'est pourquoi il s'était promis de cesser de la surveiller, de scruter sa vie privée comme si elle lui appartenait. Il devait apprendre à lui faire confiance ; sans confiance, il y aurait trop de douleur.

L'autre photo était la femme qu'il allait baiser avant le week-end. Ou plus exactement, la femme qui allait pouvoir le baiser. Ensuite, il la tuerait. Non qu'il le souhaitât, mais il le devait.

Il se rinça la bouche, chanta avec Bowie qu'aujourd'hui tous les cauchemars étaient venus et semblaient partis pour rester.

Puis il se rendit dans le salon, ouvrit le réfrigérateur. Il vit le sachet de produit au thiabendazole. Il savait qu'il n'en avait pas pris suffisamment aujourd'hui, mais s'il en ingérait trop d'un coup, il avait des douleurs à l'estomac et vomissait, probablement parce que cela interrompait le cycle de Krebs. L'astuce était d'en absorber de petites doses à intervalles réguliers. Il décida de ne rien prendre tout de suite, au prétexte qu'il s'était déjà brossé les dents, et emporta à la place la boîte de conserve ornée de l'inscription Bloodworms vers l'aquarium. Il en saupoudra une demi-cuillère à café, principalement des larves de moustiques, qui se déposèrent comme des pellicules à la surface avant de sombrer lentement.

Deux rapides coups de queue plus tard, Boss était sur place. Prem alluma sa torche, se pencha de façon à éclairer directement sa gueule. Là, à l'intérieur, il la vit. On aurait dit un petit cafard ou une crevette. Il frissonna, tout en se réjouissant. Boss et Simona-Exilia. C'était sans doute souvent ce que ressentaient les hommes, et peut-être aussi les femmes, face à l'union absolue. Une certaine… ambivalence. Cependant, il sentait aussi qu'une fois l'élue trouvée, aucun retour en arrière n'était possible, car si les humains et les animaux avaient une obligation morale, c'était d'obéir à leur nature, à la mission qui leur incombait pour maintenir l'harmonie, le fragile équilibre. C'est pourquoi tout dans la nature, y compris ce qui de prime abord paraissait grotesque, immonde, terrible, était beau dans sa parfaite fonctionnalité. Le péché était venu au monde le jour où l'être humain avait goûté à l'arbre de la connaissance et atteint un niveau de réflexion lui permettant de ne *pas* choisir ce qui était dicté par la nature. Oui, c'était ainsi.

Prem éteignit l'enceinte, les lumières.

9

Lundi

Harry se dirigea vers l'entrée de l'imposant édifice situé dans le quartier de Montebello, l'un des plus chics d'Oslo. Il était neuf heures du matin, le soleil brillait sans vergogne. Pourtant Harry sentit son ventre se nouer. Ce n'était pas la première fois qu'il venait au Radiumhospital. Plus d'un siècle auparavant, le projet de construction d'un hôpital dédié aux malades du cancer avait suscité les protestations des riverains ; avoir cette maladie inquiétante et mystérieuse si près d'eux leur faisait peur, certains la pensaient même contagieuse, et ils redoutaient de surcroît une chute de la valeur de leurs biens immobiliers. D'autres avaient apporté leur soutien par des dons de plus de trente millions de couronnes en valeur actuelle, de quoi acheter les quatre grammes de radium qui devaient irradier et tuer les cellules cancéreuses avant qu'elles ne tuent leurs hôtes.

Harry entra, s'arrêta devant l'ascenseur.

Il n'avait aucune intention de le prendre, mais cherchait à se souvenir.

Il avait quinze ans quand Sœurette, sa petite sœur, et lui venaient au Radium, comme on avait fini par l'appeler. Quatre mois durant, ils avaient rendu visite à leur mère, un peu plus décharnée, un peu plus blanche, et chaque fois qu'il la voyait, telle une photo pâlissant au soleil, son visage toujours souriant semblait disparaître dans la taie d'oreiller. Ce jour précis, il avait eu un accès de colère tel qu'il en avait pleuré.

Sa mère l'avait serré dans ses bras en lui caressant la tête.

« C'est comme ça, Harry, et ce n'est pas ta responsabilité de veiller sur moi. Toi, tu dois veiller sur ta petite sœur. »

En repartant, Sœurette s'était appuyée contre la paroi de l'ascenseur. Au démarrage, ses longs cheveux s'étaient coincés, elle s'était trouvée hissée et avait crié à l'aide, tandis que Harry restait figé sur place, les bras ballants. Elle avait perdu pas mal de cheveux dans l'opération, un peu de cuir chevelu aussi, mais elle avait survécu et très vite oublié la scène. Plus vite que Harry, qui ressentait encore de l'effroi et une honte brûlante quand il songeait qu'il avait saisi la première occasion pour ne pas tenir sa parole.

Les portes de l'ascenseur s'écartèrent, deux infirmières passèrent devant lui en poussant un lit.

Harry resta immobile jusqu'à ce que les portes se referment devant lui.

Puis il s'engagea dans l'escalier et monta au cinquième étage.

Ça sentait l'hôpital, rien de changé depuis le séjour de sa mère. Il trouva la chambre 618 et tapa doucement à la porte. Il entendit une voix, ouvrit. Il y avait deux lits, l'un vide.

« Je cherche Ståle Aune, expliqua Harry.

— Il est allé faire un petit tour », répondit un homme alité, chauve, apparemment d'origine pakistanaise ou indienne et sexagénaire, comme Aune, mais Harry savait d'expérience qu'il pouvait être difficile d'évaluer l'âge d'un cancéreux.

Il tourna les talons sur le seuil et vit alors Ståle Aune approcher d'un pas traînant. Il était vêtu d'une robe de chambre du Radiumhospital et Harry se rendit compte que c'était l'homme maigre qu'il avait dépassé dans le couloir.

La peau du psychologue jadis ventru était toute plissée. Aune le salua de la main, à hauteur de poitrine, et lui sourit la bouche fermée, l'air tourmenté.

« Tu as fait un régime ? demanda Harry quand ils se furent donné l'accolade.

— Tu ne le croiras pas, mais même ma tête a rétréci. » Aune en fit la démonstration en remontant sur son nez ses petites lunettes rondes à la Sigmund Freud. Il ouvrit la porte de la chambre 618.

« Je te présente Jibran Sethi. Docteur Sethi, je vous présente l'inspecteur principal Hole. »

Le voisin de chambre d'Aune le salua d'un signe de tête en souriant, sans se départir de ses écouteurs.

« Il est vétérinaire. Un gars sympa, mais c'est sans doute vrai ce qu'on dit, on finit par ressembler à ses patients. Lui ne dit presque jamais rien et moi, j'arrive à peine à la boucler », expliqua Aune à voix plus basse, tout en ôtant ses chaussons et en se hissant sur son lit.

Harry s'assit sur une chaise.

« Je ne te savais pas si athlétique sous ton rembourrage. »

Aune rit. « La flatterie est un art consommé chez toi, Harry. J'étais autrefois pas trop mauvais rameur. Et toi, bon sang ? Il va falloir commencer à manger, tu vas bientôt disparaître. »

Harry ne répondit pas.

« Ah oui. Tu te demandes qui de nous va disparaître le premier, hein ? C'est moi, Harry. C'est de ça que je vais mourir.

— Que disent les médecins de… ?

— De combien de temps il me reste ? Rien. Parce que je ne veux pas leur demander. Regarder la vérité dans le blanc des yeux – et en particulier sa propre mortalité – est selon moi très surfait, et, comme tu le sais, je dispose en la matière d'une expérience longue et profonde. En fin de compte, les humains aspirent simplement à aller bien aussi longtemps que possible, de préférence jusqu'au soudain baisser de rideau. Bien entendu, c'est une certaine déconvenue pour moi de n'être à cet égard pas différent des autres, de n'être pas capable de mourir avec le courage et la dignité que j'aurais souhaités, mais je suppose que les bonnes raisons de mourir avec bravoure me font défaut. Ma femme et ma fille pleurent, et cela ne leur apporte aucun réconfort de me voir plus effrayé que nécessaire par la mort, alors je préfère esquiver la vérité et les sombres réalités.

— Hmm.

— Enfin bon, je n'arrive pas à m'empêcher d'interpréter les médecins, leurs propos, leurs mines et expressions. Ce que j'en déduis, c'est qu'il ne me reste pas beaucoup de temps, mais… » Aune écarta les bras et sourit, le regard triste. « J'ai toujours l'espoir de me tromper. Après tout, toute ma vie professionnelle j'ai eu tort plus souvent que raison. »

Harry sourit. « Peut-être bien.

— Peut-être bien. Cela étant dit, ajouta Aune avec un sourire triste, ce n'est pas difficile de comprendre la direction générale que prennent les choses quand on te donne une pompe à morphine sans te mettre en garde contre le risque d'overdose…

— Hmm. Des douleurs, donc ?

— La douleur est un interlocuteur intéressant. Enfin, assez parlé de moi. Raconte-moi Los Angeles. »

Harry secoua la tête et se dit qu'il devait souffrir du décalage horaire, car il fut soudain secoué de rire.

« Arrête donc ça tout de suite ! La mort n'a rien de drôle. Raconte, t'ai-je dit.

— Hmm. Secret professionnel ?

— Harry, tous les secrets partiront avec moi dans la tombe et le sablier s'écoule, alors pour la dernière fois, raconte ! »

Harry raconta. Pas tout. Pas ce qui s'était réellement passé avant son départ, quand Bjørn s'était tiré une balle, pas Lucille et son propre sablier qui s'écoulait aussi, mais le reste. Sa fuite devant les souvenirs. Son projet de se tuer en se noyant dans l'alcool, quelque part au loin. Quand il eut terminé, Harry nota les prunelles éteintes de son interlocuteur. Dans les nombreuses affaires où le psychologue avait apporté son concours aux enquêteurs de la Brigade de répression des violences pour établir le profil des tueurs, Harry avait toujours été impressionné par son endurance et sa capacité de concentration malgré la longueur des journées de travail. Il lisait maintenant de la lassitude, de la douleur – et de la morphine – dans son regard.

« Et Rakel ? demanda Aune d'une voix faible. Tu penses beaucoup à elle ?

— Tout le temps.

— Le passé ne meurt jamais. Ce n'est même pas le passé.

— Citation de Paul McCartney ?

— Presque, fit Aune en souriant. Tu penses à elle d'une bonne manière ou ça fait seulement mal ?

— Disons que ça fait mal d'une bonne manière. Ou inversement. Comme… l'alcool. Le pire, c'est les jours où je me réveille en ayant rêvé d'elle. Pendant une seconde, je m'imagine qu'elle est toujours en vie, que le rêve, c'est ce qui est arrivé, et je dois revivre cette horreur encore une fois.

— Je vois. Tu te souviens quand tu venais me voir au sujet de la boisson et que je t'avais demandé si, dans tes périodes de sobriété, tu aurais voulu que l'alcool n'existe pas. Tu m'avais répondu que non. Tu voulais que l'alcool existe, même si tu ne voulais pas boire, tu voulais que la possibilité existe, l'idée de boire un verre. Que sans, tout serait gris et dépourvu de sens, que le combat n'aurait pas d'ennemi. Est-ce que… ?

— Oui. C'est comme ça pour Rakel aussi. Je préfère l'avoir eue dans ma vie et souffrir maintenant de ma blessure plutôt que le contraire. »

Ils restèrent silencieux, s'observèrent. Harry regarda ses mains, la chambre. Il entendit une conversation téléphonique à voix basse sur l'autre lit. Ståle se tourna sur son matelas.

« Je suis un peu fatigué, Harry. Certains jours sont meilleurs que d'autres, mais aujourd'hui n'en fait pas partie. Merci d'être venu.

— Meilleurs à quel point ?

— Comment cela ?

— Assez bons pour te permettre de travailler ? D'ici, je veux dire. »

Aune le considéra avec stupéfaction.

Harry rapprocha sa chaise du lit.

Au cinquième étage de l'hôtel de police, dans la salle dite du « KO », Katrine menait la réunion de service du groupe d'enquête, douze personnes de la Brigade de répression des violences, cinq de Kripos. Dix enquêteurs, quatre analystes, deux techniciens de la police scientifique. Katrine Bratt avait passé en revue et montré des photos de la scène de crime et de l'examen préliminaire pratiqué sur le corps par Alexandra. Elle avait vu l'assistance fixer l'écran éclairé en se tortillant sur l'assise dure des chaises de la brigade. Les techniciens qui avaient travaillé sur la scène du crime n'avaient pas trouvé grand-chose, ce qu'ils interprétaient comme un résultat en soi.

« Il se pourrait qu'il sache ce que nous cherchons, déclara l'un des techniciens. Soit il a fait le ménage derrière lui, soit il a eu de la chance. »

Le seul élément concret dont ils disposaient était les empreintes de pas laissées par deux personnes sur le sol forestier, les unes correspondant aux chaussures de Susanne, les autres étant celles d'un individu plus lourd, chaussant du 42, probablement un homme. Les traces suggéraient qu'ils avaient marché serrés l'un contre l'autre.

« Comme s'il avait forcé Susanne à aller dans la forêt avec lui ? demanda Magnus Skarre, l'un des plus anciens de la brigade.

— Ça se pourrait », confirma le technicien.

Katrine prit la parole. « Un premier examen du corps a été pratiqué à l'Institut médico-légal pendant le week-end et nous avons de bonnes et de mauvaises nouvelles. La bonne est qu'on a trouvé de petits restes de salive et de mucus sur un sein de Susanne ; la mauvaise, qu'ils ne proviennent pas forcément du tueur, dans la mesure où Susanne avait le haut du corps couvert. S'il l'avait agressée sexuellement, il l'aurait alors rhabillée ensuite, ce qui serait inhabituel. Quoi qu'il en soit, Sturdza a eu l'obligeance de nous faire une analyse d'ADN express, et nous avons une nouvelle encore plus mauvaise, puisqu'il n'y avait aucune correspondance avec le fichier des criminels. Si cet ADN est celui du tueur, nous…

— Cherchons une aiguille dans une botte de foin », compléta Skarre.

Personne ne rit. Personne ne gémit. Il n'y eut que du silence. Après trois semaines de traversée du désert, de soirées tardives, de risque de voir les congés d'automne annulés et de mauvaise ambiance à la maison, la découverte du corps avait éteint un espoir et en avait rallumé un autre. Celui d'avoir enfin une piste, d'élucider l'affaire. On était désormais officiellement en présence d'une enquête criminelle, et puis on était lundi, une nouvelle semaine commençait, avec de nouvelles possibilités. Cependant, les visages tournés vers Katrine restaient inexpressifs, leurs traits, tirés par la fatigue et la lassitude.

S'y attendant, elle avait gardé une photo pour la fin, histoire de les réveiller.

« Voici ce qu'ils ont découvert tout à la fin de l'examen du corps. »

Lorsque Alexandra lui avait envoyé la photo l'avant-veille, la première image qui lui était venue était celle du monstre du film *Frankenstein*.

L'assistance observa sans un bruit la tête recousue à grands points, il n'y eut aucune réaction. Katrine toussota.

« Sturdza écrit qu'il pourrait sembler que Susanne Andersen ait récemment subi une incision du cuir chevelu, qui faisait tout le tour de la tête en partant du sommet du front, avant que la plaie soit recousue. Nous ne savons pas si cela pourrait dater d'avant la disparition, mais Sung-min a parlé avec les parents de Susanne hier.

— Et à une amie qui a vu Susanne la veille de sa disparition, ajouta Sung-min. Elle n'avait fait mention de points de suture à personne.

— Nous pouvons donc partir du principe que c'est l'œuvre du tueur. L'autopsie complète va être pratiquée aujourd'hui, espérons que la pathologiste pourra nous renseigner, notamment sur cette plaie à la tête. » Elle consulta sa montre. « Des commentaires ou des questions avant que nous nous mettions au travail ? »

Une enquêtrice prit la parole. « Maintenant que nous savons que l'une des jeunes femmes a été entraînée de force sur l'un des sentiers de la forêt, on devrait intensifier nos recherches de Bertine autour des sentiers forestiers de Grefsenkolllen, non ?

— Oui, et elles sont déjà en cours. Autre chose ? »

Les policiers la regardaient fixement, comme des élèves désabusés, qui ne se réjouissaient qu'à la perspective de la récréation, et encore. L'année précédente, quelqu'un avait proposé de louer les services d'un ancien champion de ski de fond qui délivrait des conférences dites d'inspiration en entreprise. Le héros national en question expliquait comment surmonter le barrage mental qui ne manquait jamais de survenir sur un cinquante kilomètres et réclamait pour ce faire une somme que seul le monde des affaires pouvait débourser. Katrine avait rétorqué que l'exposé aurait tout aussi bien pu être livré par une mère célibataire travaillant à plein temps et que, en termes de propositions consistant à jeter l'argent de la brigade par les fenêtres, celle-ci valait son pesant de cacahuètes. À présent, elle n'en était plus si sûre.

10

Lundi

Chevaux

Le jeune taxi observa d'un air perplexe les papiers que lui tendait Harry.

« On appelle ça de l'argent », expliqua Harry.

Le chauffeur prit les billets, examina les chiffres. « Je n'ai pas de... de...

— De monnaie, soupira Harry. C'est bon. »

Il fourra le reçu dans sa poche arrière tout en se dirigeant vers l'entrée de l'hippodrome de Bjerke. La course de vingt minutes depuis l'hôpital lui avait coûté aussi cher qu'un vol pour Malaga. Il lui fallait une voiture, de préférence avec chauffeur, et aussi vite que possible, mais avant tout, il lui fallait un policier. Corrompu.

Il trouva Truls Berntsen au Pegasus. Le restaurant pouvait accueillir jusqu'à mille personnes, mais en ce jour hebdomadaire du trot, seules les tables donnant sur la piste affichaient complet. Enfin, complet, pas tout à fait, à l'une d'entre elles était assis un client seul, comme s'il exsudait une odeur nauséabonde. En l'examinant de plus près, on constatait que c'était peut-être aussi son regard, son maintien. Harry prit une chaise libre. Sur la piste, un peloton de chevaux couraient à bride abattue en tirant des sulkys et leurs jockeys, tandis que les haut-parleurs crachaient les rapports de situation dans une rafale de mitrailleuse monocorde et continue.

« Tu as fait vite, commenta Truls.

— Taxi.

— Tu as les moyens. On aurait pu faire ça par téléphone, non ?

— Non. »

Ils avaient échangé précisément neuf mots au téléphone. *Oui ? Harry Hole, où es-tu ? Hippodrome. J'arrive.*

« Alors, Harry ? Tu donnes dans les activités louches maintenant ? Toi ? »

Truls émit son rire porcin, qui, associé à son prognathisme, son front proéminent et son attitude passive-agressive, lui avait valu le surnom de Beavis. Personnage de dessin animé dont il partageait aussi le nihilisme et une absence presque admirable de morale et de sens des responsabilités sociales. Sa question était plutôt de savoir si Harry *aussi* donnait dans les activités louches.

« J'ai potentiellement une proposition à te faire.

— Une de celles qu'on ne peut pas refuser ? »

Truls lança un regard mécontent sur la piste alors que le speaker annonçait les résultats de la course.

« Oui, à moins que ton bulletin soit gagnant. Tu n'as pas de boulot, ai-je cru comprendre, et tu as une dette de jeu.

— Une dette de jeu ? Qui t'a dit ça ?

— C'est sans importance. Tu n'as pas de boulot, en tout cas.

— Je ne suis pas tant au chômage que ça. Je perçois mon salaire sans rien foutre. Alors en ce qui me concerne, ils peuvent passer tout le temps qu'ils veulent à chercher des preuves, je m'en tape.

— Hmm. Vol d'un peu de cocaïne saisie à l'aéroport, c'est ça ?»

Truls souffla par le nez. «Je suis allé chercher la saisie avec deux types des Stups. Un truc vraiment particulier, de la cocaïne verte. Les douaniers pensaient qu'elle était verte parce que c'était un produit pur, ils se prennent pour des labos d'analyse sur pattes ! On a rapporté la cocaïne aux Saisies, qui ont relevé un léger décalage de poids par rapport à ce que l'aéroport avait indiqué. Alors la came a été envoyée au labo et l'analyse a montré que la cocaïne, qui était aussi verte qu'avant, était très coupée. Donc maintenant, ils pensent qu'on l'a coupée avec un autre produit vert, mais qu'on s'est plantés en n'étant pas rigoureux sur le poids. Enfin moi, plutôt, puisque je suis le seul à m'être retrouvé quelques minutes en tête à tête avec la came.

— Donc tu risques le licenciement et le pilori en plus ?

— T'es con ou quoi ?» Truls lâcha encore son rire porcin. «Ils n'ont rien qui ressemble de près ou de loin à une preuve. Des abrutis de douaniers qui pensent que ce machin vert avait *l'air* et le *goût* de cocaïne pure ? Une différence d'un milligramme ou deux sur la balance, dont tout le monde sait qu'elle pourrait être due à un tas de facteurs ? Ils vont continuer quelque temps et ensuite, l'affaire sera classée.

— Hmm. Alors tu n'exclus pas qu'ils trouvent un autre coupable ?»

Truls renversa légèrement la tête et observa Harry comme s'il le visait. «Je dois m'occuper de mes trucs de chevaux, Harry, tu voulais quelque chose ?

— Markus Røed m'a engagé pour enquêter sur l'affaire des deux filles. Je te voudrais dans mon équipe.

— Eh ben, ça alors ! » Truls le dévisagea, stupéfait. « Qu'est-ce que tu en dis ?

— Pourquoi moi ?

— À ton avis ?

— Pas la moindre idée. Je suis un mauvais policier et tu le sais mieux que quiconque.

— Et pourtant nous nous sommes réciproquement sauvé la vie au moins une fois. D'après un vieux dicton chinois, ça signifie que nous sommes responsables l'un de l'autre jusqu'à la fin de nos jours.

— Ah bon ? » Truls paraissait hésitant.

« En plus, s'ils t'ont seulement suspendu, tu disposes toujours du plein accès au BL96, non ? »

Harry nota un tressaillement chez Truls à la mention du système d'organisation des rapports d'enquête légèrement artisanal et antique qui avait été mis en place en 1996.

« Et alors ? grogna Truls.

— Nous avons besoin d'accéder à tous les rapports. Ceux de la police judiciaire, ceux de la police scientifique et technique, ceux de la Médecine légale.

— D'accord, je vois. Donc il s'agit de… ?

— Ouaip. D'activités louches.

— Le genre de choses qui font que les policiers peuvent vraiment se faire virer.

— Absolument, s'ils se font prendre. C'est pourquoi c'est bien payé.

— Combien ?

— Donne-moi un chiffre et je ferai suivre. »

Truls observa longuement Harry, l'air songeur. Il baissa les yeux sur son bulletin de pari dans sa main, le froissa.

C'était l'heure du déjeuner, le bar et les tables du Danielles se remplissaient. Le restaurant n'était situé qu'à quelques centaines de mètres du pandémonium de bureaux du centre-ville, mais Helene ne laissait pas d'être surprise qu'un établissement situé dans un quartier résidentiel puisse attirer une clientèle d'affaires si nombreuse au déjeuner.

Elle balaya la grande salle du regard depuis sa petite table ronde au milieu, ne trouva rien d'intéressant. Puis elle se concentra sur son ordinateur, il était allumé, elle avait même ouvert une page de produits équestres. Il semblait n'exister aucune limite à l'offre pléthorique de produits destinés aux chevaux et aux cavaliers, ni aux prix qu'on pouvait exiger, d'ailleurs. Certes, la plupart des amateurs d'équitation avaient de l'argent et ce sport était un moyen de l'afficher, mais pour impressionner dans ce milieu, la barre était placée très haut, si haut que la plupart des gens avaient tout perdu avant de commencer, c'était l'inconvénient. Enfin… Allait-elle se lancer dans l'importation d'équipements pour chevaux et cavaliers ? Ou devait-elle plutôt tenter d'organiser des randonnées à Valdres, Vassfaret, Vågå et autres trous paumés de grande beauté naturelle commençant par un V ? Elle referma l'ordinateur d'un coup sec, poussa un profond soupir, regarda encore autour d'elle.

Oui, ils s'agglutinaient au bar qui longeait la salle. Ces jeunes hommes vêtus du costume qu'on vendait actuellement aux agents immobiliers. Ces jeunes femmes en tailleur ou autre tenue qui donnait l'air « pro ». Certaines avaient effectivement un emploi, mais Helene en voyait d'autres, un peu trop jolies, aux jupes un peu trop courtes, qui s'intéressaient davantage à ce qui rendait le travail superflu, aux hommes fortunés, autrement dit. Elle ne savait pas vraiment pourquoi elle continuait de fréquenter cet endroit. Dix ans auparavant, ces déjeuners du lundi avaient été légendaires. Il y avait eu un côté si merveilleusement décadent et désinvolte à s'enivrer et à danser sur les tables au beau milieu du premier jour de la semaine. C'était aussi, indéniablement, une affirmation de standing, un excès que seuls les riches privilégiés pouvaient s'autoriser. À présent, les temps étaient plus calmes. L'ancienne caserne de pompiers était désormais un bar et un restaurant étoilé, un endroit où l'élite sociale d'Oslo ouest mangeait, buvait, parlait business, famille, nouait des liens et formait les alliances qui distinguaient ceux qu'on laissait entrer dans le sérail de ceux qui restaient en dehors.

C'était ici, lors d'un de ces déjeuners débridés, que Helene avait rencontré Markus. Elle avait vingt-trois ans, lui plus de cinquante. Il était plein aux as, au point que les gens s'écartaient devant lui quand il se dirigeait vers le bar. Tout le monde semblait connaître les faits d'armes de la famille Røed, et ses méfaits. Elle était moins innocente qu'elle s'en donnait l'air, bien entendu, Markus l'avait sans doute compris dès les premières nuits qu'elle avait passées dans sa villa de Skillebekk. Par la bande-son qu'elle apportait à leurs ébats, comme tirée de Pornhub, par les messages qui arrivaient sur son téléphone tout au long de la nuit, par sa manière de couper la cocaïne et d'en faire des lignes si régulières qu'il ne savait jamais laquelle choisir. Cela ne semblait toutefois pas le déranger. L'innocence ne le faisait pas bander, prétendait-il. Elle ne savait pas si c'était vrai, mais ce n'était pas très important. Ce qui comptait, enfin, l'une des choses qui comptaient, était que cet homme pouvait lui faciliter l'accès au mode de vie dont elle avait toujours rêvé et qui n'était pas celui d'une femme trophée qui investissait tout son temps dans l'entretien et l'amélioration de sa maison, de sa résidence secondaire, de son réseau, et de sa propre apparence. Elle laissait cela aux autres bimbos parasites qui traquaient un hôte adapté au Danielles. Non, Helene avait un cerveau et des centres d'intérêt – l'art et la culture, en particulier le théâtre et les arts visuels, l'architecture, qu'elle avait longtemps envisagé d'étudier – et son grand rêve était de diriger le meilleur centre équestre du pays. Loin de chimères de greluche évanescente, il s'agissait d'un plan réaliste établi à un jeune âge par une fille douée à l'école, qui travaillait dur, avait pelleté du fumier dans plus d'un box et gravi les échelons pour finir par elle-même donner des cours d'équitation, une fille qui détestait l'expression « folle des chevaux », qui savait quels efforts, quel argent, quelle compétence étaient requis.

Et pourtant, c'était parti à vau-l'eau.

Ce n'était pas la faute de Markus. Enfin, si, c'était sa faute. Il avait fermé le robinet au moment précis où le centre essuyait la maladie de plusieurs chevaux, une concurrence inattendue, et des frais qui rendaient la pente particulièrement ardue. Elle avait dû mettre la clef sous la porte. Il était temps de trouver autre chose.

À tous égards. Markus et elle n'allaient pas faire long feu non plus.

On dit parfois que quand un couple commence à avoir des relations sexuelles moins d'une fois par semaine, c'est le début de la fin. C'étaient des foutaises, bien sûr, cela faisait des années que Markus et elle n'avaient pas couché ensemble plus d'une fois par semestre.

Elle ne s'en plaignait pas, d'ailleurs, mais les conséquences possibles l'inquiétaient. Sa vie avec Markus, le centre équestre, elle s'était lancée dans toute cette histoire tête baissée, au point de remiser tout plan B ou C. Elle n'avait fait aucune des études qui, au vu de ses résultats, lui tendaient les bras. Elle n'avait pas mis un sou de côté, s'était rendue dépendante de son argent à lui. Pas pour survivre, peut-être, mais… si, pour survivre. En l'occurrence.

Quand avait-elle perdu prise sur lui ? Ou plus exactement : quand avait-il perdu son intérêt pour elle au lit ? Il pouvait s'agir d'une diminution de la production de testostérone chez un homme qui avait atteint la soixantaine, évidemment, mais elle pensait plutôt qu'il fallait chercher l'explication dans son désir d'enfant. Elle savait que rien n'était moins engageant pour un homme que le sexe par obligation, mais l'abstinence s'était poursuivie après qu'il avait clos le débat en déclarant qu'il était hors de question d'avoir un enfant. Son propre appétit sexuel n'ayant jamais été phénoménal avec lui et ayant décru aussi, ce n'était pas très problématique. Même si elle soupçonnait qu'il s'était mis à aller voir ailleurs pour assouvir ses besoins. Ce qui ne la dérangeait pas tant qu'il était discret et ne la tournait pas en ridicule.

Non, le problème, c'étaient ces deux filles de la soirée. L'une avait été retrouvée morte, l'autre était toujours disparue, et toutes deux pouvaient être reliées à Markus. Leur *sugar daddy*. Le mot avait même été imprimé. Ce con, elle lui aurait tranché la tête ! Les années 1990 étaient révolues et elle ne s'appelait pas Hillary Clinton, elle ne pouvait pas simplement

« pardonner » à son mari. Car aujourd'hui, dans ce genre d'histoires, on ne permettait plus aux femmes de laisser les porcs s'en sortir, c'était une question de respect de soi, de son genre, de l'air du temps. Pourquoi n'avait-elle pas pu naître une génération plus tôt ?

Mais quand bien même elle aurait eu « le droit » de lui pardonner, Markus l'aurait-il laissée faire ? N'était-ce pas ce qu'il attendait, qu'elle apporte une conclusion qui ne soit ni particulièrement honteuse ni particulièrement honorable, dans la mesure où le négatif et le positif s'équilibrent quand un individu de plus de soixante ans baise à droite à gauche ? Pour quelqu'un comme Markus Røed, il y avait résolument pire qu'être estampillé « salopard viriliste » et « coureur ». Dans ces conditions, ne devait-elle pas se hâter de partir avant lui ? *Ça*, indéniablement, ce serait le comble de la défaite.

Elle était donc à l'affût. C'était inconscient, mais elle s'était prise à guetter, à établir une vue d'ensemble des hommes présents dans le restaurant, à recenser lesquels pourraient – dans une situation future imaginaire – être d'actualité. On croit souvent pouvoir se cacher derrière ses secrets, mais la vérité est bien sûr que nous exsudons tous ce que nous pensons et ressentons, et que quiconque après suit attentivement le perçoit.

C'est pourquoi elle n'aurait pas dû être surprise que le serveur s'arrête à sa table et dépose devant elle un verre.

« Dirty martini, annonça-t-il en suédois du Norrland. De la part de ce monsieur, là-bas… »

Il montra un homme assis seul au bar. Il regardait par la fenêtre, elle le voyait de profil. La qualité de son costume était peut-être un cran au-dessus des autres et il était beau, aucun doute là-dessus, mais jeune, probablement de son âge à elle, à savoir trente-deux ans. Enfin, évidemment, un homme entreprenant pouvait avoir beaucoup accompli à cet âge. Elle ne comprenait pas pourquoi il ne la regardait pas, peut-être était-il timide, ou alors il avait commandé ce verre depuis un certain temps et jugeait qu'il ne pouvait pas passer son temps à l'observer. Si tel était le cas, c'était plutôt charmant.

« C'est vous qui lui avez dit que j'ai l'habitude de boire un martini au déjeuner du lundi ? »

Le serveur secoua la tête, mais son sourire incita Helene à douter quelque peu de sa sincérité.

Elle lui fit signe qu'elle acceptait et il la laissa. Telle que la situation se dessinait, elle devrait sans doute accepter d'autres verres à l'avenir, alors pourquoi ne pas commencer par quelqu'un qui paraissait attirant ?

Elle porta le martini à ses lèvres, constata qu'il n'avait pas le même goût que d'ordinaire. Ce devait être les deux olives au fond, la touche qui rendait le cocktail « dirty ». Peut-être s'agissait-il là d'ailleurs d'une autre chose à laquelle elle devrait s'habituer, que tout ait un autre goût, un goût plus sale.

L'homme au bar balaya la salle du regard, comme s'il ignorait où elle était assise. Helene fit un geste de la main, leva son verre. Il leva le sien, de l'eau, sans sourire. Oui, il devait être timide, mais finalement, il s'assura d'un coup d'œil que la méprise était impossible et vint la rejoindre.

Car il la rejoignait, bien sûr. Tous les hommes le faisaient tôt ou tard, quand Helene le souhaitait. Alors qu'il s'approchait, elle sentit cependant qu'elle ne le souhaitait pas, pas tout de suite. Jamais elle n'avait été infidèle à Markus, elle n'avait même pas flirté avec d'autres hommes, et elle ne le ferait jamais, pas avant que tout soit réglé. Elle était carrée de ce point de vue, elle était la femme d'un seul homme, l'avait toujours été, bien que Markus, lui, ne soit pas l'homme d'une seule femme, car il ne s'agissait pas de ce que lui pensait d'elle, mais de ce qu'elle pensait d'elle-même.

L'homme s'arrêta à sa table, fit le geste de tirer l'autre chaise.

« Ne vous asseyez pas, je vous prie. » Helene lui adressa un large sourire. « Je voulais simplement vous remercier pour le verre.

— Le verre ? » Il lui rendit son sourire, mais il avait l'air perplexe.

« Celui-ci. Que vous avez commandé pour moi. Non ? »

Il secoua la tête en riant. « Non, mais on pourrait faire comme si ? Je m'appelle Filip. »

Elle rit, secoua la tête, elle aussi. Il avait l'air déjà un brin amoureux, le pauvre.

« Je vous souhaite une bonne journée, Filip. »

Il s'inclina dans une courbette galante, s'en alla. Il serait là aussi le jour où son histoire avec Markus serait terminée et, avec un peu de chance, sans l'alliance qu'il s'était efforcé de cacher. Helene fit signe au serveur, qui arriva, la tête baissée, un sourire coupable aux lèvres.

« Vous m'avez dupée. De qui venait ce verre, au juste ?

— Je vous demande pardon, madame Røed. Je pensais que c'était une plaisanterie de quelqu'un que vous connaissiez. » Il désigna une table vide près du mur, un peu plus loin derrière elle. « Il est reparti. Je lui ai servi deux martinis, mais ensuite, il m'a fait revenir pour me demander de vous apporter celui-ci, en me montrant la personne qui était censée vous l'offrir. Cet homme distingué au bar, donc. J'espère que je ne suis pas allé trop loin ?

— Bon, répondit-elle en secouant la tête. J'espère qu'il vous a donné un bon pourboire.

— Bien sûr, madame Røed. Bien sûr. »

Le serveur lui sourit, des traces de snus[1] entre les dents.

Helene retira les olives, finit son martini, mais l'arrière-goût demeurait.

C'est lorsqu'elle descendit vers Gyldenløves gate que la colère la gagna et que l'évidence lui apparut. Quelle folie, quelle pure démence, d'accepter ainsi que son existence soit dirigée par des hommes, des hommes qu'elle n'aimait pas plus qu'elle ne les respectait ! Elle, une femme adulte et intelligente ! De quoi avait-elle peur, au juste ? D'être seule ? Mais elle l'était, bon sang, nous sommes tous seuls ! Et celui qui avait le plus de raison d'avoir peur, c'était Markus. Si elle racontait la vérité, si elle racontait ce qu'elle savait… Elle frissonna à cette idée, comme on était en droit d'espérer que les présidents frissonnent à l'idée d'appuyer sur le bouton nucléaire, tout en se réjouissant d'avoir la *possibilité* de le faire. Ah, le pouvoir avait quelque chose de tellement sexy ! La plupart des femmes le recherchaient indirectement, en séduisant des hommes puissants, mais pourquoi se contenter de cela quand on disposait soi-même d'un bouton nucléaire ? Et pourquoi n'y avait-elle pas pensé sérieusement plus tôt ? Tout simplement parce que c'était maintenant que le navire échouait et prenait l'eau.

1. Poudre de tabac que l'on glisse sous la lèvre supérieure.

Séance tenante, Helene Røed décida qu'elle serait désormais maîtresse de sa vie et que, dans cette vie, il y aurait bien peu d'hommes. Quand elle avait pris une décision, elle s'y tenait, elle savait donc qu'il en irait ainsi. Ne restait plus qu'à former un bon plan et quand tout cela serait derrière elle, ce serait elle qui ferait servir un verre à un homme qu'elle trouvait séduisant.

11

Lundi

À nu

En arrivant sur l'esplanade d'Oslo S, la gare centrale, Harry vit Øystein Eikeland, qui tapait ses semelles sur les dalles en pierre, à côté de la statue de tigre. Øystein portait le maillot de Vålerenga sous son blouson de cuir, mais le reste était du pur Keith Richards. Les cheveux, les rides, le foulard, l'eye-liner, la cigarette, le corps décharné.

Comme avec Aune, Harry prit garde de ne pas trop serrer son ami d'enfance, comme s'il craignait qu'un autre de ses proches ne parte en morceaux.

« Ouaouh ! fit Øystein. Le costume ! Tu faisais quoi aux États-Unis ? Tu vendais des putes ? De la coca ?

— Non, mais toi, si, visiblement. » Harry regarda autour de lui. La place était surtout fréquentée par des gens qui venaient prendre leur train, des touristes, des employés de bureau, mais il existait peu d'endroits à Oslo où la drogue soit vendue si ouvertement. « Celle-là, je dois admettre que je ne l'avais pas vue venir.

— Non ? » Øystein redressa ses lunettes bousculées par leur accolade. « Moi, si. J'aurais dû m'y mettre bien plus tôt. Non seulement c'est mieux payé que de conduire un taxi, mais c'est plus sain.

— Plus sain ?

— Ça me rapproche de la source. Maintenant, tout ce qui entre dans ce corps est de haute qualité. » Il leva les mains, les glissa sur ses flancs.

« Hmm. En quantités modérées aussi ?

— Tout à fait. Et toi ? »

Harry haussa les épaules. « Je teste actuellement ton programme de Moderation Management. Je ne suis pas certain que ça tienne sur la durée, mais on verra. »

Øystein tapota son index sur son front.

« Mais oui, mais oui », fit Harry, en observant, un peu plus loin, un jeune homme en parka qui les dévisageait et dont il parvenait, malgré la distance, à discerner les yeux bleus, si écarquillés que le blanc apparaissait sur tout le pourtour des iris. Le jeune homme gardait les deux mains dans ses poches profondes comme s'il tenait quelque chose. « C'est qui, celui-là ?

— Oh, ça, c'est Al. Il voit que tu es flic.

— Dealer ?

— Oui. Sympa, mais particulier. Un peu comme toi.

— Moi ?

— Plus beau, bien sûr, et plus intelligent.

— Oui ?

— Tu es intelligent à ta façon, Harry, mais lui, c'est un geek. Quand tu lances un sujet, il sait tout dessus, comme s'il l'avait étudié. Là où vous vous ressemblez, c'est que vous avez tous les deux ce truc qui fait craquer les femmes. Le charisme de la solitude. Et puis, comme toi, c'est un homme d'habitudes. »

Harry vit Al se détourner, comme pour éviter de lui montrer son visage.

« Il est là de neuf heures à seize heures, ne travaille pas le week-end. Comme s'il avait un boulot fixe, quoi. Cordial, donc, mais sur le qui-vive, presque parano. Il parle volontiers boutique, mais il ne livre rien sur lui-même, comme toi. Sauf que lui ne dit même pas son nom.

— Donc Al, c'est…

— Je lui ai donné ce nom d'après la chanson de Paul Simon. *You Can Call Me Al.* Tu vois ? »

Harry rigola.

« Toi aussi, tu m'as l'air nerveux, nota Øystein. Ça va ?

— Je suis peut-être devenu un peu parano là-bas. »

« Yo, fit une voix. Tu as de la coca ? »

Harry se tourna, vit un garçon en sweat à capuche.

« Tu me prends pour un dealer ? siffla Øystein entre ses dents. Rentre faire tes devoirs !

— Tu ne l'es pas ? demanda Harry alors que le garçon s'éloignait vers le type en parka.

— Si, si, mais je ne vends pas aux tout jeunes. Je laisse ce soin à Al et aux Africains de l'Ouest de Torggata. En plus, je suis comme les putes de luxe, je ne donne pas dans la voie publique. » Dans un rictus, Øystein afficha une rangée de dents pourries tout en produisant un téléphone Samsung tout neuf. « Je livre à domicile.

— Dois-je en conclure que tu as une voiture ?

— Tout à fait. J'ai racheté le vieux taxi Merco que je conduisais. Le propriétaire me l'a vendu bon marché, en disant que les clients se plaignaient de l'odeur de tabac qu'il n'arrivait pas à faire partir et que c'était ma faute. Hé hé hé ! Et puis j'ai oublié d'ôter la plaque de taxi sur le toit, alors je peux circuler sur les voies de bus. À propos d'odeur de tabac, tu n'aurais pas une clope ?

— J'ai arrêté, mais j'avais pourtant l'impression que tu en avais sur toi. »

Øystein sourit de toutes ses dents. « Les tiennes ont toujours été meilleures, Harry.

— Eh bien, c'est fini, maintenant.

— Oui, j'ai cru comprendre que c'était le genre de choses que la Californie pouvait faire à un homme.

— Tu es garé loin ? »

Des sièges aux ressorts éculés de la Mercedes, ils embrassèrent du regard le bassin de Bjørvika, cette séduisante nouvelle partie de la ville, où se trouvaient les quartiers d'Oslobukta et de Sørenga. Toutefois, le nouveau musée Munch, un interné de treize étages en camisole de force, barrait toute vue, empêchant de voir le fjord au-delà.

« Putain, ce que c'est vilain ! commenta Øystein.

— Qu'est-ce que t'en dis ? demanda Harry.

— Chauffeur et homme à tout faire ?

— Oui et, si jamais cela se révèle avoir un rapport avec l'affaire, nous pourrions avoir besoin de quelqu'un de l'intérieur pour suivre la trace de la cocaïne qui arrive chez Markus Røed.

— Donc tu es sûr qu'il consomme de la CC ?

— Il éternue, a les pupilles dilatées, garde des lunettes de soleil sur son bureau. Ses yeux tressaillent sans cesse.

— Nystagmus. Enfin bref. Tu parles de suivre la piste de Røed… Ce n'est pas censé être ton employeur ?

— Mon boulot, c'est d'élucider un meurtre, probablement deux, pas de défendre les intérêts du bonhomme.

— Et tu crois qu'il s'agit de coca ? Si tu m'avais parlé d'héroïne, j'aurais peut-être…

— Je ne crois rien du tout, Øystein, mais quand il y a de la dépendance dans le tableau, ça joue toujours un rôle, et je pense qu'au moins l'une des deux filles affectionnait un peu trop la poudre aussi. Il n'y a pas longtemps, elle devait dix mille couronnes à son dealer. Bon, alors, tu en es ou pas ? »

Øystein examina la braise de sa cigarette. « Pourquoi tu prends ce boulot, Harry ?

— Je te l'ai dit. L'argent.

— Tu sais, c'est ce que Dylan a répondu quand on lui a demandé pourquoi il s'était mis au folk et aux chansons engagées.

— Et tu penses qu'il mentait ?

— Je pense que c'est une des rares fois où il a dit la vérité, mais toi, par contre, je pense que tu mens. Si je participe à ce délire, je veux savoir pourquoi toi, tu en es. Alors crache le morceau. »

Harry secoua la tête. « OK, Øystein, je ne raconte pas tout, à la fois pour moi et pour toi. Sur ce coup, tu vas être obligé de me faire confiance.

— Ah oui ? Et à quand remonte la dernière fois que j'ai gagné quelque chose à te faire confiance ?

— Je ne me souviens pas. Jamais ? »

Øystein rit, enfonça un CD dans le lecteur et monta le volume. « Tu as entendu le dernier album des Talking Heads ?

— *Naked* de 1987 ?

— 1988. »

Øystein leur alluma deux cigarettes au son de « Blind » et de David Byrne qui chantait des pistes invisibles, des pistes qui disparaissaient. Ils n'avaient pas baissé leurs vitres, la fumée se déposait comme une brume de mer dans l'habitacle.

« Tu as déjà eu le sentiment de savoir que tu vas faire une bêtise mais tu le fais quand même ? » s'enquit Øystein en tirant une dernière bouffée.

Harry écrasa son mégot dans le cendrier. « L'autre jour, j'ai vu une souris aller droit vers un chat et se faire tuer. C'est quoi, à ton avis ?

— Va savoir. Absence de pulsion de vie ?

— De celle-là ou d'une autre, en tout cas. Nous sommes attirés – certains d'entre nous, au moins – au bord du précipice. On prétend que c'est parce que la proximité de la mort renforce le sentiment d'être vivant, mais j'en sais rien.

— Bien dit. »

Ils contemplèrent le musée Munch.

« Je suis d'accord, déclara Harry. C'est affreux.

— OK.

— OK quoi ?

— OK, j'accepte le boulot. » Øystein écrasa son mégot sur celui de Harry. « Ce sera sûrement plus rigolo que de vendre de la coca. Ce qui, finalement, est à crever d'ennui.

— Røed paie bien.

— C'est pas grave, je prends le job quand même. »

Harry sourit, sortit son téléphone qui vibrait. Un T s'affichait sur l'écran.

« Oui, Truls ?

— J'ai regardé le rapport de la Médecine légale dont tu me parlais. Susanne Andersen avait des points de suture à la tête, et puis ils ont trouvé de la salive et de la morve sur son sein. Ils ont fait une analyse d'ADN express, mais n'ont trouvé aucune correspondance dans le fichier des criminels.

— OK. Merci. »

Harry raccrocha. Voilà ce que Katrine n'avait pas voulu lui dire ou avait jugé ne pas pouvoir lui dire. De la salive. De la morve.

« Alors où allons-nous, patron ? »

Øystein tourna la clef dans le contact.

12

Lundi

Fauteuil pivotant Wegner

« C'est une blague ? » demanda la pathologiste derrière son masque chirurgical.

Incrédule, Alexandra regardait fixement le crâne ouvert. Lors d'une autopsie complète, il était d'usage de procéder à un examen de l'intérieur du crâne, et la table d'instruments regroupait des scies, manuelles et électriques, pour l'ouvrir, et un burin, pour soulever la calotte. Cette fois, aucun de ces instruments n'avait servi. La nécessité ne s'en était pas présentée, car une fois qu'elles avaient coupé les points de suture et déposé le scalp aux longs cheveux blonds de Susanne Andersen sur une autre table, il était apparu que quelqu'un les avait précédées : le crâne avait déjà été ouvert. La pathologiste l'avait basculé comme un couvercle à charnières, et à présent, elle demandait si c'était une blague.

« Non », murmura Alexandra.

« Vous vous fichez de moi ! » s'exclama Katrine au téléphone, en regardant par la fenêtre de son bureau le Botspark et son allée de tilleuls qui menait aux bâtiments presque pittoresques de l'ancienne prison d'Oslo. Le ciel était dégagé et, s'ils n'étaient plus allongés dans l'herbe en sous-vêtements, les promeneurs prenaient un bain de soleil assis sur les bancs, sachant que ces températures estivales pouvaient bien être les dernières de l'année.

Elle écouta, comprit qu'Alexandra Sturdza ne plaisantait pas. Elle ne l'avait jamais cru, d'ailleurs. Ne s'attendait-elle pas plus ou moins à une chose pareille depuis l'avant-veille, quand Alexandra lui avait parlé des points de suture ? Ne s'était-elle pas dit qu'ils n'avaient pas affaire à un tueur rationnel, mais à un fou, l'un de ceux qu'on ne trouvait pas en répondant au *pourquoi* de Harry ? Car il n'y avait pas de *parce que*, rien de compréhensible du moins pour quelqu'un de normal.

« Merci. » Elle raccrocha, se leva, traversa l'open space vers le local aveugle que Harry avait jadis occupé, refusant même le bureau plus grand, plus lumineux, qui lui avait été proposé lorsqu'il avait été promu inspecteur principal. Peut-être était-ce la raison pour laquelle Sung-min avait choisi cette pièce comme base pendant qu'il travaillait sur l'affaire, à moins qu'il ne l'ait tout simplement préférée aux deux autres bureaux inoccupés qu'elle lui avait montrés. La porte était ouverte, elle toqua et entra.

Sur le portemanteau, la veste de costume de Sung-min était pendue à un cintre qu'il avait dû apporter lui-même. Le blanc éclatant de sa chemise semblait illuminer la pièce sombre. Par réflexe, Katrine chercha du regard les affaires qui s'y trouvaient à l'époque où c'était l'antre de Harry, comme la photo encadrée des collègues qu'il avait perdus en service, le Cercle des policiers disparus, mais tout avait disparu. Même le portemanteau était neuf.

« Mauvaises nouvelles, annonça-t-elle.
— Ah bon ?
— Nous recevrons le rapport d'autopsie préliminaire dans une heure, mais Sturdza m'a prévenue : Susanne Andersen n'a pas de cerveau. »
Sung-min haussa un sourcil. « Littéralement ?
— Il y a des limites à ce qu'une autopsie peut révéler, donc oui, littéralement. Quelqu'un a ouvert le crâne de Susanne et…
— Et ?
— A retiré le cerveau. »
Sung-min se renfonça sur son siège. Elle reconnut le long craquement plaintif. La chaise, cette épave, n'avait visiblement pas été remplacée.

Johan Krohn vit Markus Røed éternuer, se moucher, ranger ensuite son mouchoir bleu pâle dans sa poche intérieure et s'appuyer contre le dossier de son fauteuil pivotant Wegner, derrière son bureau. Krohn savait que c'était un Wegner car il convoitait lui-même ce fauteuil, mais à près de cent trente mille couronnes, il ne jugeait le prix défendable ni auprès de ses associés, ni auprès de sa femme, ni de ses clients. C'était un fauteuil simple. Élégant, mais en rien tapageur, et à cet égard, atypique pour Markus Røed. Il supposait que quelqu'un, Helene peut-être, lui avait fait comprendre que son ancien siège de bureau, un Vitra Grand Executive en cuir noir, était trop vulgaire. Chose dont les deux autres personnes présentes dans la pièce n'avaient sans doute strictement rien à faire. Harry Hole avait pris une chaise à la table de conférences et s'était installé devant le bureau de Røed, tandis que l'autre, avec son air à la Jack Sparrow, que Harry avait présenté comme le chauffeur et l'homme à tout faire de son équipe, s'était assis près de la porte. Au moins, il connaissait sa place.

« Dites-moi, Hole, fit Røed en reniflant. C'est une blague ?

— Nan. »

Affalé sur son siège, les mains jointes derrière la tête et ses longues jambes étirées, Harry examinait ses chaussures en les tournant d'un côté et de l'autre comme s'il ne les avait pas remarquées auparavant. Car Krohn voyait que c'étaient des John Lobb, bien qu'il ait du mal à concevoir que quelqu'un comme Hole puisse avoir les moyens de s'en offrir.

« Sérieusement, Hole, vous pensez que notre équipe va être constituée d'un cancéreux hospitalisé, d'un policier soupçonné de fraude et d'un homme qui conduit un taxi ?

— J'ai dit conduisait un taxi. Maintenant, il est dans la vente en détail. D'ailleurs, ce n'est pas notre équipe, Røed, c'est la mienne. »

Le visage de Røed s'assombrit.

« Le problème, Hole, c'est que ce n'est pas une équipe, c'est… un théâtre de guignol. Je passerais pour un rigolo si j'étais suffisamment stupide pour rendre public que ceci… ceci est ce que j'ai pu trouver de mieux.

— Vous n'allez pas le rendre public. »

La voix de Røed résonna dans la grande pièce. « Enfin, bon sang ! C'était la moitié du deal, on n'avait pas été clairs là-dessus ? Je veux faire savoir que nous avons embauché les personnes les plus compétentes pour élucider cette affaire, afin que tout le monde se rende compte que je suis vraiment sérieux. Il y va de ma réputation et de celle de ma société.

— La dernière fois, vous disiez que c'était parce que

le climat de suspicion affectait votre famille, rétorqua Harry qui, lui, avait baissé la voix. De toute façon, la composition de l'équipe ne peut pas être rendue publique, parce que le policier se ferait immédiatement virer et perdrait de facto son accès aux rapports de police, raison pour laquelle il est dans l'équipe.»

Røed lança un regard à Krohn.

L'avocat haussa les épaules. «Le seul nom important dans le communiqué de presse est Harry Hole, le célèbre enquêteur criminel. Nous pouvons écrire qu'il sera entouré d'une équipe, ça suffira. Si le rôle principal est bon, les gens supposeront que le reste de la distribution l'est aussi.

— Et autre chose, précisa Harry. Aune et Eikeland doivent avoir le même tarif horaire que Krohn. Pour Berntsen, ce sera le double.

— Ça ne va pas la tête?» Røed écarta les bras. «Votre bonus à vous, passe encore, dans la mesure où vous misez tout sur le succès et où vous ne vous faites pas payer d'emblée, c'est couillu, mais payer le double du salaire d'un avocat à un... *nobody*, qui plus est escroc? Vous pouvez m'expliquer pourquoi diable il le mériterait?

— Je ne sais pas si on peut dire qu'il le mérite, mais il le vaut. N'est-ce pas ainsi que vous vous rétribuez, vous, les hommes d'affaires?

— Le vaut?

— Permettez-moi de me répéter.» Harry réprima un bâillement. «Truls Berntsen a accès au BL96, à savoir l'ensemble des rapports de police sur cette affaire, y compris ceux de la police scientifique et technique et de la Médecine légale. Rien que le groupe d'enquête compte entre douze et vingt personnes. Le mot de passe de Berntsen et ses prunelles valent le travail de toutes ces personnes. À cela s'ajoute le risque qu'il prend. Si l'on découvre qu'un policier transmet des informations classées à des personnes extérieures, il ne se fera pas seulement virer, il ira en prison. »

Røed secoua la tête, les yeux fermés. Lorsqu'il les rouvrit, il souriait.

« Vous savez quoi, Harry ? Barbell aurait bien besoin d'un salopard comme vous dans ses négociations de contrats actuelles.

— Bien, répondit Harry. Il y a une autre condition.

— Ah ?

— Je veux vous interroger. »

Røed échangea encore un regard avec Krohn.

« D'accord.

— En utilisant un détecteur de mensonges. »

13

Lundi

Le groupe Aune

À son poste de travail, Mona Daa lisait le billet de Hedina sur la tyrannie de la beauté. La pauvreté de la langue frisait parfois le pitoyable, mais son oralité directe la rendait digeste, on était dans un café à écouter une copine pérorer sur ses problèmes quotidiens. Les « sages » pensées et conseils de la blogueuse étaient si convenus, si prévisibles, que Mona ne savait plus si elle devait bayer aux corneilles ou monter sur ses grands chevaux.

Alignant les clichés empruntés à d'autres blogueuses de son espèce, Hedina répétait, avec une véhémence et une indignation qu'on aurait pu croire personnelles, la colère qu'elle ressentait de vivre dans un monde où l'apparence primait sur tout, fragilisant tant de jeunes femmes. Il était bien sûr paradoxal que Hedina elle-même illustre son discours de photos porno soft de son exquise personne, à la silhouette svelte et aux seins siliconés, mais cette discussion avait eu lieu, à maintes reprises, et pour finir – après avoir remporté toutes les batailles – la raison exsangue avait perdu sa guerre contre la stupidité. En parlant de stupidité, si Mona venait de perdre une demi-heure de sa vie à lire le blog de Hedina, c'était que l'absence pour maladie de certains collègues et la stagnation dans l'affaire Susanne avaient incité Julia, sa rédactrice en chef, à lui confier le commentaire des commentaires du commentaire de Hedina. Sans une once d'ironie, Julia avait décrété que Mona n'avait qu'à les compter pour déterminer s'ils étaient en majorité positifs ou négatifs et décider si le titre s'ouvrirait sur « Pluie de louanges » ou sur « Pluie de critiques ». Au-dessus d'une photo de Hedina légèrement sexy, mais pas trop quand même, pour attirer le clic.

Mona était exaspérée.

Hedina soulignait que toutes les femmes étaient belles, qu'il s'agissait simplement pour chacune de trouver sa propre beauté et d'avoir confiance en elle. Ainsi seulement pourrait-on cesser de se comparer et de créer des loseuses de la beauté, d'occasionner des troubles du comportement alimentaire, des dépressions, des vies gâchées… Mona avait envie d'écrire la conclusion qui s'imposait : si tout le monde était beau, personne ne l'était, car le beau est ce qui se distingue positivement, les mots ont un sens, bordel ! Elle aurait bien ajouté aussi que, quand elle était petite et qu'être belle dans le sens originel du mot était l'apanage de quelques rares stars de cinéma, voire d'une camarade de classe, elle et ses copines ne se sentaient pas particulièrement lésées de faire partie de la grande majorité des ordinaires, des non-belles. Elles avaient d'autres sujets plus importants sur lesquels se concentrer, avoir un physique ordinaire ne ruinait pas une vie. Ceux qui créaient les loseuses étaient les gens comme Hedina, en acceptant sans autre forme de procès le postulat que les femmes désirent et doivent désirer être « belles ». Si par la chirurgie, par le sport, par l'alimentation, par le maquillage, soixante-dix pour cent des femmes de leur entourage obtenaient une apparence à laquelle les ordinaires ne parvenaient pas, ces ordinaires, qui par le passé s'en étaient tout à fait bien sorties, devenaient soudain une minorité ayant une bonne raison de faire une petite dépression.

Mona poussa un soupir. Aurait-elle eu la même perspective, le même ressenti, si elle était elle-même née avec le physique d'une Hedina ? Étant entendu que Hedina n'était pas née tout à fait telle qu'on la voyait sur les photos. Peut-être pas. Elle ne savait pas. Elle savait seulement qu'elle ne détestait rien de plus que consacrer des colonnes de journal à une blogueuse dépourvue de cerveau et dotée de cinq cent mille followers.

Un bandeau d'information dernière minute apparut sur son écran.

Et si, en fait. Si, si. Il y avait bel et bien une chose que Mona Daa détestait plus encore. Être passée, dépassée, surpassée par Terry Våge.

« *Affaire Susanne Andersen : un crâne sans cerveau*, lut Julia à voix haute sur le site de *Dagbladet* avant de lever les yeux sur Mona, qui se tenait devant son bureau. Et nous n'avons rien là-dessus ?

— Non. Ni nous ni personne d'autre.

— Je ne sais pas pour les autres, Mona, mais nous, nous sommes *VG*. Nous sommes les plus importants et nous sommes les meilleurs. »

Selon Mona, Julia aurait pu dire ce qu'elles pensaient toutes les deux. *Étions* les meilleurs.

« Ces informations doivent fuiter grâce à quelqu'un de la police, dit Mona.

— Si c'est le cas, cette personne ne les communique

qu'à Våge. Dans ces cas-là, on parle de source, Mona, et notre boulot, c'est de trouver des sources, non ? »

Jamais Julia ne s'était adressée à elle sur un ton si railleur, si condescendant. Comme si elle était une simple débutante et non l'une des journalistes les plus connues et les plus respectées de *VG*. Mona savait toutefois que si elle avait elle-même porté la casquette de rédactrice en chef, le journaliste ne s'en serait pas tiré à meilleur compte, bien au contraire.

« Les sources, c'est bien, répondit-elle, mais on n'obtient pas ce genre d'informations de la part de quelqu'un dans la police sans avoir des renseignements à offrir en échange. Ou sans payer très cher. Ou…

— Oui ?

— Sans avoir prise sur la personne en question.

— Tu penses que c'est le cas ?

— Je n'en ai pas la moindre idée. »

Julia fit rouler sa chaise vers la fenêtre, contempla le chantier de construction du quartier du gouvernement. « Mais toi aussi, tu as peut-être… prise sur quelqu'un dans la police ?

— Si tu penses à Anders, tu peux oublier ça tout de suite, Julia.

— Une journaliste spécialisée dans les affaires criminelles dont le compagnon est dans la police serait de toute façon soupçonnée de détenir des informations venant de l'intérieur. Pourquoi ne pas…

— Je t'ai dit d'oublier ça, Julia ! On n'en est tout de même pas à ces extrémités.

— Ah non ? Demande donc à la direction ce qu'elle en pense. C'est notre plus grosse affaire depuis des mois, en cette année où les quotidiens sont plus nombreux que jamais à raccrocher les gants. Réfléchis-y au moins.

— Honnêtement, Julia, je n'ai pas besoin de réfléchir. Je préfère encore écrire sur cette foutue Hedina en long, en large et en travers, plutôt que de chier dans mon propre nid comme tu le suggères. »

Julia adressa à Mona un bref sourire avant de poser songeusement l'index sur sa lèvre supérieure tout en l'observant.

« Bien entendu. Tu as raison. C'était une réaction désespérée de ma part. Une erreur. Il y a des limites à ne pas franchir. »

Revenue à son ordinateur, Mona parcourut rapidement les sites des autres journaux, qui ne pouvaient que faire comme elle : parler du cerveau retiré en faisant référence à *Dagbladet* et attendre la conférence de presse plus tard dans la journée.

Après avoir envoyé ses deux cents mots au rédacteur web, qui publia aussitôt l'article, elle resta à méditer sur les paroles de Julia. Avoir prise. Elle avait un jour parlé avec un journaliste de presse régionale qui qualifiait les quotidiens de la capitale de labbes parasites, parce qu'ils écumaient les petits journaux, y chipaient ce qu'ils voulaient et en faisaient leurs titres comme s'il s'agissait de leurs propres sujets, en mentionnant le journal local en dernière ligne, le plus brièvement possible, afin que personne ne puisse les prendre à transgresser les règles du jeu. Mona avait ensuite googlisé « labbe parasite » sur Wikipédia et découvert que c'était un oiseau, dit cleptoparasite, qui oblige les oiseaux plus petits à lâcher leurs proies en les poursuivant en vol.

Pouvait-on imaginer une opération similaire avec Terry Våge ? Mona pouvait toujours creuser davantage autour des rumeurs de tentative d'agression sexuelle sur Genie, cela ne prendrait guère plus d'un jour. Ensuite, elle irait trouver Våge et le menacerait de publier l'information s'il ne divulguait pas sa source dans l'affaire Susanne. Elle lui ferait lâcher sa proie. Elle réfléchit. Cela signifiait prendre contact avec ce type abominable et, s'il acceptait, s'abstenir de publier une preuve qu'il y avait eu tentative d'agression.

Elle se réveilla, frémit. Qu'envisageait-elle donc, elle qui se faisait juge de l'éthique d'une pauvre blogueuse, une jeune femme qui n'avait fait que tomber par hasard sur une manière d'attirer l'attention, l'argent et la célébrité ? N'étaient-ce pas là des choses qu'elle-même souhaitait, peut-être ?

Si, mais pas comme ça, pas en trichant.

Mona décida de faire pénitence l'après-midi en s'imposant trois séries de curls supplémentaires après ses soulevés de terre.

Le soir était tombé sur Oslo. Depuis le cinquième étage du Radiumhospital, Harry voyait l'autoroute. Du point le plus bas, les voitures se déployaient comme un serpent de lumière qui remontait la colline vers le point culminant de la route, à quatre kilomètres et demi de distance. Où se trouvaient le Rikshospital et l'Institut médico-légal.

« Je suis navré, Mona. Je ne ferai aucun commentaire. Le communiqué de presse dit l'essentiel. Non, je ne te donnerai pas les noms des autres membres de l'équipe, nous préférons travailler en toute discrétion. Non, je ne sais pas ce que les gens de la police en pensent, il faudrait leur poser la question à eux. J'entends ce que tu demandes, Mona, mais je n'ai aucun commentaire à faire et maintenant je vais raccrocher, OK ? Salue Anders de ma part. »

Harry glissa le téléphone qu'il venait d'acquérir dans sa poche intérieure et se rassit.

« Je suis désolé, je n'aurais pas dû garder mon ancien numéro. » Il plaqua ses paumes l'une contre l'autre. « Bon, les présentations sont faites et nous avons vu les grands traits de l'affaire. Avant de continuer, je propose de baptiser le groupe "groupe Aune".

— Non, il ne faut pas nommer le groupe d'après moi, protesta Ståle Aune en se calant plus haut sur son oreiller.

— Pardon, j'ai été imprécis, rectifia Harry. Je décide qu'il s'appellera groupe Aune.

— Parce que ? demanda Øystein, assis sur une chaise de l'autre côté du lit, en face de Harry et de Truls Berntsen.

— Parce que ceci est désormais notre bureau. La police s'appelle police parce qu'elle a ses quartiers à l'hôtel de police, non ? »

Personne ne rit. Harry jeta un coup d'œil vers le lit voisin pour s'assurer que le vétérinaire n'était pas revenu, après avoir quitté la chambre de sa propre initiative, puis il distribua trois exemplaires des documents qu'il avait imprimés et agrafés au centre d'affaires de l'hôtel.

« C'est un récapitulatif des principaux rapports de l'enquête, y compris le rapport d'autopsie d'aujourd'hui. Il nous appartient à tous de veiller à ce qu'ils n'atterrissent pas en de mauvaises mains, parce que l'homme que voici aurait alors des problèmes. »

Il désigna Truls, qui poussa son rire porcin tout en gardant un visage tout ce qu'il y a de plus grave.

« Aujourd'hui, nous n'allons pas entrer dans les

détails, poursuivit Harry. Je voudrais simplement avoir votre opinion sur l'affaire. De quel genre de meurtre s'agit-il ? Et si vous n'avez pas d'opinion, j'aimerais que vous le disiez aussi.

— Eh ben ! ricana Øystein. J'ai été embauché dans un think tank ?

— Nous allons en tout cas commencer par là. Ståle ? »

Le psychologue joignit ses deux mains décharnées sur la couette. « Bon. Je choisis un point de départ de façon totalement arbitraire, mais…

— Hein ? fit Øystein en lançant un regard éloquent à Harry.

— Je démarre par un fait au hasard, expliqua Aune. Enfin, ma première pensée est que, quand une femme meurt, il est assez probable que le tueur soit une relation proche, un mari ou un petit ami, et que le mobile soit la jalousie ou une autre forme de rejet humiliant. Étant donné que, très vraisemblablement, nous sommes ici en présence de deux femmes assassinées, il est plus probable que le coupable n'ait de relation proche avec aucune d'entre elles et que le mobile soit sexuel. Ce qui est un peu particulier dans cette affaire, c'est que les deux victimes se sont trouvées au même endroit peu avant leur mort. D'un autre côté, si la théorie selon laquelle tous les habitants de la terre ne sont qu'à six poignées de main les uns des autres est exacte, ce n'est peut-être pas si extraordinaire. En plus, nous avons cette histoire d'extraction de l'œil et du cerveau. Cela pourrait suggérer un tueur qui garde des trophées. Tant que nous n'en savons pas davantage, nous recherchons, pardonnez-moi ce cliché, un psychopathe sexuel.

— Sûr que ce n'est pas simplement le truc du gars qui a un marteau ? demanda Øystein.

— Pardon ? » Aune redressa ses lunettes pour observer l'homme aux dents pourries de plus près.

« Vous savez bien, quand on a un marteau dans la main, tous les problèmes ont l'air de clous. Vous êtes psychologue, alors vous pensez que la solution de tous les mystères réside dans vos machins de psycho.

— Peut-être. Ce qui devient aveugle en premier, ce sont les yeux, ce qu'on perd en premier, c'est le recul sur soi-même, la connaissance de soi. Alors à quel genre de meurtres pensez-vous que nous ayons affaire, Eikeland ? »

Harry vit les mâchoires saillantes de son ami d'enfance aller et venir, ce mâchonnement était habituellement le signe qu'il était en pleine réflexion. Øystein toussa comme s'il allait cracher sur Aune et décocha un large sourire :

« On va dire que je pense à la même chose que vous, docteur, et vu que je n'ai pas de marteau de psy, je trouve que nous devrions accorder un peu plus de crédit à ce que je pense, moi. »

Aune lui rendit son sourire. « Alors, disons cela.

— Truls ? » fit Harry.

Comme Harry s'y attendait plus ou moins, Truls Berntsen, que grogner trois phrases pendant les présentations avait rendu tout moite, haussa les épaules silencieusement. S'abstenant de prolonger son calvaire, Harry prit la parole.

« Selon moi il existe un lien entre les victimes et ce lien passe par le tueur. Cette extraction d'organes pourrait être destinée à faire croire à la police qu'elle est en présence d'un tueur en série classique, d'un chasseur de trophées, afin qu'elle ne mette pas trop de soin à chercher des personnes pouvant avoir un mobile plus rationnel. J'ai vu ce genre de manœuvres de diversion par le passé. J'ai lu quelque part que, statistiquement, on croise un tueur en série dans la rue sept fois dans sa vie, mais ce chiffre me semble trop élevé. »

Harry ne croyait pas particulièrement à ce qu'il disait lui-même. Il ne croyait rien du tout, d'ailleurs. Quelles qu'aient été les hypothèses présentées, il en aurait proposé une autre, simplement pour signaler qu'il existait d'autres options. Garder l'esprit ouvert était une question d'entraînement. Si, consciemment ou non, il se cramponnait à une idée précise, l'enquêteur risquait de mal interpréter un nouvel élément et, par le processus appelé biais de confirmation, d'y voir justement une confirmation de ses a priori au lieu de discerner la possibilité que ce nouvel élément pointe dans une autre direction. Par exemple, si l'on soupçonnait quelqu'un d'un meurtre, l'information selon laquelle il avait parlé sur un ton amical à la victime la veille du meurtre était interprétée comme du désir à son égard au lieu d'être vue comme une absence d'agressivité.

À leur arrivée, Ståle Aune avait paru en forme, mais Harry constatait à présent que son regard se voilait, et sa femme et sa fille avaient annoncé leur venue à vingt heures, soit dans vingt minutes.

« Quand on se reverra demain, Truls et moi aurons procédé à l'interrogatoire de Markus Røed. Ce que nous apprendrons, ou n'apprendrons pas, déterminera sans doute la suite des opérations. Sur ce, messieurs, le bureau ferme pour ce soir. »

14

Lundi

Snuff bullet

Il était vingt et une heures trente lorsque Harry pénétra dans le bar au dernier étage de l'hôtel.

Il s'installa au comptoir, la bouche sèche. C'était l'attente de ce verre qui lui avait permis de tenir le coup. Il n'en boirait qu'un, certes, mais il savait néanmoins que ce système n'aurait qu'un temps.

Il consulta la carte des cocktails que le barman avait déposée devant lui, certains portaient des noms de films, il supposait que leurs acteurs ou réalisateurs avaient été des clients du Thief.

« Avez-vous…

— *Sorry, English.*

— *Do you have Jim Beam?*

— *Sure, Sir, but could I recommend our own special made…*

— *No.* »

Le barman le regarda. « *Jim Beam, then.* »

Harry contempla la clientèle, la ville au-dehors. La nouvelle Oslo, l'Oslo non pas riche, mais pleine aux as. Seuls son costume et ses chaussures avaient leur place ici. Enfin, peut-être pas. Deux ans auparavant, il était entré jeter un coup d'œil dans l'hôtel et, avant de faire marche arrière, il avait vu le chanteur de Turbonegro à une table. Il avait eu l'air aussi seul que Harry se sentait maintenant. Il sortit son téléphone. Elle y était enregistrée sous la lettre A. Il tapa un message.

Suis en ville. On pourrait se voir ?

Lorsqu'il reposa l'appareil sur le comptoir, il sentit quelqu'un se glisser à ses côtés et commander une ginger-beer d'une voix douce, avec un accent américain qu'il ne parvenait pas à situer. Harry regarda dans le miroir du bar. Les bouteilles occultaient son visage, mais il eut le temps de voir un accessoire tout blanc autour du cou de l'homme. Un col romain. Appelé *dog collar* aux États-Unis. Le clergyman obtint sa boisson, s'en alla.

Harry avait bu la moitié de son verre lorsqu'il reçut la réponse d'Alexandra Sturdza.

J'ai vu dans VG *que tu étais de retour, oui. Ça dépend de ce que tu entends par se voir.*

Un café à l'Institut ML, tapa-t-il. *Demain, après midi, par exemple.*

Il dut attendre longtemps. Elle avait sans doute compris qu'il ne cherchait pas à retrouver la chaleur de ses draps. Elle la lui avait généreusement offerte lorsque Rakel l'avait jeté dehors et il n'avait finalement pas réussi à témoigner cette même générosité en retour, si peu compliquées qu'aient été leurs relations. C'était tout le reste, tout ce qui était en dehors du lit d'Alexandra, qu'il n'arrivait pas à gérer. *Ça dépend de ce que tu entends par se voir.* Le pire était qu'il n'était pas entièrement persuadé qu'il s'agisse exclusivement de sa mission. Car il *était* seul. Il ne connaissait personne qui ait un tel besoin de solitude, Rakel avait évoqué ses « capacités sociales limitées », et elle était la seule avec laquelle il puisse – et veuille – passer du temps sans guetter la ligne d'arrivée, sachant qu'il serait libéré à un moment ou un autre. On peut bien sûr être seul sans se sentir seul, et se sentir seul sans l'être, mais là, il se sentait seul, et il l'était.

Peut-être était-ce pourquoi il aurait souhaité un oui ferme et sans réserve plutôt que ce *ça dépend.* Avait-elle un petit ami ? Pourquoi pas ? Ç'aurait été bien naturel, même si ce n'était sans doute pas de tout repos d'être avec une fille pareille.

Il n'eut d'abord pas de réponse, mais quand il paya son verre et s'apprêta à regagner sa chambre, son téléphone vibra de nouveau.

13 h.

Prem ouvrit le compartiment de congélation du réfrigérateur.

À côté d'un sachet plus grand se trouvaient plusieurs petits Ziploc, du genre qu'utilisent les dealers. Deux d'entre eux contenaient des cheveux, un autre des fragments de peau ensanglantée, et encore un autre, des morceaux d'un chiffon qu'il avait découpé. Toutes choses qui pourraient se révéler utiles un jour. Il sortit un sachet contenant de la mousse, contourna la table et se dirigea vers l'aquarium. Il s'arrêta devant le bocal en verre posé sur son bureau. Il vérifia l'hygromètre, souleva le couvercle, ouvrit le Ziploc et saupoudra de mousse la terre noire. Il examina l'animal, une limace rose shocking de près de vingt centimètres de long. Prem ne se lassait pas de la contempler. Ce n'était pas précisément un film d'action. Si la limace s'était déplacée, c'était de quelques centimètres par heure tout au plus. Il ne se passait rien de trépidant non plus du côté des mimiques et de l'émotionnel. Pour s'exprimer, ou pour analyser son environnement, elle ne disposait que de ses tentacules, dont le mouvement ne se discernait qu'au terme d'une observation assez longue. Il en allait donc de la limace comme d'Elle avec un grand E, le moindre de ses mouvements, le moindre de ses gestes, était une récompense. Il ne pouvait gagner ses faveurs, lui faire comprendre, qu'avec des trésors de patience.

Cette limace était une limace rose du mont Kaputar. Il en avait rapporté deux de Nouvelle-Galles du Sud, en Australie. D'une zone forestière de dix kilomètres carrés au pied du mont Kaputar, le seul endroit au monde où on les trouvait. Comme l'avait dit le vendeur, un seul feu de bush pouvait exterminer l'espèce à tout jamais. Prem n'avait donc pas eu de scrupules à braver toutes les interdictions d'exportation et d'importation. D'une manière générale, les limaces étaient hôtes de tant de vilains microbes parasitaires que leur faire franchir les frontières était aussi légal que passer en douce des substances radioactives, ce qui rendait Prem relativement certain qu'il s'agissait là des deux seuls spécimens de limace rose de Norvège. Si l'Australie et le reste du monde brûlaient, cela pourrait se révéler être le salut de l'espèce. Voire de la vie en général, le jour où les humains n'existeraient plus. Car ce n'était qu'une question de temps, puisque la nature n'abrite que ce qui la sert. Bowie avait raison quand il chantait que l'*Homo sapiens* n'avait plus d'utilité.

Les tentacules remuèrent. La limace avait perçu l'odeur de son plat préféré, la mousse que Prem avait rapportée également du mont Kaputar et qui était en train de dégeler. L'animal se déplaça à peine, sa peau lisse rose brilla. Millimètre par millimètre, il approchait de son dîner en laissant une traînée de bave sur le terreau noir. Il approchait de son but, aussi lentement et sûrement que Prem approchait du sien. En Australie existaient des limaces cannibales, des prédateurs aveugles qui chassaient la limace rose en suivant sa bave. Elles n'étaient que marginalement plus rapides, mais peu à peu, avec une lenteur infinie, elles s'approchaient de leur proie et la dévoraient vive, la soulevaient avec leur rangée de petites dents et l'aspiraient, strate après strate. La jolie limace rose savait-elle qu'elles venaient ? Ressentait-elle de la peur au cours de cette longue attente avant de se faire prendre ? Disposait-elle d'une solution, d'une issue ? Se disait-elle, par exemple, qu'elle pouvait croiser la trace d'une autre limace du mont Kaputar en espérant que ses poursuivants changeraient de cap ? C'était en tout cas son plan à lui lorsqu'ils arriveraient sur ses talons.

Prem alla ranger le sachet de mousse dans le réfrigérateur. Il resta à observer le grand sachet. Le cerveau humain à l'intérieur. Il frissonna. Cela lui donnait la nausée. Il était plein d'appréhension.

Après s'être brossé les dents et couché, il alluma la cibi sur une fréquence de la police et écouta les messages qui s'échangeaient. Parfois, elles exerçaient sur lui un effet rassurant, soporifique, ces voix calmes s'exprimant avec concision et sobriété sur ce qui se passait mal dans la ville. Car c'était si peu de choses que Prem s'endormait souvent en quelques instants. Pas ce soir, toutefois. Les recherches de la femme disparue s'achevaient à Grefsenkollen et les policiers se servaient maintenant de la radio pour convenir de lieux et d'horaires de rendez-vous des différentes équipes le lendemain matin. Prem ouvrit le tiroir de sa table de chevet, y prit la balle à cocaïne. Elle était au moins partiellement en or, pensait-il. Cinq centimètres de long, de la forme d'une munition de pistolet. Une *snuff bullet*. En tournant légèrement la zone rainurée, on « chargeait » la balle d'une dose appropriée, que l'on sniffait par le trou pratiqué dans la pointe. Franchement élégante. Elle avait appartenu à la femme que la police recherchait, était même gravée de ses initiales sur le côté, B.B. Sûrement un cadeau. Prem effleura les rainures du bout des doigts, roula la balle sur sa joue avant de la remettre dans le tiroir, éteignit la radio et resta quelque temps les yeux au plafond. Il avait tant de choses auxquelles penser. Il essaya de se masturber, mais renonça, se mit ensuite à pleurer.

Il était près de deux heures du matin lorsqu'il s'endormit enfin.

15

Mardi

Truls consulta sa montre. Neuf heures dix. Markus Røed aurait dû être là depuis dix minutes.

Après avoir repoussé le lit contre le mur pour pouvoir installer le bureau au milieu de la chambre d'hôtel de Harry, ils étaient maintenant tous deux assis d'un côté, à regarder la chaise vide qui attendait Røed. Truls se gratta sous un bras.

« Putain d'arrogant, commenta-t-il.

— Hmm, fit Harry. Pense au salaire horaire qu'il te verse et dis-toi que le compteur tourne. Tu te sens mieux ? »

Truls déplia l'index, tapa au hasard sur le clavier d'ordinateur devant lui. Il réfléchit quelques instants. « Un peu », grogna-t-il.

Ils avaient revu la procédure avec soin.

La répartition des rôles était simple. Harry allait poser les questions et Truls, se taire et se concentrer sur l'écran sans révéler ce qu'il voyait. Ce qui lui convenait parfaitement, ça avait plus ou moins été son activité principale à l'hôtel de police ces trois dernières années. Parties de solitaire, poker en ligne, anciens épisodes de *The Shield*, vieilles photos de

Megan Fox. Il lui incombait aussi de fixer les électrodes sur Røed. Deux bleues et une rouge sur la poitrine, autour du cœur, une rouge sur l'artère de chaque poignet. Les câbles étaient reliés à un boîtier, qui à son tour était connecté à l'ordinateur.

« Tu vas faire le truc du gentil flic ? »

Truls désigna d'un signe de tête le rouleau de papier absorbant que Harry avait posé sur le bureau. Ce truc, c'était que le méchant flic sorte de la pièce au pas de charge, furieux, et que le gentil flic présente alors son rouleau de papier absorbant en prononçant quelques paroles compatissantes. Il ne lui restait plus qu'à attendre que la personne interrogée essuie ses larmes et se confie à lui. Ou à elle, d'ailleurs. Les gens se figuraient que les femmes étaient plus gentilles, ces cons. Truls savait qu'il n'en était rien. Désormais, il le savait.

« Peut-être », répondit Harry.

Truls l'observa. Il essaya d'imaginer Harry dans le rôle du gentil flic, mais abandonna. Des années auparavant, quand Truls et Mikael Bellman opéraient en binôme dans la police, Bellman avait systématiquement endossé ce rôle, dans lequel il excellait, et pas seulement en interrogatoire, le roublard. Il était si bon qu'il était aujourd'hui ministre de la Justice. Putain, quand on pensait à toutes les histoires dans lesquelles ils avaient trempé ensemble ! Mais, d'un autre côté, c'était presque une évidence. Personne n'était aussi doué que Mikael Bellman pour plonger les mains dans le fumier sans se salir.

On frappa à la porte.

Les réceptionnistes avaient reçu pour instruction de faire monter Røed à son arrivée.

Comme convenu, Truls ouvrit.

Røed était souriant, mais Truls lui trouva l'air tendu. La peau moite, les yeux brillants. Il le fit entrer sans se présenter ni lui serrer la main, contrairement à Harry, qui lui précisa aussi qu'ils n'allaient pas lui voler beaucoup de son temps. Il le pria de déboutonner sa chemise, le débarrassa de sa veste, qu'il accrocha dans la penderie. Truls fixa les électrodes, les positionnant de façon à éviter les écorchures en travers et au-dessous de ses deux mamelons. Il y avait aussi un ou deux bleus. Ou bien Røed s'était pris une rossée ou bien sa femme était une vraie sauvage au lit. À moins que ce ne soit l'une des filles qu'il entretenait.

Une fois les dernières électrodes en place, Truls regagna son côté du bureau, s'assit, appuya sur la touche « Entrée » et regarda l'écran.

« Ça a l'air de marcher ? » s'enquit Harry.

Truls acquiesça.

Harry se tourna vers Røed. « Ce seront principalement des questions auxquelles il faudra répondre par oui ou par non, les tests polygraphes fonctionnent mieux dans l'analyse de réponses courtes. Vous êtes prêt ? »

Le sourire de Røed paraissait forcé. « C'est bon, les gars ! Il faut que je sois sorti d'ici dans une demi-heure.

— Votre nom est-il Markus Røed ?

— Oui. »

Pause, pendant qu'ils regardaient Truls, qui regardait son écran. Il fit un bref signe de tête.

« Êtes-vous un homme ou une femme ? demanda Harry.

— Un homme, répondit Røed en souriant.

— Puis-je vous entendre dire que vous êtes une femme ?

— Je suis une femme. »

Harry regarda Truls, qui fit un nouveau signe de tête.

Harry toussota. « Avez-vous tué Susanne Andersen ?

— Non.

— Avez-vous tué Bertine Bertilsen ?

— Non.

— Avez-vous eu des relations sexuelles avec l'une d'elles ou les deux ? »

Le silence se fit dans la pièce. Truls vit le rouge monter au front de Markus Røed, il le vit respirer rapidement, et éternuer. Deux fois. Trois fois. Harry arracha une feuille de papier absorbant, la lui tendit. Røed tâta l'arrière du dossier de sa chaise, comme pour chercher sa veste, dans laquelle il devait avoir un mouchoir, avant de prendre le papier et de se moucher dedans.

« Oui, dit-il en jetant la feuille dans la corbeille qu'avançait Harry. Avec les deux, mais c'était consenti de la part de tout le monde.

— En même temps ?

— Non, ce n'est pas mon truc.

— Susanne et Bertine se connaissaient-elles ou s'étaient-elles rencontrées ?

— Pas que je sache. Non, je suis relativement certain que non.

— Parce que vous avez fait en sorte qu'elles ne se rencontrent pas ? »

Røed eut un petit rire. « Non. Je n'ai jamais caché que je voyais plusieurs femmes, et puis je les avais invitées à la soirée, non ?

— C'est vous qui les aviez invitées ?

— Oui.

— Vous ont-elles fait chanter ?
— Non.
— L'une ou l'autre a-t-elle menacé de révéler votre liaison ? »
Røed secoua la tête.
« Répondez verbalement, s'il vous plaît.
— Non. Mes liaisons n'étaient pas assez secrètes. Je ne souhaitais pas en faire la publicité, mais je ne faisais pas grand-chose pour les cacher non plus. Même Helene était au courant.
— Pensez-vous qu'elle aurait pu les tuer par jalousie ?
— Non.
— Pourquoi ?
— Helene est une femme rationnelle. Elle jugerait que le jeu n'en vaut pas la chandelle, que le risque de se faire prendre n'est pas compensé par le bénéfice.
— Le bénéfice ?
— Eh bien, la vengeance.
— Et les tuer pour vous garder ?
— Non. Elle sait très bien que je ne la quitterais jamais pour une bimbo, ni deux, d'ailleurs, mais que, en revanche, je partirais peut-être si elle cherchait à entraver ma liberté.
— À quand remonte la dernière fois que vous avez rencontré Susanne ou Bertine ?
— À cette soirée.
— Et avant cela ?
— Avant, je ne les avais pas vues depuis longtemps.
— Pourquoi avez-vous cessé de les voir ?
— Mon intérêt s'est sans doute émoussé. » Røed écarta les bras. « L'aspect physique est toujours tentant, mais la longévité de filles comme Susanne et

Bertine n'est pas celle de Helene Røed, si vous voyez ce que je veux dire.

— Hmm. Y a-t-il eu consommation de drogue à la soirée, de votre part ou de celle des filles ?

— De la drogue ? Pas moi, en tout cas. »

Harry regarda Truls, qui secoua doucement la tête.

« Sûr ? fit Harry. De la cocaïne, par exemple ? »

Truls sentit que Røed l'observait, mais ne leva pas les yeux de l'écran.

« Bon d'accord. Les filles se sont fait quelques rails.

— Votre cocaïne ou la leur ?

— Un type en avait.

— Qui était-ce ?

— Je ne sais pas. Un ami de mes voisins ou quelqu'un qui leur en vend, peut-être, je ne suis pas au courant de ces trucs-là. Si vous traquez des dealers de cocaïne, je ne peux malheureusement pas vous donner de signalement. Il portait une casquette, un masque chirurgical et des lunettes de soleil. »

Røed eut un petit sourire en coin, mais Truls voyait qu'il était agacé. Les mâles alpha ont tendance à le devenir en interrogatoire.

« Mais était-il blanc, norvégien…

— Oui, blanc. À en juger par sa façon de parler, il devait être norvégien.

— A-t-il parlé à Susanne ou Bertine ?

— Oui, probablement, si elles se sont fait des rails avec sa came.

— Hmm. Donc vous n'êtes vous-même pas consommateur de cocaïne ?

— Non. »

Harry se pencha vers Truls, qui réagit en montrant discrètement un point sur l'écran.

« Hmm. Le détecteur semble penser que vous ne dites pas la vérité. »

Røed les dévisagea comme un adolescent rebelle avec ses parents, et puis il rendit les armes, dans un soupir agacé :

« Je ne vois pas le rapport avec l'affaire. Oui, par le passé, ça m'arrivait de prendre un peu de bon temps le week-end, mais j'ai parié avec Helene que je n'allais plus rien consommer, et je n'ai rien sniffé ce soir-là. D'accord ? Bon, maintenant, il faut que je file.

— Une dernière question. Avez-vous loué les services de quelqu'un, ou collaboré avec quelqu'un, pour tuer Susanne Andersen ou Bertine Bertilsen ?

— Mais bon sang, Hole, pourquoi le ferais-je ?! »

Røed leva les bras dans un geste de consternation, et Truls s'inquiéta de voir une électrode se détacher de son poignet.

« Vous ne comprenez pas que, quand vous êtes au milieu de la soixantaine et que vous avez une femme compréhensive, vous n'avez pas précisément peur qu'on apprenne que vous séduisez encore et que vous baisez des filles d'une vingtaine d'années ? Dans les cercles que je fréquente et où je fais des affaires, ça attire le respect, au contraire. C'est une preuve qu'on a encore assez de virilité, qu'on compte encore. » Røed haussa le ton. « Et ça permet aux gens de comprendre qu'ils ne peuvent pas se retirer de contrats conclus sans que ça porte à conséquence. Vous saisissez, Hole ? »

Harry se cala contre son dossier.

« Moi, oui, mais le test polygraphe réagit mieux aux réponses par oui ou par non. Alors permettez-moi de répéter la quest…

— Non ! La réponse est non, je n'ai pas commandité

de… » Røed se mit à rire comme si l'idée était démente. « …de meurtre.

— Alors je vous dis merci. Vous serez à l'heure pour votre rendez-vous suivant. Truls ? »

Truls se leva, passa de l'autre côté du bureau, débarrassa Røed de ses électrodes.

« Au fait, je vais demander à parler à votre femme, indiqua Harry pendant que Røed reboutonnait sa chemise.

— D'accord.

— Le lui demander à elle, je veux dire. » Harry referma l'ordinateur d'un coup sec alors que Røed arrivait à sa hauteur. « Je voulais simplement vous en informer.

— Agissez comme bon vous semble, Harry, mais ne me faites pas regretter de vous avoir embauché.

— Envisagez cela comme une visite chez le dentiste. On ne regrette jamais d'y être allé. »

Harry se leva, se dirigea vers la penderie, tint la veste de Røed pendant que celui-ci l'enfilait.

« Ça, grogna Truls une fois la porte refermée derrière leur employeur, ça dépend de la facture. »

16

Mardi

Seamaster

« Elle est là-bas », indiqua la vieille dame en blouse blanche en désignant l'intérieur du laboratoire.

Sur une chaise haute, Harry vit un dos, également couvert d'une blouse blanche et courbé au-dessus d'un microscope.

Il se posta derrière, toussota doucement.

La femme se retourna avec impatience et Harry vit un visage dur, fermé, concentré sur son travail, se changer en soleil étincelant.

« Harry ! » Elle se jeta à son cou.

« Alexandra, répondit Harry, qui, n'ayant pas su à quel accueil s'attendre, se trouvait légèrement perplexe.

— Comment as-tu pu arriver jusqu'ici ?

— J'étais un peu en avance et Lilly, à la réception, se souvient de moi, donc…

— Alors ? Qu'en penses-tu ? »

Elle se leva fièrement, tourna même un peu sur elle-même.

Harry sourit.

« Tu as toujours l'air fabuleuse. Comme un croisement entre une Lamborghini…

— Pas moi, nigaud ! Le labo.

— Ah ! Oui, je vois qu'il est neuf.

— N'est-ce pas merveilleux ? Maintenant, on peut faire ici tout ce qu'on était obligés d'envoyer à l'étranger par le passé. ADN, chimie, biologie, notre éventail est tellement vaste que quand la police scientifique et technique est débordée pour les analyses, elle n'a qu'à nous envoyer ses prélèvements. On peut aussi se servir du laboratoire pour nos recherches personnelles. Je travaille sur une thèse sur l'analyse d'ADN.

— Impressionnant. »

Harry balaya du regard les plateaux de tubes à essai, éprouvettes et fioles, les écrans d'ordinateur, les microscopes, ainsi que d'autres instruments dont il ignorait totalement l'usage.

« Helge, je te présente Harry ! lança Alexandra, et l'autre personne dans la pièce se tourna sur sa chaise, sourit et agita la main avant de retourner à son microscope. Entre lui et moi c'est à qui aura son doctorat en premier, chuchota-t-elle.

— Hmm. Sûre que tu n'as pas le temps de prendre un café à la cantine ? »

Elle glissa son bras sous le sien. « Je connais un meilleur endroit. Viens ! »

« Alors Katrine sait que tu sais, résuma Alexandra. Et elle t'a proposé de garder le petit un jour. » Elle reposa sa tasse de thé vide sur le bitume, devant les chaises qu'ils avaient prises à la porte du toit. « C'est un début. Tu as peur ?

— Je suis terrifié. En plus, en ce moment, je n'ai pas le temps.

— Ça, c'est une phrase que les pères ont toujours dite.

— Oui, mais je dois élucider cette affaire dans les sept jours qui viennent.

— Røed ne t'a donné que sept jours ? Ce n'est pas un peu optimiste ? »

Harry ne répondit pas.

« Tu crois que Katrine souhaite qu'elle et toi… ?

— Non, affirma-t-il avec fermeté.

— Ces sentiments ne meurent jamais complètement, tu sais.

— Si, en l'occurrence. »

Elle l'observa sans rien dire, se contenta d'écarter l'une de ses anglaises noires, que le vent avait soufflée dans son visage.

« Et puis elle sait ce qui est mieux pour elle et le petit.

— Par exemple ?

— Par exemple que je ne vaux rien.

— D'autres personnes sont au courant que c'est toi le père ?

— Seulement toi. Katrine souhaite que personne d'autre n'apprenne que Bjørn n'est pas le père.

— Aucun risque. Je le sais uniquement parce que j'ai fait l'analyse d'ADN et je suis soumise au secret professionnel. Tu as une clope qu'on pourrait partager ?

— J'ai arrêté.

— Toi ? Vraiment ? »

Il hocha la tête, leva les yeux. Dans le ciel étaient apparus des nuages au ventre gris plomb et au dos blanc, éclairé par le soleil.

« Donc tu es célibataire, fit-il. Contente comme ça ?

— Non, mais je n'aurais sans doute pas été contente si je sortais avec quelqu'un non plus. »

Harry sentit que son rire rauque exerçait sur lui le

même effet que par le passé. Elle n'avait peut-être pas tort, ces sentiments ne s'éteignaient jamais complètement, si fugaces aient-ils pu sembler.

Il toussota.

« Bon, on y arrive, dit-elle.

— À quoi donc ?

— À la raison pour laquelle tu voulais que nous prenions ce café.

— Peut-être bien, fit Harry en sortant la boîte en plastique qui contenait la feuille de papier absorbant. Pourrais-tu m'analyser ça ?

— Je le *savais* !

— Hmm. Cependant, tu as bien voulu boire un café avec moi.

— J'espérais sans doute que je me trompais, que tu avais pensé un peu à moi.

— Je sais que ça paraîtra faux si je te dis que j'ai effectivement pensé à toi, mais c'est le cas.

— Dis-le quand même. »

Harry esquissa un petit sourire. « J'ai pensé à toi. »

Elle se saisit de la boîte. « Qu'est-ce que c'est ?

— De la morve et de la salive. Je voudrais seulement savoir si ces prélèvements proviennent de la même personne que ceux que vous avez effectués sur la poitrine de Susanne.

— Comment se fait-il que tu sois au courant ? Enfin non, d'ailleurs, je ne veux pas le savoir. Ce que tu me demandes est peut-être acceptable d'un point de vue juridique, mais tu sais que j'aurai des problèmes malgré tout si quelqu'un l'apprend ?

— Oui.

— Alors pourquoi le ferais-je ?

— C'est difficile à dire…

— Eh bien, je vais te le dire, moi. Je vais le faire,

parce que tu vas m'emmener dans le spa de ton hôtel snobinard, tu entends ? Et ensuite, tu m'inviteras pour un dîner chic, et tu t'habilleras élégamment. »

Harry tira sur le revers de sa veste de costume. « Je ne suis pas élégant, là ?

— Une cravate. Tu mettras aussi une cravate. »

Il rit.

« Marché conclu.

— Une belle cravate. »

« Qu'un milliardaire comme Røed lance sa propre enquête va à l'encontre de notre tradition démocratique et du principe d'égalité, déclara Bodil Melling.

— À quoi s'ajoutent les inconvénients purement pratiques de la présence d'un élément perturbateur qui marche sur nos plates-bandes, ajouta Ole Winter. Cela complique notre travail. J'ai bien conscience que vous ne pouvez pas interdire l'enquête de Røed en vous fondant strictement sur des paramètres légaux, mais le ministère doit disposer de méthodes pour l'arrêter… »

Debout à la fenêtre, Mikael Bellman regardait dehors. Son bureau était beau, spacieux, moderne, de standing élevé, mais il se situait à Nydalen, loin des locaux du Premier ministre et des autres ministères en centre-ville. Nydalen était une espèce de zone commerciale en périphérie ; à seulement quelques minutes au nord, on arrivait dans une forêt épaisse. Ne restait qu'à espérer que le nouveau quartier gouvernemental serait bientôt prêt, que le Parti travailliste serait toujours au pouvoir et qu'il serait toujours ministre de la Justice. Rien n'indiquait le contraire, Mikael Bellman était apprécié. D'aucuns avaient même laissé entendre qu'il devrait se positionner, car le Premier ministre pourrait bien décider de raccrocher les gants un jour. Un éditorial dans la presse s'était montré favorable à un coup d'État et à la conquête de son fauteuil par un membre du gouvernement, Bellman, par exemple. Au conseil des ministres du lendemain, le Premier ministre avait demandé, à l'hilarité générale, qu'on inspecte la sacoche de Mikael, rappelant ainsi que son cache-œil n'était pas sans évoquer celui de Claus von Stauffenberg, le colonel de la Wehrmacht qui avait fomenté un attentat à la bombe contre Hitler. Cependant, le Premier ministre n'avait rien à craindre. Mikael ne convoitait pas son poste. On était certes exposé en tant que ministre de la Justice, mais être Premier ministre, *numero uno*, était une autre paire de manches. De plus, au-delà de la pression, il craignait la lumière. Trop de pierres étaient retournées, trop de passé, révélé ; il ne savait pas lui-même ce qu'on pourrait découvrir.

Il se tourna vers Melling et Winter. La directrice des affaires criminelles et le directeur du service d'enquête de Kripos avaient dû considérer que, avec son passé d'enquêteur à Oslo, c'était l'un des leurs et qu'ils pouvaient ainsi faire fi des nombreux échelons hiérarchiques les séparant. Ils étaient venus le trouver directement.

« En tant que travailliste, je soutiens le principe d'égalité, bien entendu, précisa Bellman, et le ministère de la Justice souhaite évidemment que la police travaille dans les meilleures conditions possibles, mais je ne suis pas certain que nous serions compris au sein de l'… » Il chercha un autre mot que le trop révélateur « électorat ». « De la population la plus large, si nous mettions des bâtons dans les roues à l'un de nos rares enquêteurs stars. D'autant plus qu'il souhaite s'attaquer à une affaire où vous n'avez pour l'heure fait aucune avancée. Et, oui, vous avez raison, Winter, aucun texte de loi ne peut empêcher Røed et Hole d'agir, mais vous pouvez toujours espérer que Hole fera ce qu'il finissait toujours par faire de mon temps. »

Il vit les visages interrogateurs de Melling et Winter.

« Contrevenir aux règles, explicita Bellman. Il suffit de le suivre de près et je suis relativement certain que cela se produira. Faites-moi passer un rapport à ce moment-là et je veillerai personnellement à envoyer Hole sur le banc de pénalité. » Il consulta son Omega Seamaster. Il n'avait pas d'autre rendez-vous, mais voulait signifier que celui-ci était terminé. « Cela vous paraît bien ? »

En partant, ils lui serrèrent la main comme si c'était lui qui avait accepté leur proposition et non l'inverse. Mikael avait ce talent. Il sourit, soutint le regard de Bodil Melling une demi-seconde de plus que nécessaire – par vieille habitude, simplement, il n'avait pas de vues sur elle –, et il nota que, enfin, son teint s'animait quelque peu.

17

Mardi

La partie la plus intéressante de l'humanité

« Nous apprenons à mentir dans notre enfance, entre l'âge de deux et cinq ans, et arrivés à l'âge adulte, nous sommes devenus experts, déclara Aune en arrangeant son oreiller. Croyez-moi. »

Harry vit Øystein rire et Truls regarder par en dessous, l'air désorienté. Aune poursuivit :

« D'après un psychologue dénommé Richard Wiseman, la plupart d'entre nous raconteraient entre un et deux mensonges par jour. De vrais mensonges, pas de simples petits "oh, comme ta nouvelle coupe te va bien !". Quel est le risque d'être démasqué ? Freud affirmait qu'aucun mortel n'était capable de garder un secret, que si la bouche était close, les doigts parlaient à sa place, mais c'est faux. Il serait plus exact de dire que la personne à qui l'on ment a du mal à repérer le mensonge, car les façons de se trahir varient d'un individu à l'autre. C'est ainsi qu'est né le besoin d'un détecteur de mensonges. Il y a trois mille ans, en Chine, on remplissait la bouche du suspect de riz et on lui demandait s'il était coupable. S'il secouait la tête, on lui demandait de recracher le riz. Quand des grains restaient, on y voyait la preuve logique d'une bouche sèche parce qu'il était nerveux, donc coupable. Inutilisable, bien sûr, puisqu'on peut être nerveux à l'idée d'être nerveux, et le polygraphe inventé par John Larson en 1921 l'est tout autant. On en utilise le principe aujourd'hui encore, bien que tout le monde sache que c'est n'importe quoi. Larson lui-même a fini par regretter son invention, il parlait de "son monstre de Frankenstein", parce qu'"Il est vivant !", comme s'exclame le docteur Frankenstein quand la créature se met à bouger. » Aune leva doucement la main pour illustrer son propos. « Mais il n'est vivant que parce que tant de personnes *pensent* qu'il fonctionne. Car c'est la peur du détecteur de mensonges qui peut parfois forcer des aveux, vrais ou faux. Un jour, la police de Detroit avait demandé à un suspect de poser la main sur une photocopieuse en lui faisant croire que c'était un détecteur de mensonges. Pendant qu'il répondait à l'interrogatoire, la machine crachait des feuilles A4 où était écrit HE IS LYING, à la fin, il était si terrorisé qu'il avait tout avoué. »

Truls rit en soufflant par le nez.

« Mais Dieu seul sait s'il était coupable, ajouta Aune. C'est pourquoi je préfère la méthode utilisée dans l'Inde antique. »

La porte de la chambre s'ouvrit, et deux infirmières entrèrent en poussant Sethi sur son lit.

« Écoutez donc, Jibran, ça va vous plaire. »

Harry ne put réprimer un sourire, le maître de conférences Aune, le plus apprécié de l'École de police, était remonté en selle.

« On faisait entrer les suspects un par un dans une pièce obscure, avec instruction de trouver leur chemin jusqu'à un âne et de lui tirer la queue. S'ils avaient menti pendant leur interrogatoire, on entendrait l'âne crier, ou braire, ou ce que peuvent bien faire les ânes. Car c'était un âne sacré, le prêtre le leur avait dit. Ce qu'il ne leur avait pas dit, en revanche, c'était que l'animal avait la queue enduite de suie. Quand un suspect sortait en expliquant que oui, oui, il avait tiré la queue de l'âne, il suffisait donc de regarder ses mains. Si elles étaient propres, cela signifiait qu'il avait eu peur que l'âne ne trahisse son mensonge, et l'individu était envoyé à la potence ou ce qu'on utilisait en Inde à l'époque. »

Aune lança un regard à Jibran, qui avait sorti un livre, mais acquiesça d'un signe de tête imperceptible.

« Et si le suspect avait de la suie sur les mains, glissa Øystein, cela signifiait simplement qu'il n'était pas un demeuré complet. »

Truls grogna de rire en se tapant les cuisses.

« Eh bien, dit Harry. Notre méthode a sans doute été à mi-chemin entre le vieux truc de la photocopieuse et l'âne sacré. Je suis relativement sûr que Røed a pris ce dispositif pour un véritable détecteur de mensonges… » Il désigna la table avec l'ordinateur personnel de Truls et les câbles et électrodes qu'on leur avait prêtés au deuxième étage de l'hôpital, où ils servaient pour les électrocardiogrammes. « Donc il a sans doute pris garde de ne pas mentir, évidemment, mais de toute façon, je pense qu'il avait déjà réussi le test de l'âne ne serait-ce qu'en se présentant à ce qu'il pensait être un test réel. Cela en soi suggère qu'il n'a rien à cacher.

— Ou alors, proposa Øystein, il sait comment déjouer un détecteur de mensonges et voulait en profiter pour nous égarer.

— Hmm. Je doute que ce soit son intention. Il n'avait pas envie de prendre Truls dans l'équipe. Ce qui est compréhensible, puisque sa démarche entière perdrait de sa crédibilité si cela se savait. Il n'a accepté qu'en mesurant la nécessité d'avoir accès aux rapports de police. Il voudrait des noms qui rendent son enquête crédible et sérieuse sur le papier et dans un communiqué de presse, certes, mais il lui importe encore plus de découvrir la vérité.

— Tu crois ? Alors pourquoi il refuse de donner son ADN à la police ?

— Je ne sais pas. Sans soupçon légitime, la police ne peut pas imposer de test, accepter d'en faire un serait donc reconnaître implicitement que le soupçon se justifie. Quoi qu'il en soit, Alexandra m'a promis une réponse dans les prochains jours.

— Et tu es sûr qu'il n'y aura pas de correspondance avec l'ADN de la salive découverte sur Susanne ? s'enquit Aune.

— Je ne suis jamais sûr de rien, Ståle, mais j'ai biffé Røed de ma liste de suspects quand il a frappé à la porte de ma chambre d'hôtel aujourd'hui.

— Où veux-tu en venir avec cette analyse d'ADN, alors ?

— J'aimerais avoir une vraie certitude, et puis je voudrais avoir quelque chose à donner à la police.

— Pour éviter son arrestation ? demanda Truls.

— Pour avoir des infos à leur transmettre et en obtenir éventuellement en retour. Une information qui ne figurerait pas dans les rapports. »

Øystein claqua bruyamment sa langue. « Futé, dis donc.

— Donc, avec Røed hors jeu et un cerveau retiré du crâne de la victime, récapitula Aune, tu continues de penser que le tueur a un lien avec les victimes et que c'est ce lien qui motive le mobile ? »

Harry secoua la tête.

« Bien ! » Aune se frotta les mains. « Comme ça nous allons peut-être enfin pouvoir commencer à nous pencher sur les psychopathes, les sadiques, les narcissiques et les sociopathes. Bref, la partie la plus intéressante de l'humanité.

— Non, dit Harry.

— Non... s'étonna Aune, avec une grimace. Tu penses que ce n'est pas là que se trouve le coupable ?

— Si, mais je ne pense pas que ce soit là que nous le trouverons. Nous allons chercher là où *nous* sommes le mieux équipés pour trouver quelque chose.

— Ce qui donc est quelque part où nous supposons qu'il n'est pas ?

— Précisément. »

Les trois autres membres de l'équipe dévisagèrent Harry sans comprendre.

« C'est mathématique, expliqua-t-il. Les tueurs en série choisissent souvent leur victime au hasard et cachent ensuite leurs traces. La probabilité de les retrouver est de moins de dix pour cent, même pour le FBI. Alors pour nous quatre, avec les ressources dont nous disposons ? Deux pour cent en étant gentil. Si, en revanche, le tueur est une relation de la victime et qu'il existe un mobile concevable, ces chances s'élèvent à soixante-quinze pour cent. Disons qu'il y a quatre-vingts pour cent de chances que le tueur soit dans la catégorie où Ståle voudrait que nous cherchions, disons que c'est un tueur en série. Si nous dirigeons notre attention sur cette catégorie et écartons l'entourage de la victime, notre probabilité de réussite est de...

— Un virgule six pour cent. Quinze pour cent si nous nous concentrons sur les personnes que la victime connaissait. »

Tous dévisagèrent avec stupéfaction Øystein, qui affichait un large sourire brunâtre.

« Ben quoi ? Ça rend bon en calcul mental de travailler dans mon secteur.

— Je vous demande pardon, mais j'ai beau entendre les chiffres, tout cela me paraît légèrement contre-intuitif. » Aune perçut le regard d'Øystein. « Je veux dire que ça va contre le sens commun. De chercher là où nous pensons ne *pas* trouver…

— Bienvenue dans le monde de l'enquête policière, fit Harry. Envisage plutôt les choses comme ceci : si nous quatre trouvons le coupable… formidable, c'est le gros lot. Si nous ne le trouvons pas, nous aurons simplement fait ce que font tous les enquêteurs pendant la plupart de leurs journées de travail : contribuer à l'enquête générale en mettant certaines personnes hors de cause dans l'affaire.

— Je ne te crois pas. Ce que tu dis est rationnel, Harry, mais toi, tu l'es moins, tu n'es pas du genre à travailler en te fondant sur des statistiques. D'accord, la partie de toi qui est un policier professionnel voit que tous les indices suggèrent que c'est un tueur en série, donc tu *penses* que c'en est un, mais tu *crois* autre chose. Parce que ton instinct te le dit. C'est pour cela que tu débites ce calcul, tu cherches à te convaincre toi-même, et à nous convaincre, nous, qu'il est juste de suivre ton instinct. Me trompé-je ? »

Harry observa Aune, secoua la tête.

« Ma mère avait compris que Dieu n'existait pas, commenta Øystein. Ça ne l'empêchait pas d'être croyante, dis donc. Enfin, bref. Qui est-ce qu'on est censés mettre hors de cause dans l'affaire ?

— Helene Røed, et le type qui vendait de la came à la soirée.

— Helene, je comprends, dit Aune, mais pourquoi le marchand de stupéfiants ?

— Parce qu'il fait partie des rares invités de la soirée qui n'ont pas été identifiés, et parce qu'il portait une casquette, des lunettes de soleil et un masque.

— Et alors ? Il n'était peut-être pas vacciné. Ou alors il souffre de mysophobie. Pardon, Øystein, de peur des bactéries.

— Il était peut-être malade et ne voulait pas contaminer les gens, ajouta Truls, mais il l'a fait quand même. En tout cas, il était écrit dans les rapports que Susanne et Bertine avaient toutes les deux eu de la fièvre quelques jours après la soirée.

— Là, nous faisons sans doute l'impasse sur la raison la plus évidente, souligna Aune. Un vendeur de stupéfiants se livre à une activité hautement illégale, le port du masque n'est pas un fait précisément remarquable.

— Øystein, fit Harry, explique.

— Bon. Quand vous vendez, disons, de la cocaïne, vous n'êtes pas inquiet à l'idée d'être identifié. La police sait plus ou moins qui vend dans la rue et elle s'en fout, ceux qu'elle cherche, c'est les trafiquants derrière. Bon, et si jamais la police vous chope, ça se passe pendant une transaction, et dans ce cas, le masque n'est pas d'un grand secours. Donc quand on vend dans la rue, on veut justement être reconnu, que les clients se souviennent d'avoir obtenu de la bonne came la dernière fois. Si on donne dans la livraison à domicile, ce qui semble être son cas, c'est encore plus important que le client ait confiance dans votre bonne gueule honnête. »

Truls ricana.

« Tu crois que tu pourrais découvrir qui était le type de la soirée ? » demanda Harry.

Øystein haussa les épaules. « Je peux toujours essayer. Il n'y a pas énormément de Norvégiens dans le secteur de la livraison à domicile.

— Bien. »

Harry marqua une pause, ferma les yeux, les rouvrit, comme s'il venait de tourner mentalement une page de scénario.

« Puisque nous allons nous en tenir à l'hypothèse que le tueur connaissait au moins l'une des victimes, regardons ce qui l'étaie. Susanne Andersen traverse la ville entière, des rues animées d'Oslo ouest à un endroit où tout porte à croire qu'elle ne connaît personne, où, d'après ce qu'on sait, elle n'est jamais allée et où il ne se passe pas grand-chose un mardi soir…

— Il se passe jamais que dalle aucun soir, précisa Øystein. J'ai grandi à côté.

— Alors que va-t-elle y faire ?

— C'est simple, répondit Øystein. Elle va voir le gars qui lui a fait la peau.

— Bon, alors travaillons à partir de cette hypothèse.

— Super, dit Øystein. La crème des experts du pays est d'accord avec moi. »

Un petit sourire aux lèvres, Harry se passa la main sur la nuque. Il aurait bientôt besoin du verre qui lui restait ce jour-là. Il avait bu les deux autres en repartant de l'Institut médico-légal, Øystein et lui avaient fait un arrêt ravitaillement au Schrøder.

« Pendant que j'y suis, poursuivit Øystein. Je m'interroge sur la chose suivante. Le gars a emmené Susanne se promener dans les bois de l'Østmarka et tout a marché pile-poil, on est d'accord ? Genre le meurtre parfait. Alors quel besoin d'emmener Bertine à Grefsenkollen, c'est pas hyper bizarre, ça ? On ne change pas une équipe qui gagne, si ? Ou ça ne vaut pas pour les tueurs ?

— Ça vaut pour les tueurs en série, répondit Aune, sauf quand la répétition du procédé multiplie les risques d'être découvert. Or Susanne avait été portée disparue près de Skullerud, donc il y avait des policiers et des équipes de recherche dans cette zone.

— Oui, mais ils partaient à la tombée de la nuit, objecta Øystein. Personne ne se doutait qu'une autre fille allait disparaître. Non, le type n'aurait pas risqué grand-chose à l'emmener à Skullerud. Il connaissait manifestement bien les lieux.

— Voui, dit Aune. L'explication pourrait être toute simple : Bertine avait accepté de faire une promenade, mais en insistant pour que ce soit à Grefsenkollen. Non ?

— Mais Grefsenkollen, c'est plus loin de chez elle que Skullerud, et les rapports de police indiquent que, parmi toutes les personnes interrogées, aucune n'a jamais dit que Bertine s'était rendue à Grefsenkollen à un moment ou un autre.

— Peut-être avait-elle entendu parler de Grefsenkollen en bien, suggéra Aune. Au moins, il y a une belle vue, contrairement à l'Østmarka, qui n'offre que de la forêt et des collines. »

Øystein hocha pensivement la tête. « Bon, OK, mais il y a encore un truc que je pige pas. »

Il s'adressa à Aune, puisque Harry semblait se désintéresser de la discussion et restait la main sur le front, le regard sur le mur.

« Bertine n'a tout de même pas dû s'éloigner à des kilomètres et des kilomètres de sa voiture. Et là, ça fait plus de deux semaines qu'ils cherchent, alors je ne comprends pas pourquoi les chiens ne la trouvent pas. Vous savez comme les chiens sentent bien, non? Enfin, quelle finesse d'odorat ils possèdent, je veux dire. Dans un des rapports de Truls, il y avait des renseignements communiqués à la police par les gens du public et un paysan de Wenggården, dans l'Østmarka, a indiqué il y a une semaine que son vieux bouledogue invalide s'était mis à aboyer dans le salon comme quand il y a un cadavre dans les parages. Je connais l'Østmarka, et cette ferme est à six putains de kilomètres de l'endroit où on a trouvé Susanne Andersen. Si un clébard peut sentir un cadavre à plus de cinq kilomètres de distance, pourquoi est-ce que ceux de la police ne trouvent pas Bertine…

— Ce n'est pas possible. »

Tous quatre se tournèrent vers la voix.

Jibran Sethi baissa son livre. « Si ça avait été un saint-hubert ou un berger allemand, d'accord, mais les bouledogues ont un mauvais odorat par rapport aux autres chiens. Ils sont en bas du palmarès. Voilà ce qui arrive quand on élève des chiens pour se battre contre des taureaux et non pour la chasse, comme l'entendait la nature. » Le vétérinaire releva son livre. « C'est pervers, mais c'est le genre de choses que nous faisons.

— Merci, Jibran », dit Aune.

Le vétérinaire répondit d'un rapide signe de tête.

« Peut-être qu'il a enterré Bertine, suggéra Truls.

— Ou qu'il l'a jetée dans un des étangs de là-bas », ajouta Øystein.

Harry resta à fixer le vétérinaire tandis que les voix des trois autres s'évanouissaient dans son oreille. Il sentit les poils se hérisser sur sa nuque.

« Harry !

— Quoi ? »

C'était Aune. « Qu'en penses-tu ? te demandions-nous.

— J'en pense que… tu as le numéro de ce paysan, Øystein ?

— Non, mais avec son nom et Wenggården, on devrait le trouver. »

« Gabriel Weng, j'écoute.

— Bonjour, monsieur. Je suis Hansen, de la police d'Oslo. J'ai simplement une petite question en relation avec l'information que vous nous avez transmise la semaine dernière. Vous disiez que votre chien aboyait et que vous pensiez qu'il pourrait y avoir un cadavre humain ou animal près de chez vous, n'est-ce pas ?

— Oui, il arrive que des animaux morts pourrissent dans la forêt, mais comme j'ai lu cette histoire de fille qui a disparu et que Skullerud n'est pas très loin, je vous ai appelés quand mon chien s'est mis à avoir cet aboiement particulier et à hurler, mais je n'ai pas eu de nouvelles depuis.

— Je suis navré, ça prend du temps de donner suite à toutes les informations que nous recevons dans une telle affaire.

— Enfin, enfin, vous avez trouvé la fille, la pauvre.

— Ce que je me demandais, c'est si votre chien continue d'aboyer comme ça. »

Pas de réponse, mais il entendait la respiration du paysan.

« Weng ? fit Harry.

— Vous avez dit que vous vous appeliez Hansen ?

— Exact. Hans Hansen. Sergent. »

Nouveau silence.

« Oui.

— Oui ?
— Oui, il continue d'aboyer.
— Merci, Weng. »

Sung-min Larsen observait Kasparov, qui s'était positionné contre la façade et courbait son arrière-train. Sung-min avait déjà préparé son sachet en plastique, afin que les passants comprennent qu'il n'avait bien sûr aucune intention d'abandonner cette déjection canine parmi les immeubles chics de Nobels gate.

Il réfléchissait. Pas tant au cerveau retiré du crâne qu'au cuir chevelu qui avait été recousu. Quel sens donner au fait que la personne qui avait pris le cerveau avait aussi cherché à dissimuler son intervention ? En temps normal, les chasseurs de trophées n'avaient pas ce genre de préoccupations. Et le tueur devait bien comprendre qu'il serait découvert, alors pourquoi se donner cette peine ? Était-ce pour faire le ménage derrière lui ? Un assassin soigneux ? L'idée n'était pas si saugrenue qu'on pouvait le croire, puisque les traces habituellement présentes sur le lieu d'un crime avaient ici été effacées. Hormis la salive sur la poitrine de Susanne. Là, le tueur avait commis une erreur. Certes, certains membres du groupe d'enquête considéraient qu'elle devait provenir d'un autre que le coupable, puisqu'on avait retrouvé Susanne avec le haut du corps habillé, mais si le coupable était suffisamment ordonné pour recoudre le scalp, pourquoi n'aurait-il pas pu aussi rhabiller le cadavre ?

Le téléphone sonna. Sung-min contempla l'écran avec stupéfaction avant de répondre.

« Harry Hole ? Ça faisait longtemps.
— Oui, le temps passe.

— Je lis dans *VG* que nous travaillons sur la même affaire.

— Oui. J'ai essayé d'appeler Katrine quelques fois, mais son téléphone est éteint.

— Le coucher du petit, peut-être.

— Peut-être. Quoi qu'il en soit, j'ai une information que, je pense, vous voudriez avoir aussi vite que possible.

— Ah ?

— Je viens de parler avec un paysan qui habite près des bois et dit que son bouledogue sent un cadavre à proximité. Humain ou animal.

— Un bouledogue ? Alors ça n'est pas loin, les bouledogues ont un…

— Mauvais odorat, c'est ce que j'ai cru comprendre.

— Oui. Ce n'est pas inhabituel qu'il y ait des bêtes mortes dans la forêt, alors puisque vous appelez, je suppose que c'est à Grefsenkollen ?

— Non. Dans l'Østmarka. À six ou sept kilomètres de l'endroit où on a trouvé Susanne. Ce n'est pas nécessairement significatif, bien sûr. Comme vous dites, de grands animaux meurent sans cesse dans la forêt, mais je voulais vous avertir. Puisque vous ne trouvez pas Bertine à Grefsenkollen, j'entends.

— OK, fit Sung-min. Je vais le signaler. Merci du tuyau, Harry.

— Je vous en prie. Je vous envoie le numéro du paysan tout de suite. »

Sung-min raccrocha en espérant qu'il était parvenu à conserver un ton aussi calme qu'il s'y évertuait. Son cœur battait la chamade et ses pensées et conclusions – qui rôdaient manifestement dans son esprit, mais n'avaient pas encore pu s'exprimer librement – le traversaient maintenant comme un éboulement. Se pouvait-il que le coupable ait tué Bertine en territoire connu, dans la même zone que Susanne ? Bien entendu, l'idée l'avait effleuré, mais il s'était alors demandé pourquoi le coupable ne l'avait *pas* fait, et la réponse était évidente : tout portait à croire qu'il avait rendez-vous avec les filles. Pourquoi sinon se seraient-elles rendues seules dans des endroits où elles n'étaient jamais allées ? La presse ne parlant que de la fille disparue à Skullerud, le coupable avait invité Bertine à un tout autre endroit de la ville, afin d'éviter qu'elle ne fasse le rapprochement. Ce qui n'était pas venu à l'esprit de Sung-min, en revanche, du moins pas de façon aboutie, était que le coupable avait pu donner rendez-vous à Bertine à Grefsenkollen et qu'ils avaient ensuite pris sa voiture à lui jusqu'à Skullerud. Il avait dû la convaincre de laisser son téléphone à Grefsenkollen, dans sa propre voiture, voire l'y contraindre. Peut-être l'avait-il présenté comme un truc romantique, un tête-à-tête dans la forêt sans que personne ne puisse les joindre. Oui, il sentait que ça pouvait coller. Il consulta sa montre. Vingt et une heures trente. Ça attendrait le lendemain. Non ? Si. Ce n'était après tout qu'une information, et dans une enquête criminelle, on ne tardait pas à s'épuiser si on se mettait à courir après tous les camions de pompiers qui passaient, mais quand même. Il n'était pas le seul à avoir l'intuition que de nombreuses pièces du puzzle s'assemblaient, Harry Hole lui-même l'avait appelé parce qu'il était de cet avis. Oui, Harry avait fait exactement le même raisonnement que lui.

Sung-min regarda Kasparov. Il avait pris le chien policier retraité à la mort de son précédent propriétaire. Depuis deux ans, Kasparov avait des problèmes de hanche et il n'appréciait plus les trop longues marches ni les côtes très escarpées, mais contrairement aux bouledogues, les labradors possédaient l'un des meilleurs odorats du monde canin.

Son portable vibra. Il regarda l'écran. Un numéro de téléphone, le nom Weng. Vingt et une heures trente. S'il montait en voiture maintenant, ils pourraient sûrement y être d'ici une demi-heure.

« Viens, Kasparov ! »

Sung-min tira sur la laisse, l'adrénaline rendait déjà ses paumes moites.

« Eh, vous, là-bas ! tonna une voix sur un balcon dans le noir, et le bruit résonna entre les belles façades. Dans ce pays, on ramasse les crottes derrière soi ! »

18

Mardi

Parasite

« Les parasites, fit Prem en portant la fourchette à sa bouche. C'est ce qui nous fait mourir et c'est ce qui nous fait vivre. »

Il mastiqua. La nourriture avait une consistance spongieuse et un peu fade, malgré l'abondance d'épices. Il leva son verre en direction de son invitée avant de boire le vin rouge pour faire passer tant bien que mal ce qu'il avait dans le gosier. La main à plat sur sa poitrine, il attendit que la nourriture soit descendue dans son œsophage avant de poursuivre.

« Et nous sommes tous des parasites. Toi. Moi. Tout le monde. Sans hôtes comme nous, les parasites seraient morts, mais sans parasites, nous aussi, nous serions morts. Car il y a les bons et les mauvais parasites. Les bons proviennent par exemple des mouches bleu et vert, qui déversent leurs œufs sur le cadavre, permettant aux larves de le dévorer en deux temps, trois mouvements. » Un rictus de dégoût aux lèvres, il découpa un autre morceau, le mâchonna. « Sans elles, nous nagerions littéralement dans les cadavres d'humains et d'animaux. Je ne plaisante pas, non ! Le calcul est simple. Sans ces mouches, nous mourrions intoxiqués par les gaz putrides. Ensuite, tu as les parasites qui ne sont ni particulièrement utiles ni particulièrement nuisibles. Par exemple *Cymothoa exigua*, le pou mange-langue. »

Prem se leva, rejoignit l'aquarium.

« C'est un parasite plutôt intéressant, j'en ai versé quelques-uns dans Boss que voici. Ce qui se passe, c'est qu'il se fixe sur la langue du poisson et aspire le sang jusqu'à ce qu'elle soit totalement flétrie et disparaisse. À ce moment-là, il s'attache à la base de la langue, suce davantage de sang, grandit et se développe en une langue flambant neuve. »

Il plongea la main dans l'eau, saisit le poisson, l'apporta à table, lui ouvrit la gueule en lui pinçant les joues et le colla tout près du visage de son invitée.

« Tu le vois ? Tu vois le pou ? Tu vois qu'il a ses propres yeux, sa propre bouche ? Oui ? »

Il repartit promptement relâcher le poisson dans l'aquarium.

« Cette *Cymothoa exigua*, que j'appelle Simona-Exilia, remplit parfaitement le rôle de langue, donc Boss n'est pas vraiment à plaindre. La vie continue, n'est-ce pas, et il a de la compagnie. En revanche, c'est moins facile de faire l'article des parasites méchants. L'individu que voici, par exemple, est bourré de… »

Il montra la grande limace rose qu'il avait posée entre eux, sur la table.

« Je vis seul avec mon chien », dit Weng en remontant son jean sous sa panse.

Sung-min tourna son regard vers le coin de la cuisine. Dans son panier, le bouledogue remua à peine la tête, n'émettant qu'un souffle court.

« J'ai repris la ferme de mon père il y a deux ans,

mais ma femme refusait de vivre dans les bois et elle est restée dans notre appartement de Manglerud. »

Sung-min désigna le bouledogue. « C'est une femelle ?

— Oui. Elle avait la manie d'attaquer les voitures, peut-être qu'elle les voyait comme des taureaux, et un jour, elle s'est accrochée à un pneu, et elle s'est cassé le dos, mais elle continue de donner de la voix quand quelqu'un approche…

— Oui, on a entendu. Alors, elle aboie quand elle sent des animaux morts, si je comprends bien ?

— Oui, je l'ai dit à Hansen.

— Hansen ?

— L'agent qui m'a téléphoné.

— Ah oui, Hansen. Enfin, là, elle n'aboie pas.

— Non, elle sent l'odeur uniquement par vent de sud-est. »

Weng indiqua une direction dans la nuit.

« Ça vous ennuie si je fais une petite recherche avec mon chien ?

— Vous avez emmené un chien ?

— Il est dans la voiture. C'est un labrador.

— Je vous en prie. »

« Bon. » Prem s'assura d'avoir la pleine et entière attention de son invitée. « Cette limace a l'air innocente, non ? Elle est belle, même. Sa couleur donnerait envie de la sucer comme un bonbon, ce que je déconseille formellement. Tu comprends, la limace est bourrée d'*Angiostrongylus cantonensis*, des nématodes, donc nous n'allons certainement pas utiliser sa bave comme sauce de salade ! » Il rit. Elle, non. Comme d'habitude, elle se contentait de sourire.

« Dès que tu l'as dans le corps, le nématode suit

le flux sanguin. Où va-t-il ainsi ? » Prem tapota son index sur son front. « Ici. Dans le cerveau. Car il adore le cerveau. Oui, oui, je sais bien que c'est nourrissant et que c'est un bon endroit où pondre, mais ce n'est pas particulièrement *bon.* » Il baissa les yeux sur son assiette, claqua sa langue avec désapprobation. « Qu'en penses-tu ? »

Kasparov tirait violemment sur sa laisse. Il n'y avait plus de sentier. Plus tôt dans la journée, le temps avait commencé à se couvrir et l'unique source de lumière était désormais la torche de Sung-min. Ils s'arrêtèrent devant un mur d'arbres, les branches basses l'obligèrent à se baisser pour avancer. Il avait perdu toute notion de l'endroit où ils se trouvaient, de la distance parcourue. Il entendait Kasparov souffler sous le tapis de fougères, mais ne le voyait pas et avait le sentiment d'être aspiré par une force invisible dans une obscurité de plus en plus profonde. Ceci aurait pu attendre. Vraiment. Alors pourquoi ? Pour être seul à avoir les honneurs de la découverte de Bertine ? Non. Non, ce n'était tout de même pas si banal. C'était simplement ce qui l'animait depuis toujours, ce besoin impérieux de trouver la réponse tout de suite quand il se posait une question. Attendre lui était intolérable.

À présent, toutefois, il regrettait. Ce n'était pas seulement que, dans le noir, il risquait de perturber une scène de crime si jamais il tombait sur un corps. Il avait peur. Oui, il fallait l'admettre. À cet instant précis, il était ce petit garçon qui arrivait en Norvège et qui avait peur du noir, et d'autre chose. Il ne savait pas quoi, mais avait le sentiment qu'eux, les autres, ses parents adoptifs, les enseignants, les enfants de la rue, savaient, qu'ils disposaient sur lui d'informations qu'il ignorait, sur son histoire, sur ce qui s'était passé. Le cas échéant, il n'avait jamais découvert lesquelles. Ses parents adoptifs n'avaient rien de dramatique à lui raconter sur ses parents biologiques ou sur son adoption. Toujours est-il qu'à partir de ce jour, il avait été obsédé par l'idée de savoir, de tout savoir. De savoir quelque chose qu'eux, les autres, ne savaient pas.

La laisse se relâcha. Kasparov s'était arrêté.

Sung-min sentit son cœur battre fort lorsqu'il braqua sa torche sur le sol tout en écartant une fronde de fougère.

Kasparov avait la truffe collée au sol, et le faisceau lumineux trouva ce qu'il flairait.

Sung-min s'accroupit, ramassa. Il crut d'abord à un sachet de chips vide avant de reconnaître l'emballage et de comprendre pourquoi son chien s'était arrêté. C'était un sachet Hillman Pets, une poudre antiparasitaire que Sung-min avait achetée une fois dans une animalerie pour vermifuger Kasparov. L'arôme plaisait tant aux chiens que, rien qu'à la vue de l'emballage, Kasparov battait la queue si vigoureusement qu'on aurait dit qu'il allait décoller. Sung-min prit le sachet, le chiffonna et le rangea dans sa poche.

« On rentre à la maison, Kasparov ? Dîner ? »

Observant son maître comme s'il avait saisi ses paroles et se demandait s'il était devenu fou, Kasparov se tourna et Sung-min sentit la laisse se tendre vivement. Rien n'y ferait, ils allaient s'enfoncer là où il ne voulait plus aller.

« Le plus stupéfiant est que, quand certains de ces parasites arrivent dans ton cerveau, ils prennent le contrôle. Ils se mettent à diriger tes pensées, tes envies, expliqua Prem. Ce que le parasite t'ordonne, c'est de faire le nécessaire pour lui permettre de poursuivre son cycle. Tu deviens un soldat obéissant, jusqu'à courir à ta mort si c'est ce qui est requis. Ce qui très souvent est le cas, hélas… Ah ? Tu trouves que ça ressemble à des histoires d'horreur et de science-fiction ? Alors sache que certains de ces parasites ne sont même pas rares. La plupart des parasités vivent en ignorant tout de leur présence ; comme Boss avec Simona-Exilia, probablement. Nous pensons nous fatiguer, travailler, sacrifier nos vies, pour notre famille, notre pays, notre postérité, alors qu'en réalité c'est pour le parasite, le pique-assiette qui donne ses ordres depuis son QG dans notre cerveau. »

Prem les resservit tous deux de vin.

« Mon beau-père accusait ma mère d'en être une, de parasite. Il disait qu'elle refusait des rôles parce qu'il avait de l'argent et qu'elle pouvait se permettre de rester à la maison à boire tout son capital. C'était faux, bien sûr. D'abord, elle n'a jamais refusé aucun rôle, on a cessé de lui en proposer. Comme elle buvait, elle commençait à oublier ses répliques. Ensuite, mon beau-père étant un homme très riche, le moins qu'on puisse dire est qu'elle n'aurait jamais réussi à boire toute sa fortune. En plus, c'était lui le parasite, lui qui avait infesté le cerveau de ma mère et lui faisait voir les choses comme il voulait. C'est pour ça qu'elle ne voyait pas ce qu'il me faisait. Moi, je n'étais qu'un enfant, je pensais qu'un père avait le droit d'exiger ce genre de choses de son fils. Non, je ne vivais pas dans l'illusion que tous les enfants de six ans avaient un beau-père qui les forçait à se coucher nus avec lui et à le satisfaire, en les menaçant de tuer leur mère s'ils l'ouvraient, mais j'avais peur. Alors je ne disais rien. En revanche, j'ai essayé de montrer à ma mère ce qui se passait. On s'est toujours moqué de moi à l'école à cause de mes dents et… enfin, de la façon dont se comporte une victime d'abus et d'agressions, je suppose. Ils m'appelaient le Rat. Je me suis mis à mentir, à voler. Je séchais les cours, je fuguais de la maison, je me faisais payer par des hommes pour les masturber dans des toilettes publiques. Une fois, j'ai même agressé quelqu'un pour lui voler son argent. Bref, mon beau-père était dans le cerveau de ma mère et dans le mien, et il nous détruisait à petit feu. À propos… » Prem piqua sa fourchette dans le dernier morceau sur l'assiette, poussa un soupir. « Mais maintenant, c'est fini, Bertine. » Il pivota la fourchette, examina la nourriture rose pâle. « Maintenant, c'est moi qui suis dans le cerveau et qui donne des ordres. »

Sung-min devait courir pour pouvoir suivre Kasparov, qui tirait de plus en plus sur sa laisse en émettant une espèce de toux rauque, comme s'il cherchait à recracher quelque chose de sa gorge.

Sung-Min fit ce qu'il avait appris en tant qu'enquêteur. Quand il avait une quasi-certitude, il mettait sa déduction à l'épreuve en essayant de tout renverser. Se pouvait-il que ce qu'il pensait impossible soit possible malgré tout ? Que Bertine Bertilsen soit en vie, par exemple ? Elle avait pu filer à l'étranger, se faire enlever, être enfermée quelque part dans une cave ou un appartement, elle était peut-être avec le coupable en ce moment même.

Soudain, la forêt s'ouvrit. Le faisceau de la torche scintilla sur de l'eau. Un petit étang. Kasparov entraîna Sung-min. La lumière papillota sur un bouleau voûté au-dessus de la surface et Sung-min vit du coin de l'œil ce qui ressemblait à une grosse branche descendant jusqu'à l'eau, comme si l'arbre buvait. Il réorienta sa torche. La branche n'en était pas une.

« Non ! » cria Sung-min en retenant Kasparov.

L'écho de son exclamation se répercuta sur l'autre rive.

C'était un corps.

Plié en deux par-dessus la branche la plus basse.

Les pieds nus frôlaient la surface. Comme Susanne, la femme – car il vit tout de suite que c'en était une – avait le bas du corps dévêtu. Ainsi que le ventre, car sa robe avait glissé jusqu'à son du soutien-gorge et pendait vers l'eau, recouvrant la tête, les épaules, les bras. N'apparaissaient que les poignets et les mains aux doigts plongés sous la surface. Le premier mouvement de Sung-min fut d'espérer qu'il n'y avait pas de poissons dans l'étang.

Kasparov restait sagement assis. Sung-min lui caressa la tête. « Bon chien ! »

Il sortit son téléphone. Le réseau avait déjà été faible à la ferme, ici, l'indicateur de signal ne présentait plus qu'une seule barre, mais le GPS fonctionnait. Sung-min enregistra sa position, notant qu'il avait changé de mode et respirait désormais par la bouche. L'odeur n'était pas très forte, c'était plutôt un réflexe, acquis au terme d'une ou deux expériences modérément agréables, et qui se déclenchait quand son cerveau comprenait qu'il était sur une scène de crime. Son cerveau lui indiquait aussi que, pour déterminer s'il s'agissait de Bertine Bertilsen, il fallait qu'il positionne sa torche sur le sol, se retienne d'une main à l'arbre et s'écarte vers l'eau pour remonter la robe et voir son visage. Mais en s'accrochant au tronc, il risquait de poser les doigts au même endroit que le coupable et de détruire ainsi des empreintes.

Se souvenant du tatouage, le logo Louis Vuitton, il dirigea la torche vers les chevilles de la défunte. Elles étaient si blanches sous cette lumière crue, comme si la femme était de neige, mais point de logo Vuitton. Qu'est-ce que cela signifiait ?

Une chouette, du moins gageait-il qu'il s'agissait d'une chouette, se fit entendre dans le noir. Il ne voyait pas le côté externe de la cheville gauche, peut-être était-ce là qu'il fallait regarder. Il avança sur la rive jusqu'à ce qu'il trouve le bon angle et braqua sa torche.

Et là, en noir sur neige, un L au-dessus d'un V.

C'était elle. Ça devait l'être.

Il appela Katrine Bratt. Elle ne décrochait toujours pas. Curieux. Elle avait pu choisir de ne pas répondre à Harry Hole, mais quand on dirige une enquête, la règle tacite est de rester toujours disponible pour les gens avec qui on travaille.

« Donc, tu comprends, Bertine, j'ai une mission importante. »

Prem approcha pour poser sa main contre sa joue.

« Je suis navré que tu en aies fait partie et je regrette de devoir t'abandonner maintenant, que ceci soit notre dernière soirée ensemble, car j'ai beau savoir que tu me désires, tu n'es pas celle que j'aime. Voilà, c'est dit. Dis que tu me pardonnes. Non ? Si, s'il te plaît. Ma douce. » Prem rit doucement. « Tu peux toujours résister, Bertine Bertilsen, mais tu sais que je peux t'allumer à tout moment, au moindre effleurement. »

Il le fit, elle ne pouvait l'en empêcher. Bien sûr, il l'alluma. Pour la dernière fois, songea-t-il en portant un toast d'adieu.

Sung-min avait réussi à joindre l'équipe de techniciens de scène de crime, qui était en route. Il ne lui restait plus qu'à attendre, assis sur la souche. Son visage et sa nuque le démangeaient. Des moustiques. Non, des simulies, ces petites mouches buveuses de sang, y compris celui des moustiques. Il avait éteint sa torche pour économiser la batterie et ne pouvait que deviner le corps devant lui.

C'était elle. Bien sûr que c'était elle.

Et pourtant.

Il consulta sa montre, frémissant déjà d'impatience. Et où était Katrine, pourquoi ne le rappelait-elle pas ?

Il trouva une longue branche fine, cassée, ralluma sa torche, la posa par terre, approcha du bord de l'eau, il attrapa la robe avec la branche, la leva, plus haut, encore plus haut. Il voyait maintenant les bras nus, attendait l'apparition des cheveux bruns, qui étaient longs et flottants sur les photos. Étaient-ils maintenant attachés ? Étaient-ils…

Sung-min ulula. Comme une chouette. Il perdit tout simplement le contrôle, le cri vint de lui-même, la branche partit dans l'eau, la robe retomba, couvrant ce qui s'était passé. Ce qui n'était pas là.

« Ma pauvre, chuchota Prem. Si belle, et pourtant rejetée. C'est injuste, non ? »

Il ne lui avait pas redressé la tête après l'avoir fait basculer légèrement en tapant sur la table deux soirs auparavant. Cette tête était fichée au sommet d'un pied de lampe en acier qu'il avait installé devant la chaise en face de lui. Quand il appuyait sur l'interrupteur du câble posé sur la table et que la lampe de 60 watts s'éclairait à l'intérieur du crâne de Bertine, la lumière brillait dans ses orbites et colorait de bleu la face interne de ses dents dans sa bouche béante. Un homme sans imagination aurait sans doute vu dans ce spectacle l'évocation d'une citrouille de Halloween, mais un homme un peu plus inventif aurait perçu que Bertine – du moins la partie d'elle qui ne se trouvait pas au bord d'un étang de l'Østmarka – s'illuminait, rayonnait de joie, oui, un homme pouvait facilement se figurer qu'elle l'aimait, et Bertine l'avait aimé, au moins désiré.

« Si ça peut te consoler, j'ai pris plus de plaisir à faire l'amour avec toi qu'avec Susanne, déclara Prem. Tu es mieux faite, et… » Il lécha sa fourchette. « J'aime mieux ton cerveau, mais… » Il inclina la tête, l'observa d'un air mélancolique. « J'étais obligé de le manger pour le cycle. Pour les œufs. Pour les parasites. Pour la vengeance. C'est seulement ainsi que je pourrai devenir entier. Seulement ainsi que je pourrai être aimé pour celui que je suis. Oui, oui, je sais que ça paraît un peu pompeux, mais c'est vrai. Être aimé, c'est ce que nous voulons tous, non, c'est la seule chose ? »

Il pressa l'index sur l'interrupteur. La lampe s'éteignit dans le crâne, le salon resta dans la pénombre.

Prem soupira. « J'avais peur que tu le prennes comme ça. »

19

Mardi

Carillon

Katrine écoutait Sung-min.

Elle ferma les yeux, visualisa le lieu du crime pendant qu'il racontait, répondit que non, elle n'avait pas besoin de le voir en personne, elle allait envoyer deux enquêteurs et puis elle examinerait les photos. Au fait, elle était désolée de n'avoir pas été joignable. Elle avait éteint son téléphone pour coucher son fils et, de toute évidence, elle avait fait du si bon boulot en lui chantant *Biquet, mon Biquet* qu'elle s'était endormie aussi.

« Vous travaillez peut-être trop, suggéra Sung-min.

— Vous pouvez barrer peut-être, mais c'est valable pour nous tous. Organisons une conférence de presse demain à dix heures, et je vais demander aux pathologistes de traiter ça en priorité.

— Bien. Bonne nuit.

— Bonne nuit, Sung-min. »

Katrine raccrocha, resta un moment à contempler son téléphone.

Bertine Bertilsen était morte. Comme on s'y attendait. On l'avait retrouvée. Comme on l'espérait. Le lieu et la manière dont elle avait été découverte confirmaient qu'il s'agissait du même tueur. Comme on le craignait. Car cela signifiait qu'il pouvait y avoir d'autres meurtres.

Katrine entendit une plainte derrière la porte ouverte. Elle se dit qu'elle n'allait pas bouger, attendre de voir si d'autres lui succédaient, mais n'y parvint pas, se leva de sa chaise de cuisine et marcha sur la pointe des pieds jusqu'au seuil de la chambre. Pas de bruit, rien que la calme respiration endormie de Gert. Elle avait menti à Sung-min. D'après ce qu'elle avait lu quelque part, on entendait en moyenne deux cents mensonges par jour, la plupart innocents, par bonheur, des choses destinées à mettre de l'huile dans les rouages de la communication sociale. Comme celui-là. Elle avait éteint son téléphone avant de se coucher, c'était vrai, mais elle ne s'était pas endormie. Elle s'était simplement abstenue de le rallumer ensuite, car Arne savait qu'elle était disponible à ce moment-là et avait l'habitude de l'appeler. C'était sympa, certes. Il voulait simplement l'entendre raconter sa journée, ses petites joies, ses déconvenues. Surtout des déconvenues ces derniers temps, bien sûr, avec les filles disparues, mais il écoutait patiemment, témoignait son intérêt en posant des questions, faisait tout ce qu'un bon petit ami bienveillant, un amoureux potentiel, était censé faire. Ce soir, toutefois, c'était au-dessus de ses forces, elle avait besoin d'être seule avec ses pensées. Elle avait décidé de lui servir le même mensonge véniel qu'à Sung-min quand il l'appellerait le lendemain : elle s'était endormie après avoir mis Gert au lit. Elle avait réfléchi à Harry et à Gert. Comment résoudre cette histoire ? Car elle avait vu dans le regard de Harry le même amour désemparé que dans les yeux de Bjørn quand il regardait son fils.

Le fils de Bjørn et de Harry. À quel point devait-elle et pouvait-elle l'impliquer ? En ce qui la concernait, elle souhaitait que Gert et elle s'engagent le moins possible avec Harry et sa vie, mais Gert, alors ? Quel droit avait-elle de le priver d'encore un père ? N'avait-elle pas elle-même eu un père alcoolique et instable, qu'elle avait aimé à sa façon et dont elle n'aurait pas voulu se passer ?

Avant de se coucher, Katrine avait rallumé son téléphone en espérant qu'il n'y aurait pas de messages. Il y en avait. L'un, de la part d'Arne, était de ces déclarations d'amour dont la jeune génération semblait faire un usage assez libéral :

Katrine Bratt, tu es la Femme avec un grand F, et je suis l'Homme qui t'aime. Bonne nuit.

Envoyé récemment, vit-elle. En l'occurrence, Arne n'avait pas cherché à la joindre pendant que son téléphone était éteint, il avait dû être occupé.

L'autre message provenait de Sung-min et s'en tenait à son style habituel :

Bertine trouvée. Appelez-moi.

Katrine se rendit dans la salle de bains, prit sa brosse à dents, se regarda dans le miroir. *Tu es la Femme avec un grand F*, l'autre. Enfin, soit, les bons jours, cela pouvait peut-être se défendre. Elle pressa sur le tube de dentifrice. Ses pensées retournèrent à Bertine Bertilsen et Susanne Andersen, et à la femme, pour l'instant sans nom, qui serait peut-être la prochaine sur la liste.

Sung-min passa une brosse souple sur sa veste en tweed. C'était une veste de chasse imperméable de la marque Alan Paine, Chris la lui avait offerte pour Noël. Chris à qui il avait tapé un message de bonne nuit, après l'appel de Katrine. Au début, il s'agaçait d'être toujours celui qui écrivait, Chris se contentant de répondre, mais plus maintenant, Chris était comme ça, il avait besoin de croire qu'il avait le dessus dans leur relation. Sung-min savait toutefois que s'il s'abstenait de lui écrire un soir, Chris ferait sa drama queen le lendemain et insisterait pour savoir s'il y avait un problème, s'il avait rencontré quelqu'un d'autre, s'il s'était lassé de lui.

Sung-min voyait les aiguilles de pin tomber sur le sol. Il bâilla. Il savait qu'il allait dormir ce soir. Il ne ferait pas de cauchemar lié aux événements du jour. Il n'en faisait jamais. Il n'était pas sûr des conclusions qu'il fallait en tirer sur sa personnalité. Un collègue de Kripos affirmait que cette capacité à déconnecter révélait le manque d'empathie et l'avait comparé à Harry Hole, qui était paraît-il atteint de ce qu'on appelait la parosmie, un défaut empêchant son cerveau de percevoir l'odeur des cadavres, ce qui lui permettait de rester imperturbable sur une scène de crime quand d'autres avaient l'estomac retourné. Sung-min ne le percevait nullement comme un défaut, il estimait être doté d'une saine capacité à *compartimenter*, à maintenir la séparation entre le monde de la maison et le monde extérieur. Il brossa ses poches, sentit quelque chose dans l'une d'elles, le sortit. C'était le sachet Hillman Pets. Il s'apprêtait à le jeter quand il songea que, lorsque Kasparov avait de nouveau eu des vers, le vétérinaire lui avait recommandé un autre vermifuge, car le Hillman Pets contenait une substance désormais interdite d'importation et de vente en Norvège. Cela devait remonter à quatre ans, au moins. Sung-min tourna le sachet et trouva ce qu'il cherchait : les dates de production et de péremption.

Le sachet avait été produit l'année précédente.

Sung-min le tourna encore. Et alors ? Quelqu'un avait pu le rapporter de l'étranger, sans même savoir que c'était illégal. Il se demanda s'il devait le jeter. Le sachet s'était trouvé à plusieurs centaines de mètres du lieu du crime, mais les infractions allaient souvent ensemble. Quelqu'un qui enfreint les lois est quelqu'un qui enfreint les lois. Le tueur en série sadique commence par priver de leurs jours de petits animaux, des souris, des rats. Il allume de petits feux. Puis il torture des animaux un peu plus gros, incendie une maison inhabitée…

Sung-min replia le sachet.

« Mais putain de vulve de Satan ! s'exclama Mona Daa en regardant son téléphone.

— Qu'est-ce qui se passe ? s'enquit Anders, qui se brossait les dents, la porte de la salle de bains ouverte.

— *Dagbladet* !

— Pas la peine de crier. En plus, Satan n'a pas de…

— Vulve. Oui, c'est ce que tu prétends, espèce de macho. Våge écrit que Bertine Bertilsen a été retrouvée morte. Dans l'Østmarka, sur les terres de la ferme de Wenggården, à quelques kilomètres de l'endroit où on a découvert Susanne.

— Oups.

— Oups, oui. Oups, comme dans putain d'enfer de foutre de con, pourquoi est-ce que *Dagbladet* a cette info et pas *VG* ?

— Je ne pense pas qu'ils baisent tant que ça en…

— En enfer ? Moi, je crois que si. Je crois que ceux qui sont là-bas se font baiser le cul, les oreilles et les narines, et qu'ils se disent que la seule chose pire, c'est de travailler à *VG* et de se faire enculer par Terry Våge. Putain de vulve de Satan ! »

Elle balança son téléphone sur le lit alors qu'Anders se glissait sous la couette, tout contre elle.

« Je t'ai déjà dit que tu m'excitais quand… »

Elle le tapa. « Je ne suis pas d'humeur, Anders.

— Quand tu n'es pas d'humeur. »

Elle écarta sa main inquisitrice, mais sourit légèrement en attrapant son téléphone pour reprendre sa lecture. Våge n'avait pas de détails sur la scène du crime, c'était déjà ça. Sans doute n'avait-il parlé à personne qui s'était rendu sur place, mais comment avait-il su si vite pour la découverte du corps ? Possédait-il une radio de police illégale ? Cela pouvait-il être si simple ? Il tirait des conclusions des messages souvent succincts, à demi codés, des policiers qui se gardaient des intrus toujours à l'écoute ? Et ensuite il brodait un peu et ça donnait un mélange convenable de réalité et de fiction, qui passait de justesse pour du vrai journalisme ? Du moins l'avait-il fait jusqu'à présent.

« Quelqu'un m'a suggéré d'essayer d'obtenir des informations par toi, dit-elle.

— Ah oui ? Tu as répondu que je n'étais malheureusement pas sur cette affaire, mais que je pouvais être acheté avec des ébats frénétiques ?

— Arrête, Anders ! C'est mon boulot.

— Et du coup, tu trouves que je devrais risquer le mien en te donnant des infos ?

— Non ! Je trouve simplement que… c'est tellement

injuste ! » Mona croisa les bras. « Våge a quelqu'un qui l'alimente pendant que je reste à… crever de faim.

— Ce qui est injuste, dit Anders en s'asseyant dans le lit, et elle vit que son entrain taquin s'était dissipé, c'est que les filles de cette ville ne puissent pas sortir sans risquer de se faire violer et tuer. Ce qui est injuste, c'est que Bertine Bertilsen repose morte dans l'Østmarka pendant que deux personnes ici trouvent le monde injuste parce qu'un autre journaliste a été le premier sur le coup ou que le taux d'élucidation des affaires de la brigade a diminué. »

Mona déglutit.

Elle hocha la tête.

Il avait raison. Bien sûr qu'il avait raison. Elle déglutit encore, essaya de ravaler la question qui forçait son chemin vers ses lèvres :

Est-ce que tu pourrais passer un coup de fil à quelqu'un pour te renseigner sur le lieu du crime et savoir à quoi ça ressemblait ?

Helene Røed était couchée, elle regardait le plafond.

Markus avait souhaité un lit en forme de goutte, trois mètres de long sur deux mètres et demi au point le plus large. Il avait en effet lu que, venant de l'eau, nous cherchions inconsciemment à y revenir, et que la forme de goutte renforçait l'équilibre et l'harmonie et favorisait le sommeil profond.

Elle avait réussi à ne pas rire et à obtenir à la place un luxueux lit rectangulaire d'un mètre quatre-vingts sur deux mètres dix. Largement suffisant pour deux. Bien trop pour une seule personne.

Markus passait la nuit dans son loft de Frogner, comme presque tous les soirs, désormais. Du moins, le pensait-elle. Ce n'était pas qu'il lui manquait au lit, cela faisait longtemps que tout cela n'était plus très palpitant, ni même souhaitable. Ses éternuements et reniflements avaient empiré, et il se levait au moins quatre fois par nuit pour uriner. Prostate élargie, pas nécessairement un cancer, une affection qui frappait paraît-il une bonne moitié des hommes de plus de soixante ans. Et ça n'allait pas s'arranger. Non, Markus ne lui manquait pas, mais elle aurait voulu avoir quelqu'un. Elle ne savait pas qui. Simplement le manque se faisait particulièrement sentir ce soir. Pour elle aussi, il devait bien exister quelqu'un qui l'aimerait et qu'elle pourrait aimer en retour. Car c'était aussi simple que ça, non ? Ou était-ce une chimère ?

Elle roula sur le côté. Depuis le soir précédent, elle se sentait nauséeuse, légèrement malade. Après avoir vomi et développé une petite fièvre, elle avait fait un autotest, mais il était négatif.

Elle regarda par la fenêtre, l'arrière du nouveau musée Munch. En réservant leurs appartements à Oslobukta avant leur construction, les acheteurs étaient loin de s'imaginer qu'il serait aussi laid et massif. Tout le monde s'était laissé berner par les dessins présentant la façade en verre et montrant le musée sous un angle qui ne trahissait pas sa ressemblance avec le Mur de *Game of Thrones*. Enfin, c'était comme ça, les choses n'étaient pas telles que promises ou attendues, on ne pouvait s'en prendre qu'à soi-même d'être tombé dans le panneau. À présent, il était trop tard et l'édifice leur faisait de l'ombre à tous.

Une nouvelle vague de nausée la submergea et elle se releva en toute hâte. La salle de bains n'était qu'au bout de la chambre, mais c'était si loin ! Elle s'était rendue dans l'appartement de Frogner de Markus une seule fois. Il était bien plus petit, mais elle aurait préféré vivre là-bas. Avec… quelqu'un. Elle eut tout juste le temps de parvenir au-dessus de la cuvette avant que le contenu de son estomac ne remonte.

Harry était installé au comptoir du bar de l'hôtel quand il reçut un message.

Merci du tuyau. Cordialement. Sung-min.

Harry avait déjà lu *Dagbladet*. C'était le seul journal qui avait l'information, ce qui ne pouvait signifier qu'une seule chose : aucun communiqué de presse n'avait été envoyé, et ce journaliste, Terry Våge, avait une source dans la police. La fuite ne pouvant en aucun cas être une manœuvre stratégique de la part de la police, une ou plusieurs personnes devaient donc fournir des informations à Våge moyennant finances ou autres services. Ces transactions arrivaient plus souvent qu'on ne le pensait ; à l'époque, des journalistes lui avaient plusieurs fois proposé de l'argent. On le découvrait rarement, car les journalistes ne publiaient jamais rien qui désigne leur informateur, ils ne voulaient pas scier la branche sur laquelle ils étaient assis. Cependant, Harry avait lu la plupart des articles sur l'affaire et son petit doigt lui disait que ce Våge avait tendance à prendre le beurre à poignées ; tôt ou tard, il serait pénalisé. Enfin, Våge lui-même en ressortirait indemne, avec son honneur journalistique intact, même, mais la situation serait moins glorieuse pour sa source. Laquelle ne se rendait probablement pas compte de sa vulnérabilité, puisqu'elle, ou il, continuait de fournir des informations.

« Un autre ? »

Le barman regarda Harry, il se tenait prêt, la bouteille de whisky au-dessus du verre vide. Harry s'éclaircit la gorge. Une fois. Deux fois.

Oui, s'il vous plaît, indiquait le texte de ce mauvais rôle qu'il avait joué si souvent, le seul qu'il connaisse.

Et puis, comme s'il avait lu la prière de Harry dans son regard, le barman se tourna vers un client qui lui faisait signe à l'autre bout du comptoir et s'éloigna avec la bouteille.

Dans la nuit résonnait le carillon de l'hôtel de ville. Minuit approchait, encore six jours, plus les neuf heures de décalage avec Los Angeles. Pas beaucoup de temps, mais on avait retrouvé Bertine. Or qui disait corps disait possibilité de nouvelles traces, voire découverte d'éléments essentiels. Il fallait penser ainsi. En termes positifs. Ce n'était pas un penchant naturel chez lui, a fortiori quand la pensée positive requise en l'espèce était proprement irréaliste, mais découragement et apathie n'étaient pas ce dont il avait besoin maintenant. Ce n'était pas ce dont Lucille avait besoin.

En sortant du bar, Harry vit de la lumière au bout du couloir sombre, comme dans un tunnel. Il constata ensuite qu'elle provenait d'un ascenseur ouvert et remarqua une silhouette qui retenait la porte. Comme si cette personne attendait Harry. Ou quelqu'un d'autre, puisqu'elle se trouvait déjà là avant que Harry n'apparaisse dans le couloir.

« Allez-y, lança Harry en lui faisant signe de descendre. Je prends l'escalier. »

L'homme recula sous la lumière du plafonnier. Harry eut le temps d'apercevoir son col romain, mais pas son visage. Les portes de l'ascenseur se refermèrent.

Harry arriva dans sa chambre, moite de sueur. Il suspendit son costume, s'allongea sur le lit. Il essaya de nouveau de chasser Lucille de son esprit. Cette nuit, il avait décidé de faire un beau rêve de Rakel. Un rêve de leur vie commune, quand ils se couchaient dans le même lit tous les soirs. À l'époque où il marchait sur l'eau, sur la glace si épaisse et solide, toujours à l'affût de craquements, de fissures, mais avec néanmoins une capacité à vivre l'instant présent. Ils avaient savouré chaque journée, comme s'ils savaient que leur temps ensemble était compté. Ils ne vivaient pas comme si chaque jour était le dernier, mais comme si c'était le premier, comme s'ils se redécouvraient encore et encore. Exagérait-il ? Embellissait-il le souvenir de ce qu'ils avaient vécu ? Peut-être, et alors ? Que lui avait jamais apporté le réalisme ?

Il ferma les yeux, essaya de la voir, de visualiser sa peau dorée sur le drap blanc, mais ne vit que sa peau livide dans la flaque de sang, sur le parquet du salon, puis Bjørn Holm dans sa voiture, qui le fixait alors que l'enfant pleurait sur la banquette arrière. Harry rouvrit les yeux. Oui, vraiment, qu'est-ce qu'il avait à faire du réalisme ?

Son téléphone vibra. Un message d'Alexandra.

L'analyse d'ADN sera prête lundi. Un spa et un dîner samedi me conviendraient bien. Le Terse Acto est un bon restaurant.

20

Mercredi

« Bon, c'est assez clair, déclara Aune en posant son exemplaire du rapport de police sur son duvet. Un cas classique. Il s'agit d'un meurtre sexuel exécuté par un tueur qui, très probablement, recommencera si on ne l'arrête pas. »

Autour du lit, ses trois interlocuteurs hochèrent la tête, toujours abîmés dans le rapport.

Harry termina le premier. Il leva les yeux, plissa les paupières face à la lumière crue du soleil matinal.

Puis Øystein acheva sa lecture et bascula ses lunettes de soleil de son front vers ses yeux.

« Allez, Berntsen, accélère ! Tu l'as déjà lu, non ? »

Truls répondit d'un grognement, laissa le document.

« Qu'est-ce qu'on fait si jamais c'est l'aiguille dans la botte de foin ? demanda-t-il. On ferme boutique et on laisse Bratt et Larsen s'occuper du reste ?

— Pas tout de suite, fit Harry. Nous partions du principe que Bertine avait été tuée de la même façon que Susanne, donc ceci ne change rien.

— Mais par souci d'honnêteté, nous devons reconnaître que ceci ne va pas dans le sens de ton intuition d'un tueur rationnel, remarqua Aune. Nul besoin de couper la tête de la victime ou de voler son cerveau pour faire croire à la police qu'il s'agit d'un meurtre sexuel, commis par un tueur sans lien avec ses victimes et les choisissant par hasard. D'autres mutilations, requérant moins de travail, peuvent créer plus ou moins la même impression.

— Hmm.

— Arrête avec les "hmm", Harry ! Écoute. Le tueur a dû s'attarder longtemps sur le lieu du crime et courir ainsi un risque nettement plus important que nécessaire si son but était simplement de faire diversion. Son trophée, ce sont les cerveaux, et si nous le voyons maintenant décapiter sa victime et emporter la tête au lieu de l'ouvrir et de la recoudre sur le lieu du crime, c'est tout simplement qu'il a appris de ses erreurs, classique. Harry, tout cela se tient, ça a le goût d'un meurtre rituel, ça a l'odeur d'un meurtre rituel, avec tout un registre de sous-entendus sexuels, et c'est un meurtre rituel. »

Harry hocha lentement la tête. Il se tourna vers Øystein, qui se récria quand il lui chipa ses lunettes de soleil et les chaussa.

« Je ne voulais pas te le dire, précisa Harry, mais ces lunettes, tu me les as piquées. Je les avais laissées dans le bureau du Jealousy après la soirée Power Pop où tu avais refusé de passer R.E.M.

— Quoi ? Mais je rêve ! On était censés passer de la power pop *classique*. Ces lunettes, c'est des "qui trouve, garde".

— Dans un tiroir ?

— Ah, les enfants… », conclut Aune.

Øystein tendit la main vers les lunettes, mais Harry fut plus rapide et esquiva la manœuvre.

« Relax, tu les récupéreras tout à l'heure, Øystein. Balance plutôt les nouvelles que tu nous disais avoir. »

Øystein poussa un soupir. « Bon, d'accord. J'ai parlé avec des collègues qui vendent de la cocaïne...

— Des chauffeurs de taxi qui vendent de la cocaïne ? » s'étonna Aune.

Après avoir regardé Øystein, Aune s'adressa à Harry.

« Tu as omis certaines informations ?

— Oui, répondit Harry. Continue, Øystein.

— Bon, et donc j'ai trouvé qui est le fournisseur habituel de Røed. Un type qu'on appelle Al. En l'occurrence, il était à cette soirée, mais il s'est fait voler la vedette par un gars qui avait de la blanche si top qu'il ne lui restait plus qu'à remballer la sienne. Je lui ai demandé qui c'était, mais Al ne le connaissait pas. Un gars avec un masque, une casquette et des lunettes de soleil. Ce qui était surprenant, d'après Al, c'est que le gars avait beau avoir la cocaïne la meilleure et la plus pure qui ait jamais été sniffée à Oslo, il se comportait comme un amateur.

— Comment ça ?

— D'abord, son style, ça se voit tout de suite. Les pros sont détendus, parce qu'ils savent ce qu'ils font, et en même temps, ils scannent continuellement leur environnement, comme des antilopes autour d'un point d'eau. Ils savent exactement dans quelle poche ils ont la came, au cas où les flics débarqueraient et où ils n'auraient que deux secondes pour s'en débarrasser. Al a dit que ce gars était nerveux, il dévisageait les gens avec qui il parlait et il a dû fouiller dans ses poches pour trouver le sachet, mais le plus amateur, c'était qu'il n'ait pas un peu plus coupé sa dope, je ne sais même pas s'il l'avait fait. En plus, il distribuait des échantillons gratuits.

— À tout le monde ?

— Non, non. C'était une soirée comme il faut. Tu sais, pas des gens qui sortent de nulle part, vraiment pas. Certains prennent de la cocaïne, d'autres n'en prennent pas devant les voisins. Ils sont allés dans l'appart de Røed. Le gars au masque, deux filles et Al. Le type a préparé quelques rails sur la table basse en verre, ça aussi, on aurait dit qu'il l'avait appris sur YouTube, et il a proposé à Røed de goûter, mais Røed l'a jouée gentleman et il a dit aux autres de commencer. Alors Al s'est avancé, il voulait voir ce que c'était que cette came, mais le gars l'a empoigné par le bras pour l'écarter de la table, il l'a griffé au sang. Grosse panique, quoi… Al a dû le calmer. Le gars a précisé que c'était juste pour Røed, mais Røed lui a dit de se conduire convenablement et de laisser les filles goûter d'abord, sans quoi c'était tout de suite dehors. Là, le gars a laissé tomber.

— Al connaissait les filles ?

— Non. Et, oui, je lui ai demandé si c'étaient les deux filles disparues, mais il n'en avait même pas entendu parler.

— Vraiment ? Pourtant, ça a fait la une des journaux pendant des semaines, souligna Aune.

— Oui, mais dans le milieu de la dope, les gens vivent dans un monde un peu… comment dire, alternatif. Ces mecs ne savent pas qui est le Premier ministre en Norvège, si vous voyez ce que je veux dire, mais, croyez-moi, ils connaissent le prix du gramme de chaque putain de narcotique dont Notre Seigneur a béni notre planète, dans toutes les villes du pays. Alors j'ai montré à Al des photos des filles et il lui a semblé les reconnaître toutes les deux, en tout cas Susanne, à qui il pensait avoir déjà vendu de l'ecsta et de la coca, mais il n'était pas sûr. Quoi qu'il en soit, les filles se font un rail chacune, et puis c'est le tour de Røed. À ce moment-là, sa femme se pointe en hurlant qu'il lui avait promis d'arrêter. Røed s'en fout, il a déjà la paille dans la narine, il prend son souffle, il voulait sans doute aspirer toutes les lignes restantes d'un coup, et là… » Øystein se mit à glousser. « Là… » Il était plié en deux, essuyait des larmes de rire.

« Et là ? s'impatienta Aune.

— Là, le con *éternue* ! Il souffle toute la cocaïne de la table, il ne reste que de la morve et des larmes, répandues sur tout le plateau en verre. L'air désespéré, il regarde le type masqué et lui demande d'autres rails, quoi, mais le gars n'en a plus, c'était tout ce qu'il avait. Lui aussi est désespéré, il se met à genoux, essaie de rassembler les restes, mais la porte de la terrasse est ouverte, il y a un courant d'air, et maintenant la poudre est partout et nulle part. Génial, non ? »

Øystein renversa la tête en arrière, s'esclaffa, Truls grouina de rire. Harry lui-même ne put s'empêcher d'esquisser un sourire.

« Alors Al accompagne Røed dans la cuisine, où sa femme ne peut pas les voir, il ouvre son sachet, et Røed se fait quelques lignes de blanche. Parce que oui, j'ai oublié de le préciser, ce que le type au masque avait, ce n'était pas de la blanche, c'était de la cocaïne verte.

— Verte ?

— Oui. C'est pour ça que Røed était si motivé pour la goûter. J'ai entendu dire qu'on en trouve parfois dans la rue aux États-Unis, mais à Oslo, c'est du jamais-vu. Dans la rue, la blanche la plus pure qu'on trouve est à maximum quarante-cinq pour cent, il paraît que c'est beaucoup plus pour la verte. Apparemment, ce vert viendrait du processus d'extraction, c'est la chlorophylle des feuilles. »

Harry se tourna vers Truls. « De la cocaïne verte, donc ?

— Ne me regarde pas, dit Truls. Je n'ai aucune idée de comment elle s'est retrouvée là.

— Putain, c'était toi ? demanda Øystein. Incognito, avec un masque et des lunettes de so…

— La ferme ! C'est toi, le putain de dealer, pas moi.

— Et pourquoi pas ? C'est pourtant génial ! Tu voles un peu de poudre, tu mélanges le reste, comme on rajoutait de l'eau dans la bouteille de vodka de notre paternel, et puis tu le revends en te passant d'intermédiaire…

— Je n'ai rien volé ! » Truls avait le front cramoisi, les yeux exorbités. « Et je n'ai rien mélangé. Je sais même pas ce que c'est que le lévamisole, merde !

— Ah ? » Øystein semblait boire du petit-lait. « Comment tu sais que la cocaïne était coupée avec du lévamisole, alors ?

— Parce que c'était écrit dans le rapport et que les rapports sont sur BL ! rugit Truls.

— Excusez-moi. »

Tous se tournèrent vers la porte, où se tenaient deux infirmières.

« On trouve ça sympa que Ståle ait tant de visites, mais nous ne pouvons pas permettre que Jibran et lui soient perturbés par…

— Désolé, Kari, dit Aune. Ça peut vite chauffer un peu quand on parle d'héritage, vous savez. Qu'en dites-vous, Jibran ? »

Jibran leva les yeux et ôta son casque. « Quoi ?

— On vous dérange ?
— Pas le moins du monde. »
Aune sourit à la vieille infirmière.
« Bon », conclut-elle, les lèvres pincées, en lançant un regard de mise en garde à Truls, Øystein et Harry avant de refermer la porte derrière elle.

Katrine observa les corps de Susanne et de Bertine. Elle était chaque fois frappée de constater combien ces corps avaient l'air abandonnés, c'était le genre de choses qui pouvait faire croire à l'existence de l'âme. Elle n'y croyait nullement, mais elle espérait ; ce qui au demeurant était le moteur de toute religion, de tout mysticisme. Les deux femmes étaient nues, leur peau présentait des nuances de blanc, de bleu et de noir, essentiellement dues au sang et aux liquides corporels qui avaient sombré dans le bas du corps. La putréfaction avait commencé et l'absence de tête de Bertine renforçait l'impression de contempler des statues, des objets inanimés auxquels on avait donné la forme d'être vivants. Dans la salle d'autopsie se trouvaient sept personnes bien en vie : Katrine et la pathologiste, Skarre, de la Brigade de répression des violences, Sung-min Larsen, une enquêtrice de Kripos, Alexandra Sturdza et un autre technicien d'autopsie.

« Donc. Nous n'avons trouvé aucun signe de violence ou de lutte avant qu'elles soient tuées, expliqua la pathologiste. Cause de la mort : Susanne a eu la gorge et la carotide tranchées, Bertine a probablement été étranglée. Je dis probablement, parce qu'il nous aurait fallu la tête pour détecter un certain nombre de signes de strangulation, mais les marques sur le bas du cou suggèrent l'usage d'une sangle ou d'un cordon, provoquant une hypoxie. Aucune trace dans les prélèvements sanguins ou urinaires ne suggère qu'elles aient été droguées. Il y avait de la salive et de la morve séchées autour du mamelon de l'une des victimes. »

Elle désigna le corps de Susanne.

« Si j'ai bien compris, cela a déjà été analysé.

— Oui, répondit Alexandra.

— À part cela, nous n'avons pas trouvé de traces d'ADN sur les victimes. La piste du viol n'étant pas écartée, nous avons particulièrement recherché des indices dans ce sens. Nous n'avons pas relevé de marques de doigts ayant serré les bras, les jambes ou le cou, aucune marque de morsure ni de succion, aucune blessure ni marque sur les poignets ou sur les chevilles. L'une des victimes étant sans tête, nous ne pouvons pas nous exprimer sur son auricule.

— Pardon ? demanda l'enquêtrice de Kripos.

— L'oreille externe, expliqua Alexandra. Les victimes de viol ont souvent des lésions à cet endroit.

— Pas non plus de pétéchies, ajouta la pathologiste en montrant la tête de Susanne. Enfin, la première victime n'en avait pas.

— De petites taches rouges autour des yeux ou dans la bouche, suppléa Alexandra.

— *Labia minora* dépourvue de lésions chez les deux victimes, poursuivit la pathologiste.

— Les petites lèvres.

— Aucune trace de griffures dans la nuque, pas d'écorchures sur les genoux, les hanches ou le dos. Bertine a des marques microscopiques dans le vagin, mais qui pourraient tout aussi bien être survenues lors de relations sexuelles consenties. Bref, chez l'une comme l'autre, aucun indice physique de viol.

— Ce qui ne veut pas dire qu'il n'a pas *pu* y avoir de viol», ajouta Alexandra.

À en juger par le regard qu'elle lança alors à Alexandra, Katrine suspectait que, une fois tout le monde parti, la pathologiste aurait peut-être deux mots à dire à cette technicienne d'autopsie plus jeune qu'elle sur sa compréhension de leurs rôles respectifs.

«Donc aucune lésion et pas de sperme, observa Katrine. Qu'est-ce qui vous rend si sûrs qu'ils ont eu un rapport sexuel?

— Le préservatif, répondit l'autre technicien d'autopsie, un type mignon qui ne s'était pas exprimé jusqu'à présent et dont Katrine avait compris d'instinct que c'était le moins gradé des trois.

— Une capote? demanda Skarre.

— Oui, confirma Helge. Quand nous ne trouvons pas de sperme, nous cherchons des traces de préservatif. En premier lieu du nonoxynol-9, qui est le composé organique contenu dans le lubrifiant, mais là, on était manifestement en présence d'un modèle sans lubrifiant. Nous avons trouvé des traces de la poudre fine qui empêche le latex de se coller sur lui-même. La composition de cette poudre est propre à chaque producteur. Ici, c'était Bodyful, chez Susanne comme chez Bertine.

— Est-ce une poudre répandue? s'enquit Sung-min.

— Ni particulièrement répandue ni rare, répondit Helge. Il reste parfaitement possible que l'homme avec lequel elles ont eu des relations sexuelles n'ait pas été le même, bien sûr, mais…

— Je vois, dit Sung-min. Merci.

— Ces découvertes permettent-elles de déterminer quand les rapports sexuels ont eu lieu? demanda Katrine.

— Non, affirma la pathologiste avec fermeté. Tout ce que nous venons de vous dire, moins les détails sur la poudre de préservatif, figure dans les rapports que nous avons enregistrés dans le dossier de l'affaire sur BL96 juste avant votre arrivée. D'accord ? »

Le silence qui suivit fut interrompu par la voix de Helge, plus hésitante à présent :

« Peut-être pas exactement quand, mais... » Il regarda brièvement la pathologiste, comme pour obtenir son autorisation, avant de poursuivre. « On peut supposer que les rapports sexuels ont eu lieu peu de temps avant leur mort. Voire après.

— Ah oui ?

— Si elles étaient restées en vie longtemps après le rapport sexuel, l'organisme aurait éliminé des traces de préservatif. Dans un corps vivant, c'est l'affaire de quelques jours, trois, peut-être, mais le sperme et la poudre de préservatif subsistent plus longtemps dans les corps morts. C'est... » Il déglutit, sourit furtivement. « Enfin, c'était juste ça.

— D'autres questions ? » La pathologiste attendit quelques instants, puis tapa dans ses mains. « Bon, comme le disait le film : "Si jamais d'autres cadavres surviennent, vous n'avez qu'à m'appeler[1]." »

Skarre fut le seul à rire. Katrine ne savait pas si c'était parce qu'il était le seul à être en âge de se souvenir du film ou parce que l'humour morbide tendait à fonctionner mieux quand il n'y avait pas de corps dans la pièce.

Elle sentit son téléphone vibrer, jeta un coup d'œil sur l'écran.

1. *Skulle det dukke opp flere lik, er det bare å ringe*, comédie policière réalisée par Knut Bowhim en 1970.

21

Mercredi

The thrill begins…

Katrine dut braquer violemment le volant de la Volvo Amazon, une quinquagénaire, pour se ranger devant l'entrée du Radiumhospital.

Elle s'arrêta devant le grand homme barbu.

Elle vit l'hésitation de Harry avant d'ouvrir la portière et de s'asseoir sur le siège passager.

« Tu as gardé la voiture…

— Bjørn l'aimait tant, répondit-elle en tapotant le tableau de bord. Il en prenait si bien soin. Elle est réglée comme une horloge suisse.

— C'est une voiture de collection. Elle est mortellement dangereuse. »

Elle sourit. « Tu penses à Gert ? Détends-toi, je m'en sers uniquement pour rouler en ville. Son grand-père paternel continue de l'entretenir et puis… elle sent Bjørn. »

Elle vit ce qu'il pensait. *C'est la voiture dans laquelle Bjørn s'est tiré une balle.* Oui, en effet. La voiture que Bjørn adorait, dans laquelle il avait quitté la ville, roulé jusqu'à une ligne droite en bordure d'un champ de Toten. Un endroit lié à un souvenir, peut-être. Il faisait nuit, Bjørn s'était installé sur la banquette arrière. Certains pensaient que c'était parce que Hank Williams, sa grande idole, était mort sur la banquette arrière d'une voiture, mais elle soupçonnait que c'était pour éviter de salir le siège du conducteur. Afin qu'elle puisse continuer de s'en servir, qu'elle soit obligée de continuer de s'en servir. Oui, oui, c'était de la folie, elle le savait, mais si elle s'imposait là une sanction parce qu'elle avait fait croire à un homme bien qu'il était le père de leur enfant, un homme qui avait toujours été bon, trop bon, alors quoi? Il l'aimait à la folie et avait toujours douté qu'elle l'aime aussi, il lui avait même demandé ouvertement pourquoi elle n'avait pas choisi un homme de son calibre à elle... Oui, elle s'infligeait volontiers cette sanction.

« C'est bien que tu aies pu venir si vite, dit-il.

— J'étais tout près, en salle d'autopsie. De quoi s'agit-il?

— Je viens de comprendre que mon chauffeur n'est pas entièrement sobre et j'ai besoin d'aller quelque part où tu peux me faire entrer.

— Ça ne me paraît pas très prometteur... À quoi pensais-tu?

— J'aimerais voir les lieux des crimes.

— Hors de question!

— Allez... On a trouvé Bertine avant vous.

— J'ai bien compris, mais je t'ai prévenu que nous ne récompenserions pas les renseignements.

— Exact. Les alentours sont toujours bouclés?

— Oui. Donc non, tu ne peux pas t'y rendre seul non plus. »

Harry l'observa avec une espèce de désespoir silencieux. Elle reconnaissait ce regard, elle reconnaissait ces foutus yeux bleu pâle, à présent plus écarquillés que d'habitude, ce corps qui ne parvenait pas à rester tranquille sur son siège. Harry était une vraie pile électrique. La manie était là. Ou était-ce autre chose ? Jamais Katrine ne l'avait vu si traqué, comme si cette affaire était une question de vie ou de mort. Ce qui était le cas, certes, mais il ne s'agissait pas de sa vie ou de sa mort à lui. À moins que ? Non, c'était la manie. Bien sûr. La manie qui signifiait qu'il devait – devait – chasser.

« Hmm. Conduis-moi au Schrøder, alors. »

Ou boire.

Elle soupira, consulta sa montre. « Comme tu veux. Ça ne te dérange pas si on passe par le jardin d'enfants pour chercher Gert ? »

Il haussa un sourcil, lui jeta un coup d'œil comme s'il la soupçonnait d'avoir une idée derrière la tête. Ce qui n'était pas impossible, rappeler à un homme qu'il avait un enfant n'était jamais une mauvaise idée. Elle passa la première et commençait à relâcher la capricieuse pédale d'embrayage quand son téléphone sonna. Elle consulta l'écran, se remit au point mort.

« Désolée, Harry, il faut que je réponde. Oui, allô ?

— Vous avez lu ce qu'écrit *Dagbladet* à l'instant ? »

À l'échelle normale, le ton de la directrice des affaires criminelles ne trahissait même pas l'agacement, mais Katrine l'évalua à l'échelle de Bodil Melling et sut que sa supérieure hiérarchique était folle furieuse.

« Si vous voulez dire…

— L'article a été mis en ligne il y a six minutes. C'est encore ce Våge, il écrit que d'après les examens post mortem, les deux filles ont eu des rapports sexuels juste avant ou après le meurtre, et qu'il a été fait usage de préservatifs, probablement pour éviter de laisser de l'ADN. Comment le sait-il, Bratt ?

— Je l'ignore.

— Alors permettez-moi de répondre à votre place. Nous avons quelqu'un qui l'informe.

— Pardonnez-moi, dit Katrine, j'ai manqué de précision. Comment il obtient les informations, c'est évident. Ce que je voulais dire, c'est que j'ignore qui les lui communique.

— Et vous avez l'intention de le découvrir ?

— C'est difficile de vous répondre, cheffe. En ce moment précis, notre priorité est de trouver un tueur qui pourrait très bien être en train de chercher sa prochaine victime. »

Le silence se fit au bout du fil. Katrine ferma les yeux, jura intérieurement. N'apprendrait-elle donc jamais ?

« Je viens d'avoir Winter au téléphone, il exclut que ce soit quelqu'un de Kripos. J'aurais tendance à lui donner raison. Donc c'est à vous de faire taire cette personne, Bratt. Vous m'entendez ? Cette histoire nous fait tous passer pour des imbéciles. Je vais appeler le directeur de la police avant que ce ne soit lui qui demande à être informé. Tenez-moi au courant. »

Melling raccrocha. Katrine déplaça son regard vers le téléphone que Harry levait vers elle. C'était *Dagbladet*. Elle parcourut le commentaire de Våge :

La découverte de Bertine suggérait un meurtre à mobile sexuel, mais les examens d'aujourd'hui à l'Institut médico-légal ne viennent pas étayer cette théorie et n'écartent pas les soupçons pesant sur Markus Røed. Ayant eu une liaison à la fois avec Susanne Andersen et avec Bertine Bertilsen, le baron de l'immobilier reste – pour autant que sache la police – le seul lien entre les deux femmes. D'après nos sources, certains enquêteurs n'excluent pas la possibilité que Røed ait commandité les meurtres, en les maquillant en crimes sexuels.

« Le gars cherche vraiment à coincer Røed, commenta-t-elle.

— Vous en avez ?

— On en a quoi ?

— Des enquêteurs qui pensent qu'on a maquillé ces meurtres en crimes sexuels ?

— Pas que je sache. Je parie que c'est une conjecture personnelle de Våge et il l'attribue à une source parce qu'il sait que c'est invérifiable.

— Hmm. »

Ils descendirent vers l'autoroute.

« Et vous ? Qu'est-ce que vous pensez ? demanda Katrine.

— Eh bien, la plupart d'entre nous pensent que c'est un agresseur et un tueur en série et que le lien entre les victimes est accidentel.

— Parce que ?

— Parce que Markus Røed lui-même a un alibi et que les commanditaires de meurtres ne couchent pas avec leurs victimes. Et vous, alors ? »

Katrine regarda la circulation dans son rétroviseur. « Bon, d'accord, Harry, je vais te donner une info. Ce que Våge n'écrit pas, c'est que l'un des techniciens d'autopsie a trouvé la même poudre de préservatif chez les deux filles. Donc c'est le même coupable.

— Intéressant.

— Ce que Våge n'écrit pas non plus, c'est que les pathologistes n'excluent pas que les filles aient été violées, même s'ils n'ont pas trouvé de lésions évidentes. Ce qu'ils ne font que dans un tiers des cas. Il y a des lésions mineures dans seulement la moitié des viols, pour les autres, on ne trouve rien.

— Tu crois que c'est ce qui s'est passé ici ?

— Non. Je crois que la raison est que les rapports sexuels ont eu lieu post mortem.

— Hmm. *The thrill begins with death.*

— Quoi ?

— Un truc que dit Aune. Chez le sadique, l'excitation sexuelle naît des souffrances et cesse à la mort de la victime. Chez le nécrophile, l'excitation commence à la mort de la victime.

— D'accord. Bon, eh ben voilà, tu as eu une petite récompense quand même.

— Merci. Qu'est-ce que vous pensez des empreintes de pas sur les lieux des crimes ?

— Qui a parlé d'empreintes de pas ?

— C'est dans la forêt, donc je suppose que le sol est mou. Il n'a presque pas plu ces dernières semaines, alors il y a forcément des empreintes.

— C'est le même motif de semelle, répondit Katrine après un temps d'hésitation. Les empreintes de la victime et du coupable présumé sont très proches, comme s'il la tenait ou la menaçait avec une arme.

— Hmm. Ou le contraire.

— Comment ça ?

— Ils marchaient peut-être enlacés, comme un couple d'amoureux. Ou comme deux personnes qui vont bientôt avoir des rapports sexuels consentis.

— Tu es sérieux ?

— Si je devais menacer quelqu'un, je marcherais juste derrière.

— Tu crois que les filles connaissaient le coupable ?

— Peut-être, peut-être pas. Ce qui est sûr, en tout cas, c'est que je ne crois pas aux coïncidences. Susanne a disparu quatre jours après la soirée chez Røed, Bertine une semaine plus tard. C'est là qu'elles ont rencontré le coupable. Il y avait là un homme qui ne figurait pas sur votre liste d'invités.

— Ah?

— Un type avec un masque, une casquette et des lunettes de soleil qui vendait de la cocaïne?

— Personne ne nous a parlé de quelqu'un correspondant à ce signalement, en effet. Ce qui n'est sans doute pas étonnant s'il vendait de la cocaïne aux invités.

— Ou alors c'est parce qu'on oublie vite les individus sans visages. Il ne vendait pas aux invités, il a distribué à quelques-uns d'entre eux des échantillons de ce que nous pensons avoir été de la cocaïne presque pure.

— Comment le sais-tu?

— Peu importe. Ce qui compte, c'est qu'il a été en contact et avec Susanne et avec Bertine. Vous êtes au courant d'autres personnes qui auraient parlé aux deux filles ce soir-là?

— Seulement Markus Røed. » Katrine activa son clignotant, regarda de nouveau dans son rétroviseur. « Tu penses que ce type a dragué les deux filles à la soirée et qu'ils se sont donné rendez-vous pour une balade en forêt?

— Pourquoi pas?

— Je ne sais pas, mais ça ne me paraît pas très logique. Que Susanne parte à l'aventure dans les bois avec un type qu'elle a rencontré à une soirée, passe encore, même un gars qui distribuait de la cocaïne, mais que, une semaine plus tard, Bertine fasse la même chose et aille de son plein gré se promener en forêt avec quelqu'un qu'elle ne connaît pas alors que les journaux ne parlent que de la disparition de Susanne près d'une forêt, justement ? En plus, à ce moment-là, Bertine savait aussi qu'ils étaient tous les trois allés à la même soirée. Non, Harry, ça, je n'y crois pas.

— OK. Alors à quoi est-ce que tu crois ?

— À un violeur en série.

— Un tueur en série.

— Absolument. Meurtre rapide, nécrophilie. Un cerveau extrait du crâne, une tête coupée, un corps accroché comme une carcasse d'abattoir. C'est ce que j'appelle un meurtre rituel exécuté par un tueur en série.

— Hmm. Pourquoi la poudre de préservatif ?

— Quoi ?

— Dans les affaires de crimes sexuels, on recherche en général le lubrifiant, pas la poudre, quand on veut identifier le préservatif, non ?

— Oui, mais ici, il n'y avait pas de lubrifiant.

— Précisément. Tu as travaillé aux Crimes sexuels. Alors n'est-il pas vrai que les agresseurs en série, ceux qui sont suffisamment malins pour mettre un préservatif, utilisent du lubrifiant ?

— Si. C'est censé faciliter le travail sur la longueur. Sans mauvais jeu de mots. Mais ici, on parle de tarés, Harry, il n'y a pas de scénario fixe, et ce que tu fais là, c'est chercher la petite bête.

— Tu as raison, mais je n'ai encore rien vu ni entendu qui permette d'écarter la possibilité que Bertine et Susanne aient eu des relations sexuelles consenties avec le tueur juste avant qu'il les tue.

— À part que c'est… très inhabituel. Non ? C'est toi, le spécialiste des meurtres en série. »

Harry se frotta la nuque. « Oui, c'est inhabituel. Le

meurtre après un viol est fréquent, comme élément du fantasme sexuel du tueur ou pour éviter d'être identifié, mais le meurtre après des relations consenties n'intervient que dans des cas très particuliers. Un narcissique pourrait tuer en cas d'humiliation pendant l'acte sexuel, par exemple s'il n'arrivait pas à l'accomplir.

— Les traces de préservatif suggèrent qu'il y est arrivé, Harry. Je reviens tout de suite. »

Harry acquiesça. Ils s'étaient arrêtés en bas de Hegdehaugsveien et il regardait maintenant Katrine marcher à grands pas vers le portillon et les enfants en combinaison de ski qui attendaient qu'on vienne les chercher, suspendus à la clôture.

Katrine disparut de l'autre côté du portillon pour reparaître quelques minutes plus tard, en tenant Gert par la main. Il entendit une voix enfantine enthousiaste. Lui-même avait, paraît-il, été un enfant peu bavard.

La portière s'ouvrit.

« Bonjoul, Hallik. »

Gert s'avança sur la banquette arrière et embrassa Harry avant que Katrine ne le ramène vers le siège enfant.

« Salut, vieux renard, répondit Harry.

— Vieux renald ? fit Gert en observant sa mère d'un air interrogateur.

— Il te charrie, dit Katrine.

— Tu me challies, Hallik ! »

Gert rit de bon cœur et, en regardant dans le rétroviseur, Harry eut un coup au cœur. Une image familière. Pas lui-même, pas son père, mais sa mère. Le sourire de maman.

Katrine s'installa au volant.

« Schrøder ? »

Harry secoua la tête. « Je vais descendre là où vous vous garerez, et j'irai à pied.

— Au Schrøder ? »

Il ne répondit pas.

« Dis, Harry. Je pensais… Je pensais te demander un service.

— Ah oui ?

— Tu sais, ces skieurs de fond professionnels et ces gens qui sont allés au pôle Sud et qui touchent des ponts d'or pour des conférences d'inspiration et de motivation ? »

Une vague secoua légèrement le ferry de Nesodden.

Harry regarda autour de lui. Sur leurs sièges, les passagers avaient la tête baissée sur leurs téléphones, les oreilles enfermées dans leurs casques, le nez plongé dans un livre ou les yeux perdus sur le fjord d'Oslo. Ils rentraient du bureau, de la fac, d'une virée shopping en ville. Personne n'avait l'air de faire une balade avec l'amour de sa vie.

Il regarda son téléphone, le dernier rapport d'examen post mortem, sous forme d'une capture d'écran que Truls leur avait envoyée à tous par mail. Harry l'avait lu pendant qu'il mangeait à la cantine du Radiumhospital, après avoir échangé des messages avec Katrine pour lui demander de venir le chercher. Avait-il eu mauvaise conscience de jouer l'ignorant quand elle lui avait parlé de sa visite à l'Institut médico-légal ? Pas vraiment. Pour ce qui était de la poudre de préservatif et de la nécrophilie, il n'avait pas eu besoin de faire semblant, rien de tout cela n'était mentionné dans le rapport. Ni dans l'article de Våge. Autrement dit, l'informateur du journaliste n'était pas l'une des personnes présentes dans la salle d'autopsie, car il aurait alors inclus aussi les éléments absents du rapport. En revanche, Våge était au courant que certains enquêteurs pensaient que le meurtre était déguisé en meurtre en série pour masquer sa réelle nature.

De la poudre de préservatif.

Harry réfléchit.

Puis il appuya sur le T.

« Oui ?

— Salut, Truls, c'est Harry.

— Oui ?

— Je ne vais pas te déranger longtemps. J'ai eu Katrine Bratt au téléphone. Certains résultats de l'autopsie n'apparaissent pas dans leurs rapports.

— Ah bon ?

— Oui. Elle m'a communiqué un détail que le groupe d'enquête est sûrement en train de discuter en ce moment, mais que nous n'avons pas.

— Quoi donc ? »

Harry hésita. La poudre de préservatif.

« Le tatouage, dit-il. Le tueur avait découpé le tatouage Louis Vuitton que Bertine avait sur la cheville avant de le recoudre.

— Comme le scalp de Susanne Andersen ?

— Ouaip. Enfin bon, ce n'est pas fondamental. Ce qui est important, c'est de savoir si tu aurais un moyen de te procurer ce genre d'infos à l'avenir.

— Des choses qui ne figurent pas dans les rapports ? Là, je serais obligé de parler avec des gens.

— Hmm. Nous ne voulons pas prendre ce risque. Je ne partais pas du principe que tu aurais une suggestion à me faire comme ça, à brûle-pourpoint, mais tu pourrais peut-être y réfléchir et on en reparlera demain. »

Truls grogna. « D'accord. »

Ils raccrochèrent.

Lorsque le bateau accosta, Harry resta à sa place, à observer la nuée de passagers qui débarquaient.

« Vous ne descendez pas ? demanda un contrôleur qui faisait un tour dans le salon vide.

— Pas aujourd'hui. »

« Un autre », fit Harry en montrant son verre.

Le barman haussa un sourcil, mais saisit la bouteille de Jim Beam et le servit.

Harry le but. « Et encore un.

— Journée difficile ?

— Pas encore. »

Harry prit son verre et se dirigea vers le canapé où il avait jadis vu le chanteur de Turbonegro. Il percevait déjà une once d'instabilité dans sa démarche. Sur son chemin, il passa derrière un homme assis dont le parfum lui évoqua Lucille. Il se glissa sur le canapé. La soirée ne faisait que commencer, il n'y avait pas encore beaucoup de monde. Lucille. Où était-elle à cet instant précis ? Au lieu de boire davantage, il pouvait maintenant regagner sa chambre, lire à nouveau les rapports, chercher l'erreur, la piste. Il regarda son verre. Son sablier. Dans cinq jours et quelques heures il aurait de nouveau failli, trahi. C'était l'histoire de sa vie. Il ne lui resterait bientôt plus personne à trahir, putain. Il leva son verre.

Un homme entra dans le bar, balaya la salle du regard, aperçut Harry. Ils se saluèrent de la tête et l'homme le rejoignit, s'assit dans le fauteuil en face de lui.

« Bonsoir, Krohn.
— Bonsoir, Harry. Comment ça va ?
— L'enquête ? Ça va.
— Bien. Cela signifie-t-il que vous avez une piste ?
— Non. Qu'est-ce qui vous amène ? »

L'avocat semblait avoir l'intention de poursuivre ses questions, mais il renonça.

« Il paraît que vous avez appelé Helene Røed aujourd'hui, que vous allez vous parler…

— Exact.

— Avant votre entretien, je voudrais simplement attirer votre attention sur un ou deux points. D'abord, sa relation avec Markus n'est pas au mieux en ce moment. Ça pourrait être dû à plusieurs facteurs, comme…

— La dépendance à la cocaïne de Markus ?

— Ça, je ne suis pas au courant.

— Bien sûr que si.

— Je pensais au fait que, avec le temps, leurs chemins se sont séparés, et toute la médiatisation de Markus dans le cadre de cette affaire, en particulier dans *Dagbladet*, n'a rien fait pour arranger la situation.

— Ce que vous voulez dire, c'est que… ?

— Helene est stressée et je ne serais pas surpris qu'elle dise des choses qui placent son mari sous un jour défavorable. En ce qui concerne sa personne en général et ses rapports avec Mlle Andersen et Mlle Bertilsen en particulier. Cela n'apporterait rien de nouveau à l'affaire, mais si *Dagbladet* et la presse en général avaient vent de ses propos, ce ne serait pas très heureux pour mon… ou disons plutôt notre client.

— Alors vous êtes venu me dire de ne pas laisser filtrer d'éventuelles médisances ? »

Krohn décocha un sourire furtif. « Je dis simplement que ce Terry Våge utilisera tout ce qui lui tombe sous la main pour discréditer Markus.

— Et pourquoi ?

— C'est une vieille histoire. C'était à l'époque où Markus investissait un peu à droite et à gauche, pour s'amuser. Il était aussi président du conseil d'administration du journal gratuit dans lequel écrivait Våge. Quand le journal a été condamné par le conseil de déontologie journalistique pour les articles inventés, le conseil d'administration a licencié Våge, ce qui a eu d'importantes répercussions sur sa vie et sur sa carrière et, manifestement, il n'a jamais pardonné à Markus.

— Hmm. Je le garderai en tête.

— Bien. »

Krohn ne bougea pas.

« Oui ? fit Harry.

— Je comprendrais que vous ne vouliez pas en reparler, rouvrir le passé, mais nous avons un secret qui nous lie.

— Vous avez raison, trancha Harry en buvant une bonne gorgée de whisky. Je ne veux pas en reparler.

— Bien sûr. Je voulais simplement vous dire que je continue de penser que nous avons fait ce qu'il fallait. »

Harry l'observa.

« Nous avons fait en sorte de débarrasser le monde d'un homme franchement maléfique, souligna Krohn. Certes, c'était mon client…

— Et il était innocent, ajouta Harry, l'élocution troublée.

— Du meurtre de votre femme, peut-être, mais il

était coupable d'avoir détruit la vie de tant d'autres personnes. Bien trop. Des jeunes. Des innocents. »

Harry dévisagea Krohn. Ensemble, ils avaient veillé à ce que Svein Finne, un homme qui avait été condamné à plusieurs reprises pour diverses agressions, soit tué et qu'on lui attribue le meurtre de Rakel. Le mobile de Krohn était que Finne le menaçait, ainsi que sa famille, celui de Harry, qu'il ne fallait jamais qu'on sache qui avait réellement tué Rakel ni pourquoi.

« Tandis que Bjørn Holm, poursuivit Krohn. C'était un homme bien. Un bon ami, un bon mari. C'est vrai, non ?

— Si. »

Harry sentit sa gorge se nouer et leva son verre vide vers le barman.

Krohn respira, eut l'air de prendre son élan. « La raison pour laquelle Bjørn Holm a tué celle que vous aimiez tant plutôt que vous était que c'était le seul moyen de vous faire souffrir comme lui souffrait.

— Ça suffit maintenant, Krohn.

— Ce que je veux dire, Harry, c'est que c'est pareil dans le cas présent. Terry Våge veut épingler Markus Røed comme il l'a lui-même été. Lui faire sentir l'opprobre. Ça fait souvent plier les gens, vous savez ? Ils attentent à leurs jours. J'ai des clients qui l'ont fait.

— Markus Røed n'est pas un Bjørn Holm, ce n'est pas un homme bien.

— Peut-être pas, mais il est innocent. À tout le moins dans cette affaire. »

Harry ferma les yeux. *À tout le moins dans cette affaire.*

« Bonne soirée, Harry. »

Lorsque Harry rouvrit les yeux, Johan Krohn n'était plus dans le fauteuil, et son whisky était servi.

Il essaya, mais boire lentement paraissait dépourvu de sens et il avala l'alcool d'un trait. Il allait bientôt y être, encore un, simplement.

Une femme arriva dans le bar. Svelte, robe rouge, chevelure sombre, et même une belle chute de reins. Pendant un certain temps, il avait vu Rakel partout. Plus maintenant. Oui, tout cela allait lui manquer, les cauchemars y compris. Comme si elle sentait son regard sur son dos nu, elle tourna la tête et l'observa depuis le comptoir. Une seconde ou deux, à peine, avant qu'elle reprenne sa position au bar, mais il l'avait vu. Un regard qui ne traduisait aucun intérêt, seulement une certaine compassion. Un regard qui avait noté que sur ce canapé se trouvait une âme très seule et qu'il ne fallait pas se laisser contaminer.

Lorsqu'il se glissa entre ses draps, Harry ne se souvenait plus comment il était arrivé à sa chambre. Dès qu'il baissa les paupières, deux phrases se mirent à tournoyer sans fin dans sa tête.

Vous faire souffrir comme lui souffrait.

Innocent. À tout le moins dans cette affaire.

Son téléphone vibra et s'illumina dans l'obscurité. Il pivota vers la table de chevet, le prit. C'était un MMS envoyé d'un numéro commençant par l'indicatif 52. Il n'eut pas besoin de parier que c'était le Mexique, la photo montrait le visage de Lucille sur fond de mur décrépit. Elle avait l'air plus âgée sans maquillage. Présentant le profil qu'elle jugeait le plus beau, elle souriait dans sa pâleur, comme pour réconforter celui qu'elle savait être le destinataire de la photo. Et il fut frappé de voir le regret doux qu'il avait lu sur le visage de sa mère la fois où elle lui avait apporté son déjeuner à l'école.

Au-dessous, le texte était court.

5 days, counting.

22

Jeudi

Dette

Il était neuf heures cinquante-cinq, Katrine et Sung-min se tenaient devant la salle du KO, un café à la main. Les membres du groupe d'enquête marmonnaient des salutations en franchissant la porte.

« Je vois, fit Sung-min. Donc Hole pense que le coupable est un dealer de cocaïne qui était à la soirée ?

— On dirait », répondit Katrine en consultant sa montre. Il avait affirmé qu'il serait là bien en avance, il était maintenant moins quatre.

« Si la cocaïne était si pure, c'est peut-être qu'il l'a lui-même introduite sur le territoire. Avec d'autres choses.

— Comment ça ? »

Sung-min secoua la tête. « Juste une association d'idées. À une certaine distance du lieu du crime, j'ai trouvé un sachet vide de poudre antiparasitaire, sans doute passé en fraude, ça aussi.

— Ah bon ?

— L'antiparasitaire est interdit, il contient des substances toxiques puissantes contre tout un tas de vers intestinaux, y compris certains sérieux.

— Sérieux ?

— Des parasites qui peuvent tuer les chiens et se transmettre aux humains. J'ai entendu parler de quelques propriétaires de chiens qui en avaient eu. Ça touche le foie, très désagréable.

— Vous pensez que le tueur pourrait être un propriétaire de chien ?

— Qui va vermifuger son chien dans la nature avant de tuer et de violer sa victime ? Non.

— Alors pourquoi... ?

— Oui, pourquoi ? Parce que nous nous raccrochons aux branches. Vous savez, ces vidéos où des agents de la circulation américains arrêtent des voitures qui roulaient juste un peu trop vite ou avaient un feu arrière cassé ? Vous avez vu avec quelle prudence ils avancent vers le véhicule, comme si l'infraction à une règle de circulation routière augmentait drastiquement la probabilité que le conducteur soit un grand criminel ?

— Oui, et je sais aussi pourquoi, c'est parce que, en effet, cela augmente drastiquement la probabilité que ce soit un grand criminel. Il y a beaucoup de recherches sur le sujet. »

Sung-min sourit. « Précisément. Des gens qui enfreignent les lois. C'est simplement ça.

— D'accord. » Katrine consulta encore sa montre. Que s'était-il passé ? Elle avait certes vu dans le regard de Harry qu'il risquait de se soûler, mais en général, il respectait ses rendez-vous malgré tout. « Si vous avez le sachet, vous devriez le remettre à la police scientifique et technique.

— Je l'ai trouvé loin du lieu du crime, précisa Sung-min. Dans ce rayon, il y a mille choses que nous pourrions relier au meurtre avec un peu d'imagination. »

Dix heures moins une.

L'agent qu'elle avait envoyé à la réception pour accueillir Harry Hole revint. Suivi immédiatement dudit Harry Hole, qui le dominait d'une bonne tête. Il avait l'air plus fripé que son costume et on voyait presque son haleine alcoolisée avant de la sentir. Katrine perçut que Sung-min Larsen se redressait par réflexe.

Elle avala le reste de son café.

« On commence ? »

« Comme vous le voyez, nous avons de la visite », déclara Katrine.

La première partie de son plan avait opéré. L'apathie était comme effacée des visages devant elle.

« Il n'a besoin d'aucune présentation, mais pour ceux d'entre vous qui nous ont rejoints récemment, Harry Hole est arrivé à la Brigade de répression des violences en… »

Elle regarda Harry, lequel grimaça dans sa barbe avant de répondre.

« À l'âge de pierre. »

Petits rires.

« À l'âge de pierre, répéta Katrine. Il a contribué à résoudre certaines de nos plus grosses affaires. Il a enseigné à l'École de police. À ma connaissance, il est le seul Norvégien qui ait suivi le cours de spécialité du FBI sur les meurtres en série, à Chicago. Je souhaitais l'impliquer dans ce groupe d'enquête, mais on ne m'y a pas autorisée. »

Elle observa l'assistance. Ce n'était probablement qu'une question de temps avant que Melling apprenne qu'elle avait fait venir Harry dans le saint des saints.

« Il est donc d'autant plus réjouissant que Markus Røed l'ait embauché pour enquêter sur les meurtres de Susanne et de Bertine, nous avons ainsi davantage d'expertise sur le terrain, même si elle n'a pas été amenée par notre hiérarchie. »

Elle vit le regard de douce mise en garde de Sung-min, et celui de Skarre, furibond.

« J'ai invité Harry pour qu'il nous parle de manière un peu générale de ces meurtres et pour que nous puissions lui poser des questions.

— Première question ! » La voix de Skarre tremblait d'indignation. « Pourquoi on est censés écouter un type parler des tueurs en série ? C'est des machins de série télé, et deux meurtres commis par la même personne, ça ne signifie pas que…

— Si. » Au premier rang, Harry se leva, mais sans se tourner vers la salle. Pendant un instant, il eut l'air de chanceler, comme si une baisse de tension allait le faire chavirer, mais il se stabilisa. « Si, ça signifie qu'il y a meurtre en série. »

On aurait entendu une mouche voler quand Harry fit deux pas lents vers le tableau avant de pivoter vers son public. Les mots vinrent d'abord lentement, puis son débit s'accéléra, comme si sa bouche avait besoin de quelques tours de chauffe.

« C'est simple, la notion de meurtre en série a été créée par le FBI, qui donne comme définition officielle une "succession de deux meurtres ou plus commis par un même agresseur lors d'épisodes distincts". » Il planta son regard dans celui de Skarre. « Mais même si, par définition, il s'agit dans cette affaire de meurtres en série, ça ne signifie pas pour autant que le coupable corresponde nécessairement aux représentations que tu t'es faites du tueur en série en regardant la télé. Ce n'est pas forcément un psychopathe, un sadique, un fou du sexe. Ce pourrait être quelqu'un de relativement normal, comme toi et moi, avec un mobile parfaitement banal, comme l'argent, qui, en l'occurrence, est le mobile le plus répandu chez les tueurs en série américains. Un tueur en série n'est pas toujours mené par des voix intérieures ou par un besoin irrépressible de tuer encore et encore, mais il peut l'être. Je dis “il” parce que, à peu d'exceptions près, les tueurs en série sont des hommes. La question, c'est : que faisons-nous face à ce genre de tueur en série ?

— La question, rectifia Skarre, c'est : qu'est-ce que tu fous ici alors que tu travailles dans le privé ? Pourquoi on devrait croire que tu veux nous aider ?

— Eh bien. Pourquoi ne voudrais-je pas vous aider, Skarre ? Ma mission est de faire en sorte, ou d'augmenter la probabilité, que cette affaire soit résolue, mais pas obligatoirement que ce soit moi qui la résolve. Je vois que tu as un peu de mal à admettre cette notion, Skarre, alors permets-moi de l'illustrer de la façon suivante. Si ma mission était d'empêcher que des gens brûlent et que leur maison était en feu, qu'est-ce que je ferais ? Je prendrais mon seau d'eau ou j'appellerais les pompiers qui sont au coin de la rue ? »

Katrine cacha son sourire, mais constata que Sungmin ne se donnait pas cette peine.

« OK, poursuivit Harry. Donc vous êtes les pompiers et je vous appelle. Mon boulot maintenant, c'est de vous communiquer ce que je sais sur l'endroit où ça brûle, et comme il se trouve que j'en sais un peu sur les incendies, je vais vous expliquer ce que je perçois de particulier dans cet incendie-ci. D'accord ? »

Katrine remarqua quelques hochements de tête. Certains enquêteurs se regardèrent, mais personne ne protesta.

« Allons droit au but, dit Harry. Ce qui est particulier : les têtes. Ou plus exactement, les cerveaux manquants. La question, comme toujours, est : pourquoi ? Pourquoi couper des têtes et prendre des cerveaux ? Eh bien, dans certains cas, la réponse est simple. L'Ancien Testament parle d'une pauvre veuve juive, Judith, qui sauve son village assiégé en séduisant le général ennemi avant de le décapiter. Le but, en ne se contentant pas de tuer, mais en présentant à tous la tête coupée, est la démonstration de pouvoir, pour effrayer l'ennemi, qui en effet prend la fuite. Il s'agit donc d'un acte rationnel, avec un mobile connu dans toute l'histoire de la guerre et que nous voyons aujourd'hui quand des terroristes politiques diffusent des vidéos de décapitation. En revanche, il est plus difficile de concevoir que notre homme aurait besoin d'effrayer des gens. Alors pourquoi ? Dans les tribus de chasseurs de têtes, du moins dans les mythes sur ces tribus, on voulait la tête de ses victimes pour son propre compte, comme trophée, ou pour chasser les mauvais esprits. Voire pour conserver les esprits. En prenant la tête d'une victime, certaines peuplades de Nouvelle-Guinée pensaient prendre son âme, et là, nous nous rapprochons peut-être du cas présent. »

Katrine nota que, s'il parlait d'un ton neutre, presque plat, et sans mimiques ni gestuelle intense, Harry avait néanmoins la pleine et entière attention de la salle.

« L'histoire du meurtre en série regorge de têtes coupées. Ed Gein plantait celles de ses victimes sur les montants de son lit. Ed Kemper avait décapité sa mère et eu des rapports sexuels avec sa tête. Dans notre affaire, les parallèles se feraient plutôt avec Jeffrey Dahmer, qui a tué dix-sept hommes et garçons dans les années 1980. Il les rencontrait à des soirées ou dans des bars, leur offrait des verres ou de la drogue. Ce qui pourrait être le cas dans notre affaire aussi, j'y reviendrai. Ensuite, il ramenait les hommes chez lui et les tuait, le plus souvent en les étranglant quand ils étaient drogués. Il avait des rapports sexuels avec les corps, leur coupait la tête, ingérait certains organes. Il a dit à ses psychologues qu'il conservait les crânes parce qu'il avait peur d'être rejeté et que, de cette manière, il s'assurait qu'ils ne pourraient jamais le quitter. D'où le parallèle avec les collectionneurs d'âmes de Nouvelle-Guinée, mais Dahmer allait plus loin, il s'assurait que les victimes restaient auprès de lui en mangeant une partie d'elles. Les psychologues ont d'ailleurs affirmé qu'il n'était pas fou au sens juridique, mais simplement atteint de quelques troubles de la personnalité. Comme nous pouvons tous en avoir tout en continuant de fonctionner. En d'autres termes, Dahmer aurait pu être assis parmi nous et nous ne l'aurions pas forcément soupçonné de quoi que ce soit. Oui, Larsen ?

— Pour Susanne, le coupable n'a pas emporté sa tête, mais son cerveau. Pour Bertine, il a la tête avec le cerveau. Donc c'est le cerveau qu'il recherche ? Si oui, les cerveaux font-ils office de trophées ?

— Hmm. Il faut distinguer les trophées des souvenirs. Les trophées sont des symboles de la victoire sur la victime, on utilise alors souvent les têtes. Les souvenirs sont des rappels de l'acte sexuel et servent pour l'assouvissement sexuel ultérieur. Je n'ai pas connaissance d'usage des cerveaux en particulier à ces fins. Cela étant dit, les tueurs en série psychopathes à mobile sexuel agissent comme ils le font pour toutes sortes de raisons, comme tout le monde. C'est pourquoi il n'existe pas de schéma comportemental commun, du moins pas à un niveau de détail permettant de prédire leur prochain mouvement. Il y a seulement une chose que nous pouvons supposer avec un certain degré de vraisemblance.»

Katrine savait que Harry ne marquait pas cette pause pour faire des effets de manche. Il avait besoin de reprendre son souffle et de reprendre appui aussi, d'un pas imperceptible.

«Et c'est qu'ils recommenceront.»

Derrière le silence de la salle, Katrine entendit des pas précipités, durs, approcher dans le couloir. Elle reconnut le claquement des talons, savait qui c'était. Harry avait peut-être entendu aussi et se doutait que le temps dont il disposait était compté, il accéléra la cadence.

«Je pense en effet que cet individu ne recherche pas les têtes de ses victimes, mais leur cerveau. Qu'il ait décapité Bertine signifie simplement qu'il a affiné sa méthode, chose typique chez le tueur en série psychopathe classique. Il a appris la fois précédente qu'extraire le cerveau sur le lieu du crime était une opération longue, donc risquée. En plus, quand il a vu le résultat après avoir recousu le scalp, il a aussi compris que la suture serait découverte, que s'il voulait cacher que c'était le cerveau qu'il recherchait, mieux valait prendre la tête entière. Je ne pense pas qu'il ait tué Bertine en l'étranglant pour faire croire à la police que le tueur n'était pas celui de Susanne. Si ça avait été important, il n'aurait pas laissé le bas des deux corps dénudé. Il a changé de méthode pour une raison pratique. Quand il a tué Susanne, il a eu du sang sur lui, le motif des éclaboussures l'indique clairement. Avoir du sang sur les mains, sur le visage, sur les vêtements, entraînait le risque d'attirer l'attention si jamais il croisait quelqu'un sur le chemin du retour. À quoi s'ajoutait qu'il lui fallait désormais se débarrasser de ses vêtements, laver sa voiture et ainsi de suite. »

La porte s'ouvrit. C'était en effet Bodil Melling. Elle se posta à l'entrée de la salle, les bras croisés, et braqua sur Katrine un regard annonciateur d'orage.

« C'est aussi pourquoi il l'a emmenée à un étang, où il pouvait minimiser les salissures en la maintenant sous l'eau pendant qu'il lui coupait la tête. De ce point de vue, ce tueur en série est comme la plupart d'entre nous. Il progresse avec l'entraînement. Dans le cas présent, c'est une mauvaise nouvelle pour ce qui pourrait venir. » Harry regarda Bodil Melling. « Qu'en dit la directrice des affaires criminelles ? »

Celle-ci étira ses commissures en un pseudo-sourire. « Ce qui va venir, Hole, c'est que vous allez quitter les lieux immédiatement, et puis nous verrons plutôt en interne comment interpréter les instructions concernant l'accès à l'information des personnes extérieures non autorisées. »

Katrine sentit sa gorge se nouer dans un mélange de honte et de fureur, elle savait que sa voix le trahissait. « Je comprends votre inquiétude, Bodil, mais Hole n'a évidemment pas eu accès à…

— Comme je le disais, coupa Melling, nous allons en parler en interne. Quelqu'un voudrait-il raccompagner Hole à la sortie ? Vous, Bratt, vous venez avec moi. »

Katrine lança un regard découragé à Harry, qui haussa les épaules. Puis elle suivit Bodil Melling en écoutant le staccato de ses talons sur le sol du couloir.

« Franchement, Katrine ! s'affligea Melling lorsqu'elles

furent dans l'ascenseur. Je vous avais prévenue de ne pas impliquer Hole. Vous l'avez fait malgré tout.

— Je n'ai pas eu le droit de l'intégrer dans le groupe, soit, mais là, je ne faisais appel à lui que comme consultant, comme quelqu'un qui partage son expérience et ses informations sans rien recevoir en échange. Ni argent ni informations. Je considère que cela relève du champ de mes responsabilités. »

La petite sonnerie de l'ascenseur indiqua qu'elles étaient arrivées.

« Ah oui ? »

Melling sortit. Katrine lui emboîta aussitôt le pas.

« Quelqu'un vous a envoyé un message depuis la salle du KO ? »

La directrice des affaires criminelles afficha un sourire acerbe. « Si seulement les fuites que nous devons affronter n'étaient que ce genre de messages consciencieux… »

Elle entra dans son bureau. À la petite table de réunion se trouvaient Ole Winter et le directeur de l'information, Kedzierski. Chacun avec un café et un exemplaire de *Dagbladet*.

« Bonjour, Bratt, dit le directeur de Kripos.

— Nous discutons des informations qui ont fuité dans l'affaire du double meurtre, expliqua Melling.

— Sans moi ? » fit Katrine.

Melling soupira, s'installa et indiqua à Katrine de s'asseoir aussi.

« Sans personne qui puisse théoriquement être à l'origine de ces fuites. Aucune raison de le prendre personnellement. Maintenant, en revanche, autant en parler avec vous directement. Je suppose que vous avez lu ce que Våge écrit aujourd'hui ? »

Katrine acquiesça.

« C'est un scandale ! s'exclama Winter en secouant la tête. Rien de moins. Våge possède des détails sur l'enquête qui ne peuvent provenir que d'un seul endroit et c'est ici. J'ai vérifié auprès de mes enquêteurs qui sont sur l'affaire et ce n'est pas eux.

— Comment l'avez-vous *vérifié* ? » demanda Katrine.

Winter continua de secouer la tête sans lui répondre. « Et maintenant, Bratt, vous invitez en plus la concurrence ?

— Vous êtes peut-être en concurrence avec Hole, mais pas moi, trancha Katrine. Il y a du café pour moi aussi ? »

Melling la dévisagea avec stupéfaction.

« Mais revenons aux informations qui ont fuité, dit Katrine. Donnez-moi des conseils pour *vérifier* auprès de mes collaborateurs, Winter. Les écoutes ? La lecture des e-mails ? Le supplice de la goutte d'eau ? »

Winter regarda Melling comme s'il en appelait à la raison.

« Moi, j'ai vérifié autre chose, poursuivit Katrine. Je suis allée voir ce que Våge avait et n'avait pas. J'ai pu constater que ce qu'il tenait en apparence de l'un de nos enquêteurs figurait systématiquement dans des rapports et avait été publié *après* leur enregistrement sur BL. Ce qui signifie que les informations en question pourraient provenir de n'importe quelle personne ayant accès à BL. Malheureusement, le système n'enregistre pas qui regarde quel fichier.

— C'est inexact ! répondit Winter.

— Ah bon ? Pourtant j'ai parlé avec notre responsable informatique, rétorqua Katrine.

— Je parlais du fait que tout ce que Våge a écrit figurerait dans les rapports. » Il attrapa le journal sur la table et lut à haute voix. « *La police s'est abstenue de rendre publics plusieurs détails grotesques, comme le fait que le tatouage à la cheville de Bertine Bertilsen avait été découpé et recousu.*» Winter balança le journal sur la table. «Ça, ça n'était *pas* dans les rapports!

— Parce que ce n'est pas le cas. Våge invente. Et il y a tout de même des limites à notre responsabilité, non, Winter?»

«Merci, Anita, dit Harry, le regard rivé à la pinte de bière que la serveuse âgée venait de poser devant lui.

— Enfin, soupira-t-elle, comme en prolongement d'une pensée non exprimée. Ça fait plaisir de te revoir.

— C'est quoi, son problème, à celle-là? demanda Truls, qui attendait déjà à la table près de la fenêtre du Schrøder quand Harry était arrivé à l'heure convenue.

— Elle n'aime pas me servir, expliqua Harry.

— Alors le Schrøder n'est pas l'endroit où travailler, conclut Truls en grouinant.

— Certes.» Harry leva sa bière. «Mais elle a peut-être besoin d'argent.» Il porta le verre à ses lèvres, but en soutenant le regard de Truls.

«Pourquoi tu voulais me voir? demanda ce dernier, et Harry vit le tressaillement sous son œil.

— À ton avis?

— Je sais pas. Parler de l'affaire?

— Peut-être. Qu'est-ce que tu penses de ça?» Harry sortit *Dagbladet* de sa poche de veste et le posa devant Truls.

«Qu'est-ce que je pense de quoi?

— De ce que Våge écrit sur le tatouage de Bertine. Du fait qu'il a été découpé et recousu.

— Ce que j'en pense? Ben, j'en pense qu'il est bien informé, quoi. C'est son boulot.»

Harry soupira. «Ce n'est pas pour faire traîner les

choses en longueur que je te pose la question, Truls. C'est pour te donner l'occasion de le dire avant moi. »

Truls avait les mains sur la nappe trouée, de part et d'autre d'une serviette en papier. Il n'avait rien commandé, ne voulait rien. Ses mains étaient rouges par contraste avec la serviette blanche, et elles avaient l'air enflées. Comme si elles risquaient de rétrécir, de n'être plus qu'une paire de gants, si Harry piquait une aiguille dedans. Truls avança le front, où montait le cramoisi, la couleur du diable dans les dessins animés.

« Aucune idée de quoi tu parles, déclara-t-il.

— C'est toi. C'est toi qui alimentes Terry Våge.

— Moi ? T'es con ou quoi ? Je ne suis même pas dans le groupe d'enquête.

— Tu alimentes Våge de la même manière que nous, en lisant les rapports dès qu'ils sont sur BL96. Tu le faisais déjà quand j'ai pris contact avec toi, donc ce n'est pas étonnant que tu aies accepté mon offre. Rémunéré deux fois pour le même travail. J'imagine même que Våge te paie davantage maintenant que tu lui racontes aussi les réunions du groupe Aune.

— Qu'est-ce que c'est que ces conneries ? Je n'ai pas…

— Tais-toi, Truls.

— Merde, quoi ! Je ne vais pas me…

— Tais-toi ! Et reste assis ! »

Le silence s'était fait aux rares tables occupées. Les clients ne les fixaient pas ouvertement, ils se concentraient sur leurs pintes, mais ils regardaient du coin de l'œil. Harry avait posé sa main sur celle de Truls, la plaquait si fort contre la table que Truls fut contraint de se rasseoir. Harry s'avança et reprit à voix basse :

« Comme je te le disais, je ne vais pas faire traîner les choses en longueur. Alors voilà : mes soupçons se sont éveillés quand Våge a parlé d'enquêteurs qui se demandaient si Røed avait pu commanditer les meurtres et les faire passer pour des crimes sexuels. On en avait parlé dans le groupe Aune et le raisonnement était suffisamment décalé pour que je demande à Katrine s'ils y avaient pensé. Ce qui n'était pas le cas. C'est pourquoi j'ai inventé l'histoire du tatouage recousu de Bertine et que je te l'ai racontée à toi et à personne d'autre. J'ai affirmé que tout le monde le savait dans la police pour que tu le rapportes sans crainte d'être pointé du doigt, et en effet, il n'a pas fallu longtemps pour que Våge publie l'info. Donc voilà où nous en sommes, Truls.»

L'air inexpressif, Truls Berntsen regarda droit devant lui. Il saisit une serviette en papier, la froissa, comme il avait froissé son bulletin de pari à l'hippodrome de Bjerke.

«Bon, d'accord. J'ai vendu un peu d'infos. Vous pouvez aller vous faire foutre, parce que ça n'a causé de tort à personne. Våge n'a jamais rien obtenu qui puisse nuire à l'enquête.

— Selon toi, Truls. Enfin, laissons tomber cette discussion.

— Oui, parce que là, je me tire. *Adiós*. Tu n'as qu'à te torcher avec le fric de Røed.

— Reste assis, j'ai dit.» Harry esquissa un petit sourire. «Merci, mais le PQ de l'hôtel est parfait. Tellement doux que ça donne envie de chier encore une fois, même. Ça t'est déjà arrivé?»

Truls n'eut pas l'air de comprendre la question, mais il resta assis.

«Donc voici ton occasion de chier encore une fois. Tu racontes à Våge qu'on t'a supprimé ton accès à BL96, que dorénavant, il va devoir se débrouiller seul.

Tu m'expliques où en est ta dette de jeu. Et à partir de maintenant, pas un mot à qui que ce soit sur ce qui se déroule au sein du groupe Aune. »

Truls l'observa, l'air perplexe. Il déglutit, cligna plusieurs fois des yeux.

« Trois cent mille, finit-il par articuler. En arrondissant.

— Hmm. Ça fait pas mal. Échéance ?

— Passée depuis longtemps. Les intérêts courent, si tu veux.

— Les créanciers sont énervés ? »

Truls souffla par le nez. « Il n'y a pas que la tenaille, ils me menacent d'un tas de saloperies. Je passe mon temps à regarder par-dessus mon épaule, si tu savais ce que c'est.

— Oui, si je savais ce que c'est… »

Harry ferma les yeux. Dans la nuit, il avait rêvé de scorpions qui grouillaient dans la chambre, ils arrivaient de sous la porte, de sous les plinthes, des joints de fenêtre, des prises de courant. Il regarda sa bière. Il s'était réjoui à la perspective des prochaines heures, il les avait redoutées. Il avait été ivre mort la veille et il allait être ivre mort aujourd'hui. Ceci était désormais un craquage officiel.

« OK, Truls, je vais te fournir l'argent. Demain, OK ? Tu me rembourseras quand tu pourras. »

Truls continua de cligner des yeux, ils étaient brillants à présent.

« Pourquoi…

— Ce n'est pas parce que je t'aime bien, c'est parce que j'ai besoin de toi. »

Truls fixa Harry pour déterminer s'il blaguait ou non.

Harry leva sa pinte. « Voilà, c'est tout. Tu n'as pas besoin de rester plus longtemps, Berntsen. »

Il était vingt heures.

La tête tombante, Harry nota qu'il était assis sur une chaise et avait de la vomissure sur son pantalon de costume. Quelqu'un avait parlé et cette voix revenait.

« Harry ? »

Il leva la tête. La pièce tournoya, les visages qui le regardaient devinrent flous, mais il les reconnut néanmoins. Il les voyait et les connaissait depuis des années. Des visages sûrs, rassurants. Le groupe Aune.

« Il n'est pas requis d'être sobre aux réunions, disait la voix, mais c'est un avantage de pouvoir être cohérent. C'est le cas, Harry ? »

Harry déglutit. Il se souvenait des dernières heures à présent. Il avait voulu boire et boire encore jusqu'à ce qu'il ne reste plus rien, ni alcool, ni douleur, ni Harry Hole. Ni toutes ces voix dans sa tête qui criaient à l'aide et qu'il ne pouvait pas aider. Le tic-tac de cette horloge qui se faisait de plus en plus fort. Ne pouvait-il pas noyer tout cela dans l'alcool, laisser tout filer, laisser le temps s'écouler ? Faillir, trahir. C'était la seule chose qu'il sache faire. Alors pourquoi avait-il pris son téléphone, appelé ce numéro et était-il venu ici ?

Non, ce n'était pas le groupe Aune qui occupait ce cercle de chaises.

« Bonjour, fit-il d'une voix si rocailleuse qu'on aurait dit un train qui déraillait. Je m'appelle Harry et je suis alcoolique. »

23

Vendredi

Le tronc jaune

« Nuit difficile ? » s'enquit la femme en tenant la porte à Harry.

Helene Røed était moins grande qu'il ne l'avait imaginé. Elle était vêtue d'un jean serré et d'un col roulé noir. Ses cheveux blonds étaient maintenus par un simple élastique noir. Il constata qu'elle était aussi jolie que sur les photos.

« Ça se voit tant que ça ?

— Des lunettes de soleil à dix heures du matin ? » Elle le précéda dans ce qu'il devinait être un appartement immense. « Et un costume aussi chic tout fripé, ajouta-t-elle par-dessus son épaule.

— Merci. »

Elle rit, les guida vers une grande pièce où un salon jouxtait une cuisine ouverte avec un îlot central.

La lumière du jour affluait de toutes parts. Béton, bois, verre, le tout de la plus haute qualité, supposait-il.

« Café ?

— Avec plaisir.

— J'allais vous demander si vous aviez une préférence, mais je vois que vous êtes du genre qui boit tout.

— Tout », confirma Harry, un petit sourire aux lèvres.

Elle appuya sur un bouton de la machine à expresso en métal brillant et le broyeur à grains s'actionna pendant qu'elle nettoyait le porte-filtre. Harry lança un regard vers les documents aimantés sur la double porte du réfrigérateur. Un calendrier. Deux photos de chevaux. Un billet avec le logo du Nationaltheatret.

« Vous allez voir *Roméo et Juliette* ?

— Oui. La mise en scène est formidable ! J'étais à la première avec Markus. Il n'a pas le goût du théâtre, mais c'est un mécène du Nationaltheatret, alors nous recevons un tas de places gratuites. J'en ai distribué une bonne partie à la soirée, il *faut* que les gens voient cette pièce, mais il m'en reste encore deux ou trois. Vous avez déjà vu *Roméo et Juliette* ?

— Oui, enfin, une version cinématographique.

— Alors il ne faut pas manquer cette pièce.

— Je…

— Je reviens tout de suite. »

Helene Røed quitta la cuisine et Harry reprit son examen de la porte du réfrigérateur.

Des photos de deux enfants avec leurs parents, prises en vacances, semblait-il. Les neveux de Helene, sans doute. Aucune photo d'elle ou de Markus, ni ensemble ni seuls. Harry avança jusqu'aux fenêtres qui s'élevaient du sol au plafond. Vue sur tout Bjørvika et sur le fjord d'Oslo, obstruée seulement par le musée Munch. Il entendit Helene arriver d'un pas énergique.

« Vous nous excuserez pour le musée, fit-elle en lui tendant deux places de théâtre. On l'appelle Tchernobyl. Ce n'est pas à la portée de n'importe quel cabinet d'architecture de bousiller un quartier entier avec un seul bâtiment, mais Estudio Herros y est arrivé, reconnaissons-le-leur…

— Hmm.

— Commencez donc à me dire ce pour quoi vous êtes venu, Hole, je sais faire deux choses en même temps.

— OK. D'abord, je voudrais que vous me parliez de la soirée. De Susanne et de Bertine, évidemment, mais surtout de la personne qui a apporté de la cocaïne.

— Donc vous êtes au courant de son existence.

— Oui.

— Je suppose que personne ne finira en prison parce qu'il y avait un peu de coke sur une table.

— Non. De toute façon, je ne suis pas policier.

— C'est vrai. Vous êtes le boy de Markus.

— Pas ça non plus.

— Oui, oui, Krohn m'a expliqué que vous étiez indépendant, mais vous savez comment c'est : en dernière analyse, le pouvoir appartient à celui qui règle la facture. »

Elle esquissa un sourire et Harry ne sut si la pointe de mépris qu'il y décelait lui était destinée ou l'était à celui qui réglait la facture, ou encore à elle-même, peut-être.

Elle parla de la soirée tout en préparant le café. Son récit correspondait à ceux de son mari et d'Øystein. Débarquant de nulle part, l'homme à la cocaïne verte était venu les trouver, elle et Markus, sur le toit-terrasse. Il s'était peut-être incrusté, auquel cas il n'était pas le seul.

« Avec son masque, ses lunettes de soleil et sa grande casquette, il détonnait pas mal. Il insistait pour que Markus et moi goûtions sa poudre, mais je lui ai répondu qu'il n'en était pas question, que

Markus et moi nous étions promis de ne plus jamais y toucher. Ensuite, à peine quelques minutes plus tard, je me suis rendu compte que Markus et quelques invités n'étaient plus là. Je me méfiais, parce que l'une des personnes qui avaient fait irruption à la soirée était le type à qui Markus avait l'habitude d'acheter de la cocaïne. Je suis rentrée. Le spectacle était tellement navrant… »

Elle ferma les yeux, se toucha le front. « Voilà Markus baissé au-dessus d'une table avec cette affreuse paille dans une narine. Il rompt sa promesse sous mes yeux, et là, son nez de cocaïnomane le fait éternuer et lui gâche toute la fête. » Elle rouvrit les paupières, regarda Harry. « J'aurais voulu pouvoir en rire.

— J'ai cru comprendre que ce dealer qui portait un masque avait essayé de ramasser la poudre par terre pour avoir de quoi proposer malgré tout un rail à Markus.

— Oui. Ou alors il essayait de faire le ménage derrière lui, il a même essuyé la morve de Markus sur la table. » Elle désigna la grande table basse en verre devant le canapé. « Il voulait sans doute faire bonne impression, que Markus devienne un client. Qui ne le voudrait pas ? Vous avez peut-être remarqué que Markus n'est pas précisément du genre à marchander. Il préfère payer trop que pas assez, ça lui donne un sentiment de pouvoir. Ou plutôt, ça lui donne du pouvoir.

— Vous pensez que le pouvoir compte beaucoup pour lui ?

— Ne compte-t-il pas pour tout le monde ?

— Eh bien, pas pour moi. Enfin, certes, ce n'est que de l'autoanalyse. »

Ils s'installèrent l'un en face de l'autre au bar de la

cuisine. Helene observait Harry d'une manière suggérant qu'elle évaluait la situation, qu'elle évaluait ce qu'elle allait raconter, qu'elle l'évaluait lui.

« Pourquoi avez-vous un doigt en métal ?

— Parce qu'un homme a coupé celui que j'avais. C'est une longue histoire. »

Elle soutint son regard. « Vous sentez la vieille cuite. Le vomi.

— Désolé. Je me suis trouvé mal hier et je n'ai pas encore eu le temps de me procurer de nouveaux vêtements. »

Elle sourit dans le vague, comme pour elle-même. « Connaissez-vous la différence entre un homme séduisant et un homme attirant, Harry ?

— Non. Qu'est-ce que c'est ?

— Je vous pose la question parce que je ne connais pas la réponse. »

Harry l'observa. Flirtait-elle ?

Elle détourna le regard, se concentra sur le mur derrière lui. « Vous savez ce que j'ai trouvé séduisant chez Markus ? À part son nom de famille et son argent ?

— Non.

— Le fait qu'il séduisait d'autres gens aussi. N'est-ce pas étrange ? Ces facteurs qui s'autoalimentent.

— Je vois ce que vous voulez dire. »

Elle secoua la tête, comme consternée. « Markus n'a qu'un seul talent : envoyer le signal que c'est lui qui décide. Il est comme le garçon ou la fille qui devient leader à l'école, sans que personne ne sache pourquoi, et qui définit qui en est et qui n'en est pas. Une fois que, comme Markus, vous vous trouvez sur ce trône social, vous avez du pouvoir, et le pouvoir engendre le pouvoir. Or il n'est rien, strictement rien, qui soit plus attirant. Vous comprenez, Harry ? Si les femmes craquent face au pouvoir, ce n'est pas de l'opportunisme calculateur, c'est de la biologie. Le pouvoir, c'est sexy, point final.

— OK», répondit-il. Elle ne flirtait sans doute pas.

«Et quand, comme Markus, vous avez appris à aimer ce pouvoir, vous avez une peur bleue de le perdre. Il sait s'y prendre avec les gens, mais sa famille et lui ayant du pouvoir, il est sans doute plus craint qu'aimé. Ce qui l'ennuie, parce qu'il lui importe d'être aimé. Pas de ceux qui ne signifient rien, ceux-là, il s'en contrefiche, mais de ceux avec qui il s'identifie, ceux qu'il voit comme ses pairs. Il a fait des études de commerce à BI parce qu'il allait reprendre l'entreprise immobilière familiale, mais il passait plus de temps à faire la fête qu'à plancher et, au final, il a dû partir à l'étranger pour obtenir un diplôme. Les gens se figurent qu'il est bon dans son travail parce qu'il amasse de l'argent, mais dans l'immobilier, ces cinquante dernières années, il était carrément impossible de ne pas gagner d'argent. Markus est en l'occurrence l'une des rares personnes qui ait mené sa boîte au bord du gouffre, la banque l'a sauvé à au moins deux reprises, et cependant, il a une certaine aura... L'argent raconte une seule et unique histoire, celle du succès, la seule que les gens soient capables d'entendre. Y compris moi.» Elle soupira. «Il avait sa table dans un restaurant où les hommes qui ont de l'argent et qui aiment les filles qui font ce qu'on leur demande draguent des filles qui font ce qu'on leur demande et qui aiment les hommes qui ont de l'argent. Ça paraît banal, et ça l'est. Je savais que Markus avait déjà été marié, mais ça remontait à des années et il était resté célibataire depuis. J'ai supposé qu'il n'avait pas rencontré la femme qu'il lui fallait, et que cette femme, c'était moi.

— Vous l'étiez ?

— Sans doute. Une bombe de trente ans de moins que lui, qui pouvait être exhibée, qui pouvait converser avec les gens du même âge que lui sans lui faire honte, qui savait tenir la maison. La question serait plutôt était-il l'homme qu'il me fallait à moi. J'ai attendu longtemps avant de me la poser.

— Et ?

— Et maintenant je vis ici et lui, dans sa tanière à Frogner.

— Hmm. Vous étiez pourtant ensemble les deux mardis où les filles ont disparu.

— Ah bon ? »

Harry crut percevoir du défi dans ses prunelles. « C'est ce que vous avez indiqué à la police. »

Un petit sourire se dessina sur ses lèvres. « Alors ça doit être vrai.

— Vous essayez de me dire que ce n'était pas le cas ? »

Elle secoua la tête, l'air résigné.

« Qui a le plus besoin d'un alibi ? Vous ou Markus ? demanda Harry en suivant attentivement sa réaction.

— Moi ?! Vous pensez que j'aurais… »

Sa stupéfaction céda le pas à un éclat de rire qui résonna dans la pièce.

« Vous avez un mobile, souligna Harry.

— Non. Je n'ai pas de mobile. J'ai laissé Markus faire ses trucs, ma seule condition était qu'il ne me mette pas dans l'embarras et qu'il ne laisse pas les filles avoir mon argent.

— Votre argent ?

— Son argent, notre argent, mon argent, peu

importe. Je ne pense pas que ces deux filles aient eu de projets de cette nature, d'ailleurs. Elles n'étaient pas très exigeantes. Quoi qu'il en soit, vous allez bientôt comprendre que je n'ai vraiment pas de mobile, puisque ce matin, mon avocat a envoyé une lettre à Krohn dans laquelle il est écrit que je demande le divorce et que je voudrais la moitié de tout. Vous comprenez ? Je ne veux plus de Markus, qu'elles le prennent donc, celles qui en veulent. Moi, je veux seulement avoir mon centre équestre. » Elle rit froidement. « Vous avez l'air surpris, Harry ?

— Hmm. Un producteur de cinéma de Los Angeles m'a dit qu'il n'y avait pas meilleure école qu'un premier divorce. Que c'était là qu'on apprenait à veiller à la séparation des biens à son mariage suivant.

— Oh, nous sommes sous le régime de la séparation des biens. Markus a fait ce choix avec moi et avec son ex, il n'est pas stupide. Mais avec ce que je sais, il me donnera ce que je demande.

— Et que savez-vous ? »

Elle afficha un large sourire. « C'est mon atout de négociation, Harry, je ne peux pas vous le dire. Il y a de grandes chances que je signe une clause de confidentialité. Dieu sait que j'espère que quelqu'un découvrira ce qu'il a fait, mais ce devra être sans mon aide. Je sais que ça semble cynique, mais là, je cherche à me sauver moi-même, pas à sauver le monde. Désolée. »

Harry s'apprêtait à répondre, mais il y renonça. Elle ne se laisserait ni convaincre ni manipuler.

« Pourquoi avez-vous accepté ce rendez-vous ? demanda-t-il. Si vous saviez que vous ne me raconteriez rien. »

Elle avança sa lèvre inférieure, hocha la tête. « Bonne question. Au fait, il faut faire nettoyer votre costume. Je vais vous donner un de ceux de Markus, vous devez faire à peu près la même taille.

— Pardon ? »

Helene s'était déjà levée. « Il est devenu trop gras pour certains de ses costumes et je les ai emballés pour les apporter à l'Armée du Salut », lança-t-elle d'une autre pièce.

Profitant de son absence, Harry se dirigea vers le réfrigérateur. Il vit qu'il y avait en fait une photo d'elle, tenant un cheval. Le billet de théâtre était pour la représentation de *Roméo et Juliette* du lendemain. Il regarda le calendrier, « Randonnée à Valdres » était inscrit dans la case du jeudi suivant. Helene revint avec un costume noir et une housse.

« Je vous remercie de cette attention, mais je préfère acheter mes propres vêtements.

— Le monde a besoin de davantage de recyclage. En plus, c'est un Brioni Vanquish II, ce serait criminel de le jeter. Allez, donnez donc une chance à la planète. »

Harry la regarda. Il hésita, mais quelque chose lui intimait de céder. Il enleva sa veste, passa l'autre.

« Bon, vous êtes plus mince qu'il ne l'était, même à l'époque. » Helene inclina la tête sur le côté. « Mais vous avez la même stature et la même carrure, alors ça passe. » Elle lui tendit le pantalon, ne se détourna pas lorsqu'il se changea.

« Parfait ! conclut-elle en glissant la housse sur le cintre de l'autre costume. Au nom des générations futures, je vous remercie. Si vous avez terminé, j'ai une réunion Zoom. »

Harry hocha la tête en prenant la housse.

Elle le raccompagna dans l'entrée, lui tint la porte. « Au fait, il y a une chose qui est bien au musée

Munch, c'est Edvard Munch. Allez voir *Le tronc jaune*. Bonne journée ! »

Thanh traîna le chevalet publicitaire hors de l'animalerie Mons et le plaça bien en évidence, mais sans cacher la vitrine. Elle ne voulait pas s'aliéner Jonathan, qui était tout de même bien obligeant de la laisser faire dans l'enceinte du magasin de la publicité pour son activité privée : dog-sitting.

Elle leva les yeux, regarda son reflet dans la vitrine. Elle avait maintenant vingt-trois ans, mais ne savait toujours pas vraiment ce qu'elle allait faire. Elle savait ce qu'elle voulait faire : vétérinaire, mais, en Norvège, la sélection à l'entrée était drastique, il fallait des notes encore meilleures que pour médecine, et ses parents n'avaient pas les moyens de l'envoyer faire des études à l'étranger. Cependant, elle avait examiné avec sa mère les possibilités en Slovaquie et en Hongrie, et si elle travaillait deux ou trois ans chez Mons et gardait des chiens avant l'ouverture et après la fermeture, cette perspective était envisageable.

« Excusez-moi, êtes-vous la directrice du magasin ? » demanda quelqu'un derrière elle.

Elle se retourna. L'homme avait une apparence asiatique, mais il n'était pas originaire du Vietnam.

« Non, c'est la personne qui est en train de ranger derrière le comptoir », dit-elle en montrant Jonathan.

Elle respira l'air automnal, regarda autour d'elle. La place Vestkanttorget, ses beaux immeubles anciens, ses arbres, son parc. Ah, habiter ici… Mais il fallait choisir, on ne devenait pas riche en étant vétérinaire et elle préférait devenir vétérinaire. Elle entra dans la petite animalerie. Il arrivait que les gens, surtout les enfants, soient déçus quand ils voyaient les rayonnages de nourriture, de cages diverses, de laisses pour chiens et autres équipements. « Où sont tous les animaux ? »

Alors, elle les emmenait parfois faire un tour pour leur montrer ceux qu'ils avaient. Les poissons dans les aquariums, les hamsters, les rats, les lapins dans les cages, et les insectes dans les vivariums.

Elle se dirigea vers les bacs d'*Ancistrus*. Ils adoraient les légumes et elle avait rapporté quelques restes de petits pois et de concombre du dîner familial. Elle entendit l'homme se présenter comme étant de la police et expliquer à Jonathan qu'ils avaient trouvé un sachet de Hillman Pets avec une date postérieure à l'interdiction. Il lui demanda s'il était au courant de quelque chose vu que le magasin était l'unique distributeur de Hillman Pets en Norvège.

Jonathan se contenta de secouer la tête sans rien dire. Thanh savait que le policier aurait du mal à le faire parler. Son patron était un introverti taciturne. Quand il s'exprimait, c'était par des phrases courtes, un peu comme son ex-petit copain, qui avait toujours envoyé des textos lapidaires, sans majuscules, sans ponctuation, sans émojis. Son ton pouvait paraître énervé, agacé, comme si les mots étaient des servitudes inutiles. Pendant ses premiers mois de travail, elle avait trouvé cela désagréable, elle n'était pas sûre qu'il l'apprécie. Sans doute parce qu'elle était habituée à l'animation d'une famille où tout le monde parlait en même temps. Elle avait fini par comprendre que le problème ne venait pas d'elle, mais de lui. Ce n'était pas qu'il ne l'appréciait pas. C'était peut-être même le contraire.

« J'ai lu sur Internet que de nombreux propriétaires de chiens regrettaient l'interdiction et que Hillman

Pets était un traitement nettement plus efficace que tous les autres vermifuges disponibles sur le marché.

— C'est vrai.

— Alors on pourrait imaginer que quelqu'un ferait de bons bénéfices en le vendant sous le manteau ?

— Je ne sais pas.

— Non ?» Le policier attendit, mais rien ne vint. « Et vous-même, vous n'en avez pas... ?» tenta-t-il.

Silence.

« Stocké un peu ?» termina le policier.

Lorsque Jonathan répondit, c'était tout bas et d'une voix si grave qu'elle n'était qu'une vibration de l'air. « Vous me demandez si j'ai fait de la contrebande ?

— C'est le cas ?

— Non.

— Et vous ne disposez d'aucun élément susceptible de m'aider à découvrir qui s'est procuré un sachet de Hillman Pets de cette année ?

— Non.

— Non... »

Le policier se balança sur ses pieds en regardant autour de lui. Comme s'il n'avait aucune intention de lâcher l'affaire, songea Thanh. Comme s'il ne faisait que préparer son prochain mouvement.

Jonathan toussota. « Je vais regarder dans mon bureau si j'ai une liste des derniers clients qui en ont commandé. Attendez-moi ici.

— Merci. »

Jonathan se faufila devant Thanh dans l'étroit passage entre les aquariums et les cages à lapins. Elle discerna dans son regard quelque chose qu'elle n'y avait jamais vu, une inquiétude, oui, de l'angoisse, même. Il sentait la transpiration plus que d'ordinaire.

Il entra dans le bureau, mais la porte resta entrebâillée et elle le vit recouvrir le bac en verre d'un plaid. Elle savait exactement ce qu'il contenait. L'unique fois où elle avait emmené des enfants pour leur montrer, il s'était mis dans une colère noire, rappelant que les clients n'avaient rien à faire dans le bureau, mais elle savait que ce n'était pas la véritable raison. C'était la bête. Il ne voulait pas qu'on la voie. Jonathan était un patron sympa, il lui donnait sa journée quand elle en demandait une et il l'avait même augmentée spontanément, mais compte tenu du fait qu'ils travaillaient en contact proche, puisqu'ils n'étaient que tous les deux, il était tout de même inhabituel qu'elle ne sache rien de lui. Parfois on aurait dit qu'il l'aimait un peu trop, parfois qu'il ne l'aimait pas du tout. Il était plus âgé qu'elle, mais pas de beaucoup. La trentaine, sans doute. Ils auraient dû avoir mille sujets de conversation, mais quand elle en lançait un, il livrait souvent des réponses laconiques et dissuasives. D'autres fois, il la regardait quand il se figurait qu'elle ne le voyait pas. Avait-il un faible pour elle ? Ses manières taciturnes traduisaient-elles de la mauvaise humeur, de la timidité ou une tentative de cacher ses sentiments ? Peut-être était-ce le fruit de son imagination, de ces chimères qu'on s'invente quand on s'ennuie, que les journées sont longues et les possibilités, rares, mais de temps à autre, elle trouvait qu'il se comportait comme un écolier qui lance des boules de neige sur la fille dont il est amoureux. Si ce n'est que lui était adulte. Une drôle de situation. Un drôle de personnage. Enfin. Elle n'y pouvait pas grand-chose, n'avait qu'à l'accepter tel qu'il était ; elle avait besoin de ce travail.

Jonathan revint, elle se déplaça, se colla aussi près

que possible de l'aquarium, mais son corps frôla néanmoins le sien.

« Je suis navré, je n'ai rien trouvé, déclara-t-il. Ça fait trop longtemps.

— D'accord, répondit le policier. Dans le bureau, vous avez recouvert quelque chose, qu'est-ce que c'était ?

— Quoi ?

— Je pense que vous avez bien entendu ce que j'ai dit. Je peux voir ? »

Jonathan avait un cou fin, blanc avec quelques poils de barbe noirs que Thanh aurait parfois souhaité qu'il rase un peu mieux. Elle voyait maintenant sa pomme d'Adam monter et descendre et avait presque pitié de lui.

« Bien sûr, dit Jonathan. Vous pouvez voir tout ce que vous voulez. » De nouveau, cette voix basse et grave. « Il suffit de me présenter un mandat. »

Le policier recula d'un pas, pencha légèrement la tête sur le côté, comme s'il examinait Jonathan un peu plus attentivement, le réévaluait.

« C'est noté, dit-il. Merci de votre aide jusqu'à présent. »

Il se tourna vers la porte. Thanh lui sourit, mais il ne lui rendit pas son sourire.

Jonathan ouvrit le carton de nourriture pour poissons et entreprit d'accrocher les sachets sur les portants derrière le comptoir. Thanh alla aux toilettes au fond de leur bureau commun, lorsqu'elle ressortit, il attendait devant.

Il tenait quelque chose dans sa main et se glissa dans les toilettes sans fermer la porte.

Le regard de Thanh tomba par réflexe sur le bac en verre. La couverture n'y était plus. Le bac était vide.

Elle entendit Jonathan tirer la chasse d'eau des vieilles toilettes. Elle se tourna et le vit devant le petit lavabo, se savonnant soigneusement les mains. Puis il ouvrit le robinet d'eau chaude. Il se frotta les mains l'une contre l'autre sous l'eau si brûlante que la vapeur embuait son visage. Elle savait pourquoi. Les parasites.

Thanh déglutit. Elle adorait les animaux, tous les animaux. Y compris ceux que d'autres trouvaient immondes, peut-être surtout ceux-là. De nombreuses personnes étaient dégoûtées par les limaces, mais elle se souvenait des visages des enfants, incrédules, surexcités, lorsqu'elle leur avait montré la grosse limace rose shocking en essayant de les convaincre que non, ce n'était pas de la peinture, mais la nature qui l'avait faite ainsi.

Peut-être était-ce pourquoi une vague de haine monta en elle. De haine envers cet homme qui n'adorait pas les animaux. Elle repensa au renardeau si mignon qu'on leur avait apporté, il s'était fait payer, non ? Elle s'était occupée de lui, l'avait cajolé, était folle de ce pauvre goupil seul et abandonné. Elle lui avait même donné un nom, Nhi, « petit ». Et puis un jour, elle était arrivée à l'animalerie et il n'était pas dans sa cage. Ni ailleurs. Quand elle avait interrogé Jonathan, il avait répondu de sa façon rebutante : « Parti. » Elle n'avait pas posé davantage de questions, car elle ne voulait pas obtenir confirmation de ce qu'elle avait déjà compris.

Jonathan ferma le robinet, sortit et regarda, un peu surpris, Thanh, qui se tenait au milieu du bureau, les bras croisés.

« Partie ? demanda-t-elle.

— Partie. »

Il s'assit au bureau, qui croulait toujours sous des piles de papiers dont il ne venait jamais à bout.

« Noyée ? »

Il l'observa comme si elle avait enfin posé une question intéressante.

« Possible. Certaines limaces ont des branchies, mais celle du mont Kaputar a des poumons. D'un autre côté, je sais que certaines limaces à poumons peuvent survivre sous l'eau jusqu'à vingt-quatre heures avant de mourir. Tu espères qu'elle va survivre ?

— Évidemment. Pas toi ? »

Jonathan haussa les épaules. « Je crois que le mieux pour quelqu'un qui est séparé de ses proches et qui se retrouve dans un environnement étranger est de mourir.

— Ah bon ?

— La solitude est pire que la mort, Thanh. »

Il lui lança un regard qu'elle ne sut interpréter.

« Enfin, dit-il en grattant pensivement les poils de barbe sur sa gorge. Cette limace-là n'est peut-être pas si seule. Elle est hermaphrodite, et elle trouvera de quoi se nourrir dans les égouts. Elle se reproduira… » Il examina ses mains propres. « Elle empoisonnera tout ce qui vit là-dessous avec des nématodes et pour finir elle régnera en maître sur l'ensemble du monde souterrain d'Oslo. »

Thanh retourna aux aquariums alors que le rire de Jonathan retentissait dans le bureau. C'était si rare qu'il lui sembla étranger, singulier, inquiétant, presque.

Harry contemplait le tableau. Un tronc d'arbre abattu s'étirant vers les profondeurs d'une forêt, la partie coupée, jaune, était dirigée vers lui. Il lut la plaque. *Le tronc jaune. Edvard Munch. 1912.*

« Pourquoi vouliez-vous voir ce tableau en particulier ? s'enquit le jeune homme vêtu du T-shirt rouge qui signalait son statut d'employé du musée.

— Eh bien… » Harry regarda le couple japonais à côté d'eux. « Pourquoi les gens veulent-ils voir ce tableau en particulier ?

— À cause de l'illusion optique, répondit le jeune homme.

— Ah oui ?

— Il suffit de se placer différemment. Excusez-nous ! »

Le couple d'allure nippone se décala en souriant pour leur permettre de faire quelques pas de côté.

« Vous voyez ? Où que nous soyons, l'extrémité du tronc semble dirigée vers nous.

— Hmm. Donc le message est… ?

— Ah, ça… C'est peut-être que les choses ne sont pas toujours ce dont elles ont l'air.

— Oui. Ou alors qu'il faut se déplacer et changer d'angle pour voir la scène dans son ensemble. Quoi qu'il en soit, merci beaucoup.

— Je vous en prie. »

Le jeune homme s'éloigna. Harry resta à admirer le tableau. Avant tout pour reposer son regard avec du beau après les escaliers roulants d'un édifice qui, même à l'intérieur, faisait passer l'hôtel de police pour un endroit humain et chaleureux.

Il sortit son téléphone, appela Krohn.

Le sang battait dans ses tempes, comme toujours les lendemains de cuite. Son pouls au repos était d'environ soixante, s'il demeurait ici à contempler des œuvres d'art, il lui restait un peu moins de quatre cent mille battements de cœur avant que Lucille ne soit tuée, beaucoup moins s'il paniquait et donnait l'alerte dans l'espoir que la police la retrouve… où ça ? Quelque part au Mexique ?

« Krohn.

— C'est Harry. J'ai besoin d'une avance de trois cent mille couronnes.

— Pour quoi ?

— Frais imprévus.

— Pouvez-vous spécifier ?

— Non. »

Krohn resta silencieux.

« D'accord. Passez à mon bureau. »

En rangeant son téléphone dans la veste, Harry sentit quelque chose dans la poche. C'était un demi-masque en forme de chat, semblait-il, qui devait provenir d'un carnaval auquel avait participé Markus Røed. Il tâta l'autre poche. Il en tira une carte plastifiée. Cela ressemblait à une carte de membre d'un lieu appelé Villa Dante, on n'indiquait pas de *nom*, mais un *alias*. Catman.

Harry regarda encore le tableau.

Regarder sous un autre angle.

Dieu sait que j'espère que quelqu'un découvrira ce qu'il a fait.

Helene Røed n'avait pas oublié de vider les poches. Elle les avait peut-être même remplies.

24

Vendredi

Cannibale

« Je ne peux délivrer de mandat que s'il existe une raison probable de soupçonner qu'il a commis une infraction.

— Je sais. » Sung-min maudit intérieurement l'article 192 du code de procédure pénale tandis qu'il serrait le téléphone contre son oreille, les yeux errant sur le mur. Comment Hole avait-il pu tenir le coup dans ce bureau sans fenêtres pendant toutes ces années ? « Mais à mon avis, nous aurions plus de cinquante pour cent de chances de trouver quelque chose d'illégal. Il transpire, évite mon regard, et puis, en entrant dans son bureau, il jette une couverture sur quelque chose qu'il voulait assurément cacher.

— Je vois, mais votre soupçon n'est pas suffisant. La loi exige du concret.

— Mais…

— Tu sais aussi qu'en tant que substitut du procureur, je ne peux délivrer de mandat de perquisition que s'il y a un risque pour l'enquête à temporiser. Est-ce le cas et pourras-tu ensuite expliquer en quoi c'était urgent ? »

Sung-min poussa un gros soupir. « Non.

— Des preuves d'autres infractions susceptibles de servir de prétextes ?

— Aucune.

— La personne concernée a-t-elle fait l'objet d'une condamnation par le passé ?

— Non.

— As-tu quoi que ce soit ?

— Écoute. Le mot "contrebande" apparaît à la fois dans le contexte de la soirée chez Røed et sur le lieu du crime où j'ai trouvé le sachet. Tu me connais, tu sais que je ne crois pas aux coïncidences. J'ai une forte intuition. Tu veux une demande écrite ?

— Je vais t'épargner ce travail en te disant tout de suite non, mais puisque tu m'as téléphoné d'abord, c'est que tu connaissais la réponse, non ? Ça ne te ressemble pas. Tu n'as strictement rien ? Seulement ton intuition ?

— Mon intuition.

— Depuis quand tu en as ?

— J'essaie d'apprendre.

— De nous imiter, nous autres mortels, tu veux dire ?

— L'autisme et les traits autistiques sont deux choses différentes, Chris. »

Le substitut du procureur rit. « Bon. Tu viens dîner demain ?

— J'ai acheté une bouteille de Château Cantemerle 2009.

— Tu as un goût trop raffiné et des habitudes trop élitistes pour moi, mon cher.

— Mais toi aussi, tu peux apprendre, mon chéri. »

Ils raccrochèrent. Sung-min s'aperçut qu'il avait reçu un message de Katrine. Un lien vers *Dagbladet*. Il recula sur sa chaise en attendant que la page s'ouvre.

Les murs de ce bureau étaient si épais que le réseau s'en trouvait affecté. Pourquoi Hole n'avait-il jamais fait remplacer cette chaise abîmée ? Il avait déjà mal au dos.

Cannibale.
D'après une source, des indices clairs suggèrent que le tueur aurait ingéré le cerveau et les yeux de ses victimes, Susanne Andersen et Bertine Bertilsen.

Sung-min aurait volontiers juré et il regretta que ce ne soit pas dans ses habitudes. Il allait envisager de s'y mettre.

« Putain de vulve de Satan ! »

Mona Daa courait sur le tapis de course.

Elle détestait courir sur le tapis de course.

C'était la raison pour laquelle elle le faisait. Elle sentait la sueur ruisseler dans son cou et le mur de miroirs de la salle de sport reflétait son visage écarlate. Dans ses écouteurs résonnait Carcass, de la playlist d'Anders ; le Carcass des débuts, la période grindcore, selon ses dires, pas la merde mélodique qui était venue ensuite. Pour elle, cela ressemblait à du bruit furieux, exactement ce qu'il lui fallait à cet instant précis. Elle piétinait inlassablement le tapis en caoutchouc qui tournait sous elle, revenait, le même merdier, inlassablement.

Våge avait encore réussi. Cannibale. Eh merde ! Putain de merde !

Elle vit quelqu'un approcher derrière elle.

« Bonjour, Daa. »

C'était Magnus Skarre. Enquêteur à la Brigade de répression des violences.

Mona éteignit l'appareil, enleva les écouteurs de ses oreilles.

« En quoi puis-je aider la police ?

— Aider ? » Skarre écarta les bras. « Je ne faisais que passer.

— Je ne vous ai jamais vu ici et vous ne portez pas de vêtements de sport. C'est quelque chose que vous voulez savoir ou quelque chose que vous voulez faire savoir ?

— Hé, du calme ! fit-il en riant. Je pensais simplement vous mettre un peu au parfum. C'est toujours utile d'avoir de bons rapports avec la presse, non ? Le donnant-donnant et tout ça. »

Mona resta sur le tapis de course, elle aimait cette position surélevée.

« Alors j'aimerais savoir ce que je vais devoir donner avant que vous donniez, Skarre.

— Pour cette fois, rien, mais il se pourrait bien que nous ayons besoin de quelque chose à l'avenir.

— Merci, mais dans ce cas je décline. C'est tout ? »

Skarre avait l'air d'un petit garçon privé de son pistolet. Mona comprit qu'elle jouait à un jeu dangereux, ou plutôt qu'elle était tellement furieuse qu'elle n'arrivait pas à penser clairement.

« Excusez-moi, dit-elle. Mauvaise journée. De quoi s'agit-il ?

— Harry Hole. Il a téléphoné à un témoin et s'est fait passer pour quelqu'un de la police en donnant un faux nom.

— Oups. » Elle changea d'avis, descendit du tapis de course. « Comment le savez-vous ?

— J'ai enregistré la déposition du témoin, c'est le paysan dont le chien a flairé le corps de Bertine. Il a dit qu'avant notre arrivée quelqu'un de chez nous l'avait appelé pour vérifier le renseignement qu'il avait donné, un certain sergent Hans Hansen. Sauf que nous n'avons personne de ce nom chez nous. Alors j'ai obtenu le numéro, que l'homme avait toujours sur son téléphone, et vous savez quoi? Je n'ai même pas eu besoin de vérifier auprès de l'opérateur, c'était l'ancien numéro de Harry Hole. Bonjour la discrétion, hein?»

Skarre ricana.

«Je peux vous citer?

— Ça va pas, la tête!» Il rit encore. «Je suis une "source fiable", c'est comme ça que vous appelez ça, non?»

Si, songea Mona, mais tu n'es ni fiable ni une source. Mona savait que Skarre nourrissait des sentiments peu chaleureux envers Harry Hole. D'après Anders, la raison n'en était pas très compliquée : Skarre avait toujours travaillé dans l'ombre de Hole, et celui-ci n'avait jamais caché qu'il le prenait pour un abruti. De là toutefois à se livrer à une vengeance personnelle…

Skarre bascula le poids de son corps sur son autre jambe, lança un regard vers les femmes qui suivaient leur cours de spinning.

«Mais si vous souhaitez une confirmation de ce que vous avez maintenant découvert, vous pourriez par exemple contacter la directrice des affaires criminelles.

— Bodil Melling?

— Précisément. Je parie qu'elle vous donnera un commentaire aussi.»

Mona Daa acquiesça. Ceci était cool. Cool, mais crade. Enfin bon, elle avait enfin une information que Våge n'avait pas, et elle ne pouvait pas se permettre de faire la fine bouche. Pas maintenant.

Skarre hocha la tête, un grand sourire aux lèvres. Comme un client devant une prostituée, songea Mona, en s'efforçant de refouler ce que cela faisait d'elle.

25

Vendredi

Cocaine Blues

Le groupe Aune se réunissait, mais Aune avait prévenu que sa famille arrivait à quinze heures et qu'il faudrait partir avant. Harry venait de rendre compte de sa visite chez Helene Røed.

« Donc maintenant, tu te balades avec le costume de ton boss sur le dos, et les lunettes de soleil de ton pote sur le nez, nota Øystein.

— Et puis j'ai ça, en plus, dit Harry en brandissant le masque de chat. Et toi, Truls, tu ne trouves toujours rien au sujet de la Villa Dante sur Internet ? »

Les yeux fixés sur son téléphone, Truls secoua la tête en grognant. Mode d'expression minimaliste avec lequel il avait aussi accueilli l'argent, quand Harry lui avait discrètement glissé l'enveloppe en kraft en arrivant.

« Ce que je me demande, c'est d'où Våge tient cette histoire de cannibalisme », souligna Aune.

Harry vit Truls lever le regard, croiser le sien et secouer imperceptiblement la tête.

« Moi aussi, renchérit Øystein. Il y a que dalle sur la consommation de viande humaine dans les rapports.

— J'ai le sentiment que Våge a perdu sa source et

qu'il s'est mis à inventer, lança Harry. Comme ce truc à propos du tatouage recousu de Bertine, c'était faux.

— Peut-être bien, répondit Aune. Våge a eu recours à l'invention par le passé dans sa carrière journalistique et c'est curieux, cette tendance que nous avons à reproduire certains comportements, même quand ils ont été sanctionnés par le passé, et à recourir aux mêmes mauvaises solutions quand les problèmes surviennent. Il n'est pas improbable que Våge ait été si grisé par l'attention reçue ces derniers temps qu'il soit incapable d'y renoncer et use ainsi d'une stratégie qui a fonctionné autrefois, du moins pendant un certain temps. Quoique je n'exclue pas que Våge puisse avoir raison avec son histoire de cannibalisme, mais vu les circonstances et étant donné qu'il s'est très certainement plongé dans la littérature sur les tueurs en série, tout porte à croire qu'il invente.

— Ne suggère-t-il pas que… », commença Øystein alors que son regard scannait de nouveau l'article de Våge sur son écran de téléphone.

Les autres le regardèrent.

« Ne suggère-t-il pas en fait que sa source est le tueur lui-même ?

— Voilà une interprétation osée, mais intéressante, commenta Aune. Enfin bon. Messieurs, c'est le week-end. Mes femmes ne vont pas tarder.

— Qu'est-ce qu'on fait ce week-end, patron ? demanda Øystein.

— Je n'ai rien de spécial à vous confier, dit Harry. En ce qui me concerne, Truls me prête son ordinateur, donc je vais lire des rapports de police.

— Je croyais que tu les avais déjà lus.

— Parcourus. Maintenant, je vais les lire attentivement. Bon, allons-y. »

Aune appela Harry, qui resta à son chevet tandis que les autres sortaient.

« Ces rapports. C'est le travail de combien de personnes ? Quarante ? Cinquante ? Qui ont passé plus de trois semaines à travailler sur l'affaire. Combien de pages ? Mille ? Tu vas toutes les lire parce que tu penses que la solution s'y trouve ?

— Elle est quelque part.

— Le cerveau a aussi besoin de se reposer, Harry. J'ai remarqué depuis le début que tu étais extrêmement stressé. Tu as l'air… puis-je employer le mot désespéré ?

— Manifestement.

— Y a-t-il quelque chose que tu ne racontes pas ? »

Harry baissa la tête, se frotta la nuque.

« Oui.

— Tu voudrais me dire ce que c'est ?

— Oui. » Harry redressa la nuque. « Mais je ne peux pas. »

Les deux hommes se regardèrent, puis Aune ferma les yeux et hocha la tête.

« Merci, dit Harry. On se parle lundi. »

Aune s'humecta les lèvres et, à en juger par la gaieté lasse de son regard, il s'apprêtait à lancer une boutade, mais il changea d'avis et se contenta d'un signe de tête.

C'est en sortant de l'hôpital que Harry comprit ce qu'Aune avait pensé répondre. *Si je suis en vie lundi.*

Øystein roulait en direction du centre-ville, sur la voie de bus. Harry occupait le siège passager.

« C'est bien cool le vendredi à la sortie des bureaux, non ? » fit Øystein en regardant dans son rétroviseur, un large sourire aux lèvres.

Truls grogna sur la banquette arrière.

Le téléphone de Harry sonna. C'était Katrine.

« Oui ?

— Salut, Harry, je sais que les chances sont maigres, mais Arne et moi devons sortir ce soir, dans un restaurant où il a enfin obtenu une table, ma belle-mère est malade et…

— Baby-sitting ?

— Tu me dis si ça ne te convient pas, je suis un peu fatiguée, ça m'éviterait d'y aller, mais comme ça, au moins, je pourrai lui dire que j'ai essayé de trouver quelqu'un.

— Mais je peux et je veux. Quand ?

— Oh, Harry, tu m'emmerdes. Dix-neuf heures.

— OK. Fais en sorte qu'il y ait une pizza Grandiosa au four. »

Il raccrocha. Le téléphone resonna aussitôt.

« Enfin, ça n'a pas besoin d'être une Grandiosa, hein, précisa-t-il.

— C'est Mona Daa de *VG*.

— Ah, pardon… »

Il comprit que ce n'était pas la petite amie d'Anders qui l'appelait, mais la journaliste. Tout ce qu'il dirait pouvait être utilisé contre lui et le serait.

« Nous préparons un article sur… »

C'était l'introduction que les journalistes employaient pour indiquer que l'affaire était lancée et ne pouvait être arrêtée. Le « nous » était censé les dédouaner quelque peu des questions désagréables qu'ils allaient poser. Il s'agissait du fait qu'il avait menti au paysan Weng en se faisant passer pour un policier. *VG* allait citer Bodil Melling, qui rappelait qu'un tel acte était passible d'une peine de six mois de prison et que, dans le sillage de cet épisode, elle espérait que le ministre de la Justice opposerait au plus vite un frein d'arrêt aux enquêtes privées non autorisées et douteuses, elle soulignait l'importance particulière de le faire avec effet immédiat dans cette grave affaire de meurtres.

Mona appelait Harry pour lui donner ce qu'on appelait un droit de réponse, une belle règle déontologique de la presse. Mona Daa était dure, offensive, mais toujours réglo de ce point de vue.

« Aucun commentaire, déclara-t-il.

— Non ? Cela veut-il dire que tu ne contestes pas l'affaire telle qu'elle est présentée ?

— Cela veut simplement dire que je ne veux pas la commenter, non ?

— D'accord, Harry, mais alors je dois imprimer "aucun commentaire". »

En fond sonore résonnait le crépitement de doigts qui couraient sur les touches d'un clavier.

« Vous appelez ça encore "imprimer" ?

— Certaines choses restent.

— C'est vrai. C'est pourquoi j'appelle ce que je vais faire maintenant "raccrocher", OK ? »

Mona soupira. « OK. Bon week-end, Harry.

— Bon week-end et…

— Oui, je saluerai Anders. »

Harry glissa son téléphone dans la poche intérieure de sa veste un peu trop large.

« Problèmes ? s'enquit Øystein.

— Oui », confirma Harry.

Un nouveau grognement monta de la banquette arrière, plus fort et plus colérique, cette fois.

Harry se tourna à demi, vit la lumière du téléphone éclairant le visage de Truls et comprit que Mona, quand elle l'avait appelé, s'apprêtait à publier dans la seconde. « Qu'est-ce qu'ils écrivent ?

— Que tu triches.

— Bon, c'est vrai et je me moque de ma réputation.» Harry secoua la tête. «Ce qui est embêtant, en revanche, c'est qu'on va devoir fermer boutique.

— Non, dit Truls.

— Non?

— Ce qui est embêtant, c'est qu'ils vont t'arrêter.»

Harry leva un sourcil. «Parce que je les ai aidés à trouver un corps qu'ils cherchaient depuis trois semaines?

— C'est pas de ça qu'il s'agit. Tu ne connais pas Melling. Cette bonne femme a de l'ambition et tu es en travers de son chemin, tu comprends?

— Moi?

— Si on résout cette affaire les premiers, elle passera pour une amatrice, tu comprends?

— Hmm. OK, mais une arrestation, quand même, ça paraît un peu excessif.

— C'est comme ça qu'ils se livrent à leurs jeux de pouvoir, c'est comme ça que ces anguilles se faufilent. C'est comme ça qu'on devient... ministre de la Justice, par exemple.»

Harry regarda encore une fois Truls. Son front était aussi écarlate que le feu devant lequel ils s'étaient arrêtés.

«Je descends ici, annonça Harry. Vous êtes libres de vous reposer, mais n'éteignez pas vos téléphones et ne quittez pas la ville.»

À dix-neuf heures, Katrine ouvrit à Harry.

«Oui, j'ai lu *VG*, dit-elle en retournant devant la commode de l'entrée pour mettre ses boucles d'oreilles.

— Hmm. Tu crois que ça plairait à Melling de

savoir que l'ennemi fait du baby-sitting pour la directrice de l'enquête ?

— Oh, tu ne seras sans doute plus une menace dès lundi.

— Tu es sûre ?

— Avec sa déclaration sur les enquêtes privées douteuses, Melling ne laisse pas franchement le choix au ministre de la Justice.

— Peut-être pas, non.

— Dommage, on aurait pu avoir besoin de toi. Tout le monde savait que tu allais biaiser, mais te planter sur un truc si basique…

— Je me suis emballé, à quoi s'ajoute une erreur technique.

— Tu es tellement prévisible et imprévisible à la fois. Qu'est-ce que tu as là ? » Elle montra le sac en plastique qu'il avait posé sur ses chaussures.

« Un ordinateur. Je vais devoir travailler un peu quand il sera endormi. Il est… ?

— Oui. »

Harry entra dans le salon.

« Maman sent le s'en-va, déclara Gert, qui jouait par terre avec deux nounours.

— Le sent-bon.

— Le s'en-va.

— Regarde ce que j'ai apporté. » Harry sortit doucement une plaque de chocolat de sa poche.

« Choc suclé.

— Choc sucré ? » Harry sourit. « On va garder le secret, alors.

— Maman ! Oncle Hallik a appolté du choc suclé ! »

Une fois Katrine partie, Harry dut redoubler d'efforts pour suivre les dédales de l'imagination d'un enfant de trois ans, apporter sa contribution quand il le pouvait.

« Tu es folt pour jouer, le félicita Gert. Où est le dlagon ?

— Dans sa grotte, bien sûr, répondit Harry en pointant l'index sous le canapé.

— Aaaaah !

— « Double aaaaah !

— Choc suclé ?

— OK. » Harry glissa la main dans sa veste, qu'il avait posée sur le fauteuil.

« C'est quoi ? demanda Gert.

— Un chat », dit Harry en mettant le demi-masque.

Le visage de Gert se contracta, sa voix s'étrangla.

« Non, oncle Hallik ! Ça fait peul ! »

Harry s'empressa d'ôter le masque.

« OK, pas de chat. Seulement des dragons. D'accord ? »

Mais les larmes du petit coulaient déjà, il sanglotait. Harry jura intérieurement, encore une erreur technique. Les chats qui faisaient peur. Pas de maman. L'heure du coucher déjà légèrement passée. Quelle raison y avait-il de ne *pas* pleurer ?

Gert lui tendit les bras et, avant qu'il ait pu réfléchir, il avait attiré le garçon à lui et lui caressait la tête alors qu'il sentait son menton contre son épaule et ses larmes chaudes qui traversaient sa chemise.

« Un tout petit choc sucré, et puis on se brosse les dents et on chante pour s'endormir ?

— Oui-i », hoqueta Gert.

Après une séance de brossage de dents dont il suspectait qu'elle n'aurait pas obtenu le plein aval de Katrine, Harry mit Gert en pyjama et sous la couette.

« "*Biquet, mon Biquet*", ordonna Gert.

— Celle-là, je ne la connais pas. »

Le téléphone de Harry vibra, il vit qu'il avait reçu un MMS d'Alexandra.

Gert l'observa avec une désapprobation mal dissimulée.

« Mais je connais d'autres belles chansons.

— Chante ! »

Harry comprit qu'il fallait une berceuse lente et tenta « Wild Horses » des Rolling Stones. Il fut interrompu après le premier vers.

« Une autle. »

« Your Cheatin' Heart » de Hank Williams se vit opposer une fin de non-recevoir après deux vers.

Harry réfléchit longuement.

« OK. Ferme les yeux. »

Il commença à chanter. Si on pouvait appeler ça une chanson. C'était une psalmodie lente et basse, d'une voix râpeuse, qui parfois trouvait les notes de ce blues ancestral.

Hey there baby, better come here quick.
This old cocaine's about to make me sick.
Cocaine, runnin' all around my brain.
Look, my baby she's dressed in red
And a shotgun, says gonna kill me dead.
Cocaine, runnin' all around my brain.
You take Sally and I'll take Sue,
Ain't no difference between the two.
Cocaine, all around my brain.

La respiration de Gert était devenue plus régulière, plus profonde.

Harry ouvrit le MMS. La photo était prise dans le miroir de l'entrée de l'appartement d'Alexandra. Elle posait vêtue d'une robe crème qui réussissait ce tour de force auquel parviennent souvent les robes les plus chères : placer le corps sous un jour favorable sans qu'on s'imagine un instant que cela a un rapport avec le vêtement. En même temps, Alexandra n'avait pas besoin de la robe et elle le savait.

Elle m'a coûté un demi-mois de salaire. J'ai hâte d'être à demain !

Harry ferma le message et leva les yeux. Ceux de Gert étaient grands ouverts.

« Encore.

— Encore… cette chanson ?

— Oui-i. »

26

Vendredi

Ciment

Il était vingt et une heures lorsque Mikael Bellman rentra chez lui, à Høyenhall. C'était une belle maison, il l'avait construite en hauteur, ce qui leur offrait à Ulla, lui et leurs trois enfants, une vue sur toute la ville, jusqu'à Bjørvika et au fjord.

« Coucou ! » cria Ulla dans le salon.

Mikael suspendit son nouvel imperméable, s'avança dans la pièce, où sa jolie femme toute fine, sa petite amie depuis l'adolescence, regardait la télévision avec leur petit dernier.

« Désolé, la réunion a traîné en longueur. »

Il n'avait pas décelé de soupçon dans sa voix et n'en décelait pas non plus dans son regard. D'ailleurs, c'eût été infondé, en ce moment précis, Ulla était la seule femme dans sa vie. Si l'on exceptait la jeune reporter de TV2, mais il avait plus ou moins mis un terme à cette histoire. Il n'excluait pas toute future incartade, mais il faudrait alors qu'il ait la certitude de ne pas se faire prendre. Une femme de pouvoir mariée, quelqu'un qui ait autant à perdre que lui. On dit que le pouvoir corrompt, mais en ce qui le concernait, le pouvoir n'avait fait que renforcer sa prudence.

« Truls est ici.

— Quoi ?

— Il voudrait te parler. Il est sur la terrasse. »

Mikael ferma les yeux en soupirant. Alors qu'il gravissait les échelons, passant de directeur des services de lutte contre la criminalité organisée à directeur de la police puis ministre de la Justice, il avait fait en sorte de prendre de plus en plus ses distances avec son ami d'enfance et ancien complice. Il était devenu plus précautionneux.

Il sortit sur la grande terrasse, referma la porte coulissante derrière lui.

« Tu as une sacrée vue d'ici. »

Le visage de Truls était rouge sous la lumière des lampes chauffantes. Il porta une bouteille de bière à ses lèvres.

Mikael s'assit à côté de lui, prit celle qu'il lui tendait après l'avoir décapsulée.

« Comment va l'enquête ?

— Celle contre moi ? demanda Truls. Ou celle à laquelle je participe ?

— Tu participes à une enquête ?

— Tu n'es pas au courant ? C'est bien, ça veut dire qu'il n'y a pas de fuites de notre côté. Je travaille avec Harry Hole. »

Mikael digéra l'information. « Tu sais que si l'on apprend que tu utilises les moyens dont tu disposes en tant que policier pour aider…

— Oui, oui, je sais, mais ça n'aurait plus beaucoup d'importance si jamais on nous stoppait, ce qui serait très dommage, d'ailleurs. Hole est bon. Tu sais que les chances d'appréhender ce taré seront plus fortes si Hole peut continuer ? »

Truls tapa ses semelles contre la dalle coulée de la terrasse.

Mikael ne savait pas si c'était parce qu'il avait froid aux pieds ou si c'était un rappel inconscient de leur passé commun, de leurs secrets.

« C'est Hole qui t'envoie ?

— Non, il n'a pas la moindre idée que je suis ici. »

Mikael hocha la tête. Il avait toujours été celui qui décidait ce qu'ils devaient faire et cela ne ressemblait pas à Truls de prendre l'initiative, mais il entendait qu'il disait la vérité.

« Cela dépasse la capture d'un criminel, Truls. Il s'agit de politique. Des grandes lignes, des principes, tu vois ?

— Les gens comme moi ne comprennent pas la politique, déclara Truls en réprimant un rot. Ils ne comprennent pas non plus que le ministre de la Justice préfère laisser un putain de tueur en série courir en liberté dans la nature plutôt que laisser l'enquêteur le plus célèbre de Norvège s'en tirer parce qu'il a menti en se présentant comme le sergent Hans Hansen. Surtout quand c'est ce petit mensonge qui a permis de retrouver Bertine Bertilsen. »

Mikael but une gorgée de bière. S'il avait peut-être aimé cette boisson autrefois, ce n'était plus le cas aujourd'hui, mais au Parti travailliste et chez les syndicalistes de LO, on se méfiait par principe des gens qui ne buvaient pas de bière.

« Tu sais comment on devient ministre de la Justice et comment on le reste, Truls ? On écoute les gens dont on sait qu'ils veulent notre bien, on écoute les gens qui ont l'expérience qui nous fait défaut. J'ai autour de moi des personnes talentueuses qui sauront présenter cela de la bonne façon, le faire apparaître comme le refus qu'un milliardaire crée son armée personnelle d'enquêteurs et d'avocats. Cela montrera que nous ne voulons pas d'une situation à l'américaine où les riches jouissent de toutes sortes de privilèges, où seuls les avocats les mieux payés gagnent, où l'affirmation que tous les citoyens sont égaux n'est que du galimatias patriotique. En Norvège, l'égalité n'existe pas seulement sur le papier, et nous allons continuer de travailler pour cela. »

Mikael nota mentalement quelques-uns des arguments qu'il venait de livrer, ils pourraient peut-être servir dans un futur discours, sous une forme plus élaborée, certes.

Truls éclata de ce rire qui avait toujours évoqué à Mikael le grouinement d'un porc.

« Quoi ? »

Mikael se rendit compte que son ton était plus agacé qu'il ne le voulait. La journée avait été longue. Ils avaient beau occuper les colonnes des journaux, Harry Hole et les tueurs en série n'étaient pas les seules préoccupations d'un ministre de la Justice.

« Non, je me disais simplement qu'on est drôlement bien en Norvège avec notre belle égalité devant la loi. Dire qu'ici même un ministre de la Justice ne pourrait pas empêcher la police d'enquêter si elle avait reçu des informations sur lui. On pourrait donc apprendre qu'il a un cadavre dans sa terrasse. Certes, cette personne n'est pas une grosse perte pour la société, non, seulement le membre d'un gang de motards qui trafiquaient de l'héroïne et qui avaient des liens avec deux policiers corrompus. Grâce à l'égalité devant la loi, l'enquête révélerait que le ministre de la Justice était jadis un jeune policier plus intéressé par l'argent que par le pouvoir, qu'une nuit, un de ses amis d'enfance un peu naïf et nettement moins malin que lui l'a aidé à couler les preuves dans le ciment de sa nouvelle maison. »

Truls tapa de nouveau les semelles sur le sol.

« C'est une menace, Truls ? articula lentement Mikael.

— Absolument pas. » Truls reposa sa bouteille vide à côté de sa chaise et se leva. « Simplement, ce que tu disais sur le fait de savoir écouter m'a paru particulièrement sage. Écouter les gens dont on sait qu'ils veulent notre bien. Merci pour la bière. »

Sur le seuil de la chambre, Katrine les observait.

Le petit sous sa couette, le grand dans un fauteuil, la tête contre les barreaux du lit. Elle s'accroupit pour voir aussi le visage de Harry et constata que la ressemblance avec Gert était encore plus frappante quand ils dormaient. Elle secoua doucement Harry. La bouche pâteuse, il cligna des yeux, l'air perdu, et consulta sa montre avant de se hisser sur ses jambes et de la suivre dans la cuisine, où elle alluma la bouilloire.

« Tu rentres tôt, commenta-t-il en s'attablant. Ce n'était pas sympa ?

— Si, si. Il avait choisi ce restaurant parce qu'il y a un montrachet sur la carte des vins et apparemment j'ai dit aimer ça la première fois qu'on est sortis, mais il y a des limites au temps que peut durer un dîner.

— Vous auriez pu aller ailleurs après, boire une bière, tout ça.

— Ou passer vite fait chez lui pour baiser.

— Oui ? »

Elle haussa les épaules. « Il est mignon. Il ne m'a pas encore invitée chez lui. Il préfère qu'on attende que nous soyons sûrs de rester ensemble.

— Alors que toi… ?

— Alors que moi, je voudrais qu'on baise autant qu'on peut avant de comprendre qu'on ne va pas rester ensemble. »

Il rit.

« Au début, j'ai cru qu'il voulait se faire désirer. Ça, ça marche toujours avec moi.

— Hmm. Même quand tu sais que c'est de la comédie ?

— Tout à fait. Les inaccessibles, ça me branche toujours. Comme toi, à l'époque.

— J'étais marié. Donc tous les hommes mariés te branchent ?

— Seulement ceux que je ne peux pas avoir. Qui ne sont pas si nombreux, d'ailleurs. Toi, tu étais d'une fidélité exaspérante.

— J'aurais pu l'être encore plus. »

Elle servit à Harry du café lyophilisé, prit du thé pour elle-même.

« Quand je t'ai séduit, c'était parce que tu étais soûl et désespéré. Tu étais au plus faible, et je ne me le pardonnerai jamais.

— Non ! »

La réaction de Harry fut si abrupte que Katrine sursauta et renversa du thé.

« Non ?

— Non, tu n'as pas le droit de m'enlever la culpabilité. C'est tout ce qui me reste. »

Il but une gorgée de café, grimaça comme s'il s'était brûlé.

« La seule chose qui te reste, à toi ? » Elle sentit la colère et les larmes monter simultanément. « Bjørn ne s'est pas suicidé parce que tu l'avais trahi, Harry, mais parce que moi, je l'avais fait. » Elle avait parlé fort et s'interrompit pour tendre l'oreille vers la chambre de

Gert, baissa le ton. « On vivait ensemble, il croyait être le bienheureux père de notre enfant. Oui, il savait ce que j'avais éprouvé pour toi. On n'en parlait pas, mais il savait. Il savait aussi, ou croyait savoir, qu'il pouvait avoir confiance en moi. Merci pour ton offre de partage de la culpabilité, Harry, mais celle-ci est mienne et mienne seulement. D'accord ? »

Harry baissait les yeux sur sa tasse. Il n'avait manifestement pas l'intention de se lancer dans cette discussion. Tant mieux. En même temps, quelque chose clochait. *La culpabilité est tout ce qui me reste.* Avait-elle mal compris ? Ou passait-il quelque chose sous silence ?

« N'est-ce pas tragique ? demanda-t-il. Que l'amour soit ce qui tue ceux que nous aimons ? »

Elle hocha lentement la tête.

« C'est shakespearien », dit-elle en le scrutant.

Ceux que nous aimons. Pourquoi le pluriel ?

« Bon, allez, il faut que je rentre à l'hôtel pour travailler un peu. » Il éloigna sa chaise de la table. « Merci de m'avoir laissé... » Il fit un signe de tête vers la chambre d'enfant.

« Merci à toi », répondit-elle doucement, l'air songeur.

Dans son lit, Prem regardait le plafond.

Il était bientôt minuit et les messages s'échangeaient dans un bourdonnement régulier sur la radio de police. Pourtant, il n'arrivait pas à dormir. En partie par appréhension du lendemain, mais surtout parce qu'il était totalement électrisé. Il avait été avec Elle, et il en était presque sûr à présent : Elle l'aimait aussi. Ils avaient parlé de musique. Elle s'y intéressait. De même qu'à ce qu'il écrivait, avait-elle dit, mais ils avaient évité le sujet des deux filles mortes. Les autres autour d'eux en avaient sûrement parlé, mais pas avec la perspicacité qu'eux-mêmes auraient pu avoir. S'ils savaient ! Si *elle* savait qu'il en savait plus qu'elle. À un moment, il avait été tenté de tout lui révéler, tout comme on peut connaître l'appel du vide quand on se tient contre le garde-corps d'un pont. Par exemple celui de Nesøya à trois heures du matin, un samedi de mai, quand on venait de comprendre que celle qu'on pensait être Elle ne voulait pas de nous. Enfin, c'était il y a longtemps, il s'en était remis, il était allé de l'avant. Plus qu'elle, en tout cas ; la dernière fois qu'il avait regardé, tout ce qu'elle faisait semblait s'être enlisé, y compris sa vie de couple. Peut-être verrait-elle bientôt son nom à lui dans les journaux, tout le monde qui l'encensait, et alors elle songerait peut-être qu'il aurait pu lui appartenir. Ah, les regrets qu'elle aurait !

Mais avant, il fallait procéder à certaines choses.

Comme cette affaire du lendemain.

Ce serait la troisième.

Non, il n'avait pas hâte. Seul un dément aurait pu se réjouir à cette perspective. Mais il le fallait. Prem devait vaincre le doute, la résistance morale que tout individu normal doué de sentiments ressentait forcément face à une telle mission. À propos de sentiments, il devait se souvenir que sa mission n'était pas la vengeance. S'il l'oubliait, il risquait de perdre de vue les enjeux et d'échouer. La vengeance n'était que sa récompense, un bonus, pas la mission même. Cette vengeance accomplie, on lui baiserait les pieds. Enfin.

27

Samedi

« Donc la police travaille le week-end aussi ? demanda Weng en examinant le sachet vide.

— Certains d'entre nous, oui. »

Accroupi à côté du panier dans le coin de la pièce, Sung-min grattait le bouledogue derrière l'oreille.

« Hillman Pets, lut le paysan. Non, ce n'est pas ce que je donne à ma chienne, ma foi.

— D'accord, soupira Sung-min en se levant. Je voulais simplement vérifier. »

Chris avait proposé une promenade autour du Sognsvann ce jour-là et avait été agacé que Sung-min réponde qu'il devait travailler, car il savait que ce n'était pas vrai, Sung-min ne *devait* pas travailler. Ces choses-là étaient parfois difficiles à expliquer… Sung-min reprit le sachet.

« Par contre, j'ai déjà vu ce sachet, précisa Weng.

— Ah bon ?

— Oui. Il y a quelques semaines. Un type qui était assis sur un tronc d'arbre dans les fourrés au bout du champ. » Il fit un geste vers la fenêtre de la cuisine. « Il tenait un sachet semblable. »

Sung-min regarda dehors. L'orée du bois était à au moins cent mètres de distance.

« Je regardais avec ça. »

Weng, qui avait manifestement noté son air dubitatif, lui montrait une paire de jumelles Zeiss trônant sur la table, au sommet d'une pile de magazines auto.

« Grossissement par vingt. C'est comme être juste devant le bonhomme. Je m'en souviens maintenant, à cause de l'airedale du sachet, mais sur le coup, je n'ai pas pensé que c'était un antiparasitaire, parce que le gars en mangeait.

— Il en mangeait ?! Vous êtes sûr ?

— Oui. Ce qu'il en restait, manifestement, parce que ensuite, il a chiffonné le sachet et il l'a balancé. Cette espèce de porc ! Je suis sorti pour lui dire de ne pas salir ma propriété, mais il a déguerpi dès que j'ai franchi le seuil. Je suis allé jusque là-bas, seulement ça soufflait, un bon vent du nord, le sachet avait dû s'envoler dans les bois. »

Le pouls de Sung-min avait accéléré. Ce genre de besogne policière ne payait qu'une fois sur cent, mais quand c'était payant, c'était le jackpot, on pouvait résoudre toute une affaire dans laquelle on n'avait jusqu'alors pas la moindre piste. Il déglutit.

« Dois-je en déduire, Weng, que vous seriez en mesure de me décrire cet homme ? »

L'agriculteur considéra Sung-min, puis secoua la tête en souriant tristement.

« Vous dites pourtant que c'était comme se trouver en face de lui. » Sung-min entendait l'écho de la frustration dans sa propre voix.

« Voui, mais j'avais le sachet en plein dans mon champ de vision et quand il l'a jeté, je n'ai pas eu le temps de me faire une impression, il a tout de suite remis son masque chirurgical.

— Il portait un masque ?

— Oui, ainsi que des lunettes de soleil et une casquette. Je n'ai pas pu voir grand-chose de son visage, ma foi.

— Vous n'avez pas trouvé étrange qu'un homme seul dans la forêt porte un masque alors que tout le monde a arrêté depuis longtemps ?

— Si, si, mais il y a beaucoup de gens bizarres dans les bois, non ? »

Sung-min comprit que Weng lui proposait quelques instants d'autodérision, mais il n'était pas d'humeur à sourire.

Devant la pierre tombale, Harry sentait l'eau de pluie imprégnant la terre s'infiltrer dans ses chaussures. Une lumière matinale terne filtrait à travers les nuages. Après avoir lu des rapports jusqu'à cinq heures du matin, dormi trois heures, repris sa lecture, il comprenait maintenant pourquoi l'enquête s'était enlisée. Le travail effectué semblait soigneux, mais il n'y avait rien. Strictement rien. Il était donc venu ici pour s'éclaircir les idées. Il n'avait même pas lu un tiers des rapports.

Son nom était gravé en blanc sur la pierre grise. Rakel Fauke. Il ne savait pas vraiment pourquoi, mais présentement, il se félicitait qu'elle n'ait pas accolé leurs deux noms.

Il regarda autour de lui. Il y avait quelques personnes auprès des autres tombes, sûrement plus que d'habitude vu qu'on était samedi, mais elles étaient loin et il partait du principe qu'il pouvait parler tout haut sans être entendu. Il raconta qu'il avait parlé à

Oleg au téléphone : il allait bien, il se plaisait là-haut, dans le Nord, mais envisageait de postuler à Oslo.

« Au PST, dit Harry. La sécurité du territoire. Il veut marcher dans les pas de sa mère. »

Harry expliqua ensuite qu'il avait appelé sa sœur : elle avait eu quelques problèmes de santé, mais se portait mieux désormais et avait repris son travail au supermarché. Elle voulait qu'il vienne leur rendre visite à Kristiansand, à elle et son petit ami.

« J'ai dit que je verrais si j'avais le temps avant que… avant qu'il ne soit trop tard. J'ai quelques ennuis avec des Mexicains. Ils vont nous tuer, moi et une femme qui ressemble à ma mère, si la police ou moi ne résolvons pas l'affaire dans les trois jours qui viennent. » Il rit. « J'ai une mycose des ongles, mais à part ça, je suis en forme. Donc voilà, maintenant tu sais que ta famille va bien. Ça a toujours été le principal pour toi. Toi-même tu comptais moins. Si ça n'avait dépendu que de toi, tu n'aurais même pas voulu qu'on te venge, mais ça ne dépendait pas de toi, et moi, je voulais la vengeance. Ça fait sûrement de moi une moins bonne personne que toi, mais je l'aurais été de toute façon, même sans cette foutue soif de vengeance. C'est comme une pulsion sexuelle, putain. Tu as beau être déçu chaque fois que tu obtiens vengeance, tu as beau savoir que tu seras déçu la prochaine fois aussi, tu es obligé de continuer. Quand je la ressens, cette foutue pulsion, je me dis que je suis dans la peau d'un tueur en série. Parce que ce sentiment de pouvoir venger quelque chose que j'ai perdu est tellement délicieux que je souhaiterais parfois perdre quelque chose, quelque chose que j'aime. Pour pouvoir me venger. Tu comprends ? »

Harry sentit la boule dans sa gorge. Bien sûr qu'elle

comprenait. C'était ce qui lui manquait le plus. Sa Rakel chérie, qui comprenait et acceptait tant chez le plus bizarre des amoureux. Pas tout, mais beaucoup. Foutrement beaucoup.

« Le problème, dit Harry en s'éclaircissant la voix, c'est que, après toi, je n'ai plus rien à perdre. Il n'y a plus rien à venger, Rakel. »

Il resta immobile, la tête baissée. Le cuir de ses chaussures fonçait en absorbant l'eau. Il leva les yeux. Sur le perron de l'église se dressait une silhouette d'aspect familier et Harry se rendit compte que c'était un prêtre. Il avait l'air de regarder dans sa direction.

Son téléphone sonna. Johan Krohn.

« Parlez-moi, dit Harry.

— Je viens de recevoir un coup de fil. Pas de n'importe qui. Le ministre de la Justice en personne.

— C'est un petit pays, vous n'avez tout de même pas été si ébloui que ça. Bon. C'est fini, alors ?

— Après l'article dans *VG*, je pensais que c'était le but de son appel, tout en étant tout de même un peu surpris qu'il veuille communiquer le message personnellement. D'habitude, ces choses-là passent toujours par des canaux officiels. C'est-à-dire que les gens dont je pensais qu'ils prendraient contact…

— Ce n'est pas que je suis occupé le samedi matin, Krohn, mais est-ce qu'on pourrait passer en accéléré jusqu'à ce que Bellman a dit ?

— Tout à fait. Il a dit qu'il ne voyait pas quel fondement juridique le ministère pouvait avoir pour clore notre enquête et qu'il n'entreprendrait donc rien dans les circonstances présentes, mais qu'à la lumière des abus qui semblaient s'être produits, il nous suivrait avec des yeux d'Argus et que, la prochaine fois qu'un incident de ce genre se produirait, la police interviendrait.

— Hmm.

— Oui, ce ne serait sans doute pas exagéré. En tout état de cause, je suis fort surpris. J'étais persuadé qu'il nous empêcherait de poursuivre. Politiquement, c'est presque incompréhensible, Bellman va maintenant devoir affronter à la fois les siens et les médias. Avez-vous une explication ? »

Harry réfléchit. À brûle-pourpoint, il ne voyait qu'une seule personne qui soit de leur côté et qui détienne peut-être un moyen de pression sur Bellman.

« Non, répondit-il.

— Bon, en tout cas, vous voilà informé que nous sommes toujours dans la course.

— Merci. »

Harry raccrocha, réfléchit. Ils allaient pouvoir continuer. Il lui restait trois jours, il n'avait aucune piste valable. Quelle était l'expression ? *Celui dont le destin est d'être pendu ne meurt pas noyé ?*

« Ta mère avait du talent, tu comprends. »

Oncle Fredric marchait sur l'étroit trottoir de Slemdalsveien, apparemment sans se rendre compte qu'il obligeait les gens à descendre sur la chaussée pour les laisser passer. À part ça, il semblait aujourd'hui lucide.

« C'est pourquoi c'était si triste de la voir gâcher sa carrière en se jetant dans les bras du premier mécène venu. Enfin mécène, mécène, il avait horreur du théâtre, ton beau-père, il n'y allait que tous les trente-six du mois pour se montrer, c'était uniquement pour respecter la tradition familiale des Røed qu'il finançait le Nationaltheatret. Il n'a vu Molle sur scène qu'une seule fois. Ironie du sort, elle jouait le rôle-titre dans *Hedda Gabler*. C'était une belle femme et une petite célébrité à l'époque. Parfaite à exhiber. »

Prem connaissait l'histoire, mais il avait néanmoins demandé à son oncle de la lui raconter. Pas tant pour vérifier qu'elle était toujours ancrée dans son cerveau infecté que par besoin de l'entendre, pour se conforter encore que la décision qu'il avait prise était juste. La nuit précédente, sans savoir pourquoi, il s'était mis à douter, c'était paraît-il normal avant une étape importante de la vie. Comme avant le jour du mariage, par exemple. Or ceci, cette vengeance, il y pensait, il en rêvait, depuis l'enfance, il ne fallait donc pas s'étonner que ses réflexions et émotions lui jouent quelques tours.

« C'était la relation qu'ils avaient, poursuivit son oncle. Elle vivait sur son dos à lui et lui vivait sur son dos à elle. Elle, jeune et belle mère célibataire qui n'avait pas beaucoup d'exigences. Lui, un type sans scrupules, suffisamment fortuné pour lui donner tout, à part la seule chose dont elle avait besoin. L'amour. C'est pour cela qu'elle était devenue comédienne ; comme tous les comédiens, elle voulait avant tout être aimée. N'obtenant pas cet amour, qu'il ne lui donnait pas et que son public avait fini par lui retirer, elle s'est décomposée. Évidemment, ça n'arrangeait rien que tu sois un sale gosse pourri gâté et hyperactif. Quand son mécène vous a finalement quittés, ta mère était une femme déprimée, exsangue, alcoolique, qui n'avait plus de rôles à la hauteur de son talent. Je ne crois pas qu'elle l'ait aimé. C'était plutôt le fait d'être abandonnée par quelqu'un, n'importe qui, qui a été le coup de grâce. Ta mère a toujours eu une psyché fragile, mais je dois admettre que je ne m'attendais pas à ce qu'elle mette le feu à la maison.

— Tu sais bien qu'elle ne l'a pas fait», protesta Prem.

Son oncle s'interrompit, redressa le dos et adressa un large sourire à une jeune femme qui arrivait en face d'eux.

«Plus gros!» cria-t-il en désignant sa propre poitrine d'un geste éloquent. «Vous auriez dû les acheter plus gros!»

La femme le considéra avec stupeur et s'empressa de passer son chemin.

«Oh que si! reprit oncle Fredric. Elle a mis le feu. Comme le feu était parti de sa chambre et qu'elle avait de l'alcool dans le sang, le rapport a indiqué que la cause de l'incendie était vraisemblablement qu'elle avait fumé une cigarette au lit en étant ivre, mais crois-moi, elle a mis le feu, avec le souhait que vous brûliez tous les deux. Quand les parents emmènent leurs enfants dans la mort, c'est en général pour leur épargner une vie d'orphelins, mais, et je sais que c'est douloureux à entendre, dans le cas de ta mère, c'est qu'elle trouvait que vous valiez aussi peu l'un que l'autre.

— C'est faux. Elle l'a fait parce qu'elle ne voulait pas me laisser à sa merci à lui.

— À ton beau-père?» Son oncle rit. «Tu es bête ou quoi? Il ne voulait pas de toi, il était tout content d'être débarrassé de vous.

— Si, dit Prem si bas qu'il fut assourdi par le sifflement du T-bane qui passait à côté d'eux. Il voulait de moi, mais pas comme tu penses.

— Il t'a déjà offert un cadeau, par exemple?

— Oui. Au Noël de mes dix ans, il m'a offert un

livre sur les méthodes de torture des Comanches. C'étaient les meilleurs. Par exemple, ils pendaient souvent leurs victimes par les pieds dans les arbres et allumaient un feu dessous, si bien que leur cerveau finissait par cuire. »

Son oncle rit. « Pas mal du tout ! Quoi qu'il en soit, mon indignation morale a des limites, en ce qui concerne les Comanches et en ce qui concerne ton beau-père aussi. Ta mère aurait dû le traiter mieux, après tout, c'était son hôte. Tout comme le parasite humain devrait mieux traiter le globe terrestre. Enfin, il n'y a aucune raison de regretter cela non plus. Les gens pensent que nous autres biologistes, nous souhaitons préserver la nature intacte, comme un musée organique, mais nous semblons être les seuls qui comprennent et qui acceptent que la nature est en mouvement, tout est censé mourir et disparaître, c'est ça qui est naturel. La disparition des espèces, pas leur maintien.

— On fait demi-tour et on rentre ?

— On rentre ? Mais où ça ? »

Prem soupira. Le cerveau de son oncle semblait manifestement se troubler de nouveau. « À la maison de retraite.

— Je te faisais marcher ! ricana son oncle. Cette infirmière qui t'a accompagné à ma chambre, je te parie mille couronnes que je la baise avant lundi. Tu paries ?

— Chaque fois qu'on parie et que tu perds, tu prétends ne pas te souvenir du pari. Quand tu gagnes, en revanche…

— Allez, ne sois pas déraisonnable, Prem. Il faut bien que les gens séniles aient quelques avantages. »

Après leur courte promenade, Prem confia son

oncle à ladite infirmière et repartit en empruntant le même chemin qu'à l'aller. Il traversa Slemdalsveien, continua en direction de l'est et entra dans un quartier résidentiel de villas avec de grands terrains. L'immobilier était cher dans ce secteur, mais les maisons situées tout en bordure du périphérique étaient légèrement meilleur marché, à cause du bruit. C'était là que se trouvait le site de l'incendie.

Il ouvrit le portail rouillé, remonta la pente gravillonnée vers le bosquet de bouleaux. Derrière s'élevait une maison calcinée. Ces dernières années, le fait qu'elle soit cachée des voisins l'avait aidé dans sa stratégie de temporisation vis-à-vis de la municipalité, qui souhaitait la démolition de cette ruine. Il entra. L'escalier menant au premier avait brûlé et s'était écroulé. La chambre de sa mère était à l'étage, la sienne, au rez-de-chaussée. C'était peut-être ce qui avait rendu cela possible. La distance. Elle savait, bien sûr, mais l'éloignement lui permettait de faire semblant de ne pas savoir. Toutes les cloisons intérieures avaient brûlé aussi, le rez-de-chaussée n'était plus qu'un vaste espace couvert de cendres, d'où émergeait çà et là de la végétation. Un arbuste. Ce qui allait peut-être devenir un arbre. Il se dirigea vers un lit en fer dans ce qui avait autrefois été sa chambre. Un sans-abri bulgare s'était introduit dans la maison et y avait vécu quelque temps. N'était-ce que sa présence aurait inéluctablement conduit à des plaintes du voisinage et à des prières renouvelées pour qu'il détruise la bâtisse, Prem aurait permis au pauvre bougre de rester. Il lui avait donné un peu d'argent et l'homme avait paisiblement quitté les lieux avec ses maigres possessions, ne laissant qu'une paire de chaussettes en laine trouées et humides et le matelas sur le lit. Prem avait ensuite changé le verrou et cloué de nouveaux panneaux devant les fenêtres.

Les ressorts en acier grincèrent lorsqu'il s'assit de tout son poids sur le matelas crasseux. Il frissonna. C'était le bruit d'une enfance, un bruit qui s'était installé dans son cerveau, aussi irrévocablement que les parasites qu'il avait élevés.

Mais, ironie du sort, ce lit l'avait aussi sauvé quand il s'était glissé dessous pendant l'incendie.

Sachant toutefois qu'il y avait eu des jours où il maudissait ce salut. La solitude dans les institutions. La solitude auprès de ses diverses familles d'accueil. Il avait fugué. C'étaient de braves gens, bien intentionnés, mais, pendant ces années-là, il n'arrivait pas à dormir seul dans une chambre. Il restait toujours l'oreille tendue, à attendre. L'incendie. Le père de famille. À la fin, il n'en pouvait plus et fuguait. Ensuite, il était envoyé dans une nouvelle institution, où il recevait parfois la visite d'oncle Fredric, à peu près comme il lui rendait désormais visite de temps à autre. Son oncle, qui avait clairement indiqué qu'il n'était après tout qu'un oncle et que, vivant seul, il n'était pas en mesure de prendre le garçon chez lui. Ce menteur. Ce qu'il s'était senti capable de prendre en charge, en revanche, c'était le modeste héritage que sa mère avait laissé à son fils. Prem n'en avait pas vu la couleur, à part ceci : la propriété. C'était l'une des raisons pour lesquelles il avait refusé de vendre, il savait que l'argent disparaîtrait alors dans les poches de son oncle. Prem émit un grognement. Les ressorts gémirent. Il ferma les yeux, voyagea dans le temps vers les bruits, les odeurs, la douleur, la honte. Il avait besoin de ces bruits à présent, il en avait besoin pour être sûr. Il avait pourtant franchi toutes les frontières, il était arrivé ici, alors pourquoi cette hésitation, ce retour en arrière ? On disait que tuer était pire la première fois, mais il commençait à en douter. Il se balança d'avant en arrière sur le lit. Alors ? Puis, enfin, les souvenirs revinrent, des sensations aussi claires que si tout se déroulait ici et maintenant. Oui, il était sûr.

Il ouvrit les yeux, consulta sa montre.

Il allait rentrer se doucher, se changer, s'enduire de son propre parfum. Ensuite, il irait au théâtre.

28

Samedi

Dernier acte

Seule source lumineuse, les spots du fond de la piscine brisaient la pénombre en projetant leurs reflets chatoyants sur les murs et sur le plafond de la salle. À l'apparition d'Alexandra, le cerveau de Harry renonça enfin à ressasser les détails des rapports. Son maillot de bain semblait révéler davantage que ne l'aurait fait une nudité complète. Il appuya les coudes sur le bord tandis qu'elle descendait dans une eau qui, d'après le réceptionniste du spa de The Thief, était maintenue à une température de 35 degrés. Alexandra l'observa qui l'observait et esquissa ce sourire énigmatique des femmes qui savent – et aiment – que les hommes apprécient ce qu'ils voient.

Elle nagea jusqu'à lui. À part un couple à l'autre bout, ils avaient le bassin pour eux seuls. L'eau ne leur arrivait qu'à mi-poitrine. Harry sortit la bouteille du seau à champagne posé sur la margelle et lui en servit un verre.

« Merci, dit-elle.

— Merci comme dans on est quittes ? lui demanda-t-il alors qu'elle buvait.

— En aucun cas. Après ce que *VG* a écrit, il serait

extrêmement fâcheux que l'on apprenne que je fais clandestinement des analyses d'ADN pour toi. Alors je voudrais que tu me racontes quelque chose de secret.

— Hmm. Comme quoi?

— À toi de voir.» Elle se glissa contre lui. «Mais ça doit venir d'une obscurité profonde.»

Harry l'observa. Son regard n'était pas sans similitude avec celui de Gert quand il réclamait qu'on lui chante «*Biquet, mon Biquet*». Alexandra savait que c'était lui le père et une pensée folle lui vint : il allait lui raconter le reste. Il contempla la bouteille de champagne. Bien qu'il n'ait demandé qu'un seul verre, il l'avait commandée en sentant que c'était une mauvaise idée. C'en serait une aussi de raconter à Alexandra ce que seuls Johan Krohn et lui savaient. Il toussota.

«À Los Angeles, j'ai détruit le larynx d'un homme, je l'ai senti partir en morceaux contre mes phalanges, et ça m'a plu.»

Alexandra le regarda avec de grands yeux.

«Vous vous battiez?

— Oui.

— Pourquoi?»

Harry haussa les épaules. «Une bagarre de bistrot. À propos d'une femme. J'étais bourré.

— Et comment ça s'est passé pour toi?

— Bien. J'ai frappé une seule fois et puis c'était fini.

— Tu l'as frappé au larynx.

— Oui. *Chisel fist*. Une frappe du poing, phalanges repliées.» Il leva la main pour lui montrer. «J'ai appris ça avec un expert en arts martiaux qui entraînait les forces spéciales norvégiennes en Afghanistan. Si tu touches ton adversaire au bon endroit sur la gorge, toute résistance cesse instantanément, parce que le cerveau n'a de place que pour une seule préoccupation, qui est de trouver de l'air.

— Comme ça ? » Elle replia les deux premières phalanges de ses doigts.

« Et comme ça. » Harry lui redressa le pouce, le dirigea vers l'index. « Et puis tu vises là, le larynx. »

Il tapota l'index sur son propre cou.

« Hé ! s'écria-t-il lorsqu'elle le frappa sans prévenir.

— Ne bouge pas ! » fit-elle en riant avant de frapper de nouveau.

Harry esquiva le coup. « Je crois que tu n'as pas compris. Si tu réussis ton coup, tu risques de tuer. On va dire que mon mamelon est le larynx, d'accord ? Il faut que tu te serves de ça… » Il l'attrapa par les hanches sous l'eau et lui montra comment effectuer sa rotation pour appliquer de la force dans son geste. « Prête ? »

Quatre tentatives plus tard, elle avait à son actif deux coups qui avaient fait gémir Harry.

Le couple à l'autre bout du bassin s'était tu et les suivait d'un regard inquiet.

« Comment sais-tu que tu ne l'as pas tué ? »

Alexandra se positionna pour frapper encore.

« Je n'en suis pas sûr, mais s'il était mort, je suppose que ses amis ne m'auraient pas laissé la vie sauve après.

— S'il était mort, tu as réfléchi au fait que ça te rendrait relativement semblable aux gens que tu as passé ta carrière à poursuivre ? »

Harry fronça le nez. « Peut-être.

— Peut-être ? Se battre pour une femme, c'est un motif noble, selon toi ?

— Appelons ça de l'autodéfense.

— Il y a beaucoup de choses qu'on peut appeler autodéfense, Harry. Un crime d'honneur, c'est de l'autodéfense. Un crime de jalousie, c'est de l'autodéfense. Les gens tuent pour défendre le respect qu'ils ont d'eux-mêmes et de leur dignité. Tu as toi-même fait l'expérience de gens qui tuaient pour se sauver de l'avilissement, non ? »

Harry acquiesça. Il la regarda. Avait-elle compris ? Avait-elle compris que Bjørn n'avait pas seulement attenté à ses propres jours ? Non, son regard était tourné vers l'intérieur, il s'agissait de sa propre expérience. Harry allait parler quand la main d'Alexandra fusa comme un projectile. Il ne bougea pas, resta immobile alors qu'elle s'illuminait d'un sourire triomphal. Sa main, repliée en forme de ciseau à bois, effleurait tout juste la peau de sa gorge.

« Là, j'aurais pu te tuer, déclara-t-elle.

— Oui.

— Tu n'as pas eu le temps de réagir ?

— Non.

— Ou tu me faisais confiance pour ne pas te briser le larynx. »

Il sourit légèrement, ne répondit pas.

« Ou… » Elle plissa le front. « Tu t'en fous ? »

Harry sourit plus largement. Il saisit le champagne derrière lui, servit Alexandra. Il s'imagina portant le goulot à ses lèvres, renversant la tête en arrière et entendant le glouglou discret pendant que l'alcool l'emplissait, puis baissant la bouteille désormais vide et s'essuyant la bouche de la main sous les yeux médusés d'Alexandra. À la place, il reposa la bouteille presque pleine dans le seau à glace et toussota.

« Bon, qu'est-ce que tu en dis, on fait un tour au sauna ? »

Dans la mise en scène du Nationaltheatret, les cinq actes du *Roméo et Juliette* de Shakespeare s'étaient transformés en deux, avec un entracte de quinze minutes.

Lorsque le signal de l'entracte résonna, le public afflua dans les couloirs et dans le foyer où étaient servis des rafraîchissements. Helene intégra la file du bar en écoutant distraitement les conversations autour d'elle. Curieusement, aucune n'avait trait à la pièce, comme si c'eût été prétentieux ou vulgaire, tout dépendait. Son attention fut attirée par une odeur lui évoquant Markus, elle se tourna à moitié. Un homme se tenait derrière elle, il eut le temps de lui adresser un sourire avant qu'elle braque promptement son regard devant elle. Ce sourire avait été… oui, quoi ? Son cœur battait plus vite, en tout cas. Elle avait presque envie de rire, ce devait être la pièce, un amorçage psychologique qui faisait qu'elle n'était sûrement pas la seule à voir soudain son Roméo dans la moitié des visages masculins qui l'entouraient. Car l'homme derrière elle n'avait rien de séduisant. Sans doute pas véritablement laid – son sourire avait au moins montré qu'il avait de jolies dents –, mais sans intérêt. Pourtant, son cœur continuait de battre la chamade et elle éprouvait l'envie, une envie qu'elle n'avait pas souvenir d'avoir ressentie depuis des années, de se retourner. De le regarder. D'identifier ce qui lui donnait envie d'agir de la sorte.

Elle parvint à se retenir, commanda un verre de vin blanc et se dirigea vers l'une des petites tables rondes le long des murs du foyer. Elle observa l'homme, qui cherchait maintenant à payer une bouteille d'eau en espèces. La femme derrière le comptoir lui montra l'affichette PAIEMENT PAR CARTE UNIQUEMENT. À sa stupéfaction, Helene s'aperçut qu'elle envisageait de se lever pour lui offrir sa consommation, mais il avait renoncé à sa commande et s'était tourné vers elle. Leurs regards se croisèrent, il sourit encore. Puis il se dirigea vers sa table. Elle sentit son cœur battre furieusement : Mais que lui arrivait-il ? Ce ne serait pas précisément la première fois qu'un homme se montrait si direct.

« Puis-je ? » demanda-t-il en posant la main sur la chaise libre.

Elle lui répondit d'un sourire bref et, supposait-elle, décourageant, tandis que son cerveau intimait à sa bouche de former les paroles « je préférerais que vous ne le fassiez pas ».

« Je vous en prie.

— Merci. »

Il s'assit et s'approcha, comme s'ils étaient au milieu d'une longue conversation.

« Sans vouloir divulgâcher, chuchota-t-il presque, elle a avalé du poison et va mourir. »

Son visage était si proche qu'elle sentait son parfum. Non, il était complètement différent de celui qu'avait jadis porté Markus, beaucoup plus brut.

« Pour autant que je sache, elle ne boit le poison qu'au dernier acte, répondit Helene.

— C'est ce que tout le monde pense, mais elle est déjà empoisonnée. Croyez-moi. »

Il sourit. Des canines blanches de prédateur. Elle avait envie de s'offrir à lui, de sentir ses dents mordre sa peau alors qu'elle enfonçait ses ongles dans son dos. Mon Dieu, mais qu'est-ce qui lui prenait ? Une partie d'elle voulait s'enfuir en courant, l'autre se jeter dans ses bras. Elle décroisa ses jambes, les recroisa, sentit – était-ce possible ? – les sécrétions du désir.

« Et si je ne connaissais pas la pièce ? Pourquoi vouloir me révéler la fin ?

— Parce que je veux que vous soyez préparée. C'est une chose épouvantable, la mort.

— Oui, en effet, répondit-elle sans le quitter des yeux. Mais la somme totale d'effroi ne fait-elle pas que croître si l'on doit en plus se préparer à la mort ?

— Pas nécessairement. » Il s'appuya contre le dossier de sa chaise. « Pas si le plaisir de vivre est décuplé par la certitude que la vie ne sera pas éternelle. »

Il lui disait vaguement quelque chose. Était-ce l'un des invités de la soirée sur le toit ? Ou l'avait-elle vu au Danielles ?

« *Memento mori*, déclara-t-elle.

— Oui, mais là, j'ai besoin d'eau.

— J'ai vu ça.

— Comment vous appelez-vous ?

— Helene. Et vous ?

— Appelez-moi Prem. Helene ?

— Oui, Prem ? fit-elle en souriant.

— Voulez-vous m'accompagner quelque part où il y a de l'eau ? »

Elle rit, trempa les lèvres dans son verre de vin. Elle voulait lui répondre qu'il y avait de l'eau ici, qu'elle pouvait payer. Ou, mieux, qu'elle pouvait lui prêter son verre pour qu'il aille le remplir au lavabo des toilettes, que l'eau du robinet d'Oslo était meilleure que n'importe quelle eau minérale, et de surcroît plus écologique.

« À quel endroit pensiez-vous ? demanda-t-elle.

— C'est important ?

— Non. » Elle n'en revenait pas de répondre ça.

« Bien. » Il pressa ses paumes l'une contre l'autre. « Allons-y.

— Maintenant ? Je pensais que vous vouliez dire après le dernier acte.

— On sait comment ça se finit. »

Situé dans le quartier de Vika, le Terse Acto, qui de toute évidence avait ouvert ses portes récemment, proposait des tapas de catégorie plus-plus tant en matière de prix que de qualité.

« Bon ? s'enquit Alexandra.

— Très. »

Harry s'essuya la bouche avec sa serviette en s'efforçant de ne pas regarder le verre de son invitée.

« Je me considère comme quelqu'un qui connaît Oslo, mais je n'en avais jamais entendu parler. C'est Helge qui m'a recommandé de réserver ici. Les homos sont toujours plus au courant.

— Homo ? Je n'ai pas eu ce feeling.

— C'est parce que tu as perdu ton pouvoir de séduction.

— Tu veux dire que j'en avais un ?

— Toi ? Mais follement, oui. Pas auprès de tout le monde, bien sûr. Pas auprès de tellement de monde, d'ailleurs… Quand j'y songe, on n'était peut-être que quelques-unes. » Elle rit, leva son verre de vin et le fit tinter contre le verre d'eau de Harry. « Donc tu penses que Terry Våge a perdu sa source et que, en désespoir de cause, il s'est mis à inventer des histoires ? »

Harry acquiesça. « La seule façon dont il pourrait savoir ce qu'il prétend savoir serait d'être en contact direct avec le tueur. J'ai du mal à le concevoir.

— Et s'il était sa propre source ?

— Hmm. Tu veux dire que Våge serait le tueur ?

— J'avais lu l'histoire d'un écrivain chinois qui avait tué quatre personnes avant d'écrire sur le sujet dans plusieurs romans pour finalement être condamné plus de vingt ans plus tard.

— Liu Yongbiao. Tu as aussi Richard Klinkhamer. Sa femme disparaît et, tout de suite après, il écrit un roman sur un homme qui tue sa femme et l'enterre dans le jardin. On a retrouvé la femme de Klinkhamer dans son jardin. Toutefois, ces types ne tuaient pas pour écrire sur le sujet. C'est ce que tu suggères ici, non ?

— Mais Våge pourrait l'avoir fait. Il y a bien des chefs d'État qui lancent des guerres pour se faire réélire ou entrer dans les livres d'histoire, pourquoi un journaliste n'essaierait-il pas de devenir le roi de son monde ? Tu devrais vérifier s'il a un alibi.

— D'accord. À propos de vérifier. Puisque tu disais connaître Oslo, est-ce que tu as entendu parler de la Villa Dante ? »

Alexandra se mit à rire. « Bien sûr. Tu as envie d'y aller pour voir s'il te reste encore un peu de ton pouvoir de séduction ? Je doute qu'on te laisse entrer, même avec les costumes que tu portes en ce moment.

— Comment ça ?

— C'est un… comment dire… un club gay très sélect.

— Tu y es déjà allée ?

— Non, ça va pas ! Mais j'ai un ami homo, Peter. C'est un voisin de Røed, d'ailleurs, c'est lui qui m'avait invitée à la soirée sur la terrasse.

— Tu étais invitée ?

— Pas formellement, mais c'était le genre de soirées où un tas de gens s'incrustent. Je pensais y aller avec Helge, pour le présenter à Peter, mais on a eu du travail ce soir-là. Quoi qu'il en soit, je suis allée au SLM quelques fois avec Peter.

— Le SLM ?

— Tu n'es plus dans le coup, Harry. Scandinavian Leather Man. Un club gay pour le commun des mortels. Là aussi, il y a un code vestimentaire, et des *backrooms* et compagnie au sous-sol. Un peu trop vulgaire pour la clientèle de la Villa Dante, je pense. Peter m'a expliqué qu'il avait essayé de devenir membre, mais c'était impossible. Il fallait faire partie d'un cercle rapproché, c'est une espèce d'Opus Dei homo. Enfin, il paraît que c'est très classe. Pense *Eyes Wide Shut*. Ça n'ouvre qu'un soir par semaine, bal masqué pour hommes adultes en costume hors de prix. Tout le monde porte un masque d'animal et a un surnom correspondant, c'est l'anonymat sur toute la ligne. Toutes sortes de débauches et des serviteurs qui sont… appelons-ça des *jeunes hommes*.

— Qui ont atteint la majorité sexuelle ?

— Maintenant, oui, sans doute, mais à l'époque où ça s'appelait le Tuesdays, le club a dû fermer à cause de ça. Un garçon de quatorze ans qui y travaillait a porté plainte contre un client pour viol. On avait analysé un prélèvement d'ADN au labo, mais il n'y avait aucune correspondance dans le fichier, bien sûr.

— Bien sûr ?

— Le Tuesdays n'avait pas une clientèle de repris de justice. Quoi qu'il en soit, l'endroit a maintenant rouvert sous le nom de Villa Dante.

— Dont personne ne semble avoir entendu parler.

— Ce club opère en toute discrétion, il n'a pas besoin de publicité. C'est pour ça que des gens comme Peter sont si désireux d'y accéder.

— Tu as dit que ça s'appelait le Tuesdays avant ?

— Oui, les soirées avaient lieu le mardi.

— Et c'est toujours le cas ?

— Je peux demander à Peter si tu veux.

— Hmm. Qu'est-ce qu'il faudrait pour que j'y aie accès, à ton avis ? »

Elle rit.

« Un mandat de perquisition, probablement. Que, du reste, tu as en ce qui me concerne pour ce soir. »

Il fallut quelques instants à Harry pour comprendre ce qu'elle voulait dire. Il haussa un sourcil.

« Ouaip, fit-elle en levant son verre. Mandat au sens d'ordre. »

« Vous habitez dans le coin ? demanda Helene.

— Non. » L'homme qui l'avait priée de l'appeler Prem dirigea sa voiture entre des bâtiments commerciaux récents, clairsemés dans un paysage plat et ouvert, de part et d'autre de la route qui menait à la pointe de Snarøya. « J'habite dans le centre, mais pendant les années qui ont suivi la fermeture de l'aéroport, j'avais l'habitude de promener mon chien ici le soir. Il n'y avait personne et je pouvais le laisser courir en liberté. Là-bas. » Il pointa l'index en direction de la mer à l'ouest et se resservit de chips ou de ce qu'il pouvait bien avoir dans ce sachet, il ne lui en avait en tout cas pas proposé.

« Mais ce sont des zones marécageuses protégées. Vous n'aviez pas peur qu'il attrape les oiseaux qui y nichent ?

— Si, si, et c'est arrivé une ou deux fois. J'ai essayé de me consoler en me disant que c'est la loi de la nature et que nous ne pouvons pas y faire obstacle, mais ce n'est pas vrai, bien sûr.

— Non ?

— Non. L'homme aussi est un produit de la nature et nous ne sommes pas le seul organisme faisant de son mieux pour détruire la planète telle que nous la connaissons. Cependant, en même temps que l'intelligence nous permettant de commettre notre suicide collectif, la nature nous a donné l'auto-analyse. Qui pourra peut-être nous sauver. Je l'espère. Quoi qu'il en soit, j'ai fait barrage à la nature et je me suis mis à utiliser ça. »

Il indiqua la poignée au-dessus de la portière de Helene et elle remarqua une laisse rétractable à laquelle pendait un collier avec clip.

« C'était un bon chien, poursuivit-il. Je pouvais rester dans la voiture à lire à la lumière du plafonnier pendant qu'il se promenait librement, dans un rayon de cinquante mètres. Les chiens, et les humains, n'ont pas besoin de plus que ça. Beaucoup n'en veulent pas davantage. »

Helene hocha la tête. « Mais si un jour, ils en veulent davantage et veulent partir, que fait le propriétaire de chien ?

— Aucune idée. Le mien n'en a jamais voulu davantage. » Il quitta la route principale et s'engagea sur un chemin forestier. « Et vous, qu'auriez-vous fait ?

— Je l'aurais libéré.

— Même en sachant qu'il ne survivrait pas seul dans la nature ?

— Aucun de nous ne survit.

— Ce n'est pas faux. »

Il freina, le chemin s'achevait. Il coupa le moteur, éteignit les phares, autour d'eux l'obscurité devint aveuglante. Helene entendait le vent siffler comme dans des roseaux et elle aperçut entre les arbres la mer et les lumières d'îlots et du continent plus loin.

« Où sommes-nous ?

— Tout à côté des zones humides. Ça, c'est Høvikodden, là, vous avez Borøya et là-bas Ostøya. Depuis la construction de logements, c'est devenu un coin de promenade très apprécié. En journée, ça grouille de familles avec enfants, mais là, nous avons les lieux pour nous tout seuls, Helene. »

Il détacha sa ceinture de sécurité, se tourna vers elle.

Helene respira, ferma les yeux et attendit. « C'est complètement dément.

— Dément ?

— Je suis une femme mariée. Ce truc, là… le timing est très mauvais.

— Pourquoi ?

— Parce que je suis sur le point de quitter mon mari.

— Ça me paraît être un excellent timing, au contraire.

— Non. » Elle secoua la tête, les paupières toujours baissées. « Non, vous ne comprenez pas. Si Markus découvrait cela avant que nous commencions à négocier…

— Vous auriez quelques millions en moins.

— Oui. Ce que je fais là est de l'idiotie pure.

— Alors pourquoi le faites-vous, à votre avis ? »

Elle appuya ses paumes contre ses tempes.

« Je ne sais pas. C'est comme si quelqu'un ou quelque chose avait pris l'ascendant sur mon cerveau. » Au même instant, une autre pensée la traversa. « Qu'est-ce qui vous fait croire qu'il a des millions ? » Elle ouvrit les yeux, l'observa. Oui, il lui disait quelque chose. Son regard. « Vous étiez à la soirée sur la terrasse ? Vous le connaissez ? »

Il ne répondit pas, se contenta de sourire à peine tout en allumant la musique. Un vibrato théâtral qui évoquait des *scary monsters*. Elle avait déjà entendu cette voix, mais n'arrivait pas à la resituer.

« Le martini ! s'exclama-t-elle, soudain certaine de son fait. Vous étiez au Danielles. C'est vous qui m'avez offert ce verre, non ?

— Qu'est-ce qui vous fait croire cela ?

— Le fait que vous étiez derrière moi dans la file au théâtre, que vous êtes venu vous asseoir à ma table. Ce n'est pas le genre de choses qu'on fait pendant un entracte au théâtre. Ce n'était pas un hasard. »

Il se passa la main dans les cheveux, regarda dans son rétroviseur.

« J'avoue. Je vous suis depuis un certain temps. Je voulais être seul avec vous. Maintenant c'est le cas. Alors, que faisons-nous ? »

Elle inspira, détacha sa ceinture. « On baise. »

« N'est-ce pas injuste ? » demanda Alexandra. Leur repas terminé, ils s'étaient retirés au bar du restaurant. « J'ai toujours voulu un enfant, mais je n'en ai jamais eu, et toi qui n'en as jamais voulu... » Elle claqua des doigts au-dessus de son White Russian.

Harry trempa les lèvres dans son verre d'eau. « La vie est rarement juste.

— Et puis c'est tellement aléatoire, en plus. Bjørn Holm nous avait confié son ADN pour vérifier qu'il était le père de... comment s'appelle le petit, déjà ?

— Gert. »

Alexandra lut sur le visage de Harry qu'il ne souhaitait pas aborder le sujet. Néanmoins, parce qu'elle avait bu un peu plus que de raison, peut-être, elle poursuivit.

« Et donc, il ne l'est pas. Aussitôt après, je fais une analyse d'ADN de ce qui se révèle être ton sang, je vérifie par erreur s'il y a correspondance dans le fichier de tests de paternité et il apparaît que tu es le père de Gert. Sans moi…

— Ce n'est pas ta faute, coupa Harry.

— Qu'est-ce qui n'est pas ma faute ?

— Rien. Oublie ça.

— Que Bjørn se soit suicidé ?

— Qu'il… » Harry s'interrompit.

Alexandra le vit grimacer comme s'il avait mal quelque part. Que ne racontait-il pas ? Qu'était-ce donc qu'il ne *pouvait* pas raconter ?

« Harry ?

— Oui ? »

Son regard semblait collé aux bouteilles derrière le barman.

« C'est bien ce criminel sexuel qui a tué ta femme, hein ? Finne.

— Demande-le-lui.

— Finne est mort. Si ce n'était pas lui, alors…

— Alors ?

— Tu étais un suspect.

— On soupçonne toujours le conjoint. À juste titre, en général. »

Alexandra but une bonne gorgée de son cocktail. « C'était toi, Harry ? Tu as tué ta femme ?

— Un double de ça, là, fit Harry en pointant l'index et Alexandra mit une seconde pour comprendre qu'il ne s'adressait pas à elle.

— Ça ? demanda le barman en désignant une bouteille carrée retournée sur un porte-bouteilles.

— Oui, s'il vous plaît. »

Harry resta silencieux jusqu'à ce que le verre de

liquide ambré soit devant lui. Il leva son whisky, le tint quelque temps en l'air, comme s'il redoutait la suite.

« Oui… Je l'ai tuée. »

Il but le verre d'un trait et en avait commandé un autre avant même de l'avoir reposé sur le comptoir.

Helene retrouva son souffle, mais resta assise sur lui.

Elle l'avait fait passer sur le siège passager, avait baissé le dossier pendant qu'il allumait le plafonnier et enfilait un préservatif. Puis elle l'avait chevauché comme l'un de ses chevaux, mais pas avec le même sentiment de maîtrise. Il avait joui sans bruit, mais elle avait senti son orgasme aux tressaillements de ses muscles et à la détente qui avait suivi.

Elle aussi avait joui. Non pas grâce à ses qualités d'amant, mais parce que presque n'importe quoi aurait fait l'affaire tant elle était excitée avant même d'avoir enlevé son pantalon et sa culotte.

Elle le sentait maintenant ramollir en elle.

« Alors, pourquoi me suiviez-vous ? »

Elle le regarda, étalé sur le siège baissé, tout aussi nu qu'elle.

« À votre avis ? fit-il en joignant ses mains derrière la tête.

— Vous êtes tombé amoureux de moi en me voyant à la soirée sur le toit. »

Il secoua la tête en souriant. « Je ne suis pas amoureux de vous, Helene.

— Non ?

— Je suis amoureux, mais de quelqu'un d'autre. »

Helene sentit qu'elle s'énervait. « À quoi jouez-vous ?

— Je ne joue pas, je dis simplement les choses telles qu'elles sont.

— Alors que faites-vous ici, avec moi ?

— Je voudrais vous donner ce que vous voulez. Ou plutôt, ce que votre corps et votre cerveau veulent. À savoir moi.

— Vous ? » Elle souffla avec dédain. « Qu'est-ce qui vous rend si sûr que ça n'aurait pas pu être n'importe qui d'autre ?

— C'est moi qui ai planté ce désir en vous, et maintenant il rampe dans votre corps et dans votre cerveau.

— Précisément un désir de vous ?

— Oui, de moi. Enfin, pour être exact, ce qui se tortille en vous a envie d'entrer dans mon système digestif.

— Vous êtes mignon, là. Vous pensez que j'ai envie de vous prendre avec un *strap-on* ? Mon mari aussi avait voulu, au début. »

L'homme qui se faisait appeler Prem secoua la tête. « Je parle côlon et intestin grêle. Flore bactérienne. Pour pouvoir se reproduire. En ce qui concerne votre mari, c'est nouveau pour moi qu'il souhaite être pénétré. Quand j'étais petit, c'était lui qui assurait la pénétration. »

Helene le dévisagea. Elle était déconcertée, mais savait qu'elle avait bien entendu.

« Que voulez-vous dire ?

— Vous saviez que votre mari se tapait des garçons ?

— Des garçons ?

— Des petits garçons. »

Elle déglutit. Elle s'était bien sûr dit qu'il aimait les hommes, mais ils n'en avaient jamais ouvertement parlé. La chose perverse n'était pas qu'il soit bisexuel ou, plus vraisemblablement, homosexuel refoulé, non, le vrai délire était que Markus Røed, l'un des hommes les plus riches et les plus puissants de la ville, quelqu'un que la presse avait accusé d'avidité, de fraude fiscale, de mauvais goût et pire encore, n'ose pas reconnaître cet unique trait humain qui aurait pu lui permettre de respirer plus librement. Au lieu de quoi il était devenu une incarnation classique de l'homosexuel homophobe, un narcissique plein de haine de soi, un paradoxe ambulant. Mais des petits garçons ? Des enfants, donc ? Non. Cependant, maintenant qu'on lui avait évoqué cette idée, elle repensait au passé et tout cela n'était que trop logique. Elle frissonna. Puis elle songea que cela pourrait lui être utile dans le cadre du divorce.

« Comment le savez-vous ? »

Sans bouger, elle chercha du regard sa culotte.

« C'était mon beau-père. Il a abusé de moi sexuellement à partir de mes six ans. Enfin, je dis six ans parce que mon premier souvenir d'abus sexuel date du jour où il m'avait offert un vélo. Trois fois par semaine. Trois fois par semaine, il a baisé mon petit cul. Année après année. »

Helene respirait la bouche ouverte. L'air était saturé de sexe et de cette senteur musquée particulière. « Votre mère était au courant que… ?

— C'était l'histoire habituelle. Elle avait sûrement des soupçons, mais ne faisait rien pour en avoir confirmation. Elle était au chômage, elle buvait, elle avait peur de le perdre, et c'est ce qui s'est passé.

— C'est toujours comme ça pour ceux qui ont peur, ils sont abandonnés.

— Et vous, vous n'avez pas peur ?

— Moi ? Pourquoi aurais-je peur ?

— Parce que vous comprenez maintenant pour quelle raison nous sommes ici. »

Se méprenait-elle ou était-il en train de durcir de nouveau en elle ?

« Susanne Andersen ? finit-elle par demander. C'était vous ? »

Il acquiesça.

« Et Bertine ? »

Il acquiesça encore.

Peut-être bluffait-il, peut-être pas. Quoi qu'il en soit, Helene savait qu'elle aurait dû avoir peur. Alors pourquoi n'était-ce pas le cas ? Pourquoi remuait-elle les hanches d'avant en arrière ? D'abord doucement, puis plus vigoureusement.

« Non... », fit-il, le visage soudain blême.

Mais elle continua de le chevaucher. Son corps semblait avoir une volonté propre. Elle se releva sur son sexe avant de se laisser tomber de toutes ses forces. Elle sentit le ventre de Prem se contracter, entendit un gémissement à demi étouffé, songea qu'il était sur le point de jouir à nouveau. Puis elle vit une cascade de vomi verdâtre jaillir de sa bouche, chuter sur sa poitrine, et se déverser sur le siège, sur son ventre, sur elle. Les relents aigres lui donnaient des haut-le-cœur, elle se boucha le nez.

« Non, non, non », gémit-il sans bouger tout en tâtant par terre autour d'eux. Il trouva sa chemise, entreprit de s'essuyer avec. « C'est cette saloperie », dit-il en désignant le sachet de chips sur la console centrale. Helene vit l'inscription Hillman Pets.

« Je dois en prendre pour contrôler la population de parasites, expliqua-t-il en passant la chemise sur son ventre. Mais c'est difficile de trouver le juste équilibre. Si j'en avale trop, mon ventre ne supporte pas. J'espère que vous comprenez. Ou que vous êtes compréhensive. »

Helene ne comprenait pas plus qu'elle n'était compréhensive, elle se contentait de se concentrer pour retenir sa respiration. Puis soudain, elle ressentit un étrange changement. Comme si, peu à peu, le désir disparaissait pour céder la place à une autre émotion : la peur.

Susanne, Bertine, et maintenant, c'était son tour.

Il fallait qu'elle sorte, qu'elle s'en aille, tout de suite !

Il la dévisagea comme s'il avait perçu sa peur.

Elle fit un effort pour sourire. Sa main gauche était libre, elle pouvait ouvrir la portière et s'élancer dehors. Courir vers le lotissement qu'ils avaient dépassé au début du chemin forestier, c'était à trois ou quatre cents mètres, pas plus. Bien, le quatre cents mètres avait été sa distance de prédilection et elle courait plus vite sans chaussures. Et puis, vu qu'ils étaient tous deux nus, il hésiterait sans doute à la poursuivre, au moins assez pour lui permettre de prendre l'avance nécessaire. Il n'aurait pas non plus le temps de faire demi-tour en voiture, et si jamais il essayait, elle n'aurait qu'à couper par les bois. Elle devait simplement le distraire un peu pendant que sa main gauche cherchait la poignée. De sa main droite, avec laquelle elle se bouchait le nez, elle voulut lui toucher les yeux dans une pseudo-caresse, mais se ravisa. Une pensée lui vint. Le changement s'était produit quand elle n'inspirait pas par le nez. Il y avait un lien.

« Je comprends, chuchota-t-elle d'un ton enjôleur. Ces choses-là arrivent, mais c'est bon tout est parti, maintenant. Si on restait un peu dans le noir ? » Elle s'efforçait de ne pas respirer et espérait qu'il n'entendait pas le chevrotement de sa voix. « Où est le bouton du plafonnier ?

— Merci », dit-il avec un sourire faible en désignant le toit.

Elle trouva l'interrupteur, éteignit la lumière. Dans le noir, sa main gauche gratta la portière, trouva la poignée, l'ouvrit, poussa le battant. Helene sentit l'air froid sur sa peau et prit son élan pour sortir, mais il fut plus rapide : il lui attrapa le cou, serra. Elle lui frappa la poitrine des deux poings, mais il ne fit que serrer plus fort. Elle se hissa sur un genou et projeta l'autre en avant, dans l'espoir de le frapper à l'entrejambe. Elle n'eut pas réellement le sentiment de l'atteindre, mais il la relâcha et elle put sortir, sentit la terre et les cailloux sous ses pieds nus, tomba, mais se releva et se mit à courir. Elle avait du mal à respirer, comme s'il l'étranglait toujours, mais il fallait l'ignorer, s'éloigner. Là, son souffle fut moins entravé. Elle voyait les lumières au niveau de la route principale. C'était à moins de quatre cents mètres, non ? Absolument, même pas trois cents. Ça irait. Elle accéléra, volait. Jamais de la vie il ne pourrait la rattrap…

Ce fut comme si, devant elle dans l'obscurité, quelqu'un la frappait si violemment à la gorge qu'elle s'en trouvait projetée en arrière. Elle atterrit sur le dos, se cogna brutalement la tête.

Elle avait dû perdre connaissance pendant quelques secondes, en rouvrant les yeux, elle entendit des pas approcher.

Elle voulut crier, mais la strangulation se renforçait.

Elle porta les doigts à sa gorge.

Le collier.

Il lui avait attaché le collier de chien autour du cou

et l'avait laissée courir en liberté jusqu'au bout des cinquante mètres de laisse rétractable.

Elle n'entendait plus de pas lorsque ses doigts trouvèrent le clip, appuyèrent et la libérèrent du collier. Elle commençait à peine à se relever quand son corps fut enfoncé de nouveau dans le sol.

Au-dessus d'elle dans le noir, il était nu, tout blanc, comme nacré, alors qu'il vissait son talon dans sa poitrine. Elle fixa l'objet qu'il tenait dans sa main droite. Le peu de lumière se refléta dans l'acier brillant. Un couteau. Un grand couteau. Pourtant elle n'avait pas peur. Du moins pas autant que quand elle retenait son souffle dans la voiture. Ce n'était pas qu'elle ne craignait pas de mourir, mais plutôt que le désir était plus fort. Elle ne trouvait pas d'autre explication.

Il s'accroupit, plaqua la lame du couteau contre sa gorge, se pencha en avant et lui chuchota à l'oreille : « Si vous criez, je coupe tout de suite. Hochez la tête si vous comprenez. »

Elle hocha la tête sans rien dire. Toujours accroupi, il redressa le buste. Elle sentait l'acier froid contre sa gorge.

« Je suis navré, Helene. » Sa voix était étranglée. « Ce n'est pas juste que vous mouriez. Vous n'avez rien fait, vous n'êtes pas le but. Simplement, vous avez la malchance infinie d'être un moyen nécessaire. »

Elle toussa. « Né… nécessaire pour quoi ?

— Nécessaire pour humilier et détruire Markus Røed.

— Parce qu'il…

— Oui, parce qu'il me baisait. Quand il ne me baisait pas, je devais sucer sa sale bite au dîner, au petit déjeuner et parfois aussi au déjeuner. Vous connaissez ça, Helene ? La différence est que, dans mon cas, aucun avantage n'était inclus dans le pack. À part le vélo, une fois, et puis le fait qu'il ne quittait pas ma mère. C'est dingue, non ? Que j'aie eu peur qu'il nous quitte. Je ne sais pas si c'est moi qui suis devenu trop vieux pour lui, ou ma mère, mais il est parti pour une femme plus jeune, avec un fils plus jeune. Tout cela, c'était bien avant que vous le rencontriez, donc je suppose que vous n'en avez jamais entendu parler. »

Helene secoua la tête en silence. Elle se voyait de l'extérieur, couchée nue sur un chemin de terre, frigorifiée, un couteau sur la gorge. Elle sentait les cailloux s'enfoncer dans sa peau, elle ne voyait aucune issue, sa vie s'achevait peut-être ici. Pourtant, elle voulait être là, elle le désirait. Était-elle devenue folle ?

« Ma mère a été emportée par la dépression, poursuivit-il d'une voix tremblante, et elle voyait maintenant que lui aussi avait froid. C'est seulement quand elle a commencé à s'en sortir qu'elle a eu l'énergie de faire ce qu'elle m'avait si souvent promis quand elle était ivre. Elle s'est suicidée et a tenté de me tuer aussi. Les pompiers ont parlé d'accident, de cigarette au lit. Ni moi ni son frère, oncle Fredric, n'avons jugé utile de les informer ou d'informer la compagnie d'assurances qu'elle ne fumait pas, que le paquet qu'ils avaient trouvé appartenait à Markus Røed. »

Il se tut. Quelque chose de chaud tomba sur la poitrine de Helene. Une larme.

« Vous allez me tuer ? »

Il respira en tremblant. « Comme je le disais, je suis désolé, mais le cycle des parasites doit être terminé. Vous savez, pour qu'ils puissent se reproduire. Pour infecter un nouvel individu, il me faut de nouveaux parasites en bonne santé. Vous comprenez ? »

Elle secoua la tête. Elle avait envie de lui caresser

la joue, c'était comme si elle avait pris des ecsta, son amour était universel, mais ce n'était pas de l'amour, c'était du désir, elle était en rut.

« Et puis il y a bien sûr l'avantage que les morts ne caftent pas, ajouta-t-il.

— Bien entendu », dit-elle. Elle respira plus fort. Comme si elle savait que c'était son dernier souffle.

« Mais dites-moi, Helene, quand nous couchions ensemble, vous êtes-vous sentie aimée pendant un instant ?

— Je ne sais pas, dit-elle avec un sourire las. Oui, je crois.

— Bien. » Il prit sa main dans la sienne, la serra. « Je voulais vous donner ce cadeau avant que vous mouriez, car c'est la seule chose qui compte, non ? Se sentir aimé.

— Peut-être bien, murmura-t-elle en fermant les yeux.

— Accrochez-vous à cette idée maintenant, Helene. Dites-vous : "Je suis aimée." »

Prem la regarda, vit ses lèvres remuer, former les mots. *Je suis aimée*. Puis il leva le couteau, pointa l'extrémité sur la carotide, se pencha en avant et appliqua tout son poids dessus pour faire pénétrer la lame. Le jet de sang chaud sur sa peau glacée le fit frissonner d'aise et d'horreur.

Il s'accrocha au manche du couteau. Les vibrations lui permirent de sentir exactement quand la vie s'éteignait en elle. Après une troisième giclée, le sang se mit à couler régulièrement. Quelques secondes plus tard, Helene Røed était morte.

Il retira le couteau et s'assit par terre à côté d'elle, essuya ses larmes. Il grelottait de froid, de peur, de tension relâchée. Ça ne devenait pas plus facile, c'était de pire en pire, au contraire, mais celles-ci étaient innocentes. Restait le coupable. Ce serait une tout autre affaire. Priver Markus Røed de ses jours allait être un vrai plaisir, mais d'abord il allait tellement faire souffrir ce salaud que la mort serait un soulagement.

Prem sentit quelque chose sur sa peau. Une pluie légère. Il leva les yeux. Le ciel était noir. On annonçait davantage de pluie dans la nuit. Cela effacerait la plupart des traces, mais il avait encore du travail. Il consulta sa montre, la seule chose qu'il n'avait pas enlevée. Vingt et une heures trente. S'il était efficace, il pourrait être de retour dans le centre-ville avant vingt-deux heures trente.

29

Samedi

Tapetum lucidum

Il restait une heure avant minuit, les sentiers mouillés scintillaient sous les lampadaires du parc du Palais royal.

Harry évoluait dans une agréable torpeur, la réalité était distordue juste comme il faut. Bref, il se situait dans le *sweet spot* de l'ivresse, le stade optimal, où il avait conscience de l'illusion, mais restait exempt de souffrance mentale. Dans leur traversée du parc, Alexandra et lui croisaient des visages flous. Pour le soutenir, elle lui avait pris le bras, l'avait posé sur ses épaules, et lui serrait la taille. Elle ne décolérait pas.

« Qu'ils aient refusé de nous servir, soit, tonna-t-elle.

— Refusé de *me* servir, rectifia Harry, avec une élocution considérablement plus assurée que sa démarche.

— Mais de là à nous jeter dehors.

— *Me* jeter dehors. J'ai remarqué que les barmans n'aiment pas que leurs clients s'endorment la tête sur le comptoir.

— Oui, mais tout de même. C'est quoi, ces manières ?

— Il y en a de pires, Alexandra, crois-moi.

— Ah bon ?

— Oh que oui ! Je me suis rarement fait mettre dehors avec autant de tact. Je me demande même si aujourd'hui ne rejoint pas ma liste des cinq expulsions les plus sympathiques. »

Elle rit en nichant sa tête dans son cou, avec pour résultat qu'il fit une embardée vers la pelouse royale, où un homme âgé promenant son chien, qui déféquait au bout de sa laisse rétractable, les considéra d'un air désapprobateur.

Elle redressa Harry.

« Faisons donc une halte au Lorry pour boire un café.

— Et une bière, ajouta Harry.

— Un café. Sans quoi tu te feras encore jeter dehors. »

Harry réfléchit à la question.

« OK. »

Il y avait du monde au Lorry, mais ils purent s'asseoir à la troisième table à gauche de l'entrée, avec deux hommes qui parlaient en français, et on leur apporta de grandes tasses de café fumant.

« Ils parlent des meurtres, chuchota Alexandra.

— Non, dit Harry. Ils parlent de la guerre d'Espagne. »

Vers minuit, quittant le Lorry sans avoir pris de consommations alcoolisées, ils étaient légèrement moins grisés.

« Chez toi ou chez moi ? demanda Alexandra.

— Je peux avoir d'autres options ?

— Non. On va chez moi et à pied. Ça te fera du bien, le grand air. »

L'appartement d'Alexandra se trouvait dans un immeuble de Marcus Thranes gate, pile à mi-chemin entre St. Hanshaugen et Alexander Kiellands plass.

« Tu as déménagé, constata Harry, alors qu'il vacillait doucement dans la chambre pendant qu'elle essayait de le déshabiller. En revanche, le lit n'a pas changé, je vois.

— Bons souvenirs ? »

Harry réfléchit.

« Idiot ! »

Alexandra le poussa sur le drap, s'agenouilla pour lui déboutonner son pantalon.

« Alexandra… »

Il posa une main sur elle. Elle s'arrêta, le regarda.

« Je n'y arriverai pas, expliqua-t-il.

— Tu es trop soûl, tu veux dire ?

— Ça aussi, probablement, mais c'est que je suis allé sur sa tombe aujourd'hui. »

Il attendait la colère de l'humiliation, la froideur, le mépris, mais décela uniquement de la résignation dans son regard. Elle le poussa sous la couette, toujours en pantalon, éteignit la lumière et se glissa contre lui.

« Tu souffres toujours ? »

Harry chercha une autre manière de décrire ce qu'il ressentait. Le vide. Le manque. La solitude. La peur. La panique, même. Mais elle avait tapé dans le mille, le sentiment qui occultait tout le reste était la douleur. Il hocha la tête.

« Tu as de la chance, dit-elle.

— De la chance ?

— D'avoir aimé quelqu'un si fort que ça fait mal.

— Hmm.

— Désolée de verser dans la banalité.

— Non, ne t'excuse pas, les sentiments, c'est du banal.

— Je ne voulais pas dire que c'est banal d'aimer quelqu'un, ou de vouloir être aimé.

— Moi non plus. »

Ils s'enlacèrent. Harry regarda l'obscurité, puis il ferma les yeux. Il lui restait la moitié des rapports à lire. La réponse pouvait s'y trouver. Sans quoi il serait obligé de tenter le plan désespéré qu'il avait rejeté, mais qui n'avait fait que resurgir inlassablement dans son esprit depuis sa conversation avec Truls au Schrøder. Il plana vers le sommeil.

« Qu'est-ce que tu veux, Harry ? » C'était la voix de Rakel. « Dis-moi ce que tu souhaites. »

Était-ce vraiment elle ? *Je veux que le taureau s'arrête. Je veux qu'on soit ensemble, toi et moi.* Harry essayait de crier, mais était incapable d'émettre le moindre son. Il enfonçait les boutons sur l'encolure du taureau, mais les sauts et rotations ne faisaient qu'accélérer, devenir plus brutaux.

Un bruit évoquant un couteau coupant de la viande fut suivi du cri de Rakel.

Le taureau bougea plus lentement, puis s'immobilisa.

Harry ne voyait personne derrière le comptoir du bar, mais du sang coulait sur les étagères miroirs, les bouteilles, les verres. Il sentit quelque chose de dur s'enfoncer dans sa tempe.

« *I can tell you're in debt*, murmura une voix juste derrière lui. *Yes, you owe me a life.* »

Il leva les yeux vers le miroir. Dans le faisceau lumineux qui arrivait d'en haut, il vit sa propre tête, le canon du pistolet et la main qui pressait un doigt sur la queue de détente. Le visage de l'homme qui tenait le pistolet était dans le noir, mais il voyait un chatoiement blanc. Était-il nu ? Non, c'était une collerette blanche.

« *Wait !* » s'exclama Harry en se tournant. Ce n'était pas l'homme de l'ascenseur. Ni l'homme derrière les vitres fumées de la Camaro. C'était Bjørn Holm. Son collègue à la chevelure rousse porta le pistolet à sa propre tempe et fit feu.

« Non ! »

Harry se rendit compte qu'il était assis dans le lit.

« Bon sang ! murmura une voix et il vit des cheveux noirs sur l'oreiller blanc à côté de lui. Qu'est-ce qui se passe ?

— Rien, répondit-il d'une voix rauque. Un rêve, c'est tout. Je vais y aller, maintenant.

— Pourquoi ?

— J'ai des rapports à lire, et puis j'ai promis de faire un tour au parc avec Gert demain matin. »

Il s'extirpa hors du lit, trouva sa chemise sur une chaise, l'enfila et entreprit de la boutonner. Il avait envie de vomir.

« Tu es content de le voir ?

— Je voudrais simplement arriver à l'heure. » Il se pencha pour l'embrasser sur le front. « Dors bien et merci pour cette soirée. Pas la peine de me raccompagner à la porte. »

Arrivé dans la cour de l'immeuble, Harry sentit monter la nausée. Il eut à peine le temps d'écarter deux poubelles en plastique vert avant que le contenu de son estomac ne claque sur les pavés sales. Alors qu'il reprenait ses esprits, il aperçut une lueur rouge dans la nuit, à l'autre bout de la cour. Des yeux de chat. Le *tapetum lucidum*, lui avait expliqué Lucille, une couche à l'arrière de l'œil, qui reflétait maintenant l'éclat d'une fenêtre au rez-de-chaussée. Il distingua le chat aussi, qui l'observait tranquillement. Enfin, ce n'était pas lui qui attirait son attention, vit-il une fois qu'il se fut accoutumé à l'obscurité, mais un rat entre eux. Il se déplaçait lentement des poubelles vers le félin. Harry eut une impression de déjà-vu. L'autre matin, au bungalow de Doheny Drive. Le rat traînait sa queue luisante, comme un condamné à mort, sa corde de potence. Harry eut de nouveau la nausée et s'appuya à la façade lorsque le chat laissa tomber le rat déjà mort sur le sol. Les yeux lumineux regardèrent encore Harry, on aurait dit que l'animal attendait des applaudissements. C'est du théâtre, songea Harry. C'est du putain de théâtre, où, l'espace d'un bref instant, nous jouons des rôles écrits pour nous.

30

Dimanche

Le soleil matinal n'avait pas encore séché les rues quand Thanh arriva devant chez Mons.

Elle n'avait pas les clefs. On était dimanche, l'animalerie faisait simplement office de lieu de rendez-vous pour sa garde de chien. Un nouveau client l'avait contactée la veille. D'habitude, elle avait peu de demandes le week-end, c'était plutôt le moment où les gens avaient le temps de s'occuper de leur chien. Elle se réjouissait à la perspective de se promener et elle avait mis une tenue de jogging pour le cas où le chien aurait envie de courir. Elle avait passé la journée de la veille en cuisine avec sa mère. Son père était rentré de l'hôpital et, malgré les strictes injonctions du médecin de ne manger ni en trop grandes quantités ni trop épicé, il s'était copieusement servi, pour le plus grand plaisir de sa femme.

Thanh vit un homme traverser la place gravillonnée déserte avec un chien, un labrador qui, à en juger par sa démarche, souffrait de dysplasie de la hanche. Lorsqu'il se fut rapproché, elle reconnut le policier qui était venu au magasin deux jours auparavant. Son premier réflexe – sans doute parce qu'il portait un costume – fut de penser qu'il se rendait à la messe ou à une cérémonie de confirmation religieuse, que c'était pour cela qu'il avait besoin de faire garder son chien. Enfin, la première fois aussi, il portait un costume, c'était peut-être sa tenue de travail, auquel cas elle se félicitait de ne pas avoir les clefs et de ne pas être en mesure de le faire entrer si jamais il prévoyait d'essayer de l'en persuader.

« Bonjour, dit-il en souriant. Je m'appelle donc Sung-min.

— Thanh, répondit-elle en caressant le chien qui remuait la queue.

— Thanh. Lui, c'est Kasparov. Comment procédons-nous pour le paiement ?

— Par Vipps. Je peux vous faire un reçu si vous voulez.

— Vous voulez dire que vous ne voulez pas travailler au noir pour un policier ? fit-il en riant. Pardon, mauvaise blague, ajouta-t-il comme elle restait imperturbable. Ça vous ennuie si je fais un petit bout de chemin avec vous deux ?

— Pas du tout, je vous en prie. »

Elle prit la laisse de Kasparov, nota son collier William Walker. La marque était coûteuse, mais proposait des colliers doux pour le cou des chiens. Thanh avait suggéré d'en vendre au magasin, mais Jonathan avait refusé.

« J'ai l'habitude d'aller au Frognerpark, annonça-t-elle.

— Très bien. »

Ils mirent le cap au sud, passant par Fuglehauggata.

« Je vois que vous êtes en tenue de sport, mais j'ai

bien peur que les jours de course de Kasparov soient derrière lui.

— Je vois, oui. Vous avez envisagé l'opération ?

— Plusieurs fois, mais le vétérinaire le déconseille. Donc je fais en sorte de lui fournir l'exercice approprié, une bonne alimentation, et, dans les mauvaises passes, je lui donne des antidouleurs et des anti-inflammatoires.

— Vous m'avez l'air de beaucoup aimer votre chien.

— Oh oui ! Et vous, vous en avez un ? »

Elle secoua la tête. « Je mise sur les relations passagères, comme avec Kasparov. »

Ils rirent.

« Je crains de ne pas m'en être très bien sorti avec votre patron l'autre jour. Il est toujours si taiseux ?

— Je ne sais pas. »

Le policier restant silencieux, elle comprit qu'il attendait qu'elle s'explique davantage. Elle n'était pas obligée de le faire, bien sûr, mais ces silences du policier soulignaient qu'elle refusait de s'exprimer et suggéraient qu'il y avait anguille sous roche.

« Je ne le connais pas très bien », expliqua-t-elle, et elle se rendit compte qu'elle semblait ainsi chercher à prendre ses distances avec Jonathan, ce qui le plaçait sous un jour défavorable et n'était nullement son intention.

« C'est curieux que vous ne vous connaissiez pas alors que vous travaillez en tête à tête dans le magasin.

— Oui », admit-elle. Ils s'arrêtèrent au passage piéton de Kirkeveien, le feu était rouge. « C'est peut-être un peu curieux. Enfin, vous vous demandez plutôt si je sais s'il s'est livré à des importations illégales, non ? Et je n'en sais rien. »

Du coin de l'œil, elle vit qu'il la regardait et, quand

le feu passa au vert, elle marcha si vite qu'il resta sur le trottoir derrière elle.

Sung-min se hâta pour rattraper la fille.

Il était agacé. De toute évidence, tout cela ne menait à rien, elle était sur la défensive, refusait de parler. Il gâchait son jour de repos et sa dispute avec Chris la veille n'arrangeait pas son humeur. Au monumental portail principal du Frognerpark, un vendeur de roses présentait ses tristes spécimens aux touristes.

« Une rose pour votre belle bien-aimée. »

Le camelot avait fait un pas en avant et leur barrait le chemin de la porte latérale vers laquelle ils se dirigeaient.

« Non, merci », déclina Sung-min.

Le camelot réitéra son baratin dans son norvégien de fortune, comme si Sung-min ne l'avait pas entendu.

« Non », répéta Sung-min en emboîtant le pas à Thanh et à Kasparov, qui avaient contourné le vendeur et franchi l'entrée.

Mais le camelot les suivait.

« Une rose pour votre belle…

— Non ! »

Il considérait manifestement que, vu ses vêtements, Sung-min devait avoir les moyens, et qu'il était forcément en couple avec Thanh, vu qu'ils avaient tous deux l'air asiatiques. Une supposition pas totalement déraisonnable, bien sûr, et rien qui eût agacé Sung-min un autre jour. D'une manière générale, les préjugés faisaient partie des stratégies pour appréhender un monde complexe et l'affectaient peu. En l'occurrence, il était davantage gêné par les gens tellement autocentrés qu'ils prenaient ombrage chaque fois qu'ils s'estimaient victimes ne serait-ce que du préjugé le plus inoffensif.

« Une rose pour…

— Je suis homo. »

Le camelot s'arrêta et dévisagea Sung-min sans comprendre, puis il s'humecta les lèvres et tendit l'une de ses roses ternes enveloppées dans du plastique.

« Une rose pour la be…

— Je suis homo ! beugla Sung-min. Vous comprenez ? Homo jusqu'à l'os ! »

Le camelot recula et Sung-min vit que les gens qui entraient ou sortaient du parc se retournaient en les regardant. Thanh s'était arrêtée, l'air horrifiée, et Kasparov jappa et tira sur sa laisse pour venir en aide à son maître.

« Pardon, soupira Sung-min. Tenez. » Il prit la fleur et tendit un billet de cent couronnes au camelot.

« Je n'ai pas de…

— C'est bon », gémit Sung-min avant de rejoindre Thanh et de lui donner la rose.

Elle le regarda d'abord l'air complètement décontenancé, puis elle éclata de rire.

Sung-min hésita un peu avant de percevoir le comique de la situation et de rire à son tour.

« Papa dit que c'est surtout une tradition européenne d'offrir des fleurs à l'élue de son cœur, expliqua-t-elle. Les Grecs de l'Antiquité, les Français et les Anglais au Moyen Âge.

— Oui, mais à l'origine, les roses viennent de la même région du monde que nous, répondit Sung-min. Là où je suis né, à Samcheok, en Corée du Sud, il y a un festival de la rose très célèbre, et la rose de Sharon, ou *mugunghwa*, est le symbole national de la Corée.

— Oui, mais est-ce par définition une rose ? »

Avant qu'ils atteignent le Monolithe, la conversation était passée des fleurs aux chiens.

« En fait, je ne suis pas certaine que Jonathan aime vraiment les animaux, déclara-t-elle alors qu'ils se tenaient au sommet du parc et contemplaient Skøyen en contrebas. Je me demande s'il ne s'est pas retrouvé dans ce domaine par hasard. Ç'aurait aussi bien pu être une épicerie ou un magasin d'électronique.

— Mais vous ne savez pas s'il a continué d'acheter du Hillman Pets après l'interdiction d'importation ?

— Qu'est-ce qui vous rend si sûr qu'il l'a fait ?

— Il était très stressé quand je suis passé.

— Il avait peut-être peur que…

— Oui ?

— Non, rien. »

Sung-min respira. « Je ne suis pas douanier. Je ne vais pas l'arrêter pour importation illégale. Je travaille sur les meurtres des deux jeunes femmes qui avaient disparu et je suis une piste qui, par des détours comme peut-être celui-ci, pourrait mener à l'arrestation du coupable et empêcher que d'autres personnes meurent. »

Thanh hocha la tête, elle parut hésiter quelque peu avant de se décider. « Le plus approchant d'un acte illégal que j'aie vu, c'est quand il a accepté un renardeau que des gens avaient rapporté de Londres, où vivent apparemment des renards sauvages. C'est interdit d'en introduire dans le pays, bien sûr, et je crois qu'ils avaient pris peur en l'apprenant. Ils n'osaient pas aller chez le vétérinaire pour le faire euthanasier et ils n'arrivaient pas à se charger eux-mêmes de le supprimer, alors ils ont confié le renard à Jonathan. Ils l'ont certainement bien payé pour s'occuper du problème.

— Les gens font ça ?

— Si vous saviez… À deux reprises, les propriétaires de chiens que je gardais ne sont pas venus les chercher et je n'ai plus jamais eu de nouvelles.

— Qu'avez-vous fait ?

— Je les ai ramenés à la maison, mais c'est petit chez nous et j'ai fini par devoir les remettre à l'Association de placement des animaux. C'est tellement triste.

— Qu'est devenu le renardeau ?

— Je ne sais pas, et je ne sais pas si je veux le savoir. Je l'adorais. » Sung-min vit les yeux de Thanh s'embuer de larmes. « Et puis, soudain, un jour, il n'était plus là. Il a dû le jeter dans les toilettes.

— Dans les toilettes ?

— Non, bien sûr que non, mais, comme je le disais, je ne veux pas savoir comment il s'est débarrassé de Nhi. »

Ils continuèrent de marcher tandis que Thanh exposait ses projets, son rêve de devenir vétérinaire. Sung-min prêtait l'oreille. C'était difficile de ne pas apprécier cette fille. Elle était éveillée, et il n'avait plus aucune raison de faire semblant d'être venu pour lui faire garder son chien, il l'accompagna donc pendant toute la promenade. Son interrogatoire fut infructueux, mais il se consola en se disant que, à tout le moins, ç'avait été l'occasion de passer un peu de temps avec quelqu'un qui aimait autant les compagnons à quatre pattes que lui.

« Oups ! fit Thanh alors qu'ils regagnaient l'animalerie. Jonathan est là. »

Devant la porte ouverte de l'animalerie était garé un break Volkswagen. Un homme se penchait à l'intérieur par la portière passager. Il ne les entendit pas arriver, sans doute à cause de l'aspirateur. À ses pieds se trouvait un seau avec de la mousse sur le bord, la voiture était toute mouillée. De l'eau s'écoulait encore du tuyau d'arrosage sur l'asphalte.

Sung-min prit la laisse de Kasparov. Il s'interrogeait sur l'opportunité de partir discrètement en laissant à Thanh le soin de décider si elle voulait mentionner leur rencontre, mais avant qu'il ait pu se décider, le propriétaire de l'animalerie s'était redressé et tourné vers eux.

Des flammes s'allumèrent dans son regard lorsqu'il évalua la situation et en trouva une interprétation sans aucun doute correcte.

« Ce n'est pas très chrétien de laver sa voiture en plein horaire de messe, si ? » fit Sung-min avant qu'il ait le temps de parler.

L'homme plissa les yeux.

« On a simplement fait un tour au parc, s'empressa de préciser Thanh. Dog-sitting. »

Sung-min aurait préféré qu'elle ne paraisse pas si effrayée. Comme si c'était eux qui avaient des raisons d'être sur la défensive, plutôt que lui.

Sans un mot, le propriétaire de l'animalerie rapporta l'aspirateur et le tuyau d'arrosage à l'intérieur. Il ressortit, et vida le seau sur le trottoir. La mousse et l'eau sale s'accumulèrent autour des chaussures cousues main de Sung-min.

Lequel n'y prêta pas attention, il était concentré sur l'homme, qui retournait dans le magasin au pas de charge, avec son seau vide. Cette fureur était-elle due seulement à un policier pénible ? Car ce qu'il voyait maintenant ne ressemblait pas tout à fait à ce qu'il avait vu la dernière fois, dans le magasin. Ce type irradiait la haine, la haine qui survient avec la peur.

Quand quelqu'un s'est approché trop près et menace de pénétrer dans notre intérieur, là où l'on est vulnérable, en danger. Sung-min ne savait pas exactement quelle corde sensible il avait touchée, mais il en avait touché une, indubitablement. L'homme reparut, verrouilla la porte du magasin. Sans leur accorder un regard, il se dirigea vers sa voiture. Sung-min vit des bouts de terre dans l'eau qui s'était écoulée des pneus vers la bouche d'égout.

« Vous êtes allé vagabonder en forêt ? demanda Sung-min à voix haute.

— Et vous, c'est votre esprit qui vagabonde un peu trop ? » rétorqua le propriétaire avant de prendre le volant, de claquer la portière et de démarrer.

Sung-min regarda la Volvo qui accélérait dans une Neuberggata plongée dans le silence dominical.

« Qu'est-ce qu'il avait dans son coffre ? demanda Sung-min.

— Une cage, répondit Thanh.

— Une cage… »

« Oups ! chuchota Katrine en retirant sa main glissée sous le bras de Harry.

— Qu'est-ce qu'il y a ? »

Elle ne répondit pas.

« Qu'est-ce qui se passe, maman ? renchérit Gert, qui tenait Harry par la main.

— J'ai cru voir quelqu'un, c'est tout. »

Katrine regarda entre ses cils vers la butte derrière le Monolithe.

« Encore Sung-min ? » demanda Harry.

Katrine lui avait expliqué qu'en l'attendant au portail, avec Gert, elle avait vu Sung-min dans le parc avec une fille. Katrine ne s'était pas fait connaître, elle ne souhaitait probablement pas que des collègues la voient en compagnie de Harry. À cet égard, le Frognerpark un dimanche ensoleillé était un choix risqué, il y avait déjà beaucoup de monde, certains promeneurs s'allongeaient même sur l'herbe, sans doute encore humide après les pluies de la nuit.

« Non, j'ai cru que c'était… » Elle se tut.

« Ton *date* ? compléta Harry, alors que Gert le tirait par le bras pour qu'oncle Hallik lui fasse la toupie encore une fois.

— Peut-être bien. On pense à quelqu'un et, d'un seul coup, on croit le voir partout, hein ?

— Tu penses l'avoir vu là-haut ?

— Non, c'est impossible, il devait travailler aujourd'hui. Enfin, de toute façon, je ne peux pas me promener en te tenant le bras, Harry, si jamais des collègues étaient ici et voyaient que nous…

— Je sais. »

Il consulta sa montre. Encore deux journées entières. Il avait expliqué à Katrine qu'il ne pouvait se libérer que deux heures et devrait ensuite rentrer travailler à l'hôtel, mais il savait que c'était uniquement pour se donner le sentiment d'agir, c'était irréaliste de s'imaginer qu'il allait trouver quelque chose. Non, il fallait que quelque chose se *passe*.

« Pas par là, par ici ! »

Gert écarta Harry de l'allée et le guida vers celle qui menait à l'aire de jeux et au fort en bois miniature dans lequel jouaient les enfants.

« Comment ça s'appelle déjà ? demanda Harry d'un ton innocent.

— Le Folt de Flognel ! »

Harry vit le regard de mise en garde de Katrine alors qu'il s'efforçait de ne pas rire. Qu'est-ce qui lui prenait, bordel ? Il avait ouï dire que le manque de sommeil pouvait rendre psychotique, était-ce son cas ?

Son téléphone sonna, il regarda l'écran. « Je suis obligé de répondre. Allez-y, je vous rejoins.

— Merci pour hier, dit-il au téléphone lorsque Katrine et Gert furent hors de portée.

— Merci à toi, fit Alexandra, mais ce n'est pas pour ça que je t'appelle. Je suis au boulot.

— Un dimanche ?

— Quand toi tu pars au milieu de la nuit pour lire des rapports en laissant une fille dans un lit bien chaud, je dois quand même avoir le droit de travailler un peu, moi aussi.

— D'accord.

— En fait, je venais pour bosser sur ma thèse, mais l'analyse d'ADN de ton prélèvement sur papier absorbant est prête, alors je me suis dit que tu voudrais savoir tout de suite.

— Hmm.

— C'est le même ADN que la salive autour du mamelon de Susanne Andersen. »

Le cerveau éreinté de Harry digéra peu à peu l'information tandis que sa fréquence cardiaque augmentait. Il venait de souhaiter que quelque chose se *passe*, eh bien, quelque chose se passait. On aurait pu devenir croyant à moins. Néanmoins, il songea aussi qu'il n'avait pas lieu d'être surpris. Ses soupçons à l'égard de Markus Røed ne l'avaient-ils pas poussé à employer des subterfuges pour obtenir son ADN ?

« Merci », dit-il avant de raccrocher.

En arrivant à l'aire de jeux, il trouva Katrine à quatre pattes dans le sable devant le fort. Elle hennissait tandis que Gert, à califourchon sur son dos, l'éperonnait de ses talons. Elle expliqua que depuis qu'il avait vu un film de chevaliers, Gert insistait pour toujours arriver au fort à cheval.

« La salive recueillie sur le corps de Susanne est celle de Markus Røed, annonça Harry.

— Comment le sais-tu ?

— J'ai dégoté de l'ADN de Røed et je l'ai envoyé à Alexandra.

— Merde.

— Maman…

— Oui je sais, maman ne doit pas dire de gros mots. Enfin bref, si le prélèvement a été obtenu comme ça, ce n'est pas régulier et on ne peut pas l'utiliser au tribunal.

— Ce n'est pas conforme aux directives de la police, non, mais c'est justement ce dont nous parlions : rien ne vous empêche d'utiliser des informations trouvées par d'autres.

— Tu peux… ? »

Elle désigna d'un mouvement de tête le jeune chevalier sur son dos et Harry le souleva, malgré ses protestations. Katrine se releva.

« Røed a toujours l'alibi que lui donne sa femme, mais on a peut-être de quoi l'arrêter quand même. »

Elle épousseta ses genoux en regardant Gert, qui s'était élancé vers le toboggan et descendait d'une tour.

« Hmm. Je crois que Helene Røed mollit un peu en ce qui concerne cet alibi.

— Ah ?

— Je lui ai parlé. L'alibi est son atout dans leurs futures négociations de divorce. »

Katrine plissa le front et sortit son téléphone qui sonnait, regarda l'écran.

« Bratt, j'écoute. »

Voix de boulot, pensa Harry. D'après le changement d'expression de son visage, il devinait le reste.

« J'arrive tout de suite. » Elle raccrocha, leva les yeux vers lui. « Découverte d'un corps. À Lilløyplassen. »

Harry réfléchit. N'était-ce pas sur la pointe de Snarøya, dans les zones marécageuses ?

« OK. Mais quelle urgence pour la police judiciaire ? Tu ne devrais pas plutôt te concentrer sur l'arrestation de Røed ?

— C'est la même affaire. Une femme. Décapitée.

— Oh, merde !

— Tu joues avec lui en attendant ? » Elle fit un signe vers Gert.

« Tu vas être prise pendant le reste de la journée, et de la soirée. Røed doit...

— Ça, c'est la porte de l'immeuble, et ça, l'appartement. » Elle ôta deux clefs de son trousseau. « Il y a de la nourriture dans le frigo. N'aie pas l'air dubitatif, tu es tout de même son père.

— Hmm. Apparemment, je suis son père quand ça t'arrange.

— Exact, et toi, tu ressembles à ces épouses de flics qui sont toujours en train de se plaindre. » Elle lui tendit les clefs. « On s'occupera de Røed après. Je te tiens au courant par téléphone, d'accord ?

— Bien entendu », répondit Harry en serrant les dents.

Il vit Katrine se diriger vers le toboggan, dire quelques mots à Gert et l'embrasser. Il l'observa qui quittait le parc au petit trot, le téléphone à l'oreille. Il sentit alors qu'on lui tirait la main et vit le visage de Gert, tourné vers lui.

« Cheval. »

Harry sourit, prétendit n'avoir rien entendu.

« Cheval ! »

Harry étira son sourire, considéra son pantalon de costume. Il savait qu'il ne pouvait pas gagner.

31

Dimanche

Grands mammifères

Il était un peu plus de onze heures du matin. Le soleil chauffait, mais Katrine frissonna dès qu'il se cacha derrière un nuage. À l'orée d'un bois, elle observait de hauts chaumes jaunes devant les voiliers qui croisaient sur le fjord brasillant. Elle se tourna. Le corps de la femme était transporté en civière vers l'ambulance sur la route. Sung-min approchait.

« Alors ? fit-il.

— Elle était dans les herbes hautes juste à côté de la rive. » Katrine poussa un profond soupir. « En mauvais état, pire que les deux autres. Ici, les promeneurs du matin sont des familles avec enfants en bas âge, donc évidemment, c'est une famille avec enfants en bas âge qui l'a découverte.

— Tss... » Sung-min secoua la tête. « Une idée de son identité ?

— Elle était nue, décapitée. Aucune disparition signalée, pour l'instant, mais elle était jeune et belle, donc... »

Elle ne termina pas sa phrase, qui disait que, d'expérience, les déclarations de disparition intervenaient plus rapidement pour les jeunes et belles.

« Aucune piste, je suppose ?
— Non, le coupable a eu de la chance, il a plu cette nuit. »
Une rafale soudaine fit frissonner Sung-min.
« Je ne pense pas que ce soit de la chance, Bratt.
— Moi, non plus.
— Allons-nous agir de façon proactive pour identifier le corps ?
— Oui. Je pensais appeler Mona Daa de *VG*, lui donner l'information en exclusivité en échange d'un gros titre formulé comme nous le souhaitons. Ni trop ni pas assez. Après, les autres n'auront qu'à citer son article et se plaindre ensuite du traitement de faveur qu'elle a obtenu.
— Pas bête. Daa acceptera sans doute, si ça lui permet d'avoir une info que Våge n'a pas.
— C'est ce que je me disais. »
Ils observèrent en silence les techniciens de scène de crime, qui continuaient de photographier le périmètre et de le passer au peigne fin.
Sung-min se balança sur ses talons. « Elle a été amenée ici en voiture, comme Bertine, non ? »
Katrine acquiesça. « L'endroit n'est pas desservi par les bus et, on a vérifié, aucun taxi n'est venu ici cette nuit, donc oui, probablement.
— Vous savez s'il y a des chemins gravillonnés ou des chemins de terre par ici ? »
Elle lui lança un regard scrutateur. « Vous pensez à des traces de pneus ? Je n'ai vu que des voies goudronnées. De toute façon, les traces auraient sans doute été effacées par la pluie.
— Bien entendu, simplement je…
— Simplement vous ?
— Rien.

— Alors je passe ce coup de fil à *VG*», conclut Katrine.

Il était midi moins le quart. Prem déplia doucement le papier sulfurisé.

Une nouvelle vague de fureur déferla en lui. Elles se succédaient à intervalles irréguliers depuis qu'il les avait vus tous les deux ensemble. Comme deux tourtereaux. Elle, la Femme qu'il aimait, et ce gars. Quand un homme et une femme se promènent dans le parc comme ça, il n'y a aucun doute à avoir. Cet homme la voulait. Un policier, en plus ! Prem n'avait pas encore formalisé sa stratégie pour dégager ce rival inattendu, mais il allait bientôt s'y atteler.

Le papier était déplié devant lui. Au centre : un œil.

Prem sentit sa bouche devenir sèche.

Mais il n'avait pas le choix.

Il tint l'œil entre deux doigts, sentit la nausée monter. Il ne pouvait pas le vomir, ce serait du gâchis. Il le reposa, essaya de respirer profondément, calmement, regarda de nouveau les journaux en ligne sur son téléphone. Là, enfin ! Dans *VG*. C'était le premier titre, avec une grande photo de la zone marécageuse. Il lut sous la vignette de Mona Daa que le corps d'une femme non identifiée avait été découvert près de Lilløyplassen, à Snarøya. Le corps était décapité et *VG* invitait tout lecteur possédant des informations pouvant aider à l'identification de la femme assassinée ou s'étant trouvé dans le secteur le soir précédent, qu'il ait vu quelque chose ou non, à contacter la police. La journaliste écrivait que, s'ils s'y refusaient pour l'instant, ce n'était sans doute qu'une question de temps avant que les enquêteurs fassent le lien avec les meurtres de Susanne Andersen et de Bertine Bertilsen.

Le titre précédait ceux sur la personnalité politique qui avait fraudé le fisc, sur le match crucial entre Bodø/Glimt et Molde, et sur la guerre à l'est.

Prem ressentit la singulière ivresse d'être là, sur la scène principale, dans le rôle principal. Était-ce ce que sa maman avait éprouvé devant un public enchanté, au souffle coupé, quand elle exerçait ses pouvoirs magiques de raconteuse? Étaient-ce ses gènes et sa passion qui s'éveillaient enfin en lui?

Sur son autre téléphone, acheté sur eBay, un jetable avec une carte SIM lettonne et enregistré sous un faux nom, il composa le numéro de la rédaction de *VG*, précisa qu'il appelait au sujet de la femme morte de Lilløyplassen et demanda à parler à Mona Daa.

Elle décrocha d'un «Daa» qui lui fit l'effet d'un ordre.

Prem prit la voix grave qu'il savait d'expérience n'être reconnaissable par personne.

«Peu importe qui je suis, mais je suis inquiet. J'avais rendez-vous avec Helene Røed au Frognerpark aujourd'hui, elle n'est pas venue, elle ne répond pas au téléphone et elle n'est pas chez elle.

— Qui…»

Prem raccrocha, regarda le papier sulfurisé, saisit l'œil, l'examina, le glissa dans sa bouche et mastiqua.

À midi et demi passé, Johan Krohn appela Harry Hole.

Il était rentré dans la maison, laissant sa femme boire son café sur la terrasse, le visage tourné vers le soleil. Elle n'accordait aucun crédit aux prévisions de beau temps des jours à venir. Il boutonna son pardessus en attendant la réponse et puis, enfin, il entendit la voix essoufflée de Harry.

« Excusez-moi, je vous dérange pendant une séance de sport ?

— Non, je joue.

— Vous jouez ?

— Je suis un dragon qui attaque le fort.

— Je vois. Je vous appelle parce que je viens de recevoir un coup de fil de Markus. L'Institut médico-légal l'a contacté par l'intermédiaire de son secrétariat pour lui demander d'identifier un corps. Ils pensent qu'il pourrait s'agir de Helene.

— Hmm. »

Johan Krohn ne parvenait pas à déterminer si Hole était choqué ou non.

« Je voudrais que vous voyiez le corps. Que ce soit Helene ou non, le coupable est le même.

— Bien. Pourriez-vous venir aussi, pour garder un enfant de trois ans pendant quelques minutes ?

— Un enfant de trois ans ?

— Il aime bien quand on fait l'animal. De préférence un grand mammifère. »

Johan Krohn appuya une seconde fois sur la sonnette de l'Institut médico-légal.

« C'est dimanche, vous êtes sûr qu'il y a quelqu'un ?

— Ils m'ont dit de me présenter dès que possible et de sonner ici », répondit Markus Røed en observant la façade du bâtiment.

Un homme vêtu de vert finit par arriver en courant doucement. Il ouvrit la porte. « Je suis navré, ma collègue est partie, dit-il derrière son masque chirurgical. Je suis Helge, technicien d'autopsie.

— Johan Krohn. »

L'avocat allongea par réflexe le bras pour le saluer,

mais le technicien d'autopsie secoua la tête en levant ses mains gantées.

« Les morts peuvent être contaminés ? demanda Røed d'un ton acerbe derrière Krohn.

— Non, mais ils contaminent. »

Ils suivirent le technicien dans un couloir désert jusqu'à une pièce dont les fenêtres donnaient sur ce que Krohn supposait être la salle d'autopsie.

« Lequel d'entre vous va procéder à l'identification ?

— Lui. »

Krohn désigna Markus Røed d'un signe de tête. Le technicien lui tendit un masque, une blouse et un calot identiques à ceux qu'il portait lui-même.

« Puis-je vous demander quelle est votre relation avec la personne qui pourrait être la défunte ? »

Røed parut perplexe un instant.

« Époux », répondit-il.

Son ton n'était plus acerbe, on aurait dit qu'il entrevoyait la possibilité que ce soit véritablement Helene dans cette pièce.

« Avant de mettre votre masque, j'aimerais que vous buviez de l'eau, dit le technicien.

— Merci, mais ce ne sera pas nécessaire.

— L'expérience montre que, dans ce genre de cas, il est bon d'avoir le corps hydraté. » Le technicien prit une carafe et versa l'eau dans un verre. « Croyez-moi, vous comprendrez en entrant. »

Røed le regarda, acquiesça brièvement et vida le verre.

Le technicien lui tint la porte, et ils entrèrent tous deux.

Krohn alla à la fenêtre. Les deux hommes se tenaient de part et d'autre d'une table à roulettes sur laquelle les contours d'un corps de femme se dessinaient sous une housse blanche. Il n'y avait pas de tête. La salle était manifestement équipée de micros, car il entendait leurs voix par un haut-parleur au-dessus de la fenêtre.

« Vous êtes prêt ? »

Røed hocha la tête et le technicien d'autopsie retira la housse.

Krohn eut un mouvement de recul, s'éloigna de la fenêtre. Il avait déjà vu des corps au cours de sa vie professionnelle, mais jamais rien de tel. La voix du technicien était sèche et professionnelle.

« Je suis navré, mais il semblerait que l'auteur du meurtre ait usé de violence extrême sur elle. Il y a ce que vous voyez ici, des lésions causées par des coups de couteau sur le corps entier, le ventre ouvert, mais le pire est sans doute la zone autour de l'anus, où nous voyons que l'auteur des faits a dû employer autre chose que son couteau et ses mains pour détruire autant. Le rectum est entièrement déchiré et ça continue plus haut, il a dû prendre un tuyau, une grosse branche ou un objet similaire. Je suis désolé si je vous donne plus d'informations que vous n'en désirez, mais je dois vous expliquer le niveau de violence pour que vous compreniez qu'elle n'est plus la femme que vous connaissiez et que vous aviez l'habitude de voir. Donc prenez votre temps et essayez de voir au-delà des blessures. »

Le masque cachait l'expression de son visage, mais Krohn vit le tremblement de Røed.

« Est-ce que… qu… qu'il a fait ça pendant… pendant qu'elle était en vie ?

— J'aimerais pouvoir affirmer qu'elle était morte, mais je n'ai pas cette certitude.

— Donc elle a souffert ?» Røed parlait d'une voix faible, étranglée.

« Comme je vous le disais, nous ne savons pas. Certaines blessures ont sans doute été infligées quand le cœur avait cessé de battre, mais pas toutes. Je suis désolée. »

Røed émit un unique sanglot. À aucun moment de leur relation, Johan Krohn n'avait eu pitié de Markus Røed, pas une seconde, même dans cette affaire, car son client était un beau salaud, mais à cet instant précis, il ressentait de la compassion, sans doute parce que, fatalement, il avait l'espace d'une seconde imaginé sa propre femme sur la table et s'était vu à la place de Røed.

« Je sais que c'est douloureux, dit le technicien, mais je dois vous demander de ne pas vous précipiter. Regardez-la et faites votre possible pour confirmer s'il s'agit ou non de Helene Røed. »

Sans doute était-ce d'entendre son nom en association avec le spectacle épouvantable de ce corps décapité qui fit éclater Røed en sanglots incontrôlables.

Krohn entendit la porte s'ouvrir derrière lui.

C'était Harry Hole, suivi d'une femme aux cheveux foncés.

Hole le salua d'un bref signe de tête. « Voici Alexandra Sturdza. Elle travaille ici. Je l'ai appelée et nous sommes passés la prendre.

— Johan Krohn, avocat de M. Røed.

— Je sais. » Alexandra se dirigea vers le lavabo, commença à se laver les mains. « J'étais ici tout à l'heure, mais manifestement, j'ai raté toute l'action. Vous l'avez identifiée ?

— Ils sont en train, répondit Krohn. La tâche n'est pas tout à fait… évidente. »

Hole le rejoignit à la fenêtre, regarda la salle d'autopsie.

« De la rage, dit-il simplement.

— Pardon ?

— Ce qu'il lui a fait, il ne l'a pas fait aux deux autres. Ça, c'est de la rage et de la haine. »

Krohn essaya d'humecter sa bouche desséchée. « Vous voulez dire que c'est quelqu'un qui déteste Helene Røed ?

— Ça se pourrait. Ou qui hait ce qu'elle représente. Ou qui se hait lui-même. Ou qui hait quelqu'un qui l'aime. »

En tant qu'avocat, Krohn avait déjà entendu ces déclarations, c'était la description plus ou moins standard qu'offraient les psychologues légistes dans les affaires de viol et de crimes sexuels. Hormis ce dernier point, la haine de quelqu'un qui aime la victime.

« C'est elle. »

Le chuchotement de Røed dans les haut-parleurs les fit tous se taire.

La femme aux cheveux foncés ferma le robinet et se tourna vers la fenêtre.

« Je suis navré, mais je suis obligé de vous demander si vous êtes sûr », demanda le technicien d'autopsie.

Røed laissa échapper un nouveau sanglot chevrotant. Il hocha la tête, désigna une épaule.

« Cette cicatrice. Elle se l'est faite quand on était à Chennai, en Inde, elle montait à cheval sur la plage. J'avais loué un cheval de course, qui allait courir le lendemain. Ils étaient si beaux ensemble, mais le cheval n'était pas habitué à courir sur le sable et il n'a pas vu un trou laissé par la marée. Ils étaient si beaux ensemble quand ils… »

Sa voix ne portait plus, il enfouit son visage dans ses mains.

« Ce cheval devait être sacrément beau pour qu'il ait tant de chagrin », déclara la femme aux cheveux foncés.

Incrédule, Krohn se tourna vers elle, croisa son regard froid et ravala le reproche qu'il avait sur le bout de la langue. Il se tourna vers Harry, choqué.

« Elle a analysé l'ADN de Røed. Il correspond à la salive recueillie sur la poitrine de Susanne Andersen. »

Tout en prononçant ces paroles, Harry examinait le visage de Johan Krohn. Il lui sembla y voir de la pure surprise, l'avocat semblait croire réellement à l'innocence de son client. Cela étant, les convictions intimes des avocats et des policiers n'ont pas beaucoup de poids, les recherches sur le sujet ne relèvent presque aucune différence dans l'aptitude à démasquer les menteurs selon que l'on exerce tel ou tel métier. Plus exactement : nous sommes tous à peu près aussi mauvais que le détecteur de mensonges de John Larson. Néanmoins Harry avait de la peine à croire que l'étonnement de Krohn ou les pleurs de Røed soient de la pure comédie. Maintenant, on peut évidemment porter le deuil d'une femme qu'on a tuée, que ce soit de ses propres mains ou avec celles d'une autre personne, Harry avait vu plus d'un mari coupable pleurer, probablement dans un charivari de culpabilité, d'amour perdu, de cette frustration jalouse qui avait conduit au meurtre et de choc de la prise de conscience. Bon sang, il n'avait pas besoin d'aller chercher si loin, n'avait-il pas lui-même cru quelque temps avoir tué Rakel dans les vapeurs de l'alcool, peut-être ? Mais, sans que Harry puisse véritablement expliquer pourquoi ni comment, Markus Røed *n'avait pas l'air* de quelqu'un qui, la veille, avait tué la femme qui se trouvait devant lui. D'une manière ou d'une autre, ses larmes étaient trop pures. Harry ferma les yeux. *Des larmes trop pures?* Il soupira. Au diable ces inepties ésotériques, les preuves étaient là, et elles étaient éloquentes. Le miracle qui devait les sauver, Lucille et lui-même, était en train de se produire, alors pourquoi ne pas l'accueillir à bras ouverts?

Il y eut un grondement dans la pièce.

« On sonne à la porte, annonça Alexandra.

— C'est sans doute la police », répondit Harry.

Elle alla ouvrir.

Johan Krohn le regarda. « C'est vous qui les avez appelés? »

Harry hocha la tête.

Røed revint dans la pièce, retira sa blouse, son masque et son calot.

« Quand est-ce qu'on pourra l'envoyer aux pompes funèbres? »

Il s'adressait à Krohn, sans tenir compte de la présence de Harry.

« Je déteste la voir comme ça. » Sa voix était rauque, ses yeux, humides, rougis. « Et sa tête. Il faut qu'on lui en fasse faire une. On a des tas de photos. Un sculpteur. Le meilleur, Johan. Il faut que ce soit le meilleur. »

Il se remit à pleurer.

Harry s'était retiré dans un coin de la pièce et l'observait attentivement. Il nota son effarement lorsque la porte s'ouvrit et que quatre policiers entrèrent, trois hommes et une femme. Deux d'entre eux le saisirent par les bras pendant que le troisième le menottait et que la quatrième lui expliquait pourquoi il était en état d'arrestation.

En sortant, Røed tourna la tête, comme pour un dernier aperçu du corps de la femme de l'autre côté de la fenêtre, mais son geste lui permit seulement de remarquer Harry.

Le regard qu'il lui lança alors rappela à Harry l'été où il travaillait à la fonderie, quand le métal fondu était coulé dans un moule peu profond et que, en quelques secondes, il passait de chaud, rouge et fluide à froid, gris et figé.

Puis ils ne furent plus là.

Le technicien d'autopsie revint dans la pièce à son tour, ôta son masque.

« Bonjour, Harry.

— Bonjour, Helge. Permettez-moi de vous poser une question.

— Oui ? » Helge suspendit sa blouse.

« Vous avez déjà vu un coupable pleurer comme ça ? »

Helge gonfla pensivement les joues et relâcha lentement l'air.

« Le problème de cette question empirique, c'est que nous n'avons pas toujours la réponse sur qui est coupable et qui ne l'est pas, non ?

— Hmm. Bonne réponse. Puis-je… ? »

Harry fit un signe de tête vers la salle d'autopsie.

Il perçut l'hésitation de Helge.

« Trente secondes, et je n'en soufflerai pas mot à âme qui vive, insista-t-il. En tout cas à personne qui puisse vous causer de soucis.

— D'accord, fit Helge en souriant. Vite, alors, avant que quelqu'un arrive, et ne touchez à rien. »

Harry entra. Il regarda ce qui restait d'un être tout

ce qu'il y a de plus vivant quand il lui avait parlé seulement deux jours auparavant. Elle lui avait plu. Il lui avait plu aussi. Les rares fois où il s'apercevait de ces choses-là, il ne se trompait pas. Dans une autre vie, il l'aurait peut-être invitée à boire un café. Il examina les plaies, la section du cou. Il huma une vague odeur à peine perceptible, qui éveillait une réminiscence. Sa parosmie le rendant incapable de sentir l'odeur de cadavre, ce devait être autre chose. Bien sûr ! Cela lui rappelait Los Angeles, c'était l'odeur du musc. Harry se redressa. Le temps était – pour lui et Helene Røed – écoulé.

Harry et Helge sortirent ensemble de la morgue et eurent tout juste le temps de voir la voiture de police qui s'éloignait.

Alexandra s'adossa à la façade en fumant une cigarette.

« C'est ce que j'appelle deux jolis garçons.

— Merci, répondit Harry.

— Pas vous deux, eux. »

Elle montra d'un signe le parking, où se trouvaient une vieille Mercedes surmontée d'une plaque de taxi et, devant, un clone de Keith Richards avec un enfant de trois ans sur les épaules. Le clone avançait une main en prolongement de son nez tout en produisant ce que Harry supposait être des barrissements d'éléphant et en titubant d'une manière qu'il espérait voulue.

« Oui, dit-il en tentant de mettre de l'ordre dans le tumulte de ses pensées, soupçons et impressions. Deux jolis garçons.

— Øystein m'a proposé de vous accompagner au Jealousy Bar demain, lui et toi, pour célébrer la résolution de l'affaire, dit-elle en tendant sa cigarette à Harry. Je viens ?»

Il aspira une bouffée généreuse. « Tu viens ?

— Oui, je viens », fit-elle en reprenant la cigarette d'un geste sec.

32

Dimanche

Orangotango

À seize heures, la conférence de presse commença. Une ambiance électrique régnait dans la salle comble. De toute évidence, la rumeur des noms de la victime et du suspect circulait déjà. Katrine réprima un bâillement pendant que Kedzierski informait l'assistance des principaux développements de l'affaire. Ç'avait déjà été une longue journée et ce dimanche était loin d'être terminé. Elle avait envoyé un SMS à Harry pour lui dire où elle en était, auquel il avait répondu par un : « *Avec Gert, on est au bistrot et on boit. Du chocolat chaud.* »

Elle avait répondu « *ha ha* » avec un émoji sévère, puis s'était efforcée de ne plus penser à eux, de dégager de la place dans son cerveau pour le sujet sur lequel elle devait se concentrer. Kedzierski ayant terminé, il demanda s'il y avait des questions. Elles tombèrent en rafales.

« NRK, je vous en prie, fit le directeur de l'information, tentant de maintenir l'ordre.

— Comment pouvez-vous avoir des preuves ADN contre Markus Røed alors que nous savons qu'il a refusé de vous laisser prélever son ADN ?

— La police n'a pas prélevé son ADN, dit Katrine. Le matériel ADN a été prélevé par une personne hors de la police, qui l'a fait analyser et a obtenu une confirmation de correspondance avec l'ADN relevé sur le lieu du crime.

— Qui est cette personne? trancha une voix dans le bourdonnement de la salle.

— Un détective privé», répondit Katrine.

Le bourdonnement cessa d'un coup et, pendant ce bref interlude silencieux, elle prononça son nom. En se délectant. Car elle savait que Bodil Melling – quand bien même elle voudrait ensuite sa tête sur un plateau – ne pourrait pas lui reprocher de dire les choses comme elles étaient, Harry avait pratiquement résolu l'affaire pour eux.

«Quel était le mobile de Røed pour tuer Susanne Andersen et Bert…

— Nous ne savons pas», coupa Sung-min.

Katrine lui lança un regard en coin. Certes, ils ne savaient pas, mais ils avaient eu le temps d'en discuter et Sung-min lui-même avait parlé de cette vieille affaire criminelle – une affaire de Harry Hole, là encore – où un mari jaloux ne s'était pas contenté de tuer sa femme, mais avait aussi supprimé des femmes et des hommes au hasard, pour faire apparaître le meurtre conjugal comme un meurtre en série et détourner l'attention de sa personne.

« *VG*, dit Kedzierski.

— Si Harry Hole a résolu l'affaire pour vous, pourquoi n'est-il pas présent? demanda Mona Daa.

— Ceci est une conférence de presse avec des porte-parole de la police, rappela Kedzierski. Vous n'avez qu'à contacter Hole vous-mêmes.

— Nous avons essayé de le joindre, mais il ne répond pas.

— Nous ne pouvons pas... »

Katrine interrompit Kedzierski.

« Eh bien, c'est qu'il doit avoir d'autres chats à fouetter. Nous aussi, d'ailleurs, alors si vous n'avez pas d'autres questions... »

Les protestations fusèrent.

Il était dix-huit heures.

« Une bière », demanda Harry.

Le serveur acquiesça d'un signe de tête et repartit.

Gert leva les yeux de sa tasse de chocolat chaud et lâcha sa paille.

« Mamie dit que les gens qui boivent de la biéle ne montent pas au ciel et alols ils ne peuvent pas voil mon papa, palce que c'est là qu'il est. »

Harry observa le petit en songeant que si une bière l'envoyait en enfer, c'était là qu'il retrouverait Bjørn Holm. Il regarda autour de lui. À plusieurs tables se trouvaient les esseulés, avec leur pinte pour seule compagnie et interlocutrice. Ils ne se souvenaient pas de lui, lui ne se souvenait pas d'eux, bien qu'ils soient aussi enracinés au Schrøder que l'odeur de tabac qu'il respirait encore sur les murs et sur les meubles plusieurs décennies après la mise en place de l'interdiction de fumer. À l'époque, ils étaient plus âgés que lui, mais l'inscription au-dessus des squelettes de la crypte des Capucins semblait gravée sur leurs fronts : *Comme vous nous étions, comme nous vous serez.* Car bien entendu, Harry avait toujours été conscient qu'il descendait d'une lignée d'alcooliques, on aurait dit qu'il était habité par une sangsue méphistophélique qui criait au sucre et à l'alcool, et qu'il fallait nourrir, un putain de parasite transmis par les gènes.

Son téléphone sonna. C'était Krohn. Il parlait d'un ton plus résigné que furieux.

« Félicitations, Harry. Je vois dans les journaux en ligne que c'est vous qui avez fait arrêter Markus.

— Je vous avais prévenu.

— Avec des méthodes que la police elle-même n'aurait pas pu utiliser.

— C'est pour ça que vous m'avez embauché.

— Bien. Le contrat prévoit que trois substituts du procureur doivent considérer qu'il est largement probable que Røed sera condamné.

— Nous aurons cela dans le courant de la journée de demain et il faudra alors virer l'argent.

— À propos. Ce compte aux îles Caïmans, dont on m'a donné le…

— Ne me posez pas de question là-dessus, Krohn. »

Il y eut un silence.

« Je vais raccrocher, Harry. J'espère que vous pourrez dormir. »

Harry laissa tomber son téléphone dans la poche intérieure du costume de Røed. Il regarda Gert qui, à cet instant précis, se préoccupait davantage de son chocolat chaud et des grands tableaux représentant la vieille Oslo. Lorsque sa pinte arriva, Harry la paya, mais pria le serveur de la remporter. Ce n'était manifestement pas la première fois qu'il rencontrait un alcoolique se ressaisissant au dernier moment et il repartit avec le verre plein, sans prononcer un mot ni hausser un sourcil. Harry scruta Gert. Il pensa à la lignée d'alcooliques.

« Mamie a raison, déclara-t-il. La bière, ce n'est bon pour personne. Souviens-t'en.

— OK. »

Harry sourit. Le petit s'était approprié son « OK ». Il espérait seulement que le mimétisme s'arrêterait là, il n'avait aucune envie d'avoir un descendant à son image, au contraire. Dans la sollicitude et l'amour qu'il ressentait presque par réflexe, il s'agissait uniquement que tout se passe bien pour le petit bonhomme de l'autre côté de la table, mieux que pour lui-même. Il entendit un bruit de succion dans la paille et, au même instant, son téléphone vibra.

Un SMS de Katrine.

À la maison. Et vous ?

« Bon, alors, on rentre voir maman ! annonça Harry en tapant un message pour dire qu'ils se mettaient en route.

— Et toi, qu'est-ce que tu fais ? demanda Gert en donnant un coup dans le pied de table.

— Je vais à l'hôtel.

— Nooon. » Le petit posa une main chaude sur la sienne. « Tu vas chanter la chanson quand j'irai me coucher. Sur le coq.

— Le coq ?

— Coq-é-ine… » chanta Gert.

Harry avait envie de rire, mais dut à la place ravaler une boule dans sa gorge. C'était quoi, au juste ? Était-ce ce que Ståle appelait de l'amorçage, ne se sentait-il ainsi que parce que l'idée avait été plantée en lui qu'il était le père de l'enfant ? Ou était-ce un phénomène plus physique ou biologique, un cri du sang, qui attirait si désespérément deux personnes l'une vers l'autre ?

Il se leva.

« Quel animal tu es ? demanda Gert.

— Un orangotango ! »

Harry souleva Gert de sa chaise et l'entraîna dans une pirouette qui recueillit les applaudissements de l'un des esseulés. Il reposa Gert par terre et ils marchèrent vers la porte, main dans la main.

Il était vingt-deux heures et Prem venait de nourrir Boss et Simona-Exilia. Il s'installa devant son téléviseur pour regarder une fois encore les actualités. Savourer de nouveau le résultat de ce qu'il avait mis en œuvre. La police ne le disait pas directement, mais il comprit au discours de ses représentants que les enquêteurs n'avaient pas trouvé de traces sur le lieu du crime. Il avait fait les bons choix quand Helene s'était échappée de la voiture et qu'il avait dû la tuer sur le chemin gravillonné. C'était inévitable de laisser de l'ADN – un poil, un cheveu, des cellules mortes, de la sueur –, et comme il ne pouvait pas se livrer à un nettoyage très approfondi, il fallait faire en sorte que le chemin ne soit pas identifié comme lieu du crime. C'est pourquoi il avait chargé le corps dans sa voiture et l'avait transporté jusqu'au bout de l'île, où il pouvait être relativement certain de ne trouver personne tard un soir d'automne et d'être en mesure d'opérer à l'abri des hauts roseaux, où il pouvait être relativement certain aussi que Helene serait découverte quand les familles rappliqueraient en masse le dimanche. Il lui avait d'abord coupé la tête, puis il était passé sur tout son corps, lavant et râclant son propre ADN de sous les ongles qu'elle avait enfoncés dans ses cuisses quand elle le chevauchait dans la voiture. Il devait travailler méticuleusement, car s'il n'avait jamais été condamné, son ADN était archivé dans la base de données de la police.

La présentatrice du journal télévisé était en liaison

téléphonique avec un substitut du procureur, dont le nom et la photo s'affichaient en haut à droite de l'écran. Chris Hinnøy. Ils parlaient de la garde à vue de Røed. Ce n'était pas étonnant qu'ils commencent à se trouver à court de sujets intéressants, depuis le matin, les émissions de la chaîne d'information ne traitaient que de l'arrestation de Markus Røed et du meurtre de sa femme. Même la victoire de justesse de Bodø / Glimt sur Molde avait à peine été abordée. Idem dans les journaux en ligne, presque exclusivement consacrés à Markus Røed. Donc, indirectement, à lui, Prem. Enfin, après toutes les photos de Markus Røed, les journaux commençaient à en publier de Harry Hole. Ils écrivaient que c'était lui, l'outsider, le détective privé, qui avait relié l'ADN de Markus Røed à la salive sur la poitrine de Susanne. Comme si c'était extraordinaire. Comme si la police n'aurait pas dû découvrir cela par elle-même depuis longtemps. Il commençait à être agaçant, ce Harry Hole. Qu'avait-il à faire sur la scène ? Cette scène qui aurait dû être réservée à l'affaire, au mystère, *son* mystère. Les journalistes auraient dû s'attarder encore plus sur Markus Røed, le privilégié, quelqu'un qui s'était cru au-dessus des lois et qui à présent était si délicieusement cloué au pilori. Les gens s'en délectaient, Prem s'en délectait, ça lui mettait du baume au cœur. D'accord, on frisait l'overdose, les médias répondaient à la demande. Quoi qu'il en soit, il espérait que son beau-père avait accès aux journaux dans son lieu de détention, qu'il avait largement l'occasion de souffrir, que l'humiliation publique était effectivement le bain d'acide que Prem lui avait préparé. La perplexité, le désespoir et la peur que Markus Røed devait ressentir. Avait-il déjà songé à se suicider ? Non, le facteur déclenchant d'un suicide, celui qui avait porté le dernier coup à maman, était le désespoir, or son beau-père n'avait sans doute pas perdu espoir. Il était défendu par rien de moins que Johan Krohn et la police n'avait pas d'autre preuve qu'un peu de salive. Les enquêteurs évalueraient cela en regard du faux alibi que Helene avait donné à Markus pour les soirs où Susanne et Bertine avaient disparu. Mais ce que le substitut du procureur venait de dire inquiétait Prem.

Ce Chris Hinnøy expliquait que, vu les preuves et la gravité du crime, il avait peu de doutes quant au fait que le juge des libertés accorderait à la police les quatre semaines fixes de détention provisoire lors de l'audience du lendemain, et la prolongerait ensuite si nécessaire. Hinnøy avait précisé que la loi norvégienne ne prévoyait aucune limite à la durée de la détention provisoire, sur le principe elle pouvait durer des années, il soulignait qu'il était particulièrement important que la police ait un accès généreux à la détention provisoire de personnalités de premier plan, qui avaient les moyens de détruire des preuves, d'exercer de l'influence sur les témoins, voire sur les enquêteurs, ça s'était vu par le passé.

« C'est le cas pour Harry Hole ? » demanda la présentatrice.

Comme s'il avait un rapport avec l'affaire !

« Hole est payé par Røed, répondit le substitut du procureur, mais il a été formé par la police norvégienne et, de toute évidence, il possède l'intégrité que nous attendons de nos fonctionnaires, actuels ou anciens.

— Chris Hinnøy, je vous remercie de nous avoir parlé... »

Prem baissa le son. Il jura. Si le substitut du

procureur avait raison, Markus Røed pourrait rester enfermé indéfiniment, bien à l'abri d'une cellule où on ne pouvait pas l'atteindre. Ce n'était pas ce qu'il avait prévu.

Il essaya de réfléchir.

Fallait-il modifier son plan, son grand plan ?

Il contempla la limace rose sur la table basse, la trace visqueuse qu'elle avait laissée en une demi-heure d'efforts. Où allait-elle ainsi ? Avait-elle un plan ? Chassait-elle ? Fuyait-elle ? Savait-elle que, tôt ou tard, les limaces cannibales retrouveraient sa trace et se lanceraient à sa poursuite ? Que l'immobilité était la mort ?

Prem appuya ses doigts sur ses tempes.

Harry courait, il sentait son cœur faire circuler le sang dans son corps alors que la journaliste remerciait Hinnøy.

Chris Hinnøy était l'un des trois substituts du procureur que Harry et Johan Krohn avaient contactés deux heures auparavant pour leur demander d'évaluer subjectivement et officieusement la probabilité que Markus Røed soit condamné sur la base des preuves existantes. Deux d'entre eux avaient eu envie de répondre tout de suite, mais Krohn leur avait demandé d'attendre le lendemain matin, la nuit portait conseil.

Au journal télévisé, il y avait maintenant une interview de l'entraîneur de Bodø/Glimt et le regard de Harry quitta l'écran fixé devant le tapis de course pour se poser sur le miroir en face.

Il avait la petite salle de sport de l'hôtel pour lui tout seul. Laissant son costume dans sa chambre, il avait enfilé le peignoir de l'hôtel, qui était maintenant suspendu à un crochet derrière lui. Il courait en boxer, T-shirt et avec ses chaussures John Lobb cousues main, qui, étonnamment, faisaient de très bonnes baskets. Il avait l'air ridicule, bien sûr, mais il s'en foutait pas mal. Il était même descendu dans cette tenue à la réception, où il avait expliqué qu'il avait rencontré un sympathique clergyman au bar, mais ne se souvenait plus de son nom. La femme noire de la réception avait hoché la tête en souriant.

« Ce n'est pas un client de l'hôtel, mais je vois de qui vous parlez, monsieur Hole, parce qu'il est venu ici et m'a demandé votre numéro de chambre. Je lui ai dit que nous ne communiquions pas ces informations, mais que je pouvais vous appeler. Il a décliné et il est reparti.

— Hmm. Il vous a dit ce qu'il voulait ?

— Non, seulement qu'il était... *curious.* » Elle avait souri. « Les gens ont tendance à me parler en anglais.

— Mais il est américain, non ? »

Elle avait haussé les épaules. « Peut-être. »

Harry augmenta la vitesse du tapis de course. Il n'avait pas perdu sa foulée, mais courait-il suffisamment bien ? Pouvait-il, sur la durée, courir loin de tout ? De tout ce qui était derrière lui ? De ceux qui en voulaient à sa peau ? Interpol avait accès aux listes de clients de tous les hôtels du monde, tout comme n'importe quel hacker médiocre. Et si le clergyman était là pour le surveiller ? Et si c'était lui qui – dans l'hypothèse où l'échéance passerait sans que la dette n'ait été remboursée – allait lui faire la peau dans deux jours ? Oui, eh bien quoi ? Les recouvreurs de dette ne tuent jamais avant que tout espoir d'avoir l'argent soit perdu, et ils le font seulement comme une mise en garde destinée à leurs autres débiteurs. Røed s'était fait arrêter. De la salive sur le mamelon de la victime. On ne faisait pas meilleure preuve matérielle que ça, putain ! Lorsque les trois substituts du procureur tiendraient le même discours le lendemain matin, l'argent serait transféré, la dette, effacée, Lucille et lui, libérés. Alors pourquoi son cerveau continuait-il de mouliner ? Était-ce parce qu'il avait le sentiment d'essayer de courir loin d'autre chose, loin de quelque chose qui avait un rapport avec cette affaire ?

Son téléphone, qu'il avait posé par-dessus sa bouteille sur le tapis de course, sonna. Ce ne fut pas une initiale qui s'afficha sur l'écran, mais il reconnut le numéro et répondit :

« Parlez-moi. »

Il obtint des rires comme réponse, puis une voix feutrée. « Dire que tu emploies la même phrase que quand on travaillait ensemble, Harry.

— Hmm. Dire que tu as toujours le même numéro. »

Mikael Bellman rit encore. « Félicitations pour Røed.

— À quelle partie de l'affaire tu penses ?

— Oh, à la fois au fait que tu as obtenu cette mission et à cette arrestation.

— De quoi s'agit-il, Bellman ?

— Ouh là ! » Il rit encore, ce rire de bon cœur, charmeur, si efficace pour faire croire aux femmes et aux hommes que Mikael Bellman était une personne chaleureuse, sincère, quelqu'un sur qui on pouvait compter. « Je dois admettre qu'on est très gâté quand on est ministre de la Justice, on s'habitue à ce que celui qui est pressé, ce soit nous, jamais ses interlocuteurs.

— Je ne suis pas pressé. Plus maintenant. »

Il y eut un long silence. Lorsque Bellman reprit, sa cordialité semblait un rien plus forcée.

« Je t'appelais pour te dire que nous apprécions ce que tu as fait dans cette affaire, cela montre ton intégrité. Au Parti travailliste, nous sommes attachés à l'égalité de tous devant la loi et c'est pourquoi j'ai donné le feu vert pour son arrestation aujourd'hui. C'est un bon signal à envoyer : dans un État de droit qui fonctionne, être riche et célèbre ne doit pas apporter d'avantages.

— Peut-être même au contraire, non ? répondit Harry.

— Pardon ?

— Je ne savais pas que les ministres de la Justice devaient autoriser les arrestations.

— Il ne s'agit pas de n'importe quelle arrestation, Harry.

— C'est ce que je voulais dire. Certains sont plus importants que d'autres. Et puis, bon, ça ne fait pas précisément de mal au Parti travailliste que vous soyez sur le dos d'un roublard plein aux as.

— Là où je veux en venir, Harry, c'est que j'ai parlementé avec Melling et Winter. Ils te prendront volontiers dans leur équipe pour la suite de l'enquête. Il reste pas mal de boulot avant l'inculpation. Maintenant que ton employeur est arrêté, je suppose que tu es au chômage. Ta contribution est importante pour nous, Harry. »

Harry était passé en mode « marche » sur le tapis de course. Bellman continua :

« Ils aimeraient bien que tu assistes à l'audition de Røed demain matin. »

Ce qui est important pour toi, c'est que le héros du jour ait l'air d'être dans ton équipe, pensa Harry.

« Alors, qu'en dis-tu ? »

Harry réfléchit, il ressentait l'aversion et la méfiance que Bellman avait toujours éveillées en lui.

« Hmm. J'y serai.

— Bien. Bratt te tiendra au courant. Il faut que je file. Bonne soirée. »

Harry courut encore une heure. Lorsqu'il comprit qu'il ne parviendrait pas à courir loin de ce qui le préoccupait, il s'assit dans l'un des fauteuils et laissa la sueur en imprégner le dossier pendant qu'il téléphonait à Alexandra.

« Je t'ai manqué ? roucoula-t-elle.

— Hmm. Ce club, le Tuesdays…

— Oui ?

— Ton copain t'a confirmé que la tradition des soirées du mardi était maintenue ? »

33

Lundi

Le rédacteur en chef Ole Solstad se gratta la joue avec une branche de ses lunettes de lecture. Il balaya du regard les piles de papiers maculés de café sur son bureau, puis observa Terry Våge. Lequel était affalé sur sa chaise, toujours en manteau, son chapeau pork pie sur la tête, comme s'il partait du principe que l'entretien ne durerait que quelques secondes. Avec un peu de chance, ce serait du reste le cas, car Solstad appréhendait. Il aurait dû écouter son confrère du précédent journal de Våge, qui, citant le film *Fargo*, avait déclaré : « *I don't vouch for him.* »

Solstad et Våge avaient échangé quelques banalités sur l'arrestation de Røed. Våge avait ricané, décrété que la police faisait erreur, l'homme arrêté n'était pas le bon. Solstad ne décelait pas le moindre manque d'assurance, mais il en allait sans doute ainsi des arnaqueurs, ils se mystifiaient presque aussi bien eux-mêmes.

« Voilà. Nous avons décidé de ne plus vous commander d'articles. »

Solstad savait qu'il fallait se garder des formules comme « vous laisser partir », « licencié » ou « viré », que ce soit par oral ou par écrit. Bien que Våge n'ait qu'un contrat de pigiste, un bon avocat pouvait retourner contre le journal un licenciement de fait. Avec la formulation qu'il avait choisie, Solstad se contentait de dire que le journal ne voulait pas publier ce qu'il écrivait, tout en n'excluant pas de lui confier d'autres tâches prévues par le contrat, comme la recherche et la documentation pour divers membres de la rédaction. Cependant, le droit du travail était une affaire complexe, l'avocat de *Dagbladet* avait insisté là-dessus.

« Pourquoi ?

— Parce que les événements de ces derniers jours jettent le doute sur la véracité de vos derniers papiers. » Et d'ajouter « Våge », car quelqu'un lui avait récemment expliqué qu'une réprimande était toujours plus efficace quand elle était associée au nom de sa cible.

Solstad se rendit alors compte que l'admonestation n'était pas la bonne stratégie, dans la mesure où l'objectif n'était pas d'obtenir qu'il fasse amende honorable et s'améliore, mais de se débarrasser de lui sans grabuge. D'un autre côté, il fallait faire comprendre à Våge pourquoi ils prenaient une mesure si drastique, il s'agissait de la crédibilité de *Dagbladet*.

« Vous pouvez le prouver ? » fit Våge, l'air impassible, réprimant même un bâillement. Geste puéril et ostentatoire, mais qui demeurait provocateur.

« La question serait plutôt de savoir si vous avez les preuves de ce que vous écrivez. Ça a tous les atours de la fiction. À moins que vous puissiez me divulguer le nom de votre source…

— Mais enfin, bon sang, Solstad ! Vous qui êtes rédacteur en chef de cette feuille de chou, vous devriez savoir que je dois protéger mes…

— Je ne vous dis pas de le révéler au monde entier, mais à moi. Votre rédacteur en chef. Celui qui est responsable de ce que vous écrivez et que nous imprimons. Vous comprenez ? Si vous m'indiquez votre source, je serai tout aussi obligé que vous de la protéger. Enfin, dans les limites légales de la protection des sources. Vous comprenez ? »

Terry Våge poussa un long soupir.

« Est-ce que *vous* vous comprenez, Solstad ? Vous comprenez que j'irai alors trouver un autre journal, disons *VG* ou *Aftenposten*, et que je ferai pour eux ce que j'ai fait pour *Dagbladet* ? Et ils deviendront leaders sur les affaires criminelles ? »

Ole Solstad et les chefs de rubrique avaient bien sûr tenu compte de ce facteur lors de la discussion qui avait abouti à cette décision. Våge attirait davantage de lecteurs qu'aucun autre de leurs journalistes, les chiffres étaient tout simplement énormes, et Solstad détesterait les voir chez un concurrent, mais comme l'un des chefs de rubrique l'avait souligné à la réunion : si, à l'extérieur, ils signalaient discrètement qu'ils s'étaient débarrassés de Terry Våge pour des raisons comparables à celles qui lui avaient valu son licenciement, Våge serait aussi attirant pour les concurrents de *Dagbladet* que Lance Armstrong pour les concurrents de U.S. Postal après le scandale de son dopage. C'était la stratégie de la terre brûlée, et c'était Terry Våge qu'ils brûlaient, mais à une époque où le respect de la vérité était en déclin, les vieux bastions comme *Dagbladet* devaient montrer l'exemple. Quitte à battre leur coulpe s'il apparaissait, contre toute attente, que Våge avait été dans son bon droit.

Solstad redressa ses lunettes.

« Je vous souhaite bonne chance chez nos concurrents, Våge. Ou bien vous êtes un homme d'une intégrité exceptionnelle ou bien vous êtes le contraire, et nous ne pouvons pas courir le risque que ce soit la seconde option, j'espère que vous comprenez. » Il se leva. « Avec le paiement de votre dernier article, les chefs de rubrique ont souhaité que nous vous versions un petit bonus pour votre contribution. »

Våge se leva aussi et Solstad tenta de lire dans son langage corporel s'il risquait le rejet en tendant la main. Våge afficha un sourire carnassier.

« Vous pouvez vous torcher avec votre bonus, Solstad, et essuyer vos lunettes avec ensuite. Parce que tout le monde à part vous sait qu'elles sont déjà tellement pleines de merde que ce n'est pas étonnant que vous n'y voyiez que dalle. »

Le rédacteur en chef resta plusieurs secondes à regarder la porte que Våge avait claquée derrière lui. Puis il ôta ses lunettes et les examina attentivement. De la merde ?

Harry fixait Markus Røed par la paroi vitrée donnant sur la petite salle d'interrogatoire. Les trois personnes qui se trouvaient avec lui dans la pièce étaient l'interrogatrice, son adjoint et Johan Krohn.

La matinée avait été chargée. À huit heures, Harry avait marché jusqu'à Rosenkrantz gate et s'était présenté au bureau de Krohn. Il avait appelé les trois substituts du procureur, qui l'un après l'autre avaient déclaré « largement probable » que Røed soit condamné en justice, à moins que ne surviennent de nouveaux éléments importants. Krohn n'était pas loquace, mais restait correct, professionnel. Il avait aussitôt, et sans formuler d'objections, contacté la banque et, muni d'une procuration, demandé le transfert sur le compte des îles Caïmans de la somme stipulée dans le contrat. La banque avait indiqué que le destinataire aurait l'argent le jour même. Ils étaient sauvés. Enfin, Lucille et lui. Alors que faisait-il ici ? Pourquoi n'était-il pas déjà installé dans un bar à poursuivre ce qu'il avait commencé au Creatures ? Eh bien… Pourquoi les gens terminent-ils les livres quand ils ont compris qu'ils ne les aimaient pas ? Pourquoi les célibataires font-ils leur lit ? À son réveil, il s'était rendu compte que c'était la première fois depuis plusieurs semaines qu'il ne rêvait pas de sa mère la nuit. Maman dans la classe, à l'école primaire. Il avait trouvé la paix. Oui ? À la place, il avait rêvé qu'il continuait de courir, mais que tout ce sur quoi il marchait se transformait en tapis de course, qu'il n'arrivait pas à fuir… fuir quoi ?

« La responsabilité. » C'était la voix de son grand-père, cet homme bon, cet alcoolique, à l'aube, poussant sa barque hors du hangar à bateaux après avoir vomi ses tripes et hissant Harry à bord, qui lui demandait pourquoi ils partaient relever les filets alors qu'il était malade. Pourtant Harry n'avait plus de responsabilité à fuir, merde ! En avait-il ? Manifestement, il le croyait, puisqu'il était ici. Sentant une migraine naissante, il balaya ces pensées, se concentra sur des choses simples, concrètes, qu'il connaissait. Comme essayer d'interpréter les mimiques et le langage corporel de Røed. Harry se livra à l'exercice sans écouter les réponses qu'il apportait aux questions qui lui étaient posées, sans décider s'il le croyait coupable ou non. Il avait parfois le sentiment que toute l'expérience accumulée au cours de sa vie d'enquêteur était inutilisable, que sa capacité à lire les autres n'était qu'une illusion.

D'autres fois, en revanche, il se disait que son instinct était la seule chose sûre, le seul élément sur lequel il puisse toujours compter. Combien de fois ne s'était-il pas trouvé sans preuves ni indices, mais en *sachant*, pour finalement avoir raison ? N'était-ce qu'un biais cognitif, le piège de la confirmation ? Lui était-il arrivé tout aussi souvent de penser savoir, mais de se tromper, et de l'oublier ensuite ? Pourquoi était-il si certain que Markus Røed n'avait pas tué ces femmes, tout en étant sûr aussi qu'il n'était pas innocent ? Røed avait-il commandité les meurtres, fait en sorte d'avoir un alibi et été si convaincu que son innocence pouvait être démontrée qu'il avait payé Harry et les autres pour le faire ? Dans ce cas, pourquoi ne pas se procurer un meilleur alibi qu'une soirée à la maison en tête à tête avec sa femme lors des deux premiers meurtres ? Et cette fois, il n'avait même pas d'alibi, il prétendait avoir été seul chez lui quand Helene avait été tuée. Elle, le témoin qui aurait pu le sauver en cas de procès. Ça ne collait pas. Et pourtant…

« Il parle ? » chuchota une voix à côté de Harry.

Katrine était entrée dans la pièce obscure et s'était glissée entre Sung-min et lui.

« Oui, murmura Sung-min. Il dit "je ne sais pas", "je ne me souviens pas", "non".

— Je vois. Vous captez des vibrations ?

— J'essaie », dit Harry.

Sung-min ne répondit pas.

« Sung ? insista Katrine.

— Je pourrais me tromper, mais je pense que Markus Røed est un homo dans le placard. Et un placard bien fermé. »

Harry et Katrine le dévisagèrent.

« Qu'est-ce qui vous fait penser ça ? » demanda-t-elle.

Sung-min eut un petit sourire en coin. « Ce serait trop long à expliquer, mais disons que c'est la somme des détails subliminaux que je remarque et vous pas. Enfin, je pourrais me tromper, bien sûr.

— Vous ne vous trompez pas », déclara Harry.

C'était maintenant son tour d'être dévisagé.

Il toussota. « Tu te souviens quand je t'ai demandé si tu connaissais la Villa Dante ? »

Katrine acquiesça.

« Ce n'est en fait qu'un club qui s'appelait le Tuesdays et qui a rouvert sous un autre nom.

— Ça me dit quelque chose.

— C'était un club gay très sélect il y a un certain nombre d'années, ajouta Sung-min. Ensuite, le Tuesdays s'est appelé Studio 54, comme la boîte gay de New York, vous savez, qui elle aussi avait fermé ses portes au bout de trente-trois mois. Le club d'Oslo a fermé quand un mineur s'est fait violer.

— Je m'en souviens maintenant, dit Katrine. On avait appelé ça l'affaire du papillon, parce que le garçon avait indiqué que le violeur portait un masque de papillon, mais je croyais que le motif de la fermeture était que le personnel de moins de dix-huit ans servait de l'alcool ?

— D'un point de vue formel, oui, confirma Sung-min. Le tribunal a refusé de définir le club comme un lieu de réceptions privées et il y avait donc infraction à la loi sur la vente d'alcool.

— J'ai des raisons de penser que Markus Røed fréquente la Villa Dante, reprit Harry. J'ai trouvé une carte de membre et un masque de chat dans les poches de ce costume. Qui lui appartient. »

Sung-min haussa un sourcil. « Vous portez… euh… son costume ?

— Où veux-tu en venir, Harry ? »

La voix de Katrine était tranchante, son regard dur.

Harry respira. Il pouvait encore laisser tomber.

« La Villa Dante continuerait ses soirées du mardi. Si Røed est aussi soucieux de rester dans le placard que vous le pensez, il se pourrait qu'il ait un alibi pour les soirs où Susanne et Bertine ont été tuées, mais que ce ne soit pas celui qu'il nous a fourni.

— Ce que tu es en train de dire, articula lentement Katrine, et Harry avait l'impression que son regard tentait de vriller son cerveau, c'est que nous avons arrêté un homme qui possède un meilleur alibi que d'avoir été en compagnie de sa défunte épouse. Røed était dans un club gay, mais il refuse que ça se sache ?

— Je dis simplement que c'est une possibilité.

— Tu dis qu'il préférerait risquer la prison plutôt que voir son orientation sexuelle révélée ? »

Son timbre monocorde vibrait d'une émotion dont Harry devinait la nature. De la rage à l'état pur.

Il regarda Sung-min, qui hocha la tête.

« J'ai rencontré des hommes qui auraient préféré mourir plutôt qu'être démasqués. On pense qu'il n'y a aucun problème, mais c'est malheureusement faux. La honte, le mépris de soi, l'opprobre, ça existe encore. A fortiori chez les gens de la génération de Røed.

— Et avec une famille comme la sienne, ajouta Harry. J'ai vu des portraits de ses ancêtres, ils n'ont pas l'air de types qui auraient confié les rênes de l'entreprise à un homme qui couche avec d'autres hommes. »

Le regard de Katrine demeurait rivé sur Harry.

« Alors qu'est-ce que tu ferais, toi ?

— Moi ?

— Toi, oui. Tu ne nous parles pas de tout cela sans raison, si ?

— Eh bien. » Il glissa la main dans sa poche et lui tendit un papier. « Je profiterais de l'audition pour lui poser ces deux questions. »

Katrine lut le billet alors que la voix de Krohn résonnait dans le haut-parleur. « … plus d'une heure et mon client a répondu à toutes vos questions, à deux ou trois reprises pour la plupart d'entre elles. On peut s'arrêter ici ou alors je voudrais que mon objection figure dans le procès-verbal. »

L'interrogatrice et son collègue échangèrent un regard.

« D'accord », répondit l'interrogatrice.

En regardant l'horloge murale, elle remarqua Katrine à la porte. Elle se dirigea vers elle, prit le papier qu'elle lui tendait, écouta. Harry vit le regard surpris de Krohn. L'interrogatrice se rassit, s'éclaircit la gorge :

« Deux dernières questions. Étiez-vous au club Villa Dante les soirs où l'on suppose que Susanne et Bertine ont été tuées ? »

Røed échangea un regard avec Krohn avant de répondre. « Je n'ai jamais entendu parler de ce club, je ne peux que répéter que j'étais avec ma femme.

— Merci. La seconde question s'adresse à vous, Krohn.

— À moi ?

— Oui. Saviez-vous que Helene Røed voulait divorcer et que, s'il n'accédait pas à ses demandes, elle refuserait de fournir un alibi à son mari pour les soirs des meurtres ? »

Harry vit Krohn s'empourprer. « Je… je ne vois aucune raison de répondre à cela.

— Même pas un simple non ?

— C'est tout à fait irrégulier et je pense que nous pouvons déclarer cet interrogatoire terminé. »

Krohn se leva.

« Voilà qui était parlant », nota Sung-min se balançant d'avant en arrière.

Harry s'apprêtait à partir, mais Katrine le retint.

« Surtout, ne viens pas me dire que tu savais tout ça avant que nous arrêtions Røed, d'accord ? murmura-t-elle, furieuse.

— Il vient de perdre son alibi. C'était le seul dont il disposait. Ne reste plus qu'à espérer que personne ne pourra témoigner qu'il était à la Villa Dante.

— Mais qu'est-ce que tu espères, exactement, Harry ?

— La même chose que d'habitude.

— À savoir ?

— Attraper le plus coupable. »

Harry dut allonger le pas pour rattraper Johan Krohn sur le sentier qui descendait de l'hôtel de police à Grønlandsleiret.

« C'est vous qui leur avez donné l'idée de me poser la dernière question ? demanda Krohn, l'air hargneux.

— Qu'est-ce qui vous fait penser ça ?

— Le fait que je sais exactement ce que Helene Røed a expliqué à la police et ce n'était pas grand-chose. En plus, en organisant votre entretien avec Helene, j'ai eu la bêtise de lui affirmer qu'elle pouvait vous faire confiance.

— Vous saviez qu'elle utiliserait l'alibi pour faire pression sur Markus ?

— Non.

— Mais vous avez eu la lettre de son avocat dans

laquelle elle exigeait la moitié de tout, bien qu'ils soient mariés sous le régime de la séparation des biens, et vous êtes capable d'additionner deux plus deux.

— Elle a pu disposer d'autres moyens de pression qui n'ont rien à voir avec cette affaire.

— Comme révéler son homosexualité ?

— Il semblerait que nous n'ayons plus rien à nous dire, Harry. »

Krohn héla sans succès un taxi libre qui passait, tandis qu'en face un taxi garé faisait demi-tour et venait se ranger devant eux. La vitre du conducteur s'abaissa et un visage au sourire peu éclatant apparut.

« On peut vous déposer ? offrit Harry.

— Merci, non. »

Krohn partit au pas de charge sur Grønlandsleiret.

Øystein le regarda s'éloigner. « Il est de mauvais poil ou quoi ? »

Il était dix-huit heures et sous les nuages bas et denses, les lumières commençaient déjà à s'allumer dans les immeubles et les maisons.

Harry avait les yeux au plafond. Il était allongé par terre à côté du lit de Ståle Aune. De l'autre côté du lit, Øystein était dans la même position.

« Donc ton instinct te dit que Markus Røed est à la fois coupable et innocent, récapitula Aune.

— Oui, répondit Harry.

— Par exemple comment ?

— Par exemple en ayant commandité les meurtres, sans les commettre lui-même. Ou alors les deux premiers meurtres ont été commis par un criminel sexuel et Røed a saisi l'occasion pour tuer sa femme en copiant le tueur en série, pour que personne ne le pense coupable.

— Surtout qu'il a un alibi pour les deux premiers, ajouta Øystein.

— Quelqu'un parmi vous croit-il à cette hypothèse ? demanda Aune.

— Non, répondirent Harry et Øystein en chœur.

— On a une équation compliquée à résoudre, précisa Harry. D'un côté, Røed avait un mobile pour tuer sa femme si elle lui faisait du chantage, de l'autre, son alibi est sévèrement affaibli maintenant qu'elle ne peut plus confirmer sa déposition sous serment au tribunal.

— Mais alors, Våge a peut-être raison, souligna Øystein au moment où la porte s'ouvrait. Même s'il s'est fait virer. Le coupable est un tueur en série cannibale en goguette, point final.

— Non, affirma Harry. Le genre de tueur en série que décrit Våge ne tue pas trois personnes qui étaient à la même soirée.

— Våge invente, déclara Truls en posant sur la table trois grands cartons de pizza avant d'en arracher les couvercles. *VG* en parle sur son site. Ils ont des sources indiquant qu'il s'est fait virer de *Dagbladet* parce qu'il inventait. J'aurais pu le leur dire.

— Vraiment ? » Aune le regarda, stupéfait.

Truls se contenta de ricaner.

« Ah, l'odeur du pepperoni et de la chair humaine... », fit Øystein en se levant.

Aune se tourna vers le lit voisin et parla bien fort au vétérinaire, qui avait son casque sur les oreilles.

« Jibran, il faut nous aider ! »

Tandis que les quatre autres s'attablaient, Harry

resta assis par terre, adossé au mur, à lire *VG*, et à réfléchir.

« Au fait, Harry, j'ai dit à la fille de l'Institut médico-légal qu'on se retrouverait à neuf heures au Jealousy ce soir, expliqua Øystein, la bouche pleine de pizza. OK ?

— OK. Sung-min Larsen de Kripos avait envie de venir aussi.

— Et toi, Truls ?

— Quoi, moi ?

— Ben, viens au Jealousy, quoi. C'est 1977 aujourd'hui.

— Hein ?

— 1977. Seulement les meilleurs morceaux de 1977. »

Truls mastiqua en scrutant Øystein d'un air méfiant. Comme s'il ne parvenait pas à déterminer si on se moquait de lui ou si on l'invitait réellement à sortir en ville.

« D'accord, finit-il par répondre.

— Nickel, on va faire une équipe d'enfer. La pizza part vite, Harry, qu'est-ce que tu fous, au juste ?

— Je remonte un filet, répondit Harry sans le regarder.

— Hein ?

— Je me demande si je ne vais pas essayer de fournir à Markus Røed l'alibi dont il ne veut pas. »

Aune vint le trouver. « Tu as l'air plus léger, Harry.

— Plus léger ?

— Je ne vais pas te poser de question, mais je suppose que c'est lié à ce dont tu ne veux pas parler. »

Harry leva les yeux, sourit, acquiesça.

« Bien. Bien, alors je me sens un peu plus léger, moi aussi. »

Aune retourna vers son lit d'un pas traînant.

À dix-neuf heures, Ingrid Aune arriva. Øystein et Truls étaient à la cantine et, lorsque Ståle partit aux toilettes, Ingrid et Harry se retrouvèrent seuls dans la chambre.

« On va y aller, vous laisser tous les deux », précisa Harry.

Ingrid, une petite femme trapue aux cheveux gris fer, au regard direct, qui parlait un norvégien où subsistaient quelques traces de dialecte du Nord, se redressa sur son fauteuil et respira.

« Je sors du bureau du chef de service. Il a reçu un signalement de l'infirmière en chef. À propos de trois hommes qui épuisent Ståle Aune avec leurs nombreuses visites prolongées. Comme les patients ont souvent du mal à le faire eux-mêmes, il se demandait si je pourrais vous inciter à réduire les visites, maintenant que Ståle est en phase terminale.

— Je comprends. » Harry hocha la tête. « C'est ce que tu souhaites ?

— Absolument pas. J'ai expliqué au chef de service que vous aviez besoin de lui… » Elle sourit. « Et que lui avait besoin de vous. On a besoin d'une raison de vivre, lui ai-je répondu. Parfois aussi d'une raison de mourir. Le médecin a jugé que c'étaient de sages paroles et je lui ai expliqué que ce n'étaient pas les miennes, mais celles de Ståle. »

Harry lui rendit son sourire. « Le médecin a dit autre chose ? »

Elle acquiesça, regarda par la fenêtre.

« Tu te rappelles quand tu avais sauvé la vie de Ståle, Harry ?

— Non. »

Elle eut un petit rire. « Ståle m'a demandé de lui

sauver la vie. C'est comme ça qu'il en parle, ce nigaud. Il m'a demandé de me procurer une seringue. De la morphine, propose-t-il. »

Dans le silence qui suivit, on n'entendait que la respiration régulière de Jibran qui dormait.

« Tu veux le faire ?

— Je le veux. » Ses yeux s'emplirent de larmes, sa voix se troubla. « Mais je ne crois pas que j'y arriverai, Harry. »

Il posa la main sur son épaule, la sentit trembler légèrement. La voix d'Ingrid n'était plus qu'un murmure :

« Et je sais que c'est ce qui va me faire ressentir de la culpabilité jusqu'à la fin de mes jours. »

34

Lundi

Trans-Europe Express

Prem relut l'article en ligne de *VG* encore une fois. Il n'était pas écrit noir sur blanc que Våge avait inventé ses histoires, mais c'était la teneur générale du papier. Si rien n'avait été publié ouvertement, c'était sans doute que la supercherie n'était pas démontrable. Seul lui, Prem, aurait pu en apporter la preuve, expliquer ce qui se passait *réellement*. De nouveau, il ressentit la chaleur de ce sentiment de maîtrise grisant, qu'il n'avait pas prévu et qui venait en pur bonus.

Il n'avait cessé de gamberger depuis qu'il avait lu le matin, dans un entrefilet de *Dagbladet*, que Terry Våge était retiré des affaires criminelles. Il avait tout de suite su pourquoi. Pourquoi Terry Våge était mis en retrait et pourquoi *Dagbladet* attirait l'attention de ses lecteurs sur le sujet au lieu de le passer sous silence. Il s'agissait de se distancer activement de Våge et de couper ainsi la route aux journaux qui voudraient souligner que *Dagbladet* avait publié des mensonges sur le tueur cannibale et sur le tatouage recousu.

L'élément intéressant pour Prem était qu'il allait peut-être pouvoir se servir de Våge pour résoudre le problème qui était survenu : Markus Røed était en prison, et donc en sécurité, hors de sa portée pour une durée indéterminée, or Prem n'avait pas de temps devant lui, car la biologie suit son cours, le cycle a son rythme. Cependant, prendre cette décision n'était pas anodin, cela constituait une entorse par rapport au plan initial, et il avait déjà pu constater que toute improvisation entraînait des conséquences négatives. Une réflexion approfondie s'imposait. Il passa en revue les détails encore une fois.

Il regarda son téléphone jetable, le papier avec le numéro de Terry Våge, qu'il avait trouvé sur le site des renseignements téléphoniques. Il ressentait la nervosité du joueur d'échecs à court de temps quand il a décidé de faire un mouvement qui lui ferait gagner ou perdre la partie irrémédiablement, mais n'a pas encore déplacé sa pièce. Prem se repassa mentalement les différents scénarios, évalua ce qui pouvait mal tourner, ce qui ne devait à aucun prix mal tourner. Il se rappela qu'il pouvait battre en retraite à tout moment sans qu'aucune piste ne mène à lui. S'il faisait tout comme il fallait.

Il composa le numéro. Une sensation de chute libre, le frisson exquis du suspense.

Son interlocuteur décrocha à la troisième sonnerie.

« Terry, j'écoute. »

Prem essaya de déterminer si la voix de Våge trahissait le désespoir qu'il éprouvait forcément. Un homme au fond du trou. Dont personne ne voulait. Sans options. Un homme qui avait réussi à revenir sur le devant de la scène une fois et qui était prêt à tout pour recommencer, pour regagner son trône. Pour leur montrer. Prem respira, adopta une tessiture plus grave.

« Susanne Andersen aime se faire gifler pendant

l'amour, je parie que vous pourrez en obtenir confirmation par ses anciens petits copains. Bertine Bertilsen sent la transpiration comme un homme. Helene Røed a une cicatrice sur l'épaule. »

Silence. Våge respira.

« Qui est à l'appareil ?

— Je suis la seule personne en liberté qui puisse détenir l'ensemble de ces connaissances. »

Nouveau silence.

« Que voulez-vous ?

— Sauver un innocent.

— Qui ?

— Markus Røed, bien sûr.

— Parce que ?

— Parce que c'est moi qui ai tué les filles. »

Terry Våge savait qu'il n'aurait pas dû répondre à cet appel d'un « numéro inconnu », mais comme d'habitude, il n'avait pas pu s'en empêcher. Cette putain de curiosité… Cette croyance que quelque chose de bien pouvait se produire inopinément, qu'un jour, une femme de rêve l'appellerait, par exemple… N'apprendrait-il donc jamais ? Aujourd'hui, il avait reçu des appels de journalistes souhaitant un commentaire sur son éviction de *Dagbladet*, de quelques fans fidèles qui voulaient souligner l'injustice dont il était victime, notamment cette nana qui, au téléphone, avait l'air chouette, mais il avait trouvé sa page Facebook et découvert qu'elle était nettement plus âgée que sa voix le laissait entendre et fâcheusement laide. Et maintenant, donc, encore un taré. Pourquoi n'y avait-il pas de gens normaux qui lui téléphonaient ? Des amis, par exemple. Parce qu'il n'en avait plus, sans doute. Sa mère et sa sœur l'appelaient, mais pas son père ni son frère. Enfin, son père l'avait appelé une fois ; il avait dû juger que son succès au sein de *Dagbladet* compensait enfin le scandale qui avait jeté la honte sur leur nom de famille. Cette dernière année, Terry avait été contacté par une ou deux filles. C'était systématique quand on attirait l'attention, il avait connu la même chose quand il était journaliste musical. Bien sûr, les musiciens du groupe baisaient davantage que lui, mais il se tapait tout de même plus de chattes que les mecs du son. La meilleure stratégie était de coller au groupe – après quelques bonnes critiques, on se voyait toujours récompensé d'un laissez-passer qui permettait de traîner dans les coulisses – en espérant que le proverbe était exact et que quand il pleuvait sur le pasteur, il dégouttait sur le vicaire. La seconde option était l'opposé : se faire une réputation en laminant le groupe. S'occupant désormais d'affaires criminelles, il n'avait plus les concerts pour draguer, mais il se rattrapait grâce au style gonzo qu'il avait acquis dans le journalisme musical ; il était *dans* l'histoire, il était un correspondant de guerre dans la rue, et son nom et sa photo au-dessus de sa signature faisaient qu'il y avait toujours une ou deux femmes pour composer son numéro. C'était pour elles qu'il avait laissé son numéro accessible sur le site des renseignements téléphoniques, pas pour les gens qui décrochaient leur téléphone à toute heure du jour et de la nuit dans le but de lui communiquer toutes sortes de tuyaux et d'histoires stupides.

Bon, il avait répondu à ce numéro inconnu, passe encore, mais de là à être encore au bout du fil, à n'avoir toujours pas raccroché… Pourquoi ? Peut-être n'était-ce pas ce que l'homme disait, qu'il avait tué les filles, mais sa façon de le dire. Sans fanfare, comme un constat tranquille.

Terry Våge toussota. « Si vous avez vraiment tué ces filles, ne devriez-vous pas vous féliciter que la police soupçonne quelqu'un d'autre ?

— Je ne souhaite pas me faire prendre, c'est vrai, mais je ne retire aucun plaisir qu'un innocent soit détenu pour mes péchés.

— Péchés ?

— Oui, ce choix lexical est sans doute un peu trop biblique, j'en conviens. Si je vous appelle, c'est que je crois que nous pouvons nous aider mutuellement, Våge.

— Ah bon ?

— Je souhaite que la police se rende compte qu'elle a arrêté le mauvais homme et que Røed soit libéré immédiatement. Vous, vous souhaitez retrouver votre place au sommet après vos tentatives d'y accéder par des affabulations.

— Qu'est-ce que vous en savez ?

— Votre souhait de regagner le sommet est une simple conjecture de ma part, en revanche, je suis bien placé pour savoir que votre dernier article est pure invention. »

Våge réfléchit pendant que son regard errait dans ce qui n'était pas à proprement parler un bouge, en y mettant un peu de bonne volonté, on pouvait peut-être parler de garçonnière. Il s'était vu, après encore un an d'émoluments du niveau de ceux que lui versait *Dagbladet*, achetant un appartement plus spacieux, plus aéré, plus lumineux. Moins crasseux. Dagnija, sa petite amie lettonne – du moins, il pensait qu'elle était lettonne –, devait venir ce week-end, elle n'aurait qu'à faire le ménage.

« Il faut bien sûr que je vérifie les éléments que vous mentionniez au début de notre conversation, souligna Våge. En admettant qu'ils soient exacts, que proposez-vous ?

— Parlons plutôt d'ultimatum, puisque soit cela sera fait en tout point conformément à mes souhaits, soit cela ne se fera pas du tout.

— Dites-moi.

— Retrouvez-moi sur la partie sud du toit de l'Opéra demain soir. Je vous donnerai la preuve que c'est moi qui ai tué les filles. À vingt et une heures précises. Vous n'avez le droit de parler de notre entrevue à personne et il faut bien sûr que vous veniez seul. Compris ?

— Compris. Pouvez-vous m'en dire un peu plus sur… »

Våge regarda son téléphone. Son interlocuteur avait raccroché.

Qu'est-ce que c'était que ces conneries ?! C'était trop dingue pour être vrai et il ne disposait d'aucun numéro pour identifier la personne qui l'avait appelé.

Il consulta sa montre. Dix-neuf heures cinquante-cinq. Il avait envie de sortir boire une bière. Pas au Stop Pressen !, quelque part où il ne risquait de rencontrer aucun collègue. Il songea avec nostalgie à l'époque où il pouvait se rendre aux concerts de sortie d'album, les maisons de disques distribuaient aux journalistes des bons de boisson, dans l'espoir de recueillir de bonnes critiques et il arrivait parfois qu'une artiste recherche sa sympathie dans le même but. Il regarda encore son téléphone. C'était dément… Non ?

Il était vingt et une heures trente, les haut-parleurs diffusaient « Jammin' » de Bob Marley and The Wailers dans un Jealousy Bar bondé. On aurait dit que tous les hipsters quadragénaires et quinquagénaires de Grünerløkka s'étaient retrouvés pour boire des bières en échangeant leurs avis sur la playlist. Au début de chaque chanson, ils poussaient tour à tour des vivats ou des sifflements.

« Je dis juste que Harry se plante ! criait Øystein à Truls et Sung-min. "Stayin' Alive" n'est pas mieux que "Trans-Europe Express", c'est aussi simple que ça !

— Bee Gees contre Kraftwerk », traduisit Harry pour Alexandra, alors qu'ils se frayaient tous les cinq un chemin à travers la foule en portant quatre pintes de bière et une Farris.

Ils s'installèrent à la table qu'ils avaient conquise de haute lutte, où le niveau sonore était moins élevé.

« C'est sympa de faire équipe avec vous, proclama Sung-min en levant son verre. Et félicitations pour l'arrestation d'hier.

— Que Harry va essayer de faire invalider demain, déclara Øystein en trinquant avec les autres.

— Pardon ?

— Il a dit qu'il allait fournir à Røed l'alibi dont il ne veut pas. »

Sung-min regarda Harry, qui haussa les épaules.

« Je pensais essayer d'entrer à la Villa Dante pour chercher des gens qui puissent confirmer que Røed y était les mardis soir où Susanne et Bertine ont été tuées. Si j'obtiens un tel témoignage, ça vaudra davantage que la déposition d'une épouse décédée.

— Pourquoi c'est toi qui y vas ? demanda Alexandra. La police ne peut pas faire une descente dans le club ?

— Premièrement, dit Sung-min, il nous faudrait une commission rogatoire, que nous n'obtiendrions pas, parce qu'il n'y a pas de soupçon d'activité criminelle dans le club. Deuxièmement, nous ne pourrions jamais faire témoigner qui que ce soit, dans la mesure où tout l'intérêt de la Villa Dante réside dans la garantie de l'anonymat complet, mais ce que je me demande, Harry, c'est comment vous allez entrer et faire parler quelqu'un.

— Eh bien… Premièrement, je ne suis pas policier, donc je n'ai pas à me soucier d'avoir une commission rogatoire. Deuxièmement, j'ai ça. » Harry sortit de sa poche le masque de chat et la carte de membre du Villa Dante. « Et en plus, je porte le costume de Røed, on fait la même taille… »

Alexandra rit. « Harry Hole a l'intention d'aller dans un sex-club gay en se faisant passer pour… » Elle chipa la carte et lut l'inscription : « Catman ? Je crois que tu vas avoir besoin de quelques conseils d'abord.

— J'avais prévu de te demander si tu envisagerais de m'accompagner.

— On n'emmène pas une femme dans un club gay, ça casse l'ambiance. Le seul moyen serait si on pouvait me prendre pour une drag.

— Et ça, ce n'est pas le cas, ma chère, glissa Sung-min.

— Écoutez, voilà ce qui va arriver », dit Alexandra, et son sourire mauvais incita les autres à se rapprocher.

Ils l'écoutèrent les uns restant bouche bée, les autres éclatant d'un rire incrédule. Lorsqu'elle eut terminé, elle regarda Sung-min pour confirmation. Lequel secoua la tête.

« Je ne fréquente pas ce genre de clubs, ma chère. En revanche, je serais curieux de savoir comment vous en savez tant.

— Les femmes sont admises au Scandinavian Leather Man une fois par an.

— Toujours envie d'y aller ? »

Øystein donna un coup de coude à Harry, provoquant le grouinement de rire de Truls.

« Je redoute plus le trac que la trique, répondit Harry. Je doute de me faire violer.

— Personne ne se fait violer, en tout cas pas un *daddy* de près de deux mètres de haut, affirma Alexandra, mais tu vas sans doute te faire draguer par un ou deux *twinks*.

— Des *twinks* ?

— Des garçons mignons, menus, qui veulent un mec imposant. Enfin, comme je le disais, méfie-toi des ours et fais un peu gaffe dans les *backrooms*.

— Une tournée de bières ? proposa Øystein, avant de compter trois doigts levés.

— Je vais t'aider à les porter », annonça Harry.

Ils regagnèrent tant bien que mal le bar et faisaient la queue lorsque le riff de guitare du « Heroes » de David Bowie commença sous les acclamations générales.

« Mick Ronson est un dieu ! affirma Øystein.

— Oui, mais ça, c'est Robert Fripp.

— Très juste, Harry », fit une voix derrière eux. Ils se retournèrent. L'homme portait une casquette plate et avait une barbe de quatre jours et des yeux chaleureux un peu tristes. « Tout le monde pense que Fripp se sert d'un EBow, mais c'est simplement le retour des enceintes de monitoring du studio. » Il tendit la main. « Arne, l'amoureux de Katrine. »

Il avait un sourire sympa. Comme un vieil ami, songea Harry. Si ce n'est que le gars devait avoir au moins dix ans de moins qu'eux.

« Ah ! »

Harry lui serra la main.

« Je suis très fan, dit Arne.

— Nous aussi, répondit Øystein tout en faisant signe en vain au barman très occupé.

— Je ne voulais pas dire de Bowie, mais de vous.

— De moi ? s'étonna Harry.

— De lui ? » s'étonna Øystein.

Arne éclata de rire. « N'ayez pas l'air si choqué. Je pensais simplement à tout le bien que vous avez fait pour cette ville en tant que policier.

— Hmm. C'est Katrine qui vous a menti ?

— Oh, non, je connaissais Harry Hole bien avant de la rencontrer. Je devais avoir dix-huit, dix-neuf ans, et je lisais des articles sur vous dans le journal. Vous savez, j'ai même envoyé un dossier de candidature à l'École de police à cause de vous. »

Le rire d'Arne était joyeux, rafraîchissant.

« Hmm. Vous n'avez pas été pris ?

— En l'occurrence, j'ai été convoqué pour les examens d'entrée, mais entre-temps j'avais été accepté dans un cursus dont je pensais qu'il pourrait se révéler utile si je devenais enquêteur plus tard.

— Je vois. Vous êtes ici avec Katrine ?

— Elle est là ?

— Je ne sais pas, elle m'a envoyé un SMS disant qu'elle passerait peut-être, mais il y a tellement de monde, elle est peut-être tombée sur des gens qu'elle connaissait. Comment l'avez-vous trouvée au fait ?

— Elle vous a dit que c'était moi qui l'avais trouvée ?

— Ce n'est pas le cas ?

— Vous aimez jouer aux devinettes ?

— Disons que j'aime faire des conjectures. »

Arne observa Harry d'un air prétendument sérieux, puis son visage se fendit d'un sourire juvénile.

« Vous avez raison, bien sûr. Je l'avais d'abord repérée à la télévision, mais pas un mot, s'il vous plaît. Peu de temps après, elle est passée sur mon lieu de travail. Alors je suis allé lui parler, je lui ai dit que je l'avais vue à la télé et que j'étais sacrément impressionné.

— Un peu comme maintenant, en d'autres termes ? »

Encore ce rire rafraîchissant. « Je comprends que vous me preniez pour un fan hystérique, Harry.

— Mais vous ne l'êtes pas ? »

Arne eut l'air de réfléchir. « Si. Vous avez raison, encore une fois. Je le suis sans doute, mais dans ce cas, ce n'est pas Katrine et vous qui êtes mes plus grandes idoles.

— Ça me rassure. Alors qui est votre plus grande idole ?

— J'ai bien peur que ça ne vous passionne pas.

— Tentez toujours, on ne sait jamais.

— D'accord. C'est *Salmonella typhimurium.* »

Arne l'avait articulé lentement et clairement, avec vénération.

« Hmm. *Salmonella* comme les salmonelles, les bactéries ?

— Précisément.

— Et pourquoi ?

— Parce que *typhimurium* est exceptionnelle, elle survit à tout, partout, même dans l'espace.

— Et vous vous y intéressez, parce que… ?

— Ça fait partie de mon travail.

— Mais encore ?

— Je cherche des particules.

— Qui sont en nous ou à l'extérieur ?

— C'est pareil, Harry. L'étoffe de la vie. Et de la mort.

— Ah oui ?

— Si je rassemblais tous les microbes, bactéries et parasites que vous avez en vous, ça pèserait combien, à votre avis ?

— Hmm.

— Deux kilos. » Øystein tendit deux pintes à Harry. « Je l'ai lu dans un magazine scientifique. Effrayant.

— Oui, mais ce serait encore plus effrayant qu'ils ne soient pas là. Nous ne serions pas en vie.

— Hmm. Ils survivent dans l'espace ?

— Certains microbes n'ont même pas besoin d'être à proximité d'une étoile ni d'avoir accès à de l'oxygène. Au contraire. Des recherches à bord de stations spatiales ont montré que *Salmonella typhimurium* était encore plus dangereuse et plus efficace dans cet environnement que sur la surface de la Terre.

— Vu que vous avez l'air d'en connaître un rayon sur ces choses-là… » Øystein aspira la mousse de l'une des bières qu'il tenait dans ses mains. « C'est vrai qu'il y a du tonnerre seulement quand il pleut ? »

Arne parut légèrement déconcerté. « Euh… non.

— Exactement ! Écoutez. »

Ils écoutèrent. « Dreams » de Fleetwood Mac arriva au refrain où Stevie Nicks chantait que « *thunder only happens when it's raining* ».

Tous trois rirent.

« C'est la faute de Lindsey Buckingham, déclara Øystein.

— Non, rétorqua Harry. Cette chanson-ci, en l'occurrence, c'est Stevie Nicks qui l'a écrite.

— Quoi qu'il en soit, c'est la meilleure chanson à deux accords de tous les temps, décréta Arne.

— Non, c'est Nirvana, répondit Øystein du tac au tac. "Something in the Way". »

Ils regardèrent Harry. « Jane's Addiction. "Jane Says".

— Tu progresses, le félicita Øystein. La pire chanson à deux accords ? »

Harry et Øystein se tournèrent vers Arne. « Eh bien, voyons voir. "Born in the USA" n'est peut-être pas la pire, mais c'est en tout cas la plus surfaite. »

Ils acquiescèrent d'un air appréciateur.

« Vous venez à notre table ? proposa Øystein.

— Merci, mais j'ai un copain là-bas, à qui je dois tenir compagnie. Une autre fois. »

Les mains pleines de verres, ils se saluèrent d'un choc de phalanges délicat, puis Arne disparut dans la foule et Harry et Øystein entreprirent la traversée vers leur table.

« Un gars sympa, commenta Øystein. Je crois que Bratt s'est déniché un truc bien, là, dis donc. »

Harry approuva. Il cherchait dans son cerveau, un détail qu'il avait noté, sans y accorder de l'importance. Ils arrivèrent à la table avec une pinte en plus et, ses compagnons buvant très lentement, Harry en goûta une gorgée. Puis une autre.

Lorsque « God Save the Queen » des Sex Pistols passa enfin, ils se levèrent et pogotèrent avec le reste de la plèbe.

À minuit, le Jealousy Bar était toujours aussi bourré et Harry plus encore.

« Tu es joyeux, lui murmura Alexandra à l'oreille.

— Ah bon ?

— Oui, je ne t'ai pas vu comme ça depuis que tu es rentré. En plus, tu sens bon.

— Hmm. Alors ça doit être vrai.

— Quoi donc ?
— Qu'on sent meilleur quand on n'est pas endetté.
— Là, je n'ai pas compris. Bon, à propos de rentrer, tu me raccompagnes ?
— Je te raccompagne ou je t'accompagne chez toi ?
— On pourra décider ça en chemin. »

Harry se rendit compte à quel point il était ivre lorsqu'il prit congé des autres en les serrant dans ses bras. Sung-min dégageait une odeur parfumée distincte, de la lavande, un truc comme ça. Il lui souhaita bonne chance à la Villa Dante, tout en précisant qu'il prétendrait n'avoir jamais entendu parler de son plan peu orthodoxe.

Peut-être était-ce cette idée de l'odeur de la dette et la lavande de Sung-min, toujours est-il qu'à la porte Harry comprit quel détail lui avait échappé. L'odeur. Il l'avait perçue pendant la soirée, ici, au Jealousy. Il frissonna, se tourna et parcourut la foule du regard. Une odeur de musc. Celle qu'il avait sentie quand il était dans la salle d'autopsie devant le corps de Helene Røed.

« Harry ?
— J'arrive. »

Prem marchait au hasard dans les rues d'Oslo. Son cerveau moulinait inlassablement, comme s'il cherchait à réduire en poudre ses pensées douloureuses.

Le policier avait été au Jealousy Bar et ça lui avait mis le sang en ébullition. Il aurait dû partir tout de suite, évidemment, se tenir à l'écart, mais il était attiré vers lui comme si c'était lui la souris et le policier, le chat. Il l'avait cherchée, Elle. Peut-être y était-elle, peut-être pas, la salle était tellement bondée qu'on avait de la peine à avoir une vue d'ensemble. Il la verrait le lendemain, devrait-il lui demander si elle y était allée ? Non, à elle plutôt de raconter. À cet instant précis, il avait trop de choses à penser, il devait reléguer cela à l'arrière-plan, il avait besoin de retrouver les idées claires avant le lendemain. Il continua de marcher. Nordahl Bruns gate. Thor Olsens gate. Fredensborgveien. Ses talons claquaient en rythme sur l'asphalte et il fredonnait. « *Moi, je serai un roi. Et toi, tu seras ma reine. Bien que rien, rien ne les chassera. On pourrait être héros pour juste une journée.* »

35

Mardi

Le mardi, les températures chutèrent brutalement. Le vent s'engouffrait dans Operagata et Dronning Eufemias gate, les chevalets publicitaires des restaurants et des magasins de vêtements se renversaient sous les rafales.

À neuf heures cinq, Harry récupéra son costume au pressing de Grønland et en profita pour demander s'il était possible de donner un rapide coup de fer à celui qu'il avait sur lui. La femme d'allure asiatique derrière le comptoir secoua la tête d'un air désolé. Harry lui dit que c'était bien dommage, car il allait à un bal masqué le soir. Il la vit hésiter un peu avant de sourire et de lui répondre qu'il s'amuserait sûrement malgré tout.

« *Xièxiè*, la remercia Harry en s'inclinant légèrement avant de s'en aller.

— Vous avez une bonne prononciation, nota la femme avant qu'il ait pu poser la main sur la poignée de la porte. Où avez-vous appris le chinois ?

— À Hong Kong. Je ne parle qu'un tout petit peu.

— La plupart des étrangers de Hong Kong ne

savent rien dire du tout. Enlevez votre costume dans la pièce, là-bas, je vais vous le repasser en vitesse. »

À neuf heures quinze, Prem était à l'arrêt de bus, il observait la gare en face. Il examinait les gens sur l'esplanade, certains ne faisaient que passer, d'autres y étaient à demeure. Des policiers se cachaient-ils parmi eux ? Ayant de la cocaïne sur lui, il n'osait pas s'y aventurer avant d'en avoir le cœur net, mais on ne pouvait jamais avoir de certitude, il fallait évaluer la situation et oublier la peur. C'était aussi simple que ça, et aussi impossible. Il déglutit, traversa la rue et avança sur l'esplanade jusqu'à la statue du tigre, le gratta derrière l'oreille. Voilà, caresse la peur, fais-en ton amie. Il respira, toucha le sachet de cocaïne dans sa poche. Sur les marches, un homme le dévisageait. Prem le reconnut et se dirigea vers lui.

« Bonjour, sire, fit-il. J'ai là un produit que vous aviez envie de goûter. »

La lumière du jour disparaissait tôt, si bien que la soirée semblait déjà longue quand Terry Våge traversa Operagata et posa le pied sur les dalles italiennes. Le choix du marbre de Carrare avait provoqué une violente polémique lors de la construction de l'Opéra au bord de l'eau, dans le quartier de Bjørvika, mais les critiques s'étaient tues par la suite et les habitants avaient serré l'Opéra contre leur cœur. Les touristes s'y pressaient même un soir de septembre.

Våge consulta sa montre. Vingt heures cinquante-quatre. Comme journaliste musical, il avait eu l'habitude d'arriver au moins trente minutes après l'heure annoncée pour le début du concert. Parfois, un groupe extravagant était ponctuel et il ratait les premiers morceaux, mais il lui suffisait d'interroger les gens qui avaient l'air de fans, de se renseigner sur la réaction du public, et de broder un peu autour. Ça s'était toujours bien passé. Ce soir, toutefois, il ne voulait pas prendre de risque. Il était décidé : dorénavant, il n'arriverait plus en retard et il n'inventerait plus rien.

Il emprunta l'escalier sur le côté au lieu de monter directement par le plan incliné glissant comme le faisaient la plupart des jeunes. Il n'était plus jeune, il ne pouvait pas se permettre d'autres dérapages.

En haut, il se dirigea vers le sud, conformément aux instructions du type au téléphone. Il se posta entre deux couples contre le muret et contempla le fjord, blanchi par les rafales un peu plus loin. Il regarda autour de lui, consulta sa montre, remarqua un homme qui marchait vers lui dans la pénombre. L'homme levant un objet et le dirigeant vers lui, il se raidit.

« *Excuse me* », fit l'homme, avec ce qui ressemblait à un accent allemand.

Våge s'écarta de sa ligne de mire, l'homme appuya sur un bouton. Son appareil photo émit un léger bourdonnement. Il remercia Våge et repartit. Ce dernier grelottait. Il se pencha au-dessus du parapet, observa les gens sur le marbre en contrebas, jeta encore un coup d'œil sur sa montre. Vingt et une heures deux.

Les fenêtres de la villa étaient éclairées et le vent sifflait dans les châtaigniers bordant la venelle qui partait de Drammensveien. Harry avait demandé à Øystein de le déposer à une certaine distance de la Villa Dante. Arriver en taxi serait sans doute passé inaperçu, mais garer son propre véhicule devant le club, c'était tout de même chercher à se faire identifier.

Harry eut un frisson, il aurait dû prendre un manteau. À cinquante mètres de la villa, il enfila son masque de chat et le béret basque que lui avait prêté Alexandra.

Les flammes de deux flambeaux vacillaient au vent devant l'entrée du grand bâtiment jaune.

« Néobaroque avec des fenêtres Jugendstil, avait constaté Aune quand ils avaient trouvé des photos sur Google. Construit autour de 1900, dirais-je. Sûrement par un armateur ou un négociant, un truc comme ça. »

Harry ouvrit la porte, pénétra à l'intérieur.

Un jeune homme en smoking, campé derrière un pupitre, le regarda en souriant. Harry présenta sa carte de membre.

« Bienvenue, Catman. Miss Annabell se produira à vingt-deux heures. »

Harry hocha la tête sans un mot, se dirigea vers la porte ouverte au bout du couloir, d'où provenait de la musique. Mahler.

Il entra dans une salle éclairée par deux énormes lustres en cristal. Le bar et le mobilier étaient en bois sombre, de l'acajou du Honduras, peut-être. Il y avait trente ou quarante autres hommes dans la pièce, tous masqués, en costume sombre ou smoking. Des garçons sans masque et en tenue de serveur ajustée virevoltaient entre les tables avec leurs plateaux. En revanche, point de go-go dancers, comme Alexandra l'avait annoncé, ni d'hommes nus roulés en boule et ligotés dans une cage au sol pour que les clients puissent, selon leur envie, leur donner des coups de pied, les piquer ou les humilier d'une quelconque autre façon. À en juger par les verres, la boisson était le martini ou le champagne. Harry s'humecta la bouche. Il avait pris une bière au Schrøder en partant de chez Alexandra dans la matinée, mais il s'était promis de s'en tenir là pour ce jour. Certains clients se retournèrent et notèrent brièvement sa présence avant de revenir à leurs interlocuteurs, sauf un, un homme manifestement jeune, délicat comme une jouvencelle, qui continua de le suivre du regard alors qu'il fonçait vers un espace libre au bar. Harry espérait qu'il ne fallait pas y voir le signe qu'il était déjà démasqué.

« Comme d'habitude ? » demanda le barman.

Harry avait l'impression de sentir le regard du twink dans son dos. Il acquiesça.

Il vit le barman prendre un verre haut, y verser de la vodka Absolut, du Tabasco, de la Worcester sauce et ce qui ressemblait à du jus de tomate, avant d'apporter la touche finale en plongeant une tige de céleri dans le breuvage. Il le posa devant Harry.

« Je n'ai que du liquide aujourd'hui. »

Le barman afficha un grand sourire comme s'il venait de faire une plaisanterie.

Harry comprit alors que, selon toute vraisemblance, on payait exclusivement en espèces dans un lieu pareil, où l'anonymat était de rigueur.

Harry se raidit en sentant une main glisser sur son fessier. Il y était préparé, Alexandra lui avait expliqué que le contact visuel se transformait souvent en contact physique sans le moindre échange de paroles. À partir de là, les possibilités étaient légion.

« Ça faisait longtemps, Catman. Vous n'aviez pas de barbe, à l'époque, si ? »

C'était bel et bien le *twink*. Sa voix était aiguë, au point que Harry se demandait s'il la contrefaisait. On n'aurait trop su affirmer quel animal son masque représentait, mais ce n'était pas une souris, en tout cas. La couleur verte, le motif écaille et les ouvertures étroites pour les yeux suggéraient plutôt un serpent.

« Non », répondit Harry.

Le *twink* leva son verre et lui lança un regard interrogateur comme il le voyait hésiter.

« Marre du césar ? »

Harry hocha lentement la tête. Le césar avait été la boisson gay par excellence chez Dan Tana à Los Angeles, un truc canadien, apparemment.

« On devrait peut-être plutôt prendre un remontant, alors ?

— Comme quoi ? »

Le *twink* inclina la tête sur le côté.

« Vous avez changé, Catman. Ce n'est pas seulement votre barbe, mais votre voix et…

— Cancer de la gorge. » C'était une suggestion d'Øystein. « Radiothérapie.

— Oh, non, fit le *twink* sans grande empathie. Mais alors je comprends aussi ce vilain béret et tous ces kilos perdus. Ça a dû aller vite, dites donc.

— À qui le dites-vous. Ça fait combien de temps exactement qu'on ne s'est pas vus ?

— Alors là… Un mois. Ou deux ? Je ne sais plus, le temps passe tellement vite et ça fait un moment que vous n'êtes pas venu.

— Je me trompe ou j'étais là le mardi d'il y a cinq semaines ? Et celui d'avant ? »

Le *twink* renversa légèrement la tête. « Pourquoi vous vous demandez ça ? »

Percevant le ton dubitatif, Harry comprit qu'il était allé trop vite en besogne.

« C'est ma tumeur. Le médecin dit qu'elle appuie sur mon cerveau et provoque des pertes de mémoire partielles. Je suis navré, j'essaie simplement de reconstituer ces derniers mois.

— Vous êtes sûr que vous vous souvenez de *moi* ?

— Un peu, mais pas tout. Je suis désolé. »

Vexé, le *twink* souffla par le nez.

« Vous pouvez m'aider ? demanda Harry.

— Oui, si vous pouvez m'aider moi.

— En quoi donc ?

— Disons que vous n'avez qu'à payer un peu plus que d'habitude pour ma poudre. » Le *twink* sortit à demi un petit sachet de poudre blanche de sa poche de costume. « Et je vous l'injecterai comme la dernière fois. »

Harry hocha la tête. Alexandra lui avait dit que la drogue – cocaïne, speed, poppers, ecstasy – se vendait plus ou moins ouvertement dans les clubs gay où elle était allée.

« C'est-à-dire ?

— Oh, mon Dieu ! J'aurais cru que vous vous souviendriez au moins de ça. Je l'ai soufflé dans votre délicieux petit trou d'ours avec ceci… » Le *twink* leva une petite paille en métal. « On descend ? »

Harry songea à la mise en garde d'Alexandra concernant les *backrooms*, des salles où tout était permis.

« OK. »

Ils se levèrent, traversèrent la salle. Derrière les masques d'animaux, les regards les suivirent. Après la porte du fond, Harry suivit le *twink* dans l'obscurité d'un escalier raide et exigu. À mi-chemin déjà, il entendit les bruits. Des gémissements, des cris et, une fois qu'il fut au sous-sol, le claquement des chairs. Ses yeux finirent par s'accoutumer suffisamment à la faible lumière des veilleuses bleues. Des hommes, dans toutes sortes de situations, certains nus, d'autres à demi vêtus, voire avec simplement leur braguette ouverte. Il entendait les mêmes bruits venir des cabines. Il croisa un regard derrière un masque doré. C'était un grand homme musclé qui besognait une personne penchée sur un banc. Ses pupilles étaient noires et dilatées dans ses yeux écarquillés fixés sur Harry. Lequel eut un mouvement de recul involontaire lorsque l'homme révéla ses dents dans un sourire carnassier. Harry regarda ailleurs. L'odeur ambiante le révulsait. C'était autre chose que le mélange de chlore, de sexe et de testostérone, une exhalaison âcre qui rappelait l'essence. Il n'avait pas encore eu le temps de l'identifier quand il entrevit un homme nu qui ouvrait un petit flacon jaune et en sniffait le contenu. C'était bien sûr l'odeur du poppers. Cette drogue répandue dans les clubs d'Oslo que Harry fréquentait quand il avait une vingtaine d'années. On appelait ça le « rush », à l'époque, sans doute parce que c'était exactement ce que c'était, un rush de quelques secondes, le cœur battait à une cadence infernale et, l'espace d'un instant, l'accélération de la circulation sanguine renforçait toutes les sensations. Ce n'est que plus tard qu'il avait appris que les homos – les passifs – en prenaient pour accentuer le plaisir anal.

« Salut ! » L'homme au masque doré s'était coulé à côté de Harry et lui plaqua la main sur l'entrejambe. Son sourire carnassier s'élargit, il souffla vers le visage de Harry.

« Il est à moi », précisa le *twink* d'un ton sec, prenant Harry par le bras pour l'entraîner plus loin.

Harry entendit la masse de muscles rire derrière eux.

« Il semblerait que toutes les cabines soient occupées, commenta le *twink*. On va… ?

— Non, je veux qu'on soit seuls. »

Le *twink* soupira. « Il y en a peut-être des libres plus loin. Venez. »

Ils passèrent devant une porte ouverte d'où venait un bruit d'eau qui tombait sur le sol, comme si une douche coulait. Harry lorgna à l'intérieur. Deux hommes nus étaient assis dans une baignoire, bouche ouverte, tandis que d'autres autour, certains habillés, urinaient sur eux.

Ils traversèrent une grande pièce éclairée par un stroboscope, « Control » de Joy Division cognait à bas volume. Au centre, un homme était attaché à une balançoire suspendue au plafond par des chaînes. Il avait l'air de voler tel un Peter Pan, et allait et venait, le corps tendu, dans un cercle d'hommes, qui se servaient de lui tour à tour, comme un joint qu'on faisait tourner.

Harry et le *twink* parvinrent à un couloir entre des rangées de cabines. Ici aussi, la bande-son trahissait les activités qui se déroulaient derrière les portes coulissantes. Deux hommes venaient de sortir d'une cabine et le *twink* se précipita pour prendre possession des lieux. Harry le suivit dans le réduit de deux mètres sur deux. Le *twink* repoussa la porte et entreprit sans préambule de lui déboutonner sa chemise.

« Ce n'est peut-être pas si bête d'avoir un petit cancer, Catman, vous êtes plus *jock* qu'ours, maintenant.

— Attendez. »

Harry lui tourna le dos, glissa les mains dans ses poches. Lorsqu'il se tourna de nouveau, il tenait son portefeuille dans une main, son téléphone dans l'autre.

« Vous vouliez me vendre de la cocaïne, n'est-ce pas ? »

Le *twink* sourit. « Si vous me payez ce que ça coûte.
— Faisons cette transaction d'abord.
— Ah, maintenant je vous retrouve, Catman ! Cokeman. »
Il rit, sortit le sachet de poudre.
Harry le prit et lui tendit en retour son portefeuille.
« Bon, alors vous m'avez donné de la cocaïne, maintenant prenez ce que vous voulez en échange dans mon portefeuille. »
Derrière son masque, le *twink* le considérait avec méfiance.
« Vous êtes bien cérémonieux aujourd'hui. »
Puis il ouvrit le portefeuille, regarda dedans et en tira deux billets de mille.
« Je pense que c'est assez pour cette fois, dit-il en remettant le portefeuille dans la poche de Harry avant de défaire son pantalon. Vous voulez que je suce votre bite d'ours ? Votre bite de *jock*, pardon ?
— Non, merci, j'ai eu ce que je voulais. » Harry posa sa main sans téléphone à l'arrière de la tête du *twink* comme pour le caresser, mais à la place il lui baissa son masque de serpent d'un coup sec.
« Mais enfin, Catman ! Ça, c'est… enfin, bon, peu importe en ce qui me concerne. »
Le *twink* voulait continuer d'ouvrir le pantalon, mais Harry l'arrêta, le reboutonna.
« Ah oui, je comprends. La coke d'abord.
— Pas franchement. »
Harry retira son béret et son masque.
« Vous êtes… blond ! s'écria le *twink*, stupéfait.
— Et plus important encore, je suis un policier qui vient d'enregistrer et de filmer ce qui vient de se passer. Vous m'avez vendu de la cocaïne. Passible de dix ans d'emprisonnement. »

À la lumière bleue, il était impossible de voir si le *twink* pâlissait, et Harry ne fut pas sûr que son bluff ait marché avant d'entendre sa voix étranglée.

« Merde, je savais que ce n'était pas vous ! Vous ne marchez pas comme lui, vous venez d'Oslo est, et j'ai bien senti que votre petit cul n'était pas comme sa pâte à pain toute flasque. Quel con je suis ! Et vous, allez vous faire foutre ! Et Catman avec ! »

Le *twink* saisit la porte coulissante et voulut sortir, mais Harry le retint.

« Je suis en état d'arrestation ? »

Ce ton, ce regard… C'était à se demander si la situation n'excitait pas légèrement le *twink*.

« Vous allez me… menotter ?

— Ce n'est pas un jeu. » Harry attrapa un porte-cartes dans la poche intérieure de l'homme. « Filip Kessler. »

Filip enfouit son visage dans ses mains et se mit à pleurer.

« Toutefois on peut trouver un arrangement.

— Ah bon ? » Filip leva la tête, les joues baignées de larmes. « On peut partir d'ici maintenant et aller s'asseoir au calme, dans un endroit où vous pourrez me raconter tout ce que vous savez sur Catman. D'accord ? »

Terry Våge consulta encore sa montre. Vingt et une heures trente-six. Personne n'avait cherché à le contacter. Il parcourut de nouveau les instructions sur son téléphone et en tira la même conclusion, la méprise sur l'heure et le lieu était impossible. N'ayant jamais été d'une ponctualité à toute épreuve, il avait accordé au type la première demi-heure, mais quarante minutes, tout de même. Le gars n'allait pas venir. Un bluff. Voire une farce. Peut-être se tenait-il parmi les touristes au niveau inférieur, à se marrer, se moquer de ce journaliste bidon, déshonoré. C'était peut-être sa sanction. Terry Våge serra son manteau en laine autour de lui et se dirigea vers le toit en pente. Qu'ils aillent se faire foutre, tous autant qu'ils étaient !

Prem bougeait parmi les touristes au niveau du sol en marbre. Il avait vu Terry Våge arriver, l'avait reconnu d'après sa photo dans le journal et d'autres, trouvées en ligne. Il l'avait vu attendre. Personne ne le suivait, personne non plus n'avait l'air d'un policier qui se serait rendu sur le toit avant son arrivée. Il avait circulé, mémorisant le plus possible de visages, et au bout d'une demi-heure, il avait établi qu'il n'y en avait plus aucun qui ait été là au début. À vingt et une heures quarante, il vit Våge redescendre, il avait abandonné, mais c'était sûr à présent : il était venu seul.

Prem lança un dernier regard à la ronde avant de rentrer chez lui.

36

Mercredi

« Qu'est-ce qu'il fait ici, lui ? éructa Markus Røed en désignant Harry. Un gars à qui j'ai versé un million de dollars pour qu'il m'envoie en prison alors que je suis innocent !

— Comme je vous le disais, répondit Krohn, il est ici parce que, en fin de compte, il pense que vous n'êtes pas coupable, il pense que vous étiez…

— J'ai entendu ce qu'il pensait ! Mais merde, quoi ! Je n'étais pas dans un… *club homo.* »

Il avait craché ces deux derniers mots. Harry sentit un postillon atterrir sur le revers de sa main et haussa les épaules en regardant Johan Krohn. La pièce qu'on leur avait affectée pour l'entretien avec avocat était un salon pour les visites familiales. Le soleil du matin filtrait à travers les barreaux et les rideaux à motifs de roses. Il y avait une table recouverte d'une nappe brodée, quatre fauteuils, un canapé. Que Harry avait évité, notant que Krohn faisait de même. Lui aussi devait savoir qu'il avait mariné dans les sucs et humeurs du sexe furtif et désespéré.

« Vous lui expliquez ? demanda Harry.

— Oui, dit Krohn. Filip Kessler a déclaré que les

mardis où Susanne et Bertine ont été tuées, il était avec la personne qui portait ce masque.»

Krohn désigna le masque posé sur la table à côté de la carte de membre.

«Son pseudonyme était Catman. Le masque et la carte étaient restés dans une poche de votre costume. Le signalement correspond aussi.

— Ah oui? Et quels signes particuliers a-t-il décrits? Des tatouages, des taches de naissance? Des anomalies?»

Røed promena son regard de l'un à l'autre.

Harry secoua la tête.

«Quoi? fit Røed dans un rire furieux. Rien?

— Il ne se souvenait de rien de tel, mais il était relativement certain de vous reconnaître s'il avait l'occasion de vous toucher.

— Oh, putain...»

Røed eut l'air révulsé.

«Markus, dit Krohn. C'est un alibi. Un alibi que nous pourrions utiliser pour votre libération immédiate et pour vous faire acquitter si jamais il y avait des poursuites malgré tout. Je comprends que les conséquences potentielles pour votre image vous inquiètent, mais...

— Vous comprenez?! hurla Røed. Vous comprenez? Non, putain, vous ne comprenez pas ce que c'est d'être ici, soupçonné d'avoir tué votre femme, et de vous retrouver en plus accusé de ces cochonneries. Je n'ai jamais vu ce masque. Vous savez ce que je pense? Je pense que Helene s'est procuré le masque et la carte auprès d'un homo qui me ressemblait et qu'elle vous les a donnés afin de pouvoir s'en servir contre moi pour le divorce. En ce qui concerne ce Filip, il n'a rien sur moi, il voit seulement l'occasion de gagner de l'argent. Trouvez combien il veut, payez-le et faites en sorte qu'il la boucle. Ce n'est pas une suggestion, Johan, c'est un ordre. » Røed éternua violemment avant de reprendre. « Quant à vous deux, vous êtes liés par la clause de confidentialité de vos contrats. Si vous soufflez le moindre mot de tout cela, je vous flanque un procès au cul. »

Harry toussota.

« Il ne s'agit pas de vous, Røed.

— Je vous demande pardon ?

— Il y a un tueur en liberté et il va sans doute frapper encore. Il aura la partie plus facile tant que la police sera convaincue de détenir déjà le coupable, à savoir vous. Si nous taisons l'information que vous étiez à la Villa Dante, nous serons complices quand il tuera sa prochaine victime.

— Nous ? Vous ne pensez tout de même pas que vous travaillez encore pour moi, Hole ?

— Je me réfère au contrat et je considère que l'affaire n'est pas encore résolue.

— Non ? Alors, rendez-moi mon argent !

— Pas tant que trois substituts du procureur estiment votre condamnation probable. Le principal, maintenant, est que la police change de perspective, et pour ce faire, nous devons lui fournir cet alibi.

— Mais je n'étais pas à cet endroit, je vous dis ! Je n'y peux rien si la police n'arrive pas à faire son travail, merde ! Je suis innocent et les enquêteurs le découvriront de façon régulière, pas avec ces… mensonges homos. Il n'y a aucune raison de paniquer et d'agir dans la précipitation.

— Espèce de con ! déclara Harry calmement avant de pousser un soupir, comme s'il se contentait de livrer un triste constat. Il y a toutes les raisons de paniquer. »

Il se leva.

« Où allez-vous ? demanda Krohn.

— Informer la police.

— Vous n'oserez pas, cracha Røed. Si vous le faites, je veillerai à ce que vous et tous ceux qui vous sont chers vivent un véritable enfer. N'allez pas croire que je n'en sois pas capable. Encore une chose : vous vous figurez peut-être que je ne peux pas annuler un virement aux îles Caïmans deux jours après ? Faux. »

Un mouvement s'opéra en Harry, une sensation familière de chute libre. Il fit un pas vers le fauteuil de Røed et, en moins de temps qu'il n'en faut pour le dire, plaqua sa main autour de son cou et serra. Le baron de l'immobilier bondit en arrière et, le visage empourpré, essaya de dégager le bras de Harry.

« Si vous faites ça, je vous tuerai, murmura ce dernier. Tue-rai.

— Harry ! »

Krohn s'était levé, lui aussi.

« Rasseyez-vous, je vais le lâcher, siffla Harry entre ses dents, le regard braqué sur les yeux exorbités, suppliants, de Markus Røed.

— Tout de suite, Harry ! »

Røed gargouillait, donnait des coups de pied en l'air, mais Harry, qui le maintenait dans le fauteuil, serra encore plus fort et ressentit la force, la joie, de pouvoir extraire la vie de ce non-humain. Oui, de la joie, et cette même sensation de chute libre que quand il soulevait son premier verre après des mois de sobriété. Toutefois, la joie se dissipait déjà, la force de sa prise se tarissait. Car, pas plus que les autres, cette chute libre n'offrait de récompense, hormis l'instant de liberté, elle ne menait que dans une direction : vers le bas.

Il lâcha prise. Røed respira dans un long râle avant de se pencher en avant, secoué par une quinte de toux.

Harry se tourna vers Krohn.

« Mais maintenant, je suis peut-être viré ? »

Krohn acquiesça. Harry lissa sa cravate et sortit de la pièce.

Debout à la fenêtre, Mikael Bellman regardait avec convoitise le centre-ville, où il entrevoyait les grands immeubles du quartier du gouvernement. Plus près, au niveau du pont de Gullhaug, les arbres ployaient sous les rafales. On annonçait que le vent atteindrait un bon force 9 dans la nuit. On annonçait autre chose aussi, une histoire d'éclipse lunaire le vendredi, les deux phénomènes étant paraît-il sans relation. Il leva le bras, consulta sa montre Omega Seamaster classique. Treize heures cinquante-huit. Il avait consacré une bonne partie de sa journée à un débat intérieur sur le dilemme que lui avait exposé le directeur de la police. En principe, le ministre de la Justice ne se mêlait pas des enquêtes, bien sûr, mais s'étant impliqué dans celle-ci à un stade antérieur, il ne pouvait plus abandonner. Il jura.

Vivian toqua délicatement à la porte, ouvrit. Lorsqu'il l'avait choisie comme assistante, ce n'était pas uniquement parce qu'elle était titulaire d'un master en sciences politiques, avait appris le français pendant ses deux années de mannequinat à Paris, et était prête à tout, que ce soit faire le café, accueillir les invités ou corriger ses discours. Elle était belle. On pouvait palabrer sans fin sur les fonctions de l'apparence dans la société actuelle – et d'ailleurs, on palabrait sans fin sur les fonctions de l'apparence dans la société actuelle –, mais une certitude demeurait : le physique restait aussi important qu'il l'avait toujours été. Lui-même était bel homme et ne se racontait pas d'histoires, il ne prétendait pas que cela n'avait joué aucun rôle dans son ascension professionnelle. Enfin. Tout ancien mannequin qu'elle était, Vivian n'était pas plus grande que lui, et il pouvait ainsi l'emmener aux réunions et aux dîners. Elle vivait avec quelqu'un. Un défi plus qu'un inconvénient, voire un avantage. Dans le courant de l'hiver se profilait un voyage en Afrique du Sud, le thème serait les droits de l'homme, de pures vacances, autrement dit. Et rappelons-le, un ministre de la Justice subissait moins l'assaut des flashs et des regards scrutateurs qu'un Premier ministre.

« C'est le directeur de la police, annonça Vivian à voix basse.

— Faites-le entrer.

— Sur Zoom.

— Ah ? Je croyais qu'il se déplaçait…

— Oui, mais il vient d'appeler, il a une réunion qui n'était pas prévue dans le centre, et il n'aura pas le temps de faire le trajet jusqu'à Nydalen. Il a envoyé un lien, vous voulez que je… ? »

Elle se rendit à son bureau. Des doigts rapides, ô combien plus rapides que les siens, galopèrent sur le clavier.

« Voilà, fit-elle en souriant, et d'ajouter, comme pour tempérer son agacement : Il vous attend.

— Merci. »

Bellman resta à la fenêtre jusqu'à ce qu'elle ait quitté la pièce, s'attarda un peu, puis, lassé de ses propres enfantillages, alla s'installer devant son ordinateur. Le directeur de la police affichait un hâle remarquable, sûrement de récentes vacances dans un pays chaud, mais à quoi bon quand l'angle de la caméra était si peu flatteur que son double menton dominait l'écran ? De toute évidence, l'ordinateur était posé à même le bureau bas qui avait été le sien lorsque lui-même était directeur de la police. Il eût fallu le surélever sur une petite pile de livres.

« Contrairement à vos quartiers, il n'y a presque jamais de circulation par ici, fit Bellman. Je rentre chez moi à Høyenhall en vingt minutes. Vous devriez essayer.

— Je suis navré, Mikael, j'ai été convoqué d'urgence pour une réunion sur la visite d'État la semaine prochaine.

— Bon, venons-en au fait. Vous êtes seul ?

— Entièrement seul, allez-y. »

Bellman sentit l'agacement le gagner de nouveau. L'emploi libéral du prénom et les exhortations de type « allez-y » auraient dû être l'apanage du ministre de la Justice. À plus forte raison quand le mandat de six ans du directeur de la police arrivait à échéance et que le roi en son conseil – dans les faits, le ministre de la Justice – allait décider qui continuait ou ne continuait pas ; politiquement, Bellman avait tout à gagner à confier les clefs à Bodil Melling. D'abord, parce que c'était une femme, ensuite parce qu'elle avait un sens politique, elle savait qui commandait.

Il respira. « Simplement pour m'assurer que nous nous sommes bien compris : vous souhaiteriez mon conseil sur l'opportunité de libérer Markus Røed, c'est bien ça ? Et vous ne vous sentez pas sûr d'avoir la possibilité de le maintenir en garde à vue ?

— C'est ça. Hole a un témoin qui était avec Røed les soirs où les deux filles ont été tuées.

— Un témoin crédible ?
— Crédible dans la mesure où, contrairement à Helene Røed, il n'a pas de raison évidente de fournir un alibi à Røed, et un peu moins crédible si l'on tient compte du fait qu'il est connu par les Stups pour vente de cocaïne à Oslo.
— Mais il n'a pas été condamné ?
— C'est un petit dealer, il serait remplacé du jour au lendemain. »
Bellman hocha la tête. La police laissait tranquilles ceux qui étaient sous contrôle. *Better the devil you know.* On sait ce qu'on perd, on ne sait pas ce qu'on retrouve.
« Mais d'un autre côté ? » demanda Bellman en consultant son Omega. C'était une montre massive, peu pratique, mais qui envoyait les bons signaux. À cet instant précis, toutefois, le signal était simplement qu'il fallait que le directeur de la police se magne un peu, il n'était pas le seul à avoir une journée chargée.
« D'un autre côté, il y avait la salive de Markus Røed sur la poitrine de Susanne Andersen.
— Cela me paraît être un argument plutôt majeur pour maintenir Røed en détention, non ?
— Oui, oui. Nous n'avons pas pu recenser les mouvements de Susanne, donc il existe bien sûr une possibilité qu'elle et lui se soient rencontrés plus tôt dans la journée et aient eu un rapport sexuel, mais si tel était le cas, ce serait surprenant que Røed ne l'ait pas dit en interrogatoire, non ? Au lieu de quoi il nie toute relation intime avec elle et affirme ne l'avoir jamais revue après la soirée.
— En d'autres termes, il ment.
— Oui. »
Bellman pianota sur son bureau. Un Premier

ministre n'était réélu que si la récolte avait été bonne, au sens figuré. Ses conseillers ne cessaient de souligner que, en tant que ministre de la Justice, on lui imputerait toujours une partie de la responsabilité, positive ou négative, de ce qui se passait plus bas dans l'appareil, quand bien même il s'agirait d'une faute commise par ses prédécesseurs d'anciens gouvernements. Si les électeurs sentaient qu'une ordure riche et privilégiée comme Røed s'en tirait à trop bon compte, cela rejaillirait indirectement sur lui. Il prit sa décision.

« Nous avons largement de quoi le garder en prison avec le sperme.

— La salive.

— Oui. Je pense que vous conviendrez qu'il serait malséant que Harry Hole continue de décider si Røed doit être arrêté ou libéré.

— Ce n'est pas moi qui vous contredirai.

— Bien. Alors je pense que vous avez mon conseil… » Bellman attendit que le nom du directeur de la police lui revienne, mais inexplicablement, il lui échappait et, de par son inflexion, la phrase commencée exigeait une conclusion. « … non ?

— Tout à fait. Merci beaucoup, Mikael.

— Merci à vous, monsieur le directeur de la police. » Bellman se débattit quelque temps avec sa souris avant de réussir à couper la communication, puis il s'enfonça dans son fauteuil et murmura : « Directeur de la police *sortant*. »

Prem observait Fredric Steiner, qui était assis sur son lit. Des yeux limpides comme ceux d'un enfant, mais un regard vide, enfermé derrière un rideau tiré.

« Mon oncle, dit Prem. Tu m'entends ? »

Aucune réaction.

Il pouvait lui dire n'importe quoi, ça n'entrerait pas ; ça ne ressortirait pas non plus, du moins pas sous une forme à laquelle qui que ce soit accorderait le moindre crédit.

Prem ferma la porte, se rassit près du lit.

« Tu vas très bientôt mourir », déclara-t-il en savourant l'écho de ses paroles.

Son oncle resta imperturbable, se contenta de fixer une image que lui seul voyait et qui semblait très lointaine.

« Tu vas mourir, et je devrais sans doute m'en affliger, après tout, je suis ton… » Par acquit de conscience, il lança un regard vers la porte. « Fils biologique. »

On n'entendait que le sifflement bas du vent dans les gouttières.

« Mais je ne suis pas triste. Parce que je te hais. Pas comme je le hais, lui. Celui qui a repris tes problèmes, qui nous a repris, maman et moi. Je te hais parce que tu savais ce que mon beau-père fabriquait, ce qu'il me faisait. Je sais que tu l'as confronté, je vous ai entendus ce soir-là. Je t'ai entendu menacer de tout révéler, et il a rétorqué que, dans ce cas, il révélerait tout sur toi. Vous vous en êtes tenus là. Tu m'as sacrifié pour te sauver toi-même. Te sauver toi, sauver maman, et sauver le nom de la famille. Enfin, ce qu'il en restait, puisque toi-même, tu ne voulais plus le porter. »

Prem glissa la main dans le sachet, en tira un biscuit qu'il fit craquer entre ses dents.

« Et maintenant, tu vas mourir, sans nom, seul. Tu vas être oublié, disparaître. Tandis que moi, le produit de tes reins, le fruit de tes désirs coupables, je verrai mon nom briller au firmament. Tu m'entends, oncle Fredric ? N'est-ce pas poétique ? Tout cela, je l'ai écrit dans mon journal, c'est important de fournir un peu de matière aux biographes, n'est-ce pas ? »

Il se leva.

« Je doute de revenir. Ceci est donc un adieu, mon oncle. » Il alla à la porte, se retourna. « Enfin, adieu, adieu, bien sûr que ce n'est pas à *Dieu*, parce que j'espère bien que tu iras en enfer. »

Prem referma la porte derrière lui, sourit à une infirmière qui passait et quitta la maison de retraite.

L'infirmière entra dans la chambre du vieux professeur. Il était assis au bord du lit, le visage inexpressif, mais des larmes roulaient sur ses joues. C'était comme ça, avec les vieux, ils perdaient le contrôle de leurs affects. Surtout ceux qui étaient séniles. Elle huma l'air. Avait-il déféqué ? Non, c'était simplement l'air qui était vicié, la chambre sentait le corps humain et… le musc ?

Elle ouvrit une fenêtre pour aérer.

Il était vingt heures. Terry Våge écoutait la plainte métallique dans la cour, le vent forcissant faisait tourner l'étendoir à linge collectif. Il avait rouvert son blog d'affaires criminelles, il y avait tant à écrire. Pourtant, il restait à fixer la page de texte vierge sur son ordinateur.

Son téléphone sonna.

Dagnija, peut-être. Ils s'étaient disputés la veille et elle avait décrété qu'elle ne viendrait pas ce week-end. Elle devait regretter, comme d'habitude. Il se rendit compte qu'il espérait que c'était elle.

Il regarda l'écran. Numéro inconnu. Si c'était le bluffeur de la veille, la sagesse consisterait à ne pas répondre, si on répondait une fois ou deux à un taré, il devenait impossible de s'en débarrasser. Un jour – après avoir écrit la vérité, à savoir que War on Drugs était le groupe le plus rasoir de la planète, que ce soit à écouter en disque ou sur scène – il avait fait la bêtise de répondre à un fan furieux et s'était retrouvé avec un relou qui l'appelait, lui envoyait des mails et était même venu le trouver à des concerts, il lui avait fallu deux ans de silence pour s'en défaire.

Le téléphone continuait de sonner.

Våge le regarda une dernière fois puis il décrocha.

« Oui ?

— Merci d'être venu seul hier et d'avoir attendu jusqu'à vingt et une heures quarante.

— Vous… vous étiez là ?

— J'observais. J'avais besoin de m'assurer de votre probité. Vous comprendrez, j'espère. »

Våge hésita. « Oui. Bon. Quoi qu'il en soit, je n'ai plus le temps de jouer à cache-cache.

— Oh que si. » Petit rire. « Enfin, vous allez être dispensé, Våge. En l'occurrence, vous allez vous dispenser de… tout ce que vous avez entre les mains.

— Comment ça ?

— Vous allez vous rendre aussi vite que possible au bout d'une rue qui s'appelle Toppåsveien, à Kolsås. Je vous rappellerai, je ne vous dis pas quand, peut-être dans deux minutes. Si votre ligne est occupée, ceci sera la dernière fois que vous et moi serons en contact. Compris ?

— Oui », répondit Våge d'une voix étranglée.

Car il comprenait. Il comprenait que c'était pour l'empêcher de contacter des gens, la police, par exemple. Il comprenait que ce n'était pas un hurluberlu. Un fou, oui, mais pas un hurluberlu.

« Prenez une lampe de poche et un appareil photo,

Våge, et une arme si vous ne vous sentez pas en sécurité. Vous trouverez des preuves tangibles et irrévocables que vous avez parlé à un tueur et vous serez libre ensuite d'écrire sur le sujet. Y compris sur la conversation que nous venons d'avoir. Parce que cette fois, nous voulons que vous soyez cru, non ?

— Que dois-je… »

Là encore, son interlocuteur lui raccrocha au nez.

Harry était allongé sur le lit d'Alexandra, ses pieds nus dépassaient légèrement au bout. Alexandra aussi était nue et s'était couchée de travers, la tête sur son ventre.

Ils avaient fait l'amour le soir du Jealousy Bar et venaient de recommencer. Mieux, cette fois.

Il pensa à Markus Røed. À la terreur et à la haine dans son regard alors qu'il suffoquait. La terreur dominait. Était-elle toujours présente quand il avait repris son souffle ? Si oui – et si tant est que Røed n'avait pas annulé le transfert d'argent –, Lucille devait être libre maintenant. Ayant reçu instruction de ne pas chercher à la trouver ou à la contacter avant que la dette soit effacée, il avait décidé d'attendre quelques jours avant de composer son numéro. Elle ne disposait quant à elle ni de son numéro ni d'aucune autre information, il ne fallait donc pas s'étonner qu'elle ne lui ait pas fait signe. Il avait cherché « Lucille Owens » sur Internet et dans le *Los Angeles Times* sans autre résultat que de vieux articles sur le film *Roméo et Juliette*. Rien sur sa disparition ou son enlèvement. Soudain, il s'était rendu compte de ce qu'ils partageaient, de ce qui les liait. Ce n'était pas le danger extérieur commun, après les événements sur le parking. Ce n'était pas non plus qu'il voyait en Lucille sa propre mère, sa mère à la porte de la classe ou sur son lit de malade, et avait obtenu une nouvelle chance de la sauver. Non, c'était la solitude. Ils pouvaient tous les deux disparaître de la surface de la terre sans que quiconque s'en aperçoive.

Alexandra lui tendit la cigarette qu'ils partageaient, Harry en aspira une bouffée, contempla les volutes qui sinuaient vers le plafond alors que la voix de Leonard Cohen, son jeu simple et « Hey, That's No Way to Say Goodbye » sortaient d'une petite enceinte Geneva sur la table de chevet.

« On dirait que cette chanson parle de nous, dit-elle.

— Hmm. Des amants qui se quittent ?

— Oui, et la chanson dit qu'ils ne doivent parler ni d'amour ni de chaînes. »

Harry ne répondit pas. La cigarette entre les doigts, il regardait la fumée, mais nota du coin de l'œil qu'Alexandra avait toujours le visage tourné vers lui.

« C'est dans le mauvais ordre, déclara-t-il.

— Le mauvais ordre parce que Rakel était déjà dans ta vie quand on s'est rencontrés ?

— Je pensais simplement à une réflexion que me faisait une femme, elle disait qu'on se faisait avoir quand le poète changeait l'ordre des phrases. » Il tira une autre bouffée. « Enfin, c'est sûrement ce que tu dis sur Rakel aussi. »

Et au bout de quelques instants, il sentit son ventre chauffé par les larmes d'Alexandra. Il avait envie de pleurer lui-même.

La fenêtre grinça, comme si ce qui était dehors voulait entrer auprès d'eux.

37

Mercredi

Réflecteur

Toppåsveien, la rue du sommet de la colline, n'était pas franchement à la hauteur de son nom. Elle serpentait entre des villas et arrivait assez haut, certes, mais on restait loin du sommet de Kolsås. Terry Våge se gara sur le bas-côté. Au-dessus s'étirait la forêt, et plus haut, dans le noir, il distinguait une partie plus claire qu'il savait être les falaises où évoluaient les grimpeurs et autres andouilles.

Il effleura le fourreau du couteau qu'il avait emporté, jeta un coup d'œil à sa torche et à son Nikon, posé à côté, sur le siège passager. Les secondes passaient, les minutes. En contrebas, des lumières transperçaient l'obscurité. Celles du lycée Rosenvilde, notamment. Il le savait, parce que Genie y était élève quand il l'avait découverte. Car c'était lui, Terry Våge, qui l'avait faite, qui s'était servi de son influence de critique musical pour les hisser, elle et son groupe sans talent, des ténèbres vers la lumière, vers le mainstream, vers le marché. Elle avait dix-huit ans, allait au lycée et il y était passé quelques fois par curiosité, pour la voir dans le contexte scolaire. Quel mal y avait-il à cela ? Il n'avait fait que traîner devant la cour d'école pour avoir un aperçu de l'étoile qu'il avait créée, il n'avait même pas pris de photos, ce qu'il aurait aisément pu faire. Avec le téléobjectif qu'il avait sur lui, il aurait obtenu des portraits parfaitement nets d'une Genie qui n'était pas l'artiste de scène jouant son rôle de dangereuse séductrice. Ils auraient montré l'innocence, la gamine. Rôder autour d'une cour d'école pouvait cependant être mal interprétés, alors il s'en était tenu à ces deux visites au lycée et s'étaient contenté de la voir en concert.

Il était sur le point de vérifier l'heure quand son téléphone sonna.

« Oui ?

— Vous êtes sur place, je vois. »

Våge regarda autour de lui. Sa voiture était la seule qui soit garée au bord de la route et s'il y avait eu des gens, ils les auraient vus à la lueur des lampadaires. Le gars était-il dans les bois, en train de l'observer ? Våge serra sa main autour du manche de son couteau.

« Prenez votre torche et votre appareil photo, engagez-vous ensuite sur le sentier après la barrière, vous regarderez sur la gauche. Au bout de cent mètres, vous verrez de la peinture réfléchissante sur un tronc d'arbre. Entrez là et suivez les marques. Compris ?

— Compris.

— Quand vous serez arrivé, vous le saurez. Vous aurez alors deux minutes pour prendre des photos. Ensuite, vous repartirez, vous remonterez dans votre voiture et vous rentrerez directement chez vous. Si vous n'êtes pas reparti au bout de cent vingt secondes, je viendrai vous faire la peau. Vous comprenez ça aussi ?

— Oui.

— Alors il ne reste qu'à récolter, Våge. Dépêchez-vous ! »

La communication fut coupée. Terry Våge respira, songea qu'il pouvait toujours tourner la clef dans le contact et dégager de là. Il pouvait descendre au Stopp Pressen !, boire une bière, raconter à qui voulait l'entendre qu'il avait eu le tueur en série au téléphone, qu'ils s'étaient donné une espèce de rendez-vous, mais qu'il s'était débiné au dernier moment.

Våge s'entendit glapir de rire, saisit sa torche, son appareil photo et sortit de la voiture.

La colline le protégeait peut-être du vent, car curieusement ça soufflait moins ici que plus bas ou dans le centre-ville. Il vit le sentier à quelques mètres, contourna la barrière, se tourna une dernière fois vers le réverbère puis alluma sa torche. Le vent sifflait dans les arbres, les gravillons craquaient sous ses semelles alors qu'il avançait en comptant ses pas. Il éclairait tour à tour le sentier et les troncs sur la gauche et, arrivé à cent cinq, il aperçut la première tache de lumière réfléchissante, qui brillait à la lueur de sa lampe, suivie d'une autre, plus loin.

De nouveau, il porta la main à la gaine de son couteau dans la poche de son blouson, fit basculer l'appareil photo dans son dos, sauta par-dessus le fossé et s'engagea entre les arbres. C'était une forêt de pins, suffisamment espacés pour lui permettre de progresser sans difficulté et d'avoir aussi un peu de visibilité. La peinture avait été appliquée à hauteur de regard tous les cinq à dix mètres, la côte s'accentuait peu à peu. À un moment, il s'arrêta près d'un arbre pour reprendre son souffle et frotta la tache sur le tronc. Il regarda son doigt. Peinture fraîche. Il se tenait sur un tapis d'aiguilles parmi les grands pins.

Le vent dans la ramure était lointain, mais le craquement des troncs qui vacillaient imperceptiblement se manifestait d'autant plus. Le bruit venait de toutes parts, comme si les arbres conversaient, discutaient de ce qu'ils allaient faire de ce visiteur nocturne.

Våge continua.

La forêt se densifia, la visibilité diminua, de même que la distance entre les taches, et le terrain était maintenant si accidenté et escarpé que compter ses pas n'avait plus de sens.

Et puis, soudain, il déboucha sur un plateau, la forêt s'ouvrit et sa torche éclaira une petite clairière. Il dut chercher quelque temps pour trouver une autre marque peinte. Cette fois, ce n'était pas une simple tache, mais un X. Il approcha. Non, c'était une croix. Au milieu de la clairière, il leva sa lampe. Il ne voyait aucune signalisation après la croix. Il était arrivé. Il retint son souffle. On entendait un bruit, comme quand on tape deux bâtons en bois l'un contre l'autre, mais il ne voyait rien.

Puis, comme pour lui prêter assistance, la lune apparut dans la cavalcade des nuages et baigna la clairière d'une douce lumière dorée. Il vit.

Il frissonna. La première chose à laquelle il pensa fut la vieille chanson de Billie Holiday « Strange Fruit ». Car c'était ce à quoi elles ressemblaient, ces deux têtes humaines pendues à une branche de bouleau. Les longs cheveux oscillaient au vent et les têtes s'entrechoquaient en émettant un bruit creux.

Il se dit aussitôt qu'il devait s'agir de Bertine Bertilsen et de Helene Røed. Non qu'il les reconnût en voyant leurs masques figés, mais l'une était brune et l'autre blonde.

Son pouls battait frénétiquement lorsqu'il balança

son appareil photo devant lui et se remit à compter. Pas ses pas, cette fois, mais les secondes. Il appuyait en continu sur le déclencheur, le flash s'allumait sans cesse. La lune disparut derrière les nuages. Cinquante. Il avança, refit la mise au point, continua de photographier. Il était plus excité qu'horrifié, n'envisageait plus ces deux têtes comme des personnes qui, peu auparavant, avaient été vivantes, mais comme des preuves. Des preuves que Markus Røed était innocent. Des preuves que lui, Terry Våge, n'était pas un imposteur, il avait bel et bien parlé au tueur. Des preuves qu'il était le meilleur journaliste d'affaires criminelles de Norvège, quelqu'un qui méritait le respect de tous, sa famille, Solstad, Genie et son groupe pourri, et, plus important que tout, le respect et l'admiration de Mona Daa. Il avait refoulé cette pensée après s'être fait virer, avait refusé de songer combien il avait dû chuter dans son estime. À présent, toutefois, tout était renversé, *everybody loves a comeback kid*. Il brûlait d'impatience de la revoir. Il ne pouvait pas attendre. Il se promit de faire en sorte qu'ils se rencontrent dès que Dagnija serait repartie en Lettonie.

Quatre-vingt-dix. Il lui restait trente secondes.

Je viendrai vous faire la peau.

Se prenait-il pour un troll de conte ?

Våge baissa son appareil, filma avec son téléphone, le tourna vers lui-même pour avoir une preuve que c'était bien lui qui avait saisi la scène.

Il ne reste plus qu'à récolter, avait dit le type. Était-ce ce qui avait entraîné cette association d'idées avec « Strange Fruit » ? Billie Holiday parlait pourtant de lynchage de Noirs aux États-Unis, pas de… ça. Quand il avait parlé de « récolter », voulait-il dire qu'il pouvait emporter les têtes ? Il fit un pas dans la direction du bouleau, s'arrêta. Était-il devenu fou? Il s'agissait des trophées du tueur. De plus, le sablier s'était écoulé. Il remit son appareil photo dans son dos, leva les mains en l'air pour montrer à un éventuel observateur dans les bois qu'il avait terminé et repartait.

La retraite fut plus difficile dans la mesure où il n'avait plus la peinture réfléchissante pour s'orienter et il eut beau se dépêcher, il lui fallut près de vingt minutes pour retrouver le sentier. Une fois dans sa voiture, la clef tournée dans le contact, il songea à une chose.

Sans aller jusqu'à emporter les têtes, il n'aurait pas dû repartir les mains vides. Il aurait dû prendre un cheveu. En l'état actuel, il n'avait que des photos et, même après avoir vu d'innombrables clichés de Bertine Bertilsen et quelques-uns de Helene Røed, il n'aurait su affirmer avec certitude que ces têtes étaient celles de ces deux femmes. Pas plus qu'il n'était sûr qu'il s'agisse d'authentiques têtes humaines, d'ailleurs. Merde! S'il n'avait pas été obligé de tricher un peu quand Truls Berntsen l'avait laissé tomber, ils l'auraient évidemment cru, avec des preuves visuelles si solides, mais là, il risquait de voir tout cela interprété comme un nouveau bluff et d'être fini pour de bon. Devait-il appeler la police tout de suite? Les enquêteurs pourraient-ils arriver avant que le tueur file?

Redescendant Toppåsveien pied au plancher, il se souvint d'une phrase que le type avait prononcée. *Et puis vous remonterez dans votre voiture et vous rentrerez directement chez vous.*

Donc il craignait que Våge ne l'attende. Pourquoi?

Cette rue était peut-être la seule voie menant hors de cette forêt.

Il ralentit, pianota sur son téléphone en gardant un œil sur la route alors que s'affichait la carte qu'il avait consultée à l'aller. Après examen, il conclut que si le gars était venu en voiture, son véhicule ne pouvait être garé que dans deux rues. Våge roula tout en bas de Toppåsveien et remonta l'autre rue possible, qui se terminait là où commençait le chemin de forêt. Pas de voiture. Bon, alors le gars était peut-être descendu à pied de la route principale avant de monter à la forêt. Avait-il marché à la lueur des réverbères dans un quartier résidentiel tranquille, au risque que les propriétaires des villas le voient alors qu'il transportait deux têtes et un pot de peinture dans son sac à dos ? Peut-être. Peut-être pas.

Våge étudia la carte. Monter au sommet de la colline pour regagner la route principale par l'arrière semblait peu praticable, le terrain était escarpé, apparemment sans aucun sentier. En revanche, il en repéra un qui partait de la falaise d'escalade et descendait vers une zone d'habitation et un terrain de foot, d'où on pouvait ensuite récupérer la route principale par celle qui passait devant le centre commercial de Kolsås, le tout sans jamais se trouver à proximité de Toppåsveien.

Våge réfléchit.

Si le gars était dans la forêt et que Våge avait été à sa place, il n'avait aucun doute sur la trajectoire qu'il aurait adoptée.

Harry se réveilla brusquement. Il n'en avait pas eu l'intention, mais il s'était endormi. Avait-il été réveillé par un bruit ? Un objet renversé par une rafale dans la cour de l'immeuble, peut-être ? Ou un rêve, un cauchemar ? Il se tourna et entrevit dans la pénombre la tête détournée, les cheveux noirs répandus sur l'oreiller blanc. Rakel. Elle bougea. Elle avait peut-être été réveillée par le même bruit ou perçu que lui était réveillé, c'était habituellement le cas.

« Harry ? murmura-t-elle d'une voix ensommeillée.

— Hmm. »

Elle pivota vers lui.

Il lui caressa les cheveux.

« Restons dans le noir, chuchota-t-il.

— D'accord. Tu veux que je…

— Chut. Ne dis rien… Quelques secondes. »

Dans l'obscurité, il passa la main sur sa gorge, son épaule, ses cheveux.

« Tu fais comme si j'étais Rakel. »

Il ne répondit pas.

« Tu sais quoi ? dit-elle en lui caressant la joue. Ça me va. »

Il sourit, l'embrassa sur le front. « Merci. Merci, Alexandra. J'ai fini, maintenant. Cigarette ? »

Elle tendit la main vers la table de chevet. D'habitude, elle fumait une autre marque, mais aujourd'hui elle avait acheté un paquet de Camel, parce que c'était ce que lui fumait autrefois et qu'elle n'avait pas de préférences nettes. Un téléphone s'éclaira sur la table, elle le passa à Harry, qui regarda l'écran.

« Désolé, il faut que je réponde. »

Elle eut un sourire las, alluma le briquet. « Tu ne reçois jamais de coup de fil auquel tu ne sois pas obligé de répondre, Harry. Tu devrais essayer, parfois, c'est drôlement agréable.

— Krohn ?

— Euh… bonsoir, Harry. Il s'agit de Røed.

— Je m'en doutais, oui.
— Il voudrait changer sa déposition.
— Ah bon?
— Il affirme maintenant avoir eu une entrevue secrète avec Susanne Andersen ce jour-là, dans son autre appartement, celui qui est situé Thomas Heftyes gate. Ils ont eu un rapport sexuel au cours duquel il lui a embrassé la poitrine. Il explique n'avoir pas voulu en parler plus tôt, avant tout parce qu'il avait peur de se trouver relié au meurtre, mais aussi parce qu'il voulait le cacher à sa femme. Son mensonge ayant été découvert, il craignait que changer sa version paraisse plus suspect encore. Il n'a de plus aucun témoin ou autre pour confirmer la visite de Susanne. C'est pourquoi il a eu la bêtise de maintenir qu'il ne l'avait pas vue, dans l'attente que vous ou la police trouviez le coupable ou des preuves qui le blanchiraient. Dit-il.
— Hmm. C'est son séjour au cachot qui l'a assoupli?
— Si vous voulez mon avis, c'est vous. En l'occurrence, je pense que cette strangulation l'a réveillé. Il se rend compte de l'existence de ce qu'on appelle sanction pénale, et il voit que rien ne progresse dans l'affaire et qu'il ne tiendra pas le coup pendant quatre semaines en détention provisoire.
— Quatre semaines sans cocaïne, vous voulez dire?»
Krohn ne répondit pas.
«Et la Villa Dante?
— Il continue de nier.
— OK. La police ne va pas le relâcher. Il n'a pas de témoins et, il a raison, son changement de déposition le fera passer pour un ver qui se tortille sur un hameçon dans l'espoir de s'en dégager.

— Je suis d'accord. Je voulais simplement vous tenir au courant.

— Vous le croyez ?

— Est-ce important ?

— Moi non plus, mais bon, il ment plutôt bien. Merci de m'avoir informé. »

Son téléphone à la main, le regard dans l'obscurité, Harry essaya d'assembler les pièces du puzzle. Parce que les pièces s'assemblaient, elles s'assemblaient toujours. Le problème, c'était lui, pas les pièces.

« Qu'est-ce que tu fais ? demanda Alexandra en tirant une bouffée de cigarette.

— J'essaie de voir, mais il fait tellement noir.

— Tu ne vois rien du tout ?

— Si, un peu, mais je n'identifie pas quoi.

— Dans le noir, l'astuce est de ne pas regarder directement l'objet, mais légèrement à côté, on voit plus facilement.

— C'est ce que je fais, mais on dirait que c'est justement là que se trouve l'objet.

— Sur le côté ?

— Oui. On dirait que la personne que nous cherchons est dans notre champ de vision, que nous l'avons vue, mais sans savoir que c'était elle.

— Comment l'expliques-tu ?

— Ah ça..., soupira-t-il. J'en ignore tous les mécanismes, alors je ne vais pas tenter d'explication.

— Il y a des choses qu'on sait, c'est tout ?

— Ça n'a rien de mystique. Il s'agit simplement de résultats que notre cerveau trouve en connectant des informations qui sont là, mais qu'il omet de nous expliquer en détail, il se contente de nous donner la conclusion.

— Oui, répondit-elle doucement, tirant une bouffée

avant de lui passer la cigarette. Comme le fait que je sais que Bjørn Holm a tué Rakel.»

Harry lâcha sa cigarette sur la couette. Il la rattrapa et la glissa entre ses lèvres.

«Tu le sais?»

Il aspira une bouffée.

«Oui et non. C'est ce dont tu parlais. Une information à laquelle le cerveau aboutit sans même qu'on essaie ou qu'on le veuille. Tu as le résultat, mais pas le calcul, et tu dois refaire l'opération en sens inverse pour voir à quoi ton cerveau a pensé pendant que toi, tu avais la tête ailleurs.

— Et qu'a pensé ton cerveau?

— Qu'après avoir découvert que c'était toi, le père de l'enfant qu'il pensait être le sien, Bjørn a voulu se venger. Il a tué Rakel en orientant les preuves vers toi. Tu m'as dit que c'était toi qui avais tué Rakel, parce que tu as le sentiment que c'était ta faute.

— C'était ma faute. C'est ma faute.

— Bjørn Holm a voulu te faire éprouver la douleur qu'il ressentait, non? Te faire perdre ce que tu aimais le plus. Faire en sorte que tu te sentes coupable. Je pense parfois à la solitude dans laquelle vous avez dû vous trouver. Deux amis qui n'ont pas d'amis. Séparés par… des choses qui arrivent. Et maintenant, vous n'avez plus non plus les femmes que vous aimiez.

— Hmm.

— Ça fait mal comment?

— Mal.» Harry tira désespérément sur sa cigarette. «J'ai failli l'imiter.

— Attenter à ta vie?

— Je dirais plutôt mettre fin à mes jours. Il ne restait plus beaucoup de vie à laquelle attenter.»

Harry lui tendit la cigarette, consumée presque

jusqu'au filtre. Elle l'écrasa dans le cendrier, se lova contre lui.

« Je peux être Rakel encore un peu si tu veux. »

Terry Våge essaya de s'abstraire, d'exclure le bruit exaspérant de la drisse qui battait contre le mât de pavoisement. Il s'était garé au modeste centre commercial de Kolsås. Les magasins étant fermés, les voitures n'étaient pas très nombreuses sur le parking, mais suffisamment pour lui éviter de se faire remarquer par les rares véhicules qui descendaient de la zone d'habitation. En une heure et demie, il en avait compté quarante. Il les photographiait sans flash quand ils roulaient sous la lumière du réverbère à seulement quarante ou cinquante mètres de lui, la qualité des images lui permettait tout à fait de lire les numéros d'immatriculation.

Il s'était maintenant écoulé près de dix minutes sans le moindre passage. Il était tard, et par ce temps, à moins d'être obligés de sortir, les gens préféraient rester chez eux. Våge écouta le battement de la drisse et décida qu'il avait assez attendu. En plus, il devait publier ses photos.

Il avait eu un peu de temps pour réfléchir à la façon de procéder. Le blog pouvait reprendre à lui seul, les photos lui insuffleraient une nouvelle vie, mais pour lui donner un réel élan, il avait besoin de l'appui d'un média plus important.

Il sourit en songeant à Solstad s'étranglant en buvant son café le lendemain matin.

Puis il tourna la clef de contact, ouvrit la boîte à gants, en sortit un vieux CD rayé qu'il n'avait pas écouté depuis très, très longtemps et le glissa dans le lecteur qui avait connu des jours meilleurs. Il monta le volume de la délicieuse voix nasale de Genie et appuya sur l'accélérateur.

Ce n'était pas que Mona Daa n'en croyait pas ses oreilles. Ce qu'elle ne croyait pas, c'était l'histoire qu'elle venait d'entendre et celui qui l'avait racontée. Cependant, elle avait aussi des yeux pour voir et c'est pourquoi elle était en train de changer d'avis sur le récit de Terry Våge. Elle avait décroché son téléphone presque par inadvertance, histoire de se libérer des monologues prétentieux d'Isabel May dans la série *1883*, et avait abandonné Anders sur le canapé pour répondre dans la chambre. L'agacement que lui causaient les paroles de sagesse de May n'était pas amoindri par le fait qu'elle soupçonnait Anders d'être amoureux d'elle.

Mais tout cela était chassé de son esprit à présent.

Elle regarda les photos que Våge lui avait envoyées pour étayer son histoire et sa proposition. Il avait photographié au flash, et même de nuit, avec le vent qui faisait bouger les têtes, les images étaient parfaitement nettes.

« Je vous ai envoyé une vidéo aussi, pour que vous voyiez que c'est moi qui y étais », précisa Våge.

Elle ouvrit la vidéo et n'eut plus de doute. Même Terry Våge n'était pas assez dérangé pour concocter un mensonge aussi dément.

« Il faut que vous appeliez la police, dit-elle.

— C'est fait. Les policiers sont en route, ils trouveront les marques de peinture réfléchissante, je doute qu'il ait pris le temps de les enlever. Il n'est pas impossible qu'il ait même laissé les têtes. Quoi qu'ils découvrent, ils vont le rendre public, ce qui signifie que vous disposez de peu de temps pour décider si vous voulez la photo.

— Quel est votre prix ?

— J'en parlerai avec votre rédactrice en chef. Comme je vous le disais, la seule photo que vous puissiez prendre est celle légèrement floue, que j'ai indiquée, et la référence à mon blog doit figurer dans la première phrase après le chapeau. Il faut aussi expliquer clairement qu'il y a d'autres photos et une vidéo sur mon blog. Ça vous paraît bien ? Ah oui, et puis encore une chose. L'article, l'article sur mon article, donc, ne doit bien sûr contenir que votre nom et votre nom seul en signature, Mona. Je suis une personne extérieure. »

Elle contempla encore les photos, frissonna. Pas en raison de ce qu'elle voyait, mais de la manière dont il avait prononcé son prénom. La moitié d'elle avait envie de crier non et de raccrocher, mais c'était la moitié qui n'était pas au boulot. Elle ne pouvait pas ne rien faire, et puis, au final, ce n'était pas à elle de prendre la décision, bénie soit la responsabilité des rédacteurs en chef.

« Ça me va.

— Bien. Demandez à votre rédactrice en chef de m'appeler dans cinq minutes, d'accord ?

— D'accord. »

Mona raccrocha, tapa le nom de Julia. En attendant qu'elle réponde, elle sentit les battements de son cœur emballé et perçut l'écho que pouvaient renvoyer neuf mots. *Votre nom et votre nom seul en signature, Mona.*

38

Jeudi

Armée de sa loupe, Alexandra examinait la tête de Helene Røed, millimètre par millimètre. Elle s'y était attelée dès son arrivée le matin et on approchait maintenant de l'heure du déjeuner.

« Tu peux venir voir, Alex ? »

Elle interrompit sa chasse aux traces et se rendit à l'autre bout de la paillasse, où Helge travaillait sur la tête de Bertine Bertilsen. Jamais elle n'aurait autorisé quelqu'un d'autre à abréger ainsi son prénom en un nom de garçon, mais cela paraissait tellement naturel dans sa bouche, presque affectueux, comme s'il parlait à sa sœur.

« Qu'est-ce qu'il y a ?

— Ça. » Helge baissa la lèvre inférieure en décomposition et tint sa loupe au-dessus des dents du bas. « Là. On dirait de la peau. »

Alexandra approcha. C'était à peine visible à l'œil nu, mais sous la loupe, il n'y avait aucun doute. Un fragment blanc, desséché, qui dépassait entre deux dents.

« Bon sang, Helge ! C'est de la peau, en effet. »

Il était onze heures cinquante-neuf. Katrine regarda les journalistes dans la salle de conférences. L'assistance était aussi nombreuse que la dernière fois. Elle nota que Terry Våge était assis à côté de Mona Daa. Rien de très étonnant quand on pensait à ce qu'il avait servi à *VG*. Elle avait néanmoins l'impression que Daa n'était pas très à l'aise. À l'arrière de la salle, elle remarqua un homme qu'elle n'avait jamais vu. Sans doute le correspondant d'une revue paroissiale ou d'un quotidien chrétien, puisqu'il arborait un col romain. Il se tenait singulièrement droit, la regardait dans les yeux, comme un élève attentif, avec le sourire permanent et l'œil fixe d'une marionnette de ventriloque. Tout au fond, adossé au mur, les bras croisés, elle aperçut Harry. Puis la conférence de presse commença.

Kedzierski rendit compte des événements : après avoir été informée par le journaliste Terry Våge, la police s'était rendue à Kolsåstoppen, où elle avait trouvé les têtes de Bertine Bertilsen et de Helene Røed. Våge avait fait une déposition et, en l'état actuel des choses, la police n'entendait pas l'inculper pour son rôle dans l'affaire. Bien sûr, on ne pouvait exclure que deux personnes ou plus aient collaboré sur les meurtres, mais au vu de la situation, Markus Røed serait libéré.

Ensuite, comme un écho à la nuit précédente, une tempête de questions s'abattit sur eux.

Bodil Melling était montée sur l'estrade pour répondre aux questions d'ordre général et – Katrine était prévenue – aux éventuelles questions sur Harry Hole.

« En l'occurrence, je pense que le mieux serait que vous ne mentionniez pas du tout Hole dans vos réponses », avait déclaré la directrice des affaires criminelles.

Ne devait pas être mentionné non plus le nouvel alibi de Røed – il se trouvait dans un club gay au moment des deux meurtres – dans la mesure où le procédé employé pour obtenir cette information restait extrêmement douteux.

Les premières questions portèrent sur les têtes, Katrine répondit par les formules habituelles, ils ne pouvaient ou ne voulaient pas répondre.

« Cela signifie-t-il que vous n'avez pas non plus trouvé d'indices sur le lieu du crime ?

— Ce que j'ai dit, c'est que nous ne pouvions pas commenter, rappela Katrine, mais je pense que nous pouvons affirmer que Kolsås n'est pas une scène de crime. »

Certains des reporters les plus aguerris rirent doucement.

On parla encore de certains aspects techniques, puis vint la première question épineuse.

« Est-ce embarrassant pour la police de devoir libérer Markus Røed quatre jours après l'avoir placé en détention provisoire ? »

Katrine regarda Bodil Melling, qui baissa le menton pour lui signaler qu'elle se chargeait de répondre.

« La police enquête sur cette affaire comme sur toutes les autres, avec les outils dont elle dispose. L'un de ces outils est la détention provisoire de personnes incriminées par certains indices, afin de limiter le risque d'évasion ou de destruction de preuves. Cela ne revient pas à dire que la police est convaincue de tenir le coupable ni que cette détention provisoire était une erreur si jamais la suite de l'enquête conduit à ce qu'elle ne soit plus nécessaire. Avec les informations dont nous disposions dimanche, nous referions la même chose. Donc non, ce n'est pas embarrassant.

— Mais là, ce n'est pas l'enquête qui a conduit à ce résultat, c'est Terry Våge.

— Avoir des lignes téléphoniques ouvertes pour permettre aux gens de nous transmettre des renseignements, ça fait partie de l'enquête. C'est aussi notre travail de trier tous ces renseignements, et le fait que nous ayons pris au sérieux l'appel de Våge est un exemple de bonne évaluation de notre part.

— Êtes-vous en train de dire qu'il n'était pas facile d'évaluer dans quelle mesure on pouvait prendre Våge au sérieux ?

— Aucun commentaire », répondit Melling d'un ton sec, mais Katrine nota l'ombre d'un sourire.

Les questions fusaient de toutes parts à présent, mais Melling répondait avec calme et assurance. Katrine se demandait si elle avait pu se tromper sur cette femme, qui, en fin de compte, n'était peut-être pas qu'une simple morne carriériste.

Disposant de quelques instants pour observer de nouveau l'assistance, Katrine vit Harry sortir son téléphone, regarder l'écran et quitter la salle à grands pas.

Lorsque Melling eut terminé et que ce fut le tour du journaliste suivant dans l'ordre de passage décidé par Kedzierski, Katrine sentit son téléphone vibrer dans sa poche. Melling répondit à cette question aussi. Katrine vit Harry revenir, croiser son regard et le soutenir en montrant son propre téléphone. Elle comprit, sortit discrètement son portable sous la table. Le SMS venait de Harry.

L'Institut ML a l'ADN et quatre-vingts pour cent de correspondance.

Katrine relut le message. Quatre-vingts pour cent de correspondance ne signifiait pas que le profil génétique correspondait à quatre-vingts pour cent, car on aurait alors pu inclure l'humanité entière et tout le règne animal jusqu'aux limaces. Dans ce contexte, quatre-vingts pour cent de correspondance signifiait qu'il y avait quatre-vingts pour cent de chances que ce soit la bonne personne. Elle sentit son rythme cardiaque changer radicalement. Le journaliste avait eu raison sur le fait qu'ils n'avaient pas trouvé de traces autour de l'arbre, à Kolsåstoppen, donc ceci était tout bonnement formidable. Quatre-vingts pour cent, ce n'était pas cent pour cent, mais c'était… quatre-vingts. Il n'était guère que midi, l'analyse n'était pas encore achevée, les chiffres pouvaient toujours augmenter dans la journée. Pouvaient-ils aussi baisser ? À vrai dire, elle n'avait pas tout saisi, les fois où Alexandra avait expliqué les subtilités de l'analyse d'ADN. Quoi qu'il en soit, elle avait envie de se lever et de se précipiter dehors au lieu de rester ici à nourrir les vautours. Maintenant qu'ils avaient enfin une piste, un nom ! Quelqu'un qui figurait dans leur fichier, donc sans doute quelqu'un qui avait déjà eu une condamnation, ou au moins été arrêté. Un…

Une idée lui vint.

Pas Røed ! Oh non, faites que ce ne soit pas Røed ! Elle n'avait pas la force de se lancer une fois encore dans ce cirque. Elle ferma les yeux et se rendit compte que la salle était devenue silencieuse.

« Bratt ? »

C'était la voix de Kedzierski.

Katrine rouvrit les yeux, présenta ses excuses et demanda au journaliste de répéter sa question.

« La conférence de presse est terminée, déclara Johan Krohn. Voici ce qu'écrit *VG.* »

Il tendit son téléphone à Markus Røed.

Installés à l'arrière d'un SUV, ils étaient en route pour l'appartement d'Oslobukta. On les avait fait sortir de l'hôtel de police par un tunnel pour éviter les journalistes. Krohn avait loué une voiture et du personnel auprès de Guardian, une société de gardiennage et de sécurité à laquelle Røed avait fait appel par le passé. Harry Hole le leur avait conseillé pour une raison simple : à un moment donné, six personnes s'étaient trouvées dans une pièce autour de quelques rails de cocaïne verte, et parmi elles, trois avaient été tuées par quelqu'un qui, de plus en plus, apparaissait comme un tueur en série fou. La probabilité que les trois autres soient visées à leur tour n'était peut-être pas très élevée, mais suffisamment pour qu'il soit raisonnable de s'isoler temporairement avec des gardes du corps dans un appartement sécurisé. Après réflexion, Røed avait accepté. Krohn soupçonnait les deux hommes à la nuque épaisse de chez Guardian, à l'avant du véhicule, de s'être inspirés des services secrets américains tant dans le choix de leurs costumes et de leurs lunettes de soleil que dans leur régime sportif. Il n'aurait su affirmer si c'était leur masse musculaire ou un gilet pare-balles qui donnait l'air si ajusté à leurs costumes Dressmann noirs, mais il était certain que Røed était entre de bonnes mains.

« Ha ! s'exclama Røed. Écoutez… »

Krohn avait évidemment lu le commentaire de Daa, mais il supporterait de l'entendre encore une fois.

« Melling affirme que la libération de Markus Røed n'est pas embarrassante, et elle a raison. C'est sa mise en détention provisoire qui l'était. Tout comme, il y a un certain nombre d'années, Økokrim a ruiné sa réputation en traquant désespérément des capitalistes et des grands patrons en vue, la brigade de Melling s'est laissé prendre par son désir d'ajouter un trophée à son tableau de chasse. On peut aimer ou ne pas aimer Røed, et on peut être un fervent partisan de l'égalité devant la loi, mais ce n'est pas en attaquant plus durement le riche que le pauvre qu'on fait avancer la justice dans le monde. Le temps perdu à chasser les honneurs, la police aurait pu l'employer à chasser ce dont tout porte à croire qu'il s'agit ici : un tueur en série dérangé. »

L'avocat se tourna vers Røed « Qu'allez-vous faire, maintenant ?

— Bonne question. Eh bien, que font les détenus libérés ? La fête, bien sûr ! » Røed rendit son téléphone à Krohn.

« Je vous le déconseille. Les yeux de la nation entière sont tournés vers vous et Helene… »

Røed dodelina de la tête.

« Son corps n'est pas encore refroidi, vous voulez dire ?

— Quelque chose comme ça, oui. En plus, j'aimerais autant qu'il n'y ait pas trop de passage chez vous.

— À savoir ?

— Que vous restiez dans l'appartement, seulement vous et vos deux nouveaux camarades. Du moins dans un premier temps. Vous pouvez travailler à domicile.

— Soit, répondit Røed, mais j'ai besoin d'un truc pour… me remonter le moral. Si vous voyez ce que je veux dire.

— Je crois que je comprends, soupira Krohn. Ça ne peut pas attendre ? »

Røed rit, posa la main sur l'épaule de Krohn. « Mon pauvre cher Johan, si gentil. Vous n'avez pas beaucoup de vices, mais vous n'avez pas dû vous amuser beaucoup non plus. Je vous promets de ne pas prendre de risque. En l'occurrence, j'ai envie de conserver cette belle et unique… »

Il dessina un cercle autour de sa tête.

« Bien. »

Krohn observa par la fenêtre la silhouette en diagramme à barres du quartier Barcode, des immeubles sévères au dessin néanmoins ludique, qui avaient transporté Oslo dans le siècle présent. Il refoula la pensée qui l'avait brièvement traversé : si Markus Røed était décapité, il ne portera pas le deuil très longtemps.

« Fermez la porte, si vous voulez bien », demanda Bodil Melling en contournant son bureau.

Katrine referma derrière Harry et elle et rejoignit Sung-min, qui était déjà installé.

« Qu'avons-nous ? » fit Melling en s'asseyant en bout de table.

Son regard était dirigé sur Katrine. Cette dernière désigna Harry. Qui s'installait.

« Eh bien », dit Harry, marquant une pause le temps de trouver sa position de prédilection, à moitié vautré. Katrine lut de l'impatience sur le visage de la directrice des affaires criminelles. « L'Institut médico-légal m'a appelé et…

— Pourquoi vous ? coupa Melling. S'ils ont des informations à communiquer, ils devraient appeler la direction de l'enquête.

— Peut-être. Toujours est-il qu'ils ont dit que…

— Non, je voudrais tirer cela au clair d'abord. Pourquoi n'ont-ils pas contacté la direction de l'enquête ? »

Harry grimaça, réprima un bâillement et regarda par la fenêtre, comme si cette question ne le concernait pas.

« Ce n'était peut-être pas correct d'un point de vue formel, tenta Katrine, mais ils ont appelé la personne qui, dans les faits, a mené cette enquête. Mené dans le sens "été devant". On peut continuer ? »

Les deux femmes échangèrent un regard.

Katrine était consciente que ce qu'elle avait dit, sa façon de le dire, aussi, pouvait être perçu comme une provocation. Peut-être l'était-ce, d'ailleurs. Et alors ? Ce n'était pas le moment de se livrer à une guerre de clochers et des concours de celui qui pisse le plus loin. Melling s'en rendait peut-être compte.

« Vous avez raison, Bratt. Continuez, Hole. »

Harry fit un signe de tête vers la fenêtre, comme s'il avait eu une conversation muette avec quelqu'un dehors, avant de se retourner.

« Hmm. Ils ont trouvé un fragment de peau entre les dents de Bertine Bertilsen. D'après les techniciens d'autopsie, il ne tenait pas très bien et aurait disparu si elle s'était rincé la bouche ou brossé les dents, on peut donc raisonnablement penser qu'il s'est retrouvé là juste avant qu'elle meure. Par exemple, si elle a mordu le tueur. Il y a un profil génétique provisoire avec une correspondance très probable dans le fichier.

— Un criminel ?

— Jamais condamné, mais oui.

— Quel est le niveau de probabilité ?

— Suffisant pour qu'il soit conseillé de l'arrêter, dit Harry.

— Selon vous. Nous n'avons pas les moyens de nous livrer à une autre arrestation que la presse…

— C'est notre homme. »

Harry avait parlé bas, mais ses paroles semblaient résonner dans la pièce.

Melling regarda Katrine, qui acquiesça de la tête.

« Et vous, Larsen ?

— Dans leur dernier message, les gens de l'Institut médico-légal, ils indiquent une probabilité de quatre-vingt-douze pour cent, déclara Sung-min. C'est notre homme.

— Bien, fit Melling en tapant dans ses mains. Allez-y. »

Ils se levèrent.

Alors qu'ils sortaient, Melling retint Katrine.

« Ce bureau vous plaît, Bratt ? »

Katrine la regarda avec incertitude. « Oui, vous êtes bien, ici. »

Melling passa la main sur le dossier d'une chaise à la table de réunion. « Je vous pose la question, parce qu'on m'a fait comprendre que je serais peut-être transférée dans un autre bureau. Si tel est le cas, celui-ci se libérera. » Elle lui sourit avec une chaleur que Katrine ne lui connaissait pas. « Mais je ne veux pas vous retenir, Bratt. »

39

Jeudi

Chou ornemental

Harry pénétra dans le cimetière. Pour fleurir une tombe, le fleuriste de Grønlandsleiret lui avait recommandé le chou ornemental, une belle allure florale et des couleurs qui ne feraient qu'embellir avec la baisse des températures au fil de l'automne.

Une branche pendait à demi sur la pierre tombale, elle avait dû casser pendant la tempête. Il la ramassa, la déposa au pied du tronc, puis revint s'accroupir auprès de la sépulture et creusa la terre avec ses mains pour enfouir le pot.

« On l'a trouvé, dit-il. Je pensais que tu voudrais le savoir, parce que je pars du principe que tu suis ce qui se passe. »

Il leva les yeux sur le ciel bleu fraîchement repassé.

« J'avais raison de penser que c'était quelqu'un en marge de l'affaire, que nous avions vu sans le voir, mais pour tout le reste, j'avais tout faux. Comme tu le sais, je cherche toujours le mobile, je me figure que c'est ce qui va nous mettre sur la voie, mais le mobile n'est pas toujours assez clair pour être l'étoile qui nous guide dans l'obscurité, pas vrai ? Surtout pas quand il vient vraiment des tréfonds de la folie comme ici. Parce que là, moi aussi j'abandonne le *pourquoi* et je me concentre sur le *comment*. À Ståle et aux gens de son espèce de s'occuper du malingre *pourquoi* ensuite. » Harry s'éclaircit la gorge. « Que j'arrête de tourner autour du pot et que j'en vienne au *comment* ? Bon, OK. »

Il était quinze heures quand Øystein Eikeland s'engagea sur Jernbanetorget, où il avait retrouvé Harry une semaine et demie plus tôt. Cela semblait une éternité. Il dépassa la statue du tigre et aperçut Al plié en deux, s'appuyant contre le mur de l'ancien bâtiment de la gare centrale. Il le rejoignit.

« Comment ça va, Al ?

— J'ai pris une saloperie », répondit ce dernier, avant de vomir encore et de se redresser. Il s'essuya la bouche sur la manche de sa parka. « Sinon, ça va. Et toi ? *Long time...*

— Oui, j'étais occupé. » Øystein contempla la flaque de vomissures. « Tu te souviens quand je t'ai interrogé sur la soirée chez Markus Røed et que je t'ai dit que c'était parce que je me demandais qui était l'autre gars qui vendait de la coca ?

— Il la distribuait gratuitement, mais oui, qu'est-ce qu'il a ?

— J'aurais dû t'expliquer que je te posais la question parce que je travaillais pour un détective privé.

— Ah ? » Al fixa ses yeux bleus sur Øystein. « Le policier qui est venu ici, Harry Hole ?

— Tu sais qui c'est ?

— Ben, je lis le journal !

— Vraiment ? Je ne pensais pas.

— Pas très souvent, mais une fois que tu m'avais parlé des deux filles de la soirée, j'ai suivi l'affaire.

— Ah oui ?»

Øystein promena son regard alentour. La place était fidèle à elle-même. Même clientèle. Des touristes qui avaient l'air de touristes, des étudiants qui avaient l'air d'étudiants, des acheteurs qui avaient l'air d'acheteurs. Il aurait dû s'en tenir là. Il allait s'en tenir là. Plus exactement, il allait partir d'ici tout de suite. Pourquoi fallait-il toujours qu'il exagère, pourquoi ne pouvait-il pas s'en tenir au message de Kief sur la modération ? Sa mission consistait uniquement à désigner Al dans la foule et à le distraire un peu, mais non, il fallait toujours qu'il…

« Ou est-ce que tu as fait un peu plus que suivre l'affaire, Al ?

— Quoi ?»

Les yeux d'Al s'écarquillèrent, on voyait le blanc tout autour des iris maintenant.

« Il a rencontré les filles à la soirée, ou alors il les avait peut-être approvisionnées en cocaïne par le passé, expliqua Harry à la tombe. Elles devaient lui plaire. Ou alors il les détestait. Qui sait ? Et peut-être qu'il leur plaisait à toutes les trois aussi, c'est un beau garçon et, apparemment, il a un certain charisme. Øystein appelle ça le charisme de la solitude. Donc, oui, c'est peut-être ça qui lui a permis de les entraîner avec lui. Ou alors il les a attirées avec la cocaïne. Il n'était pas chez lui pendant la descente dans son appartement ce matin, d'après Øystein il travaille à heures fixes sur la place. Célibataire, manifestement, mais le lit est fait. Ils n'ont pas trouvé les têtes, il a dû s'en débarrasser, et pas mal d'autres choses intéressantes. Toutes sortes de couteaux. Du porno hard. Des clefs de voiture. Une grande photo de Charles

Manson au-dessus de son lit. Une *snuff bullet* en or avec les initiales B.B., aussi. Je te fiche mon billet que quelqu'un qui connaissait Bertine pourrait l'identifier comme lui ayant appartenu. Elle contenait de la cocaïne verte. Pas mal, cette histoire, non ? Alors écoute ça. Sous le lit, il y avait huit kilos de cocaïne blanche qui paraissait relativement pure. La cocaïne, donc. Un peu coupée, on parle d'une valeur marchande dans la rue de plus de dix millions de couronnes. Il n'a pas de casier, mais il s'est fait arrêter deux fois. Dont une dans le cadre d'une affaire de tournante. Apparemment, il n'était même pas présent sur le lieu du viol, mais c'est comme ça qu'il a atterri dans le fichier d'ADN. On n'a pas eu le temps de fouiller dans son passé et son enfance, mais je ne perdrais sans doute pas gros en misant sur quelque chose de pas jojo. Donc voilà. » Harry consulta sa montre. « Ils doivent être en train de l'arrêter à peu près maintenant, je pense. Il passe pour être prudent limite parano, et compte tenu de cette information, de sa collection de couteaux et de la foule là où il se trouve actuellement, ils ont décidé de se servir d'Øystein comme d'une diversion. Ce n'est pas une bonne idée d'impliquer des amateurs, si tu veux mon avis, mais apparemment c'était un souhait qui venait d'en haut. »

« Qu'est-ce que tu veux dire, putain ? demanda Al.

— Rien », dit Øystein, les yeux sur les mains d'Al, qui étaient enfouies dans les poches de sa parka.

Il se rendit compte qu'il était peut-être en danger. Alors pourquoi était-il encore ici à faire durer le plaisir ? Il observa les mains d'Al. Qu'avait-il dans ses poches ? Et à cet instant, il comprit ce qu'il aimait dans cette situation : enfin, et pour une fois, il était au centre ; en ce moment, une radio grésillait des « Pourquoi est-il encore là ? », « Il a des nerfs d'acier ou quoi ? », « Il a un sacré sang-froid, putain ! ».

Soudain, Øystein vit deux points lumineux rouges danser au niveau du torse d'Al.

Son temps sous les feux de la rampe était écoulé.

« Passe une journée potable, Al. »

Øystein lui tourna le dos et se dirigea vers l'arrêt de bus.

Au passage d'un bus rouge, il vit dans le reflet mouvant des vitres trois personnes avancer sur la place en glissant la main dans leurs vestes.

Il entendit le cri d'Al, qui se faisait plaquer au sol. Deux policiers braquaient leurs pistolets sur son dos, le troisième le menottait. Puis le bus ne fut plus là et toute la perspective de Karl Johans gate s'ouvrit à Øystein, jusqu'au Palais royal ; il voyait la foule de passants qui venaient dans sa direction ou s'éloignaient, et il songea une seconde à toutes les personnes qu'il avait rencontrées et quittées dans sa vie.

Harry se redressa, les genoux ankylosés. Il contempla la plante aux reflets roses, qui était donc un chou. Il leva les yeux vers le nom gravé sur la pierre tombale. Bjørn Holm.

« Bon voilà, maintenant tu sais ça, Bjørn, et moi je sais où tu reposes. Je reviendrai peut-être un jour. Au fait, tu manques aussi aux gens du Jealousy. »

Harry retourna vers le portail par lequel il était entré.

Il sortit son téléphone, appela encore le numéro de Lucille.

Toujours pas de réponse.

Debout à la fenêtre, Mikael Bellman écoutait Vivian lui livrer un bref compte rendu de l'arrestation réussie sur Jernbanetorget.

« Merci, dit-il, alors que, comme toujours, son regard s'orientait vers le centre des événements. Je ne serais pas contre m'exprimer sur le sujet. Un communiqué de presse louant le travail sans relâche de la police, son éthique du travail, son professionnalisme dans les affaires difficiles. Vous pourriez me rédiger un brouillon ?

— Bien sûr. »

Il entendit l'enthousiasme dans sa voix, c'était la première fois qu'il lui confiait le processus d'écriture dès le début, mais il perçut aussi une hésitation.

« Qu'y a-t-il, Vivian ?

— Vous ne craignez pas que l'on puisse avoir l'impression que vous préjugez l'affaire ?

— Non.

— Non ? »

Bellman se tourna vers elle. Qu'est-ce qu'elle était jolie ! Vive ! Mais si jeune… Commençait-il à les préférer un peu plus âgées ? Sages plutôt qu'intelligentes ?

« Vous l'écrirez comme un éloge général des policiers du pays entier. Un ministre de la Justice ne commente pas les affaires isolées. Libre à ceux qui le voudront, ensuite, de relier le message à l'élucidation de cette affaire concrète.

— Mais cette affaire est sur toutes les lèvres, la plupart des gens feront sans doute le lien.

— Je l'espère bien, répondit Bellman en souriant.

— Et ce sera perçu comme… ? » Elle le regarda avec incertitude.

« Vous savez pourquoi les Premiers ministres

envoient des télégrammes de félicitations quand un athlète gagne une médaille d'or aux JO d'hiver ? C'est parce que ces messages se retrouvent dans les journaux et le Premier ministre peut ainsi se dorer un peu dans l'éclat de la médaille et rappeler à la population qui a réuni les conditions pour qu'une si petite nation puisse remporter tant de récompenses. Notre communiqué devra être correct, mais montrer en même temps que je suis sur la même longueur d'onde que le peuple. Nous avons mis un tueur en série vendeur de stupéfiants sous les verrous, et ça, c'est encore mieux qu'un riche. Nous avons décroché la médaille d'or. Vous comprenez ? »

Elle hocha la tête. « Je crois. »

40

Jeudi

Absence de peur

Terry Våge brandit la chaise – à hauteur de hanche, simplement, il n'arrivait pas à la soulever plus haut – et la projeta dans le mur.

« Putain, putain, putain ! »

Il n'avait pas été difficile de trouver les propriétaires des véhicules qui étaient passés devant le centre commercial de Kolsås. Il suffisait de taper REGNR[1] sur Internet et d'inscrire le numéro d'immatriculation, et ensuite, moyennant une certaine somme, on obtenait le nom et l'adresse du propriétaire. Cela lui avait coûté plus de deux mille couronnes et quelques heures de travail, mais il disposait enfin d'une liste exhaustive de quarante noms et numéros de téléphone et s'apprêtait à commencer à les appeler, mais voilà que *VG* annonçait sur son site que le gars s'était fait prendre. Arrêté sur Jernbanetorget !

La chaise ne se renversa pas, mais lui revint en roulant sur le sol qui n'était pas plan, comme pour lui proposer de plutôt s'asseoir et de réfléchir calmement à la situation.

1. Pour *registreringsnummer* : numéro d'immatriculation.

Enfouissant sa tête dans ses mains, il essaya de faire ce que lui suggérait sa chaise.

Son projet avait donc été de décrocher le scoop de tous les temps, un titre qui surpasserait même les têtes qu'il avait photographiées à Kolsås. Entièrement par ses propres moyens, il allait trouver le tueur et – et c'est là qu'intervenait le génie de la chose – exiger une longue interview en exclusivité sur les meurtres et sur l'homme lui-même, sous le couvert de la pleine protection des sources. Våge lui expliquerait que cette protection des sources était verrouillée par les autorités publiques et les prémunissait tous deux contre les poursuites de la police et autres autorités. Il s'abstiendrait en revanche de préciser que le droit à la protection des sources, tout comme le secret professionnel dans certaines professions, avait ses limites, et que, en tout état de cause, il ne s'appliquait pas quand des vies étaient en danger. C'est pourquoi, sitôt l'interview publiée, Våge indiquerait à la police où trouver le tueur. Il était journaliste, personne ne pouvait lui reprocher de faire son travail, a fortiori quand c'était lui, Terry Våge, qui identifiait le coupable !

Mais on lui avait damé le pion.

Putain !

Il parcourut les sites des autres journaux. Aucun n'avait de photo du gars ni de nom. C'était le topo habituel, quand l'interpellé n'était pas un personnage médiatique, comme Markus Røed, la déontologie du journalisme imposait de ne pas publier son nom. Cette foutue bien-pensance scandinave, la protection des salauds ! Ça donnait envie d'émigrer aux États-Unis ou dans d'autres endroits où le journalisme avait un peu le champ libre. Enfin, enfin. S'il avait pu connaître le nom, qu'aurait-il pu faire ? Rien d'autre que le chercher sur sa liste et s'autoflageller parce qu'il ne l'avait pas appelé plus tôt.

Våge poussa un gros soupir. Il allait être de mauvaise humeur pendant tout le week-end. Dagnija en ferait les frais. Enfin bon, elle pouvait bien supporter ça, il lui payait tout de même la moitié de son billet d'avion.

À dix-huit heures, tous les membres du groupe Aune étaient réunis dans la chambre 618.

Øystein avait apporté une bouteille de champagne et des gobelets en plastique.

« On me l'a donnée à l'hôtel de police, précisa-t-il. En remerciement, quoi. À mon avis, ils en avaient deux, trois pour eux-mêmes. Je n'ai jamais vu autant de flics si joyeux. » Il déboucha le champagne, le versa dans les verres, que Truls distribua à la ronde, y compris à un Jibran Sethi tout sourire. Ils trinquèrent.

« On ne pourrait pas continuer ces réunions ? proposa Øystein. On ne serait pas obligés de résoudre des affaires, on pourrait juste se disputer sur… qui est le batteur le plus sous-coté, par exemple. Au passage, la bonne réponse est Ringo Starr. Le plus surfait est Keith Moon des Who, et le meilleur, John Bonham de Led Zeppelin, évidemment.

— À ce compte-là, les réunions vont être assez courtes, commenta Truls, provoquant l'hilarité générale, et la sienne plus encore lorsqu'il comprit qu'il avait bel et bien été drôle.

— Bon, bon, fit Aune de son lit quand les rires se furent apaisés. Le moment est sans doute venu de nous livrer à un petit récapitulatif.

— Ouaip ! » approuva Øystein en se balançant sur sa chaise.

Truls se contenta d'un hochement de tête.

Tous trois regardèrent Harry, dans l'expectative.

« Hmm, dit ce dernier en faisant tourner son gobelet, auquel il n'avait pas touché. Nous n'avons pas encore tous les détails et quelques questions subsistent, mais relions donc les points que nous avons et voyons s'il s'en dégage une image claire. D'accord ?

— Oyez, oyez ! » Øystein marqua son approbation en tapant des pieds.

« Nous avons donc un tueur dont nous ne connaissons pas ou ne comprenons pas le mobile, poursuivit Harry. Espérons que les auditions de la police nous l'indiqueront. Pour le reste, il me semble relativement évident que tout a commencé à la soirée de Røed. Vous vous en souvenez, je pensais qu'il fallait suivre la piste du dealer de cocaïne, mais je dois avouer que j'avais dirigé mon attention sur le mauvais dealer. C'est facile de se figurer que le gars qui porte un masque, des lunettes de soleil et une casquette est le *bad guy*. Voyons ce que nous savons sur lui avant de nous tourner vers le tueur. Ce que nous savons, c'est que ce gars était un amateur, dont les échantillons de cocaïne verte provenaient d'une saisie récente. Appelons-le le Bleu. Je devine que le Bleu est quelqu'un qu'on trouve à l'une des étapes précédant l'envoi de la drogue en analyse, autrement dit un douanier ou quelqu'un qui travaille au dépôt des saisies de la police. Ce quelqu'un comprend qu'il s'agit de drogue de première qualité, comme on n'en voit jamais, et saute sur cette bonne affaire rapide. Ensuite, ayant tout de même volé une certaine quantité de stupéfiants saisis, il doit revendre le tout en une seule transaction, à une seule personne qui aime la drogue de qualité et est en mesure de payer.

— Markus Røed, compléta Øystein.

— Exact. C'est pourquoi le Bleu insiste pour que Røed goûte. C'est lui la cible.

— Et c'est pourquoi je me suis fait accuser, ajouta Truls.

— Mais oublions le Bleu, poursuivit Harry. Markus a tout gâché pour ce pauvre bougre en éternuant sur la table, Al lui fournit sa cocaïne, et ravitaille sûrement les filles aussi, bien qu'elles aient eu un peu de verte d'abord. Al plaît aux filles, les filles plaisent à Al. L'une après l'autre, il les attire dans la forêt pour une promenade. C'est là que nous arrivons au grand mystère pour nous. Comment y parvient-il ? Comment obtient-il que Susanne traverse de son plein gré toute la ville pour le retrouver dans un endroit complètement perdu ? Les appâte-t-il avec une cocaïne de moyenne qualité ? Sûrement pas. Comment obtient-il que Bertine vienne de son plein gré le retrouver dans la forêt juste après qu'une fille qu'elle connaît a disparu précisément dans des circonstances similaires ? Et après ces deux meurtres, comment diable réussit-il à convaincre Helene Røed de partir avec lui pendant l'entracte de *Roméo et Juliette* ?

— Nous savons que c'est ce qui s'est passé ? demanda Aune.

— Oui, confirma Truls. La police s'est renseignée auprès de la billetterie pour savoir quelles places avaient été envoyées à Helene Røed et qui était assis à côté d'elle et les spectateurs en question ont expliqué qu'elle n'était pas revenue après l'entracte. La préposée au vestiaire se souvenait d'une femme venue chercher sa veste et d'un homme qui l'attendait un peu plus loin derrière, le dos tourné. Ça l'a marquée parce que c'étaient les seules personnes qu'elle ait vues partir à l'entracte de cette pièce.

— J'ai parlé avec Helene Røed, dit Harry. C'était une femme intelligente, capable de prendre soin d'elle-même. Je n'arrive pas à me la représenter quittant de son plein gré une pièce de théâtre qu'elle apprécie pour suivre un dealer qu'elle ne connaît pas. Pas après tout ce qui s'est passé.

— Tu rappelles constamment cette dimension du plein gré, nota Aune.

— Oui. Elles auraient dû avoir… peur.

— Ah bon ?

— Elles auraient dû être terrifiées. » Harry était assis, non plus dans sa coutumière position affalée, mais tout au bord de sa chaise, penché en avant. « Ça me rappelle une souris que j'ai vue en me réveillant à Los Angeles. Elle se dirigeait droit vers un chat, qui bien sûr l'a tuée. Et il y a quelques jours, j'ai vu la même scène se reproduire dans une cour ici, à Oslo. Je ne sais pas quel est le problème de ces souris, elles étaient peut-être droguées ou alors elles avaient perdu leur instinct naturel de peur.

— *Fear is good*, commenta Øystein. Du moins un peu. La peur de l'étranger est une notion très négativement connotée et, oui, elle a causé beaucoup de saloperies, mais la loi de la nature, dans le monde où nous vivons, c'est "manger ou être mangé", si on n'a pas suffisamment peur de ce qu'on ne connaît pas, les choses finissent toujours par partir en couille à un moment ou à un autre. Qu'est-ce que tu en dis, Ståle ?

— Oui, oui, certes. Quand les sens perçoivent ce qu'ils reconnaissent comme un danger, l'amygdale est censée sécréter des neurotransmetteurs comme le glutamate, pour que nous ayons peur. C'est un détecteur de fumée de l'évolution, et sans ça…

— On brûle dans la maison, compléta Harry. Alors qu'est-ce qui ne va pas chez ces victimes de meurtre? Et chez ces souris?»

Les quatre hommes se regardèrent en silence.

«La toxoplasmose.»

Ils se tournèrent vers le cinquième.

«Les souris ont la toxoplasmose, déclara Jibran Sethi.

— Mais encore? demanda Harry.

— La souris a ingéré un parasite qui fait que la réponse de peur est bloquée et remplacée par de l'attirance sexuelle. Elle se dirige vers le chat parce qu'elle est sexuellement attirée par lui.

— Vous déconnez», fit Øystein.

Jibran sourit. «Non. Ce parasite s'appelle *Toxoplasma gondii* et c'est même l'un des plus répandus.

— Attendez, dit Harry. On ne le trouve que chez les souris?

— Non, il peut vivre chez quasiment n'importe quel animal à sang chaud, mais le cycle passe par des animaux qui sont des proies de chats parce que, pour se reproduire, le parasite a besoin de revenir dans les intestins de l'hôte définitif, qui doit être un félidé.

— Donc, en principe, le parasite pourrait exister chez l'humain?

— Pas seulement en principe. Dans certaines régions du monde, les infections au *Toxoplasma gondii* sont très fréquentes chez les humains.

— Et ils sont alors attirés sexuellement par… euh… des chats?»

Jibran rit. «Pas à ma connaissance, mais peut-être que le psychologue est plus au courant que moi?

— Je connais bien ce parasite, j'aurais dû faire le lien, répondit Aune. Il attaque le cerveau et les yeux, et des recherches indiquent que des personnes sans problèmes psychologiques préalables se mettent à adopter des comportements anormaux. Pas des relations sexuelles avec les chats, mais de la violence, dirigée contre eux-mêmes, surtout. On dispose d'exemples de suicides qu'on pense dus à ce parasite. J'ai lu dans un article universitaire que les gens infectés au *Toxoplasma gondii* connaissaient un allongement de leur temps de réaction et couraient trois à quatre fois plus de risques d'avoir un accident de la circulation. Une étude intéressante montre que la probabilité de devenir homme d'affaires est plus forte chez les étudiants atteints de toxoplasmose. L'explication donnée est l'absence de peur de l'échec.

— L'absence de peur ? demanda Harry.

— Oui.

— Mais pas d'attirance sexuelle ?

— À quoi penses-tu ?

— Je pense au fait que ces femmes ne se sont pas contentées d'accompagner le tueur de leur plein gré, elles ont traversé la ville ou quitté une représentation théâtrale qui leur plaisait pour être avec lui. On n'a pas trouvé de signes de viol et les empreintes de pas dans la forêt suggèrent qu'ils marchaient enlacés comme des amoureux, ou des amants.

— C'est l'odeur du chat et de l'urine de chat qui attire les souris infectées, expliqua Jibran. Le parasite mange le cerveau et les yeux de la souris, mais en même temps, il sait qu'il doit retourner auprès du chat car c'est uniquement dans le milieu intestinal félin qu'il peut se reproduire. Il altère alors le cerveau de la souris et la manipule pour qu'elle soit sexuellement attirée par l'odeur de chat. Ainsi, la souris aide de son plein gré le parasite à regagner l'intestin du chat.

— Putain ! grogna Truls.

— Oui, c'est effrayant, admit Jibran, mais c'est ainsi que fonctionnent les parasites.

— Hmm. Est-il concevable que le tueur se soit fait chat pour ces femmes après les avoir infectées avec ce parasite ?

— On peut tout à fait concevoir qu'il s'agisse d'un parasite mutant ou que quelqu'un ait élevé des *Toxoplasma gondii* ayant besoin d'intestins humains comme hôtes définitifs. Je veux dire, par ces temps où même un étudiant en biologie peut se livrer à de la manipulation génétique au niveau cellulaire… Mais là, vous devriez plutôt vous renseigner auprès d'un parasitologue ou d'un microbiologiste.

— Merci. Enfin, voyons d'abord ce qu'Al a à dire. » Harry consulta sa montre. « D'après Katrine, ils l'entendront dès qu'il aura pu parler à l'avocat qui lui a été commis. »

Dans l'aile de détention provisoire de la prison d'Oslo, on osait rarement interroger le gardien en chef Groth sur l'origine de sa mauvaise humeur chronique et de son tempérament irascible. Ceux qui l'avaient fait n'étaient plus là. Contrairement à ses hémorroïdes. En garde à vue depuis vingt-trois ans, comme Groth. Il avait été interrompu dans un jeu de patience prometteur sur son ordinateur et se tordait maintenant de douleur sur sa chaise alors qu'il regardait la pièce d'identité que l'homme en face de lui avait déposée sur le comptoir. Il s'était présenté comme le défenseur de la personne arrêtée plus tôt dans la journée sur Jernbanetorget. S'il n'aimait pas les avocats en costume de luxe, Groth avait encore moins de goût pour ceux qui donnaient dans le snobisme inversé et se présentaient avec une casquette plate sur la tête comme de vulgaires dockers.

« Vous voulez qu'un surveillant soit présent dans la cellule, Beckstrøm ? demanda Groth.

— Non merci, et personne qui écoute aux portes non plus, merci, répondit l'avocat.

— Il a tué trois…

— Il est soupçonné de meurtre. »

Haussant les épaules, Groth appuya sur le bouton d'ouverture du sas.

« Le gardien de l'autre côté va vous fouiller et vous faire entrer dans la cellule.

— Merci bien. »

L'avocat reprit sa pièce d'identité et poursuivit son chemin.

« De rien, crétin. »

Groth ne se donna même pas la peine de lever les yeux de son ordinateur pour voir si l'avocat l'avait entendu.

Quatre minutes plus tard, la patience prometteuse n'avait finalement pas tenu ses promesses.

Groth entendit toussoter, il lâcha un juron, leva les yeux et eut un mouvement de surprise en voyant l'homme avec un masque chirurgical qui attendait de l'autre côté du sas, puis il reconnut la casquette et le bomber.

« La conversation n'a pas été longue, observa-t-il.

— Il a mal et n'arrête pas de crier, expliqua l'avocat. Il faut que vous appeliez un médecin, alors je reviendrai plus tard.

— Il vient d'être examiné par un médecin, qui n'a

rien trouvé et lui a donné des antidouleurs, il devrait bientôt se calmer.

— Il crie comme s'il était sur le point de mourir», précisa l'avocat en se dirigeant vers la sortie.

Groth le regarda partir. Quelque chose ne collait pas, mais il n'arrivait pas à mettre le doigt dessus. Il appuya sur le bouton de l'interphone.

«Svein, comment ça va, à la 14? Il continue de gueuler?

— Il gueulait quand j'ai fait entrer l'avocat, mais il avait arrêté quand je l'ai fait sortir.

— Tu es allé voir?

— Non. Je devrais?»

Groth hésita. Sa ligne de conduite – tracée sur l'expérience – était de laisser les détenus hurler, pleurer et geindre sans y accorder la moindre attention. Tout ce dont ils auraient pu se servir pour se faire du mal leur avait été enlevé et si on arrivait dès qu'ils chouinaient un peu, ils apprenaient vite que ça attirait l'attention, comme un bébé qui pleure. Dans la boîte, qui n'avait pas encore été rangée, se trouvaient les effets personnels du détenu de la 14. Il regarda par réflexe s'il y voyait un élément de réponse. Les sachets de cocaïne et l'argent, les Saisies les avaient déjà pris, ne restaient que des clefs de logement, de voiture et un billet de théâtre chiffonné sur lequel était écrit «Roméo et Juliette». Pas de médicaments, d'ordonnance médicale ou autre qui puissent lui donner une indication. Il se tortilla, une hémorroïde pincée entraîna un élancement et il jura à voix basse.

«Hein? fit Svein.

— Oui, dit Groth d'un ton grognon. Va donc voir ce bougre.»

Au Radiumhospital, Aune et Øystein étaient installés à une table de la cafétéria presque déserte. Truls était aux toilettes et Harry sur la terrasse, le téléphone à l'oreille, la cigarette au coin des lèvres.

« Toi qui as un doctorat sur ces trucs-là, dit Øystein en désignant Harry d'un signe de tête. Qu'est-ce qui le tracasse ?

— Le tracasse ?

— Le pousse. Il n'arrête jamais de travailler, même maintenant qu'il n'est plus payé pour enquêter et que le type est arrêté.

— Ah, ça… Il doit chercher un ordre, une réponse. C'est un besoin souvent accru quand tout le reste de sa vie n'est que chaos et semble dépourvu de sens.

— Ouais…

— Ouais ? Tu n'as pas l'air convaincu ? Et toi, qu'est-ce que tu en penses ? Quelle explication vois-tu ?

— Moi ? Ben, je dirais comme Bob Dylan quand on lui a demandé pourquoi il continuait de tourner alors qu'il était milliardaire depuis longtemps et que sa voix partait en vrille. "*It's what I do.*" »

Harry s'appuya contre le garde-corps. Son téléphone dans la main gauche, il tirait sur l'unique cigarette qu'il s'était permis de prendre dans le paquet de Camel d'Alexanda. Le principe de modération pouvait peut-être être appliqué au tabac aussi. Pendant qu'il attendait qu'on décroche, il avait remarqué quelqu'un en bas, sur le parking modestement éclairé. Un homme au visage levé vers lui. À cette distance, il était difficile de déterminer ce que c'était, mais il avait quelque chose de très blanc autour du cou. Un col de chemise tout propre, une minerve.

Ou un col romain. Harry essaya de chasser l'homme de la Camaro de son esprit. Il avait reçu son argent, pourquoi en voudrait-il à sa peau maintenant ? Une autre réflexion lui vint. Sa réponse à Alexandra quand elle lui avait demandé s'il pensait avoir tué l'homme qu'il avait frappé au larynx. *S'il était mort, je suppose que ses amis ne m'auraient pas laissé la vie sauve après.* Après. Après qu'il avait fait en sorte qu'ils obtiennent leur argent.

« Helge, j'écoute. »

Harry s'arracha à ses pensées. « Bonjour, Helge. Ici, Harry Hole. C'est Alexandra qui m'a donné votre numéro, elle m'a dit que vous seriez peut-être à l'institut, en train de travailler sur votre thèse.

— Et elle n'avait pas tort. Félicitations pour l'arrestation, au fait.

— Hmm. Je pensais vous demander un service.

— Allez-y.

— Il y a un parasite qui s'appelle *Toxoplasma gondii*.

— Ah, celui-là, oui.

— Vous connaissez ?

— C'est un parasite très répandu et je suis tout de même ingénieur en biologie.

— OK. Je me demandais si vous pourriez regarder si les victimes auraient pu être infectées par ce parasite, ou par un variant.

— Je vois. Ç'aurait été avec plaisir, mais nous n'avons pas les cerveaux, et c'est là qu'il se concentre.

— Oui, mais il est présent dans les yeux aussi, m'a-t-on dit, et le tueur a laissé un œil sur le corps de Susanne Andersen.

— Oui, c'est exact, il y en a dans les yeux, mais il

est trop tard. Les obsèques de Susanne étaient prévues aujourd'hui.

— Je sais, mais j'ai vérifié. Les funérailles ont eu lieu aujourd'hui, en effet, mais le corps est encore au crématorium. Il y a un embouteillage, elle ne sera incinérée que demain. J'ai obtenu un mandat oral par téléphone, donc je peux y aller tout de suite et vous rapporter l'œil. Ça vous irait ? »

Helge eut un rire incrédule. « D'accord, mais comment prévoyez-vous de sortir cet œil ?

— Bonne question. Des suggestions ? »

Harry attendit. Finalement, il entendit Helge pousser un soupir.

« On doit pouvoir considérer ça comme faisant partie de l'autopsie. Je m'en charge. Je vais aller au crématorium.

— La nation vous est redevable. On se retrouve là-bas dans une demi-heure. »

Katrine marchait aussi vite qu'elle le pouvait dans l'aile de détention provisoire. Sung-min était sur ses talons.

« Ouvrez, Groth ! » cria-t-elle.

Le gardien s'exécuta sans moufter. Il était sous le choc et, pour une fois, sa mine ne traduisait pas la mauvaise humeur, mais c'était une maigre consolation.

Katrine et Sung-min se glissèrent dans le sas, avancèrent vers la porte qu'un gardien leur tenait, progressèrent entre les cellules de garde à vue. Ils respiraient déjà les relents de vomissures.

La 14 était ouverte. Katrine s'arrêta sur le seuil. Par-dessus l'épaule des deux membres de l'équipe médicale, elle vit le visage de la personne allongée par terre. Enfin, le visage… La surface ensanglantée, plutôt. Une face dont les seuls éléments qui ne soient pas des chairs à vif étaient les restes blancs de l'arête nasale. Une… Katrine ignorait d'où lui venaient ces mots… lune de sang.

Elle porta son regard sur le mur contre lequel l'homme s'était manifestement tapé la tête. Il avait dû le faire très récemment, car du sang à demi coagulé coulait encore.

« Inspectrice principale Bratt, se présenta-t-elle. Nous venons d'être informés. Est-il… ? »

Le médecin leva les yeux. « Oui, il est mort. »

Elle baissa les paupières, jura intérieurement. « Est-il possible de s'exprimer sur la cause du décès ? »

Le médecin eut un ricanement sévère, secoua la tête d'un air consterné, comme si c'était une question idiote. Katrine sentit la fureur bouillonner en elle. Elle remarqua le symbole de Médecins sans frontières sur sa veste. Sûrement un de ces toubibs qui avaient passé quelques mois dans une quelconque zone en guerre et qui jouaient ensuite les cyniques endurcis jusqu'à la fin de leurs jours.

« Je vous ai demandé…

— Mademoiselle, coupa-t-il d'une voix tranchante. Comme vous le voyez, on ne peut même pas déterminer qui c'est.

— Fermez-la et laissez-moi finir de poser ma question. *Ensuite* vous pourrez l'ouvrir. Ma question est donc… »

Le médecin sans frontières riait, mais elle voyait les veines saillir sur son cou et son visage se colorer. « Vous êtes peut-être inspectrice principale, mais moi, je suis médecin et…

— Et vous venez de déclarer le suspect en garde à

vue mort, donc votre travail est terminé, le reste, c'est l'Institut médico-légal qui s'en occupera. Vous avez le choix entre répondre ici ou enfermé dans une des cellules voisines. Alors ? »

Katrine entendit Sung-min toussoter doucement à côté d'elle. Elle passa outre ce discret avertissement qu'elle allait trop loin. Merde, quoi ! Leur fête était gâchée, elle voyait d'ici les titres des journaux, « *Le suspect des meurtres meurt en garde à vue* », et maintenant que le personnage principal ne pouvait plus parler, la plus grosse affaire criminelle qu'elle ait jamais eue ne serait peut-être jamais totalement élucidée. Les proches ne sauraient jamais ce qui s'était réellement passé. Et cette espèce de toubib suffisant prenait de grands airs ?

Elle inspira, expira, inspira encore. Sung-min avait raison. C'était l'ancienne Katrine Bratt qui était remontée et rôdait à la surface, celle que cette Katrine – cette Katrine-ci – espérait enterrée pour de bon.

« Je vous prie de m'excuser, soupira le médecin en la regardant. Je suis puéril. Simplement il a l'air d'avoir souffert tellement longtemps sans que rien ne soit fait, et ça me… j'ai eu une réaction épidermique en vous en imputant la responsabilité. Je suis navré.

— Pas de souci, répondit Katrine. J'allais moi-même vous présenter mes excuses. Enfin, bref. Êtes-vous en mesure de vous prononcer sur la cause du décès ? »

Il secoua la tête. « Ça pourrait être ça. » Il montra le mur blanchi à la chaux. « Mais je n'ai encore jamais vu qui que ce soit réussir à se tuer en se tapant la tête contre un mur. Le pathologiste devrait sans doute se pencher sur ceci. » Il désigna la flaque de vomissures verdâtres sur le sol. « On m'a dit qu'il avait des douleurs. »

Katrine hocha la tête. « D'autres possibilités ?

— Eh bien, fit le médecin en se levant, que quelqu'un l'ait tué. »

41

Jeudi

Temps de réaction

Il était dix-neuf heures, et seules les lumières du laboratoire étaient allumées à la morgue. Harry contempla d'abord le scalpel dans la main de Helge, puis le globe oculaire sur une lame en verre.

« Vous êtes vraiment obligé de… ?

— Oui, c'est à l'intérieur que ça se passe, répondit Helge en incisant.

— Bon, bon. Après tout, les funérailles sont passées, je suppose que plus personne de sa famille ne va la voir.

— Et pourtant si. Ils y vont demain, mais l'employé des pompes funèbres m'a dit qu'il allait simplement mettre un second œil de verre. » Helge plaça le fragment découpé sous le microscope. « Ah, mais oui !

— Vous voyez quelque chose ?

— Tout à fait. Il y a des *Toxoplasma gondii*. Du moins quelque chose qui y ressemble. Regardez… »

Harry se pencha au-dessus du microscope. Était-ce son imagination ou percevait-il une infime odeur de musc ?

Il interrogea Helge.

« Ça *pourrait* provenir de l'œil, auquel cas, vous avez l'odorat fin.

— Hmm. J'ai une parosmie, je ne sens pas la puanteur émanant des cadavres, mais peut-être que je sens d'autant mieux certaines autres choses, comme les personnes aveugles dont, souvent, l'audition se développe ?

— Vous croyez ?

— Non. Ce que je crois, en revanche, c'est que le tueur a pu se servir du parasite pour faire perdre ses inhibitions à Susanne, et la rendre sexuellement attirée par lui.

— Ouh là ! Il se serait fait hôte définitif, vous voulez dire ?

— Oui. Pourquoi "ouh là" ?

— Parce que ce n'est pas très loin du domaine sur lequel je m'échine à écrire ma thèse. Cette hypothèse est parfaitement plausible, mais s'il y est parvenu, ça mériterait le prix Odile Bain. Qui est plus ou moins le Nobel de la parasitologie.

— Hmm. Moi, je pense plutôt qu'il pourrait décrocher la perpétuité.

— Oui, certes. Désolé.

— Autre chose. Chez les souris, c'est l'odeur de chat qui les attire, de n'importe quel chat, donc. Pourquoi ces femmes ont-elles été attirées non pas par les hommes en général, mais par celui-ci en particulier et seulement lui ?

— Bonne question. La clef, c'est l'odeur vers laquelle les parasites peuvent diriger la personne infectée. Il portait peut-être quelque chose sur lui que les femmes ont senti, ou il s'en était enduit directement.

— Et quel genre d'odeur ?

— Eh bien. La voie la plus directe est l'odeur de l'appareil digestif, où les parasites savent qu'ils peuvent se reproduire.

— Les excréments, vous voulez dire ?

— Non, les excréments, il s'en sert pour répandre les parasites, mais pour attirer les hôtes infectés, il faut utiliser le suc intestinal et les enzymes de l'intestin grêle. Ou le suc pancréatique et la bile.

— Il répand le parasite avec ses propres excréments, vous dites ?

— S'il a créé son propre parasite, il est probablement le seul hôte compatible, il est seul pour maintenir le cycle et éviter l'extinction des parasites.

— Et comment s'y prend-il ?

— Comme le chat. Par exemple, en faisant en sorte que l'eau bue par ses victimes soit infectée par ses excréments.

— Ou la cocaïne qu'elles sniffent, suppléa Harry.

— Oui, ou la nourriture qu'elles mangent, le cocktail qu'elles sirotent. Il faut un certain temps pour que le parasite atteigne le cerveau de la victime et puisse le manipuler.

— Combien ?

— Voyons voir… C'est deux jours pour les souris, donc je dirais peut-être trois ou quatre chez les humains. Le truc, c'est que chez les humains, en règle générale, la réponse immunitaire anéantit le parasite, ce qui se produit au bout de quinze jours, un mois. Le tueur dispose donc d'un temps compté pour maintenir le cycle.

— Autrement dit, il doit attendre quelques jours, mais pas trop longtemps, avant de tuer sa victime.

— Oui. Ensuite il faut qu'il la mange.

— Entièrement ?

— Non, il suffit sans doute d'ingérer les parties où sont concentrés les parasites prêts à la reproduction. À savoir le cerveau… » Helge s'interrompit et dévisagea Harry comme si le voile se levait enfin. Il déglutit. « Ou les yeux.

— Dernière question », fit Harry d'une voix rauque.

Helge se contenta d'un signe de tête.

« Pourquoi les parasites ne prennent-ils pas le contrôle de l'hôte définitif ?

— Oh, mais ils le font.

— Ah bon ? Et cela se manifeste comment ?

— Ce sont en grande partie les mêmes effets. Il n'a plus peur. Comme il y a toujours des renforts de parasites, comme c'est le cas ici, le système immunitaire ne peut pas s'en débarrasser, et le tueur risque par exemple un allongement de son temps de réaction, voire la schizophrénie.

— La schizophrénie ?

— Oui, des études récentes le suggèrent. À moins de maintenir la quantité de parasites dans le corps à un niveau raisonnable.

— Comment ?

— Eh bien, ça, je ne sais pas.

— Et les antiparasitaires ? Hillman Pets, par exemple ? »

Helge regarda pensivement dans le vide. « Je ne connais pas cette marque, mais en théorie, des doses adéquates d'antiparasitaire devrait pouvoir créer une forme d'équilibre, oui.

— Hmm. Donc la quantité de parasites absorbée compte ?

— Ah, oui ! Si vous donnez à quelqu'un une forte dose avec une concentration importante de *Toxoplasma gondii*, les parasites bloqueront le cerveau, et provoqueront la paralysie en quelques minutes, puis la mort dans les heures suivantes.

— Mais on ne meurt pas en sniffant un rail de cocaïne infectée ?

— Sans doute pas dans l'heure qui suit, mais en concentration suffisante, les parasites peuvent facilement tuer en un jour ou deux. Excusez-moi… » Helge répondit au téléphone qui sonnait. « Allô ? D'accord. » Il raccrocha. « Désolé, je vais être occupé. La police arrive des locaux de garde à vue avec un corps et je dois pratiquer l'examen.

— OK. » Harry boutonna sa veste de costume. « Merci de votre aide. Je trouverai la sortie. Faites de beaux rêves. »

Helge lui adressa un sourire éteint.

À la porte du laboratoire, Harry se retourna.

« Quel corps disiez-vous qu'ils apportent ?

— Je ne sais pas, l'homme qui a été arrêté sur Jernbanetorget aujourd'hui.

— Merde, murmura Harry en tapant doucement du poing sur l'encadrement de la porte.

— Un problème ?

— C'est lui.

— Lui ?

— L'hôte définitif. »

À l'accueil de la détention provisoire, Sung-min examinait la boîte contenant les possessions du défunt. Les clefs de son logement ne présentaient pas d'urgence à proprement parler, puisqu'ils avaient déjà forcé la porte et fouillé les lieux, mais un technicien de la Scientifique était en route pour venir chercher les clefs de la voiture, qui avait été localisée dans le parking couvert à côté de Jernbanetorget. Sung-min retourna le billet de théâtre. Avait-il assisté à la même représentation que Helene ? Non, la date était antérieure, mais peut-être était-il allé au Nationaltheatret en reconnaissance, pour planifier l'enlèvement et le meurtre de Helene Røed.

Son téléphone sonna.

« Larsen, j'écoute.

— Nous sommes chez Beckstrøm, mais sa femme est seule. Elle dit qu'elle le croyait au bureau. »

Sung-min était surpris. Aucun collègue de Beckstrøm ne savait où il était passé. C'était un témoin-clef dans la mesure où il était le dernier à avoir vu le détenu en vie, et l'affaire était urgente. Certes, les médias n'avaient pas noté l'arrestation de Jernbanetorget et, pour l'instant, personne n'avait fait le lien, après tout, il n'était pas extraordinaire que la police arrête un dealer, mais ce n'était sans doute qu'une question de minutes ou d'heures avant qu'un journaliste découvre qu'un suspect en garde à vue était mort, et là, ils seraient tous sur le sentier de la guerre.

« Groth. Comment avait l'air Beckstrøm en sortant ? lança-t-il au gardien, qui était penché sur le comptoir.

— Différent, répondit celui-ci avec mauvaise humeur.

— Différent comment ?

— Il avait mis un masque, c'était peut-être à cause de ça. Ou alors le fait d'avoir vu le détenu si malade. En tout cas, il avait un regard dément, complètement différent de celui qu'il avait en arrivant. Peut-être un type sensible, j'en sais rien, moi.

— Peut-être. »

Larsen baissa les yeux sur le billet de théâtre tout en cherchant dans les méandres de son cerveau pourquoi la sonnette d'alarme hurlait dans sa tête.

Il était près de vingt et une heures quand Johan Krohn tapa le numéro de l'appartement et leva la tête vers la caméra de surveillance au-dessus de l'entrée. Quelques secondes plus tard, il entendit une voix grave qui n'était pas celle de Markus Røed.

« Qui êtes-vous ?

— Johan Krohn. L'avocat qui était avec vous dans la voiture tout à l'heure.

— Ah oui, c'est vrai. Entrez. »

Krohn monta en ascenseur, l'une des nuques épaisses le fit entrer. Røed semblait irritable, il faisait les cent pas dans le salon, comme ces vieux lions galeux qu'il avait vus au zoo de Copenhague quand il était petit. Sa chemise blanche, col ouvert, était maculée d'auréoles sous les bras.

« J'apporte de quoi se réjouir », déclara Krohn. Et d'ajouter, comme le visage de son client s'illuminait : « Des bonnes nouvelles, pas de la poudre. »

Voyant les flammes de la fureur s'allumer sur le visage de Røed, il s'empressa de les éteindre : « Le tueur présumé a été arrêté.

— C'est vrai ? » Røed cligna des yeux, incrédule, avant de rire. « Qui est-ce ?

— Il s'appelle Kevin Selmer. » Krohn vit que le nom ne lui évoquait rien. « Harry dit que c'est l'un de vos fournisseurs de cocaïne. »

Il s'attendait plus ou moins à ce que Røed proteste, dise que personne ne lui fournissait de cocaïne, mais il avait plutôt l'air de se livrer à un effort de mémoire.

« C'est celui qui était à votre soirée, précisa Krohn.

— Ah, lui ! Je ne connais pas son nom, il n'a jamais

voulu le dire. Il me demandait de l'appeler K[1]. Je croyais que c'était pour… enfin, je pense que vous pouvez deviner.

— Je le peux, en effet.

— Alors K les a tuées ? C'est incompréhensible. Il doit être fou.

— Je crois que nous pouvons partir de ce principe, en effet. »

Røed regarda dehors. Sur le toit-terrasse, un voisin fumait une cigarette, adossé au mur, à côté de l'issue de secours.

« Je devrais lui racheter son appartement, et les deux autres aussi. Je ne supporte pas de les voir, là, avec leur air de posséder… » Il laissa sa phrase en suspens. « Enfin bref. Bon, comme ça, en tout cas, je vais pouvoir sortir de cette prison.

— Oui.

— Bien, alors je sais ce que je vais faire. »

Røed se dirigea vers la chambre à coucher, Krohn le suivit.

« Pas faire la fête, Markus.

— Et pourquoi donc ? »

Røed passa devant le grand lit double et ouvrit l'une des penderies sur mesure.

« Parce que ça ne fait que quelques jours que votre femme a été tuée. Les gens vont réagir.

— Vous vous trompez, affirma Røed, passant en revue ses costumes. Ils comprendront que je célèbre l'arrestation de son assassin. Eh ! Celui-là, ça fait longtemps que je ne l'ai pas porté. » Il sortit un costume croisé bleu marine à boutons dorés, l'enfila,

1. « K » renvoie dans le texte original aussi bien au prénom Kevin qu'à la cocaïne qui en norvégien se dit kokain.

palpa les poches et en tira un objet qu'il jeta sur le lit. « Ouh là, si longtemps que ça ! » s'exclama-t-il en riant.

Krohn vit que c'était un masque en forme de papillon.

Røed boutonna sa veste en se mirant dans le trumeau au cadre doré.

« Sûr que vous ne voulez pas venir vous prendre une cuite, Johan ?

— Certain.

— Je pourrais peut-être emmener un de mes gardes du corps à la place. On les a payés pour combien de temps ?

— Ils n'ont pas le droit de boire en service.

— C'est vrai, ils ne seraient pas de très bonne compagnie, alors. » Røed se rendit dans le salon et cria avec du rire dans la voix : « Vous avez entendu, les garçons ? Vous êtes libérés ! »

Krohn et Røed descendirent ensemble en ascenseur.

« Appelez Hole, dit Røed. Lui, il aime boire. Dites-lui que je vais faire la tournée des bars de Dronning Eufemias gate, d'est en ouest. C'est moi qui régale. Comme ça, je pourrai le féliciter. »

Krohn acquiesça tout en se posant cette sempiternelle question : s'il avait su qu'être avocat l'amènerait à passer tant d'heures avec des gens qui lui déplaisaient prodigieusement, aurait-il choisi ce métier ?

« Creatures.

— Allô. C'est Ben ?

— Ouais, qui est à l'appareil ?

— Harry. Le grand blond…

— Salut, Harry. Ça fait longtemps. Comment ça va ? »

Depuis Ekeberg, Harry contemplait Oslo en contrebas, qui se déployait comme un ciel étoilé inversé.

« C'est au sujet de Lucille. Je suis en Norvège et je n'arrive pas à la joindre au téléphone. Tu l'as vue ?

— Pas depuis… disons… à peu près un mois ?

— Hmm. Comme tu le sais, elle vit seule et j'ai peur qu'il lui soit arrivé quelque chose.

— Ah bon ?

— Si je te donne une adresse sur Doheny Drive, tu pourrais aller voir ? Et peut-être contacter la police si elle n'y est pas ? »

Il y eut un silence.

« D'accord, Harry, je note. »

Lorsqu'ils eurent raccroché, Harry se dirigea vers la Mercedes garée derrière les anciennes casemates allemandes, alla s'asseoir sur le capot à côté d'Øystein. Il alluma une cigarette et reprit là où ils s'étaient arrêtés. Au son de la musique qui sortait par les portières ouvertes, ils parlèrent des autres, de ce qu'ils étaient devenus, des filles avec lesquelles ils n'étaient jamais sortis, des rêves qui ne se brisaient pas, mais s'évanouissaient plutôt comme une chanson pas entièrement pensée ou une longue blague sans chute. Ils discutèrent de la vie, la choisissait-on ou était-ce elle qui nous choisissait, ce qui était du pareil au même, puisque, selon la formule d'Øystein, on ne pouvait jouer qu'avec les cartes qu'on avait en main.

« Chaud, commenta Øystein alors qu'ils étaient restés silencieux quelque temps.

— C'est les vieux moteurs qui chauffent le mieux, répondit Harry en tapotant le capot.

— Non, je voulais dire le temps. Je croyais que la chaleur était passée, mais elle est revenue. Et demain, cet astre que voici va être obscurci par le sang. »

Il pointa l'index sur la pleine lune pâle.

Le téléphone de Harry sonna. Il décrocha. « Parlez-moi.

— Donc c'est bien vrai, dit Sung-min. Vous répondez vraiment comme ça.

— J'ai vu que c'était vous, je voulais être à la hauteur du mythe. Qu'est-ce qui se passe ?

— Ce qui se passe, je ne sais pas trop, pour être tout à fait honnête. Je suis à la morgue.

— Vous avez la presse sur le dos à cause de l'homme que vous avez arrêté et qui est mort ?

— Pas encore. Nous temporisons un peu avant de l'annoncer. Jusqu'à ce qu'il soit identifié.

— Vous voulez dire jusqu'à ce qu'on ait vérifié s'il s'appelle vraiment Kevin Selmer ? Øystein que j'ai ici l'appelait Al.

— Non, jusqu'à ce qu'on ait vérifié si l'homme que nous avons trouvé mort dans la cellule 14 est bien l'homme que nous y avions amené. »

Harry serra le téléphone contre son oreille. « Qu'est-ce que vous voulez dire, Larsen ?

— Son avocat a disparu. Il était seul dans la cellule avec Kevin Selmer. Cinq minutes après son arrivée, il est reparti. Si c'était bien lui. L'homme qui est reparti portait un masque, il était habillé comme l'avocat, mais le gardien en chef lui a trouvé l'air différent.

— Vous croyez que Selmer…

— Je ne sais pas ce que je crois, mais oui, il existe une possibilité que Selmer se soit évadé de sa cellule, qu'il ait tué Beckstrøm, lui ait détruit le visage, ait échangé ses vêtements contre les siens avant de partir de là, et que le corps que nous avons soit celui de Beckstrøm et pas celui d'Al. Enfin, Selmer. Son visage est impossible à reconnaître, nous n'avons pas de famille ni d'intimes de Kevin Selmer qui puissent l'identifier. En plus, Beckstrøm est introuvable.

— Hmm. Ça me paraît un peu trop incroyable, Larsen. Je connais Dag Beckstrøm, il est sûrement dans les choux. Dag Beckstrøm est surnommé le Juge Ment-Dernier, vous le saviez ?

— Euh, non.

— Il est connu pour sa sensibilité à fleur de peau. Quand une affaire le choque, il sort boire, et là, il devient le Juge Ment-Dernier, qui condamne tout ce qui bouge. Parfois pendant des jours entiers. C'est sûrement un truc comme ça qui vient de se produire.

— D'accord. Espérons-le. On sera bientôt fixés, la femme de Beckstrøm est en route pour la morgue. Je voulais simplement vous tenir au courant.

— OK. Merci. »

Harry raccrocha. Ils restèrent sans rien dire à écouter Rufus Wainwright chanter « Hallelujah ».

« Je crois que j'ai peut-être sous-estimé Leonard Cohen, commenta Øystein. Et surestimé Bob Dylan.

— C'est vite arrivé. Écrase ta clope, il faut qu'on file. »

Øystein descendit du capot d'un bond.

« Qu'est-ce qui se passe ? »

Harry se glissa sur le siège passager.

« Si Sung-min a raison, Markus Røed pourrait être en danger de mort. Krohn m'a téléphoné pendant que tu pissais dans les buissons. Røed est allé faire la tournée des bars, il voulait que je lui tienne compagnie. J'ai décliné, mais on devrait peut-être essayer de le trouver quand même. Dronning Eufemias gate. »

Øystein tourna la clef dans le contact. « Tu ne pourrais pas dire *step on it*, Harry ? » Il fit vrombir le moteur. « S'il te plaît ?

— *Step on it !* » s'écria Harry.

Markus Røed fit un pas de côté pour retrouver son équilibre et regarda fixement son verre. Il contenait de l'alcool, ça, il en était certain. En revanche, il était moins sûr de tout le reste, mais les couleurs étaient jolies. À la fois celles de son cocktail et celles du bar. Dont il ignorait le nom. Les clients, plus jeunes que lui, le regardaient à la dérobée, voire assez ouvertement pour certains d'entre eux. Ils devaient savoir qui il était. Non, pas qui il était, comment il s'appelait. Ils avaient vu sa photo dans le journal, surtout ces derniers temps. Ils avaient dû se faire une opinion sur lui. Ç'avait été une erreur de choisir cette rue pour sa tournée des bars. Rien que ce nom affecté, prétentieux… Oslo avait essayé encore de se créer une avenue et l'avait affublée du nom de Dronning Eufemias gate… Aïe ! Eufemia, efféminé, quoi. Voilà ! Une putain de rue de pédales ! Il aurait dû aller dans l'un de ses anciens repaires. Des endroits où les gens acceptaient un verre et se précipitaient quand un capitaliste se levait et annonçait que la prochaine tournée était pour lui. Dans les deux bars où il était passé avant, les gens s'étaient contentés de le dévisager comme s'il venait d'écarter ses miches pour leur montrer son œillet de caviar. Un barman lui avait même demandé de s'asseoir. Comme s'ils n'avaient pas besoin de faire du chiffre. Dans un an, ils auraient fait faillite, à tous les coups. Parce que c'étaient les vieux routiers qui survivaient, ceux qui connaissaient les règles du jeu, et lui, Markus Røed, les connaissait.

Son buste bascula en avant et sa mèche noire retomba vers le verre. Il parvint à se redresser au dernier moment. Une belle tignasse. De vrais cheveux qui n'avaient pas besoin d'être teints tous les quinze jours, bordel. Ne venez pas me…

Il saisit son verre, un support auquel s'accrocher, le vida. Peut-être devrait-il se calmer un peu sur la boisson. Entre les deux premiers bars, il traversait la rue – l'avenue, pardon – quand il avait entendu le tramway et sa crécelle stridente. Il avait eu un temps de réaction étrangement long, comme s'il avançait dans la boue. Le verre qu'il avait bu dans le premier bar avait dû être fort, car non seulement il avait réagi à retardement, mais encore on l'aurait dit privé de tout instinct de peur. Lorsque le tramway l'avait frôlé si près qu'il avait senti son souffle dans son dos, son pouls avait à peine accéléré. Maintenant, en plus, alors qu'il voulait vivre de nouveau ! Ça lui paraissait totalement absurde d'avoir demandé à Krohn de lui prêter sa cravate quand il était en garde à vue. Pas pour se faire beau, bien sûr, pour se pendre. Krohn avait répondu qu'il n'était pas autorisé à lui donner quoi que ce soit. Le con.

Røed regarda autour de lui dans la salle.

Tous des cons. C'était ce que son père lui avait appris, ce qu'il lui avait martelé dans la tête. Tous, à part ceux qui portaient le nom de famille Røed. Les buts étaient vides, il n'y avait qu'à taper le ballon dedans chaque fois. Il n'y avait qu'à, mais il le fallait. Surtout pas les prendre en pitié, surtout pas juger qu'on possédait assez. Non, il fallait continuer. Accroître la fortune, creuser l'écart, prendre ce qui se présentait et plus encore. Merde, quoi, scolairement, il n'était pas le plus brillant de la famille, mais contrairement à certains autres, il avait toujours fait ce que lui disait son père. Dans ces conditions, n'avait-il pas le droit de se lâcher un peu de temps en temps ?

Sniffer quelques lignes. Caresser la fesse bien ferme d'un ou deux garçons. Et puis quoi, la belle affaire s'ils n'avaient pas atteint cette connerie de majorité sexuelle ? Dans d'autres pays et d'autres cultures, on n'était pas si regardant, on savait que ça ne faisait pas de mal aux garçons, ils grandissaient, la vie continuait, ils devenaient de bons citoyens, des gens comme il faut, pas des drama queens ni des homos. Ce n'était ni contagieux ni dangereux de se prendre une bite d'homme adulte dans le corps quand on était jeune, on pouvait encore être sauvé. Son père l'avait souvent frappé, mais il ne l'avait vu perdre la tête qu'une seule fois, quand il avait neuf ans, en entrant dans sa chambre alors qu'il jouait au papa et à la maman avec le fils des voisins. Putain ce qu'il détestait cet homme ! Putain ce qu'il avait eu peur de lui ! Et putain ce qu'il l'avait aimé ! Un seul compliment d'Otto Røed et Markus se sentait invincible, le maître du monde.

« Donc, c'est ici que vous êtes, Røed. »

Markus leva les yeux. L'homme qui se tenait devant sa table portait un masque chirurgical et une casquette plate. Il lui disait quelque chose, sa voix aussi, mais il était trop ivre pour se souvenir, tout flottait.

« Vous avez de la coca pour moi ? » fit-il machinalement, tout en se demandant au même instant d'où ça sortait. Ça devait être le manque.

« Vous n'allez pas avoir de coca, déclara l'homme en s'asseyant à la table. D'ailleurs, vous ne devriez pas être en train de boire dans un bar non plus.

— Non ?

— Non. Vous devriez être chez vous en train de pleurer votre si belle femme, et Susanne et Bertine. Une personne de plus vient de mourir, et vous, vous êtes là à vouloir faire la fête. Espèce de porc incapable ! »

Røed se ratatina. Pas à cause des filles. C'était le mot « incapable » qui l'avait touché. Un écho de son enfance et de l'homme qui le toisait, l'écume aux lèvres.

« Qui êtes-vous ? articula péniblement Røed.

— Vous ne le voyez pas ? J'arrive de la garde à vue. Jernbanetorget. Kevin Selmer. Ça ne vous évoque rien ?

— Ça devrait ?

— Oui ! » L'homme ôtant son masque, révélant le bas de son visage. « Vous me reconnaissez, maintenant ?

— Vous ressemblez à Notre Père, déclara Markus, avec difficulté. Enfin, mon père. »

Il avait vaguement l'impression qu'il devait avoir peur, mais ce n'était pas le cas.

« La mort », déclara l'homme.

Peut-être était-ce sa lenteur et l'absence de peur qui firent que Markus ne se protégea pas quand l'homme leva la main. À moins que ce n'ait été un automatisme, le comportement du garçon qui a appris que son père a le droit de frapper. L'homme tenait quelque chose. Était-ce un… marteau ?

Harry entra dans le bar, qui – si c'était bien son nom qu'épelaient les lettres en néon rouge au-dessus de la porte – s'appelait simplement Bar. C'était le troisième qu'il tentait et l'endroit ressemblait à s'y méprendre aux deux précédents : vernissé, à la décoration qu'il fallait sans doute qualifier de recherchée, certainement pas bon marché. Un regard circulaire lui permit de localiser aussitôt Røed à une table. En face de lui, un homme coiffé d'une casquette levait la main. Il tenait quelque chose. Harry vit ce que c'était et sut au même instant ce qui allait se produire. Il arrivait trop tard.

Sung-min et Helge se tenaient à côté de la femme qui regardait fixement le corps.

Sans doute sexagénaire, elle avait des cheveux de hippie, des vêtements de hippie et un maquillage de hippie. Sung-min supposait qu'elle faisait partie de ces femmes qui débarquent aux festivals de musique pour écouter les vieux héros de la guitare sèche des années 1970. Quand ils l'avaient fait entrer à la morgue elle avait déjà pleuré et Helge lui avait donné du papier absorbant pour essuyer ses larmes et son maquillage.

Helge ayant maintenant lavé tout le sang coagulé, Sung-min constatait que le visage du mort était moins abîmé qu'il ne le pensait.

« Prenez votre temps, madame Beckstrøm, dit Helge. Nous pouvons vous laisser seule si vous le souhaitez.

— C'est inutile, renifla-t-elle. Je n'ai pas le moindre doute. »

La rumeur des voix du Bar s'interrompit et les clients se tournèrent vers le bruit, un claquement si violent qu'on aurait cru à une détonation. À moitié sous le choc, ils dévisagèrent l'homme à la casquette qui s'était levé, certains avaient remarqué que la personne en face de lui était le baron de l'immobilier, le mari de la femme découverte morte à Snarøya. Dans le silence qui régnait désormais, ils entendirent la voix haute et claire de l'homme qui brandissait son arme contondante.

« J'ai dit la mort ! Je vous condamne à mort, Markus Røed ! »

Il y eut un nouveau coup.

Ils virent un homme de grande taille, en costume, avancer rapidement vers leur table. Lorsque l'homme à la casquette leva la main une troisième fois, le grand lui arracha son marteau.

« Ce n'est pas lui, déclara Mme Beckstrøm en pleurant. Par bonheur, ce n'est pas Dag, mais je ne sais pas où il est. Je suis dans tous mes états chaque fois qu'il disparaît comme ça.

— Allons, allons, fit Sung-min, en se demandant s'il devait poser la main sur son épaule. On va bien finir par le retrouver. Nous aussi, nous sommes soulagés que ce ne soit pas votre mari. Je suis navré que vous ayez dû subir cela, madame, mais nous avions besoin d'être sûrs. »

Elle hocha la tête sans un mot.

« Ça suffit maintenant, maître. »

Harry repoussa Beckstrøm vers sa chaise et glissa le marteau de juge dans sa propre poche. Les deux hommes ivres, Røed et Beckstrøm, se regardaient, l'air hébété, comme s'ils venaient de se réveiller et se demandaient ce qui s'était passé. Le plateau en verre de la table était largement fissuré.

Harry s'assit. « Je sais que vous avez eu une longue journée, Beckstrøm, mais vous devriez contacter votre femme. Elle est allée à la morgue pour voir si le corps de Kevin Selmer était le vôtre. »

L'avocat le dévisagea. « Vous ne l'avez pas vu, murmura-t-il. Il ne supportait plus les douleurs. Il avait expliqué qu'il avait mal au ventre et à la tête, mais le médecin s'est contenté de lui donner des antalgiques de rien du tout, et comme ça ne marchait pas et que personne ne lui venait en aide, il s'est tapé la tête contre le mur jusqu'à perdre connaissance. *Voilà* les douleurs qu'il avait.

— Ça, nous ne le savons pas, rappela Harry.

— Si. » Beckstrøm avait maintenant les larmes aux yeux. « Nous le savons, parce que nous l'avons vu par le passé. Tandis que les gens comme lui, là... » Il pointa un index tremblant sur Røed, qui avait le menton sur la poitrine. « Se foutent éperdument de tout et de tous, ils veulent seulement être riches et, sur leur chemin, ils écrasent et exploitent les plus faibles, tous ceux qui ne sont pas nés avec la cuillère en argent qu'eux-mêmes sucent, mais un jour viendra où le soleil sera transformé en obscurité, le grand et terrible...

— Jour du Jugement dernier, Juge Ment-Dernier ? » compléta Harry.

Beckstrøm lui lança un regard mauvais et sembla batailler pour maintenir sa tête en équilibre sur ses épaules.

« Désolé. » Harry posa la main sur son épaule. « On reparlera de cela une autre fois. Maintenant, vous devriez appeler votre femme, Beckstrøm. »

Dag Beckstrøm ouvrit la bouche pour parler, mais la referma. Il acquiesça, sortit son téléphone, se leva et partit.

« Vous avez assuré, Harry. » Røed manqua de riper en posant les coudes sur la table. « Je vous offre un verre ?

— Non, merci.

— Non ? Maintenant que vous avez élucidé l'affaire et tout ? Ou presque tout... »

Røed fit signe à un serveur qu'il voulait un nouveau verre, mais fut ignoré.

« Comment ça, presque ? Que voulez-vous dire ?

— Ce que je veux dire ? » Røed rit. « Allez savoir.

— Dites-moi.

— Sinon ? » Røed sortit la pointe de sa langue, sourit, et sa voix se transforma en chuchotement rauque. « Sinon vous m'étranglez ?

— Non.

— Non ?

— Mais je peux vous étrangler *si* vous me dites ce que c'est. »

Røed éclata de rire. « Enfin un homme qui me comprend ! Non, c'est simplement que je peux faire un petit aveu maintenant que l'affaire est élucidée : j'ai menti en racontant que j'avais couché avec Susanne le jour où elle a été tuée. En vérité, je ne l'ai pas vue du tout.

— Ah bon ?

— Non. Je l'ai dit pour donner à la police une explication plausible à la présence de ma salive sur son corps. C'est ce que les enquêteurs voulaient entendre et, en plus, ça m'épargnait pas mal de problèmes. La voie de la moindre résistance, si vous voulez.

— Hmm.

— Ça peut rester entre nous ?

— Pourquoi donc ? L'affaire est élucidée, et vous ne souhaitez tout de même pas traîner la réputation de quelqu'un qui a baisé une autre femme dans le dos de son épouse.

— Oh, fit Røed en souriant, peu importe. Il y a… d'autres rumeurs dont il faut s'occuper.

— Ah bon ? »

Røed fit tourner son verre vide dans sa main. « Vous savez, Harry, quand mon père est mort, j'étais à la fois brisé et soulagé. Vous pouvez le comprendre ? Que cela puisse être un soulagement d'être débarrassé de l'homme qu'on ne veut pour rien au monde décevoir ? Parce qu'on sait que, tôt ou tard, viendra le jour où l'on sera obligé de le décevoir, où il devra découvrir qui on est *réellement*. Et puis on espère être sauvé par le gong. Et c'est ce qui m'est arrivé.

— Vous aviez peur de lui ?

— Oui. J'avais peur, et je pense que je l'aimais, aussi, mais avant tout… » Il plaqua son verre vide contre son front. « Je voulais qu'il m'aime. Vous savez, je l'aurais volontiers laissé me tuer si j'avais su qu'il m'aimait. »

42

Vendredi

Les paupières de Terry Våge se baissaient toutes seules. Il avait mal dormi. Il était de mauvaise humeur. De toute façon, personne n'aimait les conférences de presse qui commençaient à neuf heures du matin. Enfin, il se trompait peut-être, l'assistance lui paraissait bien fringante, c'était exaspérant. Même Mona Daa – tous les sièges à côté du sien étaient déjà occupés lorsqu'il était arrivé – avait l'air tout alerte, impatiente d'en savoir plus. Il avait essayé d'établir un contact visuel avec elle, en vain. Les autres journalistes non plus ne lui avaient pas accordé la moindre attention. Il ne s'attendait pas à une *standing ovation*, mais tout de même, on aurait pu imaginer une once de respect pour quelqu'un qui était allé dans les bois en pleine nuit en courant le risque de tomber sur un tueur en série, et en était revenu vivant, avec des photos, maintenant vendues, qui faisaient le tour du monde. Enfin bref, le paradis, ça n'avait eu qu'un temps. Pour gagner, il lui aurait fallu cette interview exclusive, mais le scoop lui était passé sous le nez au dernier moment. Alors oui, il avait plus de raison que les autres d'être maussade aujourd'hui. En plus, Dagnija l'avait appelé la veille pour lui dire que, en fin de compte, elle ne pouvait pas venir ce week-end. Quand elle lui avait dit qu'elle ne pouvait pas, sachant qu'il n'était pas convaincu que « pouvoir » soit le verbe exact, il s'était bien sûr montré d'autant plus attaché à la persuader et la conversation s'était terminée en dispute.

« Kevin Selmer, dit Katrine Bratt sur l'estrade. Nous avons choisi d'indiquer son nom parce que le suspect est mort, parce qu'il s'agit d'un crime grave et pour libérer du soupçon public d'autres personnes qui étaient dans le viseur de la police. »

Terry Våge vit ses confrères noter. Kevin Selmer. Il chercha dans sa tête. Il avait la liste des propriétaires de voitures sur son ordinateur à la maison, mais d'emblée il n'avait pas souvenir d'avoir vu ce nom. Enfin, sa mémoire n'était plus ce qu'elle avait été à l'époque où il était capable d'énoncer tous les groupes importants, leurs membres, leurs albums, avec l'année de sortie, de 1960 à… voyons… 2000 ?

« Voilà. Je laisse la parole à Helge Forfang de l'Institut médico-légal », annonça le directeur de l'information Kedzierski.

Terry Våge fut surpris. Surpris de quoi ? Eh bien, sans doute de cette participation inhabituelle des pathologistes à une conférence de presse, en règle générale, on ne faisait que rendre compte de leurs rapports. Et puis ce que Forfang expliquait était étonnant : l'une des victimes au moins avait été infectée par un parasite mutant ou manipulé, probablement administré par le tueur. Tueur qui était lui aussi infecté.

« L'autopsie de Kevin Selmer hier soir a montré une forte concentration du parasite *Toxoplasma gondii*. Si importante que nous pouvons affirmer avec un niveau de certitude relativement élevé que la cause du décès est le parasite, et non les blessures auto-infligées à la tête et au visage. Ce sont des conjectures, mais il pourrait sembler que Kevin Selmer ait été l'hôte définitif du parasite et ait réussi pendant un certain temps à en contrôler la population, peut-être à l'aide d'un antiparasitaire, mais nous ne pouvons pas l'affirmer. »

Lorsque la conférence s'ouvrit aux questions, Terry Våge se leva et s'en alla. Il savait ce qu'il avait besoin de savoir. Il n'était plus surpris. Il fallait simplement qu'il rentre chez lui pour chercher une confirmation.

Sung-min traversa la cantine, sortit sur la terrasse. Il avait toujours envié aux employés de l'hôtel de police la vue du sommet de leur palais de verre. En tout cas par un jour comme celui-ci, où Oslo était baignée de soleil et où les températures étaient soudain redevenues acceptables. Il se dirigea vers Katrine et Harry, qui fumaient chacun une cigarette.

« Je ne savais pas que vous fumiez, dit Sung-min en souriant à Katrine.

— Non, non, je ne fume pas, répondit-elle en lui souriant aussi. J'en ai piqué une à Harry en célébration.

— Vous avez une mauvaise influence, Harry.

— Ouaip », fit Harry en lui tendant un paquet de Camel.

Après un temps d'hésitation, Sung-min s'acquitta d'un « Pourquoi pas ? » et prit une cigarette.

Harry la lui alluma.

« Comment allez-vous célébrer ça ? demanda Katrine.

— Célébrer, c'est un bien grand mot. J'ai un dîner en amoureux. Et vous ?

— Moi aussi. Arne m'a demandé de le retrouver au restaurant de Frognerseteren. Pour une surprise.

— Un restaurant à la lisière de la forêt avec vue plongeante sur tout Oslo. Ça semble romantique, en effet.

— Sûrement. » Katrine contempla avec fascination la fumée qu'elle soufflait par le nez. « Mais je n'aime pas trop les surprises. Tu as quelque chose de prévu, Harry ?

— Oui. Alexandra m'avait invité sur le toit de la morgue. Elle et Helge vont regarder l'éclipse lunaire en partageant une bouteille de vin.

— Ah ! La lune de sang ! s'exclama Sung-min. Ça promet d'être une belle soirée.

— Mais ? fit Katrine en s'adressant à Harry.

— Mais on verra. J'ai eu de mauvaises nouvelles. La femme de Ståle m'a appelé. Son état a empiré et il voudrait que je vienne, donc je vais sans doute rester là-bas aussi longtemps que j'en ai la force.

— Mince…

— Oui. » Harry tira intensément sur sa cigarette.

Ils restèrent quelque temps sans rien dire.

« Vous avez vu l'éloge que nous avons reçu du ministre de la Justice en personne, aujourd'hui ? » Le ton de Katrine était acerbe.

Harry et Sung-min hochèrent la tête.

« Un dernier truc avant que je file, glissa Harry. Hier, Markus m'a dit qu'il n'était pas avec Susanne le jour de sa mort, et je le crois.

— Moi aussi. »

Sung-min tenait sa cigarette avec une cassure du poignet qu'il évitait d'habitude.

« Pourquoi ? demanda Katrine.

— Parce que c'est évident qu'il préfère les hommes,

affirma Sung-min. Je parie que sa vie sexuelle avec Helene était une pure obligation.

— Hmm. Nous le croyons, donc. Alors comment sa salive s'est-elle retrouvée sur la poitrine de Susanne ?

— Bonne question, dit Katrine. En l'occurrence, j'ai été un peu surprise quand Røed a sorti cette histoire de rapport sexuel le jour de la mort de Susanne en prétendant que ça devait être l'origine de la salive.

— Ah ?

— Que vais-je faire avant de voir Arne ce soir, à votre avis ? Et c'est valable pour tous mes rencards, qu'il y ait du sexe dans l'air ou non.

— Vous allez prendre une douche.

— Exact. Ce qui m'a étonnée, c'est que Susanne ne se soit pas douchée avant d'emprunter le T-bane pour Skullerud. À plus forte raison si elle avait eu un rapport sexuel dans la journée.

— Donc je répète ma question, dit Harry. D'où venait la salive ?

— Euh… la salive est arrivée après que Susanne a été tuée ? proposa Sung-min.

— C'est une possibilité théorique, mais ça reste peu probable. Songez à la qualité et au niveau de détail de la planification de ces trois meurtres. Je pense que le tueur a placé la salive de Røed sur la poitrine de Susanne dans le but de mettre la police sur une fausse piste.

— Pas impossible, approuva Sung-min.

— J'achète, renchérit Katrine.

— Mais bien sûr, nous n'aurons jamais la réponse, souligna Harry.

— Eh non… Nous n'obtenons jamais les réponses », conclut Katrine.

Ils restèrent encore quelques instants sur la terrasse,

les paupières closes, à savourer le soleil, comme s'ils savaient d'ores et déjà que c'était le dernier jour de chaleur que cette année avait à offrir.

Jonathan lui posa la question à peine avant la fermeture. À côté des cages à lapins. D'un air désinvolte. Thanh avait-elle des plans pour la soirée ?

Si elle s'était doutée de quoi que ce soit, elle aurait bien sûr répondu oui, mais ne se doutant de rien, elle répondit la vérité, elle n'avait rien de prévu.

« Tant mieux, parce que dans ce cas, j'aimerais t'emmener quelque part.

— Quelque part ?

— Je voudrais te montrer quelque chose, mais tu n'en parles à personne. D'accord ?

— Euh…

— Je passe te prendre. »

Thanh sentit la panique l'étreindre. Elle ne voulait aller nulle part. Encore moins avec Jonathan. Certes, il ne semblait plus fâché par sa promenade avec le policier et son chien. La veille, il lui avait même apporté un grand café, attention tout à fait inédite de sa part, mais il continuait de lui faire un peu peur, et elle avait beau considérer qu'elle disposait d'un certain talent pour lire les gens, elle le trouvait difficile à interpréter.

Elle s'était mise dans le pétrin. Elle pouvait toujours dire qu'elle venait de se souvenir d'un autre rendez-vous, mais il ne la croirait pas, en plus, elle était une piètre menteuse. Et puis, c'était son patron et elle avait besoin de ce travail. Pas à tout prix, mais à un certain prix.

« Qu'est-ce que tu veux me montrer ?

— Un truc qui va te plaire. »

Percevait-elle une nuance d'irritation dans sa voix parce qu'elle n'avait pas accepté d'emblée ?

« Quoi ?

— C'est une surprise. Vingt et une heures, ça te va ? »

Elle devait prendre une décision. Elle le regarda. Cet homme singulier, fermé, dont elle avait peur. Elle rechercha son regard pour y trouver une réponse, et là, elle assista à un phénomène nouveau. Rien de majeur, une simple tentative avortée de sourire, comme si, derrière sa façade endurcie, il était nerveux. Craignait-il qu'elle refuse ? Ce fut sans doute ce qui dissipa ses préventions.

« D'accord, dit-elle, vingt et une heures. »

Jonathan sembla retrouver son self-control, et il souriait à présent. Oui, il souriait, elle n'était pas sûre de l'avoir déjà vu sourire ainsi. C'était un beau sourire.

Dans le T-bane du retour, elle fut toutefois de nouveau saisie par le doute. Elle n'était pas certaine d'avoir été très avisée d'accepter. Et puis ça n'avait peut-être rien d'étonnant, mais tout de même : il avait dit qu'il passerait la prendre, or elle n'avait aucun souvenir de lui avoir jamais donné son adresse.

43

Vendredi

L'alibi

En sortant de la douche, Sung-min s'aperçut que son téléphone, en charge à côté du lit, sonnait.

« Oui ?

— Bonjour, Larsen. Mona Daa de *VG* à l'appareil.

— Bonsoir, Daa.

— Ah, vous considérez que c'est le soir, vous ? Je suis navrée si vous avez terminé votre journée de travail, j'aurais simplement souhaité une ou deux déclarations de la part des personnes qui ont été impliquées dans l'enquête. Comment elle s'est passée, quel sentiment on éprouve de l'avoir enfin résolue. Je veux dire, ça a dû être un grand soulagement, un triomphe, pour vous et pour Kripos, qui travaillez dessus depuis la disparition de Susanne Andersen le 30 août.

— Comme vous êtes une bonne journaliste en affaires criminelles, Daa, je vais répondre brièvement à vos questions.

— Merci beaucoup ! D'abord, je voudrais savoir si…

— Je voulais dire celles que vous avez déjà posées. Oui, je considère que c'est le soir et que ma journée de travail est terminée. Non, vous n'aurez aucune déclaration de ma part. Si vous voulez des commentaires, il faut appeler Katrine Bratt, qui a dirigé l'enquête, ou Ole Winter, mon directeur. Et non, Kripos n'a pas participé dès le départ, lors de la déclaration de disparition de Susanne Andersen le… euh…

— Le 30 août, répéta Mona Daa.

— Merci. À ce moment-là, nous n'étions pas encore impliqués. Nous ne l'avons été qu'après la disparition de deux personnes et quand il était clair qu'il s'agissait d'une affaire de meurtre.

— Je vous prie encore de m'excuser, Larsen. Je me rends compte que je suis insistante, mais je ne fais que mon travail. Pourrais-je avoir une seule déclaration, n'importe quoi, une généralité, et puis-je aussi publier une photo de vous ? »

Sung-min Larsen soupira. Il se doutait de ce qu'elle recherchait. La diversité. Une photo d'un policier qui ne soit pas un homme d'ethnicité norvégienne, hétéro, quinquagénaire. Il cochait au moins trois des cases. Ce n'était pas qu'il n'était pas favorable à la diversité dans les médias, mais il savait que s'il ouvrait cette porte, il se retrouverait tout à coup sur le canapé d'un célèbre présentateur de télévision, à devoir expliquer comment c'était d'être homosexuel quand on travaille dans la police. Il fallait bien que quelqu'un le fasse, mais pas lui.

Il déclina et Mona Daa répondit qu'elle comprenait et s'excusait encore. Une fille bien.

Ensuite, il resta le nez en l'air. Il avait froid. Certes il était nu, mais là n'était pas la raison. C'était cette sonnette d'alarme dans sa tête, celle qui avait sonné quand il était dans les locaux de garde à vue et qui s'était remise à sonner, non pas parce que Groth avait trouvé Beckstrøm très changé quand il était reparti, mais pour une autre raison, complètement et concrètement différente.

Terry Våge fixait son écran d'ordinateur. Il vérifia les noms encore une fois.

Évidemment, cela *pouvait* être un hasard, après tout, Oslo était une petite ville. Il avait consacré les dernières heures à décider ce qu'il allait faire : contacter la police ou exécuter son plan initial. Il avait même envisagé d'appeler Mona Daa, de lui faire part de son plan et – si c'était bien l'homme qu'il soupçonnait et qu'ils décrochaient le gros lot – de voir le papier publié dans le plus grand journal du pays. Eux deux partant ensemble à l'aventure, ç'aurait été quelque chose, non ? Mais elle était trop intègre, elle insisterait pour appeler la police, il en était sûr. Il observa son téléphone, il avait déjà composé le numéro, il lui suffisait d'appuyer sur la touche d'appel. À présent, son débat intérieur était clos, l'argument qui l'avait emporté était le suivant : cela *pouvait* être un hasard. Il n'avait aucune preuve absolue à présenter à la police, et dans ces cas-là, il devait être permis de poursuivre l'investigation de son côté. Alors qu'attendait-il ? Avait-il peur ? Il rit doucement. Il avait peur, oui, et pas qu'un peu ! Il appuya fortement son index sur l'icône verte.

Il entendit son propre souffle affolé contre le téléphone pendant que la sonnerie retentissait. Un bref instant, il espéra qu'il n'y aurait pas de réponse, ou que ce ne serait pas lui qui décrocherait.

« Oui ? »

Déception et soulagement, surtout déception. Ce n'était pas lui, ce n'était pas la voix qu'il avait entendue au téléphone les deux autres fois. Il respira. Il avait décidé au préalable de mener à bien son plan quoi qu'il advienne afin de ne pas avoir de regrets après coup.

« Terry Våge à l'appareil, se présenta-t-il en parvenant à maîtriser le chevrotement de sa voix. Nous nous sommes déjà parlé. Avant que vous raccrochiez, je n'ai pas contacté la police. Pas encore. Je ne le ferai pas si vous me parlez. »

Au bout du fil, le silence était total. Qu'en déduire ? Que cette personne s'efforçait de déterminer si elle avait affaire à un dégénéré ou à un copain qui lui faisait une blague ? Puis, tout bas, le débit lent, une voix différente se fit entendre.

« Comment l'avez-vous découvert, Våge ? »

C'était lui, parlant de la voix grave et râpeuse qu'il avait eue quand il avait appelé Våge de son numéro caché, probablement un appareil jetable non enregistré.

Våge frissonna, sans savoir quelle était la part de joie et quelle était la part de pur malaise.

« Je vous ai vu passer en voiture devant le centre commercial de Kolsås hier soir. C'était vingt-six minutes après que j'avais quitté l'endroit où vous aviez suspendu les têtes. J'ai tous les horaires sur les photos que j'ai prises. »

Il y eut une longue pause.

« Que voulez-vous, Våge ? »

Le journaliste inspira profondément. « Je voudrais votre histoire. Toute votre histoire, pas seulement celle des meurtres. Une image vraie de la personne derrière. Ce qui s'est passé touche beaucoup de monde, pas seulement les proches de la victime, et les gens ont besoin de comprendre. Un pays entier a besoin de comprendre. J'espère que vous saisissez bien que cela ne m'intéresse pas de vous présenter comme un monstre.

— Pourquoi ?

— Parce que les monstres n'existent pas.

— Ah bon ? »

Våge eut un temps d'hésitation. « Je vous promets bien sûr l'anonymat. »

Petit rire.

« Et pourquoi vous croirais-je ?

— Parce que, dit Våge avant de s'arrêter pour retrouver la maîtrise de sa voix et de reprendre. Parce que je suis un journaliste déchu. Parce que je suis sur une île déserte et que vous êtes mon seul radeau. Parce que je n'ai rien à perdre. »

Nouveau silence.

« Et si je ne vous accordais pas cette interview ?

— Mon coup de fil suivant serait à la police. »

Våge attendit.

« D'accord. Retrouvons-nous au Weiss derrière le musée Munch.

— Je sais où ça se trouve.

— À dix-huit heures précises.

— Aujourd'hui ? » Våge consulta sa montre. « C'est dans quarante-cinq minutes.

— Si vous arrivez en avance ou en retard, je m'en vais.

— D'accord, d'accord. On se voit à dix-huit heures. »

Våge raccrocha. Il respira trois fois en tremblant, puis le rire le saisit, et il posa le front sur le clavier en tapant les paumes sur son bureau. Allez-vous faire foutre ! Allez-vous faire foutre, tous autant que vous êtes !

Harry et Øystein étaient assis de part et d'autre du lit quand la porte s'ouvrit et que Truls se faufila à l'intérieur.

« Comment va-t-il ? chuchota-t-il en prenant sa chaise, le regard sur Ståle Aune, qui gisait tout pâle, les yeux fermés.

— Tu peux me poser la question directement, fit Aune d'un ton sec en ouvrant les paupières. Je me sens moyennement bien. J'ai demandé à Harry de venir, mais vous n'avez pas mieux à faire un vendredi soir, vous deux ? »

Truls et Øystein se regardèrent.

« Nan ! » affirma Øystein.

Aune secoua la tête d'un air accablé. « Où en étais-tu, Eikeland ?

— Ah oui, répondit Øystein. J'avais donc une course de taxi d'Oslo à Trondheim, cinq cents bornes, et le gars écoute une cassette avec une version à la flûte de pan de "Careless Whisper" et au milieu de Dovrefjell, je disjoncte, j'éjecte la cassette du lecteur, je baisse la vitre… »

Le téléphone de Harry sonna. Il pensait que c'était Alexandra, qui voulait savoir s'il pourrait venir pour l'éclipse lunaire de vingt-deux heures trente-cinq, mais c'était Sung-min. Il se glissa dans le couloir.

« Oui, Sung-min ?

— Non. Dites *Parlez-moi.*

— Parlez-moi.

— Bien. Oui, je vais vous parler. Parce que ça ne colle pas.

— Qu'est-ce qui ne colle pas ?

— Kevin Selmer. Il a un alibi.

— Ah ?

— Je suis allé à la détention provisoire, l'alibi s'y

trouvait. Le billet de Selmer pour *Roméo et Juliette*. Si j'avais eu un cerveau un peu plus performant, j'aurais tout de suite compris. Enfin, c'est-à-dire que mon cerveau a essayé de m'avertir, mais je n'ai pas écouté. Il a fallu que Mona Daa me mâche le travail.»

Sung-min marqua une pause.

«Le jour où Susanne Andersen a été portée disparue, Kevin Selmer assistait à la représentation de *Roméo et Juliette* au Nationaltheatret. J'ai retracé l'origine du billet. Comme celle de Helene, c'est l'une des places qui ont été envoyées à Markus Røed, en vertu de son statut de mécène du théâtre.

— Oui, elle m'a dit qu'elle en avait distribué à la soirée, ce doit être comme ça que Selmer a obtenu la sienne. Je me suis dit que c'était là aussi qu'il avait su quand Helene allait voir la pièce, elle avait aimanté sa place sur la porte du réfrigérateur.

— Mais ce n'était sans doute pas lui, pas si c'est le même homme qui a tué Susanne Andersen, parce que le théâtre a retrouvé les spectateurs assis à côté de Selmer ce soir-là et ils confirment la présence d'un homme correspondant à sa description. Ils s'en souviennent parce qu'il avait gardé sa parka, et il n'a *pas* disparu à l'entracte.»

Harry était surpris, mais surtout surpris de ne pas l'être davantage.

«Nous voilà revenus à la case départ, déclara-t-il.

— Pardon?

— Le tueur, c'est l'amateur qui distribuait sa coca verte. En fin de compte, c'était bien lui. Merde, merde, merde!

— Vous m'avez l'air… euh… sûr.

— Je suis sûr, mais si j'étais vous je ne me fierais

pas à un type qui s'est trompé si souvent. Il faut que j'appelle Katrine, et Krohn. »

Ils raccrochèrent.

Katrine était en train de coucher Gert quand elle répondit au téléphone, Harry l'informa donc en termes succincts des nouveaux développements. Ensuite, il appela Krohn et lui expliqua que certains éléments suggéraient que l'affaire n'était finalement pas résolue.

« Il va falloir de nouveau priver Røed de sortie. Je ne sais pas ce que le gars prévoit de faire, mais il nous a roulés dans la farine d'un bout à l'autre, donc il faut prendre toutes nos précautions.

— J'appelle la société Guardian. Merci. »

44

Vendredi

Interview

Prem consulta sa montre.

Dix-sept heures cinquante-neuf.

Il s'était installé à une table en vitrine du Weiss et avait vue, devant lui, sur deux pintes de bière fraîchement tirées, et dehors, sur le musée Munch en lumière rasante, ainsi que sur l'immeuble où il s'était incrusté à la soirée sur le toit.

Dix-sept heures cinquante-neuf et trente secondes.

Il regarda autour de lui. Les clients avaient l'air contents. Ils étaient assis en groupes, bavardaient, souriaient, riaient, se tapaient sur l'épaule. Des amis. Ça avait l'air chouette. C'est chouette d'avoir quelqu'un. Ça allait être chouette d'avoir quelqu'un. De l'avoir Elle. Ils boiraient des bières, ses amis à Elle deviendraient ses amis à lui aussi.

Un homme coiffé d'un chapeau pork pie entra. Terry Våge. Il s'arrêta, lança un regard circulaire pendant que la porte se refermait derrière lui. D'abord, il ne remarqua pas la main de Prem qui s'agitait discrètement, il fallait sans doute que ses yeux s'habituent à l'éclairage diffus, mais ensuite, il fit un bref signe de tête et se dirigea promptement vers sa table. Il était pâle, semblait essoufflé.

« Vous êtes…

— Oui, asseyez-vous, Våge.

— Merci. »

Våge ôta son chapeau, découvrant un front luisant de sueur. Il désigna de la tête le verre de bière qui était de son côté de la table.

« C'est pour moi ?

— Je serais parti sitôt la mousse descendue au-dessous du bord. »

Våge ricana en guise de réponse et leva son verre. Ils burent, reposèrent leurs pintes et s'essuyèrent la bouche du revers de la main d'un geste quasiment synchrone.

« Nous voilà donc enfin réunis, commença Våge, et nous buvons comme deux vieux amis. »

Prem comprit ce que tentait le journaliste. Briser la glace. Gagner sa confiance. Faire connaissance aussi vite que possible.

« Comme eux ? » Prem désigna les gens qui braillaient au comptoir.

« Oh, ça, c'est des rats de bureau. Ce pot du vendredi soir qu'ils sont en train de prendre, c'est le point culminant de leur semaine. Après ils vont rentrer retrouver leur vie de famille à périr d'ennui. Vous savez, dîner de tacos avec les enfants, les coucher et regarder la télé avec bobonne et puis demain matin, ce sera encore les gamins qui les soûlent et un tour au parc de jeux indoor. J'imagine que ce n'est pas le genre de vie que vous menez ? »

Non, pensa Prem. *Mais ce n'est peut-être pas très loin du genre de vie que je pourrais concevoir de mener. Avec Elle.*

Sachant qu'il n'aurait plus tellement d'occasions de le faire une fois qu'il aurait sorti son calepin, Våge but une bonne gorgée de bière. Bon Dieu, ce qu'il avait besoin de cette petite mousse !

« Que savez-vous du genre de vie que je mène, Våge ? »

Våge regarda son interlocuteur, essaya de le lire. Y avait-il de la résistance ? Avait-il commis un impair en se montrant si direct dès le début de leur conversation ? L'interview en vue d'un portrait était souvent un ballet subtil. Il souhaitait bien sûr que la personne interrogée se sente à l'aise, le voie comme un ami qui le comprenait, qu'elle s'ouvre, raconte des choses qu'elle n'aurait pas racontées autrement, ou plus précisément : qu'elle dise des choses qu'elle regretterait d'avoir dites. Cependant, il lui arrivait parfois d'être trop rentre-dedans, de manquer de subtilité.

« J'en sais un peu, répondit Våge. C'est incroyable ce qu'on peut trouver sur Internet quand on sait où chercher. »

Il avait noté que la voix de son interlocuteur n'était pas la même qu'au téléphone, et qu'il dégageait une odeur lui rappelant les vacances de son enfance, la grange de son oncle, les harnais des chevaux en sueur. Il eut un élancement à l'estomac. C'était sans doute son vieil ulcère qui se rappelait à son bon souvenir, ça arrivait parfois après des périodes de stress et de mode de vie malsain. Ou quand il buvait trop vite, comme maintenant. Il repoussa son verre, posa son calepin sur la table.

« Dites-moi, par où cela commence-t-il ? »

Prem ne savait pas exactement depuis combien de temps il parlait quand il raconta que son oncle était aussi son père biologique, mais qu'il ne l'avait découvert qu'après la mort de sa mère, brûlée vive dans l'incendie de leur maison.

« La reproduction entre parents au deuxième degré n'est pas mauvaise en soi, elle peut au contraire donner d'excellents résultats. C'est sur la durée que la consanguinité révèle les tares familiales. J'avais noté que je partageais certains signes particuliers avec oncle Fredric, des détails, comme ce tic que nous avions tous deux de nous passer le majeur au coin de la bouche, et des caractéristiques plus importantes, comme notre QI exceptionnellement élevé, mais c'est quand j'ai commencé à me pencher sérieusement sur les animaux et l'élevage que j'ai soupçonné un lien et j'ai fait analyser des prélèvements de nos ADN. Je nourrissais des idées de vengeance bien avant cela. J'allais avilir mon beau-père comme il m'avait avili, moi. Indirectement, il avait aussi tué ma mère. Là, j'ai compris qu'ils avaient été deux à le faire, oncle Fredric aussi nous avait laissés tomber, elle et moi. Donc je lui ai offert une boîte de chocolats pour Noël. Oncle Fredric adore le chocolat. J'y avais injecté un variant d'*Angiostrongylus cantonensis*, un nématode du rat qui apprécie tout particulièrement le cerveau humain et qu'on trouve uniquement dans la bave des limaces du mont Kaputar. Il en résulte une mort lente et douloureuse assortie d'une démence croissante. Mais je vois que je vous ennuie. Venons-en au fait. J'ai passé des années à développer mon propre variant de *Toxoplasma gondii*, et quand il a été prêt, mon plan a commencé à prendre forme. Le premier et plus gros problème était de trouver comment m'approcher de Markus Røed pour lui administrer le parasite. Les gens riches sont si peu accessibles, c'est tellement plus difficile d'arriver près d'eux, vous devez le savoir, vous qui êtes journaliste, quand vous essayez d'obtenir quelques mots d'une star du rock, non ? La solution s'est présentée plus ou moins par hasard. Je ne suis pas le genre de personnes qui sort beaucoup, mais j'avais appris qu'il allait y avoir une soirée sur la terrasse de l'immeuble de Røed. Là-haut donc… » Prem montra la direction par la fenêtre. « Et en même temps, je suis tombé par hasard sur un lot de cocaïne verte et j'ai compris que je pouvais la skimmer. Vous connaissez le mot ? Enfin bref, je l'ai mélangée avec mes amis *Toxoplasma gondii*. Pas beaucoup, juste assez pour obtenir l'effet désiré quand Røed les absorberait. Mon plan était d'attendre quelques jours après la soirée et d'aller le trouver de nouveau. Ce serait suffisant pour qu'il me flaire, moi, l'hôte définitif, et ne soit dès lors plus en mesure de me rejeter. Au contraire, il ferait exactement ce que je lui demandais, car il n'aurait qu'une seule pensée en tête : moi. Je n'avais peut-être plus le petit cul d'enfant qu'il souhaitait, mais aucun individu ayant des *Toxoplasma gondii* dans la tête ne peut résister à l'hôte définitif. »

Le groupe Aune était de nouveau réuni autour du lit de la 618.

Harry avait expliqué que l'affaire se présentait désormais sous un nouveau jour.

« Mais putain, ça ne peut pas être exact ! s'exclama Øystein. Bertine avait un bout de peau de Selmer entre les dents. D'où il serait venu ?

— Peut-être qu'elle l'avait baisé le jour de sa disparition », suggéra Truls.

Harry secoua la tête. « Non, c'est le Bleu qui l'a

mis là. Tout comme la salive de Røed sur la poitrine de Susanne.

— Comment ? demanda Truls.

— Je ne sais pas, mais ça doit être ça. Il l'a fait pour nous induire en erreur. Avec succès. »

Øystein fronça le nez.

« Elle est bien, ta théorie, mais qui est-ce qui s'amuse à introduire de l'ADN ? Qui est-ce qui fait ce genre de choses, putain ?

— Hmm. » Harry regarda pensivement Øystein.

« Malheureusement, les choses ne se sont pas passées comme prévu à la soirée, soupira Prem. Pendant que je préparais les rails sur la table basse, l'autre vendeur de cocaïne, il s'appelle Kevin Selmer, d'après ce que j'ai lu dans le journal, disait qu'il n'avait jamais goûté la cocaïne verte, qu'il en avait seulement entendu parler. Son regard s'est éclairé et quand les rails ont été prêts, il s'est précipité pour en sniffer un. Je l'ai attrapé par le bras et je l'ai écarté, je devais m'assurer qu'il y en ait assez pour Røed. Je l'ai griffé… » Prem baissa les yeux sur sa main. « En rentrant chez moi, j'ai retiré le sang et la peau que je lui avais arrachée de sous mes ongles et j'ai mis tout cela dans un bocal. Ça peut toujours servir ce genre de choses. Quoi qu'il en soit, à la soirée, les problèmes n'ont fait que continuer. Røed a insisté pour que ses deux copines sniffent chacune une ligne avant lui. Je n'ai pas couru le risque de protester. Au moins, les filles ont eu la politesse de choisir les deux lignes les plus fines sur les trois que j'avais faites. Quand le tour de Røed est venu, sa femme, Helene, a débarqué et elle s'est mise à le houspiller. C'est peut-être ce qui l'a stressé et fait éternuer. Il a soufflé toute la came. C'était une situation de crise, puisque je n'en avais plus sur moi. Alors je me suis précipité pour prendre un chiffon sur le plan de travail de la cuisine et j'ai essuyé les restes de cocaïne sur la table et sur le sol. J'ai montré le chiffon à Røed en disant que je pouvais en tirer un rail, mais il m'a répondu qu'il était plein de morve et de salive et que K lui fournissait de la cocaïne, Kevin, donc. Kevin étant fâché contre moi, je lui ai dit qu'il pourrait peut-être en goûter une autre fois. Il a répondu que ce serait avec plaisir, qu'il ne se droguait pas, mais que tout le monde voulait tester les choses une fois dans sa vie. Il ne voulait pas m'indiquer son nom ni son adresse, mais il a précisé que si je voulais échanger un peu de ma cocaïne contre la sienne, je le trouverais sur Jernbanetorget aux heures de bureau. J'ai dit oui, oui, mais sur le moment, je pensais que nous ne nous reverrions jamais. Enfin, bref, la soirée avait été désastreuse. En allant rincer le chiffon, j'ai remarqué un truc sur la porte du réfrigérateur. Une place de théâtre pour *Roméo et Juliette*. Røed avait distribué des places à certains d'entre nous sur la terrasse. J'avais fourré la mienne dans ma poche, sans intention d'y aller, et j'avais vu Kevin en recevoir une aussi. Enfin bref, devant le plan de travail de la cuisine, mon cerveau s'est donc mis à élaborer un plan B. J'ai l'esprit vif, Våge, c'est incroyable le nombre de coups d'avance qu'un cerveau peut prévoir quand il est sous pression, et le mien, comme je vous le disais, était à la fois rapide et sous pression. Je ne sais pas combien de temps je suis resté comme ça, guère plus d'une minute, peut-être deux, et puis j'ai enfoncé le chiffon dans ma poche et je me suis dirigé vers les filles. D'abord l'une, puis l'autre. Elles étaient bien disposées à mon égard après la cocaïne que je leur avais donnée, et je leur ai soutiré autant d'informations que possible. Rien de personnel, mais des choses qui pouvaient m'indiquer où les trouver. Susanne m'a demandé pourquoi je continuais de porter un masque. Bertine voulait encore de la cocaïne. Pour l'une comme l'autre, d'autres hommes sont venus et il était manifeste qu'elles s'intéressaient plus à eux qu'à quelqu'un comme moi. Je suis néanmoins rentré chez moi tout content, je savais que ce n'était qu'une question de jours avant que les parasites prennent place dans leurs cerveaux, avant qu'intérieurement, elles hurlent comme des midinettes devant un boys band en sentant mon odeur. »

Prem rit en levant son verre.

« Donc la question est : où commençons-nous à chercher le Bleu ? » fit Harry.

Truls grogna.

« Oui, Truls ? »

Il émit quelques autres bruits avant de se décider à démarrer. « S'il a mis la main sur de la cocaïne verte, il faut qu'on regarde qui s'est trouvé à proximité de la saisie avant l'envoi en analyse, à savoir les gens de l'aéroport et de l'entrepôt des saisies, et puis, oui, nous qui l'avons rapportée de Gardermoen à l'hôtel de police, mais aussi les gens qui l'ont transportée des Scellés à la police scientifique et technique.

— Ouais, répondit Øystein, mais il n'est pas sûr que cette saisie soit la seule cargaison de cocaïne qui soit entrée dans le pays.

— Truls a raison, souligna Harry. Cherchons d'abord dans les lieux les plus évidents. »

« Comme je m'en doutais, je n'ai pas eu d'autres occasions d'approcher Røed, expliqua Prem en soupirant. J'avais mélangé tous les parasites dont je disposais avec la cocaïne, et mon système immunitaire et une légère surdose d'antiparasitaire avaient fait la peau à ceux que j'avais dans le corps. Pour infecter Røed, je devais donc me procurer des parasites auprès des filles avant que leur réponse immunitaire ne les tue aussi. Autrement dit, il fallait que je mange leurs cerveaux et leurs yeux. Mon choix est tombé sur Susanne, je savais où elle faisait du sport. L'odorat humain n'étant pas aussi développé que celui des souris, je devais renforcer quelque peu mon pouvoir de séduction et je me suis donc enduit de sucs intestinaux distillés à partir de mes excréments. »

Prem afficha un large sourire, leva les yeux. Våge ne lui rendit pas son sourire, il se contenta de le dévisager avec ce qui ressemblait à de l'incrédulité.

« Je l'ai attendue devant la salle de sport, j'étais bien sûr dans l'expectative. J'avais testé le parasite sur des animaux qui fuient d'ordinaire les humains, comme les renards et les chevreuils, et ils avaient été attirés par moi, surtout les renards, mais je ne pouvais pas avoir de certitude que cela fonctionnerait sur les humains. Elle est sortie et j'ai tout de suite remarqué qu'elle était attirée. Nous nous sommes donné rendez-vous sur le parking près d'un chemin forestier de Skullerud. Comme elle n'était pas là à l'heure prévue, je me suis demandé si j'avais commis une erreur, si elle avait repris ses esprits une fois qu'elle n'avait plus l'odeur de mes intestins dans les narines, et puis elle est arrivée et, croyez-moi, mon cœur s'est empli de joie. »

Prem but une gorgée de bière, comme pour prendre son élan.

« Ensuite nous sommes allés dans la forêt, bras dessus, bras dessous, et un peu à l'écart des chemins et des sentiers, nous avons couché ensemble. Après, je l'ai égorgée. » Prem sentit les larmes monter, il dut s'éclaircir la gorge. « J'imagine que vous ne seriez pas contre davantage de détails, mais je crois que j'ai refoulé un certain nombre de choses. Enfin bref, j'avais aussi apporté un bocal contenant la salive de Røed, que j'ai étalée sur sa poitrine. J'ai rhabillé son buste pour éviter que la pluie ne chasse la salive avant que la police découvre le corps. Sur le coup, la salive me paraissait être une bonne idée, mais en réalité, ça n'a fait que compliquer les choses. » Il but encore un peu. « En ce qui concerne Bertine, ça s'est passé à peu près de la même façon. Je l'ai croisée dans le bar où elle m'avait dit avoir ses habitudes et nous nous sommes donné rendez-vous à Grefsenkollen. Elle est venue en voiture et quand je lui ai demandé d'y laisser son téléphone et de venir à l'aventure avec moi dans ma voiture, elle n'a émis aucune objection, rien que du désir à l'état pur. Elle avait sur elle un objet qu'elle appelait une *snuff bullet*, une espèce de minimoulin à poivre au moyen duquel on inhale de la cocaïne. Elle m'a persuadé de sniffer aussi. Je lui ai dit que je voulais la prendre par-derrière et je lui ai mis un lien en cuir autour du cou. Elle a dû croire que c'était un jeu sexuel et m'a laissé faire. Ça a été un peu plus long de l'étrangler que je ne pensais. Enfin bref, elle a fini par arrêter de respirer. »

Prem poussa un gros soupir, secoua la tête, essuya une larme.

« Je dois souligner que j'ai fait très attention à effacer les traces que j'avais pu laisser et que la police risquait de trouver, donc j'ai emporté la *snuff bullet*, puisque de l'ADN provenant de mon nez aurait pu s'y glisser. Je ne savais pas à ce moment-là que j'en aurais besoin plus tard. J'avais par ailleurs appris que quand on tue quelqu'un et qu'on veut son cerveau et ses yeux, il est bien plus astucieux de rapporter la tête entière chez soi. »

Prem étira ses jambes sous la table, il les sentait s'engourdir.

« Les semaines suivantes, j'ai mangé de petits morceaux de cerveau et d'œil. Je devais m'assurer que les parasites continuent de se reproduire, ils vivent si peu de temps, c'est exaspérant. Je me suis assis plusieurs fois à cette table ici même, en me demandant si j'allais sonner chez Røed, me présenter et demander à lui parler, mais il n'était jamais là, je voyais seulement Helene passer. Peut-être qu'il habitait ailleurs, mais je n'ai pas réussi à découvrir où. En attendant, j'avais mangé les cerveaux et les parasites mouraient, donc j'avais besoin d'une nouvelle souris. Helene Røed. Je partais du principe qu'en la lui enlevant, j'infligerais de la douleur à Markus Røed, du moins une certaine douleur. Je connaissais deux endroits où je pouvais m'approcher d'elle. Au Nationaltheatret, à la date indiquée sur le billet que j'avais vu sur le réfrigérateur, et à un endroit appelé le Danielles. Quand j'avais posé la question à Susanne, elle m'avait dit que c'était là qu'elle avait rencontré Markus Røed la première fois, et qu'elle ne comprenait pas pourquoi Helene Røed continuait d'aller aux déjeuners du lundi alors qu'elle avait déjà pêché son gros poisson. Alors j'y suis allé un lundi, et en effet, Helene Røed a fait son apparition. J'ai commandé le cocktail que je l'avais vue boire à la soirée, un dirty martini, et j'ai versé dedans une bonne dose de jus de *Toxoplasma gondii*. Puis j'ai appelé le serveur et je lui ai donné un billet de deux cents couronnes en lui demandant d'apporter le verre à la table de Helene. Je lui ai expliqué qu'il fallait qu'il désigne quelqu'un d'autre comme la personne qui lui offrait ce verre, que c'était une blague entre amis. Je suis resté jusqu'à ce que je la voie boire et puis j'ai filé. Je me suis servi de mon billet gratuit de *Roméo et Juliette* pour peaufiner mon plan. J'ai ainsi déterminé qu'on avait besoin d'un billet uniquement pour aller dans la salle, et que, pendant l'entracte, n'importe qui pouvait entrer dans le bâtiment et se mêler aux spectateurs. J'ai donc fait ce pour quoi je me sentais déjà passablement aguerri, je me suis rendu au théâtre, j'ai obtenu qu'elle me suive et... » Prem grimaça, donna un coup de pied, sans savoir s'il avait atteint la table ou la jambe de Våge. « Le lendemain, elle a été découverte et Røed, placé en garde à vue. C'est là que j'ai compris que je m'étais tiré une balle dans le pied. J'avais fait en sorte qu'il se retrouve là parce que je voulais qu'il souffre, mais on disait qu'il allait probablement passer des mois en détention provisoire. Alors il fallait que je résolve le problème. Heureusement, j'ai ça. »

Prem tapota l'index contre son front.

« Je m'en suis servi et j'ai trouvé un autre coupable pour prendre la place de Røed. Kevin, le dealer. Il avait tellement envie de goûter la cocaïne verte. Il était parfait. »

45

Vendredi

Recouvrement

Tout en faisant tourner son verre, Prem lorgna la petite équipe qui célébrait la fin de la semaine de travail.

« J'avais donc un fragment de peau qui traînait dans un bocal. Elle provenait du bras de Kevin Selmer. Je disposais aussi de prélèvements tissulaires d'autres personnes, je les collectionnais, parce que j'en avais parfois besoin pour mon projet de développement du parasite parfait. Je me suis tout simplement servi d'un cure-dent pour enfoncer un fragment de peau de Selmer entre les dents de Bertine. Et puis vous avez fait en sorte que la preuve arrive entre les mains de la police, mais de toute façon, je partais du principe que, tôt ou tard, la présence d'un variant de *Toxoplasma gondii* dans les corps serait découverte et que, si quelqu'un faisait le lien, la police traquerait l'hôte définitif. Pouvais-je faire en sorte que Kevin ressemble à la fois à un meurtrier et à un hôte définitif ? Désolé si je parais un tantinet content de moi, mais la solution était aussi simple que géniale. J'ai préparé un mélange à coup sûr mortel de cocaïne verte et de *Toxoplasma gondii*, j'en ai chargé la *snuff bullet* de Bertine et je suis allé voir Kevin sur Jernbanetorget pour le troc que je lui avais promis à la soirée. Il était enchanté, surtout quand je lui ai offert la *snuff bullet* dans la transaction. Je n'ose pas imaginer ses douleurs abdominales avant de mourir, moi aussi, j'aurais essayé de m'assommer en me tapant la tête contre le mur. »

Prem vida son verre.

« Voilà un bien long monologue, donc arrêtons-nous là, Terry. Et vous, comment ça va ? » Prem s'avança au-dessus de la table. « Je veux dire, vraiment. Vous vous sentez... paralysé ? Parce que c'est vite arrivé quand on boit de la bière contenant une forte concentration de *Toxoplasma gondii*. Encore plus forte que pour Kevin. Au bout de quelques minutes, on n'arrive plus à bouger un doigt ni à émettre un son, mais je vois que vous respirez toujours. La respiration et le cœur cessent de fonctionner en dernier, oui, et puis le cerveau, bien sûr, donc je sais que vous m'entendez. Je vais prendre vos clefs et je vais me rendre chez vous pour chercher votre ordinateur, que j'irai balancer dans le fjord avec votre téléphone. »

Prem regarda dehors, le jour s'éteignait.

« Tiens, il y a de la lumière chez mon beau-père. Il est seul maintenant. Vous croyez qu'il aurait envie d'une visite ? »

Il était un peu plus de dix-huit heures trente quand Markus Røed entendit sonner à la porte.

« Vous attendez quelqu'un ? » demanda le plus âgé des deux gardes du corps.

Røed secoua la tête. Le garde du corps se dirigea vers l'entrée.

Røed profita de ce qu'il était sorti du salon pour s'adresser à son collègue :

« Et qu'est-ce que vous avez envie de faire quand vous ne serez plus garde du corps ? »

Le jeune homme le regarda. Il avait de longs cils, ses yeux marron étaient doux. Ses muscles inutilement développés étaient compensés par un air naïf, enfantin. Avec un peu de bonne volonté et d'imagination, il pouvait sans doute passer pour quelqu'un de cinq ou six ans de moins.

« Je sais pas », répondit-il en promenant un regard circulaire dans la pièce – ça faisait sans doute partie de leur formation : ne pas converser inutilement avec le client et scruter inlassablement les environs, même quand ils étaient enfermés dans le chaleureux nid du foyer.

« Vous pourriez venir travailler pour moi, vous savez. »

Le jeune homme l'observa un instant, laissant Røed entrevoir ce qui ressemblait à du mépris, de l'écœurement, puis, sans répondre, il se remit à scanner la pièce. Røed jura intérieurement. Putain de chiot, ne comprenait-il pas ce qu'on lui proposait ?

« C'est quelqu'un qui dit qu'il vous connaît, cria le garde du corps dans l'entrée.

— Krohn ?

— Non. »

Røed fronça les sourcils. Il ne connaissait personne qui sonnerait à l'improviste.

Il se rendit dans l'entrée, où le garde du corps lui montrait l'écran du visiophone. Un jeune homme regardait la caméra de surveillance au-dessus de la porte de l'immeuble. Røed secoua la tête.

« Je vais lui demander de partir », annonça le garde du corps.

Røed regarda encore. Ne l'avait-il pas déjà vu, il n'y

a pas si longtemps ? N'avait-il pas une réminiscence, même s'il la balayait comme un simple visage parmi les nombreux autres qui éveillaient des souvenirs en lui ? Enfin, maintenant qu'il était là, dehors, se pouvait-il tout de même que ce…

« Attendez. »

Røed tendit la main, le garde du corps lui tendit le combiné.

« Allez dans le salon », lui ordonna Røed.

Le garde du corps hésita un instant avant d'obéir.

« Qui êtes-vous et que voulez-vous ? » demanda Røed dans le combiné. Son ton était plus froid que prévu.

« Salut, papa. C'est ton beau-fils. Je voulais juste te parler. »

Røed eut le souffle coupé. Cela ne faisait pas l'ombre d'un doute. Le garçon de tant de rêves, la terreur de tant de cauchemars où il se voyait découvert. Enfin garçon de tant de rêves, ce n'était plus un garçon, non, mais c'était lui. Lui. Après toutes ces années. Parler ? Ça n'augurait rien de bon.

« Je suis un peu occupé, répondit-il. Tu aurais dû me prévenir. »

L'homme s'adressa à la caméra.

« Je sais. Je n'avais pas l'intention de te contacter, mais je me suis décidé aujourd'hui. Tu comprends, demain je vais partir pour un long voyage et je ne sais pas quand je rentrerai. Je ne veux pas m'en aller sans avoir réglé certaines choses, papa. C'est le moment de pardonner. Il fallait que je te voie une dernière fois, face à face, pour pouvoir te le dire. Je pense que ce serait bien et pour moi et pour toi. Ça n'a pas besoin d'être long, quelques minutes, et si on ne le fait pas, on le regrettera tous les deux, j'en suis tout à fait sûr. »

Røed écoutait. Cette voix grave qu'il n'avait jamais entendue, ni à l'époque ni récemment. Ses souvenirs des derniers temps dans la maison de Gaustad étaient ceux d'un garçon commençant à peine à muer. L'idée l'avait traversé, bien sûr, il pouvait débarquer un jour et lui causer des problèmes. Ce serait sa parole contre la sienne et la seule personne en mesure de confirmer qu'il y avait eu des prétendues agressions était morte dans un incendie, mais sa réputation en prendrait un coup si jamais cela sortait. Ça salirait la façade, comme les gens de ce pays le disaient avec tant de mépris. Parce que la Norvège était un pays où des notions comme l'honneur familial avaient été vidées de leur sens par cette foutue social-démocratie, parce que la famille de la plupart des gens, c'était l'État, désormais, et les petits individus n'avaient besoin de répondre qu'à leurs pairs, à la masse grise sans traditions de la social-démocratie. Il en allait autrement quand on s'appelait Røed, mais ça, le citoyen lambda ne le comprendrait jamais. Il ne comprendrait jamais qu'il était attendu qu'on se suicide plutôt que traîner le nom de famille dans la boue. Alors que faire ? Il devait prendre une décision. Son beau-fils refaisait surface. Røed s'essuya le front de sa main libre et sentit à sa stupéfaction qu'il n'avait pas peur. Comme quand il avait manqué de se faire écraser par le tram. Maintenant que ce qui l'avait plongé dans l'effroi se produisait, pourquoi n'avait-il pas plus peur ? Et s'ils parlaient un peu, après tout ? Si son beau-fils avait de mauvaises intentions, la situation ne deviendrait pas plus inquiétante parce qu'ils parlaient. Dans le meilleur des cas, il était question de pardon. Tout est oublié, merci et au revoir ; peut-être parviendrait-il même à mieux dormir. Le seul écueil à éviter était de dire quelque chose, de faire un aveu direct ou indirect qui pourrait être utilisé contre lui.

« J'ai dix minutes, précisa Røed en appuyant sur le bouton d'ouverture de la porte. Prends l'ascenseur jusqu'au dernier étage. »

Il raccrocha. Le garçon pouvait-il avoir l'idée de faire un enregistrement sonore ? Il se tourna vers les gardes. « Est-ce que vous fouillez les visiteurs ?

— Toujours, répondit le plus âgé.

— Bien. Vérifiez s'il a un micro scotché sur lui et prenez-lui son téléphone, vous lui rendrez quand il repartira. »

Assis dans un fauteuil moelleux du salon de télévision, Prem observait Markus Røed. Les gardes se tenaient juste devant la porte entrebâillée.

Il avait été surpris qu'il ait des gardes du corps, mais ça n'avait pas forcément beaucoup d'importance. Ce qui comptait, c'était qu'il soit seul avec lui. Tout cela aurait pu être fait plus facilement, certes. S'il avait voulu tuer ou blesser physiquement Markus Røed, ce n'aurait pas été très compliqué, après tout, il n'avait jamais eu de gardes du corps auparavant, et dans une ville comme Oslo, les habitants sont si naïfs et si confiants qu'ils ne s'imaginent jamais que le type qu'on croise dans la rue pourrait avoir une arme dans son blouson. Ça n'arrive jamais. Ce n'était d'ailleurs pas ce qui allait arriver à Markus Røed non plus. Ça n'aurait pas suffi. Oui, il aurait été plus simple de l'abattre, mais si la vengeance qu'il avait prévue pour son beau-père lui procurait ne serait-ce qu'une fraction du plaisir qu'elle lui avait apporté dans ses fantasmes, cela récompenserait tous ses efforts. Car

Prem avait composé une vengeance symphonique, et le crescendo approchait.

« Je suis désolé de ce qui est arrivé à ta mère », déclara Markus Røed. Suffisamment fort pour que Prem l'entende distinctement, suffisamment bas pour que les gardes dans le couloir ne saisissent pas ses paroles.

L'homme imposant était mal à l'aise, Prem le voyait. Ses doigts tiraient sur le tissu des accoudoirs, ses narines palpitaient. Ce qui était un signe sûr qu'il respirait l'odeur des sucs intestinaux. Ses pupilles dilatées indiquaient que le signal olfactif avait depuis longtemps atteint le cerveau, où les parasites avides de se reproduire étaient en place depuis plusieurs jours. Sans vouloir se vanter, ce qu'il avait fait là était de l'art, ni plus ni moins. Quand son plan initial d'infecter son beau-père pendant la soirée avait échoué, il avait fallu improviser, trouver une autre idée, et il avait réussi, il avait infecté Markus Røed au vu et au su de tous, les avocats, les policiers, même Harry Hole.

Markus Røed consulta sa montre et éternua. « Comme je te le disais, je suis pressé, donc je ne veux pas te bousculer, mais il faut que nous soyons concis. Dans quel pays vas-tu…

— J'ai envie de toi », dit Prem.

Son beau-père sursauta si violemment que ses mâchoires en tremblèrent.

« Plaît-il ?

— J'ai fantasmé sur toi pendant toutes ces années. Il y avait agression, ça ne fait aucun doute, mais je… enfin, j'ai appris à aimer ça. J'ai envie d'essayer encore. »

Prem regarda Markus Røed droit dans les yeux. Il vit le cerveau parasité travailler derrière, tirer les mauvaises conclusions : *Je le savais! Le petit aimait ça, il pleurait seulement pour faire semblant. Je n'ai pas mal agi, au contraire, j'ai simplement appris à quelqu'un à aimer ce que j'aime!*

« Et je trouve qu'on devrait faire ça de manière aussi ressemblante que possible.

— Ressemblante ? »

Markus avait déjà la voix voilée par le désir. C'était bien là, le grand paradoxe de la toxoplasmose, cette façon dont le désir sexuel – qui au fond est un désir de se reproduire – étouffe la peur de la mort, des dangers, et donne à l'individu infecté cette exquise et désespérante vision en tunnel, tunnel qui mène droit dans la gueule du chat.

« La maison, elle existe toujours, mais il faut venir seul, fausser compagnie à tes gardes.

— Tu veux dire… maintenant ? » Markus déglutit.

« Tout à fait. Je vois que tu as… » Prem se pencha en avant, posa la main sur l'entrejambe de Røed. « … Envie ? »

La mâchoire inférieure de Røed monta et descendit dans un mouvement incontrôlé.

Prem se leva. « Tu te rappelles où c'est ? »

Markus Røed se contenta de hocher la tête.

« Et tu viendras seul ? »

Nouveau signe de tête.

Il était inutile de lui préciser qu'il ne devait confier à personne ni sa destination ni qui il allait voir. La toxoplasmose rend peut-être l'individu infecté en rut et désinhibé, mais pas stupide. Enfin, pas stupide dans le sens où il ferait quelque chose qui pourrait potentiellement l'empêcher d'obtenir la seule chose qu'il ait en tête.

« Je te donne une demi-heure », déclara Prem.

Le garde le plus âgé, Benny, bossait dans le secteur depuis quinze ans.

À l'arrivée du visiteur, il avait constaté que ce dernier avait mis un masque chirurgical. Benny avait surveillé l'opération pendant que son collègue effectuait la fouille. Hormis un jeu de clefs, le visiteur n'avait rien sur lui qui puisse être utilisé comme une arme. Il n'avait pas non plus de portefeuille ni de pièce d'identité. Il avait prétendu s'appeler Karl Arnesen, et si le nom semblait inventé sur le moment, Røed l'avait confirmé d'un signe de tête. Le visiteur s'était vu confisquer son téléphone conformément aux instructions de Røed et Benny avait insisté pour que la porte du salon de télévision ne soit pas complètement refermée.

Il ne s'était écoulé que quatre minutes – c'était en tout cas le chiffre que Benny allait indiquer dans sa déposition à la police – avant que le jeune « Arnesen » ressorte de la pièce, récupère son téléphone et quitte l'appartement. Røed avait crié du salon de télévision qu'il voulait être tranquille et avait refermé la porte. Cinq minutes plus tard, Benny frappa pour l'informer que Johan Krohn souhaitait lui parler. N'obtenant pas de réponse, il entra dans la pièce. Personne. La fenêtre de la terrasse était ouverte. Son regard se posa sur l'escalier de secours intérieur qui descendait jusqu'au bas de l'immeuble. Il n'y avait pas de grand mystère, au cours de l'heure écoulée, son client avait à trois reprises sous-entendu qu'il paierait exceptionnellement bien quiconque ferait un saut sur Torggata ou Jernbanetorget pour lui rapporter de la cocaïne.

46

Vendredi

Éclipse totale

Markus sortit du taxi en bas, près du portail.

Le premier réflexe du chauffeur, lorsqu'il était monté dans son véhicule à la station d'Oslobukta, avait été de lui demander s'il avait de l'argent. Question raisonnable vu que Markus était en bras de chemise et chaussé de simples pantoufles, mais il avait sa carte de crédit sur lui, il ne s'en départait jamais, quoi qu'il advienne, il se sentait nu sans.

Les gonds gémirent à l'ouverture du portail. Il remonta le chemin gravillonné, arriva sur la hauteur et eut un léger choc en voyant la maison à demi calcinée au crépuscule. Après avoir quitté Molle et le garçon au sobriquet idiot de Prem, il n'était jamais revenu. Il avait appris le décès dans les journaux et assisté aux funérailles, mais il ignorait que la maison était ravagée à ce point. Ne restait plus qu'à espérer que subsistent suffisamment de décors préservés pour lui permettre de jouer la pièce d'une manière crédible, si on peut dire. Reconstruire ce qu'ils avaient fait, ce qu'ils avaient été l'un pour l'autre à l'époque. Sachant que ce qu'il avait été pour le garçonnet, Dieu seul le savait.

En descendant vers la maison, il vit une silhouette se découper dans l'entrée. C'était le garçon. Dans le salon, en face de lui, son envie avait été si renversante qu'il avait été à deux doigts de perdre le contrôle et de se jeter sur lui. C'était toutefois une chose qu'il avait faite une fois de trop dans sa vie et il ne s'en était tiré que de justesse. À présent, son envie était sous contrôle, il était capable de penser rationnellement, trouvait-il, mais la puissance de son désir, emmagasiné au fil de tant d'années à vivre avec les souvenirs de Prem, était telle que rien n'aurait pu l'arrêter.

Il rejoignit le jeune homme, qui l'accueillait d'une main tendue et souriait. Røed n'y songeait que maintenant, mais ses deux grandes incisives de rongeur avaient disparu, le garçon avait désormais une belle rangée de dents bien régulières. Pour que l'illusion soit complète, il aurait préféré les dents de son enfance, mais ce fut oublié dès qu'il fut près de lui et emmené par la main dans la maison.

De nouveau, un petit choc. L'entrée, le salon, tout était noir, calciné. La plupart des cloisons avaient brûlé et les espaces étaient tous plus ouverts. L'homme – le garçon – l'entraîna directement dans les mètres carrés qui avaient été sa chambre au rez-de-chaussée. Dans un frisson réjoui, Røed se rendit compte qu'il n'avait pas besoin de lumière, il avait redescendu l'escalier et fait ces pas dans le noir si souvent qu'il connaissait encore le chemin.

« Déshabille-toi et couche-toi là », dit le garçon en éclairant les lieux avec son téléphone.

Røed contempla le matelas sale, le squelette carbonisé du lit en fer.

Puis il obéit, posant ses vêtements sur le cadre de lit.

« Tout », précisa le garçon.

Røed ôta son caleçon. Son érection n'avait cessé de croître depuis que le garçon l'avait pris par la main. Ce qui le faisait bander, c'était dominer, pas être dominé – jusqu'à présent, en tout cas –, mais il se délectait pourtant de cette voix invitante, du froid qui hérissait sa peau, de l'humiliation d'être nu quand le garçon restait tout habillé. Le matelas, qui empestait l'urine, était mouillé et glacé contre son dos.

« Mettons ceci. »

Røed sentit ses bras hissés, quelque chose enserra ses poignets. Il leva les yeux. À la lumière du téléphone du garçon, il vit ses mains ligotées avec des liens en cuir. Ensuite, ses pieds furent eux aussi attachés au cadre de lit. Il était à la merci du garçon. Comme le garçon l'avait été à la sienne.

« Viens, murmura-t-il.

— On a besoin de plus de lumière, commenta le garçon, qui avait sorti le téléphone de Røed de son pantalon. Quel est ton code ?

— Reconnaissance d'ir…, commença Røed avant de se voir coller l'écran devant le visage.

— Merci. »

Ébloui par les deux sources lumineuses, Røed ne comprit pas ce qui se passait avant d'entrevoir la silhouette du garçon entre les deux téléphones éclairés : il avait dû les monter maintenant sur des trépieds réglés à hauteur de tête. Le garçon était devenu plus âgé. C'était un homme, mais il restait assez jeune pour que Røed veuille de lui. Manifestement. Son érection était irréprochable et le chevrotement de sa voix était dû autant à l'excitation qu'au froid lorsqu'il chuchota :

« Viens ! Viens à moi, mon garçon.

— Dis-moi d'abord ce que tu veux que je fasse avec toi. »

Markus Røed humecta ses lèvres sèches, le dit.

« Encore une fois, répondit le garçon en baissant son pantalon et en entourant son sexe toujours mou de sa main. Sans prononcer mon nom, cette fois. »

Røed tiqua un peu, mais soit, au Tuesdays ils étaient plusieurs à marcher à l'impersonnel, à préférer voir un pénis dur dans un *glory hole* plutôt que la personne tout entière. Heureusement. Il répéta sa liste de souhaits sans mentionner de nom.

« Raconte-moi ce que tu me faisais quand j'étais petit, dit l'homme entre les deux lumières, qui maintenant se masturbait.

— Viens plutôt ici, que je te le chuchote à l'oreille…

— Raconte ! »

Røed déglutit. Alors c'était ça qu'il voulait. Du direct, du brutal, du ton dur, de la lumière crue. D'accord. Il fallait simplement qu'il règle ses propres émetteur et récepteur sur la même fréquence. Putain, il aurait fait n'importe quoi pour l'avoir. Il tâtonna un peu, tourna autour du pot, puis trouva le ton adéquat et raconta. Sans ambages, en détail. C'était la bonne fréquence. Il était émoustillé par ses propres paroles, par les souvenirs qu'il convoquait ainsi. Il appelait un chat un chat, employait des mots comme « violais », parce que cela correspondait aux faits et parce que cela accroissait son excitation, celle du garçon aussi, en tout cas ce dernier gémissait, mais il n'était plus visible, il avait reculé de quelques pas, dans l'obscurité derrière les lumières. Røed raconta tout, jusqu'à son pénis qu'il essuyait sur la couette du garçonnet avant de remonter à l'étage sur la pointe des pieds.

« Merci ! » fit le garçon de sa voix cassante. L'une

des lumières s'éteignit, il s'avança dans l'autre. Il avait remis son pantalon, était tout habillé. Il tenait le téléphone de Røed et pianotait sur l'écran.

« Qu… qu'est-ce que tu fais ? geignit Røed.

— Je partage cette dernière vidéo avec tous tes contacts.

— Tu… tu as enregistré ?

— Sur ton téléphone. Tu veux voir ? »

Le garçon leva le téléphone devant Røed, qui se vit sur l'écran : un homme grassouillet, la soixantaine bien tapée, pâle, presque blanc sous cette lumière dure, allongé sur un matelas crasseux, avec une érection se dressant légèrement vers la droite. Pas de masque devant les yeux cette fois, rien qui puisse cacher son identité. Et sa voix, légèrement troublée par l'excitation, mais en même temps limpide, désireuse que son interlocuteur entende bien les mots. Il nota que le cadrage ne permettait pas de voir que ses mains et ses pieds étaient attachés au lit.

« Je l'envoie avec un petit message que j'ai préparé, poursuivit le garçon. Écoute. *Cher monde. J'ai beaucoup réfléchi ces derniers temps et j'en suis arrivé à la conclusion que je ne pouvais plus vivre avec ce que j'ai fait. Je m'immole donc par le feu dans la maison où Molle l'a fait. Adieu.* Qu'en penses-tu ? Ce n'est peut-être pas de la poésie, mais c'est clair et net, non ? Je vais programmer l'envoi pour que tes contacts le reçoivent un peu après minuit. »

Røed ouvrit la bouche pour parler, mais n'eut pas le temps de prononcer un mot, car un objet était enfoncé entre ses lèvres.

« Bientôt, tous sauront quel porc pervers tu es. » Prem colla de l'adhésif sur sa bouche fourrée de l'une des chaussettes en laine laissées par le Bulgare. « Dans deux jours, le reste du monde le saura aussi. Qu'est-ce que tu en penses ? »

Pas de réponse, rien qu'une paire d'yeux écarquillés et des larmes qui roulaient sur deux joues rondes.

« Allons, allons, dit Prem. Laisse-moi te consoler un peu, papa. Je ne vais pas suivre mon plan initial, qui était de t'exposer comme je le fais maintenant et de me suicider ensuite en te laissant vivre avec cette humiliation publique. Parce qu'en fin de compte, j'ai envie de vivre. J'ai trouvé une femme que j'aime, tu comprends, et ce soir je vais la demander en mariage. Regarde ce que je lui ai acheté aujourd'hui. »

Prem sortit la boîte en velours bordeaux de sa poche, l'ouvrit. Le petit diamant sur l'anneau scintilla à la lumière du téléphone sur le trépied.

« Donc à la place, j'ai décidé de vivre une vie longue et heureuse, et dans ce cas-là, mon identité ne peut pas être révélée. Ce qui signifie que ceux qui savent doivent mourir à ma place. Toi, tu dois mourir, papa. Je comprends qu'il soit difficile de devoir mourir, en sachant qui plus est que ton nom de famille est souillé. Maman m'avait expliqué combien ces choses-là comptaient pour toi. Enfin bon, comme ça, tu n'auras pas à vivre cette humiliation. Ça, c'est bien, non ? »

Prem essuya une larme de Røed avec son index, la lécha. En littérature, on parlait de larmes amères, mais toutes les larmes n'avaient-elles pas le même goût, au fond ?

« La mauvaise nouvelle, c'est que j'ai l'intention de te tuer lentement pour compenser le fait que tu évites l'humiliation. La bonne nouvelle, c'est que je ne vais pas te tuer *très* lentement, dans la mesure où j'ai un rendez-vous avec ma bien-aimée sous peu. »

Prem consulta sa montre. « Oups, je vais devoir rentrer prendre une douche et me changer. Allez, il faut qu'on se mette au boulot, là ! »

Prem saisit le matelas à pleines mains. En deux ou trois secousses brutales, il parvint à le retirer de sous Røed et les ressorts métalliques couinèrent sous le poids de son corps. Prem se dirigea ensuite vers le mur noirci et ramassa le réchaud à gaz à côté du jerrican. Il installa le réchaud sous le lit, au niveau de la tête de son beau-père, et alluma le gaz.

« Je ne sais pas si tu te souviens, mais c'est la meilleure méthode de torture du livre sur les Comanches que tu m'avais offert pour mon anniversaire. Le crâne va faire office de casserole et dans un petit moment, ton cerveau se mettra à bouillir. La consolation, c'est que les parasites mourront avant toi. »

Markus Røed s'arqua et se tordit en tous sens. Sa peau se déchira sur des ressorts et du sang perla sur le sol couvert de cendres. La sueur commençait à couler de son dos. Les veines se dilataient sur son cou et sur son front alors qu'il essayait de crier malgré la chaussette en laine.

Prem le regarda. Il attendit, déglutit. Cela ne lui faisait rien. Enfin si, ça lui faisait quelque chose, mais pas ce qui était prévu. Certes, il s'était préparé à ce que la vengeance ne soit pas tout à fait aussi douce que dans ses fantasmes, mais pas à ça, pas à ce qu'elle présente la même amertume que les larmes de son beau-père. Il ressentit un choc plutôt qu'une déception : il avait pitié de cet homme couché là. Cet homme qui avait détruit son enfance et qui était coupable du suicide de sa maman. Il refusait de ressentir de la pitié ! Était-ce sa faute, à Elle, était-ce parce qu'Elle avait apporté l'amour dans sa vie ? La Bible disait que l'Amour était la plus grande des choses. Était-ce vrai, l'Amour était-il plus grand que la Vengeance ?

Prem se mit à pleurer, des larmes intarissables. Il se dirigea vers l'escalier brûlé, trouva la vieille pelle à moitié enfouie dans les cendres, s'en empara et retourna au lit en fer. Ce n'était pas son plan, qui avait été la torture lente, son plan ne comportait pas la moindre charité ! Il hissa néanmoins la pelle au-dessus de sa tête, vit le regard désespéré de Markus Røed, qui projetait la tête en avant et en arrière pour l'éviter, comme s'il préférait vivre encore quelques minutes dans la torture plutôt que mourir si vite.

Prem visa, puis il abattit la pelle. Une fois, deux fois, trois fois. Il essuya le sang qui avait giclé dans son œil, se pencha pour écouter s'il entendait une respiration, se redressa, brandit encore la pelle.

Ensuite, il souffla. Il consulta de nouveau sa montre. Il ne restait plus qu'à éliminer les traces. Il espérait que les coups de pelle n'auraient pas laissé de marques sur le crâne même, jetant le doute sur le fait qu'il s'agissait bien d'un suicide. Le reste, les flammes ne tarderaient pas à l'éliminer. Il défit les liens, les glissa dans sa poche. Ensuite, afin que l'on ne puisse soupçonner qu'une autre personne avait été présente dans la pièce, il coupa le début et la fin de la vidéo sur le téléphone de Røed, de façon à donner l'impression que ce dernier l'avait éditée lui-même avant de l'envoyer. Enfin, il cocha toute la liste de contacts de Røed, choisit minuit trente comme horaire d'envoi différé et appuya sur « envoyer ». Il pensa aux visages horrifiés, incrédules, éclairés par leur écran. En essuyant ses empreintes sur le téléphone avant de le remettre dans le pantalon de Røed, il remarqua que ce dernier avait reçu huit appels en absence, dont trois de Johan Krohn.

Il arrosa le cadavre d'essence, le laissa s'en imprégner, et répéta l'opération trois fois pour être sûr qu'il l'était convenablement. Il aspergea ensuite les poutres et les quelques cloisons en matériaux inflammables qui demeuraient. Il fit un tour des lieux, alluma. Il pensa à déposer le briquet à côté du lit pour donner l'impression que son beau-père avait mis le feu lui-même. Ensuite, il sortit du squelette de sa maison d'enfance, s'arrêta sur l'allée gravillonnée et leva le visage vers le ciel.

C'en était terminé de la laideur. La lune s'était levée. Elle était belle et le serait bientôt plus encore, quand le sang viendrait l'obscurcir. Une rose céleste pour sa bien-aimée. Il allait lui dire ça, employer ces mots précis.

47

Vendredi

Biquet, mon Biquet

Biquet, mon Biquet, mon petit bouc, pense à ton ami.

Katrine chanta la dernière note presque sans voix tout en essayant de percevoir si Gert avait la respiration profonde et régulière d'un enfant endormi. Oui. Elle remonta légèrement la couette et s'apprêta à partir.

« Où est oncle Hallik ? »

Elle regarda ses yeux bleus grands ouverts. Comment Bjørn avait-il pu ne pas voir que c'était le fils de Harry ? Ou bien l'avait-il su, dès le premier jour, à la maternité ?

« Oncle Harry est à l'hôpital, pour voir un ami malade, mais grand-mère est ici.

— Où tu vas ?

— À un endroit qui s'appelle Frognerseteren, c'est presque dans la forêt, haut au-dessus de nous. Peut-être qu'on ira un jour, tous les deux.

— Avec oncle Hallik. »

Elle sourit tout en ayant un pincement au cœur. « Et peut-être avec oncle Hallik », confirma-t-elle en espérant qu'elle ne mentait pas.

« Il y a des ours, là-bas ?

— Non, pas d'ours. »

Gert ferma les yeux et s'endormit pour de bon quelques secondes plus tard.

Katrine le contemplait, n'arrivait pas à s'arracher à ce spectacle. Elle consulta sa montre. Vingt heures trente. Il était temps de partir. Elle embrassa Gert sur le front et sortit de la chambre. Entendant le cliquetis discret des aiguilles à tricoter de belle-maman, elle passa la tête dans le salon.

« Il dort, chuchota-t-elle. J'y vais. »

Belle-maman hocha la tête en souriant. « Katrine. »

Katrine s'arrêta. « Oui ?

— Est-ce que tu peux me promettre une chose ?

— Quoi donc ?

— De passer un bon moment. »

Katrine croisa le regard de la femme âgée, et comprit ce qu'elle lui disait. Son fils était mort et enterré depuis longtemps, la vie devait continuer. Elle, Katrine, devait continuer. Sa gorge se noua.

« Merci, maman », murmura-t-elle.

C'était la première fois qu'elle l'appelait simplement maman, et elle vit que sa belle-mère aussi avait les yeux brillants.

Elle se dirigea d'un pas énergique vers la station de T-bane de Nationaltheatret. Elle ne s'était pas trop pomponnée. Une veste chaude, de bonnes chaussures, avait recommandé Arne. Cela signifiait-il qu'ils allaient dîner en terrasse, près des lampes chauffantes, avec une vue aux quatre vents, sous la voûte étoilée ? Elle leva les yeux vers la lune.

Son téléphone sonna. Harry, encore.

« Johan Krohn vient de m'appeler, dit-il. Pour info, Markus Røed a filé en laissant ses gardes du corps en plan.

— Ce n'est pas une surprise, si ? Il est toxicomane.

— La société de sécurité a envoyé des gens sur Jernbanetorget. Personne ne l'a vu. Il n'est pas rentré et il ne répond pas au téléphone. Bien sûr, ce n'est pas le seul endroit où acheter de la drogue, et il a pu aller ailleurs ensuite pour fêter sa libération. Je voulais simplement que tu le saches.

— Merci. Je prévoyais une soirée où je n'accorderais pas la moindre pensée à Markus Røed et où je me concentrerais sur les gens que j'aime bien. Comment va Ståle ?

— Étonnamment bien pour quelqu'un qui est si près de mourir.

— Ah bon ?

— Il pense que c'est la grande faucheuse qui l'accueille ainsi, en lui faisant franchir le seuil du royaume des morts de son plein gré. »

Katrine ne put que sourire. « Ça ressemble bien à du Ståle, ça. Comment vont sa femme et sa fille ?

— Elles gardent le moral. Pas l'espoir, mais le moral.

— OK. Salue-les tous de ma part.

— D'accord. Gert dort ?

— Oui. Il parle un peu trop souvent de toi, je trouve.

— Hmm. Ça a toujours un côté palpitant de rencontrer un oncle dont on ignorait l'existence. Amuse-toi bien à ton dîner. Dîner tardif, d'ailleurs.

— On n'avait pas le choix. La police scientifique et technique est complètement débordée. Sung-min avait un dîner en amoureux. Il sait que…

— Oui, je l'ai appelé à propos de Røed.

— Merci. »

Ils raccrochèrent alors que Katrine descendait dans le métro.

Pendant leur conversation, Harry avait reçu un appel. Ben. Il le rappela.

« Salut, Harry. Je suis allé sur Doheny Drive avec un copain. Pas de Lucille, hélas. J'ai appelé la police, qui voudra peut-être te parler.

— Je vois. Donne-leur mon numéro.

— C'est fait.

— OK. Merci. »

Ils raccrochèrent. Harry ferma les yeux, jura intérieurement. Devait-il lui-même appeler la police ? Non, si les garçons aux scorpions détenaient toujours Lucille, ce serait risquer qu'ils la tuent. Il ne pouvait rien faire d'autre qu'attendre. Alors pour l'instant, Lucille devait être refoulée dans un coin de son esprit, car Harry était accablé d'un cerveau d'homme – capable uniquement de se concentrer sur une seule chose à la fois, et encore, pas toujours – et à cet instant précis, il en avait besoin pour arrêter un tueur.

Lorsqu'il regagna la 618, Jibran avait rejoint Øystein et Truls au chevet d'Aune. Un téléphone était placé au milieu de la couette.

« Hole vient d'entrer, dit Aune au téléphone avant de s'adresser à Harry. Jibran pense que si le tueur a développé un nouveau parasite, il a forcément fait des recherches en microbiologie d'une manière ou d'une autre.

— Helge de l'Institut médico-légal est de cet avis aussi, répondit Harry.

— Et il n'y a pas grand monde dans ce domaine, poursuivit Aune. J'ai au bout du fil le professeur

Løken, qui dirige la recherche au Service de microbiologie de l'hôpital universitaire d'Oslo. Il dit ne connaître qu'une seule personne qui ait effectué des recherches sur les parasites mutants de *Toxoplasma gondii*. Professeur Løken, quel nom disiez-vous ?

— Steiner, grésilla une voix au milieu de la couette. Fredric Steiner, parasitologue. Il avait pas mal avancé dans le développement d'un variant pouvant avoir un hôte définitif humain. Ensuite, un parent à lui a essayé de reprendre ses recherches, mais il a perdu son financement et sa place de chercheur chez nous.

— Pouvez-vous nous dire pourquoi ? demanda Aune.

— Si je me souviens bien, il était question de méthodes de recherche non éthiques.

— Ce qui signifie ?

— Je n'en suis pas sûr, mais il me semble que dans ce cas précis, il s'agissait d'expériences sur des humains vivants.

— Harry Hole à l'appareil, professeur. Vous voulez dire qu'il les infectait avec le parasite ?

— Nous n'avons jamais eu de preuves, mais il y avait des rumeurs, oui.

— Vous avez le nom de cette personne ?

— Je ne m'en souviens pas, c'était il y a longtemps. La seule chose qui se soit passée était l'arrêt du projet, ce qui arrive sans cesse, il n'y a pas forcément de problème, il peut s'agir simplement de progrès insuffisants. Quoi qu'il en soit, pendant que nous parlions, j'ai essayé de retracer Steiner dans le panorama historique du personnel de recherche, non seulement dans notre hôpital, mais dans toute la Scandinavie. Malheureusement, je n'ai trouvé que Fredric. Si c'est important, je peux demander à quelqu'un qui travaillait sur la parasitologie à l'époque des faits.

— Nous vous en serions très reconnaissants, répondit Harry. À quel stade en étaient les recherches de cette personne ?

— Pas très loin, sans quoi j'en aurais entendu parler.

— Vous avez le temps de répondre à la question d'un imbécile ? demanda Øystein.

— En général, ce sont les meilleures, répondit Løken. Allez-y.

— Pourquoi diable vouliez-vous financer des recherches sur le développement ou le reclassement de parasites pour qu'ils puissent utiliser des humains comme hôtes définitifs ? N'est-ce pas seulement destructif ?

— Qu'est-ce que je disais sur les meilleures questions ? fit Løken en riant. Les gens bondissent souvent sur leur chaise quand nous employons le terme "parasite". Ce qui se justifie dans la mesure où de nombreux parasites sont exclusivement dangereux et destructeurs pour leur hôte, mais d'autres, nombreux aussi, présentent une utilité médicale pour celui-ci, puisqu'il est dans leur intérêt de le maintenir vivant et en aussi bonne santé que possible. S'ils exercent cette fonction pour des animaux, on peut imaginer qu'ils l'exercent pour des humains aussi. Steiner était l'un des rares chercheurs à se pencher sur le développement de parasites utiles en Norvège, mais internationalement, c'est un domaine de recherche majeur depuis des années. Ce n'est qu'une question de temps avant que quelqu'un se voie décerner un prix Nobel pour ça.

— Ou nous fournisse l'arme biologique parfaite ? glissa Øystein.

— Je croyais vous avoir entendu dire que vous étiez stupide ? Oui, vous avez raison, on pourrait obtenir une arme biologique parfaite.

— Bon, on sauvera le monde un autre jour, intervint Harry. Pour le moment, ce qui nous intéresse est de sauver la prochaine personne sur la liste d'un tueur. C'est vendredi soir, mais vous nous demandiez si c'était important et…

— Je comprends maintenant que ça l'est. J'ai lu des articles sur vous dans le journal, Hole. Je vais passer quelques coups de fil tout de suite et je vous rappelle. »

Ils raccrochèrent.

Tous se regardèrent.

« Vous avez faim ? » demanda Aune.

Les quatre autres secouèrent la tête.

« Vous n'avez pas mangé depuis longtemps, insista-t-il. C'est l'odeur qui vous coupe l'appétit ?

— Quelle odeur ? s'étonna Øystein.

— L'odeur d'intestins que je dégage. Je ne peux rien y faire.

— Docteur Ståle, dit Øystein en tapotant la main d'Aune sur la couette. Si ça sent quelque chose, c'est de moi que ça vient. »

Aune sourit. Étaient-ce des larmes de douleur, ou l'émotion ? Nul n'aurait su l'affirmer. Harry observa son ami alors que les pensées tourbillonnaient dans son cerveau, ou plus exactement, c'était lui qui tourbillonnait dans son propre cerveau à la recherche d'une pensée. Comme s'il savait qu'il savait, sans toutefois savoir quoi. En revanche, il n'avait pas de doute sur le fait qu'il devait trouver, et vite.

« Jibran… », articula-t-il lentement.

Peut-être était-ce son ton, en tout cas les autres se

tournèrent vers lui comme s'il allait prononcer des paroles importantes.

« Que sentent les sucs intestinaux ?

— Les sucs intestinaux ? Je ne sais pas. Si l'on en juge par l'haleine des gens qui ont des brûlures d'estomac, ça sent peut-être l'œuf pourri.

— Hmm. Donc ce n'est pas une odeur musquée ? »

Jibran secoua la tête. « Pas chez les humains, à ma connaissance.

— Comment ça, pas chez les humains ?

— J'ai ouvert des abdomens de chats et l'odeur était distinctement musquée. Ça vient des sacs anaux. Plusieurs espèces animales utilisent le musc pour marquer leur territoire ou attirer des partenaires pendant la saison des amours. Dans la tradition islamique, on disait que l'odeur du musc était celle du paradis. Ou de la mort, selon la façon dont on voit les choses. »

Harry le dévisagea, mais c'était la voix de Lucille qu'il entendait dans sa tête. *Nous nous figurons que l'auteur pense dans l'ordre dans lequel il écrit. Rien d'étonnant puisque notre logique d'humains veut que ce qui se passe soit une conséquence de ce qui s'est passé, et non l'inverse.*

Le pillage de la cocaïne, le soupçon de supercherie, la révélation que la drogue avait été coupée. Ils avaient machinalement accepté cet ordre des événements, mais quelqu'un, l'auteur, l'avait changé. Harry le comprenait maintenant, ils s'étaient fait avoir, et il avait peut-être, littéralement, flairé l'auteur.

« Truls, tu peux venir avec moi deux secondes ? »

Les trois autres les suivirent du regard alors qu'ils sortaient dans le couloir.

Harry se tourna vers Truls.

« Truls, je sais que tu as dit que ce n'était pas toi qui avais volé la cocaïne. Je sais aussi que tu as toutes les raisons du monde de mentir sur le sujet. Je me fous de savoir ce que tu as fait et je crois que tu as confiance en moi. C'est pourquoi je te pose encore une fois la question. Est-ce que c'était toi ou quelqu'un que tu connais ? Prends cinq secondes pour réfléchir avant de me répondre. »

Truls avait baissé le front comme un taureau furieux, mais il hocha la tête, ne dit rien, respira cinq fois, ouvrit la bouche, la referma comme si un souvenir lui revenait. Ensuite seulement, il parla.

« Tu sais pourquoi Bellman n'a pas démantelé notre groupe ? »

Harry secoua la tête.

« Parce que je suis allé chez lui pour lui dire que s'il le faisait, je divulguerais qu'il a tué un dealer membre d'un club de motards d'Alnabru. J'ai caché le cadavre sous la terrasse de la nouvelle maison des Bellman, à Høyenhall. Si tu ne me crois pas, il suffit de casser la dalle. »

Harry observa longuement Truls. « Pourquoi tu me racontes ça ? »

Le front toujours écarlate, Truls soufflait comme une forge. « Parce que ça devrait prouver que j'ai confiance en toi, non ? Je viens de te filer des munitions pour me faire coffrer pendant plusieurs années. Pourquoi j'avouerais ça au lieu d'avouer un vol de cocaïne qui me ferait écoper de deux, trois ans maximum ?

— Je vois.

— Bien. »

Harry se frotta la nuque. « Et les deux personnes qui étaient venues chercher la drogue avec toi ?

— Impossible. C'est moi qui ai porté la drogue tout le temps, des douanes de l'aéroport à la voiture et ensuite de la voiture aux Saisies.

— Bien. J'ai dit que je pensais que c'était quelqu'un des douanes ou des Saisies qui avait pioché dans la cocaïne. Et toi, qu'est-ce que tu en penses ?

— Je ne sais pas.

— Je ne te demande pas ce que tu sais, mais ce que tu penses.

— Eh ben, je connais les gens qui ont été en contact avec la saisie et aucun d'eux n'a les mains sales. Moi, ce que je pense, c'est qu'ils ont mal regardé la balance, c'est tout.

— Et moi, je pense que tu as raison, parce qu'il y a une troisième possibilité, à laquelle, imbécile que je suis, je n'avais pas pensé. Retourne dans la chambre, j'arrive. »

Harry essaya d'appeler Katrine sans obtenir de réponse.

« Alors ? fit Øystein lorsque Harry revint s'asseoir à côté du lit. Des informations que nous autres ne pouvions pas entendre après tout ce que nous avons traversé ensemble ? »

Jibran sourit.

« On s'est fait avoir par l'ordre, déclara Harry.

— Comment ça ?

— Quand le lot de cocaïne est arrivé à la police scientifique et technique, personne ne s'était servi. C'est ce que disait Truls, la pesée était un peu imprécise, donc il y avait un léger décalage. Le vol s'est produit *après*, il a été effectué par la personne de la police scientifique et technique qui a analysé la cocaïne. »

Ils l'observèrent avec incrédulité.

« Réfléchissez. Vous travaillez à la police scientifique

et technique et on vous envoie de la cocaïne presque pure. Les Saisies soupçonnent que quelqu'un en a prélevé une petite quantité avant de la couper pour compenser la différence de poids. Vous constatez que ce n'est pas le cas, la cocaïne est parfaitement pure, personne n'a trafiqué quoi que ce soit, mais étant donné que les Saisies soupçonnent déjà quelqu'un d'autre, vous voyez votre chance se présenter. Vous prenez un peu de cocaïne pure, et vous renvoyez le reste, que vous avez mélangé avec du lévamisole, en confirmant qu'elle a été coupée avant de parvenir à la police scientifique et technique.

— Joli ! chanta Øystein dans un vibrato accéléré. Si tu as raison, ce gars est un sacré petit malin, dis donc.

— Ou cette fille, ajouta Aune.

— Gars, affirma Harry.

— Qu'est-ce que tu en sais ? demanda Øystein. Il n'y a pas de femmes à la police scientifique ?

— Si, mais tu te souviens du type qui est venu nous trouver au Jealousy l'autre soir ? Il nous expliquait qu'il avait rempli un dossier d'admission à l'École de police et qu'il avait laissé tomber ensuite parce qu'il voulait faire d'autres études ?

— Le petit copain de Bratt ?

— Oui. Sur le coup, je n'ai pas fait attention, mais il a dit que, en fin de compte, ses études lui permettraient peut-être d'être impliqué dans des enquêtes policières malgré tout. Ce soir, Katrine a laissé échapper qu'ils dînaient tard au Frognerseteren à cause du volume de travail de la police scientifique et technique. Ce n'est pas elle qui a beaucoup de travail, c'est lui. Tu as entendu parler de quelqu'un qui s'appelle Arne à la police scientifique, Truls ?

— Non, mais bon, ils sont nombreux là-bas et je

ne passe pas précisément mon temps à… » Il dodelina de la tête comme s'il cherchait le mot.

« À te faire des nouveaux amis ? » suggéra Øystein.

Truls lui lança un regard de mise en garde, mais il acquiesça.

« Ça pourrait être quelqu'un de la police scientifique, je suis d'accord, dit Aune, mais pourquoi une telle certitude ? Et pourquoi le petit ami de Katrine en particulier ? Tu penses à Kemper ?

— Aussi, répondit Harry.

— Hé ! coupa Øystein. Vous parlez de quoi, là ?

— Edmund Kemper, tueur en série dans les années 1970, expliqua Aune. Il aimait fréquenter les policiers. C'est typique d'un certain nombre de ces gens-là. À la fois avant et après les meurtres, ils vont trouver les policiers qu'ils supposent susceptibles d'enquêter sur eux. Kemper aussi avait voulu faire des études pour devenir policier, je crois.

— Il y a ces parallèles, confirma Harry, mais avant tout, c'est cette odeur pénétrante. Le musc. Comme du cuir mouillé ou chaud. Helene Røed a mentionné qu'elle l'avait sentie pendant la soirée et je l'ai notée dans la salle d'autopsie quand Helene Røed s'y trouvait, puis de nouveau quand on découpait l'œil de Susanne Andersen et puis aussi au Jealousy Bar le soir où nous avons vu cet Arne.

— Moi, je n'ai rien senti, objecta Øystein.

— Mais l'odeur était bien là. »

Aune haussa un sourcil. « Tu l'as perçue au milieu de cent bonshommes en sueur ?

— C'est une odeur très caractéristique.

— Tu as peut-être la toxoplasmose, trancha Øystein, l'air prétendument inquiet. Ça t'a excité ? »

Truls émit son rire porcin.

Et soudain, une douloureuse impression de déjà-vu frappa Harry. Bjørn Holm qui avait soigneusement nettoyé ses traces après le meurtre de Rakel.

« Ça expliquerait aussi pourquoi nous n'avons pas trouvé de traces sur les scènes de crime ou sur les corps. C'était un pro qui faisait le ménage.

— Évidemment ! s'exclama Truls. Si jamais on avait trouvé son ADN…

— Ç'aurait été parce que l'empreinte génétique de toute personne travaillant sur une scène de crime ou sur un corps figure dans le fichier, pour qu'on puisse identifier qu'un poil provient simplement d'un technicien de la police scientifique qui n'avait pas pris toutes ses précautions, ajouta Harry.

— Si jamais c'est l'Arne en question, il va s'en prendre à Katrine ce soir, souligna Aune. Au Frognerseteren.

— Qui se situe quasiment dans la forêt, ajouta Øystein.

— Je sais et j'ai essayé de l'appeler, précisa Harry, mais elle ne répond pas. Dans quelle mesure devrions-nous être inquiets, Ståle ? »

Aune haussa les épaules. « J'ai cru comprendre que Katrine et lui sortaient ensemble depuis un certain temps. S'il avait eu l'intention de la tuer, il l'aurait probablement déjà fait. Ou alors c'est qu'il s'est passé quelque chose qui l'a fait changer d'avis sur elle.

— Par exemple ? »

Aune haussa encore les épaules. « Le plus dangereux serait qu'elle agisse de façon à ce qu'il se sente humilié. En l'éconduisant, par exemple. »

48

Vendredi

La forêt

Au troisième étage d'un immeuble de Hovseter, Thanh attendait à la fenêtre, son téléphone à la main. Il était vingt heures cinquante-neuf. Elle regardait la voiture garée juste devant la porte d'entrée. Elle y était depuis près de cinq minutes. C'était le break de Jonathan. Son téléphone se mit à sonner, elle sursauta. Les chiffres sur l'écran indiquaient vingt et une heures, à la seconde.

Elle pensa à toutes les excuses qu'elle avait inventées puis rejetées au cours de l'heure écoulée et appuya sur le symbole vert.

« Oui ?

— Je suis devant.

— D'accord, j'arrive. » Elle laissa tomber son téléphone dans son sac à main. « J'y vais ! lança-t-elle depuis l'entrée.

— *Tam biêt* », répondit sa mère dans le salon.

Thanh referma la porte derrière elle et prit l'ascenseur, non pas par paresse de descendre par l'escalier, qu'elle préférait le plus souvent, mais parce qu'il existait somme toute une possibilité théorique que l'ascenseur tombe en panne et qu'il faille appeler les pompiers et annuler tout ce qui était prévu.

L'ascenseur ne tomba pas en panne. Thanh sortit dans la rue. La soirée était singulièrement chaude pour la saison, surtout par temps dégagé si tard en septembre.

Jonathan se pencha en travers du siège passager pour lui ouvrir la porte. Elle s'installa.

« Bonsoir.

— Bonsoir, Thanh. »

La voiture se mit en mouvement. Elle nota qu'il avait employé son prénom, chose qu'il ne faisait jamais dans le magasin.

Lorsqu'ils arrivèrent à la route principale, il prit vers l'ouest.

« Qu'est-ce que tu veux me montrer ? demanda-t-elle.

— Quelque chose de toute beauté. Quelque chose qui est pour toi.

— Pour moi ? »

Il sourit. « Et pour moi aussi.

— Tu ne peux pas me dire ce que c'est ? »

Il secoua la tête. Elle resta à le regarder du coin de l'œil. Il était si différent. Déjà, il employait son prénom, mais elle ne l'avait jamais entendu parler de quelque chose « de toute beauté » ni dire que quelque chose était pour elle. Elle avait été stressée, presque effrayée, même, avant de s'asseoir dans la voiture, mais à présent, quelque chose, sa façon de parler, peut-être, l'apaisait.

Et voilà qu'il lui souriait comme s'il s'était aperçu qu'elle le regardait en catimini. Il est peut-être comme ça en dehors du travail, se dit-elle. Avant de songer qu'elle était son employée et lui, son patron, donc ceci était du travail, dans un sens. Non?

En quelques minutes, ils eurent dépassé Røa, puis le golf de Bogstad, et s'enfoncèrent dans la vallée de Sørkedalen et ses forêts de sapins denses de part et d'autre.

« Tu savais que des ours avaient été observés dans ces bois?

— Des ours? » fit-elle, effarée.

Il ne se moqua pas d'elle, se contenta de sourire. Il avait un joli sourire, Jonathan, elle ne l'avait jamais remarqué. Enfin, peut-être que si, mais sans en faire grand cas. Dans le magasin, ce sourire s'affichait si rarement qu'on pouvait oublier à quoi il ressemblait d'une fois sur l'autre. Comme si Jonathan craignait de mettre à nu quelque chose qu'il ne voulait pas lui montrer en souriant. Mais maintenant, il voulait donc lui montrer quelque chose. Une chose « de toute beauté ».

Son téléphone sonna, la faisant sursauter encore.

Elle regarda l'écran, déclina l'appel et rangea l'appareil dans son sac.

« Ne te gêne pas pour moi si tu veux répondre, dit Jonathan.

— Je ne réponds pas quand je ne vois pas qui appelle. »

C'était un mensonge, elle avait reconnu le numéro du policier, Sung-min, mais elle ne pouvait pas décrocher dans la voiture et risquer à nouveau la fureur de Jonathan.

Lequel mit son clignotant et ralentit. Thanh ne voyait pas de sortie, mais un petit chemin apparut soudain. Son cœur se mit à battre plus vite quand les gravillons crissèrent sous les roues. Les phares étaient la seule lumière face à un mur de forêt noire.

« Où… », commença-t-elle avant de s'interrompre parce qu'elle craignait qu'il n'entende le chevrotement de sa voix.

« N'aie pas peur, Thanh. Je veux seulement te rendre contente. »

Était-elle démasquée ? « Seulement te rendre contente » ? Elle n'était plus très sûre d'aimer ces formulations singulières dans sa bouche.

Il arrêta la voiture, éteignit les phares, coupa le contact, et d'un seul coup, ils se retrouvèrent dans l'obscurité totale.

« Voilà, dit-il. C'est là qu'on descend. »

Elle respira. Ce devait être ce calme dans la voix de Jonathan, presque hypnotique, elle n'avait plus peur, elle était dans l'expectative. Lui montrer juste à elle. Quelque chose de toute beauté. Elle n'aurait su dire pourquoi, mais d'un seul coup, cela ne lui paraissait nullement étrange. Elle l'avait attendu, espéré. Cette angoisse qu'elle avait ressentie pendant toute la journée devait être celle de la mariée le jour de son mariage. Elle sortit de la voiture, respira l'air frais du soir, les effluves d'épicéas. Puis la panique revint. Comme il avait insisté sur le fait qu'elle ne devait en parler à personne, elle n'en avait parlé à personne, pauvre sotte. Nul ne savait qu'elle était ici. Elle avait la bouche sèche. À quel moment allait-elle dire stop, demander à rentrer ? Si elle le faisait maintenant, il se mettrait très en colère et peut-être que… peut-être que quoi ?

« Tu peux laisser ton sac, dit-il en ouvrant la portière arrière.

— J'aimerais emporter mon téléphone.

— Comme tu veux, mais dans ce cas, mets-le plutôt dans une poche de cette veste, il pourrait faire froid. »

Elle enfila la veste doublée qu'il lui tendait, en sentit l'odeur. L'odeur de Jonathan, probablement. Et… du feu de camp ? C'était un vêtement qui avait été à proximité d'un feu, en tout cas.

Jonathan s'était équipé d'une lampe frontale, il se détourna pour l'allumer, afin de ne pas éblouir Thanh.

« Suis-moi. »

Enjambant le fossé, il entra dans la forêt sans autre forme de procès, et elle n'eut d'autre choix que de sauter derrière lui. S'il y avait un sentier, elle ne le voyait pas. Le terrain montait et, çà et là, Jonathan s'arrêtait pour écarter des branches et faciliter sa progression.

Une bruyère baignant dans le clair de lune s'ouvrit à eux et Thanh en profita pour sortir son téléphone et le regarder. Elle eut un coup au cœur. Le réseau n'était pas seulement mauvais, il était inexistant.

La lumière de l'écran affaiblit considérablement sa vision nocturne, elle ne voyait désormais que du noir partout et resta à cligner des yeux.

« Par ici. »

Suivant sa voix, elle distingua tant bien que mal Jonathan à l'orée du bois. Il lui tendait la main, elle la prit sans réfléchir. Une main chaude et sèche. Il les guida vers l'intérieur de la forêt. Devait-elle se libérer et partir en courant ? Où ça ? Elle n'avait plus la moindre idée de la direction de la route, de la ville, et de toute façon, ici, dans la forêt, il la rattraperait. Si elle résistait, cela ne ferait qu'accélérer le dessein qu'il formait pour elle. La gorge nouée, elle se sentait néanmoins rebelle. Elle n'était pas une gamine naïve et sans défense, il devait bien y avoir une partie de son cerveau pour lui dire que rien de tout cela n'était problématique, alors pourquoi nourrir sa peur de pensées paranoïaques ? Bientôt, elle allait comprendre ce qu'il voulait, et ce serait alors comme ces cauchemars dont on se réveille en comprenant qu'on n'avait jamais quitté la sécurité de son lit. Il allait lui montrer une chose de toute beauté, un point c'est tout. Au lieu de la lâcher, elle serra un peu plus sa main, qui malgré tout lui semblait étrangement rassurante.

Elle sursauta lorsqu'il s'arrêta.

« On est arrivés, chuchota-t-il. Allonge-toi ici. »

Elle observa l'endroit qu'il éclairait, une espèce de couche en branches de sapins. Percevant sans doute son hésitation et voulant lui montrer qu'il n'y avait pas de danger, il s'allongea et lui fit signe de venir à côté de lui. Elle respira. Elle se demandait comment formuler son refus. Elle humecta ses lèvres, vit qu'il avait posé l'index sur les siennes et la regardait avec ce regard juvénile, joyeux. Un regard qui lui rappelait son petit frère quand ils faisaient tous les deux quelque chose qu'ils n'avaient pas le droit de faire, les liens joyeux qui naissaient de la conspiration. Était-ce cela ou autre chose ? D'un seul coup, elle fut en tout cas allongée à côté de lui. Elle vit les vestiges d'un petit feu de camp tout près, comme si quelqu'un était venu ici à plusieurs reprises, bien que cet endroit perdu dans les bois ne s'impose pas comme un lieu de bivouac idéal. De leur poste, elle voyait le ciel et la lune entre les arbres. Qu'y avait-il à montrer ici ?

Elle sentit le souffle de Jonathan tout contre son oreille. « Il faut être parfaitement silencieuse, Thanh. Est-ce que tu peux te retourner sur le ventre ? » Sa voix, son odeur, oui, on aurait dit que la personne qu'elle avait toujours su être en lui sortait enfin à la lumière. Ou plus exactement dans l'obscurité.

Elle fit ce qu'il lui disait. Elle n'avait pas peur. Et lorsqu'elle vit sa main juste devant son visage, elle se dit simplement que maintenant, ça allait arriver.

Sung-min leva son verre vers Chris. Après l'appel de Harry, il avait tiré un trait définitif sur sa semaine de travail en appelant Thanh afin de réserver du dog-sitting et voir si elle avait envie de saisir l'occasion pour s'exprimer sur son patron. Elle n'avait pas décroché. Peu importe, il avait examiné avec soin le cas de ce Jonathan sans trouver de trace d'activité criminelle, ni passée ni actuelle. Il décida séance tenante d'abandonner ses soupçons. Après tout, c'était la méthode par laquelle il avait toujours juré : respecter des principes d'enquête rigoureux et éprouvés. Il savait bien pourtant qu'on cédait parfois trop vite à la tentation d'écouter son prétendu instinct, par facilité. Il avait appris aussi que pour survivre comme enquêteur, il fallait savoir mettre l'enquêteur de côté quand on ne travaillait pas. L'astuce pour y parvenir était, en général, de se focaliser sur autre chose. À présent, il dirigeait donc son attention sur Chris. Sur Chris et lui. Sur ce dîner et cette soirée qu'ils allaient passer ensemble. À son arrivée, il y avait eu un peu de tension dans l'air, l'écho de leur dispute résonnait encore, mais l'ambiance s'améliorait déjà. Ça allait être un dîner sympa, suivi des joies du sexe de réconciliation.

Alors quand il sentit son téléphone sonner, vit que c'était encore Harry et remarqua le sourcil haussé de Chris, comme pour signifier que les ébats de réconciliation étaient en jeu, Sung-min décida de ne pas répondre. Ça pouvait forcément attendre. Non ?

Sung-min avait donné à son index droit l'instruction d'appuyer sur l'icône rouge pour décliner l'appel, mais celui-ci n'obéit pas. Il soupira lourdement et adopta une mine désolée.

« Si je ne réponds pas, ça va sonner toute la soirée. J'en ai pour vingt secondes, je te promets. »

Sans attendre de réponse, il sortit de table et courut dans la cuisine pour montrer à Chris qu'il était tout à fait sérieux quand il parlait de vingt secondes.

« Il va falloir être bref, Harry.

— OK. Est-ce qu'il y a quelqu'un à la police scientifique du nom d'Arne ?

— Arne ? Pas que je me souvienne. Arne comment ?

— Je ne sais pas. Est-ce que vous pourriez déterminer qui a analysé la saisie de cocaïne verte ?

— D'accord, je m'en occuperai demain matin.

— Je pensais maintenant.

— Maintenant, ce soir ?

— Maintenant, dans le quart d'heure qui vient. »

Sung-min marqua une pause, pour donner à Harry le temps de comprendre qu'une telle demande un vendredi soir était déraisonnable, a fortiori quand on la présentait à quelqu'un qui, techniquement, était un supérieur hiérarchique. Aucun amendement ni aucune excuse ne venant, Sung-min toussota.

« Harry, j'aurais bien voulu vous aider, mais j'ai un truc personnel auquel je dois donner la priorité, et la vérité ne s'envolera pas en douze heures. Un de mes profs à l'École de police vous citait en disant que l'enquête sur les tueurs en série n'était pas un sprint, mais un marathon, et qu'il fallait gérer sa course. Enfin. Mes vingt secondes sont écoulées, Harry. Je vous rappelle demain matin.

— Hmm. »

Sung-min voulait écarter le téléphone de son oreille, mais de nouveau sa main refusa d'obtempérer.

« Katrine est avec cet Arne en ce moment », ajouta Harry.

Chris avait compté les secondes. Cela l'agaça qu'il s'en soit écoulé plus de trente lorsque Sung-min revint s'asseoir en face de lui. Cela l'agaça plus encore que Sung-min ne croise pas son regard. Du moins pas avant d'avoir bu une grande lampée du vin rouge dont il avait déjà oublié le nom. Il nota la fébrilité de Sung-min, cette impatience qui le faisait toujours se sentir comme un numéro deux, au mieux.

« Tu vas travailler, c'est ça ?

— Mais non, détends-toi. Ce soir, on va prendre du bon temps, toi et moi, Chris. Va t'asseoir sur le canapé avec ton verre, je vais mettre la *Symphonie nº 3* de Brahms. »

Chris le considéra avec méfiance, mais l'accompagna néanmoins dans le salon. Pendant que Sung-min, qui était la personne qui l'avait persuadé d'acheter un électrophone, mettait le disque qu'il avait apporté, il s'enfonça dans le canapé.

« Ferme les yeux ! » ordonna Sung-min.

Chris s'exécuta et, aussitôt, la musique emplit la pièce. Il attendait l'inflexion de l'assise quand Sung-min s'assiérait à la place qu'il lui avait ménagée, mais rien ne se produisit.

« Eh ! Sung ! Où es-tu ? »

La réponse vint de la cuisine. « Juste quelques coups de fil rapides. Écoute particulièrement les violoncelles. »

49

Vendredi

La bague

Le restaurant Frogneresteren se trouvait sur les hauteurs d'Oslo, entre les villas de la haute bourgeoisie et les terrains de promenade de cette même haute bourgeoisie. Les clients du restaurant s'y rendaient en robe et en costume-cravate, alors que les clients du café adjacent portaient des vêtements de randonnée. L'endroit était situé à six minutes à pied du terminus du T-bane. À son arrivée, Katrine repéra aisément Arne, qui était assis seul dehors, à l'une des grandes tables en bois robuste. Il s'était levé, avait ouvert les bras, souri, ses bons yeux tristes sous sa casquette plate, et elle s'était abandonnée non sans une légère réticence à son étreinte accueillante.

« Il ne fait pas un peu froid, tout de même ? avait-elle demandé quand ils s'étaient assis. Ils n'ont pas installé les lampes chauffantes. J'ai l'impression qu'il y a des tables libres à l'intérieur.

— Oui, mais à l'intérieur, on ne verrait pas la lune de sang.

— D'accord », répondit-elle en grelottant. En ville, il faisait chaud pour la saison, mais la température était nettement plus basse ici. Elle observa la lune, qui était pleine et avait l'air normale. « Quand est-ce que le sang va sortir ?

— Ce n'est pas du sang », répondit-il en riant.

Elle s'agaçait depuis un certain temps qu'il prenne tout au pied de la lettre, comme si elle n'était qu'une fillette à ses yeux, mais sans doute d'autant plus ce soir qu'elle avait dans la tête un tourbillon de mille pensées stressantes, accompagné du sentiment dévorant qu'elle aurait dû être au boulot, parce que le *temps*, lui, y était, au boulot, et il jouait contre eux.

« L'éclipse survient parce que la Terre passe entre le Soleil et la Lune et que la Lune se retrouve dans son ombre. Elle devrait donc devenir noire, mais il se trouve que l'orientation de la lumière change quand elle rencontre un milieu d'une autre densité. Tu te souviens d'avoir appris ça en physique, non, Katrine ?

— Non, je faisais des langues, moi.

— Bon. Quoi qu'il en soit, quand le rayonnement solaire atteint l'atmosphère terrestre, la partie rouge de la lumière est déviée vers la Lune.

— Ah ah ! fit Katrine, avec une exagération ironique. Donc c'est de la lumière et pas du sang... »

Arne afficha un sourire satisfait et hocha la tête.

« De tout temps, les gens ont regardé le ciel et se sont étonnés, mais nous continuons de le faire aujourd'hui encore, alors que nous détenons un grand nombre de réponses. Je crois que c'est parce que nous trouvons une forme de consolation dans l'immensité de l'espace, si bien que nos courtes existences nous paraissent infimes, insignifiantes, et nous avec, donc nos problèmes aussi semblent mineurs. Nous sommes ici pendant un instant avant de disparaître, alors pourquoi passer le peu de temps dont nous disposons à nous faire du souci ? Il faut l'employer du mieux que nous pouvons. C'est pour cette raison que je vais te demander d'éteindre ta tête, d'éteindre ton téléphone, d'éteindre ce monde, car ce soir, toi et moi n'allons nous rapporter qu'aux deux grandes choses : l'univers… » Il posa sa main sur la sienne. « Et l'amour. »

Ses paroles touchèrent Katrine au cœur. Évidemment. À cet égard, c'était une âme simple. En même temps, elle savait qu'elles auraient probablement eu encore plus d'impact si elles avaient été prononcées par quelqu'un d'autre. Et puis, elle n'était pas sûre d'apprécier tellement cette histoire d'éteindre son téléphone, elle avait chez elle quelqu'un qui gardait son fils et elle était responsable d'une enquête criminelle qui risquait de se révéler moins bouclée qu'ils ne se le figuraient quelques heures auparavant.

Elle s'était néanmoins exécutée, avait éteint son portable. Cela faisait maintenant une heure, ils avaient mangé, bu, et elle n'avait qu'une idée en tête : aller discrètement aux toilettes et allumer son téléphone pour voir si elle avait reçu des appels en absence ou des messages. Elle aurait pu le dire ouvertement à Arne, bien sûr : tout comme ses planètes ne cessaient jamais de tourner, la réalité d'Oslo ne faisait pas de pause. Pour souligner cette pensée, les modulations basses d'une sirène de pompiers résonnèrent au loin, dans la marmite urbaine. Cependant elle ne voulait pas lui gâcher sa soirée. Il ne pouvait pas deviner qu'il s'agissait de son dernier soir avec elle. Oui, tout son discours était bien mignon, mais ça faisait un peu beaucoup. C'était un peu trop Paulo Coelho, comme aurait dit Harry.

« On y va ? demanda Arne après avoir réglé l'addition.

— Où ça ?

— Je connais un endroit moins éclairé, on verra encore mieux la lune de sang.

— Où ?

— Près du lac de Tryvann. À quelques minutes à pied, seulement. Allez, viens, l'éclipse va commencer dans… » Il consulta sa montre. « Dix-huit minutes.

— Bon, eh bien, allons-y, alors », répondit-elle en se levant.

Arne passa un petit sac de montagne sur son dos. Elle lui demanda ce qu'il y avait dedans, mais il se contenta d'un clin d'œil malicieux en lui offrant son bras. Ils marchèrent vers Tryvann. Au sommet de la colline, juste au-dessus du lac, on voyait la tour de télévision et de radio, haute de plus de cent mètres. N'émettant plus depuis des années, elle se tenait désormais comme un garde désarmé aux portes d'Oslo. Une ou deux voitures et des joggeurs les dépassèrent, mais ils furent totalement seuls une fois sur le sentier qui longeait le lac.

« Voilà un bon endroit », déclara-t-il en désignant un tronc couché.

Ils s'assirent. Le clair de lune traçait une ligne jaune au milieu du lac couleur d'asphalte. Arne enlaça Katrine.

« Parle-moi de Harry.

— Harry ? fit-elle, déstabilisée. Pourquoi ?

— Vous vous aimiez ? »

Elle rit ou toussa, elle-même n'aurait su affirmer ce que c'était. « Mais qu'est-ce qui te fait croire ça ?

— J'ai des yeux pour voir.

— Qu'est-ce que tu veux dire ?

— Quand j'ai vu Harry dans ce bar, j'ai été frappé par sa ressemblance avec Gert. Ou l'inverse, plutôt. »

Arne rit. « Mais n'aie pas l'air si horrifiée, Katrine ! Ton secret sera bien gardé.

— Comment sais-tu à quoi ressemble Gert ?

— Tu m'as montré des photos. Tu as oublié ? »

Elle ne répondit pas, elle écoutait les sirènes en ville. Le feu brûlait quelque part et elle n'aurait pas dû être ici. C'était aussi simple que ça, comment le lui expliquer ? Pouvait-elle recourir au cliché « ce n'est pas à cause de toi, c'est à cause de moi » ? Parce que c'était vrai, à part Gert, elle avait réussi à détruire tout ce qui était bien dans sa vie. Il était parfaitement évident que l'homme assis à côté d'elle l'aimait et elle aurait voulu être en mesure de l'aimer en retour, car il ne lui manquait pas seulement d'être aimée, mais aussi d'aimer. Mais pas lui, donc, qui la serrait maintenant contre lui, qui avait des yeux tristes et qui savait tant de choses. Elle ouvrit la bouche pour le lui dire, sans avoir décidé d'une formulation exacte, elle savait seulement qu'elle devait le dire, mais il la précéda.

« Je ne sais même pas si je veux savoir ce que vous aviez tous les deux, Harry et toi. La seule chose qui compte, c'est que toi et moi, on est ensemble et on s'aime. » Il lui prit la main, la porta à ses lèvres, l'embrassa. « Je veux que tu saches que j'ai largement la place pour toi et pour Gert dans ma vie, mais pas pour Harry Hole, je le crains. Serait-ce trop te demander de ne plus avoir de contacts avec lui ? »

Elle le dévisagea.

Il tenait sa main dans les siennes à présent. « Qu'en dis-tu, mon amour ? Ça te va ? »

Katrine hocha lentement la tête. « Oui, en effet. »

Le visage d'Arne s'éclaira d'un grand sourire et il ouvrit son sac à dos avant qu'elle termine sa phrase :

« C'est trop demander. »

Arne réussit à conserver son sourire, mais les commissures de ses lèvres retombèrent.

Elle eut aussitôt des remords, car il avait désormais un air de chien battu, et elle se rendit compte que la bouteille qu'il était en train de sortir de son sac était un montrachet, le vin blanc dont il s'était mis en tête que c'était son vin de prédilection. D'accord, ce n'était peut-être pas l'homme de sa vie, mais il pouvait au moins être son homme d'un soir. Elle pouvait tout de même lui accorder ça. S'accorder ça à elle-même. Une nuit. Elle n'aurait qu'à faire le point demain.

Arne plongea de nouveau la main dans son sac.

« Et puis j'ai ça aussi... »

« Gregersen.

— Sung-min Larsen, de Kripos. Je suis navré de vous appeler tard le vendredi soir, mais j'ai essayé toutes les lignes directes de la police scientifique et technique sans obtenir de réponse.

— C'est le week-end, oui, mais bon, allez-y, Larsen.

— Je vous appelle à propos de la saisie de cocaïne de Gardermoen, celle qui a causé des problèmes aux agents qui étaient allés la chercher.

— Je vois de quoi vous parlez, oui.

— Vous savez qui de la police scientifique l'a analysée ?

— Oui.

— D'accord.

— Ce n'était personne.

— Pardon ?

— Personne.

— Qu'est-ce que vous voulez dire, Gregersen ? La saisie n'a jamais été analysée ? »

Prem la dévisagea. La Femme, son élue. Avait-il bien entendu ? Avait-elle dit qu'elle ne voulait pas de la bague au diamant ?

D'abord, elle avait porté quatre doigts à sa bouche et lancé un bref regard sur la petite boîte qu'il levait vers elle, puis elle s'était exclamée : « Je ne peux pas l'accepter. »

Au débotté, sa réponse paniquée n'avait rien de surprenant, pensa Prem. Quelqu'un venait après tout de lui offrir un symbole du reste de sa vie, qui incarnait une dimension trop vaste pour être contenue dans une simple phrase.

Il l'avait donc laissée reprendre son souffle avant de répéter les mots qu'il avait choisis pour accompagner la bague :

« Prends cette bague. Prends-moi. Prends-nous. Je t'aime. »

Mais elle secoua encore la tête. « Merci, mon cher Helge, mais ce ne serait pas bien. »

Pas bien ? Qu'est-ce qui pouvait être mieux ? Prem le lui avait expliqué, il avait économisé tout ce qu'il pouvait, attendu cette occasion, précisément parce que c'était *bien*. Mieux, c'était *parfait*. Même les corps célestes sur le velours noir au-dessus d'eux marquaient le coup.

« Cette bague est parfaite, déclara-t-elle, mais elle n'est pas pour moi. »

Elle inclina la tête sur le côté, lui offrit ce regard mélancolique censé indiquer combien elle était désolée de la situation. Enfin plutôt combien elle était désolée pour lui, avait pitié.

Oui, il avait bien entendu.

Prem perçut le sifflement. Pas le doux souffle du vent dans les arbres qu'il s'était imaginé, mais le chuintement du téléviseur qui ne reçoit plus aucune chaîne, qui est seul, sans contact, dépourvu de sens. Le sifflement s'accentuait, la pression dans son crâne augmentait, frisait déjà l'insoutenable. Prem devait disparaître, cesser, mais il ne pouvait pas ; il ne pouvait pas simplement s'abolir. C'était donc elle qui devait disparaître. Cesser. Ou – et c'est là que la pensée le frappa – lui, l'autre, devait disparaître. La cause. Celui qui l'avait intoxiquée, aveuglée, perturbée. Celui qui faisait qu'elle ne parvenait plus à faire la différence entre son véritable amour à lui, Prem, et la manipulation de l'autre, le parasite. C'était lui, le policier, qui était son *Toxoplasma*.

« Mais si ça, ce n'est pas pour toi, fit Prem en refermant la boîte de la bague, ceci l'est. »

Au-dessus d'eux, l'éclipse avait commencé. Telle une cannibale gloutonne, la nuit avait entrepris de ronger le bord gauche du disque lunaire, mais la clarté restait suffisante sur leur binôme pour qu'il voie ses pupilles se dilater alors qu'elle fixait le couteau qu'il avait dégainé.

« Qu… » Sa voix était râpeuse et elle déglutit avant de reprendre : « Qu'est-ce que… c'est ?

— À ton avis ? »

Il vit dans son regard qu'elle le pensait, il vit ses lèvres former les mots, mais ils refusaient de sortir. Alors il les prononça pour elle.

« C'est l'arme du crime. »

Elle eut l'air de vouloir parler, mais il se leva promptement et passa derrière elle, lui tira la tête en arrière et appuya le fil de la lame contre sa gorge.

« C'est l'arme du crime, qui a ouvert les carotides de Susanne Andersen et de Helene Røed, et qui va ouvrir la tienne si tu ne fais pas exactement ce que je te dis. »

Il tira sa tête jusqu'à pouvoir la regarder dans les yeux.

La façon dont ils se voyaient maintenant, à l'envers, était sans doute aussi leur façon de voir le monde l'un de l'autre. Oui, ça n'aurait peut-être jamais pu marcher. Peut-être l'avait-il su, d'ailleurs. Peut-être était-ce la raison pour laquelle il avait tout de même planifié cette solution de secours si jamais elle n'acceptait pas la bague. Il s'attendait à ce qu'elle ait l'air incrédule, mais ce n'était pas le cas. Elle semblait au contraire croire chaque parole qu'il prononçait.

Bien.

« Qu… qu'est-ce que je dois faire ?

— Tu vas téléphoner à ton policier et lui faire une invitation qu'il ne pourra pas refuser. »

50

Vendredi

Appels en absence

Le maître d'hôtel souleva le combiné du téléphone fixe.

« Restaurant Frognerseteren.

— Ici, Harry Hole. Je cherche à joindre l'inspectrice principale Katrine Bratt, qui dîne chez vous ce soir. »

Le maître d'hôtel eut un mouvement de surprise. Parce que le haut-parleur du téléphone était apparemment activé, mais aussi parce que le nom de cet homme lui semblait familier.

« Je suis en train de consulter la liste des clients, Hole, mais je ne vois pas de table réservée à son nom.

— C'était probablement au nom de son cavalier. Il s'appelle Arne, je ne connais pas son nom de famille.

— Je n'ai pas d'Arne, mais il y a un certain nombre de noms de famille sans prénom.

— OK. Il est blond. Il porte peut-être une casquette plate. Elle est brune et parle avec le *R* guttural de Bergen.

— Ah ! oui, je vois, ils ont dîné en terrasse, c'était ma table.

— Ont dîné ?

— Oui, ils sont partis.

— Hmm. Vous n'avez rien entendu qui pourrait nous donner une idée de l'endroit où ils sont allés ? »

Le maître d'hôtel hésita. « Je ne sais pas si je…

— C'est important. Il s'agit de l'enquête policière sur les femmes qui ont été assassinées. »

Le maître d'hôtel comprit pourquoi le nom de Hole lui semblait familier.

« Son cavalier est arrivé en avance et il a demandé à emprunter deux verres à vin. Il avait apporté une bouteille de chassagne-montrachet de Remoissenet et il m'a expliqué qu'il prévoyait de faire sa demande en mariage au bord de Tryvann après le dîner, alors je lui ai donné les verres. C'était un 2018, vous comprenez.

— Merci. »

Harry tendit la main vers le téléphone sur la couette d'Aune.

« Il faut qu'on monte à Tryvann tout de suite. Truls, tu appelles le numéro d'urgence de la police pour faire envoyer une voiture là-bas ? Toutes sirènes hurlantes.

— Je vais essayer, répondit Truls en prenant son téléphone.

— Prêt, Øystein ?

— Ô Mercedes, sois avec nous !

— Bonne chance ! » lança Aune.

Ils se dirigeaient tous trois vers la porte quand Harry tira son portable de sa poche, regarda l'écran et s'arrêta brusquement, un pied de chaque côté de la barre de seuil. La porte se rabattit, faisant tomber l'appareil de ses mains. Il se pencha, le ramassa sur le sol.

« Qu'est-ce qui se passe ? » demanda Øystein de l'autre côté de la porte.

Harry respira. « C'est un appel du téléphone de

Katrine. » Il nota qu'il avait automatiquement envisagé la possibilité que ce ne soit pas elle qui l'appelle.

« Tu ne réponds pas ? » s'étonna Aune sur son lit.

Harry le regarda d'un air sombre, hocha la tête, appuya sur le symbole vert et plaqua le téléphone contre son oreille.

« Tu es sûr ? » vérifia le chef d'intervention Briseid.

Le pompier plus âgé acquiesça.

Briseid soupira, lança un regard sur la villa embrasée, où l'équipe de pompiers manœuvrait ses lances. Ensuite, il leva les yeux. La lune avait l'air bizarre ce soir, comme s'il y avait un problème. Il soupira encore, remonta légèrement son casque sur sa tête et se dirigea vers l'unique voiture de police. Le véhicule du service de la circulation routière et maritime était arrivé un certain temps après eux, qui, informés de l'incendie de la villa de Gaustad à vingt heures cinquante, avaient rejoint les lieux en dix minutes et trente-cinq secondes. Ça n'aurait pas été dramatique qu'ils mettent quelques minutes de plus. La maison, déjà incendiée par le passé, était inhabitée depuis plusieurs années, il était peu probable que des vies humaines soient en péril. Les flammes ne risquaient pas non plus de s'étendre aux villas environnantes. Parfois des sales gosses mettaient le feu aux maisons abandonnées, mais la question de savoir si l'incendie était volontaire ou non serait pour plus tard, dans un premier temps, il fallait l'éteindre. De ce point de vue, c'était presque un exercice d'entraînement, à ceci près que la maison se situait tout près du Ring 3 et que l'épaisse fumée noire dérivait vers la route, d'où la présence des policiers de la circulation. Par bonheur, le trafic routier dense du vendredi soir s'était apaisé, mais de la hauteur où il se trouvait, Briseid voyait néanmoins des phares de voitures à l'arrêt complet, du moins ceux qui n'étaient pas totalement occultés par la fumée. D'après le service de la circulation, il y avait des bouchons dans les deux sens du carrefour de Smestad jusqu'à Ullevål. Briseid avait expliqué à la policière que maîtriser l'incendie allait être long et que la fumée ne se déposerait pas tout de suite, les gens ne pourraient pas se rendre à leur destination dans l'immédiat. Au moins, les voies d'accès au périphérique étaient maintenant fermées et le nombre d'automobilistes bloqués avait cessé de croître.

La policière baissa sa vitre.

« En fin de compte, vous devriez peut-être faire monter quelques collègues, l'informa Briseid.

— Ah bon ?

— Vous le voyez, lui, là-bas ? » Briseid désigna le vieux pompier qui se tenait près de l'un des camions. « On l'appelle Sniff. C'est parce que, dans un incendie, il est capable de distinguer cette odeur entre toutes les autres. Sniff ne se trompe jamais.

— Cette odeur ?

— Cette odeur-là.

— Qui est ? »

Était-elle lente à la comprenette ? Briseid toussota. « Il y a odeur de barbecue et odeur de *barbecue*. »

Il vit sur son visage que ça faisait tilt. Elle saisit le micro de la radio de police.

« Qu'est-ce qui se passe encore ?

— Ce qui se passe ? fit la voix légèrement stupéfaite de Harry au bout du fil.

— Oui ! Qu'est-ce qu'il y a ? Je viens d'allumer mon téléphone et j'ai sept appels en absence de toi.

— Où es-tu et que fais-tu ?

— Pourquoi tu me poses cette question ? Il y a un problème ?

— Réponds. »

Katrine soupira. « Je suis en route pour la station de T-bane de Frognerseteren, d'où j'ai l'intention de rentrer chez moi et d'avaler quelques verres bien tassés.

— Et Arne ? Il est avec toi ?

— Non. »

Katrine redescendait par le même chemin qu'à l'aller, mais nettement plus vite, à présent. La lune se faisait lentement dévorer là-haut, peut-être était-ce ce spectacle qui l'avait incitée à renoncer à la torture lente et à lui plonger le poignard dans le cœur. « Non, il n'est plus avec moi.

— Dans le sens géographique ou sentimental ?

— Les deux, Harry.

— Qu'est-ce qui s'est passé ?

— Oui, bonne question. La version courte est qu'Arne vit dans un autre monde que le mien, sûrement meilleur. Il sait tout sur les éléments de l'univers et pourtant le monde est pour lui un endroit tout rose, où l'on voit les choses telles qu'on voudrait qu'elles soient, et pas telles qu'elles sont. Notre monde à toi et moi, Harry, est un endroit plus laid, mais il est réel. À cet égard, nous devrions envier tous les Arne de la planète. Je pensais tenir le coup encore ce soir précis, mais je suis une mauvaise personne. J'ai craqué et je n'ai pas pu m'empêcher de lui mettre les points sur les *i* en lui disant que je ne pouvais pas tenir une seconde de plus.

— Tu as… euh… rompu ?

— J'ai rompu.

— Où est-il maintenant ?

— Quand je suis partie, il était au bord du Tryvann, en train de pleurer en compagnie d'une bouteille de montrachet et de deux verres en cristal. Enfin, assez parlé de mecs. Pourquoi m'appelles-tu ?

— Je t'appelle parce que je crois que le vol de cocaïne s'est produit à la police scientifique et que c'est Arne qui l'a commis.

— Arne ?

— On est en train d'envoyer une patrouille pour l'arrêter.

— Mais t'es pas bien, Harry ! Arne ne travaille pas à la police scientifique. »

Harry resta silencieux quelques instants.

« Où…

— Arne Sæten est chercheur et prof de physique et d'astronomie à l'université. »

Elle entendit Harry chuchoter un petit « oh, merde ! » et crier : « Truls ! Annule la voiture de patrouille. »

Puis il revint au téléphone. « Désolé, Katrine. Il semblerait que je sois proche de la date de péremption.

— Ah bon ?

— C'est la troisième fois que je me lance à fond et que je me plante dans cette putain d'affaire. Je suis bon pour la casse. »

Elle rit. « Ou tout simplement, tu es aussi surmené que nous autres, Harry. Éteins donc ton cerveau et repose-toi un peu. Tu n'étais pas censé regarder l'éclipse lunaire avec Alexandra Sturdza et Helge Forfang ? Tu as encore le temps, la lune n'est qu'à moitié occultée, je vois.

— Hmm. OK. Au revoir. »

Harry raccrocha, se pencha en avant sur sa chaise et enfouit la tête dans ses mains.

« Merde, merde, merde !

— Ne sois pas trop dur envers toi-même, Harry », commenta Aune.

Il ne répondit pas.

« Harry ? » fit Aune délicatement.

Harry leva la tête. « Je n'arrive pas à lâcher l'affaire, expliqua-t-il d'une voix rauque. Je sais que j'ai raison. Que j'ai *presque* raison. Les raisonnements sont exacts, il y a simplement une petite erreur quelque part et il faut que je la trouve. »

C'était maintenant que ça allait arriver, avait pensé Thanh en voyant la main de Jonathan approcher de son visage.

Ce qui allait arriver, exactement, restait un peu confus, Thanh savait seulement qu'elle flairait le danger. Un danger affriolant. Elle aurait dû avoir peur, elle avait eu peur, mais ce n'était plus le cas. Car ce n'était pas dangereux-dangereux, elle en était sûre, quelque chose chez Jonathan le lui indiquait.

Il laissa sa main en suspens, figée en l'air, en forme de pistolet. Thanh se rendit alors compte qu'il ne l'avait pas touchée, qu'il pointait l'index. Elle tourna la tête dans la direction du doigt, dut se hisser légèrement sur ses coudes pour voir en bas de la pente. Involontairement, elle avait retenu son souffle.

Et là, dans une clairière baignée de lune, elle vit quatre, non, cinq renards. Quatre petits jouant sans bruit et un adulte qui les surveillait. L'un des renardeaux était un peu plus grand que les autres et c'était surtout lui qu'elle observait.

« Est-ce que c'est…, murmura-t-elle.

— Oui, murmura Jonathan. C'est Nhi.

— Nhi. Comment sais-tu que je l'avais appelé… ?

— Je te voyais, quand tu jouais avec lui et que tu le nourrissais, tu l'appelais par ce nom. Tu lui parlais plus à lui qu'à moi ! »

Elle distingua son sourire dans l'obscurité.

« Mais comment est-ce arrivé ? Ça ? murmura-t-elle encore en désignant les renardeaux d'un signe de tête.

— Je suis vraiment un imbécile d'accepter des animaux interdits. Comme quand ce type est venu avec ses deux limaces du mont Kaputar et m'a persuadé d'en prendre une, parce qu'il considérait qu'il y aurait de meilleures chances que l'une d'elles au moins s'en sorte si elles vivaient et étaient nourries dans deux endroits différents. J'aurais dû refuser. Si le policier de l'autre jour s'en était aperçu, le magasin aurait fermé. Je n'ai pas dormi depuis que je l'ai jetée dans les toilettes. Avec Nhi, au moins, j'avais eu le temps de réfléchir. Je savais qu'à la longue nous ne pourrions pas le cacher et que la direction de la sécurité de l'environnement nous demanderait de l'euthanasier. Alors je l'ai emmené chez la vétérinaire, qui m'a confirmé qu'il était en bonne santé, et je l'ai relâché près de cette famille de renards que je savais habiter ici. Ce n'était pas une évidence qu'ils accepteraient Nhi et je sais à quel point tu aimes ce renardeau, alors je n'ai rien voulu te dire avant d'être venu plusieurs fois et d'être sûr que tout se passait bien.

— Tu ne voulais pas me le dire parce que tu avais peur que je sois triste ? »

Elle vit Jonathan se tortiller un peu. « Ce que je pensais, c'est que c'est douloureux d'avoir eu de l'espoir et de constater que les choses ne se passent pas comme on le pensait et le rêvait. »

Parce que tu en connais un rayon sur le sujet, songea Thanh. Un jour, il lui en dirait davantage.

En attendant, à cet instant précis, sans savoir si c'était l'obscurité, la joie enivrante et le soulagement, la lune ou simplement la fatigue, elle avait envie de l'entourer de ses bras.

« Ça doit faire tard pour toi. On pourra revenir un autre jour si tu veux.

— Oui, murmura-t-elle. Avec grand plaisir. »

Lorsqu'ils repartirent, elle dut se hâter pour le suivre. Il n'avait pas l'air de marcher vite, mais il avait ce pas habitué à la forêt, conquérant. Lorsqu'ils traversèrent la bruyère au clair de lune, elle examina son dos. Son langage corporel, son attitude aussi étaient différents. Ils dégageaient la paix, la joie, le naturel, comme si c'était ici qu'était sa place. Elle suspectait que la joie de Jonathan n'était peut-être pas sans rapport avec le fait qu'il lui avait fait plaisir et le savait. Bien sûr, il essayait de le cacher, mais il était démasqué à présent, elle ne se laisserait plus leurrer par ses mines revêches.

Elle trottinait. Sans doute s'imaginait-il qu'après une heure dans la forêt, elle y avait sa place aussi, en tout cas, il ne semblait plus juger nécessaire de la tenir par la main.

Elle poussa une petite exclamation et fit semblant de trébucher. Il pila et elle fut éblouie par sa lampe frontale. « Oh, pardon. Je… tout va bien ?

— Oui, oui », dit-elle en tendant la main.

Il la prit.

Puis ils repartirent.

Thanh se demandait si elle était amoureuse. Si oui, depuis combien de temps ? Et allait-il être difficile de le lui faire comprendre ?

51

Vendredi

Prem

« Tu devrais avoir l'air plus soulagé, Harry, dit Aune. Qu'est-ce qui se passe ? »

Øystein et Truls venaient de quitter la chambre 618 et étaient partis en éclaireurs.

Harry regarda son ami mourant.

« C'est une femme d'un certain âge à Los Angeles. Elle a eu des problèmes et j'ai essayé de… enfin, d'arranger les choses.

— C'est pour ça que tu es rentré ?

— Oui.

— Je me doutais bien que tu n'étais pas venu uniquement pour travailler pour Markus Røed.

— Hmm. Je te raconterai la prochaine fois, je crois qu'il y a de quoi faire pour un psychologue. »

Aune rit en prenant la main de son ami. « La prochaine fois, Harry. »

Harry n'était pas du tout préparé aux larmes qu'il sentit soudain embuer ses yeux. Il serra la main de Ståle, sans rien dire, car il savait que sa voix ne porterait pas, boutonna sa veste et sortit promptement dans le couloir.

Devant l'ascenseur, cinq mètres plus loin, Øystein et Truls se tournèrent vers lui.

Le téléphone de Harry sonna. Qu'était-il censé dire si c'était la police de Los Angeles ? Il prit son téléphone, le regarda. C'était Alexandra, il aurait dû la prévenir qu'il n'avait pas le temps d'assister à l'éclipse. Il attendit avant de répondre, essaya de décider s'il avait le courage de s'y rendre ou non. À cet instant précis, un verre, ou six, d'ailleurs, en toute solitude au bar de l'hôtel lui paraissait nettement plus tentant. Non, pas ça. Une éclipse lunaire sur le toit de l'Institut médico-légal. C'était bien. Au moment où il décrochait, un SMS s'afficha sur l'écran. De la part de Sung-min Larsen.

« Salut, fit-il en commençant à lire le message.

— Salut, Harry.

— C'est bien toi, Alexandra ?

— Oui.

— Ta voix semble très différente », expliqua Harry alors que son regard parcourait le message.

La cocaïne n'a pas été analysée par la police scientifique, qui était trop débordée pour s'en charger et l'a envoyée à l'Institut médico-légal. *C'est Helge Forfang qui s'en est occupé et qui a signé et daté le rapport. Sung-min.*

Harry eut l'impression que son cœur cessait de battre. Sous ses yeux papillotaient des pièces éparses qui s'étaient entrechoquées jusqu'à présent, mais s'imbriquaient désormais de façon stupéfiante. Alexandra qui lui faisait visiter le laboratoire en lui expliquant que désormais, en cas de surcharge, la police scientifique n'avait plus qu'à confier ses prélèvements à l'Institut médico-légal pour analyse. Helge qui déclarait ouvertement que le parasite *Toxoplasma gondii* était son domaine de spécialité. Alexandra qui racontait avoir invité Helge à la soirée sur le toit, le genre de fête où les gens débarquaient sans cérémonie. Le technicien d'autopsie qui pouvait très bien avoir placé du matériel génétique sur les corps de Susanne et Bertine pour orienter les soupçons sur des personnes ciblées, et ce *après* la découverte des corps, dans la salle d'autopsie. Mais avant tout : l'odeur de musc dans cette même salle d'autopsie après le passage de Helge, il avait cru qu'elle émanait du corps, et plus tard, quand Helge venait d'inciser l'œil de Susanne Andersen et qu'il s'était penché vers lui, il l'avait respirée encore et, imbécile qu'il était, il s'était figuré qu'elle provenait de l'œil.

D'autres fragments. Tous s'assemblaient, formaient une mosaïque, un tableau vaste, mais clair et net. Comme toujours, quand les choses se mettaient en place, Harry se demanda comment il avait pu ne pas le voir plus tôt.

La voix, la voix d'Alexandra, qui était si effrayée qu'il ne l'avait presque pas reconnue, se refit entendre au bout du fil.

« Tu peux venir ici, Harry ? »

Elle avait un ton suppliant. Trop suppliant. Pas comme l'Alexandra Sturdza qu'il connaissait.

« C'est où, ici ? demanda Harry pour gagner du temps et pouvoir réfléchir.

— Tu le sais, enfin. Le toit de…

— De l'Institut médico-légal, oui. » Harry fit signe à Øystein et Truls tout en reculant de nouveau vers la 618. « Tu es seule ?

— Presque.

— Presque ?

— Eh bien, je t'ai dit qu'on y allait, Helge et moi.

— Hmm. » Harry respira profondément, abaissa sa voix presque en un chuchotement. « Alexandra ? »

Il se laissa choir sur le fauteuil à côté du lit tandis que Truls et Øystein avançaient sans bruit dans la chambre.

« Oui, Harry ?

— Écoute-moi bien. Reste parfaitement impassible et réponds simplement par oui ou par non. Est-ce que tu peux partir sans éveiller de soupçons, dire que tu vas aux toilettes ou chercher quelque chose ? »

Pas de réponse. Harry décolla légèrement le téléphone de son oreille et les trois autres membres du groupe Aune penchèrent la tête vers son Samsung.

« Alexandra ? murmura Harry.

— Oui, fit-elle d'une voix inexpressive.

— Helge est le tueur. Il faut que tu partes de là. Que tu sortes du bâtiment ou que tu t'enfermes quelque part jusqu'à notre arrivée. D'accord ? »

Il entendit un grésillement, puis une autre voix, une voix d'homme.

« Non, Harry, pas d'accord. »

La voix était familière et étrangère à la fois, comme une autre version d'une personne qu'on connaît. Harry respira, parla :

« Helge. Helge Forfang.

— Oui », confirma la voix. Elle n'était pas seulement plus grave que dans le souvenir de Harry, mais plus détendue, assurée. Celle de quelqu'un qui a déjà gagné. « Enfin d'ailleurs, vous pouvez m'appeler Prem. Tous ceux que je haïssais le faisaient.

— Comme vous voulez, Prem. Quoi de neuf ?

— C'est une question tout à fait juste, Harry. Ce qu'il y a de neuf, c'est que j'ai actuellement un couteau sur la gorge d'Alexandra et que je me demande ce que l'avenir nous réserve, à tous les deux. Enfin, à tous les trois, peut-être, je suppose que vous faites partie du lot. Je comprends que je suis démasqué, que je suis mat, comme on dit aux échecs. J'avais espéré l'éviter, mais quand bien même j'aurais su que les choses prendraient cette tournure, ça n'aurait rien changé à ce que j'ai fait. En l'occurrence, je suis plutôt fier de ce que j'ai accompli. Je crois même que mon oncle le sera aussi quand il le lira dans les journaux. Du moins pendant les brefs instants où son cerveau truffé de parasites parviendra à retenir l'information.

— Prem…

— Non, je n'ai aucune intention de me soustraire aux sanctions, Harry. J'avais en fait prévu de me suicider quand tout cela serait terminé, mais il s'est passé des choses. Des choses qui m'ont donné envie de continuer de vivre. C'est pourquoi j'aimerais négocier afin d'écoper d'une peine aussi légère que possible, mais pour être en position de négocier, il faut avoir de quoi négocier, bien sûr, et j'ai donc cette otage que je peux choisir d'épargner ou non. Je suis certain que vous comprenez, Harry.

— Votre meilleure stratégie pour bénéficier d'une peine plus légère serait de laisser partir Alexandra et de vous rendre immédiatement à la police.

— C'est ce qui serait le mieux pour vous, vous voulez dire. Me dégager et avoir la voie libre.

— Libre pour quoi, Prem ?

— Ne faites pas l'imbécile. La voie libre pour Alexandra. Vous l'avez infectée, vous avez fait en sorte qu'elle vous désire, vous lui avez fait croire que vous aviez quelque chose à lui offrir. L'amour vrai, par exemple. Eh bien, voici l'occasion de le prouver. Que diriez-vous d'un échange, de prendre sa place?

— Et vous la libérerez?

— Bien entendu. Aucun de nous ne veut de mal à Alexandra.

— OK. Alors j'ai une proposition sur la manière de procéder.»

Le rire de Helge était plus aigu que sa voix. «Bien tenté, Harry, mais je crois qu'on va suivre mon plan.

— Hmm. C'est-à-dire?

— Vous venez ici en voiture avec une seule autre personne, vous vous garez au milieu de la place devant notre bâtiment pour que je puisse vous voir tous les deux, et seulement vous deux, quand vous sortirez de la voiture et entrerez dans le bâtiment. Je vous ouvrirai la porte d'ici. Et vous devrez avoir les mains menottées dans le dos. Compris?

— Oui.

— Vous prenez l'ascenseur jusqu'en haut, vous allez à la porte du toit, vous l'entrouvrez en annonçant que vous êtes là. Si vous vous précipitez, je tranche la gorge d'Alex. Ça aussi, vous comprenez, non?»

Harry déglutit. «Oui.

— Ensuite, quand je dis que c'est bon, vous franchissez la porte, sans me regarder, et vous entrez sur le toit *à reculons.*

— À reculons?

— C'est comme ça qu'on procède dans les prisons de haute sécurité, non?

— Oui.

— Alors vous avez compris. Vous passez le premier. Huit pas en arrière, et puis vous vous arrêtez et vous vous agenouillez. La personne qui est avec vous recule de quatre pas et se met à genoux aussi. Si ça n'est pas fait exactement de cette façon…

— Je comprends. Huit et quatre pas à reculons.

— Bien, vous êtes rapide. J'aurai le couteau sur votre gorge pendant qu'Alexandra ira à la porte du toit. Votre assistant la raccompagnera à la voiture et ils partiront.

— Et puis ?

— Et puis les négociations pourront commencer. »

Il y eut une pause.

« Je sais ce que vous pensez, Harry. Pourquoi échanger un bon otage contre un mauvais ? Pourquoi laisser partir une jeune femme innocente, dont aussi bien la police que les politiques savent qu'elle éveillera dans la population des sentiments nettement plus vifs qu'un vieil enquêteur ?

— Eh bien…

— La réponse est tout simplement que je l'aime, Harry, et pour qu'elle soit prête à attendre que je retrouve ma liberté, je dois lui montrer que mon amour est vrai. Je pense que le jury aussi y verra une circonstance atténuante.

— Je n'en doute pas, conclut Harry. On dit dans environ une heure ? »

Le rire clair résonna encore dans le téléphone. « Là encore, bien tenté, Harry ! Vous ne pensez tout de même pas que je vais vous laisser assez de temps pour rassembler le groupe d'intervention et la moitié des policiers de la ville avant l'échange ?

— OK, mais on n'est pas juste à côté. Combien de temps avons-nous pour arriver ?

— Je crois que vous mentez, Harry. Je crois que vous n'êtes pas très loin. Vous voyez la lune d'où vous êtes ? »

Øystein approcha de la fenêtre, hocha la tête.

« Oui, répondit Harry.

— Alors vous voyez que l'éclipse a commencé. Quand la lune sera entièrement recouverte, je trancherai la gorge d'Alexandra. Vous n'avez donc que quelques minutes devant vous.

— Mais…

— Si les astronomes ont fait leurs calculs correctement, vous avez… voyons voir… vingt-deux minutes. Encore une chose. J'ai des oreilles et des yeux à beaucoup d'endroits, et si je vois que la police ou autre a été alertée avant votre arrivée, Alexandra mourra. Voilà, dépêchez-vous maintenant.

— Mais… »

Harry s'arrêta, leva son téléphone pour montrer aux autres que la communication était coupée. Il consulta sa montre. Helge Forfang leur avait accordé suffisamment de temps, par le Ring 3, ils ne mettraient pas plus de cinq ou six minutes.

« Vous avez compris ? leur demanda-t-il.

— En grande partie, répondit Aune.

— Il s'appelle Helge Forfang, travaille à l'Institut médico-légal et a pris une collègue en otage. Il voudrait l'échanger contre moi. Nous avons vingt minutes devant nous. Nous ne pouvons pas contacter la police. Si nous le faisons, il y a de grandes chances qu'il s'en rende compte. Nous y allons maintenant, mais seulement l'un de vous en plus de moi.

— Ce sera moi, déclara Truls d'un ton décidé.

— Non », rétorqua Aune, tout aussi décidé.

Tous le dévisagèrent.

« Tu l'as entendu, Harry. Il va te tuer. C'est pour ça qu'il veut te faire venir. Il l'aime elle, mais toi, il te déteste. Il ne va pas négocier. Il n'a peut-être pas une très bonne notion de la réalité, mais il sait aussi bien que toi et moi qu'il n'existe pas de réduction de peine quand on négocie en ayant pris un otage.

— Peut-être, mais même toi, tu ne peux pas être certain de son degré de perturbation mentale, Ståle. Il *pourrait* penser que c'est le cas.

— Cela reste toutefois peu probable et tu as l'intention de risquer ta vie pour ça ? »

Harry haussa les épaules. « Le temps passe, messieurs. Et, oui, je pense absolument qu'on gagne à échanger un vieil enquêteur criminel contre une jeune chercheuse en médecine talentueuse. C'est un calcul simple.

— Exact ! s'exclama Aune. C'est un calcul simple.

— Je suis content que nous soyons d'accord. On y va, Truls ?

— On a un problème, souligna Øystein qui pianotait sur son téléphone à la fenêtre. Je vois que la circulation est complètement bloquée sur la route ici. C'est très inhabituel à cette heure de la soirée. Là, je lis sur le site de NRK Trafikk que le Ring 3 est fermé à cause de la fumée dégagée par un incendie. Cela signifie que les rues adjacentes sont bondées et, en ma qualité de chauffeur de taxi, je peux vous garantir que vous n'arriverez pas au Rikshospital en vingt minutes. Ni même trente. »

Les cinq personnes dans la chambre, Jibran inclus, se regardèrent.

« Je vois. » Harry consulta sa montre. « Truls, as-tu envie d'abuser des pouvoirs de police que tu n'as plus ?

— Volontiers, répondit Truls.

— Bien, alors on descend aux urgences et on réquisitionne une ambulance avec gyrophares et sirènes, qu'est-ce que tu en penses ?

— Ça me paraît rigolo.

— Stop ! s'écria Aune en abattant son poing sur la table de chevet, renversant l'eau d'un gobelet en plastique. Vous n'entendez pas ce que je dis ? »

52

Vendredi

Sirènes

Prem entendit les modulations d'une sirène dans le soir de plus en plus obscur. Bientôt la lune serait engloutie tout entière et le ciel ne serait éclairé que par les lumières jaunes de la ville. Ce n'était pas une sirène de police, ce n'étaient pas non plus les sirènes des pompiers, qu'il avait entendues plus tôt dans la soirée, mais une ambulance. Évidemment, il pouvait s'agir d'une ambulance en route pour le Rikshospital, mais son petit doigt lui disait que c'était Harry Hole qui annonçait son arrivée. Prem avait ouvert le sac à dos contenant la radio de police qu'il gardait allumée. Bien sûr, Harry avait pu informer des collègues sans que cela se retrouve sur les ondes, Prem n'était pas le premier criminel à avoir accès aux fréquences de la police, mais la tonalité calme et détendue des communications le portait à croire que les policiers de la ville étaient peu nombreux à être au courant des événements. L'épisode le plus dramatique de la soirée semblait être la découverte d'un corps carbonisé dans l'incendie d'une villa de Gaustad.

Prem avait placé sa chaise juste derrière Alexandra et ils avaient tous deux vue sur la porte métallique par laquelle le policier et son acolyte n'allaient pas tarder à faire leur entrée. Il avait envisagé de dire à Harry de venir seul, mais il ne pouvait exclure qu'il faille dégager Alexandra de force. De temps à autre, un souffle de vent leur apportait l'odeur de fumée de Gaustad, qui ne se trouvait qu'à environ cinq cents mètres de là. Prem ne voulait pas la respirer. Il refusait d'avoir davantage de Markus Røed en lui. Il en avait fini avec la haine, place désormais à l'amour. D'accord, Elle avait eu comme première réaction de l'éconduire. Rien d'étonnant, vu son impétuosité, tout cela lui avait naturellement fait un choc et la réaction automatique au choc était la fuite. Elle les croyait simples amis ! Peut-être avait-Elle réellement pensé qu'il était homosexuel. Peut-être s'était-il mépris en interprétant cela comme une espèce de flirt, un prétexte pour l'inviter à sortir dans les bars et aller à des soirées sans arrière-pensées. Il avait en partie joué le jeu, se disant qu'Elle avait peut-être besoin de ce prétexte, il avait même avoué avoir eu des relations sexuelles avec un homme, sans lui parler des agressions de son beau-père. Alexandra et lui s'amusaient tant, ils étaient si bien ! L'idée qu'il l'aimait avait besoin de mûrir, forcément, la bague au diamant était venue trop tôt. Oui, place à l'amour, mais pour que l'amour entre eux deux puisse croître, il fallait dégager ce qui bloquait la lumière du soleil.

Prem toucha la seringue dans sa poche intérieure. Après avoir parlé avec Harry, il avait tenu la seringue devant Alexandra en lui expliquant. Elle ne disposait peut-être pas de connaissances en microbiologie suffisantes pour incarner l'auditrice idéale, mais compte tenu de ses études scientifiques, Elle était en tout cas plus qualifiée que la moyenne. Capable de mesurer la percée que constituait pour la parasitologie le développement de parasites œuvrant dix fois plus vite que les souches anciennes. Il n'avait toutefois pas recueilli les exclamations attendues quand il avait mentionné que ses *Toxoplasma gondii* avaient pénétré dans le cerveau de Terry Våge en moins d'une heure. Sans doute avait-Elle trop peur pour se concentrer, Elle devait se figurer que ses jours étaient en danger. Certes, ils l'auraient probablement été si Harry Hole n'avait pas été si prévisible, mais Hole allait faire exactement ce qu'il lui avait ordonné, il était de la vieille école : les femmes et les enfants d'abord. Il arriverait à temps. Prem ressentait enfin de la joie, cette joie si absente quand il s'apprêtait à faire bouillir la tête de son beau-père. Oui, oui, la bataille était perdue – Alexandra avait refusé la bague et Harry Hole l'avait démasqué – mais la guerre n'était pas finie, et il allait la gagner. D'abord, il fallait éliminer définitivement son rival. C'est ainsi dans le monde animal, et en dernière analyse, nous sommes des animaux. Ensuite, il devrait bien sûr aller en prison, mais pendant sa détention, il lui apprendrait à l'aimer. Elle l'aimerait, parce que, Harry vaincu, Elle comprendrait que son mâle, c'était lui et non le policier. C'était aussi simple que ça. Pas banal, mais simple. Sans complications. Ce n'était qu'une question de temps.

Il observa la lune.

Il n'en subsistait qu'un mince croissant, elle serait bientôt recouverte, mais la sirène approchait, elle était toute proche.

« Tu l'entends qui vient te sauver ? » Prem passa un doigt sur le dos de la veste d'Alexandra. « Ça te rend heureuse ? Que quelqu'un t'aime si fort qu'il soit prêt à mourir pour toi ? Mais sache que je t'aime encore.

J'avais en effet prévu de mourir, mais j'ai décidé de *vivre* pour toi, et j'ose affirmer que c'est un sacrifice plus important. »

La sirène se tut brusquement.

Prem se leva, franchit les deux pas qui le séparaient du bord du toit.

Des faisceaux de lumière jaune balayaient le parking vide en contrebas.

C'était une ambulance.

Deux personnes sortirent par la portière latérale du véhicule. Il reconnut Hole à son costume noir. Son acolyte portait une tenue bleu pâle, on aurait dit des vêtements d'hôpital. Hole avait-il emmené un infirmier, un patient ? Hole tourna le dos vers le toit et, s'il ne voyait pas les menottes de si haut, Prem distingua le reflet des réverbères sur du métal. Les deux hommes marchèrent doucement en se tenant le bras vers la porte d'entrée, juste au-dessous.

Prem lâcha le paquet de Camel d'Alexandra, le vit dégringoler le long de la façade et atterrir devant les hommes dans un claquement souple. Ils sursautèrent, mais ne levèrent pas la tête. L'homme en tenue d'hôpital ramassa le paquet de cigarettes, l'ouvrit. Il en tira le badge de Prem et le papier sur lequel étaient inscrits le code d'entrée, l'étage auquel il fallait monter en ascenseur et l'indication que la porte du toit se trouvait en haut de l'escalier sur la droite.

Prem revint s'asseoir sur la chaise derrière Alexandra. Ils regardaient tous deux la porte, à dix mètres d'eux.

Il fit le point. Avait-il peur de ce qui allait se passer ? Non. Il avait déjà tué trois femmes et trois hommes.

En revanche, il se demandait comment les choses allaient se dérouler. Pour la première fois, il allait agresser physiquement quelqu'un qui n'était pas réduit à l'état de robot, qui n'était pas prévisible, gouverné par les parasites avec lesquels il l'avait infecté. Par la ruse, il avait obtenu que ses victimes s'infectent elles-mêmes, pour ainsi dire. Helene Røed et Terry Våge avaient bu leurs parasites dans de l'alcool, Susanne et Bertine les avaient sniffés à la soirée, le dealer de coke sur Jernbanetorget, dans la *snuff bullet* de Bertine. Toute cette idée était venue à Prem le jour où ils avaient reçu la saisie de cocaïne verte. C'est-à-dire qu'il avait depuis longtemps eu vent du faible de Markus Røed pour la poudre blanche et il s'était demandé s'il pouvait s'agir là d'un moyen d'introduire le parasite dans son corps, mais quand la saisie de cocaïne leur était parvenue, à quoi s'ajoutait le fait qu'Alexandra lui avait parlé deux jours auparavant d'une soirée qui allait avoir lieu sur la terrasse de Røed, il avait compris quelle occasion se présentait à lui. Le paradoxe était que trois autres personnes avaient absorbé de la cocaïne et l'avaient payé de leur vie avant qu'il ne parvienne enfin à infecter son beau-père avec sa souche de *Toxoplasma gondii*. Et cette fois, en la mélangeant avec l'élément le plus sain, le plus naturel et le plus vital dont un humain puisse avoir besoin. De l'eau. Il ne put s'empêcher de sourire en y songeant. Il avait lui-même appelé Krohn pour l'informer que Markus Røed devait se présenter immédiatement à la morgue afin d'identifier le corps de sa femme. Il avait préparé un verre d'eau, qui attendait Røed. Il se souvenait même mot pour mot de ce qu'il lui avait dit pour le faire boire avant d'entrer en salle d'autopsie.

L'expérience montre que, dans ce genre de cas, il est bon d'avoir le corps hydraté.

La lune était presque dévorée et la nuit encore un

peu plus opaque quand Prem entendit des pas lents, très lents, dans l'escalier.

Il s'assura une fois encore que la seringue dans sa poche intérieure était prête pour l'injection.

Les gonds gémirent. La porte en métal resta à peine entrouverte. Une voix rauque se fit entendre de l'autre côté.

« C'est nous. »

Harry Hole.

Alexandra laissa échapper un sanglot étouffé. Prem sentit la fureur le gagner. Il se pencha vers son oreille.

« Ne bouge pas, mon amour, sois parfaitement calme. Je veux que tu vives, mais si tu ne fais pas ce que je te dis, tu m'obligeras à te tuer », chuchota-t-il.

Il se leva de sa chaise, toussota.

« Vous vous souvenez des instructions ? » demanda-t-il, avec la satisfaction d'entendre qu'il parlait d'une voix haute et claire.

« Oui.

— Alors sortez. Lentement. »

La porte s'ouvrit.

Alors que la silhouette en costume franchissait à reculons le seuil élevé, Prem se rendit compte que l'éclipse était totale. Il lança machinalement un regard sur la lune, juste au-dessus du toit du bâtiment. Le disque n'était pas noir, mais s'était paré d'une teinte rougeâtre enchanteresse. On aurait dit une méduse pâle, épuisée, ayant à peine assez de lumière pour elle-même, et pas du tout pour les humains, en bas.

La silhouette en costume recula comme convenu vers Alexandra et Prem, huit pas, traînant des pieds avec lenteur, comme si ses chevilles étaient enchaînées. Un condamné à mort qui va à l'échafaud et essaie de prolonger de quelques secondes sa vie pathétique, pensa Prem. Le soir où il avait suivi Harry Hole et Alexandra, qui étaient sortis dîner et qu'il avait vus marcher enlacés, comme deux amoureux, dans le parc du Palais royal, Hole avait paru si grand, si fort. Tout comme le soir où il les avait espionnés au Jealousy Bar. À présent, on aurait dit qu'il avait rétréci et retrouvé sa dimension véritable. Prem était certain qu'Alexandra voyait le même spectacle que lui : le costume taillé sur mesure pour l'homme qu'elle avait cru être Harry Hole ne lui allait plus.

Quatre pas devant Hole, l'autre personne recula, les mains jointes derrière la tête. Était-ce un reflet mat du dernier rayon de lune que Prem venait d'apercevoir ? L'homme en tenue d'hôpital avait-il une arme à la main ? Non, ce n'était rien, une alliance, peut-être.

Hole s'arrêta. Les menottes dans son dos semblaient l'embarrasser pour s'agenouiller sans basculer en avant. Il se conduisait déjà comme un cadavre. Prem attendit que l'homme en tenue d'hôpital s'agenouille aussi.

Puis il avança jusqu'à Hole et leva sa main droite, munie de la seringue. Il visa au-dessus du col de chemise, la peau pâle de la nuque, presque blanche, et flasque.

Dans une seconde, ce serait terminé.

« Non ! » s'écria Alexandra derrière lui.

Prem inclina la main, l'aiguille s'enfonça sans que Harry Hole ait le temps de réagir. Il tressauta, mais ne se retourna pas. Prem appuya sur le piston, il savait que le travail était fait, les parasites étaient en route, il leur avait donné le chemin le plus court vers le cerveau, ce serait peut-être encore plus rapide qu'avec Våge. Il vit l'homme devant, en tenue d'hôpital, se retourner dans la pénombre. De nouveau, cet éclat mat sur sa main, et cette fois, Prem sut ce que c'était. Non pas une alliance, mais un doigt en métal.

L'homme s'était complètement retourné à présent, et levé. En raison de l'angle de vue plongeant, on aurait difficilement pu remarquer à la sortie de l'ambulance qu'il était grand, plus grand que l'homme en costume, et quand ils avaient marché à reculons, ils étaient tous deux voûtés, mais Prem se rendit compte que l'homme en tenue d'hôpital était Harry Hole. À présent, il voyait aussi son visage, ses yeux clairs, sa gueule grimaçante.

Prem réagit aussi vite qu'il put. Il était préparé à ce qu'ils tentent de le berner d'une façon ou d'une autre, de l'avoir. C'était le cas depuis qu'il était petit. Ça avait commencé comme ça et ça allait finir comme ça. Il emporterait toutefois quelque chose, quelque chose que le policier n'aurait pas. Elle.

Prem avait son couteau sorti quand il se tourna vers Alexandra. Elle s'était levée. Il brandit le couteau pour le planter en elle, essaya de capturer son regard, de lui indiquer qu'elle allait mourir. Cela le mit en fureur. Car le regard d'Alexandra était braqué au-dessus de son épaule, sur ce putain de policier. C'était comme Susanne Andersen à la soirée sur la terrasse, elles cherchaient toujours mieux. D'accord, alors Hole allait la voir mourir, cette pute !

Harry croisa le regard d'Alexandra. Elle le vit et tous deux surent. Il était trop loin pour la sauver. Il eut seulement le temps de tracer un rapide cercle de l'index sur son cou en espérant qu'elle se souvenait. Elle recula l'épaule.

Il n'aurait pas dû y avoir assez de temps. Il n'y avait pas eu assez de temps, allait-il penser par la suite. Si ce n'est que le parasite avait augmenté le temps de réaction de son hôte définitif aussi. Le corps de Helge lui bouchant la vue, Harry ne put apercevoir si elle avait positionné sa main en ciseau à bois lorsqu'elle frappa.

Mais elle avait dû le faire.

Et elle avait dû faire mouche.

Et les instincts de Helge Forfang avaient dû prendre le pas sur le reste. Ces instincts ne voulaient pas Alexandra, ils ne voulaient pas la vengeance, ils voulaient seulement de l'air. Helge lâcha le couteau et la seringue, puis tomba à genoux.

« Cours ! cria Harry. Va-t'en ! »

Sans un mot, Alexandra se précipita, passa devant lui, ouvrit la porte en métal et disparut.

Harry avança, se posta à côté de l'homme en costume, agenouillé, sans cesser de regarder le dos de Helge Forfang, qui se tenait la gorge à deux mains. Il émettait des bruits sifflants, comme un pneu crevé. Puis il roula brusquement sur le béton et lorsqu'il fut sur le dos, il dévisagea Harry, la seringue de nouveau à la main, aiguille dirigée sur lui, il ouvrit la bouche, pour parler, manifestement, mais seul un sifflement en sortit.

Sans quitter Helge des yeux, Harry posa la main sur l'épaule de l'homme en costume, tête baissée en avant.

« Comment ça va, Ståle ?

— C'est à voir, chuchota Aune d'une voix à peine audible. La fille est sauvée ?

— La fille est sauvée.

— Alors ça va bien. »

Harry le discerna dans le regard de Helge, le reconnut. Il avait vu cela dans le regard de Bjørn le dernier soir quand il l'avait quitté, quand tout le monde l'avait quitté, et qu'on le retrouverait le lendemain matin dans une voiture, où il s'était fait sauter la cervelle. Il l'avait vu aussi, un peu trop souvent, dans le miroir, pendant la période qui avait suivi, quand penser à Rakel et à Bjørn lui fait peser le pour et le contre.

La seringue de Helge n'était plus dirigée sur Harry, mais sur sa propre personne. Harry le vit approcher l'aiguille de son visage, la seringue lui couvrit un œil tandis que l'autre le fixait d'un air absent. Un liseré de disque lunaire s'était remis à briller et Helge baissa quelque peu la seringue, permettant à Harry de voir la pointe de l'aiguille appuyer contre l'œil, contre le raccourci vers le cerveau. Il vit l'œil ployer comme un œuf à la coque avant de reprendre sa forme initiale alors que l'aiguille perforait la surface, plongeait. Le visage de Prem était inexpressif. À la connaissance de Harry, l'œil et la zone derrière n'étaient pas très innervés, c'était probablement moins douloureux que ça en avait l'air. Moins difficile à faire. Simple, même. Simple pour l'homme qui se faisait appeler Prem, simple pour les proches des victimes, simple pour Alex, simple pour le procureur et simple pour un public assoiffé de vengeance. Tout le monde allait avoir son compte et ce sans le sentiment désagréable qui, lors d'une exécution, saisit même les gens qui vivent dans un pays où la peine de mort a cours et qui y sont donc habitués.

Oui, ce serait simple.

Trop simple.

Harry avança rapidement en voyant le pouce de Helge se recourber autour du piston de la seringue, il tomba à genoux et expédia son poing dans sa paume. Helge appuya, mais le poing de Harry entravait son geste et au lieu d'appuyer sur le piston, son pouce se heurta à un doigt en titane gris inflexible.

« Laissez-moi, gémit Prem.

— Non, dit Harry. Vous restez parmi nous.

— Mais je ne veux pas être ici ! se lamenta Prem.

— Justement. »

Il tint bon. Quelque part au loin résonnait une musique familière. Des sirènes de police.

53

Vendredi

Grand fou

Alexandra et Harry regardaient par la fenêtre de la salle d'autopsie, où Ståle Aune était allongé sur une table et Ingrid Aune, assise sur une chaise à son chevet. Leur maison se situait à seulement cinq minutes en voiture et elle était venue aussitôt.

Helge Forfang avait été emmené par la police et le groupe de techniciens de scène de crime n'allait pas tarder. Harry avait appelé la police pour signaler un meurtre, sans préciser que la victime n'était pas encore morte.

Soudain, Aune rit en toussant et parla plus fort, si bien qu'ils l'entendaient par le haut-parleur. « Oui, oui, je m'en souviens, ma chérie, mais je ne pensais pas que tu pouvais t'intéresser à un type comme moi. Je peux l'avoir maintenant ? »

Alexandra fit un pas en avant pour couper le son.

Ils les regardèrent, tous les deux, dans la salle d'autopsie. Harry s'y était trouvé à l'arrivée d'Ingrid. Son mari lui avait expliqué que les parasites qu'on lui avait injectés agiraient sans doute très vite et qu'il préférait sortir vainqueur de la course contre la montre. Quand Aune avait précisé que Harry avait offert de le faire,

Ingrid avait secoué la tête d'un air décidé. Elle avait désigné une veine saillante du cou d'Aune en regardant Harry, qui lui avait répondu d'un signe de tête et confié la seringue de morphine qu'Alexandra lui avait donnée. Puis il avait quitté la salle.

Ils virent Ingrid s'essuyer les yeux avant de lever la seringue.

Harry et Alexandra sortirent sur le parking fumer une cigarette avec Øystein.

Deux heures plus tard, après un interrogatoire et un entretien avec le psychologue de crise à l'hôtel de police, Øystein et Harry reconduisirent Alexandra chez elle.

« À moins que tu n'aies l'intention de te ruiner au Thief, tu peux habiter chez moi pendant quelque temps.

— Merci, dit Harry. Je vais y réfléchir. »

Il était minuit, Harry était assis au bar de l'hôtel. Il regardait son verre de whisky en faisant le bilan. C'était l'heure des comptes. Comptes de ceux qu'il avait perdus, de ceux qu'il avait trahis, et des gens sans visage qu'il avait peut-être, mais peut-être seulement, sauvés. Dans ces comptes, manquait toujours une personne.

Comme en réponse à cette pensée, son téléphone sonna.

Il regarda le numéro. Ben.

Harry eut la certitude soudaine qu'il allait maintenant savoir. Peut-être était-ce pourquoi il hésitait à répondre.

« Ben ?

— Salut, Harry. Elle est retrouvée.

— OK. » Harry respira, puis il but d'un trait le reste de son verre. « Où ?

— Ici.

— Ici ?

— Elle est assise en face de moi.

— Tu veux dire… au Creatures ?

— Ouais. Elle et un whisky sour. Ils lui ont pris son téléphone, c'est pour ça que tu n'arrivais pas à la joindre. Elle est retournée s'installer à Laurel Canyon en quittant le Mexique. Je te la passe… »

Harry entendit brailler et rire, puis la voix de Lucille résonna.

« Harry ?

— Lucille, fut tout ce qu'il parvint à articuler.

— Allons, Harry, ne joue pas les tendres avec moi. J'ai réfléchi aux premiers mots que je te dirais, et voilà ce que j'ai trouvé. » Il l'entendit respirer, puis déclarer, dans un mélange de rire et de larmes qui faisait vibrer ses cordes vocales baignées de whisky : « Tu m'as sauvé la vie, grand fou. »

54

Jeudi

Il faisait froid et le vent soufflait fort le jour où Ståle Aune fut enterré. Les chevelures des personnes présentes étaient ébouriffées en tous sens et, à un moment donné, se produisit un phénomène curieux, il se mit à grêler dans un ciel apparemment sans nuages. À son lever, Harry s'était rasé et le visage maigre qui l'avait regardé dans le miroir datait de temps plus heureux. Cela pouvait peut-être aider. Probablement pas. Lorsqu'il alla à l'ambon pour prononcer quelques mots, comme Ingrid et Aurora le lui avaient demandé, il vit une église comble.

Aux deux premiers rangs se trouvait la famille proche. Au rang suivant, les intimes, pour la plupart des gens que Harry n'avait jamais vus. Puis, derrière eux, Mikael Bellman. Lequel se félicitait bien sûr que l'affaire soit élucidée et que le tueur soit écroué, mais avait fait profil bas pendant que les journaux se gavaient des nouveaux détails au fur et à mesure que la police les rendait publics. La description que Helge Forfang avait faite du meurtre de son beau-père, par exemple. Mona Daa et *VG* avaient certes montré le bon exemple en se contentant de faire référence à la vidéo d'un Markus Røed nu qui avouait les agressions sur son beau-fils sans la publier, mais quiconque souhaitait la visionner pouvait évidemment la trouver sur Internet.

Harry vit Katrine, à côté de Sung-min et de Bodil Melling. Elle était encore fatiguée, avait eu beaucoup de travail après coup, et ce n'était pas fini, mais elle était naturellement soulagée que le coupable soit arrêté et ait avoué. Lors des interrogatoires, Helge Forfang leur avait expliqué tout ce qu'ils voulaient savoir, et l'essentiel corroborait leurs suppositions sur le déroulement des meurtres. Le mobile, se venger de son beau-père, était évident aussi.

Harry était venu à l'église dans la Mercedes d'Øystein, avec Øystein, Truls et Oleg, qui avait fait tout le chemin depuis le Finnmark. Étant lavé des soupçons de vol de cocaïne, Truls avait déjà retrouvé son travail à l'hôtel de police et avait fêté cela en s'achetant pour les obsèques un costume qui ressemblait diablement à celui de Harry. Quant à Øystein il prétendait avoir arrêté de dealer de la cocaïne et vouloir reprendre le métier de chauffeur. Il avait envisagé les ambulances.

« Putain, c'est dur de revenir en arrière quand on a allumé cette sirène et vu la circulation s'ouvrir comme la putain de mer Morte devant Moïse. Ou c'était le lac de Tibériade ? Quoi qu'il en soit, j'ai laissé tomber. »

Truls avait grogné. « Il paraît qu'il faut suivre vachement de cours, de formations et de trucs comme ça pour devenir chauffeur d'ambulance.

— C'est pas tant ça, avait répondu Øystein, mais il y a de la drogue dans les ambulances et je peux pas en approcher trop près, quoi, je suis pas Keith. Donc j'ai accepté de faire le service de jour pour un propriétaire de taxi de Holmlia. »

Harry avait les mains qui tremblaient, ses feuilles faisaient des bruits de raclement. Il n'avait pas bu aujourd'hui, au contraire, il avait même vidé la fin de sa bouteille de Jim Beam dans le lavabo de sa chambre d'hôtel. Il allait rester sobre jusqu'à la fin de ses jours. C'était son plan. C'était toujours son plan. Samedi, Gert et lui allaient prendre le bateau pour Nesodden. Harry y pensa. Ses mains cessèrent de trembler. Il toussota.

« Ståle Aune, déclara-t-il, car il avait décidé de commencer en prononçant son nom complet. Ståle Aune est devenu le héros qu'il n'a jamais aspiré à être, mais que les circonstances et son courage l'ont conduit à devenir à la fin de sa vie. Il aurait bien sûr protesté contre cette qualification s'il avait été ici, mais il ne l'est pas. Je crois. Quoi qu'il advienne, ses protestations auraient été vaines. Quand nous discutions de la manière de résoudre la situation de prise d'otage dont vous avez tous entendu parler dans la presse, c'est lui qui a tranché. "Vous n'entendez pas ce que je dis ? a-t-il crié de son lit. Le calcul est simple." Ståle Aune aurait prétendu que c'était par pure logique, et non par courage héroïque, qu'il a revêtu mes vêtements, pris ma place, endossé ma condamnation à mort. Le plan était que je quitte les lieux avec l'otage avant que notre échange soit révélé, et que j'intervienne éventuellement si jamais Ståle était démasqué. Ce plan n'était pas le mien, c'était le sien. Il nous a demandé de lui rendre ce service, pouvoir troquer ses derniers jours de souffrance contre une sortie qui avait du sens. C'était un bon argument, mais le mieux était que, si Forfang se concentrait sur lui, cela nous offrait une plus grande probabilité de sauver l'otage et cela améliorait les chances que je puisse intervenir en cas d'imprévu. Comme la plupart des héros qui se sacrifient, Ståle laisse derrière lui des gens qui se sentent coupables. Moi le premier, qui dirigeais le groupe et qui étais censé avoir le poste d'Urias sur ce toit. Oui, je suis coupable d'avoir écourté la vie de Ståle Aune. Est-ce que je le regrette ? Non. Parce que Ståle avait raison, c'est un calcul simple. Je pense qu'il est mort heureux. Heureux parce qu'il faisait partie de cette frange de l'humanité qui éprouve une satisfaction profonde à contribuer à rendre ce monde un peu plus supportable pour nous autres. »

Après l'enterrement, on servit des canapés, du café et autres boissons au Schrøder, selon le vœu de Ståle. Il y avait tellement de monde à leur arrivée qu'il ne restait de place que debout, et Harry et sa suite se tinrent tout au fond, à côté de la porte des toilettes.

« Forfang était un vengeur qui a dégagé tout ce qui barrait sa route, commenta Øystein, mais les journaux écrivent quand même que c'était un tueur en série, et pourtant ce n'est pas le cas. Si, Harry ?

— Hmm. Pas au sens classique. Ils sont très rares. »

Harry but une gorgée de café.

« Et ceux-là, tu en as vu combien ? demanda Oleg.

— Je ne sais pas.

— Tu ne sais pas ? grogna Truls.

— Quand j'ai arrêté mon deuxième tueur en série, j'ai commencé à recevoir des lettres anonymes. Des gens qui me défiaient, qui disaient qu'ils avaient tué. Ou qu'ils allaient tuer. Et que je n'allais pas réussir à les attraper. Je suppose que la plupart d'entre eux étaient seulement des types qui prenaient du plaisir à écrire ce genre de lettres, mais je n'ai aucune certitude qu'ils n'ont tué personne. La plupart des cas de décès attribués à des meurtres sont élucidés, mais ils étaient peut-être doués, peut-être qu'ils arrivaient à faire passer ça pour des morts naturelles ou des accidents.

— Donc ils auraient pu l'emporter sur toi, c'est ce que tu dis ?

— Ouaip. »

Un vieil homme, manifestement un peu alcoolisé, sortit des toilettes.

« Amis ou patients ? demanda-t-il.

— Les deux, répondit Harry en souriant.

— C'est vite arrivé, fit l'homme avant de repartir dans la salle.

— Et en plus, il m'a sauvé la vie », ajouta Harry à voix basse. Il brandit sa tasse de café. « À Ståle. »

Les trois autres levèrent leurs verres.

« J'ai pensé à une chose, dit Truls. Ce proverbe que tu nous as sorti, Harry. Cette histoire selon quoi, quand on sauve la vie de quelqu'un, on en est responsable pour le restant de ses jours.

— Oui ?

— J'ai vérifié. C'est pas un proverbe. C'est juste un truc qu'ils avaient inventé dans *Kung Fu* et qui était censé ressembler à un vieux proverbe chinois. Tu sais, la série des années 1970.

— Avec David Carradine ? demanda Øystein.

— Oui, dit Truls. C'est très mauvais.

— Oui, mais c'est du mauvais cool, rétorqua Øystein. Tu devrais regarder, ajouta-t-il en donnant un coup de coude à Oleg.

— Vraiment ?

— Non, dit Harry, pas vraiment.

— Bon, d'accord, admit Øystein, mais si David Carradine a dit ce truc sur le fait qu'on est responsable des gens qu'on sauve, il doit y avoir *un peu* de vrai dedans. David Carradine, les gars ! »

Truls frotta son menton proéminent. « OK, alors. »

Katrine les rejoignit.

« Je suis navrée de n'arriver que maintenant. J'ai dû aller voir une scène de crime. On dirait bien que tout le monde est ici. Même le pasteur.

— Le pasteur ? » Harry haussa un sourcil.

« Ce n'était pas lui ? En tout cas, en arrivant, j'ai croisé un homme avec un col romain qui sortait du Schrøder.

— De quelle scène de crime s'agissait-il ? demanda Oleg.

— Un appartement à Frogner. Le corps est découpé en petits morceaux. Les voisins ont entendu un grondement de moteur. La tapisserie du salon a l'air d'avoir été repeinte au pistolet à peinture. Dis, Harry, est-ce que je pourrais te dire deux mots ? »

Ils se dirigèrent vers la table à la fenêtre qui avait autrefois été la place attitrée de Harry.

« C'est bien qu'Alexandra ait déjà repris le travail, nota Katrine.

— Par bonheur, c'est une fille coriace.

— J'ai entendu dire que tu l'avais invitée à voir *Roméo et Juliette* ?

— Oui, Helene Røed m'avait donné deux places. Il paraît que c'est une bonne mise en scène.

— C'est sympa. Alexandra est une fille bien. Je lui ai demandé de vérifier un truc pour moi.

— Ah oui ?

— Elle avait comparé l'empreinte génétique de la salive que nous avons trouvée sur la poitrine de Susanne aux empreintes du fichier des criminels connus. Nous n'avions eu aucun résultat, mais ensuite nous avons découvert que l'empreinte correspondait à celle de Markus Røed.

— Oui ?

— Mais on n'avait jamais procédé à une comparaison avec les empreintes des coupables inconnus, à savoir donc avec les traces d'ADN prélevées dans des affaires non résolues. À la suite de cette vidéo dans laquelle Markus Røed avoue des agressions sur mineurs, j'ai demandé à Alexandra de comparer son empreinte avec celles du fichier des traces non identifiées, et tu sais ce qui est apparu ?

— Hmm. Je peux essayer de deviner.

— Vas-y.

— Le viol du garçon de quatorze ans à la Villa Dante. Comment aviez-vous appelé l'affaire déjà ?

— L'affaire du papillon. » Katrine avait l'air presque mécontente. « Comment savais-tu que… ?

— Røed et Krohn prétendaient refuser le prélèvement d'ADN parce que c'était admettre la légitimité du soupçon, mais je me doutais bien que Røed avait une autre raison. Il savait que vous aviez prélevé du sperme avec son ADN après le viol.

— Tu es bon, Harry. »

Il secoua la tête. « Si je l'avais été, j'aurais résolu cette affaire bien avant. Je me suis trompé sur toute la ligne.

— J'entends ce que tu dis, mais je ne suis pas la seule à te trouver bon.

— Vraiment ?

— Enfin, c'est d'autre chose que je voulais te parler. Il y a un poste libre à la Brigade de répression des violences. Nous voudrions tous que tu postules.

— Tous ?

— Bodil Melling et moi.

— Ça, c'est "toutes les deux", tu as dit "tous".

— Mikael Bellman a mentionné que ça pourrait être une bonne idée, qu'on pourrait créer un poste spécial. Un rôle plus libre. Tu pourrais commencer par ce meurtre à Frogner.

— Des suspects ?

— Le défunt aurait un litige depuis des années avec son frère. Le frère est entendu en ce moment, mais il aurait un alibi. »

Elle dévisagea Harry. Les iris bleus dans lesquels elle avait plongé les yeux, la bouche tendre qu'elle avait un jour embrassée, les traits marqués, la cicatrice en forme de sabre qui partait de la commissure des lèvres et montait jusqu'à l'oreille. Elle essaya d'interpréter son regard, les changements dans son expression, la façon dont il reculait les épaules, comme un grand oiseau qui va s'envoler. Katrine se considérait comme quelqu'un qui connaissait les gens et elle avait le sentiment de savoir lire à livre ouvert certains hommes, comme Bjørn, mais Harry restait et demeurait un mystère pour elle. Pour lui-même aussi, suspectait-elle.

« Remercie-les de ma part, mais non merci.

— Pourquoi ? »

Il eut un petit sourire en coin. « Pendant cette affaire, j'ai compris que je ne peux être employé qu'à une chose et c'est arrêter des tueurs en série. De vrais tueurs en série. Statistiquement, on en croise dans la rue seulement sept fois dans sa vie. Alors, j'ai atteint mon quota, il n'y en aura pas d'autres. »

Il était écrit « Andrew » sur le badge du jeune vendeur et l'homme en face de lui venait de prononcer son nom avec un accent suggérant qu'il avait séjourné aux États-Unis.

« Une nouvelle chaîne de tronçonneuse, d'accord, dit Andrew. Ça devrait pouvoir s'arranger.

— Tout de suite. J'ai aussi besoin de deux rouleaux de ruban adhésif toilé, de quelques mètres de corde fine solide, et d'un rouleau de sacs-poubelle. Vous auriez ça pour moi, Andrew ? »

Pour une raison inexpliquée, Andrew frissonna. Peut-être étaient-ce les iris incolores de l'homme. Ou sa voix douce, bien trop caressante, avec une pointe d'accent du Sørlandet. Peut-être était-ce le fait qu'il avait posé la main sur son avant-bras. Ou simplement que, tout comme certains ont peur des clowns, Andrew avait toujours eu peur des prêtres.

DU MÊME AUTEUR

Aux Éditions Gaïa

RUE SANS-SOUCI, 2005. Folio Policier nº 480.
ROUGE-GORGE, 2004. Folio Policier nº 450.
LES CAFARDS, 2003. Folio Policier nº 418.
L'HOMME CHAUVE-SOURIS, 2003. Folio Policier nº 366.

Aux Éditions Gallimard

Dans la Série Noire

LES MAÎTRES DU DOMAINE, 2025.
RAT ISLAND, 2024.
ÉCLIPSE TOTALE, 2023. Folio Policier nº 1050.
DE LA JALOUSIE, 2022. Folio Policier nº 1017.
LEUR DOMAINE, 2020. Folio Policier nº 978.
LE COUTEAU, 2019. Folio Policier nº 940.
MACBETH, 2018. Folio Policier nº 913.
LA SOIF, 2017. Folio Policier nº 891.
SOLEIL DE NUIT, 2016. Folio Policier nº 863.
LE FILS, 2015. Folio Policier nº 840.
DU SANG SUR LA GLACE, 2015. Folio Policier nº 793.
POLICE, 2014. Folio Policier nº 762.
FANTÔME, 2013. Folio Policier nº 741.
LE LÉOPARD, 2011. Folio Policier nº 659.
CHASSEURS DE TÊTES, 2009. Folio Policier nº 608.
LE BONHOMME DE NEIGE, 2008. Folio Policier nº 575.
LE SAUVEUR, 2007. Folio Policier nº 552.
L'ÉTOILE DU DIABLE, 2006. Folio Policier nº 527.

Dans la collection Folio Policier

L'INSPECTEUR HARRY HOLE. L'intégrale, I : L'homme chauve-souris – Les cafards, nº 770.

Dans la collection de livres audio « Écoutez lire »

LE TÉLÉPHONE CARNIVORE, lu par Théo Frilet, 2024.

LE CAVALIER NOIR, lu par Théo Frilet, 2024.

L'ANTIDOTE, lu par Théo Frilet, 2024.

LES CIGALES, lu par Théo Frilet, 2024.

LA DÉCHIQUETEUSE, lu par Olivier Martinaud, 2024.

RAT ISLAND, lu par Olivier Martinaud, 2024.

RAT ISLAND ET 4 AUTRES THRILLERS, lu par Olivier Martinaud et Théo Frilet, 2024.

ÉCLIPSE TOTALE, lu par Olivier Martinaud, 2023.

LEUR DOMAINE, lu par Théo Frilet, 2022.

LE LÉOPARD, lu par Olivier Martinaud, 2021.

LE SAUVEUR, lu par Olivier Martinaud, 2021.

ROUGE-GORGE, lu par Dominique Collignon-Maurin, 2021.

L'HOMME CHAUVE-SOURIS, lu par Dominique Collignon-Maurin, 2020.

LES CAFARDS, lu par Dominique Collignon-Maurin, 2020.

L'ÉTOILE DU DIABLE, lu par Dominique Collignon-Maurin, 2019.

LE COUTEAU, lu par Dominique Collignon-Maurin, 2019.

LE BONHOMME DE NEIGE, lu par Dominique Collignon-Maurin, 2019.

MACBETH, lu par Dominique Collignon-Maurin, 2018.

LA SOIF, lu par Dominique Collignon-Maurin, 2018.

LE FILS, lu par Frédéric Dimnet, 2015.

POLICE, lu par Frédéric Dimnet, 2015.

FANTÔME, lu par Frédéric Dimnet, 2014.

Aux Éditions Bayard Jeunesse

LA POUDRE À PROUT DU PROFESSEUR SÉRAPHIN, vol.1, 2009.

COLLECTION FOLIO POLICIER

Dernières parutions

641.	Kjell Ola Dahl	*L'homme dans la vitrine*
642.	Ingrid Astier	*Quai des enfers*
643.	Kent Harrington	*Jungle rouge*
644.	Dashiell Hammett	*Le faucon maltais*
645.	Dashiell Hammett	*L'introuvable*
646.	DOA	*Le serpent aux mille coupures*
647.	Larry Beinhart	*L'évangile du billet vert*
648.	William Gay	*La mort au crépuscule*
649.	Gabriel Trujillo Muñoz	*Mezquite Road*
650.	Boileau-Narcejac	*L'âge bête*
651.	Anthony Bourdain	*La surprise du chef*
652.	Stefán Máni	*Noir Océan*
653.	***	*Los Angeles Noir*
654.	***	*Londres Noir*
655.	***	*Paris Noir*
656.	Elsa Marpeau	*Les yeux des morts*
657.	François Boulay	*Suite rouge*
658.	James Sallis	*L'œil du criquet*
659.	Jo Nesbø	*Le léopard*
660.	Joe R. Lansdale	*Vanilla Ride*
661.	Georges Flipo	*Le commissaire n'aime point les vers*
662.	Stephen Hunter	*Shooter*
663.	Pierre Magnan	*Élégie pour Laviolette*
664.	James Hadley Chase	*Tu me suivras dans la tombe*
665.	Georges Simenon	*Long cours*
666.	Thomas H. Cook	*La preuve de sang*
667.	Gene Kerrigan	*Le chœur des paumés*
668.	Serge Quadruppani	*Saturne*
669.	Gunnar Staalesen	*L'écriture sur le mur*
670.	Georges Simenon	*Chez Krull*

671. Georges Simenon — *L'inspecteur Cadavre*
672. Kjetil Try — *Noël sanglant*
673. Graham Hurley — *L'autre côté de l'ombre*
674. John Maddox Roberts — *Les fantômes de Saigon*
675. Marek Krajewski — *La peste à Breslau*
676. James Sallis — *Bluebottle*
677. Philipp Meyer — *Un arrière-goût de rouille*
678. Marcus Malte — *Les harmoniques*
679. Georges Simenon — *Les nouvelles enquêtes de Maigret*
680. Dashiell Hammett — *La clé de verre*
681. Caryl Férey – Sophie Couronne — *D'amour et dope fraîche*
682. Marin Ledun — *La guerre des vanités*
683. Nick Stone — *Voodoo Land*
684. Frederick Busch — *Filles*
685. Paul Colize — *Back up*
686. Saskia Noort — *Retour vers la côte*
687. Attica Locke — *Marée noire*
688. Manotti – DOA — *L'honorable société*
689. Carlene Thompson — *Les ombres qui attendent*
690. Claude d'Abzac — *Opération Cyclope*
691. Joe R. Lansdale — *Tsunami mexicain*
692. F. G. Haghenbeck — *Martini Shoot*
693. *** — *Rome Noir*
694. *** — *Mexico Noir*
695. James Preston Girard — *Le Veilleur*
696. James Sallis — *Bête à bon dieu*
697. Georges Flipo — *Le commissaire n'a point l'esprit club*
698. Stephen Hunter — *Le 47ᵉ samouraï*
699. Kent Anderson — *Sympathy for the Devil*
700. Heinrich Steinfest — *Le grand nez de Lilli Steinbeck*
701. Serge Quadruppani — *La disparition soudaine des ouvrières*
702. Anthony Bourdain — *Pizza créole*
703. Frederick Busch — *Nord*
704. Gunnar Staalesen — *Comme dans un miroir*

705. Jack Ketchum — *Une fille comme les autres*
706. John le Carré — *Chandelles noires*
707. Jérôme Leroy — *Le Bloc*
708. Julius Horwitz — *Natural Enemies*
709. Carlene Thompson — *Ceux qui se cachent*
710. Fredrik Ekelund — *Le garçon dans le chêne*
711. James Sallis — *Salt River*
712. Georges Simenon — *Cour d'assises*
713. Antoine Chainas — *Une histoire d'amour radio-active*
714. Matthew Stokoe — *La belle vie*
715. Frederick Forsyth — *Le dossier Odessa*
716. Caryl Férey — *Mapuche*
717. Franck Bill — *Chiennes de vies*
718. Kjell Ola Dahl — *Faux-semblants*
719. Thierry Bourcy — *Célestin Louise, flic et soldat dans la guerre de 14-18*
720. Doug Allyn — *Cœur de glace*
721. Kent Anderson — *Chiens de la nuit*
722. Raphaël Confiant — *Citoyens au-dessus de tout soupçon…*
723. Serge Quadruppani — *Madame Courage*
724. Boileau-Narcejac — *Les magiciennes*
725. Boileau-Narcejac — *L'ingénieur aimait trop les chiffres*
726. Inger Wolf — *Nid de guêpes*
727. Seishi Yokomizo — *Le village aux Huit Tombes*
728. Paul Colize — *Un long moment de silence*
729. F. G. Haghenbeck — *L'Affaire tequila*
730. Pekka Hiltunen — *Sans visage*
731. Graham Hurley — *Une si jolie mort*
732. Georges Simenon — *Le bilan Malétras*
733. Peter Duncan — *Je suis un sournois*
734. Stephen Hunter — *Le sniper*
735. James Sallis — *La mort aura tes yeux*
736. Elsa Marpeau — *L'expatriée*
737. Jô Soares — *Les yeux plus grands que le ventre*

738. Thierry Bourcy — *Le crime de l'Albatros*
739. Raymond Chandler — *The Long Goodbye*
740. Matthew F. Jones — *Une semaine en enfer*
741. Jo Nesbø — *Fantôme*
742. Alix Deniger — *I cursini*
743. Anders Bodelsen — *Septembre rouge (Rouge encore)*
744. Patrick Pécherot — *La saga des brouillards*
745. Thomas H. Cook — *Secrets de famille*
746. Ken Bruen — *Chemins de croix*
747. David Ellis — *La comédie des menteurs*
748. Boileau-Narcejac — *À cœur perdu (Meurtre en 45 tours)*
749. Boileau-Narcejac — *Le mauvais œil* suivi d'*Au bois dormant*
750. Ingrid Astier — *Angle mort*
751. Carlene Thompson — *Jusqu'à la fin*
752. Dolores Redondo — *Le gardien invisible*
753. Dashiell Hammett — *Le sac de Couffignal* suivi d'*Âmes malhonnêtes* et de *Tulip*
754. Mario Falcone — *L'aube noire*
755. François Boulay — *Cette nuit…*
756. Didier Daeninckx — *Têtes de Maures*
757. Gunnar Staalesen — *Face à face*
758. Dominique Manotti — *L'évasion*
759. Laurent Guillaume — *Black cocaïne*
760. Jô Soares — *Meurtres à l'Académie*
761. Inger Wolf — *Mauvaises eaux*
762. Jo Nesbø — *Police*
763. Jonathan Ames — *Tu n'as jamais été vraiment là*
764. Jack Vance — *Méchant garçon*
765. John le Carré — *L'appel du mort*
766. Bill Pronzini — *Mademoiselle Solitude*
767. Franz Bartelt — *Chaos de famille*
768. Thierry Bourcy — *Les ombres du Rochambeau*
769. Georges Simenon — *Nouvelles exotiques*
770. Jo Nesbø — *L'inspecteur Harry Hole. L'intégrale, I*

771. Lorenzo Lunar — *La vie est un tango*
772. Nick Stone — *Cuba Libre*
773. Jean-Claude Izzo — *Fabio Montale*
774. Boileau-Narcejac — *Les intouchables*
775. Boileau-Narcejac — *Les visages de l'ombre*
776. Joe R. Lansdale — *Diable rouge*
777. Fredrik Ekelund — *Blueberry Hill*
778. Heinrich Steinfest — *Le poil de la bête*
779. Batya Gour — *Meurtre en direct*
780. Laurent Whale — *Les Rats de poussière I Goodbye Billy*
781. Joe R. Lansdale — *Le sang du bayou*
782. Boileau-Narcejac — *Le contrat*
783. Boileau-Narcejac — *Les nocturnes*
784. Georges Simenon — *Le bateau d'Émile*
785. Dolores Redondo — *De chair et d'os*
786. Max Bentow — *L'Oiseleur*
787. James M. Cain — *Bloody cocktail*
788. Marcus Sakey — *Les Brillants*
789. Joe R. Lansdale — *Les Mécanos de Vénus*
790. Jérôme Leroy — *L'ange gardien*
791. Sébastien Raizer — *L'alignement des équinoxes*
792. Antonio Manzini — *Piste noire*
793. Jo Nesbø — *Du sang sur la glace*
794. Joy Castro — *Après le déluge*
795. Stuart Prebble — *Le Maître des insectes*
796. Sonja Delzongle — *Dust*
797. Luís Miguel Rocha — *Complots au Vatican I Le dernier pape*
798. Caryl Férey — *Saga maorie*
799. Thierry Bourcy — *Célestin Louise, flic et soldat dans la guerre de 14-18*
800. Barry Gornell — *La résurrection de Luther Grove*
801. Antoine Chainas — *Pur*
802. Attica Locke — *Dernière récolte*
803. Maurice G. Dantec — *Liber mundi I Villa Vortex*
804. Howard Gordon — *La Cible*
805. Alain Gardinier — *DPRK*

806. Georges Simenon — *Le Petit Docteur*
807. Georges Simenon — *Les dossiers de l'Agence O*
808. Michel Lambesc — *La « horse »*
809. Frederick Forsyth — *Chacal*
810. Gunnar Staalesen — *L'enfant qui criait au loup*
811. Laurent Guillaume — *Delta Charlie Delta*
812. Laurent Whale — *Les Rats de poussière II Le manuscrit Robinson*
813. J. J. Murphy — *Le cercle des plumes assassines*
814. Éric Maravélias — *La faux soyeuse*
815. DOA — *Le cycle clandestin, tome I*
816. Luke McCallin — *L'homme de Berlin*
817. Lars Pettersson — *La loi des Sames*
818. Boileau-Narcejac — *Schuss*
819. Dominique Manotti — *Or noir*
820. Alberto Garlini — *Les noirs et les rouges*
821. Marcus Sakey — *Les Brillants II Un monde meilleur*
822. Thomas Bronnec — *Les initiés*
823. Kate O'Riordan — *La fin d'une imposture*
824. Mons Kallentoft, Markus Lutteman — *Zack*
825. Robert Karjel — *Mon nom est N.*
826. Dolores Redondo — *Une offrande à la tempête*
827. Benoît Minville — *Rural noir*
828. Sonja Delzongle — *Quand la neige danse*
829. Germán Maggiori — *Entre hommes*
830. Shannon Kirk — *Méthode 15-33*
831. Elsa Marpeau — *Et ils oublieront la colère*
832. Antonio Manzini — *Froid comme la mort*
833. Luís Miguel Rocha — *Complots au Vatican II La balle sainte*
834. Patrick Pécherot — *Une plaie ouverte*
835. Harry Crews — *Le faucon va mourir*
836. DOA — *Pukhtu. Primo*
837. DOA — *Pukhtu. Secundo*
838. Joe R. Lansdale — *Les enfants de l'eau noire*
839. Gunnar Staalesen — *Cœurs glacés*

840.	Jo Nesbø	*Le fils*
841.	Luke McCallin	*La maison pâle*
842.	Caryl Férey	*Les nuits de San Francisco*
843.	Graham Hurley	*Le paradis n'est pas pour nous*
844.	Boileau-Narcejac	*Champ clos*
845.	Lawrence Block	*Balade entre les tombes*
846.	Sandrine Roy	*Lynwood Miller*
847.	Massimo Carlotto	*La vérité de l'Alligator*
848.	Benoît Philippon	*Cabossé*
849.	Grégoire Courtois	*Les lois du ciel*
850.	Caryl Férey	*Condor*
851.	Antonio Manzini	*Maudit printemps*
852.	Jørn Lier Horst	*Fermé pour l'hiver*
853.	Sonja Delzongle	*Récidive*
854.	Noah Hawley	*Le bon père*
855.	Akimitsu Takagi	*Irezumi*
856.	Pierric Guittaut	*La fille de la Pluie*
857.	Marcus Sakey	*Les Brillants III En lettres de feu*
858.	Matilde Asensi	*Le retour du Caton*
859.	Chan Ho-kei	*Hong Kong Noir*
860.	Harry Crews	*Des savons pour la vie*
861.	Mons Kallentoft, Markus Lutteman	*Zack II Leon*
862.	Elsa Marpeau	*Black Blocs*
863.	Jo Nesbø	*Du sang sur la glace II Soleil de nuit*
864.	Brigitte Gauthier	*Personne ne le saura*
865.	Ingrid Astier	*Haute Voltige*
866.	Luca D'Andrea	*L'essence du mal*
867.	DOA	*Le cycle clandestin, tome II*
868.	Gunnar Staalesen	*Le vent l'emportera*
869.	Rebecca Lighieri	*Husbands*
870.	Patrick Delperdange	*Si tous les dieux nous abandonnent*
871.	Neely Tucker	*La voie des morts*
872.	Nan Aurousseau	*Des coccinelles dans des noyaux de cerise*

909. Sonja Delzongle — *Cataractes*
910. Elsa Marpeau — *Son autre mort*
911. Joe Ide — *Gangs of L.A.*
912. Francesco Dimitri — *Le livre des choses cachées*
913. Jo Nesbø — *Macbeth*
914. Dov Alfon — *Unité 8200*
915. Jérôme Leroy — *Un peu tard dans la saison*
916. Pasquale Ruju — *Une affaire comme les autres*
917. Jean-Bernard Pouy — *Trilogie spinoziste*
918. Abir Mukherjee — *L'attaque du Calcutta-Darjeeling*
919. Richard Morgiève — *Le Cherokee*
920. Antonio Manzini — *La course des hamsters*
921. Gunnar Staalesen — *Piège à loup*
922. Christian White — *Le mystère Sammy Went*
923. Yûko Yuzuki — *Le loup d'Hiroshima*
924. Caryl Férey — *Paz*
925. Vlad Eisinger — *Du rififi à Wall Street*
926. Parker Bilal — *La cité des chacals*
927. Emily Koch — *Il était une fois mon meurtre*
928. Frédéric Paulin — *Prémices de la chute*
929. Sonja Delzongle — *L'homme de la plaine du nord*
930. Sébastien Rutés — *Mictlán*
931. Thomas Cantaloube — *Requiem pour une République*
932. Danü Danquigny — *Les aigles endormis*
933. Sébastien Gendron — *Fin de siècle*
934. Jørn Lier Horst — *Le disparu de Larvik*
935. Laurent Guillaume — *Là où vivent les loups*
936. J. P. Smith — *Noyade*
937. Joe R. Lansdale — *Rusty Puppy*
938. Dror Mishani — *Une deux trois*
939. Deon Meyer — *La proie*
940. Jo Nesbø — *Le couteau*
941. Joe Ide — *Lucky*
942. William Gay — *Stoneburner*
943. Jacques Moulins — *Le réveil de la bête*
944. Abir Mukherjee — *Les princes de Sambalpur*
945. Didier Decoin — *Meurtre à l'anglaise*

946.	Charles Daubas	*Cherbourg*
947.	Chantal Pelletier	*Nos derniers festins*
948.	Richard Morgiève	*Cimetière d'étoiles*
949.	Frédéric Paulin	*La fabrique de la terreur*
950.	Tristan Saule	*Mathilde ne dit rien*
951.	Jørn Lier Horst	*Le code de Katharina*
952.	Robert de Laroche	*La Vestale de Venise*
953.	Mike Nicol	*L'Agence*
954.	Gianrico Carofiglio	*L'été froid*
955.	Sonja Delzongle	*Le dernier chant*
956.	Si-Woo Song	*Le jour du chien noir*
957.	Attica Locke	*Bluebird, Bluebird*
958.	Dolores Redondo	*La face nord du cœur*
959.	Olivier Barde-Cabuçon	*Le Cercle des rêveurs éveillés*
960.	Joe R. Lansdale	*Le sourire de Jackrabbit*
961.	Hervé Le Tellier	*La disparition de Perek*
962.	Antonio Manzini	*07.07.07.*
963.	August Cole – P. W. Singer	*La flotte fantôme*
964.	Paul Colize	*Toute la violence des hommes*
965.	Laurent Guillaume	*Un coin de ciel brûlait*
966.	Yûko Yuzuki	*L'œil du chien enragé*
967.	Jean-Bernard Pouy – Marc Villard	*La mère noire*
968.	Thomas Bronnec	*La meute*
969.	Chang Kuo-Li	*Le sniper, son wok et son fusil*
970.	Deon Meyer	*La femme au manteau bleu*
971.	Deon Meyer	*Jusqu'au dernier*
972.	Caroline De Mulder	*Manger Bambi*
973.	Elsa Marpeau	*L'âme du fusil*
974.	Tim Winton	*La cavale de Jaxie Clackton*
975.	Jacques Moulins	*Retour à Berlin*
976.	Jeon Gunwoo	*Les 4 enquêtrices de la supérette Gwangseon*
977.	Tristan Saule	*Chroniques de la place carrée II Héroïne*
978.	Jo Nesbø	*Leur domaine*
979.	Abir Mukherjee	*Avec la permission de Gandhi*

980.	Robert de Laroche	*Le maître des esprits*
981.	Frédéric Paulin	*La nuit tombée sur nos âmes*
982.	Gianrico Carofiglio	*Une vérité changeante*
983.	Sonja Delzongle	*Abîmes*
984.	Audrey Gloaguen	*SEMIA*
985.	Jérôme Leroy	*Les derniers jours des fauves*
986.	Sébastien Le Jean	*Minuit moins une*
987.	Jean-Bernard Pouy	*En attendant Dogo*
988.	Thomas Cantaloube	*Frakas*
989.	William Irish	*Le diamant orphelin*
990.	J. P. Smith	*La médium*
991.	Pierre Pelot	*Les jardins d'Éden*
992.	August Cole – P. W. Singer	*Control*
993.	Janice Hallett	*Le code Twyford*
994.	Attica Locke	*Au paradis je demeure*
995.	Chang Kuo-Li	*Le sniper, le président et la triade*
996.	Frederick Forsyth	*Les chiens de guerre*
997.	Hubert Maury – Marc Victor	*Des hommes sans nom*
998.	Jeff Lindsay	*Riley tente l'impossible*
999.	Paul Colize	*Un monde merveilleux*
1000.	DOA	*Rétiaire(s)*
1001.	Dror Mishani	*Une disparition inquiétante*
1002.	Thomas Bronnec	*Collapsus*
1003.	Deon Meyer	*Cupidité*
1004.	Gunnar Staalesen	*Grande sœur*
1005.	William R. Burnett	*Rien dans les manches*
1006.	Patrick Pécherot	*Pour tout bagage*
1007.	Jørn Lier Horst	*La chambre du fils*
1008.	Antonio Manzini	*Ombres et poussières*
1009.	Cyril Carrère	*Avant de sombrer*
1010.	Deon Meyer	*Les soldats de l'aube*
1011.	Antoine Chainas	*Bois-aux-Renards*
1012.	Abir Mukherjee	*Le soleil rouge de l'Assam*
1013.	John Brownlow	*L'agent Seventeen*
1014.	Clarence Pitz	*Meurs, mon ange*

*Tous les papiers utilisés pour les ouvrages
des collections Folio sont certifiés
et proviennent de forêts gérées durablement.*

*Composition APS-ie
Impression Grafica Veneta
à Trebaseleghe, le 9 mai 2025
Dépôt légal : mai 2025*

ISBN 978-2-07-308786-7 / Imprimé en Italie.

643307